KB198035

17~19세기
사행록의 지식 생산과 사상 전환

17~19세기 사행록의 지식 생산과 사상 전환

초판 1쇄 발행 2024년 12월 30일

지은이 정훈식
펴낸이 강수걸
편집 이선화 오해은 강나래 이소영 이혜정 김효진 방혜빈
디자인 권문경 조은비
펴낸곳 산지니
등록 2005년 2월 7일 제333-3370002510020050000001호
주소 부산시 해운대구 수영강변대로 140 BCC 626호
전화 051-504-7070 | 팩스 051-507-7543
홈페이지 www.sanzinibook.com
전자우편 sanzini@sanzinibook.com
블로그 sanzinibook.tistory.com

ISBN 979-11-6861-406-2 93810

동아대학교 석당학술총서 49권

17~19세기 사행록의
지식 생산과 사상 전환

정훈식 지음

산지니

책머리에

　바야흐로 사행록은 동아시아 연구에서 주목받는 텍스트로 부상하였다. 가히 한반도를 축으로 왼쪽으로 연행록, 오른쪽으로 통신사행록(수신사행록 포함)을 날개 삼아 동아시아 창공에 날아오른 형국이다. 수백 년간 축적된 이 방대한 문헌에 생생하게 담긴 동아시아의 역동적인 모습과 찬란한 문화교류가 많은 사람의 관심을 끌었기 때문일 것이다.

　이 책도 그러한 관심의 산물이라 할 수 있다. 다만 여기서는 조금 다른 시각에서 사행록을 살펴보려고 했다. 무엇보다 '사행록을 관통하는 하나의 주제는 무엇일까?'라는 물음에 골몰하였다. 그러던 중 머릿속에 떠오른 것이 '사행록은 지식의 기록'이 아닐까 하는 생각이었다. 대상에 대한 정보와 지식을 정리하고 축적한 기록이자 이를 바탕으로 대상의 새로운 의미를 찾기 위한 토론의 장으로 보고 텍스트를 살펴보니 연행록과 대일사행록이 어렴풋이 하나의 시야에 들어왔다. 이는 학계에서 일반적으로 사행록을 문학 텍스트나, 사료로 간주하고 연구하는 경향에서 다소 벗어나 있으나, 지금은 이와 같은 시각에서 연구가 활발하게 진행되고 있다.

　다만 글의 비중이 대일사행록에 다소 쏠려 있다. 학위논문을 제출한 이후에는 대일사행록에 대한 관심이 좀 더 기울였던지라 어쩔 수 없는 일이다. 특히 통신사행록은 내가 성장기를 보낸 장소와 관련이 많다. 부산항을 바라보고 앉은 수정산 아래의 고관 입구, 증산, 자성대 등이 조선시대 외교와 국방, 한일관계의 역사적 현장임은 물론 통신사와 관련하여 특별한 기억을 간직한 곳이다. 이런 인연으로 여기에 수록된 글을 쓰는 동안은 자연스레 대일사행록에 좀 더 관심이 갔다. 때마침 통신사기록물을 유네스코 세계기록유산에 등재하기 위한 추진위원회에 들어가 소소한 실무를 맡으면서 이 기록의 가치와 의미를 더 깊이 이해할 수 있었다.

연행록 관련 글은 방대한 기록에 비하면 터무니없이 소략하다. 다만 현재는 조선후기 연행록에 집중해서 살피고 있으며 추후 이 책에서 미처 다루지 못한 부분을 따로 출간할 계획이다.

이 책이 권위 있는 석당학술총서의 한 권으로 자리할 수 있어 매우 기쁘다. 동아대학교 석당학술원의 지원에 사의를 표한다. 녹록지 않은 출판·독서계의 사정에도 흔쾌히 출간을 맡아준 산지니에 특별히 고마운 마음을 전한다.

2024년 11월 1일
정훈식

차례

【일러두기】

- 이 책에서 분석자료로 삼은 텍스트의 인용 시 표제만 밝히고 출처를 따로 밝히지 않은 곳은 모두 한국고전번역원DB를 이용하였다.

- 일본의 인명과 지명 등은 가능하면 일본어 발음으로 표기하되, 국립국어원의 외래어표 기법을 따랐다. 단 對馬島는 모두 대마도로 표기하였으며, 관백과 쇼군은 문맥에 따라 혼용하였다. 중국의 인명과 지명은 모두 우리말 한자어 발음으로 표기하였다.

서론

사행록의 통합적 연구를 위하여

연행과 통신사행은 하나의 세계관에서 수립된 두 정책에 따라 수행되는 조선의 외교방식이다. 알다시피 조선은 성리학을 정치이념으로 삼아 나라를 세우고 화이관에 기초하여 대외정책을 수립하였다. 중국을 섬겨야 할 큰 나라로, 그 밖의 나라를 오랑캐라 간주하고, 이에 대응하기 위해 구체화한 정책이 바로 사대교린 정책이다. 곧 연행은 사대, 통신사행은 교린을 위한 외교 행차로, 이는 당시 중국 중심의 동아시아 질서에 부합코자 한 것이다.

그런데 임병양란, 명청교체기를 거치며 정세가 소용돌이치고, 동아시아 조공질서가 요동쳤다. 조선으로선 대륙을 장악한 오랑캐와 철천지원수가 된 일본에 대해 기존 정책을 더는 수행할 수 없을 지경에 이르렀음에도, 큰 틀에서 대외정책을 바꾸지 않았다. 물론 여기에는 불가항력적인 힘이 작용하고 세계적 차원에서의 대전환기라는 정세가 영향을 미쳤지만, 적어도 19세기까지 동아시아 질서가 안정을 되찾고 평화가 지속된 것은 이에 힘입은 바 컸다. 연행과 통신사행은 조선후기 동아시아의 평화를 유지하는 두 축이었다.

물론 두 사행의 양상이 같지는 않았다. 두 사행의 모습을 담은 다음 그림을 보자. 왼쪽은 〈연행도〉이며, 오른쪽은 〈조선통신사내조도〉이다. 우선 두 그림에 나타난 사행의 규모와 모습을 보면, 북경

『연행도』 제7폭 〈조양문〉. 숭실대기독교박
물관 소장. 북경에 도착한 사행의 모습을 그
렸다.

〈조선통신사내조도〉. 하네카와 도에이(羽川
藤永). 고베시립박물관 소장. 1748년
에도를 방문한 통신사 모습을 그렸다.

황성 앞에 이른 조선의 사행은 초라하기 이를 데가 없으나 에도에 간
사행은 성대한 환대를 받는 모습이다. 이런 차이는 두 사행의 서로
다른 성격에 기인한다. 곧 연행은 절행 외에 별행으로 한 해에도 수
차례 북경, 열하, 심양을 다녀왔다. 게다가 사대를 위해 가는 사신을
중국이 특별히 갖추어 맞이할 필요도 없었다. 〈연행도〉는 사행의 규
모를 지나치게 소략하게 그린 것으로 보이지만, 그 실상은 적절하게
표현하였다. 반면 통신사행은 그 이면에 양국의 이해관계가 절묘하
게 얽혀 있다. 곧 조선은 사행을 보냄으로써 일본과의 관계를 비교적
평화롭게 유지할 수 있기를 바라고, 일본은 통신사의 왕래 모습을 백
성들에게 널리 보게 하며 막부의 권위를 높이고자 하였다. 거리를 가
득 메운 군중 사이로 지나는 사행의 모습은 이와 같은 관계를 적절
하게 표현하였다. 이런 차이를 넘어 두 그림에서 주목할 것은 임란
이후 적개심을 삭이며 선린우호의 사신을 보내고, 삼전도의 치욕을
삼키며 북경에 사신을 보냈던 조선의 눈물겨운 노력이 서려 있다
는 점이다.

　　이렇게 오간 두 사행은 문명을 이어준 하나의 길이 되었다. 1765
년 겨울 홍대용은 사행을 따라 북경에 가서 항주에서 올라온 세 선
비를 만나 필담을 나누고 선물을 주고받았는데, 그가 준 선물 가운
데 일본산 미농지가 있었다. 2년 전에 일본에 다녀온 계미통신사에
는 원중거 등 홍대용과 친분 있는 인사들이 많았다. 추측건대 이들이
돌아와 건넨 선물에 미농지가 들어 있었으리라. 한편 홍대용은 북경
의 남천주당에서 자명종을 구경하며 그곳 서양 신부와 이야기를 나
눈다. 조선에도 자명종이 있는가, 일본의 자명종은 어떤가 하는 서양
신부의 물음에 홍대용은 조선에도 스스로 만든 것은 물론 여러 나라
자명종이 다 있고, 일본 것의 정교함은 중국에 결코 뒤지지 않는다고
답했다. 천문학과 수학에 해박하고, 기술문명에 관심이 많았던 그는
각국의 과학기술 수준을 정확히 파악하고 있었다. 주목할 것은 이 미
농지나 자명종에 관한 담론이 당시 문명교류 역사를 생생히 담고 있
다는 점이다. 이와 같은 사례처럼 사행에서 정치·외교적 소임 못지
않게 동아시아의 문물과 정보가 오가는 비중이 점점 확대되었다. 조
선은 대표적으로 인삼과 중국에서 가져온 비단 등을 일본에 가져갔
으며, 돌아오는 길에는 은을 가져와 이를 다시 인삼과 함께 중국으
로 가져갔다. 중국과 일본이 직접 교역을 하지 않을 때 두 나라의 문
물교류는 조선이 중개 역할을 했다. 앞의 두 그림에서 그려지지 않은
부분, 즉 연행의 짐수레에는 일본에서 들어온 은이 실려 있고, 조선
통신사의 배에는 중국에서 들어온 비단이 실려 있었다는 사실 또
한 쉽게 상상할 수 있을 것이다.

　　사행기록은 서양을 비롯한 여러 지역의 정보와 지식이 교류되
는 모습도 담고 있다. 청 입관 직후 소현세자가 북경에서 아담 샬

을 만난 일은 유명하거니와, 1720년 고부겸주청사 이이명(李頤命, 1658~1722)의 자제군관으로 따라간 아들 이기지(李器之, 1690~1722) 는 천주당에서 서양 신부들을 만나 천문학과 천주교 등을 두고 담론 을 나누었으며, 『칠극(七極)』, 『곤여도(坤輿圖)』, 『천주실의(天主實義)』 등의 저서를 받았다. 서양 신부 소림(蘇霖, José Soares, 1656~1736)은 와인 제조법과 서양 고약의 사용법을 적을 글을 보내기까지 하였다.* 신유박해(1801) 이후 북경의 천주당 방문은 금지되었지만,** 조선이 북경에서 서학을 받아들인 일은 조선 학술사에서 특기할 만한 사건 이다. 일찍이 학계에서는 조선후기 서학의 형성에 주목하였지만, 정 작 사행을 통해 저술된 사행록이 중국과 일본에 관한 학지의 기록이 라는 점에는 그다지 주목하지 않았다. 더구나 사행과 사행록은 서학 형성에도 주요 매개가 된다는 점에서 서학 못지않은 중요성이 내재 되어 있다. 이렇게 통신사의 길과 북경으로 가는 길은 서울에서 하나 로 이어졌으며, 그 길은 또 세계로 연결되었다. 사행록을 통합적으로 연구해야 할 필요성이 바로 여기에 있다.

사행록의 지식사를 위하여

　연행록과 통신사행록을 통합적으로 볼 필요성을 제기했지만, 이 책에서 주안점을 둔 것은 조선후기 사행록에서 지식이 생산되고 축

---

*　이기지, 『일암연기』, 1720년 10월 24일, 28일, 29일.

**　이해응, 『계산기정』, 1804년 1월 26일. "천주당이 玄武門 안 동쪽 주변에 있는데 이는 서양 사람들이 거주하는 곳이다. (중략) 앞서 옥하관에 묵을 때에도 들어가 보는 사람이 많았는데, 한번 邪學으로 금지된 후부터는 서로 통행하지 못한다."

적되는 과정을 살핌과 동시에 이 지식이 새로운 사상의 형성에 작용하는 과정을 살피는 데 있다.

그간 학계는 사행록(연행록, 통신사행록, 수신사행록)을 기행문학 작품으로 간주하고 문학적 관심에 바탕을 두고 연구를 진행했으며, 근래에는 조·청, 조·일 간 학술문화교류의 관점에 활발하게 연구가 이루어지고 있다. 한편 한국사학계에서는 사행록을 사료에 버금가는 기록으로 인정하고 있을 뿐만 아니라, 여러 분야에서 사행록에 관심이 높다. 중국, 대만, 일본 등의 나라에서는 자국 또는 동아시아의 관점에서 연행록과 통신사행록을 관심 있게 보고 있다. 사행록이 동아시아는 물론 해외 여러 나라에서 주목받는 텍스트로 부상하고 있는 점은 매우 고무적이다. 다만 일각에서 다소 편향적인 연구가 제출되고 있어 이를 주시할 필요가 있다.

무엇보다 우리 학계가 주도적인 입장에서 그간 축적한 연구성과를 바탕으로 새로운 관점에서 아젠다를 제안하며 사행록 연구의 시야를 넓힐 필요성이 있다. 지식의 생산과 축적이라는 관점에서 사행록을 고찰하고자 한 배경이 여기에 있다. 여기서 지식은 사행이라는 제도를 통해 발생한 경험적 앎을 말한다. 이들 지식은 매우 직관적이라는 점이 그 특징이다. 물론 사행에서 경험하고 체험한 견문을 바탕으로 한 기록이 처음부터 체계적으로 서술된 지식이 될 수는 없다. 조그마한 정보에 가까운 경험이 쌓여 하나의 맥락을 이룰 때, 다시 말해 구체적인 하나의 사례와 유사하거나 같은 사례가 쌓여 일반화할 단계가 될 때 그것은 하나의 명제로 설명할 수 있는 지식이 될 수 있다. 일본인의 발달한 기술이 적용된 문물을 사행 내내 도처에서 확인할 때 '일본의 기술 문명이 뛰어나다'라고 할 수 있는 것이다. 연행하는 동안 노정에서 만난 만주족이 대개 옹졸하지 않고, 너그럽고, 위세를 내세우지 않는다면 만주족의 인품이 훌륭하다고 총평할 수 있을 것이다. 이처럼 사행에서는 개인의 경험적 진술(정보)이 검증을 거치며 축적되어 일반화된 지식을 창출해갔다.

이는 유가를 중심으로 한 조선의 일반적인 지식형성 과정과 차이가 있다. 유가들의 학문과 지식의 출발은 경서(經書)를 중심으로 한 텍스트다. 즉 경전을 중심으로 학문에 입문하여 경전에서 중시하는 충(忠), 효(孝), 인(仁), 성(誠) 등의 지식을 습득한다. 여기에 주석을 덧붙이는 방법으로 자신의 견해를 드러낼 뿐, 성인의 말씀을 두고 전면적인 비판이나 반론을 제기하는 일은 크게 장려하지 않았으며 성행하지 않았다. 즉 유가의 학문은 경전에서 출발한다.

그러나 사행록에 축적된 지식은 경전이 아니라 중국, 일본이라는 텍스트에서 출발한다. 이는 고정된 것이 아니라 매우 가변적이며 생동하는 대상으로, 그 복잡하고 다면적인 면모를 분석하고 의미를 궁구해야 하는 텍스트다. 사행록에 드러난 저자의 시각과 태도를 보면 중국과 일본을 살피고 새롭게 이해해야 할 텍스트로 간주하는 데 이견이 없었으며, 대상을 이해하고 분석하는 일에서도 모두 성실하였다. 그런 면에서 사행은 조선을 매개로 한 동아시아 지식 네트워크를 구축하는 데 가장 큰 기반이 되었다. 연행록과 통신사행록이 방대한 기록유산으로 오늘날까지 전하는 까닭은 바로 이 때문이다.

사행록 텍스트를 남긴 이들은 조선에서 선택받은 자들이다. 외국에 나가 그 나라의 풍광과 문물을 직접 목격할 기회를 얻은 자들은 당시 조선의 대다수 백성이 누릴 수 없는 특별한 체험을 한다. 사행록에 기록된 정보와 지식은 당시에는 기록자만이 생산하고 전파할 수 있는 최신 정보와 지식으로 평가받으며 조선의 지식계에 퍼진다.

이러한 과정을 학문의 형성과 전개로 보는 견해가 최근 활발하게 나오고 있다. 텍스트가 가리키는 공통의 관심사가 사행의 목적지인 '청나라는 무엇인가', '도쿠가와 막부 시대의 일본은 무엇인가'라는 문제의식을 공유하고 있어, 충분히 그리 볼 만한 여지가 있다. 다만 사행이라는 제도를 계기로 하여 조선의 중국학, 일본학이라는 새로운 학문이 형성하고 전개되었다고 본다면 그 실상을 재구성하기 위한 연구가 포괄적으로 진행되어야 한다.

이에 여기서 그 한 방법론으로 사행의 과정에서 작용하는 감정·감각 등이 어떻게 지식의 생성에 간여하는지 유심히 살펴보고, 이 과정에서 생성된 지식이 대상의 새로운 인식과 새로운 사상의 모색에 어떻게 영향을 끼치는지 살펴보는 데 주안점을 두었다.

조선 문사의 사행 참여는 지식형성의 장을 주도적으로 만들어가는 계기가 되었다. 돌이켜보면 한반도의 역사상 가장 폐쇄적이라 할 수 있는 조선시대, 특히 17~19세기 동안 해외와의 접촉은 중국과 일본에 국한되며 그것도 매우 엄격한 제도하에 제한적으로 진행되었다. 그러나 이는 특정한 소임을 수행하고 목적을 달성하기 위한 불가피한 조치에서 비롯된 속성이다. 그런데 이러한 소임에서 다소 벗어난 이들은 비교적 자유롭게 대상과의 적절한 거리를 두고 살피며 이해할 여건이 되었다. 사행에 따라간 식자들은 해외에서 접촉하는 대상에 예리하게 감응하고 이를 꼼꼼하게 챙겨 기록에 남겼다. 이들은 사행을 통해 정보와 지식을 정리하고 기록할 뿐만 아니라 그것을 대할 때의 감정이나 느낌도 소홀히 다루지 않고 기록하고 정리하는 일에 능숙하였다. 물론 사행록 저자들은 대부분 유가전통에서 학문에 입문하고 성장한 이들이다. 그들의 몸과 마음에는 유가의 사유 방식과 세계관이 짙게 스며들어 있다. 당연히 오랑캐가 지배하는 중국과 일본에 가기 전부터 비판적 시각이 충만해 있기 마련이며 이는 대상에 대한 공고한 인식의 프레임으로 작용하였다. 그럼에도 중국과 일본의 실체와 본질, 그리고 변화상을 제대로 파악하려고 하는 노력을 멈추지 않았다. 이러한 노력은 유가 텍스트에서는 확인할 수 없는 미지의 견문을 놓치지 않고 정보와 지식으로 정리하고 축적하는 집체적 과정으로 이어져 방대한 텍스트를 이루었다.

이렇게 축적된 방대한 지식은 그 자체로 의미가 있으나, 여기서 나아가 대상에 대한 새로운 생각을 가능하게 하였다. 즉 우리가 알던 일본과 중국이 우리가 몰랐던 문물을 구축하고 영위한다는 사실을 깨닫고 급기야 이들을 오랑캐라고 간주하던 기존의 생각을 조금씩 수정하기 시작하였다. 나아가 화이로 세계를 나누는 사상을 깨고 새로운 세계관을 모색하는 단계에 이르렀다. 이 점이 바로 사행록의 지식사에서 주목할 부분이다.

1부

통합적 시각으로 본
연행록과 통신사행록

원중거와 홍대용을 통해 본 18세기 사행록의 향방

1. 머리말

이 글은 원중거(元重擧, 1719~1790)의 통신사행록과 홍대용(洪大容, 1731~1783) 연행록의 상관성을 살펴 18세기 사행록의 일면을 이해하는 데 목적을 둔다. 이는 통신사행록과 연행록의 비교를 위한 하나의 출발점이 될 것이다. 둘은 사실 차이점이 선명하다. 무엇보다 사행의 근간인 외교정책에서 중국에는 사대(事大), 일본 등 주변 제종족에는 교린(交隣)을 수립하여 분명하게 차이를 두었다. 사행의 횟수와 이를 통해 남겨진 작품의 수도 차이가 크다. 그럼에도 두 사행록 간의 관계를 따져볼 만한 지점은 의외로 많다.

우선 사행원의 면면을 살펴보면 둘 사이의 긴밀한 관련을 찾을 수 있다. 일례로 한 사람이 북경(北京)과 에도(江戶)에 모두 다녀온 자들이 다수 확인된다. 역관은 물론 삼사(三使) 중에서도 확인되며, 나아가 통신사행록과 연행록을 함께 남긴 자들도 다수라,[*] 사실관계를 정리할 필요가 있다. 그렇다면 통신사행록과 연행록의 상호 관련성

---

[*] 고려말, 원명교체기에 鄭夢周(1338~1392)가 수차례 중국에 다녀왔으며, 일본에도 보빙사로 다녀온 바 있다. 조선후기 趙珩(1606~1679) 또한 청조가 들어선 직후 수차례 북경에 다녀왔으며, 일본에도 사신으로 다녀왔다. 특히 조형은 연행록 『翠屛公燕行日記』(1660)와 통신사행록 『扶桑日記』(1655)를 함께 남겼다. 洪致中(1667~1732)도 연행록인 『癸巳燕行日記』(1713)와 통신사행록인 『東槎錄』(1719)을 동시에 남겼다. 이 외에 많은 문사가 통신사행과 연행에 두루 관련을 맺고 있다.

또한 면밀히 살펴야 할 점이다. 통신사행이나 연행을 통해 기록을 남긴 이들은 조선의 식자층이 대부분인 점을 감안하면 사행록의 작자층과 독자층은 동일하다고 보아도 무방하다. 이들의 저술과 독서 과정에서 일어났을 것으로 추측되는 상호 교섭에 주목하고, 이를 통해 동아시아 교류사를 기록한 텍스트로 사행록에 접근할 필요가 있다. 애초에 한·중·일 세 나라를 중심으로 한 동아시아 역사는 매우 긴밀하여 통신사행록과 연행록을 함께 살펴야 사행록의 총괄적인 이해가 가능하리라 본다.

이를 염두에 두면서 원중거와 홍대용을 두 사행록에 대한 관련성 고찰의 출발점으로 삼은 근거는 다음과 같다. 우선 둘 사이의 유사성과 관련성이 두드러진다. 원중거는 계미통신사행(1763) 부사의 서기(書記)로 일본에 다녀온 뒤 두 편의 사행록을 남겼고, 홍대용은 1765~1766년에 북경에 다녀와 연행록을 남겼다. 가까운 시간적 거리로 사행에 반영된 시대적 정황을 비교해서 읽을 근거가 확보된다. 또 사행록 저술의 양상이 유사하다. 무엇보다 분명한 이유는 둘의 저술을 서로 읽었음을 보여주는 단서가 전해온다는 점이다. 원중거가 홍대용의 연행록을 보고 남긴 발문과 원중거가 남긴 것으로 추정되는 『일동조아(日東藻雅)』라는 작품에 홍대용이 쓴 발문이 그것이다. 통신사행록이나 연행록을 남긴 저자가 상대 쪽의 저술에 발문이나 서문을 남긴 경우가 그렇게 흔치 않다는 점을 감안한다면 이는 매우 흥미로운 자료다. 이러한 점을 근거로 두 사람의 사행록을 상호 고찰하면 해당 사행록의 비교는 물론 전후 시기 사행록의 연관성을 살필 수 있는 연결고리를 찾을 수 있을 것이다.

2. 사행기록의 세분화

사행록의 저술은 그 형식에서 전례의 관습에 따르는 경우가 일
반적이다. 이것은 오랜 기간 축적된 사행록의 저술과정에서 몇 차례
의 변화를 통해 형성된 것이다. 초기 사행록은 시가 주를 이루었지
만, 점차 일기체 산문이 증가하였다. 이전의 사행록은 일기를 주된
기록방식으로 삼고 여기에 시나 견문록을 선택적으로 취해 이루어졌
다. 이 경우 비록 여러 형식을 취하기는 했으나 대개 단일한 텍스트
로 묶어서 저술한 경우가 대부분이다.[*]

그런데 원중거와 홍대용의 사행록은 이러한 형식적 차원의 저술
관습에서 벗어났다. 우선 두드러진 특징은 두 저자가 자신들의 사행
체험과 견문을 세분화해서 별도의 기록으로 남겼다는 점이다. 원중
거는 일록 중심의 『승사록(乘槎錄)』을 저술한 것 외에 별도로 일본에
관한 여러 견문과 지식을 백과사전 형태로 지은 『화국지(和國志)』를
저술하였다. 또 앞서 추정한 대로 실전 『일동조아』라는 기록을 남겼
다. 통신사행록에서 이처럼 한 저자가 두 편 이상의 기록을 남긴 경
우는 함께 일본에 다녀온 남옥(南玉, 1722~1770)을 제외하고는 보이
지 않는다.[**] 『승사록』과 『화국지』는 모두 상세하고 방대하여, 저술
에 많은 공을 들였음을 알 수 있다. 공교롭게도 홍대용 또한 여러 편
의 연행록을 남겼다. 필담기록인 『간정동회우록(乾淨衕會友錄)』, 견문
록 형식의 『연기(燕記)』, 그리고 일기 형식의 국문연행록인 『을병연행

---

[*]　일반적으로 사행기록은 일록과 시문, 견문이 다양한 방식으로 구성되며 이를 두고 복합 텍스
트라 한다. 한태문, 「조선후기 통신사 사행문학 연구」, 부산대 박사논문, 1995, 94~96쪽.

[**]　계미통신사행록의 현황은 구지현, 『계미통신사 사행문학 연구』, 보고사, 2006, 41~44쪽 참조.

록』이 그것이다. 『간정동회우록』은 북경 유리창에서 만난 중국 문사와 수차례에 걸쳐 주고받은 필담초록을 별도로 엮은 것이다.* 연행을 통해 필담집이 단행본으로 간행된 경우는 이것이 처음이다. 『연기』는 연행 중 견문을 항목별로 엮은 것이다. 마지막으로 『을병연행록』은 국문으로 기록된 일기체 연행록이다. 『을병연행록』은 위의 두 작품을 아우르는 것으로 저자의 연행체험을 망라했다고 할 만큼 총체적 면모를 지닌다. 홍대용은 이 같이 연행록을 저술하면서 선행 저술 관습을 수용하되 새로운 저술 방향을 모색했다.

이처럼 원중거와 홍대용이 사행록 저술에서 전래의 방식을 답습하지 않고 새로운 저술방식을 창안하고자 한 이유는 무엇일까? 단순히 편수의 차이에 지나지 않는 것 같으나 이면을 들춰보면 그렇게 간단한 문제가 아니다. 형식 변화의 문제가 제기될 단계에 이르렀을 경우 이미 그 내용이 형식 변화를 추동할 정도로 발전되었다는 것을 의미한다. 따라서 내용의 변화를 추동한 것이 무엇인지에 관하여 사행을 둘러싼 내외적 정황과 이에 대한 저자의 인식적 대응을 폭넓게 고찰해야 할 것이다. 즉 이 같은 형식의 변화에는 필시 저자의 의도가 개입되었을 것인바, 원중거와 홍대용의 생각은 과연 어디로 향하고

---

* 이것은 후에 홍영선, 정인보가 『담헌서』를 엮을 때 홍대용이 귀국 후 중국 문인들과 주고받은 편지를 함께 엮어 『항전척독』이라는 이름으로 다시 편찬했다. 이에 관한 논의는 이원식, 「洪大容의 入燕과 淸國學人: 「蓟南尺牘」을 中心으로」, 水邨 朴永錫教授 華甲紀念論叢 刊行委員, 『韓國史學論叢: 水邨 朴永錫教授 華甲紀念』, 探求堂, 1992; 후마 스스무, 「홍대용의 「간정동회우록」과 그 개변」, 『조선연행사와 조선통신사』, 성균관대출판부, 2019; 장경남, 「숭실대 한국기독교박물관 소장 홍대용 연행 기록 연구」와 김명호, 「청조 문인과의 왕복서신을 통해 본 홍대용의 사상」, 『담헌홍대용에 관한 새로운 탐색』, 숭실대학교 한국기독교박물관, 2017; 劉婧, 「洪大容所編《乾淨衕筆譚》異本研究」, 『열상고전연구』 66, 열상고전연구회, 2018; 채송화, 「홍대용 필담집 『乾淨錄』 연구」, 서울대 박사논문, 2024 등을 참조.

있었을까?

3. 사행의 개혁과 상대 인식의 새로운 방법 추구

1) 사행의 실상 비판과 제도 개혁

먼저 원중거가 남긴 통신사행록을 살펴보자. 원중거 기록의 특징은 자신이 따라간 사행의 수행과정을 면밀하게 관찰하면서 기록하고 아울러 그에 대한 평가와 비판을 전개하였다는 점이다. 그의 사행에 대한 평가는 매우 포괄적이고 논리적인데, 『승사록』의 말미에 별도로 지면을 할애하여 통신사행의 5가지 이로운 점, 3가지 폐단을 지적하고 그 대안을 구체적으로 기술하였다.[*]

이로운 점	· 교린을 통해 변방을 조용하게 한다. · 일본의 정세와 풍속을 알 수 있다. · 왜구의 출몰을 방지한다. · 배 기술을 배울 수 있다. · 일본을 교화하여 예의로 이끌 수 있다.
폐단	· 인원이 너무 많다. · 장사치 역관의 권력이 너무 크다. · 교역하는 물품이 너무 많다.

---

[*] 원중거 지음, 김경숙 옮김, 『승사록-조선 후기 지식인, 일본과 만나다』, 소명출판, 2006, 529~538쪽. 이하 이 책을 인용할 시 원서명과 쪽수만 표기함.

통신사행의 '이로운 점'이 조선이 일본에 사행을 보내는 근본 취지를 잘 드러내고 있다면, '폐단'은 사행이 실제 수행되는 상황에서 본래 취지를 훼손하는 문제점을 잘 지적한 것이라 보인다. "따라가는 인원이 한 번에 너무 많은데 이들은 각종 청탁으로 끼어든 항심(恒心) 항산(恒産)도 없는 오합지졸이며, 일본에 가서도 여염집 사이에서 지내면서 사신의 위신을 해치니 이것이 큰 폐단"이고, "역관은 본래 역할인 외교적 실무를 등한하고 오로지 평생의 이익을 위해 통신사행에 끼었다"고 비판하였다. 특히 이들이 대마도인과 놀아나 통신사행에 막대한 폐해를 입힌다고 보았다. 이뿐 아니라 "필요치 않은 물건을 지나치게 사들이고자 한 나머지 통신사행의 관소가 시장바닥이 되어버리니 부끄러운 일"이라며 비판하였다. 이 같은 분석 뒤 원중거는 통신사행의 본래 취지를 잘 살리고 이로움을 극대화하기 위해 개선 방향을 제시하였는데 그 요지는 다음과 같다.

① 사행인원의 축소조정
  · 대마도인을 먼저 강호에 왕복하게 하여 절목을 더하거나 빼게 한다.
  · 삼사신을 두 명으로 줄여야 한다.
  · 종인은 200명을 넘지 않도록 한다.
  · 배를 타는 데 익숙한 사람만 충원해야 한다.
  · 역관의 임무를 사신의 명령에 따르는 것으로만 국한한다.
  · 물화를 엄격히 통제하여야 한다.
② 사행인원의 선발
  · 문사(文士): 문장이 뛰어난 이 중 몸가짐이 신중하고 관대하며

엄격한 이로 뽑아야 한다.
· 명무(名武): 일본의 허실을 잘 살펴 훗날을 대비해야 할 인물
로 뽑아야 한다.
· 역관(譯官): 역관 중에서 지위와 명망있는 자를 선택하여야
한다.
· 양의(良醫): 수창을 할 수 있는 자를 선택해야 한다.

원중거는 크게 두 방향에서 개선책을 제시하였는데, 하나는 사
행인원의 규모축소이며 또 하나는 주요 사행원의 선발에 대한 것이
다. 삼사(三使)를 이사(二使)로 줄이고 사행인원을 200명 안쪽으로 줄
여 조선과 일본 양국에 입히는 폐해를 줄이자는 것이 골자다.* 다음
으로 문사와 명무, 역관, 양의 등을 적절한 기준에 따라 잘 뽑아야 한
다고 강조하였다. 여기서 명무의 선발에 관한 대목이 눈에 띈다. 명
무는 단지 "사신의 말만 잘 듣는 자보다 일본의 허실을 잘 보고 훗날
을 대비할 수 있는 인물을 선발해야 한다."고 지적한다. 이는 사행의
보이지 않는 성과를 극대화하려는 방안으로 내놓은 것이다. 양의를
잘 선발해야 한다는 점을 강조한 것 역시 나날이 의학이 발달하는
일본의 상황을 염두에 둔 것이다. 18세기 일본은 난학(蘭學)을 통해

---

*   계미통신사행의 경우, 8월 초3일 서울을 떠나 같은 달 22일 부산에 도착한 사행원은 10월 6
일 배를 타고 바다로 나가기 전까지 48일 동안 부산에 머물렀다. 기록에 의하면 이때 체류
한 사행원은 모두 482명이었다.(남옥 지음, 김보경 옮김, 『일관기-붓끝으로 부사산 바람을 가르
다』, 소명출판, 2006, 43~62쪽. 이하 이 책을 인용할 시 원서명과 쪽수만 표기함) 이 기간 동래를
비롯한 경상도 48개 군현이 분담하여 지공하였는데 그 경제적 부담은 막대하였다. 김동철,
「통신사행과 부산지역의 역할」, 『통신사, 한일교류의 길을 가다』, 조선통신사문화사업추
진회, 2003, 9~24쪽.

의술이 크게 발전하였다.* 이런 상황에서 문사들은 대개 출신의 방편으로 의원을 업으로 삼았다.** 따라서 통신사행이 교류한 의원은 대개 시문을 지을 능력이 있는 문사이기에 원중거는 이들에 제대로 응하기 위해서 수창이 가능한 의원이 필요함을 강조하였다.

이러한 개혁안이 핵심적으로 지향하는 바는 통신사행의 여러 활동 중 지나치게 확대된 무역기능을 축소하고 사행의 본연의 임무인 외교적 역할을 충실히 실행하고자 한 것에 있다. 그런데 이같이 필요 이상으로 커진 무역기능을 줄이고자 한다면, 이를 담당하고 있는 역관을 문제 삼지 않을 수 없다. 때문에 원중거는 곳곳에서 역관의 행태를 비판하고 선발조건과 역할에 대한 방안을 상세하게 기술하였다.

역관들은 명색은 왜역이지만 실제로는 왜어를 잘 해석하지 못한다. 또 큰일은 문자가 있고 작은 일에는 초량의 통사가 있으니 언어가 서로 통하는 데에 반드시 역관 때문에 근심할 필요가 없다. 다만 마땅히 그 가운데 지위와 명망이 있는 사람을 선택하여 일을 맡기는 것이 좋다. 탐욕으로 인해 의를 잊는 데 이르지 않고 욕심으로 인해 일을 망치는 것에 이르지 않는 사람이 역관의 위치에 있으면서 접하는 사람은 대마도인 가운데 오로지 인성을 보존하고 있는 사람이어야 한다.***

---

* 타이먼 스크리치, 박경희 옮김, 『에도의 몸을 열다』, 그린비, 2008.
** 김호, 「조선후기 통신사와 한일 의학 교류」, 『조선통신사연구』 제6호, 조선통신사학회, 2008.
*** 『승사록』, 535~536쪽.

  본래 역관은 사행의 대소사를 해당 나라와 의논하고 처리함에
있어 반드시 필요한 존재들이다.* 그러나 역관이 본래 임무 외에 무
역에 대한 권한과 활동이 커지자 밀무역 등 갖가지 문제점이 확대되
어 왔다.** 역관과 삼사신을 포함한 정관(正官)들의 갈등은 조선후기
사행록에서 빈번히 목격되는 해묵은 일이다. 원중거의 비판도 사실
은 특별한 것은 아니지만 비판의 초점을 역관이 초래하는 사행의 폐
해와 지위와 역할에 맞추었다는 점에서 주목된다. 이렇게『승사록』
에서 사행의 제도를 비판한 것은 통신사행에서 얻는 이점을 극대화
하고 통신사행을 통해 일본을 제대로 알아야 한다는 점을 강조하기
위한 것이다.

  원중거와는 조금 다른 시각이지만 홍대용 또한 역관을 곳곳에서
비판한다. 연행에서도 역관은 주된 소임인 통역과 사행 실무 외에 무
역특권을 가지고 있었다. 이들이 중국에서 가져오는 물품과 정보는
빈도와 규모에서 통신사행에 비할 바가 아니다.*** 그런데 이들이 중국
을 드나들며 가져오는 정보는 대개 그 진위가 의심되는 것이 많은데,
예를 들면 아래와 같다.

---

*　　김경문,『통문관지』1, 세종대왕기념사업회, 1998, 40쪽. "竊自惟念譯者, 有國之不可無
　　者也. 其人雖微, 爲任則重. 惟其所以事大交隣者, 必有其道 而其行之, 又必有章程品式
　　之具, 爲是事者."

**　 양흥숙, 「17~18세기 역관의 대일무역」, 『지역과 역사』5, 부경역사연구소, 1999,
　　161~163쪽.

***　김양수, 「조선후기 역관의 중개무역과 왜관유지비」, 『大湖 李隆助敎授 停年論叢』, 2007,
　　645~649쪽.

길가에 한 묘당이 있으니 청기와로 담을 이고, 안팎으로 다 벽으로 기이하게 물상을 새겨 극히 휘황하였다. 역관이 이르기를,

"전에 들으니 이는 왕의 원당이니, 이 왕이 일찍 죽고 그 아내가 자색이 있었습니다. 옹정황제가 그 뜻을 앗아 비빈으로 삼으니, 그 여인이 마지못하여 령을 좇고 그 왕을 위하여 원당을 세우고 싶다고 하니, 옹정이 묘당을 세워 사치를 궁극히 하여 그 여인의 뜻을 위로하였습니다."

하였다. 옹정이 비록 오랑캐 임금이나 천하를 일통한 높은 위를 당하여 이런 금수(禽獸)의 행실을 어찌하리오. 역관이 이곳 일을 전하는 말이 거짓 소문이 반이 넘으니, 이 말을 또한 믿지 못할 것이다.*

건륭의 선황(先皇) 옹정제(雍正帝, 재위 1722~1735)가 죽은 왕족의 아내를 취하였다는 해묵은 소문이 역관의 입을 통해 사행원 사이에 퍼지고 급기야 홍대용의 귀에도 들어갔다. 이에 대해 홍대용은 아무리 오랑캐의 황제이지만 대국의 황제로서 짐승과 같은 행실을 할 리가 없다고 비판하며 배격한다. 이처럼 홍대용은 역관이 전하는 중국 이야기는 허황하기 이를 데 없고 불순한 의도가 내포되어 있어 청조를 왜곡하는 데 앞장서고 있다고 생각하였다.

이같이 두 사람은 사행에서 일어나는 여러 폐단과 문제점을 날카롭게 비판하고 사행의 제도 개혁과 질적 진전에 관한 대안을 구체적으로 제기하였음을 알 수 있다.

---

* 홍대용 지음, 정훈식 옮김, 『주해 을병연행록』1, 경진, 2020, 274~275쪽. 이하 이 책을 인용할 시 서명과 쪽수만 표기함.

2) 일본 알기와 중국 배우기의 새로운 방법 모색

원중거의 또 다른 저서인 『화국지』는 『승사록』에서 제시한 일본 이해의 방법을 구체화한 저서다. 이 책은 통신사행은 물론 조선조를 통틀어 가장 방대한 일본 관련 서적이다.* 일본의 구석구석까지 그 본말과 실상을 알리고자 한 노력이 투영된 결과다. 실제로 이전 통신사의 일본견문록을 보면 몇몇을 제외하고는 현상에 대한 단편적인 언급이나 혹 전해오는 기록을 그대로 인용하여 써놓은 것이 많다. 기록된 것과 실제 눈으로 본 것을 견주어 시비를 가리고자 하는 노력이 없지는 않으나 매우 빈약하다. 그러나 원중거는 이러한 일본 인식태도에 대해 『화국지』의 저술과정과 방법의 차별화를 통해 반론을 제기하고 있다. 우선 『화국지』는 소소한 정보와 내용에 대해서도 그 진위를 살피며 기록하였다.** 또 분명치 않은 단편적인 내용은 자료를 보완하고 전거를 확충해 명확히 알 수 있도록 하였다. 『화국지』의 "~본말(本末)"이란 제목의 글은 대상의 단편적인 기록에 멈추지 않고 그 현상에서 본질에 이르기까지 포괄적으로 기술하겠다는 방향성을 제시한 것이다. 일단 방법론에서 올바른 내용을 상세히 알아야 한다

---

* 하우봉, 「원중거의 화국지에 대하여」, 『전북사학』 11·12합집, 전북대학교 사학과, 1989; 박재금, 「원중거의 화국지에 나타난 일본인식」, 『한국고전연구』 12, 한국고전연구학회, 2005.

** 〈위연호〉(원중거 지음, 박재금 옮김, 『화국지-와신상담의 마음으로 일본을 기록하다』, 소명출판, 2006, 91~95쪽, 이하 이 책을 인용 시 원서명과 쪽수만 표기함)에서 일본의 연호를 잘못 기록한 우리의 전적은 물론, 일본이 연호를 거짓으로 쓰고 있다는 점을 비판하며 고증을 통해 일본의 연호를 바로잡아 정리해 두고는 훗날 유사시를 대비하여 참고하도록 한 것이라고 그 의도를 밝혀두었다. 또한 〈평신장〉(『화국지』, 98~100쪽)에서는 우리나라가 풍신수길이 평신장을 시해했다는 근거 없는 이야기를 믿어 그를 배척하고 통신을 막은 것이 화근이라고 비판하며 훗날 경계를 위해 자세히 기록한다고 말했다.

는 원칙론을 제시하였다.

『화국지』의 기술태도를 보면 저자가 단순한 지적 관심의 차원에서 일본에 접근한 것은 아님을 알 수 있다. 원중거는 조선과 일본의 항구적이자 특수한 관계를 명확히 인지하고 있었다. 상고 때부터 조선과 일본은 통사를 보내며 교류하였지만, 그와 별개로 일본은 역대로 수없이 조선을 침략한 오랑캐의 나라였다. 일본은 교류의 대상이자 주된 침략국이라는 양면적 성격의 나라라는 점을 명확히 규정한 것이다. 따라서 저자는 교린을 위해 일본에 통신사를 파견하고 교류를 해야 한다는 것을 원칙으로 하면서도 일본의 침략적 본질을 바로 인식하지 않으면 안 된다는 논리를 더욱 분명히 하였다.* 이것이 『화국지』 서술의 기본방향이다.

원중거는 기본적으로 화이론의 관점에서 일본을 보았지만 이와 같은 치밀한 태도를 지니고 있었기에, 오랑캐 나라라고 단정 짓고는 일본의 역동적 변화를 제대로 관찰하지 않는 안일함을 극복할 수 있었다. 일본을 경계해야 할 본질적인 이유는 그들의 마음이 변화무쌍하여 신의가 없고, 그들이 남긴 사서와 전적에는 진실하지 않는 것이 많다는 점을 수많은 전거를 들어 비평한 작업을 통해 보여주고 있다. 일본 쪽의 기록을 분석하면서 그 옳고 그름을 밝힌 경우는 이 『화국지』가 가장 돋보이며, 일본의 진실과 본질을 이해하는 한 방법을 보

---

* 일본이 중국과 우리나라와 교류를 하면 점점 바뀌어 침략을 당할 우환이 없어질 것이라며 통신사 파견의 필요성을 제기하였고(『화국지』, 〈중국과의 통사와 정벌〉, 166쪽), 한편으로는 임진왜란에 관한 사실을 전거의 잘못된 내용을 바로잡고 보완하여 기록하면서 "내가 반드시 이것을 기록하려고 한 이유는 곧 그것을 잊지 않고자 한 것이다. 이는 와신상담이 남아있는 마음에서 나온 것이니 보는 자는 마땅히 그것을 살펴야 할 것이다."(『화국지』, 〈임진왜란 침략 때의 적의 동정〉, 150쪽)라 하며 일본에 대한 경계심을 놓지 않을 것을 강조하였다.

여준다.

요컨대 『화국지』는 기본 입장에서 중세 화이론의 시각을 벗어나지 못한 한계는 있지만, 일본의 고금, 지배층과 백성, 중심지에서 변방까지 매우 포괄적으로 다루며 그 표층에서 심층에 이르기까지 매우 상세하게 기술하였다. 나아가 그들의 문물과 기술 중 뛰어난 것이 있으면 상세히 기록하고, 이를 마땅히 배울 것을 강조하였다.* 이 과정에서 원중거는 화이론의 경직된 틀을 넘어서서 유연한 입장을 드러냈다. 따라서 『화국지』는 조선조 일본 알기에서 새로운 차원을 모색하며 진일보를 이루어낸 성과라 할 수 있다.**

홍대용의 경우, 앞서 말한 바와 같이 그는 중국에 대한 왜곡된 인식을 바로잡기 위한 목적에서 중국의 실상과 중국에서 배워야 할 것을 치밀한 태도로 기록한다. 우선 홍대용은 중국이 비록 오랑캐가 웅거하고 있으나 문물까지 오랑캐의 것으로 전락하지는 않았다는 데 중점을 두고 서술하였다. 한편으로 중국은 그 규모와 심법에서 조선이 감당하지 못할 정도로 발달해 있음을 전편에 걸쳐 방대한 분량으로 기록하였다. 중국 사람의 너른 국량,*** 중국의 큰 규모,**** 그리

---

* 특히 원중거는 일본의 배 제작기술에 대하여 높이 평가하고 이를 배워야 한다고 강조하였다. 『화국지』, 〈舟楫〉, 334~343쪽.

** 물론 이것이 원중거에 의해 돌출적으로 이루어진 것은 아니다. 이미 조선후기 사행록에서 점진적으로 진행되었다. 이것이 계미통신사행에 와서 확연히 드러났다.

*** 『주해 을병연행록』 1, 291쪽. "정양문에 들어가 길가 푸자에 앉아 쉬며 행인을 구경하였다. 한 사람이 새 의복을 선명히 입고 걸어가는데, 수레 모는 사람이 바삐 달려 그 사람을 진 데 넘어뜨리니 선명한 의복이 다 더러워졌다. 우리나라 사람 같으면 필연 크게 노하여 큰 욕설이 있을 듯한데, 즉시 일어나 희미하게 웃고는 흙을 털고 천천히 걸어가며 조금도 노하는 기색이 없으니, 중국 사람의 넓은 국량을 종시 당하기 어려웠다."

**** 『주해 을병연행록』 2, 83~85쪽. "큰 문을 들어가니 넓은 뜰과 높은 집과 옥 같은 난간에 눈이 부시고 정신이 황홀하여 진실로 천상의 옥황궁궐을 오르는 듯하고, 인간의 기구와 장인의

고 중국의 세밀한 심법* 등을 생생하게 묘사하면서 이것들을 우리가 배우지 않으면 안 된다는 논리의 근거로 삼았다. 특히 중국의 기술과 각종 제도는 별도로 다루어야 할 정도로 방대하게 기술했다. 홍대용의 연행록은 이같이 중국의 왜곡된 정보를 바로잡고 중국을 배워야 한다는 논리의 기초를 마련하였다. 여기서 본격화된 북학은 뒷날 박지원, 박제가 등에 이르러 더욱 심화 발전되고 이들의 논리적 동질성을 근거로 북학파라 불리게 되었다.

이렇게 원중거와 홍대용은 상대방 나라를 새롭게 이해하고 알아가는 방법적 차원에서 공히 노력을 많이 기울였다고 할 수 있다.

4. 사행록 저술의 새로운 방향 제시

원중거와 홍대용이 사행록 곳곳에서 사행 제도의 비판과 개선책을 제시하고 사행대상국에 대한 잘못된 정보를 문제 삼으며 진위를 분별하기 위해 노력한 일을 개인적 차원에서 논할 경우 그 의미를 온

공교함으로만 이루어진 것 같지 아니하였다. 그 제도를 대강 이를진대, 뜰의 너르기가 동서 200여 보이고, 남북이 백 수십 보이며, 뜰 북쪽에 두어의 길 대를 쌓고 대 위에 삼층집을 지어 높이가 구름 밖에 벗어났다. 이것이 태화전이니 혹 '황극전'이라 일컫는다. (중략) 또 삼 층 섬돌 위에는 층층이 한 길이 넘는 돌난간을 세워 태화전 좌우로 꺾어 북으로 뻗어 있고 태화문 좌우 행각을 따라 또한 각각 난간을 세워 좌우로 둘렀는데, 굉걸한 제도와 장려한 기상이 대강 이러하였다."

* 『주해 을병연행록』 1, 98쪽. "태자하를 건넜다. (중략) 길 좌우에 쌓인 재목이 큰 사장을 덮었는데, 크고 작은 것을 각각 무리를 지어 쌓되, 하나도 허투루 놓은 것이 없었다. 아래는 너르고 위는 좁게 하여 무너지지 않게 하여 여러 재목이 길이 한결같았다. 양쪽 그루를 보면 100여 그루 재목이 다 칼로 벤 듯하니, 중국 사람의 정제하고 세밀한 규모를 가히 알 것이요, 사당 아래위 10여 리를 쌓아 그 수는 천만 그루로 헤아리지 못할 지경이었다. 그 인민의 번성함과 기구의 호대함이 실로 외국이 미칠 바가 아니었다."

전히 밝힐 수 없다. 오히려 사회적 관점에서 보면, 이는 당대에 사행의 제도와 방법의 개선에 대한 사회적 논의가 형성되고 있었으며 사행의 새로운 방향 모색이 이루어지고 있었음을 짐작하게 한다. 물론이러한 논의가 사행이 유지되는 동안 부단히 진행되었겠으나, 홍대용과 원중거에 이르러 텍스트에서 구체적이고 직접적으로 언급되고있음을 볼 때, 특히 이 시기에 활발하게 이루어졌을 것으로 보인다. 사행이 그 규모와 빈도에 비해 실효성이 턱없이 부족한 점을 널리 공유하고 이에 대한 개선책이 필요하다는 지적이 바로 이 시기에 활발히 이루어지고 있었고, 이러한 논의가 이후의 사행에 부분적으로 영향을 미치며 특징적인 면모를 지닌 두 사람의 사행록 텍스트가 나왔다고 할 수 있다.

앞서 언급한 대로 이러한 문제를 다루는 데 귀중한 자료는 두 사람이 서로의 글을 보고 남긴 발문이다. 먼저 규장각, 연세대 소장 필사본『간정필담』말미에 수록된 원중거의 발문은 둘의 관련성을 고찰할 수 있는 단서를 제공한다. 홍대용 또한 원중거의『일동조아』에 발문을 남겼다.「일동조아발」*이 그것이다. 이 책이 이름만 전하여 자세한 내용을 알 수 없지만 아마도 에도시대 일본의 학술과 문예에 관한 소개 및 평가를 한 책으로 짐작된다.** 홍대용은 원중거의 사행록을 모두 보았을 것으로 짐작되지만 오직 이 책에 관한 기록만 확인된다. 만약 이 책에만 발문을 쓴 것이라면 이 책의 가치를 남달리 주목한 것이라 볼 수 있다. 이외에 홍대용이 원중거에 대한 시를 남

---

*   『담헌서』, 내집 3권, 跋.

** 박희병, 「淺見絅齋와 洪大容-中華的 華夷論의 解體樣相과 그 意味」, 『대동문화연구』 40, 성균관대 대동문화연구원, 2002, 409쪽.

34

기기도 한 점을 보면 둘 사이에는 서로의 저술에 글을 써줄 정도로
깊은 교유가 있었음을 알 수 있다. 이 두 자료를 근거로 둘 사이의
관련성은 물론 두 사람이 추구했던 사행과 사행의 새로운 방향에 대
하여 살펴본다.

1) 체험의 기록에서 지식의 기록으로

우선 이 점은 당시의 사회문화적 맥락에서 고찰할 필요가 있다.
홍대용과 원중거가 사행기록을 각기 다른 방식으로 여러 편을 저술
하였다는 점은 여행 기록방식이 다양해졌다는 현상적 의미를 넘어,
여행 목적과 견문 방식 등의 여러 차원에서 의미 있는 변화가 일어났
음을 반영한다. 일반적으로 사행기록은 일록을 중심으로 하고 시문
이 곁들여진 방식으로 저술되었다. 이러한 방식은 개인적 체험과 감
정을 중심 내용으로 한다. 그러나 지속적인 사행을 통해 체험이 축적
되고 견문이 확대되면서 일록과 시문 중심의 텍스트 저술방식은 방
대한 여행기록을 담는 데 일정한 한계를 드러낼 수밖에 없었다. 그러
한 상황에서 사행록의 저자는 일기의 장편화와 세밀화를 추구함과
동시에 별도의 견문록을 남길 것을 고려했다. 계미통신사 이전 일록
에 부수적으로 문견록, 견문록 등의 이름으로 텍스트의 전후에 수록
된 것은 이러한 일기의 한계를 극복하려는 시도의 일환이었다. 그런
데 계미통신사행에 이르러 아예 일록과는 별도로 항목별로 체험을
정리하고 거기에 당대 최신 자료와 지식을 덧붙여 총서류를 저술하
는 단계에 들어선 것이다.

이처럼 저술방식의 다양한 모색은 해당 나라에 대한 지식의 축
적이나 지식 욕구의 확대와 깊은 관련이 있다. 즉 이러한 변화의 출

발은 일본과 중국의 견문을 통한 지적 충격에 있다. 근세 동아시아에 관한 연구성과에 의하면 18세기 일본과 중국의 변화상은 괄목하여 문물의 번성함과 물화의 유통, 그리고 서양과 문물교류가 활발히 진행되고 있었음을 알 수 있다.* 이런 상황에서 사행원은 밖으로는 화이론적 명분을 강조하고 조선의 문화적 우월감을 앞세웠지만, 내심 조선과 대비되는 두 나라의 역동적 변화를 눈으로 확인하면서 그 구체적 실상과 배경에 대하여 큰 관심을 보였다. 사행에서의 이러한 체험이 바로 일본과 중국을 새롭게 인식하게 되는 계기로 작용한 것이다. 사행이 도착한 나라의 새로운 문물과 정보는 사행원의 주된 견문 대상이었고, 이의 수집활동은 매우 활발해졌다. 이렇게 모인 방대한 견문자료는 돌아오는 사행의 수레나 배에 실려 와 조선에 퍼졌다. 한편으로 이 자료들은 기존의 일기로는 포괄할 수 없어 새로운 저술 방식을 모색할 수밖에 없었고, 결국 한 종 이상의 사행기록을 남기는 방편을 선택했다. 현재 전해오는 이 시기의 다채로운 형식의 사행록을 통해 구체적으로 확인할 수 있다. 비록 중국과 일본에 국한된 여행이었지만 이 시기에는 이 두 나라만의 여행을 통해서도 이전과는 비교할 수 없이 새로운 문물과 서적 등이 대량으로 들어오고 있었다. 홍대용의 연행록에 가득 찬 중국과 서양 관련 정보와 지식, 그리고 원중거를 비롯한 계미통신사 사행록에서 확인되는 일본의 화려한 물질문명에 대한 기록이 이전의 사행록에 견주어 큰 폭으로 확대되었다는 점이 이를 잘 보여준다. 이처럼 사행을 통해 대량으로 유입되는 견문, 지식과 그 처리방식에 대한 모색이 비슷한 시기의 연행록, 통신

---

*   幸田成友, 『日歐通交史』, 岩波書店, 1942; 方豪, 『中西交通史』, 臺北: 中國文化大學 出版部, 1983.

사행록에서 매우 유사한 특징을 드러내게 한 배경으로 작용한 것이다. 이러한 배경에서 원중거와 홍대용은 사행을 새로운 지식을 배우고 알아가는 과정으로 확립하고 사행록이 지식의 기록이 될 수 있도록 그 방향을 구체화하였다. 원중거가 남긴 『화국지』와 『일동조아』, 홍대용의 『을병연행록』과 『연기』는 그 결과물로서 일본과 중국에 관한 새로운 지식의 기록이라 보아도 무방하다.

　대개 새로운 지식은 인식(세계관)의 전환에 기인하거나 혹은 이를 추동한다. 홍대용이 쓴 「일동조아발」을 둘러싼 여러 정황도 이 경우에 해당함을 확인할 수 있다. 길지 않은 이 글은 홍대용의 일본에 대한 이해와 인식의 수준을 잘 보여준다.

　　도난(斗南)의 재주와 가쿠다이(鶴臺)의 학식, 쇼추(蕉中)의 문장과 신센(新川)의 시, 그리고 겐카(蒹葭)·하야마(羽山, 維明周奎)의 그림, 분엔(文淵)·다이로쿠(大麓)·쇼메이(承明)의 글씨, 난구(南宮)·다이시쓰(太室)·시메이(四明)·아키에(秋江, 嶋村皓)·로도(魯堂, 那波師曾)의 갖가지 풍치는 우리나라는 물론 제로(齊魯)와 강좌(江左)에서 구한다 하더라도 또한 쉽게 얻을 수 없을 것이다.*

첫 대목에서 일본의 학술과 문예에서 명성을 떨친 이들을 거론하면서 그 수준이 조선과 중국을 능가한다고 평가한다. 시작하는 글이 이같이 단도직입적이다. 그러면서 이들조차 가려 뽑은 것이 아니

---

* 『담헌서』 내집 3권, 跋, 〈일동조아발〉. "斗南之才, 鶴臺之學, 蕉中之文, 新川之詩, 蒹葭羽山之畫, 文淵大麓承明之筆, 南宮太室四明秋江魯堂之種種風致, 卽無論我邦, 求之齊魯江左間, 亦未易得也."

니 그 나머지 사람들도 미루어 짐작할 수 있다고 하며 바다 바깥에
멀리 떨어진 지역이라 깔보면 안 된다고 하였다. 나아가 "이(伊, 이토
진사이)·물(物, 오규 소라이) 두 사람이 일본의 문풍을 이끌고 일본의
칼날을 무디게 한 공로가 크고 이는 우리에게도 복이니 마땅히 이 두
사람은 우리나라에서 존경받아야 한다."고 말했다. 일본 고학파(古學
派)에 대한 평가가 당대 조선에서도 엇갈리고 있었으나, 홍대용의 이
같은 평가는 다소 과감한 발언이다. 특히 통신사행록에 의하면 이 두
사람에 대하여 그 수준을 어느 정도 인정하는 부분도 있으나, 대체적
으로 이단으로 평가하였다. 원중거 또한 이들의 학문을 주자의 경전
해석에 도전하는 이단이라고 비판하였다. 「일동조아발」에서 펼치는
홍대용의 의중은 바로 "이물학(伊物學)=이단(異端)"이라는 논리를 깨
는 데 있었다. 즉 "이물의 학술이 자세히는 알 수 없으나 그 요체만은
몸을 닦고 백성을 구제하는 것이니 이 또한 성인이라 할 만하다."라
고 하며 이단설에 일침을 가한다. 자신과 절친한 선배이자 동료인 현
천(玄川) 또한 '주자학=정학(正學)/이물학=이단'의 논리에 빠져 있으
니* 이에 분명히 반대하는 논리를 편 것이다.** 통신사행에서 누구보
다 진일보한 일본 이해를 추구한 원중거였으나, 홍대용의 일본 인식
은 더 나아갔다. 일본에 대한 새로운 지식은 일본에 대한 인식의 전
환을 추동한다. 홍대용은 바로 이를 궁극적 목적으로 삼았을 것이
리라.

---

* 『화국지』에는 일본 주자학자를 〈學問之人〉이라는 항목에 묶어 서술한 반면, 그 외 고학파
등은 〈異端之說〉이름으로 분류하여 묶어두었는데, 이를 통해 원중거의 일본 학술에 대한
인식을 분명히 알 수 있다.

** 이 글은 "현천(원중거)의 학설인 정학을 밝히고 사설을 없앤다는 논리는 급선무라고 할 수 없
다"고 하며 끝맺는다.

이렇듯 두 사람은 서로의 사행체험에 깊은 관심을 가지고 비평적 의견을 밝히는 데 이르렀다는 것을 알 수 있다. 중국과 일본을 다녀온 체험을 공유하고 두 체험을 바탕으로 다녀오지 않은 두 나라에 대한 지식과 이해를 넓히는 것은 물론 서로의 기록을 통해 사행록 저술의 새로운 방향을 모색했을 것임은 미루어 짐작할 수 있다.

2) 시문창화에서 필담으로

한편 원중거는 홍대용이 남긴『간정필담』의 발문을 남겼다. 잠시 그 주변을 살피면 글의 창작연대가 임진년(1772) 여름임을 알 수 있다.* 따라서 두 사람의 교유관계는 이 전후에 맺어졌을 것인데 원중거는 1770년 종6품의 송라찰방으로 승진했다가 해임되어 1776년 장원서주부로 임명될 시기를 전후하여 박지원을 비롯한 이덕무, 박제가 등 북학파 지식인과 활발히 교유하였다.** 같은 시기에 홍대용 또한 서울에 있으면서 북학파와 교류하고 있었던 때라서 둘의 만남이 북학파를 매개로 자연스럽게 이루어진 것으로 보인다. 이때 두 사람은 사행에서의 체험담을 나누고, 사행기록을 교환하여 읽었음이 분명하다. 이러한 추정을 뒷받침해 줄 수 있는 자료가 이 발문이다.***

발문의 내용은 크게 두 부분으로 나눌 수 있다. 전반부는 자신의 일본사행체험을 회상한 대목이며, 후반부는 홍대용의 연행체험

---

* 『燕彙』,「湛軒」下, 연세대 도서관 소장본. "遂幷書之卷尾拜, 以歸之湛軒翁, 時壬辰中夏之十三日也. 原城元重擧子才識."

** 오수경,「현천 원중거」,『연암그룹 연구』, 한빛, 2003, 182~183쪽.

*** 이 발문은 졸저,『홍대용 연행록의 중국인식과 글쓰기 연구』(세종출판사, 2007)에서 소개한 바 있으며, 박상휘,「조선후기 일본에 대한 지식의 축적과 사고의 전환」(서울대 국문학과 박사논문, 2015)에서 자세히 다루고 있다.

중 특히 『간정필담』에 대한 비평으로 이루어져 있다. 전반부의 요지는 필담을 통한 심도 있는 인적 교류의 중요성에 대한 역설이다. 그는 여행기간 내내 시문창화로 피곤하였지만 마치 '숙향(叔向)이 알아본 종멸(鬷蔑)'[*]과 같은 이를 찾는 데 힘썼다고 한다. 그 결과 겨우 찾은 이가 다이텐 겐조(大典顯常, 쓰常, 1719~1801), 다키 가쿠다이(瀧鶴臺, 長凱, 1709~1773), 곤도 아쓰시(近藤篤, 1723~1807), 호소아이 한사이(細合半齋, 合離斗南, 1727~1803) 등의 인사들이라고 말하고 있다.[**] 이와 관련하여 원중거는 『승사록』에서 다음과 같이 말한 바 있다.

> 필담을 한 문목 가운데 볼 만한 것이 많은 것은 지쿠조의 것이 으뜸이고 그다음은 나바 시소(那波師曾), 다키 죠가이(瀧長凱), 미카와(三河州)의 스가 도키노리(菅時憲), 에도(江戶)의 지바 겐시(千葉玄之)이다. 지바 겐시는 글에는 덜 뛰어났지만 그 어머니가 옛것을 좋아한다. 또한 지쿠젠(筑前州)의 시마무라 히로시(嶋村皓)도 있다. 승려들의 경우에는 하루도 논쟁의 말을 하지 않는 날이 없었는데 조금이라도 참된 말이 있으면 모두 한 번 보고는 바로 옷깃에 넣었고 종이조각 하나 남기지 않았다. 이는 모두 다른 사람에게 전하여 보여주거나 혹은 등사하여 책으로 만들기 위함이었다. 바쁘고 허둥

---

[*] 晉나라 大夫 叔向이 鄭나라에 갔을 때 정 대부인 종멸이 얼굴이 매우 못생겼었는데, 숙향을 만나보기 위해 숙향에게 술대접하는 심부름꾼을 따라 들어가 당 아래에 서서 한 마디 훌륭한 말을 하자, 숙향이 마침 술을 마시려다가 종멸의 말소리를 듣고는 "반드시 종멸일 것이다." 하고, 당 아래로 내려가서 그의 손을 잡고 자리로 올라가 서로 친밀하게 얘기를 나누었던 데서 온 말이다. 『左傳』, 昭公二十八年.

[**] 『燕彙』, 「湛軒」下, 연세대 도서관 소장본. "我之鑑賞識別, 實乏叔向之下堂, 獨其眼中風儀烱然襟懷者寥寥. 若竺常, 瀧長凱, 近藤篤, 合離等 若而人而已."

지둥하고 소홀히 하여 글자가 빠지고 말도 황당한 것이 있으니 후회가 막급이다. 나중에 사신으로 오는 사람들은 마땅히 경계해야 할 것이다. 대개 필담이 중요하고 시문은 그다음이다. 우리 무리가 필담을 소홀히 하였던 것은 몹시 잘못한 것이다.*

여기서 원중거는 사행에서 '필담'의 중요성을 역설하였다. 이는 달리 말하면 밤을 새워도 멈추지 않는 시문창화의 비생산성과 고단함을 비판하고 있다. 원중거는 필담 과정에서 쌓이는 지식교류와 필담초록의 편저를 통한 기록화를 매우 중시하였음을 알 수 있다. 즉 필담이 학문·사상 등의 논쟁과 교류를 가장 활발하게 펼칠 수 있는 공간이며, 사행에서 수행하고 얻어야 할 가장 중요한 일이라고 여겼다. 원중거에게 홍대용의 『간정필담』은 자기가 역설해 마지않던 필담의 모범사례를 보여주는 텍스트였음이 분명하다. 그 때문에 글의 전반부에서 자신의 사행체험 중 일본인과의 교유를 회상하는 대목은 『간정필담』의 독서와 무관하지 않으며, 오히려 매우 긴밀한 연관성을 지니고 있다고 하겠다.

후반부에서는 홍대용의 인품, 그리고 중국여행 중 만난 항주 세 지식인과의 필담 양상을 언급한 뒤, 자신이 일본에서 만난 인물들과 교차시키며 비교하였다. 홍대용과 자신의 차이점이 바로 이 필담 기록의 유무에 있는 것으로 글을 매듭지으며 자신의 소홀함을 시인하고 홍대용의 치밀함과 부지런함을 추켜세우고 있다. 그는 그만큼 『간정필담』을 높이 평가하고 일본이든 중국이든 사행 가는 자는 이

* 『승사록』, 554~555쪽.

책을 반드시 보아야 할 것이라고 역설하면서 글을 맺었다.[*]

이상에서 살펴본 결과 원중거의 발문은 사행에서 '필담의 중요성'을 인식하고 몸소 실천해 보여준 홍대용의『간정필담』의 의미를 드러내는 데 주된 목적이 있음을 알 수 있다. 이 글은 또 필담이 양국(조청, 조일) 지식인의 진정한 교유를 실현하는 방도라는 점을 강조한다. 나아가 새로운 지식을 얻는 가장 효과적인 방도이기도 하였다. 필담을 사행에서 필수적인 과정으로 설정하고 필담록을 사행록 저술의 하나의 방향으로 설정한 까닭은, 시문창화의 문제점을 해결하고 실효성 있게 사행을 왕래하기 위한 목적을 이루기 위함이다. 이 발문은 이와 같은 생각이 두 사람 사이에 어느 정도 합의된 것임을 보여준다.

이상에서 두 사람은 여러 면에서 유사한 점과 관련성을 보인다. 이는 통신사행록과 연행록이 당시에 긴밀한 관련을 맺고 있었다는 대표적인 사례로 볼 수 있으며 앞으로 둘 사이의 관련성을 고찰하는 데 하나의 방향이 될 수 있을 것이다.

---

[*]   『燕彙』,「湛軒」下, 연세대 도서관 소장본. "後人之之南之北者, 如得目此書, 而審取舍, 則是乾淨筆譚之爲助也, 其將博矣."

조선후기 사행록에 나타난
동아시아의 시각문화

1. 사행록, 문자에 담긴 빛과 색의 세계

　명·청 교체 이후 19세기 전반까지 동아시아에는 평화가 이어지고, 각 나라는 이를 바탕으로 정도의 차이가 있지만, 정치·경제·문화적으로 번영기를 구가한다. 특히 중국은 당시 세계 최대의 경제 규모에 이르렀으며, 일본도 쇄국을 하였지만, 대마도와 나가사키 데지마를 통해 활발한 대외무역으로 경제 규모가 확대되었다. 이런 가운데 조선은 외교적 방편을 통해 경제적 번영을 구가하던 두 나라를 눈으로 직접 목격하는데, 그 구체적인 기록이 사행록이다. 이런 점에서 사행록은 조선의 눈으로 중국과 일본의 번성기 모습을 기록한 거대한 파노라마에 해당한다. 여기에 담겨 있는 시각문화의 흐름을 산발적으로 고찰하는 단계에서 나아가, 사행록을 동아시아의 발달하는 시각문화를 광범위하게 포착해 담아놓은 텍스트로 접근할 필요성이 제기된다.

　사행록 저자의 대부분은 일차적으로 시각의 충격 후 체험을 저술하였다. 거의 모든 사행록에는 아름다운 자연경관, 조선에서는 볼 수 없었던 기이하고 화려한 채색과 거대한 규모의 각종 문물, 그리고 눈부시게 발달하던 시정의 공연문화를 비롯한 각종 시각 매체에 접한 충격을 가감 없이 드러내고 있다. 저자가 받은 문화적 충격은 다름 아닌 시각문화에 대한 충격이다. 수차례 오간 역관과 수행일꾼들

은 오히려 무덤덤했을 것이나, 평생 한 차례 사행을 다녀온 식자층이
받은 충격은 적지 않았음을 그들이 남긴 사행록에서 여실히 확인할
수 있다.

그들이 체험한 것은 전대미문의 시각문화였다. 시각문화는 흔히
매체의 발달로 이루어진 근대적 산물이라 일컫는다.* 하지만 조선후
기와 동시대의 중국과 일본은 서구와의 활발한 교류와 상업문화의
발달과 함께 독자적인 시각문화가 빠른 속도로 발달하였다. 두 나라
의 시각문화는 조선의 사상과 윤리적 금지선을 넘어 수입되는 지경
에 이르러, 의주와 동래를 통해 들어와 곳곳으로 퍼지며 점차 조선의
시신경을 자극하였다.** 바야흐로 조선후기 시각문화는 이렇게 하여

---

*   시각문화라는 명칭은 영국에서 1950년대 말에 태동한 문화연구에서 비롯된 것으로, 마이
클 박산달의 저서인 『15세기 이탈리아의 회화와 경험』에서 쓴 '시대의 눈'이라는 개념에서
유래했다고 본다. 이는 대개 한 사회의 특정집단이 공유하는 인지 양식으로 간주하는데, 그
는 어떤 대상이 망막을 통해 대뇌에 인지되는 지각과정은 모든 사람이 같지만, 이렇게 지각
된 대상을 인식하기 위해서는 일련의 지식체계와 해석기술이 필요하다고 보았다. 이러한 시
각자료의 해석에 필요한 기술, 다시 말해 특정 시각자료를 특정한 방식으로 이해하고 감상
할 수 있는 집단적 인지 양식이 바로 '시대의 눈'이며, 이것은 역사와 문화권에 따라 다르다
고 하였다. 그 뒤 미국 미술사학자 스베틀라나 알퍼스의 네덜란드 회화 연구서인 『The Art
of Describing』(1983)에서 처음으로 시각문화라는 용어를 썼다. 이후 시각으로 경험되는
모든 종류의 이미지를 포함하는 시각문화의 대상은 전통적인 미술의 영역인 회화, 조각, 건
축, 공예, 사진뿐 아니라 광고, 애니메이션, 컴퓨터그래픽, 놀이공원, 상품, 환경, 패션, 조경,
공연, 문신, 영화, 가상현실 등을 포괄하였다. 또 시각이라는 감각기관에 기반을 둔 시각성에
대한 논의는 시각행위, 시각기제들, 시각행위의 주체에 대한 연구를 아우른다. 이에 관한 자
세한 내용은 류제홍, 「시각문화연구의 동향과 쟁점들」, 『문화과학』 33, 문화과학사, 2003,
257~276쪽; 이지은, 「시각문화연구와 미술사의 쟁점들」, 『미술사학』 20, 한국미술사교육
학회, 2006, 79~103쪽; 엄묘섭, 「시각문화의 발전과 루키즘」, 『문화와 사회』 5, 한국문화
사회학회, 2008, 73~102쪽 참조.

**   김성진, 「조선후기 김해의 생활상에 미친 일본문물」, 『코기토』 52, 부산대학교 인문학연구
소, 1998, 291~312쪽; 진재교, 「17~19세기 사행과 지식·정보의 유통 방식-複數의 한문학,
하나인 동아시아」, 『한문교육연구』 40, 한국한문교육학회, 2013, 381~419쪽.

변화의 물결에 쓸려 들어갔다. 이에 그치지 않고 그 변화에 대한 논의를 일으키는데 그것은 그들이 본 시각문화에 대한 논의가 중심이지만 인식론과 세계관과도 긴밀한 연관을 맺고 있다.

2. 조선후기 사행록에 나타난 중·일의 시각문화

> 이날 나갈 때 마음에 생각하기를, '유리창에 서책과 기완이 많으니 만일 사려고 한다면 재력이 미치지 못할 것이요, 또한 부질없는 물건을 가지고자 하는 것은 심술의 병이 되리라' 하여 다만 눈으로 볼 따름이요 조금도 유념함이 없더니, 돌아와 앉으매 마음이 창연하여 무엇을 잃은 듯하였다. 완호에 마음을 옮기고 욕심을 제어하기 어려운 것이 이러하였다.*

시각문화는 근현대사회의 특징적인 현상이 아니라 매우 오래된 전통을 지니고 있다.** 하지만 근세 동아시아 시각문화의 토대는 도시와 상업경제의 발달이다. 중국의 경우 오래전부터 대규모 성시를 중심으로 상업경제가 발달하였다. 특히 원대 이후 수도인 북경의 황성 아래 길게 뻗은 대로는 물건을 사고파는 사람과 해내외 모든 문물이 모여드는 곳이다. 이 물건들은 이곳에 모여드는 사람들에 의해 매매된다.

명나라 때에는 상업출판의 발달로 각종 서적이 대량 생산되었는

---

* 『주해 을병연행록』 1, 383~384쪽.
** 리처드 호웰스·호아킴 네그레이로스 지음, 조경희 옮김, 『시각문화』, 경성대출판부, 2014, 22쪽.

데 주로 실용서적이나 흥미 위주의 서적이었으며 통속적인 독자를 위한 것이었다. 경전 중심으로 글을 일삼는 식자층도 이것에 유혹되기도 했다.* 앞서 든 인용문에서 고백한 홍대용의 사례가 이를 잘 보여준다. 명말청초에는 여가도 상업화되어 각종 문화상품이 발달하였다. 당시 사람들이 즐겼던 가장 일반적인 오락문화는 강창과 장희(場戲)였다. 이것은 이 시기 소설과 희곡이 발달하게 된 주된 요인의 하나로 작용했다.** 이처럼 상업경제에서는 돈이 되는 것은 무엇이든 팔린다. 따라서 당연히 시각적 감각을 자극하고 즐겁게 하는 물건이나 텍스트, 공연물이 발달하기 시작했다.

일본의 상황도 크게 다르지 않다. 도쿠가와가 집권한 이후 에도를 새로운 도읍지로 정하면서 수많은 사람이 몰려와 도시를 형성했다.*** 이 시기 에도의 경제적 기반은 상업경제에 두고 있어, 시각적 상품이 팔리는 충분한 조건을 갖추었다 할 수 있다. 에도시대의 시각문화는 우키요에가 대표적이다. 우키요에는 일본 도시서민의 문화인 죠닌문화에서 꽃핀 대표적인 시각예술상품이다. 단순히 사고 팔리는 그림을 넘어서서 공연 장르인 가부키를 영상으로 드러내거나 각종 상품판매를 위한 상업광고로 활용되는 매체의 성격을 띠기까지 했다.**** 이렇듯 시각문화는 북경과 에도라는 거대한 도시의 상업경제를 기반으로 빠른 속도로 발달하였다. 요컨대 시각문화는 당대 발달하

* 티모시 브룩 지음, 이정·강인황 옮김, 『쾌락의 혼돈-중국 명대의 상업과 문화』, 이산, 2005, 223쪽.
** 이은상, 『장강의 르네상스-16·17세기 중국 장강 이남의 예술과 문화』, 민속원, 2009, 54쪽.
*** 존 W. 홀 지음, 박영재 옮김, 『일본사』, 역민사, 1986, 170쪽.
**** 藤澤 茜, 「浮世繪のメディア性」, 『浮世繪が創った江戶文化』, 笠間書院, 2013, 182~252쪽.

는 상업경제와 깊은 관련이 있다.

사행록의 저자는 이러한 시각문화에 주목하는데, 종래의 관점에서 벗어나 점차 오늘날의 문화비평가로서의 태도를 보이기 시작했다. 그 구체적인 변화의 징표는 글쓰기에 잘 드러난다.* 우선 드러나는 특징이 바로 사행에서 목격한 것에 대한 감각적 체험을 최대한 살리면서 글쓰기를 한 것이다. 주목할 것은 사행록의 작가가 여정에서 보이는 것을 시각적 텍스트로 간주한다는 점이다. 전 단계 사행록은 사행의 일정과 여정 중심의 서술로 이루어져 있으며 시야에 들어온 것은 짤막하게 서술하거나 아예 지나치는 경우가 많다. 장면 서술은 그다지 자세하지 않다. 그런데 후대로 가면서 장면묘사, 공간묘사, 혹은 특정한 건물이나 인물묘사가 자세하다. 기록 그 자체를 위한 서술을 넘어서, 시야에 들어온 것을 매우 분석적 태도로 접근했기 때문이다. 조선 후기의 사행록은 저자가 목격한 대상 가운데 상당 부분을 시각 텍스트로 간주하고 그러한 입장에서 텍스트를 분석하고 기록하였다. 조선 후기 사행록이 길어지고 문견록 저술이 확대되는 현상은 이처럼 시각 텍스트**에 대한 분석적 서술에 기인한다고 할 수 있다.

---

* 　조선후기 사행록의 글쓰기 양상에 관해서는 김현미, 『18세기 연행록의 전개와 특성』, 혜안, 2007; 정은영, 「조선후기 통신사행록의 글쓰기 방식과 일본담론 연구」, 부산대학교 박사논문, 2014, 13~82쪽 참조.

** 　여기서 '시각 텍스트'는 시각조형물 혹은 시각적 이미지를 지닌 텍스트로 그 조형과 이미지 속에 담긴 의미를 살필 필요가 있는 텍스트란 의미로 쓴다.

1) 시각문화의 공간, 대로

조선후기의 사행록은 그 성격상 산수 위주의 유람에서 벗어나 화려한 색채를 발하는 도회지의 조형물을 중심으로 하는 새로운 시각문화에 관심이 증가한다. 특히 대로는 일상의 삶이 구경거리로 묘사되는 축제적 공간이다.* 이곳은 주로 상업과 긴밀한 연관을 맺고 발달한다. 넓고 긴 길을 가운데 두고 양쪽으로 점포가 즐비한 배치는 사람들을 끌어모으기 좋은 조건이며, 이들을 소비자 혹은 상업종사자로 흡수하기에 적합한 구조다. 도시의 군중들은 이 대로에서 매일 무엇인가를 구경하고 구경을 통해 즐거움을 얻는다.**

사행원도 성시에 발달한 대로를 거닐며 망막에 들어온 온갖 기물과 경관에 놀라워했다. 연행록에 보이는 바에 의하면 심양, 북경 등에 형성된 대로와 그 일대의 시장인 유리창, 융복사 등이 대표적인 곳이다. 그전에 사행은 압록강을 건너 중국에 들어가기 위해 책문을 지난다. 이곳은 국경의 작은 고을에 불과한데, 연암이 이곳의 번화함을 보고 뒤돌아 가고 싶은 마음이 생긴 것은*** 바로 시각적 충격에 기인한다. 생전 경험하지 못한 시각적 충격을 접한 뒤 이를 어떻게 받아들여야 할지 모르는 긴장 상태를 그대로 드러내고 있다. 성시의 번화함은 종종 거대한 대로를 따라 좌우로 펼쳐진 저자와 그 길을 오가는 수많은 사람과 마차로 이미지가 형성된다. 번화한 성시를 구경하는 일은 곧 현지의 시각문화를 체험한 것과 다르지 않다.

---

* 바네사 R. 슈와르츠 지음, 노명우·박성일 옮김, 『구경꾼의 탄생』, 마티, 2006, 69쪽.

** 앞의 책, 40~41쪽.

*** 박지원 지음, 김혈조 옮김, 『열하일기』 1, 돌베개, 2017(개정판), 68쪽, "길을 나아가며 유람하려니 홀연히 기가 꺾여, 문득 여기서 바로 되돌아갈까 하는 생각이 들어 온몸이 나도 모르게 부글부글 끓어오른다." 이하 이 책을 인용할 시 서명, 쪽수만 표기함.

㈎ 연경과 요동 도중에 그 풍속을 살펴본다면, 성시와 촌락에 왕래하는 행인이 헤아릴 수 없이 많으나, 크게 급한 일이 아니고는 남녀가 서로 섞여 다니지 않으니, 이는 상고 시대의 유풍이다.*

㈏ 식후에 유봉산과 함께 말을 타고 대로에 나가 시가를 구경하였다. (중략) 이곳은 우리나라의 종가(鍾街)처럼 인물이 폭주하고 시가가 번성하였다. 처음엔 서쪽으로 100여 보를 갔다가 돌아왔고, 다시 북쪽으로 100여 보를 갔다가 돌아왔다. 나중에 상동문을 향해가니 좌우로 늘어선 가게에 온갖 물건들이 눈부시게 100여 보를 뻗쳐 쌓였으며, 사슴, 노루, 토끼들이 수없이 매달려 있었다. 또 각종 공장이 있으니, 나무 켜는 곳, 수레 만드는 곳, 관을 짜는 곳, 의자·탁자 만드는 곳, 철기·석기(錫器)를 만드는 곳, 쌀 찧는 곳, 옷 만드는 곳, 목화 타는 곳 등 온갖 것이 있는데, 기계가 어쩌나 편리한지 한 사람이 하는 분량이 우리나라의 열 사람 몫은 되었다.**

㈐ 정양문에 이르니 수레와 인마가 길을 메우고 있으나, 서로 먼저 가려고 다투는 일이 없고 잡되게 소리치는 일이 없어, 온후하고 안중한 기상이 우리나라에 비할 바가 아니다. 수레에는 비단 장막을 두르고 말에는 수놓은 안장을 드리워 화려한 채색이 눈부시며, 또 새해를 맞이하여 세배하는 사람이 많으니, 다 금수의복에 치장을 아주 선명하게 하였다. 문 안에 오래 머물며 그 물색을 구경하매, 남으로 3층 문루가 하늘에 닿을 듯하고, 북으로 태청문의 웅장한 제도와 붉은 칠한 궁장이 좌우로 둘러 있었다. 문 앞으로 붉은 목책

---

*　인평대군, 『연도기행』, 1656년 11월 2일.

**　김창업, 『연행일기』, 1712년 12월 7일.

50

과 옥 같은 돌난간이 서로 빛을 다투고, 길 양쪽에 정제한 시사(市
肆)의 현판과 그림의 온갖 채색이 극히 어지럽다. 이 가운데 무수한
거마가 서로 왕래하니 박석에 바퀴 구르는 소리가 벽력같아 지척의
말을 분변치 못하니 실로 천하에 장관이다.*

위 인용문은 연행록에 전해오는 기록으로 모두 대로에 관한 것
이다. ㈎는 1656년에 연경에 다녀온 인평대군의『연도기행』에 전해오
는 대목이다. 이 작품은 전반적으로 산수의 형승에 대한 묘사가 비교
적 소상하며 그에 대한 술회도 자못 기나, 노정에서 본 성시에 관한
기술은 여기서 보듯 간략하다. 이뿐 아니라 그 서술 시각 또한 상고
풍속, 즉 유교적 윤리에 바탕을 둔 관점에서 벗어나지 못한다.

이런 서술관습이 변화하고 있음을 감지할 수 있는 기록이 ㈏다.
저자 김창업은 심양거리를 구경하였다고 분명히 기술하여, 스스로
구경꾼이 되었음을 명백히 밝혔다. 그리고 그가 걸음을 옮기면서 본
것을 차례로 기술하는데, 여기에는 어떠한 선택 기준이 없다. 오로지
눈에 보이는 건물과 거리, 그리고 사람들을 매우 사실적으로 그리고
있다. 주목할 점은 상점과 물건에 관한 기록이다. 사대부들이 저잣거
리의 상품에 눈길 주는 것을 꺼리던 분위기를 개의치 않고 오히려 적
극적으로 성시의 상업문화를 기록하기 시작한 것이다.

㈐는 홍대용이 황성에서 본 거리를 기록한 대목으로, 뒤에 상술
하겠지만 우선 여기서 주목할 것은 아예 거리가 장관이라는 새로운
관점을 제시한 것이다. 빼어난 산수를 중심으로 장관을 논하던 그간

---

*　『주해 을병연행록』 1, 280쪽.

의 관점에서 '거리'는 논의의 중심이 될 수 없었다. 그런데 홍대용은 수레와 사람이 오가는 넓은 길 자체가 장관일 수 있음을 제기하였다. 실제로 『을병연행록』에서의 거리에 대한 묘사는 여기서 모두 제시할 수 없을 만큼 매우 세밀하고 장황하다. 가게 한 곳, 물건 하나에 대한 기술이 정밀화를 그리는 듯 치밀하다. 이처럼 사행록에서 관심 밖이던 대로가 그들의 시야에 들어온 것은 물론 매우 깊은 관심을 가지고 몸소 거닐면서 자세히 들여다보게 되었음을 알 수 있다.

통신사행록에서도 일본의 주요 도시 한가운데를 가로지르는 대로를 상세히 묘사하고 있다.

> ㈜ 왜경에 들어서니 민가가 점점 많아졌다. 한 판교를 지나서 이문을 뚫고 들어갔다. 길가에 있는 인가들은 모두 행랑이 길고 집이 크며, 사람들이 많기가 대판의 갑절이나 되었다. 이 문에는 큰 절이 있고, 그 속에 5층으로 된 탑각이 있는데, 웅장하고 화려하기가 비길 데 없었다. 왜경은 산으로 둘러 있고 물에 안겨 있다. 땅은 넉넉하고 토지는 기름지다. 여항의 도로는 모두 네모지고 반듯하게 그어져 있고, 중간마다 절이다. 유람할 곳이 많다.*
>
> ㈝ 품천에서 강호까지는 30리쯤 되는데 인가가 길가에 이어져 있고 사람들이 늘어서 있었다. 도성이 가까워지자 층층으로 된 누각과 큰 집이 땅에 가득하게 둘러 있어 이루 셀 수가 없었다.**
>
> ㈞ 산천 누대 인물이 곱고 아름다웠고 대와 나무가 아름답게 우거져서 그 찬란함이 서로 어여쁨을 질투하여 다투어 자랑하는 것 같

---

* 　작자미상, 『계미동사일기』, 1643년 6월 14일.

** 　작자미상, 『계미동사일기』, 1643년 7월 8일.

았다. 왼쪽에서 볼 때는 오른쪽의 관광을 놓칠까 두려웠고, 오른쪽
에서 볼 때는 왼쪽의 것이 문득 기이하므로 배를 타고 반일 가는 사
이에 두 눈이 다 붉어져서 마치 식욕 많은 사람이 진수를 얻어놓고
배는 불렀으면서도 입은 당기는 것과 같았다. (중략) 6~7리쯤 가서
관에 이르렀는데, 그사이 있는 길 양쪽의 창랑이 층계집 아닌 것이
없었으니, 이것은 백화의 점포였다.*

(사) 관문으로부터 선보로 나가서, 다시 왔던 길을 따라서 겹겹이 싸
인 시장과 거리를 통과했다. 집집마다 금병풍을 펼치고 붉은 자리
를 깔고서 남녀가 몇 겹으로 둘러앉았다. 앞에는 푸른 대나무 난간
으로 경계를 제한해서 감히 난간 밖으로 나오지도 않고 또한 떠들
거나 일어서는 일도 없이 모두 단정히 공수하고 꿇어앉았다. 여자
가 남자보다 배나 더 많았는데 모두 수놓은 비단옷을 입고 백분으
로 곱게 화장했다. 십리 사이에 하나의 빈틈도 없었으니 눈길을 놀
리려고 하면 좌우가 어지럽게 빙글빙글 돌아서 꿈같기도 하고 안개
속 같기도 했다.**

통신사행은 연행과 달리 사행원의 개별적 유람이 여의치 않았다.
주요 성시에 머무는 동안에도 특별한 일 외에 대부분 숙소에서 지냈
다. 따라서 그들이 대로를 볼 수 있는 시간은 들어가고 나오는 때밖
에 없다. 위의 기록은 이런 조건에서 남긴 것임에도 비교적 자세하며
성시의 대로에서 받은 시각적 충격을 그대로 드러낸다. 우선 (라), (마)
는 1643년에 일본에 다녀온 사행원이 남긴 기록이다. 이때 벌써 저자

* 신유한, 『해유록』, 1719년 9월 4일.
** 『일관기』, 361쪽.

는 교토와 에도의 대로에 즐비한 인가와 상점을 보고 시각적 충격을 받았음을 분명히 알 수 있다. ㈐는 1719년 신유한의『해유록』에 전하는 기록이다. 배로 오사카로 들어가는 수로를 지나며 그 좌우로 나 있는 대로의 눈부신 볼거리를 다 관람하지 못해 조바심을 내는 상황을 실감나게 서술하고 있다. 관람의 욕망이 극히 충만해 있는 심정을 숨기지 않고 있다. ㈑는 1763년 남옥의『일관기』에 보이는 기록이다. 이 역시 거리를 통과하면서 본 수많은 인파와 화려한 단장에 꿈같기도 하고 안개 속 같기도 한 듯한 놀라움을 직설적으로 표출하고 있다. 이같이 일본에서의 기록은 시간의 흐름에도 그 시각적 충격에 대해서는 대체로 크게 다르지 않은데, 이는 통신사행의 대로에 대한 시각적 인지와 그 충격이 연행록보다는 다소 내력이 오래되었음을 짐작게 한다. 이렇게 그들은 일찍부터 번성한 일본 주요 성시의 대로를 보고 놀라움을 감추지 못했다. 이것은 이전에 산수를 보고 느끼던 감각과는 전혀 다르다.*

2) 거리의 볼거리, 시각 텍스트

거리는 그 자체로 시각문화의 훌륭한 공간이지만 그 일대에서는 더욱 다양한 시각 텍스트도 함께 전시되거나 연출되고 있었다. 관등(觀燈), 지포, 환술, 장희, 서화 등이 대표적인 시각 텍스트다. 물론 대

---

* 산수화의 미적 원리는 시각적 인상을 객관적으로 재생하는 것이 아니라 풍경이 작가의 심리 작용에 개입하여, 안으로부터 풍경을 창조해내는 것이라 할 수 있다. 김우창,『풍경과 마음』, 생각의나무, 2002, 79쪽. 사행록에서 산수에 대한 관심 못지않게 거리나 문물에 대한 관심이 증가하는 것은 조선의 사대부에게 성리학적 이상의 실현 장소로서의 산수 외에 감각적 자극이 극대화된 시각문화 공간에 대한 인지와 그에 대한 사유가 증가하고 있다는 뜻으로 볼 수 있다.

부분은 그 유래가 오래된 것들이다. 그럼에도 이를 조선후기 지식인
들의 눈에 비친 시각 텍스트로 주목하는 까닭은 이러한 텍스트들이
조선 식자층의 관심을 이끌어낸 색다른 볼거리였기 때문이다. 최근
까지 학계에서는 이러한 것을 풍속사 방면이나, 공연예술, 미술사의
영역에서 각각 따로 다루었다. 물론 각 분야별로 자세하게 고찰하는
작업도 의미 있는 일이나, 이러한 것이 동시대적으로 성행한 배경과
그 과정을 통합적으로 살피는 일도 소홀히 할 수 없는 작업이다. 나
아가 이것을 기록한 저자들은 시각성에 주목하고 그것을 대하는 감
정 상태, 형상과 장면, 그리고 그것의 의미를 찾고 맥락을 짚어보려
는 모든 과정을 자세히 기록해 놓았는데, 곧 당시 시각문화를 해석하
고자 하는 비평가적 자세를 취하고 있었다. 이 점 또한 유심히 살펴
야 할 대목이다. 이에 관한 기록은 풍부하지만, 대표적인 사례만 들
어 논한다.

① 관등과 지포

㈎ 조식을 먹은 다음, 물을 긷는다는 핑계로 조양문으로 나갔다.
동서 4패루(牌樓)는 조양(朝陽)·숭문(崇文)·안정(安定)·부성(阜
成) 등 4문의 네 거리에 있고, 성안 큰길은 정자형(井字形)과 같았
다. (중략) 잠시 후에 돌아오면서 등시(燈市)를 지나는데 각색 등롱
(燈籠)은 그 이름을 알 수 없었다. 큰 부잣집의 경우에는 평상시에
도 반드시 5, 6장(丈)되는 등대〔桅〕를 꽂으며, 밤에는 등을 다는데,
오늘 밤은 관등(觀燈)이 더욱 많다고 한다.*

---

* 최덕중, 『연행록』, 1713년 1월 15일.

(나) 유리등(琉璃燈), 양각등(羊角燈)은 모두 뿔을 녹여 아교로 만들어서 제조한다. 그리고 정월 보름날 밤에 다는 등은 별도로 기이한 모양을 만들고, 그 위에 꽃, 풀, 새, 벌레를 그리는가 하면 채색실로 술을 드리워 극도로 화려하게 한다.*

(다) 관소로 되돌아와 저녁을 먹은 뒤에 또 함께 걸어서 문을 나갔다. 달빛을 밟으며 여러 곳의 석교(石橋)를 지나면서 등포(燈砲)를 실컷 구경하다가, 밤이 이슥해서야 돌아왔다. 주인집만이 방포(放砲)하지 않는 것을 보고 그 까닭을 물었더니, 돈이 없어 살 수가 없기 때문이라 한다. 그래서 당전(唐錢) 200문(文)을 구해 주어 열 자루를 사 오게 해서 쏘도록 하였더니, 주인이 머리를 조아리고 사례하였다.**

(라) 밤이 되자 각 배에 등불 4, 5개씩을 켜므로 수천만 점이나 되는 등불이 큰 바다 가운데 총총 늘어서게 되어 먼 데나 가까운 데의 경치가 찬란하게 모두 비치었다. 아마 광릉(廣陵)의 4월 초 8일 관등놀이도 이에 비하면 구슬을 희롱하는 사람의 소소한 장난에 불과할 것이다.***

(마) 삼경에 병고에 도착했는데 달 아래 대략 멀리 구별되어 보이는 안개 낀 나무에 위아래 언덕 십리에 걸쳐, 수많은 등불을 걸어놓아 한 일자로 불의 성을 이루었고, 등불을 들고 왔다 갔다 하는 사람이 베를 짤 때 북이 빨리 왔다 갔다 하는 것처럼 보였다. 배에 밝힌 불은 옮겨 다니면서 떠 다녔다. 앞 참에 밝힌 불도 혹 더러는 성대하

---

*   김경선, 『연원직지』, 「留館別錄」, 〈人物과 謠俗〉.

**   김경선, 『연원직지』, 1833년 1월 14일.

***   신유한, 『해유록』, 1719년 8월 1일.

지 않음이 없었으나 어지럽고 황홀하게 빛나는 빛은 여기의 것이 가
장 최고였다.[*]

(ⅷ) 미시에 금루선을 타고 낭화강의 상류로 거슬러 올라갔다. 좌우
누각의 성대함이 하류에 비견할 만하였으니, 구경하는 남녀들이 붉
은 담요를 펴고 금박 올린 병풍을 둘렀는데 비취빛 구슬이 뒤섞여
현란하였다. 밤이 되어 등불을 켜자 온 강 가득 노 젓는 이들이 모
두 거북 무늬 옷을 입고 뱃노래를 염불처럼 부르면서 밤새도록 앞
으로 나갔다.^{**}

위의 기록은 관등, 지포와 관련한 기록이다. 밤을 밝히는 등이나
불꽃놀이는 해가 진 밤하늘을 배경으로 색상과 빛을 발하면서 사람
들의 시신경을 자극한다. 그 신비롭고 화려한 모습이 지금까지 사람
들을 매료하며 축제로 이어지고 있다. 관등이나 불꽃놀이는 특별한
날이나 세시와 깊은 관련이 있다. 중국에서 관등은 정월 보름에 행해
지는 행사로 도가적 색채를 띤다.^{***} 동지사로 북경에 들어간 이들은

---

* 원중거, 『승사록』, 233쪽.

** 성대중 지음, 홍학희 옮김, 『일본록 ‒ 부사산 비파호를 날 듯이 건너』, 소명출판, 2006, 65쪽.
이하 이 책을 인용할 시 원서명과 쪽수만 표기함.

*** 중국에서 정월 보름에 행하던 관등과 관련하여 曹好益(1545~1609)의 『芝山集』, 「가례고
증」 제1권, 〈祠堂〉에 다음과 같은 기록이 있다. "道家의 경전을 보면, 정월 15일을 上元
이라 하여 天官이 복을 내리는 때라고 하며, 7월 15일을 중원이라고 하여 地官이 죄를 구해
주는 날이라고 하며, 10월 15일을 下元이라고 하여 水官이 액운을 막아 주는 날이라고 한
다. 주자가 말하기를, '三元은 도가의 설이다. 그런데 상원에 燒燈하는 것과 같은 풍습은 수
나라 양제 때에도 보이니, 어느 때 시작된 것인지 모르겠다.' 하였다. 『太平御覽』에 이르기
를, '漢家에서는 太乙에게 제사 지냈는데, 저녁때 제사 지내서 다음 날 아침까지 지냈다. 지
금 사람들이 정월 보름날 밤에 관등놀이하는 것은 그때의 풍습이 남아 있는 것이다.' 하였다.
『東京夢華錄』에는 이르기를, '이날에는 조상들에게 음식을 공양하고 素食을 한다. 성 밖에

대개 정월 보름에 열리는 이 관등을 쉽게 구경할 수 있다. ㈎에서는 중국인이 관등을 물력을 상징하는 잣대로 삼고 있음을 지적한 것이다. 물력이 큰 집안일수록 크고 화려한 등을 달기에 매우 볼 만한 광경이라고 서술하고 있다. 거리에 걸어놓은 등들의 화려함과 기이함에 대해서는 ㈏를 통해 알 수 있다. 또 같은 때에 중국에서는 지포라는 일종의 화약을 터뜨리며 새해 벽사진경의 뜻을 담은 놀이를 벌이는데, 그 소리가 클수록 좋다고 여기기에 물력을 기울여서라도 크고 화려한 지포를 터뜨린다. ㈐는 집안이 변변치 못해 새해가 되었음에도 지포를 터뜨리지 못하는 중국인을 사행이 도와주는 대목이다. 이렇듯 중국은 새해를 화려한 등과 불꽃놀이로 맞이하는데 이런 광경이 사행원의 눈에는 매우 사치스럽거나 화려한 것처럼 보이지만 실제로는 태평성대와 물력의 상징으로 인식되었다.

한편 통신사행록에는 특별히 세시와 관련된 행사에서 관등을 한다는 기록은 잘 보이지 않는다. 다만 사행을 실은 배가 밤이 지나도록 바다를 항해하거나, 혹 노정의 한 지역에 정박하는 시간이 밤이면 그 시간에 맞추어 수많은 등을 달아 대낮같이 항구나 강 주변을 밝혔다. ㈑~㈓는 그러한 장면을 기록한 글이다. 이 광경을 두고 사행은 우리나라 4월 초파일 관등제가 이에 비하면 소소한 장난에 불과하다고 할 정도로 장관으로 평가한다. 그만큼 일본에서 등을 다는 규모가 크고 화려함을 강조하고 있다.

관등을 보는 저자의 시선은 주로 감각적 인상을 다루며, 이것이

서는 조상들의 墳墓가 있을 경우 가서 성묘하고, 禁中에서도 수레와 말을 내어 道院에 나아가서 분묘에 배알하며, 크게 연회를 베푼다.' 하였다." 이는 중국에서 관등이 불교보다는 도가적 풍습임을 짐작게 한다.

그 나라의 번성함과 경제력을 보여주는 상징으로 간주될 뿐 더 이상의 깊이 있는 논의는 전개하지 않는다. 오로지 빛의 즐거움에 매료되었다는 뜻이리라. 하지만 또 다른 볼거리인 장희와 환술에 대한 논의는 그 기이함을 넘어서 그 본질적 성격에 대한 깊이 있는 논의가 진행된다. 우선 장희에 대한 논의를 살펴보고자 한다.

② 장희

㈎ 도주가 사자를 보내와서 일찍 와 주기를 청하였다. (중략) 옆에 화족(畫簇)·서축(書軸)·수로(獸爐)·화분 등속이 있는데, 한번 구경할 만하였다. 한참 뒤에 재판이 와서 대청으로 옮겨 앉기를 청하였다. 대청 가운데를 큰 병풍으로 가리고 위 칸엔 도주가 앉고 아래 칸엔 객좌(客座)가 마련되었다. 뜰 앞에 새로 판자집을 지어 붉은 전(氈)을 깔고 비단 휘장을 달아서 희자(戲子)가 놀이하는 곳으로 삼았다. (중략) 한 사람이 소매가 넓은 검은 도포를 입고 푸른 비단 무늬 수건을 썼는데, 위는 중의 고깔처럼 뾰족하고 뒤는 폭건(幅巾)처럼 늘어뜨렸으며, 오른손에는 부채를 쥐고 왼손에는 붉은 실을 몇 치쯤 쥐고서, 빙글빙글 한 바퀴 돌고 마구 부르짖고 떠들어댄 다음 북쪽을 향해 앉는다. 또 한 사람이 여자 얼굴을 가장하고 여자 복장을 꾸며 나오는데, 상하 의복의 무늬가 모두 극도로 괴이하였다. 손에는 푸른 풀과 붉은 실을 쥐었는데 역시 빙글빙글 돌며 소리친다. 검은 도포를 입은 자와 먼저 들어온 자가 모두 눈을 감고 머리를 흔들며 한껏 마구 부르짖는데, 얼굴빛이 모두 벌겋고 목 힘

줄이 지렁이처럼 불끈 솟아, 그 모양과 소리가 기괴하였다.[*]

(나) 절이나 도교의 사원 및 사당의 대문 맞은편에는 반드시 연극 무대가 있다. 이 무대는 대들보가 모두 일곱 개인데, 간혹 아홉 개짜리도 있으며 깊고 웅장하고 훤칠하여, 상점과는 비교가 안 된다. 하긴 이처럼 깊고 넓지 않다면 많은 관객을 수용할 수 없을 것이다. 걸상, 탁자, 의자, 받침대 등 무릇 앉을 수 있는 도구가 대략 천 개 정도 되며, 붉은 칠을 한 것이 매우 사치스럽다. 연도 천 리 길을 오다 보니, 혹 삿자리로 높은 대를 만들고 누각과 궁전의 모양을 본떴는데, 얽어 만든 공법이 기와로 만든 것보다 도리어 낫기도 했다. 더러 현판에 중추경상 혹은 중원가절이라 쓰기도 하였다. 사당이 없는, 아주 작은 시골 동네에서는 반드시 음력 정월 대보름인 상원과 칠월 보름 백중날인 중원에 이 삿자리 무대를 설치하여 온갖 연희를 놀린다. 지난번 고가포를 지날 때 수레가 쉬지 않고 이어져 오는데, 수레마다 모두 화장을 덕지덕지하고 요란한 장식을 한 여자 일고여덟 명이 타고 있었다. 마주친 수레만 해도 수백 대인데, 모두 촌 아낙네들이 소흑산 연희장의 연희를 보고 날이 저물어 파하고 돌아가는 길이었다.[**]

(다) 장희는 어느 시대로부터 일어났는지 알 수 없으나, 명나라 말년에 가장 성하였다. 신기하고 음교한 것이었으므로 상하가 모두 이에 미쳐 날뛰게 되었다. 심지어는 대내(大內)에까지 흘러들어 와 경비를 소모시키고 국가의 중요 정사를 비우게 하였다. 지금에 와서는 희대(戲臺)가 천하에 두루 퍼져 있는데, 언젠가 내가 서직문(西

---

[*]   조명채, 『봉사일본시문견록』, 1748년 7월 22일.

[**]   『열하일기』 1, 292~293쪽.

直門) 밖을 지나다가 보니 희구(戱具)가 몇 수레 있는데 그것들은 모두 붉게 칠한 궤짝 속에 간직되어 있었다. 사람을 시켜 물어보았더니 답변하기를, '원명원(圓明園)에서 연극을 마치고 오는 길이다.'고 하였다. 아마도 황제께서 구경한 모양이다. 정양문(正陽門) 밖에 10여 개의 희장(戱庄)이 있는데, 관아에서는 그 크고 작은 규모에 따라서 세금을 징수한다. 그중 큰 것은 창립비가 8~9만 냥이 든다 하는데, 수리하는 비용은 여기에 들지 않았다 하니 그 수입의 굉장함을 알 수 있다. 대개 한 사람이 한번에 3~4냥의 은을 주면 즐겁게 구경만 할 뿐 아니라, 차와 과일 그리고 술과 안주 등 극진한 진미를 종일 마음껏 먹고 즐길 수 있다. 그래서 소위 비단옷 입는 부호들은 여기에 빠져 헤어날 줄 모른다. 이런 음탕하고 사치스러운 잡극들은 왕도 정치에서 볼 때 반드시 금지되어야 할 일이다. 다만 한족이 이민족에게 망한 이래로 한관(漢官)의 위의나 역대의 장복(章服)이 유민(遺民)들에게 숭앙의 대상이 되었고 뒷 임금들의 본받을 바가 되었으니, 소홀히 여길 것이 아니며, 또 충효의열(忠孝義烈)이나 오륜(五倫) 같은 일들을 그대로 분장 연출하고, 노래와 곡으로써 마음을 격양하고, 피리와 통소 같은 것으로서 감정을 순화시켜, 보는 사람으로 하여금 추연(愀然)히 그와 같은 사람을 직접 보는 것처럼 만들어 하루하루 자기도 모르게 착한 데로 옮겨가게 한다면, 이것은 악을 징계하고 선을 권하는 공이 아마도 시경의 교화에 다를 바 없을 터이니 또한 적게 볼 수 없는 일이다.*

---

*   홍대용, 『연기』, 「장희」.

㉮는 대마도주가 통신사행에 연극을 보여주는 장면이다. 그전 갖가지 완물들을 내어놓아 감상케 하였다. 통신사행록에서는 시각 문화가 일본에서 어떻게 향유되고 있는지에 대한 직접적인 목격담을 쉽게 찾을 수 없지만, 이처럼 통신사행에 향응을 위해 보여주는 공연에서 대략의 상황을 짐작할 수 있다.* 나아가 일본에 전해오는 통신사 관련 춤과 연극을 통해 에도시대에 일본의 연극과 관련된 시각문화가 얼마나 성행했는지 미루어 알 수 있다.

반면 중국에서는 기록을 통해 당대의 상황을 알 수 있다. ㉯에서 박지원은 중국에서 연극이 성행하고 있는 현실을 잘 보여준다. 사람들이 많이 모이는 절이나 사당 옆에는 반드시 연극무대가 있으며, 그 규모도 커서 많은 사람이 앉아 관람할 수 있고, 오가는 사람들은 언제든지 그 연극을 볼 수 있다는 것이다. 무대가 없는 시골에서조차 명절 때 연극무대를 설치하고 모두가 보면서 즐길 정도로 중국 곳곳에 연극 없는 곳이 없음을 알려준다. ㉰는 홍대용의 글로 장희에 관한 짤막한 비평이라 할 만큼 논의가 간결한데, 연극이 당대 중국에 미치는 영향력과 그 의미까지 논하고 있다. 말미가 핵심인데, 장희가 지닌 양면성을 지적하면서 풍속교화에 도움이 되는 쪽으로 발전시켜야 한다고 맺고 있다. 이른바 장희를 통해 본 시각문화에 한 단면에 촌평으로, 다소 규범적 관점이 개입되어 있지만 전체적으로 장희 대중성, 상업성, 그리고 풍속교화의 기능 등에 대하여 언급하면서 그 가치를 긍정하고 있다.

---

*　물론 통신사도 각종 연희를 준비해 가서 일본에 볼거리를 제공했다. 이는 문화교류의 일부분이라 할 수 있다. 그 구체적인 모습에 관해서는 한태문, 「통신사 왕래를 통한 한일 연희 교류」, 『지역과 역사』 23, 부경역사연구소, 2008 참조.

③ 환술

잠깐 헐청에서 쉰 다음, 와룡관(臥龍冠)에 난삼(鸞杉)을 갈아입고 정청에 앉으니, 앞뜰에 판각(板閣) 5~6칸을 새로 짓고 상가(床架)·상렴(緗簾)·금장(錦帳)·홍전(紅氊) 등을 시설하였으며, 이어 여러 가지 놀이 수십 건(件)을 보여주는데, 혹은 시렁을 매 그 위에서 놀이를 하고 혹은 환술을 시험하되 기기괴괴한 것이 천태만상이나 모두 가소로웠다. 다 기재할 만한 것이 못 되므로 아울러 약하고 기록하지 않는다.[*]

이 기록은 계미통신사 정사 조엄이 환술을 보고 남긴 장면이다. 환술은 오래전 서역에서 전래되어 동아시아에 퍼진 기예며, 한반도에도 들어와 전승됐지만 조선시대에 들어서는 그리 크게 성행하지 못했다. 이는 아마도 환술에 대한 부정적인 인식에 기인한 것으로 추측된다.[**] 위의 기록이 간략하고 또 부정적으로 묘사된 것은 여기에서 연유한 것으로 보인다.

그러나 호오를 떠나 나라 밖에서 매우 기이한 공연물인 환술을

---

[*] 조엄, 『해사일기』, 1764년 3월 5일.

[**] 최근 연행록의 환술기록에 관한 연구가 활발하게 진행되었다. 홍성남, 「연행록에 나타난 '환술'과 '연극'연구」, 『동아시아고대학』 5, 동아시아고대학회, 2002; 임준철, 「연행록에 나타난 환술인식의 변화와 박지원의 「환희기」」, 『민족문화연구』 53, 고려대 민족문화연구원, 2010; 「18세기 이후 연행록 환술기록의 형성배경과 특성-홍대용, 박지원, 김경선의 환술기록을 중심으로」, 『한국한문학연구』 47, 한국한문학회, 2011; 「박지원 「환희기」의 환술 고증과 분석」, 『민족문화연구』 57, 고려대 민족문화연구원, 2012; 「연행록 환술기사를 구성하는 세 가지 층위와 幻史」, 『한국한문학연구』 51, 한국한문학회, 2013; 안순태, 「남공철 연행록 소재 환술 기록에 대한 연구」, 『한국한문학연구』 74, 한국한문학회, 2019.

감상하는 기회를 얻은 것은 행운이다. 일본에서는 주로 통신사행이
거쳐 가는 지역의 번주나 권력자가 사행을 위해 특별히 접대하기 위
해 동원해야 관람할 수 있었지만, 중국에서는 거리에서 쉽게 접할 수
있는 구경거리였다. 그만큼 연행록에는 환술을 보고 남긴 기록이 풍
부하다. 환술은 부정적으로 인식됨에도 그것을 본 저자들은 그 기이
하고 알 수 없는 술법에 마음이 홀리고 매료되어 그냥 지나치지 않는
다. 곧 그 환술의 기법과 원리는 물론 인식론에 가까운 논의를 펼치
는 데까지 나아간다. 가장 깊이 있는 논의는 박지원의 『열하일기』에
서 찾을 수 있다. 연암은 수십 가지 환술을 보고 난 뒤 하나도 빠짐
없이 매우 상세하게 묘사해 두었다. 이른바 「환희기」가 그것인데, 그
묘사의 탁월함은 이미 널리 알려져 있다.

④ 서화

(가) 밤에 서화를 팔러 온 자가 몹시 많았는데, 그들은 흔히 수재들이
었다. 그중에 '난정묵본(蘭亭墨本)'이 꽤 좋았으나 부르는 값이 너
무 비쌌다. 또 '음중팔선첩(飮中八仙帖)', '화조첩(花鳥帖)', '산수족
(山水簇)'은 다 속필(俗筆)이었고, 당백호(唐白虎)의 '수묵 산수도',
범봉(范鳳)의 '담채산수(淡彩山水)', 미불(米芾)의 '수묵 산수'는 다
위조품이었다. 미불의 그림이 은 30냥을 호가하기에 분첩(粉帖) 위
에 미불의 글씨를 모방해서 쓰고 30냥이라고 그 위에 썼더니, 여러
호인들이 웃어 댔다.*
(나) 밤이 이슥하여 형님이 계시는 온돌방으로 찾아갔더니 김창하(金

---

* 　김창업, 『연행일기』, 1712년 12월 18일.

昌夏)가 그림 족자 5, 6장을 구해 왔는데, 하나는 여기(呂紀)가 수묵으로 공작을 그린 가리개였다. 필법이 굳세고 힘이 있으며 매우 절묘하여 일찍이 찾아보기 힘든 그림이었다. 값을 물어보니, 은자(銀子) 100냥이었는데, 나머지 그림 값도 그와 비슷하였다. 그림들의 출처를 물어보았더니, 성안에 있는 벼슬아치의 집에서 파는 것이라 하였다.*

㈐ 화사(畫師) 왕훈(王勛)은 일찍이 민 참판(閔參判)의 화상을 그린 자다. 이날 수역이 데리고 와서 백씨의 화상을 그리게 하였으나, 날이 저물어 마치지 못하고 갔다. 화법은 나연(羅延)보다는 조금 나으나, 나이 이미 64세요, 눈이 어둡고 손도 떨어 그림이 제대로 되지 않으나 돈은 천은(天銀) 16냥을 요구하고 시작할 때에 먼저 한 냥을 달라고 한다.**

㈑ 그 별당은 사신을 위하여 새로 지은 것으로 서원(書院)이라 일컫는데, 창·난간·주렴·서까래가 매우 정교하고 뜰에는 세석(細石)을 깔았고 담에는 초평(草坪)을 설치하였고 뜰의 화초들이 매우 아담하였다. 벽에는 족자 넷을 걸었는데 용·범·인물이 모두 묘한 그림이었다. 그중의 하나는 곧 송나라 휘종이 친히 그린 흰 매로 채유(蔡攸)가 찬(讚)을 지어 손수 쓴 것인데, 그림이 묘하고 글씨가 정밀하여 각각 그 극치에 이르렀다. 대개 상선을 따라 온 것인데, 참으로 절보(絕寶)였다.***

㈒ 우삼동이 24첩의 효자도(孝子圖)를 가지고 왔는데, 순임금으로

* 앞의 책, 1713년 2월 21일.
** 앞의 책, 1713년 1월 21일.
*** 남용익, 『부상록』, 1655년 6월 29일.

부터 송나라 현인(賢人)에 이르기까지 각각 그 행한 사실을 그렸
고, 폭마다 시가 있었고, 비단 장정(粧幀)을 하여 칠궤(漆几)에 담았
는데 그 제목의 글씨를 보니 신묘년에 왔던 종사관 이방언(李邦彦)
의 필적이었다. 이 그림을 간직한 주인이 누구냐고 물으니, '황경(皇
京)의 귀인'이라고 하면서 성명을 말하지 않았다. 그 궤를 받들고
있는 여러 왜인들이 진중하게 받들어서 감히 소홀히 하지 않았다.
그리고 나에게 서문을 청하였다. 내가 그 그림을 펼쳐 본 뒤에 서문
을 지어 주었다. 우삼동이 아주 아름다운 당지(唐紙)를 가지고 와
서 나의 글씨를 청하였는데, 필획과 자행에다 모두 표준 될 척촌(尺
寸)을 써서 아주 정밀하게 받은 뒤 조심조심 들고 가면서 이르기를,
"이와 같이 하지 않으면 우리들이 죄를 받을까 두렵다." 하였다. 어
떤 귀인이 그들로 하여금 이와 같이 공경하고 두렵게 하는지 알 수
없었다.*

위의 기록은 서화와 관련된 장면들이다. 최근 사행과 관련된 그
림에 대해서 활발히 연구가 진행되고 있다.** 여기서 유심히 살피려는
것은 바로 서화에 대한 상업적인 거래가 일상에서 활발히 이루어지
고 있다는 점이다. 우선 ㈎와 ㈏는 김창업이 남긴 기록인데, 곳곳에
서 서화의 매매가 자연스럽게 이루어지고 있음을 보여준다. 이는 서
화의 미학적 관심이 아니라 시각문화 상품이 된 서화에 대한 관심이

---

* 신유한, 『해유록』, 1719년 11월 4일.

** Ronald P. Toby, 박은순 역, 「조선통신사와 근세일본의 서민문화」, 『동양학』 18, 단국대
학교 동양학연구소, 1988, 169~207쪽; 윤지혜, 「에도(江戶) 회화 속의 조선통신사」, 『통신
사, 한일교류의 길을 가다』, 조선통신사문화사업추진위원회·경성대한국학연구소, 2003; 정
은주, 『조선시대 사행기록화』, 사회평론, 2012.

드러난 기록이다. 김창업이 남긴 또 다른 기록인 ㈐도 상업적 매매를 다루는 것에서 큰 차이점이 없으나, 사행을 찾아와 그림을 그려주며 생업을 일삼는 자들의 존재를 알 수 있게 해준다. 사행들 사이에서 가격 흥정이 잘되면 이국 여행의 소소한 즐거움을 느낄 만한 것으로 여기고 있음을 짐작할 수 있다.

㈑는 통신사행록의 기록으로 여기서도 그림의 유통, 즉 그림을 둘러싼 동아시아의 교류를 확인할 수 있다. 송나라 황제 휘종의 그림을 바다 건너 일본에서 눈으로 직접 본 사행의 심정이 명쾌히 드러나지는 않지만, '절보'라는 말에서 세상에 경험하지 못한 것을 해외에서 구경하는 감동과 즐거움이 잘 나타난다. ㈒는 우리나라의 그림도 일본에서 극진한 대접을 받고 있음을 보여주는 장면이다. 주지하듯 에도시대는 우키요에라는 회화가 발달하였으며, 이 시대 일본 시각문화의 상징이었다.* 그림의 매매는 물론 그림이 활용되는 범위가 매우 다양함은 앞서 언급한 대로다. 이런 상황에서 조선 화원이 남긴 그림은 일본에서 매우 특별한 가치를 지녔는데, 이 장면은 기실 조선과 일본 사이의 서화매매 장면과 다름이 없다. 그림을 그려줄 것을 부탁하고 그에 상응하는 물품으로 회답하는 형식으로, 직접 화폐와 물건이 오간 것이 아니라 증여의 한 양상으로 보일 수 있지만, 사실상 매매와 같다. 이렇게 동아시아의 시각문화는 상호 교류를 활발히 하고 있었다.

---

* 大久保純, 『浮世繪出版論』, 吉川弘文館, 2013.

3) 현지인의 구경거리, 사행

앞서 살핀 대로 사행의 눈에 비친 중국과 일본의 시각문화는 그들이 남긴 기록 그대로 가히 눈을 부시게 하고, 정신을 현란케 하였다. 반면 이렇게 발달한 시각문화 속으로 들어간 사행은 현지에서 어떠한 대접을 받았을까? 물론 사행의 일차적인 임무는 외교사절이었기 때문에 그에 합당한 대우를 받았다. 그런데 이것이 전부가 아니다. 500여 명에 이르는 이방인이 긴 행렬을 이루어 지나가는 것을 두고 당연히 새로운 볼거리에 민감한 현지인들에게 지대한 관심을 받았다. 곧 사행은 구경의 주체이지만 대상이 되기도 하여 현지인들의 구경거리가 되었다. 다만, 중국과 일본은 그 성격에 따라 다소 차이가 있었다.

우선 중국에서는 해마다 북경에 수차례씩 오가는 조선의 사행은 보기 드문 행렬도 아닐뿐더러 그들이 지닌 문화적 재능을 보여줄 기회와 장소는 없었다. 중국인들도 대개는 조선에서 온 사행을 일종의 고객으로 대했을 뿐, 그들에게 문화적인 기대감을 가진 것은 아니기 때문이다. 사정이 그러하니 사행이 현지의 대단한 볼거리로 대접받지는 못했다.

현지에서 구경거리로서의 성격이 두드러진 곳은 일본이었다. 통신사의 사정은 연행과 달랐다. 우선 통신사는 연례적으로 오가는 사절이 아니라, 에도막부의 변동이 있을 때 길게는 몇십 년, 짧게는 몇 년 만에 특별히 초청을 받아 일본에 갔다. 그러니 통신사의 행렬을 볼 수 있다는 것이 일본인에게 행운이었다. 사행의 행렬을 보려고 대로 가에 운집한 일본인들이 이루 셀 수 없이 많아 "길을 끼고 구경하는 남녀가 30~40리 좌우에 이어졌다. 또 옥상의 누각 좌우에도 지붕

아래만큼 사람들이 많아서 쭉 이어서 늘어놓으면 가히 70~80리는 되었*을 정도로 그 규모가 가히 축제와 같은 성황을 이루었음을 알 수 있다.

> 관광하는 사람들이 매번 우리나라 사람의 벼슬과 그릇과 몽둥이의 이름을 모르는 것을 한스럽게 여겼다. 그러므로 대마도 사람들이 그림을 그려서 간행하고 언문으로 그 옆에 주를 달고, 등에 지고 우리가 가는 길의 앞에 먼저 와서는 그것을 파니 관광하는 사람들이 다투어 사서 앞에 두고 그림을 살펴서 깊이 알게 되었다. 그러므로 옆에 있는 많은 사람이 손으로 그림을 가리키며 우리를 가리키고 서로 더불어 이야기하였다.**

이 글은 통신사에 대한 일본인의 관심이 어느 정도인지를 잘 보여준다. 단순히 행렬을 보는 것에서 넘어서서 구체적인 관직명을 알고 싶어 하는 사람들이 많았으며 이를 간파한 대마도인이 통신사행렬의 벼슬 이름을 그림과 글로 설명한 일종의 사행안내도를 만들어 판매까지 하였다. 사행은 대마도인들의 돈벌이가 되었다.

> (가) 10월 17일 정오 군관들이 활쏘기와 기마 곡예를 시연했다. 소요시나리와 두 승려가 부하들을 이끌고 구경왔다. 온 섬의 남녀노소가 산과 들판을 가득 메웠는데, 심지어 도주의 모친과 무사들의 가족까지도 장막을 치거나 머리와 얼굴을 가리고서 관람했다. 그들

* 남옥, 『일관기』, 410~411쪽.
** 원중거, 『승사록』, 373쪽.

은 기묘한 활솜씨와 기마 곡예를 바라보면서 혀를 내두르며 잘한다
고 탄복했다.*

(나) 대마도 태수의 집에서 연회를 베풀었을 때는 잡희로써 손님을
즐겁게 하여 우리도 또한 마상재로서 즐겁게 하였으니, 관백이 그
무리와 함께 구경하면서 참으로 기이하다고 칭찬하며 상으로 매우
많은 것을 하사하였다. 그러나 물무경이 지은 「고려노들이 말을 가
지고 희롱함을 노래하다(麗奴戱馬歌)」의 오만한 가사는 실로 우리
가 자처한 것이다.**

일본의 대로를 지나가는 사행 자체가 현지인들에게 하나의 시각
적 이벤트이자 퍼포먼스였다. 그리고 그들과 함께 따라온 다양한 재
주꾼들은 현지인에게 더욱 화려한 볼거리를 제공하였다. 알다시피
일본은 통신사행에 문재가 뛰어난 선비는 물론 화원과 마상재를 함
께 보내달라는 요청을 하였다. 이 요청을 받아들인 조선은 사행에 관
련 인물을 대거 수행토록 하여 그 규모가 회를 거듭할수록 커졌다.
(가)는 1636년 통신사 정사로 일본에 간 임광이 남긴 기록으로, 대마
도에서 벌어진 조선의 마상재와 활쏘기를 보려고 몰려든 일본인들의
규모가 어느 정도인지 잘 보여준다. 글에서 풍기는 저자의 심리상태
는 조선통신사의 문화적 우월감과 자부심으로 채워진 상황임을 짐
작할 수 있다.

그러나 (나)는 일본이 조선을 바라보는 시선이 탄복일색이지만은
않다는 사실을 깨닫게 해준다. 여기서 물무경은 잘 알려진 대로 에도

---

* 임광, 『병자일본일기』, 1636년 10월 17일.

** 성대중, 『일본록』, 184~185쪽.

시대 고학파의 대표적인 학자인 오규 소라이(荻生徂徠, 1666~1728)다. 성대중(成大中, 1732~1809)이 노여워하는 심정으로 언급한 〈려노희마가(麗奴戲馬歌)〉라는 시는 소라이가 1719년 일본에 간 통신사가 에도에서 벌인 마상재를 관람하고 남긴 시다. 그 시의 제목이 조선을 폄하는 태도를 숨기지 않았거니와 그 내용도 조선에 대한 적대와 멸시의 시선이 가득하다. 시의 서두부터 '고구려 북쪽은 오랑캐와 이웃해 거기서 난 말의 씩씩하고 빠르기가 그들을 닮았다.'고 하며 조선을 북방의 오랑캐라고 간주한다. 후반부에 가서는 마상재를 두고 '수 길의 10만 병사가 바다를 건너가 석달만에 팔도를 평정하였음을 보지 못했는가, 그때 이 기예는 한갓 달아나는 데 쓰였을 뿐 당당히 진을 치고 싸우지는 못하였다.'며 비꼰 것은 물론 '지금 교린의 도가 행해지니 소인들이 사행을 따라와 천한 기예로 그들 임금을 즐겁게 한다.'며 폄하하였다.* 이 시는 계미통신사행으로 따라간 사행에 널리 알려졌을 터인즉, 그런 상황에서도 마상재는 여전히 일본에서 일종의 퍼포먼스로 공연되었다. 일본에서 통신사는 이렇듯 매우 볼 만한 시각문화로 대접받았으며 한편으로는 그에 대한 반작용으로 부정적 인식이 일어나고 있었다. 이는 별도로 고찰해야겠지만 당대 일본 식자층 사이에서 형성된 조선관과 깊은 연관이 있다. 그 관점에 따라 그들 또한 조선통신사라는 시각문화 텍스트를 논했는데, 소라이의 이 시는 바로 그의 조선관이 개입된 일종의 조선통신사 문화비평인 셈이다. 이러한 상황을 감지한 통신사는 점차 사행의 성격 자체에 대

---

* 物茂卿, 『徂徠集』 권1, 와세다도서관소장본, 8b~9b쪽. "高句麗北與胡隣, 産馬驍騰似 其人 (중략) 又不見豊王十萬兵, 叱咤風雷度大瀛, 二都浹旬拔, 八道三月平. 此技祇云奔 亡資, 難與堂堂陣爭衡, 交隣柔遠賴有道 (중략) 遐方小人伴長官, 聊以賤技娛玉顔."

해 성찰하기 시작하였다. 그 정황을 바로 성대중의 이 발언에서 확인할 수 있는데, 더 자세한 논의는 함께 일본에 간 원중거가 전개하였다. 그러나 이후 더는 전과 같은 규모로 통신사행이 일본에 가지 못하고, 1811년 대마도 역지사행을 끝으로 종료되었기에 이와 관련된 본격적인 논의는 전개되지 않았다.

3. '장관론'이라는 이름의 시각문화론

사행을 통해 유입된 중국과 일본의 시각문화는 조선의 시각문화에 커다란 변화를 초래하였다. 사행을 통해 들어온 갖가지 시각문화의 산물들로 인해 전에 없던 새로운 풍속이 생겼다. 이를테면 경화세족의 고동서화 취미는 시각문화의 산물이다.[*] 또한 일본과 중국의 영향을 받은 새로운 화풍이 일어났다.[**] 무엇보다 사행을 통해 형성된 시각문화는 시각론이라는 담론을 형성하는데 영향을 미쳤으며, 시각론은 세계관의 영역까지 나아가 논의되었다.

'장관론'은 조선후기 시각문화에 관한 담론이다. 사행을 오가면서 사행원들 사이에 장관론이 일종의 담론이나 풍습으로 형성되어 전해온다. 곧 노정에서 가장 불만했던 것을 서로 이야기하면서 그 여정을 평하는 시간인데, 이것은 사행에서 자연스레 형성된 일종의 시각문화론에 해당한다. 조선조 사행록은 중국과 일본의 경관과 문물

---

[*] 강명관, 「조선후기 경화세족과 고동서화 취미」, 『조선시대 문학예술의 생성공간』, 소명출판, 1999, 277~316쪽; 정민, 「18세기 지식인의 玩物 취미와 지적 경향-『발합경』과 『녹앵무경』을 중심으로」, 『고전문학연구』 23, 한국고전문학회, 2003, 327~354쪽.

[**] 홍선표, 「명청대 서학서의 시학지식과 조선후기 회화론의 변동」, 『미술사학연구』 248, 한국미술사학회, 2005, 131~170쪽.

을 자세히 기록해 두었다. 이에 대한 관심은 대개 조선조의 전통적인
사유의 틀에 기대어 있었으나, 점차 그 범주를 벗어나는 사례가 늘어
났다. 다시 말해 조선의 관점에서 해석되지 않는 것들이 있었던 것이
다. 이러한 것을 두고 그 해석의 방법을 다각적으로 논의한 것이 바
로 장관론이다.

기실 중국은 오래전부터 8경이니 10경이니 하는 특정 지역의 산
수경관론이 이어져 왔다. 북경도 마찬가지로 연경팔경이 널리 알려
져 있다.* 그런데도 조선의 사행원 사이에서 전개된 별도의 장관론은
기존의 산수경관론과는 그 주체와 논점이 완전히 구별되는 독자적
인 담론이라는 점에서 주목할 만하다. 우선은 조선의 사행에 참여한
이들에게서 형성된 것에서 구별되고, 그 논의의 기준이 산수경관론
을 탈피했다는 점에서 새로운 관점이라 할 수 있다.

청나라가 북경에 들어간 이후 장관을 본격 논의한 경우는 김창
업의 『연행일기』다.** 그는 「왕래총록」에서 노정에서의 장려한 경관
10곳과 기이한 경관 14개를 열거해두었다.*** 아마도 여러 사람에 의해
회자되던 것이 비로소 그에 의해 리스트로 작성된 것으로, 장관을 논

---

* 高巍 외, 『燕京八景』, 學苑出版社, 2002.

** 김창업이 연행길에 지참하고 참조하였다고 한 이정귀의 〈千山·角山·醫巫閭山記〉에서도
장관을 말했지만, 그가 연행한 시기는 1598년과 1604년으로 청조가 들어서기 전의 일이다.

*** 김창업, 『연행일기』, 「왕래총록」. "으뜸가는 壯觀으로 요동들, 산해관의 城池, 요양의 백
탑, 거용관의 첩장, 천산의 진의강암각, 계주 독락사 관음금신, 통주의 돛단배, 동악묘의 소
상, 팔리보의 墳園天壇, 삼층원각의 오문외상, 대통교의 낙타, 으뜸가는 奇觀으로 계문연
수, 태액지의 오룡정, 정양문 밖 시장, 토아산의 태호, 숭문문 밖 완구, 태학의 석고, 조가의
패루, 서직문 밖의 夜市, 법장사 탑, 두로궁의 용천사, 서각의 입석, 통주의 畵器, 呂紀의 수
묵화 공작, 陳眉公의 수묵화 龍이다." 여기서 장관과 기관으로 나눈 것에서 보듯, 이때부터
산수를 중심으로 논의하는 관점에서 탈피하여 그 밖의 볼 것에도 관심을 가졌음을 알 수 있다.

하는 일이 사행의 흥밋거리가 되었음을 보여준다. 홍대용은 이 장관을 보는 것을 단순히 유람 흥취 이상의 것으로 여기고 새로운 '장관론'을 전개하는데, 앞서 대로를 보고 '장관'이라고 말한 것에서 확인할 수 있다. 홍대용이 대로를 장관으로 지칭한 것은 기존 산수경관론의 논점을 버리고 전혀 새로운 관점을 제시한 점에 의의가 있다.

　본격적으로 장관론을 전개한 곳은 박지원의 『열하일기』다. "정말 장관은 깨진 기와조각에 있었고, 냄새 나는 똥거름에 있었다"는 말에 장관론의 핵심적 메시지가 담겨 있다. 연암은 이런 결론에 도달하기 전, 조선의 선비를 세 등급으로 나누고 그들이 각각 장관을 들어 보이는 기준에 대해 자못 자세하게 논하였다. 일류선비는 중국에 장관이 없다고 결론을 내리고 그 근거로 중국이 오랑캐의 나라가 되었기 때문임을 들었다. 이류선비는 장관을 거론하는 일에 유보적인 태도를 보이며, 오랑캐를 쓸어버려야 장관을 논할 수 있을 거라고 말한다. 연암은 이 또한 춘추대의에 충실한 논의라고 추켜세우면서도 여기에 장황한 논설을 덧붙이는데, 그 요지는 '오랑캐가 중국을 어지럽혔음을 분하게 여겨 중국의 존숭할 만한 사실조차 모조리 내치라고 했다는 말은 듣지 못했다'이다. 그리고 우리가 오랑캐를 물리치려면 중국에 남아 있는 중화의 법제를 모조리 배워서 저들에 대적할 만한 뒤라야 비로소 중국에는 배울 것이 없다고 해야 옳을 것이라 웅변하였다. 그리고는 스스로 삼류선비라 칭하면서 가장 쓸모없어 보이는 기왓장과 가장 더러운 똥거름을 장관이라고 칭하며, 여기에 천하의 문채와 천하의 훌륭한 그림이 있다고 매조졌다. 이는 곧 추한 것에서 미를 발견해낸 연암의 탁견으로 중국 실용미의 극치를 잘 보여준다. 산수에서 고상한 아름다움을 찾아내던 관습에서 벗어나 전혀 새로운 미의식을 전개하였다고 할 수 있다.

　이러한 논리를 전개할 수 있었던 배경에는 사행에서 도도하게 흐르던 시각문화에 대한 관심이 있었다. 수세기 동안 조선의 식자층은 중국과 일본의 시각문화는 물론 문물의 번화함을 보면서, 미의식과 해당 나라에 대한 인식을 전환하거나 심화시켰으며 이 논리의 결정판에 해당하는 것이 '북학론'의 단초를 보여주는 장관론이라 할 수 있다. 물론 이에 개입된 논리는 시각문화에만 한정된 것은 아니다. 화이론, 북학론 등 청조 중국의 본질을 인식하기 위한 논리 전반이 흐르고 있다. 그러나 장관에 대한 기록은 많으나 장관론을 논한 곳이 그다지 많지 않다는 상황을 고려하면 박지원의 장관론은 조선후기 시각문화론을 이론화했다는 점에서 의의가 있다.*

---

*　장관론에 관해 논의된 그간의 연구는 매우 풍부하다. 김명호, 『열하일기 연구』, 창작과비평사, 1990, 147~148쪽; 이현식, 「『열하일기』의 「제일장관」, 청나라 중화론과 청나라 문화수용론」, 『동방학지』 144권, 연세대학교 국학연구원, 2008, 433~469쪽. 하지만 장관론을 시각문화론의 관점에서 논한 연구는 잘 보이지 않는다. 여기서의 시도는 장관론을 시각문화의 관점에서 논의하기 위한 논점전환에 의미를 둔다.

2부

대일사행록의
지식과 사상

조선후기 통신사행록 소재 견문록

1. 지식의 기록, 견문록

조선후기 통신사행록 중에서 일본 관련 지식이 생성되는 주요 경로를 보여주는 텍스트로 견문록에 주목한다. 견문록은 무엇보다 해외 지식의 대상으로 일본을 보고 기록한 텍스트이자 일본 지식의 형성과정을 가장 잘 보여주는 텍스트이다. 특히 시나 일기 등과 비교하여 볼 때, 일본에 관한 여러 지식을 체계적으로 기술한 텍스트란 점이 두드러진다. 시와 일기는 대개 사건이 발생하는 순간, 대상을 접하는 순간을 스케치하여 기록한 것이 대부분인 까닭에 다분히 인상적이며 감상적이다. 반면 견문록은 그러한 구체적인 정황에서 일어나는 감정과는 다소 거리를 둔 채 비교적 이성적인 상태에서 보고 들은 것을 재구성한 성격이 짙다. 물론 일기와 시문의 영향을 받아 감성적 성향을 보이는 부분도 없지 않으나, 기본적으로 일본에 대한 체계적 이해의 산물이라 할 수 있다.* 이처럼 사행록의 여러 양식이 각각의 고유한 특성과 기능이 있으나, 이 중 견문록은 바로 일본을 지식의 대상으로 재구성한 것이라는 점에서 다른 양식과 구별되

---

* 물론 일기 등의 글에서도 견문에 해당하는 글이 매우 많다. 그러나 여기서는 견문록이란 형식으로 묶인 글을 대상으로 하여 전반적인 검토를 진행한 연구성과는 드물어, 이에 대한 고찰이 우선 필요하다. 그리고 추후 견문록 이외에 보이는 견문기록도 비교하여 살필 필요도 있다.

는 특징을 지니고 있다.*

　그간 견문록 연구는 사행 문학의 일부로 간주하고 연구되었으며, 그 문학성의 영역 안에서 고찰되었다. 그러나 견문록의 성격이 변화해온 과정을 보면 오로지 문학적인 성격으로만 고찰해서는 제대로 파악하기 힘들다. 견문록은 후기로 갈수록 지식 성향이 강화되고 급기야 사행록에서 독립되어 별도의 저술로 이루어지기에 이른다. 이 점을 주목하고 견문록을 문학적 성격은 물론 그 지식적 성격 또한 심도 있게 이해해야 할 필요가 있다.

　여기서는 우선 그 견문록의 지식 추구의 과정을 밝히기 위한 첫 단계로, 견문록의 역사적 전개 양상을 살필 것이다. 통신사행록은 그 저술과정에서 개인의 체험이 제일 우선이지만 전대 사행록의 영향력도 대단히 컸다. 이러한 통신사행록의 기록적 특성은 계기성과 연속성을 어느 장르보다 강하게 드러내고 있기에, 그 전개과정을 살피는 일은 사행록에 드러나는 이러한 계기성과 연속성을 보다 구체적으로 살필 수 있게 될 것이다.

2. 조선후기 통신사 사행록 소재 견문록의 현황

　현재까지 조선후기 통신사행록에서 확인할 수 있는 견문록은 모두 18편으로 다음의 표와 같다.**

---

*　견문록의 문체를 한문학에서는 잡기의 하나인 필기체로 간주한다. 필기체는 그 특성상 지식 추구의 취향에 의해 저술되고 향유된다. 필기를 읽고 쓰는 것은 지식의 생산과 수용과 깊이 연관되어 있는 것이다. 陳必祥 지음, 심경호 옮김, 『한문문체론』, 이회, 1995, 128~146쪽 참조.

**　민족문화추진회 간 『해행총재』와 辛基秀·仲尾宏 편집, 『大系朝鮮通信使』를 주요 텍스트

연도	저자(직책)	표제	제목	비고
1607	慶暹(副使)	『海槎錄』	없음	항목 나누지 않음
	李景稷(從事官)	『扶桑錄』	없음	항목 나누지 않음
1617	朴梓(副使)	『東槎日記』	없음	일부 항목별 서술
1624	姜弘重(副使)	『東槎錄』	「聞見總錄」	항목 나누지 않음
1636	金世濂(副使)	『海槎錄』	「聞見雜錄」	항목 나누지 않음
	黃㦿(從事官)	『東槎錄』	「聞見總錄」	항목 나누지 않음
1643	趙絅(副使)	『東槎錄』	「畵舫樓船說」·「關白說」·「題日本姓氏錄」·「倭國三都說」	견문록에 해당하는 이름 없이 각각의 표제를 달고 있음
1655	南龍翼(從事官)	『扶桑錄』	「聞見別錄」	항목별 서술
1711	任守幹(副使)	『東槎日記』	「聞見錄」·「海外記聞」	항목별 서술
1719	申維翰(製述官)	『海游錄』	「聞見雜錄」	항목 나누지 않음
	鄭后僑(子弟軍官)	『扶桑紀行』	없음	항목 나누지 않음
1748	未詳	『日觀要攷』	없음	국서 등의 공문서와 함께 엮음 항목별 서술
	曺命采(從事官)	『奉使日本時聞見錄』	「聞見摠錄」	항목별 서술
	未詳	『日本日記』	「倭京」·「江戶」·「對馬島」·「總論」	「총론」에는 항목 나누지 않음
1763	成大中(書記)	『日本錄』	「日本錄」·「靑泉海游錄抄」	신유한의 「문견잡록」을 재구성하여 수록
	南玉(製述官)	『日觀記』	「總記」	항목별 서술
	元重擧(書記)	『乘槎錄』	『和國志』	단독 저서
	吳大齡(漢學上通事)	『溟使錄』	「追錄」	항목 나누지 않음

로 삼되, 다만 이에 포함되지 않는 것은 각주에 소장처를 부기한다. 하우봉, 「새로 발견된 일본행록들-해행총재의 보충과 관련하여」(『역사학보』 112, 역사학회, 1986)을 통해 연행록의 전반적 현황을 잘 파악할 수 있었다. 이 자리를 빌려 『扶桑紀行』, 『日觀要攷』 등의 자료를 제공해주신 하우봉 선생님께 감사드린다.

조선후기 통신사행은 1607년 회답겸쇄환사를 시작으로 1811년 대마도역지빙례까지 총 12차례에 걸쳐 이루어졌으며* 이를 통해 약 40여 편의 통신사행록이 전한다.** 이 가운데 견문록이 수록되어 있는 것이나 혹은 별도의 견문록은 표에서 확인할 수 있듯이 1682년, 1811년 통신사행을 제외한 나머지 사행을 통해서 모두 전한다.

우선 이를 통시적으로 개관해보도록 한다. 저자의 직책을 중심으로 보면, 17세기에 주로 종사관, 부사 등 삼사들 가운데서 견문록을 저술했지만, 18세기에 들어서는 제술관, 서기, 역관 등이 많이 저술하였다. 특히 후기로 들어서면서 분량이 많아지고 편수도 늘어나는데 1763년 계미통신사를 통해 저술된 견문록은 4편에 이른다. 이는 단순히 저자층이 다변화되고 견문록이 양적으로 확대되었다는 점에 머물지 않는다. 뒤에 상세히 다루겠지만 서기와 제술관 등이 남긴 저술은 대체로 삼사들이 남긴 견문록에 비해 훨씬 체계적이며 자세한 것은 물론, 새로운 내용을 수록한 점이 두드러진다. 이에 비하면 17세기 전반에 남긴 삼사의 견문록은 대개 기존의 형식과 내용을 답습한 것이 많고 간략하다. 물론 해당 사행에서 일어난 사건, 혹은 이전에는 관심을 기울이지 않았던 대상을 기술한 내용이 많이 확인되나, 18세기에 비해 그 다양화와 변화의 흐름이 다소 더뎠다. 이렇게 본다면 조선후기 통신사행록 소재 견문록은 크게 17세기에 남긴 견문록을 전반기의 것으로, 18세기의 것을 후반기 견문록으로 나누

<hr>

* 통신사행이란 명칭은 공식적으로 1636년 사행에서 비롯되지만, 임란직후 다녀온 그 앞 사행까지도 통칭하기로 한다. 한태문, 앞의 논문, 6~5쪽.

** 『해행총재』, 『대계조선통신사』, 그리고 하우봉, 앞의 논문을 토대로 살핀 결과임.

어 볼 수 있다.*

3. 조선후기 통신사행록 소재 견문록의 연원: 『해동제국기』와 임란포로실기

조선후기 통신사행록 견문록의 체재와 내용을 보건대 이것이 전
혀 새로운 것은 아님을 알 수 있는데, 그 연원은 조선초기와 임진왜
란 전후의 기록으로 거슬러 올라간다. 우선 1472년에 저술된 신숙주
(申叔舟, 1417~1475)의 『해동제국기』는 조선통신사에게 필수서책으로
인식되었을 만큼 사행기록의 저술에서 하나의 모델이 되었다. 그뿐
아니라 이 책은 사행원이 지녀야 할 일본에 대한 태도와 원칙에 대
한 규범으로 인식되었다. 『해동제국기』의 주된 내용은 일본, 유구 등
의 나라와 교류를 잘하기 위한 목적에서 이를 위한 기초적인 지식으
로 채워져 있다. 교활한 일본에 대한 경계에만 머문 것이 아니라 항
구적인 교류의 원칙을 문제 삼았다. 또 일본과의 관계를 설정할 때
경계보다는 교린에 기본 입장을 두고 이를 위해 교류를 잘하는 방법
을 찾는 일을 목적으로 하고 있다. 따라서 전반적인 기조는 상고시대
부터 이어온 한·일 교류사와 현황을 설명하는 데 주안점을 두고 있

---

* 그런데 이러한 시기 구분은 통신사행록 전반에서 다룰 때 학계에서 어느 정도 정식화된 시기
구분과 다소 차이가 있다. 조선후기 통신사 사행문학의 역사적 전개를 조망할 때 대체로 '교
린체제 모색기-확립기-안정기-와해기'로 그 시대를 구분한다. 한태문, 앞의 논문, 40~138
쪽. 통신사행록의 전반적인 전개를 고찰할 때 이는 학계에 어느 정도 공인된 시대구분이다.
그러나 통신사행록에 포괄된 다양한 형식의 텍스트를 상세히 고찰하여 그 고유한 전개 과정
도 아울러 고찰할 필요가 있다고 본다.

다.* 눈여겨볼 것은 일본뿐만 아니라 비록 유구에 국한하지만 동남아시아까지 관심을 넓혔다는 점이다. 매우 소박하나 이는 지정학적 인식의 단초를 제공한다.

이렇듯 『해동제국기』는 조선전기까지 일본에 대한 정보와 자료를 총합하여 가장 잘 정리한 최신의 일본 지식이라 할 수 있다. 그 때문에 조선후기에 들어서서도 이 책은 통신사의 핵심 지침서가 되었다. 요컨대 조선후기의 일본 지식 축적의 시스템은 신숙주의 『해동제국기』에 기원을 둔다. 특히 통신사행록에서의 기술(記述)의 틀은 『해동제국기』의 그것에서 크게 벗어나지 않는다. 『해동제국기』는 크게 서문과 7장의 지도, 일본국기, 유구국기, 조빙응접기로 구성되어 있으며 그 아래 각각 세부항목이 있는데 다음과 같다.

일본국기: 천황세계 · 국속 · 도로이수 · 8도 66주
유구국기: 국왕대서 · 국도 · 국속 · 도로이수
조빙응접기

여기서 특히 일본국기에 보이는 항목은 통신사행록에서도 크게 다르지 않는데 지리적 경계, 역사, 물산, 풍속 등의 서술 순서와 내용 범주설정 등 모든 부분에서 통신사 사행록은 대체로 이를 따르고 있다. 1596년 강화교섭을 위해 일본으로 가는 명나라 사신 양방형(楊邦亨), 심유경(沈惟敬)을 따라 일본을 다녀온 황신(黃愼, 1562~1617)의 『일본왕환일기』도 뒷부분에 별도의 제목이 없는 견문록이 보이는데

---

* 손승철, 「해동제국기의 역사지리학적 연구-일본국기와 유구국기의 내조기사를 중심으로」, 『강원인문논총』 15, 강원대인문연구소, 2004.

그 내용은 지세·지리·천황 관제·녹목·국민·물산·풍속·법 등으로 나누어져 있다. 순서의 뒤바뀜과 다소간의 차이가 보이지만 기본적으로 『해동제국기』의 체제에서 크게 벗어나지 않는다. 나아가 계미통신사행을 다녀온 원중거는 『화국지』를 저술하면서 『해동제국기』를 인용하여 기술하였다고 분명히 밝혀두었다.[*] 근 300여 년이란 시차가 있으나 당시에도 여전히 『해동제국기』는 통신사행의 지침서가 되었음은 물론, 견문록 저술의 모델이 되었음을 확인할 수 있다. 따라서 『해동제국기』는 통신사행록 소재 견문록의 출발점이라고 해도 과언이 아니다.

또 하나의 연원으로 강항(姜沆, 1567~1618)의 『간양록(看羊錄)』, 정희득(鄭希得, 1573~1623)의 『월봉해상록(月峯海上錄)』 등의 포로실기를 들 수 있다.[**] 이들 포로실기는 적중에서 보고 들은 것을 그대로 글로 옮겨 매우 생생한 자료적 가치를 지니나, 포로라는 저자의 처지로 인해 적에 대한 경계심, 적개심 등이 매우 강하게 표출되어 있다. 특히 『간양록』은 「적중봉소(敵中奉疏)」, 「적중문견록(敵中聞見錄)」, 「고부인격(告俘人檄)」, 「예승정원계사(詣承政院啓辭)」, 「섭란사적(涉亂事迹)」으로 구성되어 있는데 이 중 「적중봉소」와 「적중문견록」이 견문록에 해당하는 내용으로 되어 있다. 둘의 내용은 거의 대동소이하다. 「적중문견록」을 중심으로 살펴보면 그 아래의 항목은 '왜국 백관도', '왜국 팔도 육십주도', '임진·정유에 침략해 왔던 모든 왜장의 수효'

---

[*]   『화국지』, 392쪽.

[**] 이미 선행 연구에서 견문록의 연원으로 해동제국기를 거론한 바 있다. 한태문, 앞의 논문, 58~59쪽. 이에 덧붙여 포로실기도 통신사행록 견문록의 서술 태도에서 지속적인 영향을 미친 것으로 보인다. 임란포로실기에 대해서는 이채연, 「임진왜란 포로실기문학 연구」, 부산대 박사논문, 1993 참조.

로 되어 있는데, 항목의 선택과 배치만 보더라도 적대적 시각에서 일본을 보고 기록한 것임을 알 수 있다. 이러한 적대감의 이면에 담긴 핵심 메시지는 감정적 단계에 머물지 않는다. 강항은 이번 전쟁이 허술한 변방대책과 일본사정에 대한 무지에서 비롯되었다고 그 원인을 분석하고 그것에 대비하여 현실에 맞게 지혜롭게 대책을 세워야 함을 지적하였다. 겉으로는 적대적 입장을 강하게 드러내고 있으나, 내용상으로 보면 오히려 조선의 안일한 변방대책과 대일정책에 대한 비판과 대안에 무게가 실려 있다. 이로 보면『간양록』은 간악한 일본에 대비하는 방책을 매우 정확하고 설득력 있게 기술한 책이라 평할 만하다.

포로실기는 조선후기 통신사행록에 심리적인 면에서 큰 영향을 미쳤다. 포로실기의 주된 정서인 대일적대감은 조선후기 통신사행록의 견문록에 그대로 이어진다. 비록 포로와 사신이라는 처지의 차이가 있으나, 그 적대적 입장은 변한 것이 없었다. 다만 이 적대감의 강도가 일관되게 지속하지는 않았다. 17세기 견문록은 포로실기와 거의 동일한 강도로 적대감이 드러나는 데 비해 18세기에는 미묘한 차이를 보인다. 사행의 심리적 바탕에는 기본적으로 적대감이 한 축을 이루고 있으나 일본의 다른 측면을 보고자 하는 노력, 일본의 장점과 발달한 측면에 대하여 냉정하게 인정해주고자 하는 태도 등이 빈번히 확인된다. 물론 통신사행록에 적대감이 항구적인 영향력을 발휘한 것은 분명한 사실이나, 이로 인해 전체적으로 적대감이 조금씩 약화되었다. 임진왜란을 통해 더욱 공고히 형성된 재침의 우려와 경계심을 없애기가 그만큼 지난하였다. 당연히 견문록에도 포로실기와 유사한 심리적 상태가 내재해 있음을 확인할 수 있다. 견문록에서 일본에 대한 기술과정에서 주관적인 가치판단이 지나치게 개입된 경우, 그리고 현상을 두고 모두 예와 화이론적 관점에서 재단한 점 등은 모두 적대감의 자취가 남은 것이다.

요컨대 조선후기 통신사행록의 견문록은 그 서술방식과 태도에서 『해동제국기』와 포로실기에 그 연원을 둔다. 때로는 강한 적대감을 보이면서도 그들과 신의에 바탕을 둔 교린을 최우선의 과제로 인식하고, 때로는 오랑캐로 취급하면서도 그들의 장점을 유심히 살피려는 태도 등은 위 두 연원의 상호 작용에서 비롯된 것이라 할 수 있다. 이 둘은 일견 대립적으로 보이지만 결국에는 일본을 경계해야 할 대상으로 상정하고 이를 잘 다스리고 관리할 대책을 세우는 것을 기본 목적으로 상정하는 것으로 모인다. 다만 시기에 따라 둘 중 어느 하나의 성격이 두드러지게 드러나는 경우가 있다.

4. 조선후기 통신사행록 소재 견문록의 전개

1) 17세기 견문록: 견문록 저술의식과 체재의 형성

17세기의 견문록은 모두 8편이 보인다. 앞서 언급했듯 임란 이후 조선통신사의 공식적인 대일관계의 원칙은 신뢰에 바탕을 둔 선린 우호이나 통신사행록에는 화이론적 관점, 임란의 상처에 영향을 받은 적대감 등이 깊이 내재되어 있다. 조선후기 사행록을 보면 이 같은 화이론적 관점에 기반한 서술이 대부분이다. 일본에 대한 객관적인 인식이 한동안 매우 어려웠다는 것을 보여준다. 이런 와중에도 통신사행록은 점진적인 변화를 추구했다. 무엇보다 일본의 현실을 직시하려고 하는 노력이 이루어졌다. 다만 17세기에 이 같은 변화는 매우 조심스럽게 천천히 일어난다. 아래에서는 각 견문록을 개관하되 특징적인 면을 중심으로 살펴보았다.

경섬(慶暹, 1562~1620)의 『해사록』과 이경직(李景稷, 1577~1640)의 『부상록』은 조선후기 통신사행록에서 확인되는 견문록 중 가장 이른 시기의 텍스트이다. 『해사록』은 일기의 말미에 제목 없이 일본에 대한 여러 견문을 실어놓았다. 『부상록』 역시 일기 뒤에 견문을 제목 없이 부기했다. 두 작품에서 이경직의 『부상록』에 있는 내용이 상세하다. 우선 서술 대상에서 둘은 차이를 보인다. 수록된 내용은 다음과 같다.

> 『해사록』: 지세 · 기원 · 천황 · 관백 · 양전(量田) · 양병(養兵) · 축성 제도 · 물산 · 성씨 · 형벌 · 풍속 · 혼례 · 남녀 · 승려 · 장례 · 강항 일화
>
> 『부상록』: 지세 · 8도 66주 · 산수 · 물산(광물, 동물, 해산물, 실과, 채소, 화초) · 풍속 · 혼례 · 형법 · 장례 · 가옥제도 · 음식 · 기명(器皿) · 문장 · 존칭어 · 의복(남녀, 관대, 관, 신발) · 관제 · 관백 · 천황 · 녹봉 · 전제 · 마을제도 · 백성의 구분 · 부역 · 속절(俗節)

『해사록』보다 『부상록』의 항목이 훨씬 다양하다. 이 중 8도 66주 · 가옥제도 · 존칭어 · 백성의 구분 · 속절 등은 『해사록』에 보이지 않는 내용이며, 특히 백성이 담당해야 할 부역 등을 통해 도쿠가와 막부 정치의 한 단면을 읽어 내는 대목은* 이후 사행록에서도 계속

---

* 『부상록』, 1617년 10월 18일. "농민은 가장 고생하나 다만 1년 치 세를 거둔 후에는 딴 부역이 없다. 모든 사역에 모두 품삯을 주고 다만 성을 쌓는 역사만은 통틀어 징발한다 하였다. 이러므로 관백 이하 대소 장군들이 출입할 때에는 부마를 징발하는 일도 없고 참로에 공궤하

보이는데, 여기에 연원을 둔 듯하다. 『부상록』은 항목을 나누지 않았
으나 전반적으로 매우 체계적이고 항목이 비교적 온전하게 갖추어져
있다.

박재(朴榟, 1564~1622)의 『동사일기』(1617) 소재 견문록은 경섬의
『해사록』이나 이경직의 『부상록』처럼 별도의 제목은 없으나 항목별
로 나누어져 있다. 따라서 항목으로 분류된 견문록 중에는 가장 이
른 시기의 작품이다. 그런데 항목별 분류가 완전하지는 않아 일부는
제목이 없이 문단을 나누는 것으로 대신하고 있다. 항목의 제목이 있
는 것은 국토산천 · 시정 · 궁실 · 풍속 · 의관 · 음식 · 병물 · 부역 · 형
벌 · 상장 · 혼인 · 절일까지고, 나머지 8도 66주 · 관제 · 실과 · 천황 등
의 항목은 제목에 없다.* 이처럼 『동사일기』의 견문록은 비록 체재가
불완전하고 간략하나 항목별 서술을 시도하고 있다는 점에서 그 의
의를 가진다고 할 수 있다.

1624년 3차 통신사행 때는 강홍중(姜弘重, 1577~1642)의 『동사
록』 3월 5일 일기 뒤에 「문견총록」이 수록되어 전해온다. 강홍중의
저술에서부터 견문록에 표제가 붙기 시작했다는 것이 주목할 만한
점이다. 견문록이 독자적인 장르로 인식되기 시작하였다는 하나의
지표가 될 수 있다. 다만 항목은 나누지 않고 지세 · 명승지리 · 산물
(지역특산, 해물, 피물, 과실, 채소, 짐승, 화훼) · 궁실제도 · 의복제도 · 음
식 · 기명 · 민속 · 성정 · 관혼상제 · 학문 · 속절 · 신사 · 음악 · 천황과
관백 · 관작의 제도 · 정치의 특징(군정) · 전부와 전제 · 백성 · 나라의

는 비용도 없으며, 음식과 방옥은 모두 대가가 있다 한다."

* 辛基秀·仲尾宏 責任編輯, 『善隣と友好の歴史 大系朝鮮通信使』 1권, 明石書店, 1997,
194~195쪽.

사정 등에 관하여 서술하였다. 그러나 대개 일반적인 내용을 반복하
여 서술한 것이 대부분이다. 특히 주관적 서술 경향이 강하게 드러나
는데, 그 한 예를 들면 다음과 같다.

> 그 나라의 풍속이 원래 글을 배우지 않아 위로 천황부터 아래로 서
> 민까지 한 사람도 유식한 자가 없다.[*]

강홍중은 일본의 학문을 언급하면서 당대 일본에는 학문이 없다
고 단언한다. 그러나 이때는 일본의 유학이 발흥하는 시기이며, 후지
와라 세이카(藤原惺窩, 1561~1619)가 이를 주도하고, 그 제자들이 학
문을 잇고 있었다. 이 동향에 대하여 강홍중은 무지하였거나 아니면
알았어도 무시하였던 것 같다. 그러나 어느 경우이건 이는 주관적인
판단에 기초한 기술이다. 실제로 강항은 포로로 잡혀 있던 시절에 후
지와라 세이카를 알게 되어 그에게 주자학을 전해주고 돌아와서는
"조선국 3백 년에 아직 이러한 사람이 있음을 듣지 못했다"라고 하며
조선에 일본 유자의 존재를 널리 알렸다.[**]

1636년에 다녀온 통신사행에서는 김세렴(金世濂, 1593~1646)과
황호(黃㦿, 1604~1656)가 견문록을 남겼다. 우선 김세렴의 『해사록』에
는 「문견잡록」이 전해온다. 여기에도 특별히 항목을 나누지 않고 다
음과 같은 내용을 서술하였다.

[*] 강홍중, 『동사록』, 「문견총록」, "其國之俗, 本不爲文, 上自天皇, 下至衆庶, 無一人識字
    者."
[**] 이노구치 아츠시 지음, 심경호·한혜원 옮김, 『일본한문학사』, 소명출판, 2000, 281~289쪽.

조흥사건(국서 조작 사건)과 통신사를 청하게 된 이유·도쿠가와막
부가 권력을 잡게 된 과정·일본의 지리·물산·의복과 예절·음식
과 향연·풍속과 심성·상장제사·궁실·저택의 제도·승려의 생
활·신앙·절일 음악·의관·군병과 식록·수세·전토와 군액·백성
의 계급과 무비 및 무사의 심성·수로의 풍리·행로의 방위·일행의
부서·관직·성명

임진왜란 직후 국교가 재개되기 위해 국서를 주고받는 과정에서
대마도인들 사이의 갈등에서 빚어진 국서 조작 사건은 당시 통신사
행의 최대 이슈였다. 그 때문에 사건의 전말을 맨 앞에 둔 것으로 보
인다.* 이 작품에서 주목할 점은 문견잡록을 기록할 때 참고한 서적
이 부분적으로 확인된다는 점이다. 앞서 언급한 『해동제국기』도 정
확한 참고 문헌 목록을 제시하지 않았으며, 다만 『일본서기』, 『고사
기』 등의 책만 참고했을 것이라는 짐작만 할 뿐이다. 그런데 김세렴
은 「실용편(實用篇)」, 「해동기(海東記)」, 「연대기(年代記)」 등의 참고문
헌을 밝혀 놓았다. 자세한 고증이 필요하리라 본다.** 또 승려가 불경
은 물론 경서를 읽고 아이들에게 『도덕경』 등을 가르치고 있다고 서
술하는 대목을 통해 당시 승려가 막부의 보호 아래 학문을 할 수 있

---

* 이 사건은 정사(任絖, 1579~1644)의 『병자일본일기』에도 자세히 기록되어 있다.

** 이 가운데 『해동기』는 蔣希春(1556~1618)의 『성재실기』에 실려 있어 이를 근거로 1607년 회답겸쇄환사를 따라 일본을 왕래한 뒤 남긴 사행기록으로 알려졌으나(성범중 역, 『역주 성재실기』, 태학사, 2020; 우승하, 「『성재실기』 「해동기」를 통한 회답겸쇄환사의 외교사적 의미에 관한 연구-장희춘의 시대정신을 중심으로」, 공주대 박사논문, 2021), 최근에는 텍스트와 작자에 대한 새로운 논의가 개진되고 있다. 구지현, 「1607년 일본 사행록 『해동기』 저자에 관한 시론」, 『열상고전연구』 75, 열상고전연구회, 2021.

90

게 된 정황을 포착하였다. 비록 부정적으로 서술하긴 하였으나 당시
성행하는 출판업을 기록하여 그 상황을 알 수 있게 하였다.* 이때 벌
써 일본의 경제는 날로 번성하고 있음을 보수적인 시각으로 기록한
사행 기록의 견문록에서도 확인할 수 있는 대목이다.

　김세렴과 함께 종사관으로 일본을 다녀온 황호 역시『동사록』
을 지으면서「문견총록」을 함께 남겼다. 역시 항목을 나누지 않았으
나, 강역 · 지세 · 물산 · 궁실 · 의복 · 음식 · 기명 · 형법 · 혼인 · 상장제
사 · 풍속 · 남녀 · 관제 · 분록제도 · 전제 · 시전 · 백성의 계급 · 속절 ·
음악 · 지금의 관백 · 조흥의 일 · 배 등의 순으로 기록을 하였다. 대개
일반적으로 전해오는 내용을 서술하였다.

　남용익의『부상록』(1655)은 17세기 통신사행록 중에서 주목해야
할 작품이다. 여기에 실린「문견별록」은 17세기 견문록 중 가장 방대
하고 잘 정리된 기록이라 할 만하다. 항목은 왜황대서 · 대마도주 · 세
계 · 관제 · 주계 · 도리 · 산천 · 풍속 · 인물 등의 순으로 기술되어 있
다. 주계는 주로 위치와 소속된 군의 수와 규모 등을 기록해 두었는
데 이전 견문록에 비해 매우 자세하다. 도리는 사행노정에 있는 주요
지역의 위치와 거리 지세 등을 기록해 두었는데 도쿠가와 이에야스
(德川家康)의 사당이 있는 일광산에 관한 기록이 처음으로 보인다. 풍
속은 그 아래 성습 · 잡제 · 문자 · 의복 · 음식 · 원림 · 축산 · 기용 · 절
후 · 병량의 순으로 서술하고 있다. 이같이 항목 체계를 2단계로 나누
어 계열화하고자 한 시도가 엿보인다. 인물이란 항목을 넣은 것도 이
전 견문록에서 볼 수 없던 새로운 점이다. 여기에 고래문사 20인, 고

* 　김세렴,『해사록』,「문견잡록」.

래무사 19인, 현재 집정 이하 24인, 문사로 일컫는 자 8인, 의관 2인, 승도 9인, 대마도에서 인솔한 왜인 4인을 소개하였다. 천황과 쇼군 이외에 당대 다양한 계층의 인물에 대하여 최초로 관심을 가진 사례라 할 수 있다. 이 중 문사로 일컫는 자에서는 후지와라 세이카의 문하생으로 에도막부의 문형을 잡은 하야시 라잔(林羅山, 1583~1657)과 그의 아들, 손자 등을 열거하였는데, 어느 정도 문장을 평가하였다. 그런데 마지막에 눈에 띄는 인물이 있다.

> 이전직: 그의 아버지는 우리나라 사람으로서 본관이 전주이므로, 그 아들의 이름을 전직이라 하였다. 전직은 사람됨이 순박하고 후 중하며 다소 시율을 알고 글씨와 그림도 꽤 정밀하였다. 우리나라 사람을 대하여 말을 하는데, 유연히 옛날을 느끼고 근본을 돌아보는 뜻이 있어 눈물을 흘리기까지 하였으니, 대개 천성으로 다고난 양심은 없어지지 않는 데가 있다.*

저자는 일본에서 문인이라고 평가할 만한 인물 8명을 들고 마지막에 이전직이란 인물을 이렇게 소개하며 그가 조선인의 후예라고 강조하였다. 그리고 뒤이어 이전직이 조선의 사신을 만나 올린 글과 시를 붙였다. 포로가 되어 일본에 온 뒤 그 자손이 일본인의 일원이 되어 각 방면으로 퍼져나가는 한 단면을 조선에 소개하는 차원에서 기록한 것이라 보인다. 이렇듯 「문견별록」은 견문록의 체계화를 모

---

* 　남용익, 『부상록』, 「문견별록」, 〈인물〉. "李全直: 其父我國人, 而系出全州, 故名其子全
　　直. 全直爲人純厚, 稍解詩律, 筆畫頗精. 對我國人言, 油然有感舊, 反本之意, 至於流涕,
　　蓋其秉彝之良心, 有所不泯也."

92

색하고 새로운 항목을 추가하고자 한 것에서 견문록 저술의 전환점
을 이룬 것이라 평할 수 있다.

이상 17세기 견문록을 살펴보았다. 이 시기의 견문록은 대체로
견문록의 두 모델이라 할 수 있는『해동제국기』와 임란포로실기에서
체재와 내용을 본떠 저술하였다. 다만 견문록이라는 형식에 대한 인
식이 뚜렷하지 않은 가운데 초기에는 제목이 없고 항목이 나누어져
있지 않다가 차츰 시간이 지나면서 견문록의 체재를 갖추어 가는 방
향으로 발전하였다.

2) 18세기 견문록: 견문록의 다변화와 지식 추구

18세기에 들어서면 조선과 일본의 대내외적 정세는 매우 안정된
가운데 교류도 전례 없이 대규모로 이루어지기 시작하였다. 나아가
조선침략의 공포에 기반한 화이론적 시각과 경계심이 점진적으로 줄
어듦과 동시에 일본에 대한 좀 더 객관적이고 다양한 시각이 확대되
었다. 18세기 견문록을 통해 이를 확인할 수 있다.

첫 견문록은 임수간의『동사일기』(1711)이다. 여기에「문견록」과
별도로「해외기문」이라는 글이 있어 주목할 필요가 있다. 여기에 하
이국, 아란타, 남만, 그리고 천주교 등에 대한 언급이 비교적 자세하
다. 일본 자체에 대한 인식을 넘어서 아직은 일본과 별도로 인식되는
하이국(홋카이도 지역)과 동남아시아 여러 나라, 그리고 네덜란드와
천주교 등에 관한 관심이 견문록에 적극 반영되어 통신사의 관심 영
역이 넓어지고 있다는 것을 확인할 수 있다. 이미『해동제국기』에서
이처럼 동남아시아 해양국가들에 대한 인식의 확대 가능성을 내재하
고 있었다. 임란 이후 조선의 인식은 오로지 일본으로 집중되었고 일

본에 대한 경계를 최우선의 과제로 삼았으나, 이러한 인식과 태도가 변화되고 있음을 이 「해외기문」에서 확인할 수 있다.

1719년 통신사행을 다녀온 신유한(申維翰, 1681~1752)의 『해유록』에서 견문록에 해당하는 「문견잡록」은 형식상 견문록의 형태를 띠지만 필담도 수록되어 있다. 일본의 역사, 지세, 풍속 등을 서술하면서 관련 내용에 대하여 아메노모리 호슈(雨森芳洲, 1668~1775)와 나눈 필담을 군데군데 삽입하여, 통신사행록 소재 견문록에서 찾아볼 수 없었던 특징을 보인다. 이러한 형식을 통해 보고 들은 바를 기록한 견문록으로서의 성격을 분명히 하였다. 또한 「문견잡록」은 전대의 기록에 의존한 내용보다 실제 보고 들은 것으로 기록한 것이 더 많다. 새로운 내용을 많이 기술하였다는 점은 17세기에 보였던 견문록의 관습적 저술을 넘어서서 새로운 견문을 추구하였음을 말해준다. 일본을 새롭게 알기기 18세기 통신사행록의 핵심적 목적임을 신유한의 견문록에서 더욱 분명히 드러내었다.

「문견잡록」은 견문록 최초로 일본 성리학의 동향과 주요 학자를 기술하는 등 일본의 학문에 대하여 본격적으로 논하고 있다. 이는 관심 분야가 일본의 학문으로 확대되었다는 점을 의미하기도 하지만 실제 일본의 학문이 조선의 시야에 들어올 정도로 괄목할 만한 성장을 하였다는 것을 방증한다.

또 음식에 관한 기록에서 일본의 대표적인 음식의 종류를 소개하고 아울러 그 유래까지도 설명하여 이전과 확실의 달라졌다. 에도시대 시정에서 패스트푸드가 성행하는 모습을 유추할 수 있는 한 장면을 잘 포착하고 있기도 하다.*

일본의 기술에 대한 평가도 이전 사행록보다 확대되었다. 예컨 대 "갈분을 잘 제조한다.", "국중에 통용되는 척도의 정함을 알 수 있 다.", "전각의 묘함이 중국 사람에게 양보할 정도가 아니다." 등의 언 급으로 일본의 기술적 성장에 대한 놀라움을 드러냈다.

신유한은 또 에도막부의 긍정적 측면과 일본이 현재 태평을 유 지하는 근본 원인을 자세히 고찰하였다. 이는 일본의 권력과 정치 동 향에 대한 본격적인 고찰이라 할 수 있다. 신유한은 에도막부가 정치 권력을 유지하는 배경에 백성을 고단하게 하지 않고 보존하려는 방 침이 있다고 보았다.** 이러한 시각은 적대적 태도에 기초를 둔 시각 이 변하고 있음을 보여준다. 그리고 일본의 무역 국가와 그 규모에 대하여 매우 깊은 관심을 드러낸다. 남경에서 들어오는 중국 서적으 로 일본에 서적이 풍부하다고 하고, 또한 네덜란드와 교역하는 나가 사키(長崎)에 관한 기술도 자세하여 서양과의 교류에 본격적인 관심 을 기울이고 있음을 알 수 있다. 특히 중요한 점은 지정학적 인식의 맹아가 보인다는 점에서 주목된다.

지형과 백성의 풍속이 중화와 비교해 볼 때 다르기 때문입니다. 주 나라 말엽에 여러 나라로 나뉘어 다투자 정치가 천자에게서 나오지 않아 제후와 대부가 나라를 자기 집처럼 삼아 서로 공격하니 백성

---

* 신유한, 『해유록』, 「부 문견잡록」, "(전략) 심부름을 하는 자도 두 끼, 세 끼 밥을 먹는 일이 없어 우리나라 사람들처럼 아침저녁으로 음식을 들이겠다는 청이 없고 다만 배고플 때에 두 어 개의 동전으로 유병 한 개나 소우(燒芋) 두세 개를 사 먹어 요기를 하고 (후략)". 에도시대 일본의 음식문화는 모로 미야, 허우영 옮김, 『에도일본』, 일빛, 12~63쪽 참조.

** 신유한, 『해유록』, 「부 문견잡록」.

이 명령을 견딜 수가 없었습니다. 그러므로 진시황이 출현하여 주나라를 삼키고 천하를 통일하여 정령이 모두 위에서 나온 연후에 인재를 택하여 관직을 주고 업적을 살펴 임기를 3년으로 한정하는 법을 두었으니 한당 이후로 모두 이 법을 사용하였습니다. 귀국은 바다 가운데 치우쳐 있어 전쟁의 화를 당해보지 못하였고 여러 주의 대부들이 세습에 익숙하여 아래위로 이의가 없습니다. 이것이 국운이 무궁하고 법 또한 변하지 않아서 지금까지 폐단이 없는 까닭입니다. 그러나 하늘과 땅과 사람이 생긴 이래로 진실로 하나의 일, 하나의 물건도 억만년에 이르도록 바뀌지 않는 것은 없습니다. 이 이후 일본의 관제가 다시 진한과 같아질 때가 있을지 어찌 알겠습니까.*

이는 신유한이 아메노모리 호슈와 필담 중 한 말이다. 두 사람은 일본의 관백제를 화제로 삼고 말을 주고받았는데 여기서 신유한은 일본의 '관백제도'가 중국의 전국시대와 흡사하다고 지적한 뒤 중국에는 사라지고 없는 이 법이 일본에 지금까지 존재하는 이유를 위와 같이 말하였다. 즉 일본이 바다에 위치하여 외부의 침략 위험이 거의 없기 때문이라는 것이 신유한의 시각이다. 매우 원시적이지만 일본의 존재를 지정학적으로 이해하려 했는데, 흥미롭게도 이는 오늘날 가라타니 고진의 견해가 이와 매우 닮아 있다. 고진은 일본열도에는 옛날부터 수많은 종족이 도래해 살고 있지만, 군사적인 정복은 한 번도 없었으며 그러므로 억압도 거세도 없었다고 하였다.** 그리고 그

---

*   앞의 책.

**   가라타니 고진, 송태욱 옮김, 『일본정신의 기원』, 이매진, 2006, 120~126쪽.

이유를 조선이 일본과 중국·몽골·러시아의 사이에 있어 이곳에서 침입이 저지되었기 때문이라고 한다. 비록 고진의 시각에 비해 신유한이 동아시아 전체를 아우르는 시각을 온전히 갖추지는 못했지만, 일본정치의 존재 기반을 지정학적으로 해석하고자 했던 시도는 의의가 있다.

기해통신사행에 자제군관으로 따라간 정후교(鄭後僑, 1675~1755)가 남긴 『부상기행』에는 짤막한 견문록이 전해온다. 『부상기행』은 상하 두 권으로 나누어, 상권은 일기, 하권은 사행 도중 지은 시문을 묶어 놓았다. 견문록은 일기로 엮인 상권의 말미에 있는데, 제목은 물론 항목도 없이 짤막하게 기술되어 있다.

1748년 무진통신사행에서는 우선 견문록이 양적으로 확대되고 있음이 확인된다. 그 이전 1~2편에 그치던 견문록이 이 해의 통신사행에서는 3편이 확인된다. 모두 구성에서 이전과 비교하여 특이하다. 우선 작자미상의 『일관요고』는 통신사행록에서 흔히 보이는 일기체 대신 국서 등의 공문서와 사행절차·의례 등의 내용이 대부분이며, 후반부에 견문록에 해당하는 내용이 덧붙여져 있다. 이 부분만 보면 인물·성명·황계(皇系)·지지(地誌)·도리(道里)·정묘수창인(丁卯酬唱人) 등으로 기술되어 있다. 우선 사행 중 만났거나 알려진 인물을 먼저 기록한 것이 이전의 견문록에 보이는 기술순서와 다르다. 지지란 항목 아래 지리·시절·물산·음식·기명·의복·궁실·관제·부세·병보·사민·풍속·음역·문학·리학·불법·의학·여색·남창 등의 내용을 열거한 것도 특이한 점이나, 전체적으로 간략하다. 다만 황계에서 관백을 천황과 구분하지 않고 모두 천황의 계보에 속하게 한 점이 특이하다.[*] 견문록의 대부분은 천황과 관백을 구분해놓고 있다. 이 책은 이후 통신사행원이 일관(日觀)을 위해 지참하고 참고하던 책으로 이때 여러 경로로 일본에도 전파되었다.^{**}

조명채(曺命采, 1700~1764)의 『봉사일본시문견록』의 「문견총록」 또한 그 구성과 서술방식이 특이하다. 먼저 「왜경」·「강호」·「대마도」를 먼저 서술하고 일반적인 문견록의 방식으로 이어진다. 일본 사회를 기율이 있다고 하는 등 그 장점을 여러 군데 기술해놓았다. 또 지형을 서술하는데 「각주분형기」라는 인용 문헌을 일러두었다.

같은 해 저자미상의 『일본일기』에도 견문록을 「총론」이란 이름 아래 기술하였는데 여기서는 아예 「왜경」, 「강호」, 「대마도」를 분리하여 서술하였다. 이 텍스트의 작자가 밝혀진다면 항목 배열에서 보이는 유사성의 배경을 알 수 있을 것이다.

1763년 계미통신사는 통신사행록의 전개에서 매우 특별한 의미가 있는 사행이다. 우선 다양하고 방대한 통신사행록이 저술되었다.^{***} 견문록도 네 편이 확인되는데, 우선 일반적인 제목을 쓰지 않았다. 「추기(追錄)」, 「총기」, 「일본록」, 『화국지』 등 네 편 모두 제각각 독특한 표제를 달았다. 특히 주목할 점은 견문록이 사행록의 한 부분으로 포함된 것이 아니라, 아예 독립된 텍스트로 저술된 것이 최초로 보인다는 점이다. 제목에서 알 수 있듯이 원중거의 『화국지』는 견문

---

* 『日觀要攷』, 국립중앙도서관소장본, 48~50쪽.(쪽수는 국립중앙도서관 홈페이지에서 제공하는 이미지 파일의 것을 따름.)

** 남옥의 『일관기』 464쪽에 사행을 가면서 이 책을 들고 다니다가 분실했다는 내용이 보인다. 이처럼 이 책은 다양한 경로로 일본에 전래되었을 것으로 추정된다. 구지현, 「일관요고의 형성과 일본 전래의 의미」, 『열상고전연구』 44, 열상고전연구회, 2015 참조.

*** 구지현, 『계미통신사 사행문학 연구』, 보고사, 2006.

록에 머무르지 않고 일본에 대한 종합적인 지식서를 지향한다.

　네 작품을 개괄해보고자 한다. 우선 역관 오대령(吳大齡, 1701~?)
의 『명사록』에 수록된 「추록」은 제목 없이 항목별로 서술하고 있다.
여기에 담긴 항목은 일본풍속(성정·남녀의 의복제양·기교·음식·도
로·제례)·왜황·동예산(東叡山)·대마도·임란 이후 왜가 통신사를
요청한 일·유구국 등이다. 대개 간략하나 지형·역사·왜황의 세계
등의 순으로 이어지는 전형적인 순서에서 탈피하였다.*

　남옥의 『일관기』에는 말미에 「총기」란 제목의 견문록이 있다. 그
아래 항목이 다음과 같이 나누어져 있다.

　　영토·황계·원계(源系)·관백의 관제·세금·군사제도·물산·궁
　　실·신불(神佛)·학술·문장·그림과 글씨·의약·형벌과 신문·관
　　문의 금지·불을 방비함·의복·음식·시장·배·여색·관혼상제·
　　소리와 번역·방속의 문자·글자용법이 같지 않은 경우·어음·언
　　문·칭호·말부리는 일·농업

　여기서 학술·문장·그림과 글씨·의약·불을 방비함·여색 그리
고 일본의 언문에 대한 항목 등은 계미통신사 이전의 사행록에 비해
훨씬 세분화되었거나 새로운 항목이다. 그리고 마지막에는 통신사행
에 대한 총평이 있다. 조선후기에 왕래한 사행에서 드러나는 문제점
을 들고 시정 방향에 대한 원칙적 고찰을 진행했다. 후술하겠지만 이
시기에 사행이 변해야 한다는 공감대가 형성되고 있었다. 대체로 「총

---

*　　오대령, 『溟槎錄』, 국립중앙도서관소장본, 153~158쪽.

기」는 간략하나 체계적인 분류와 기술을 지향하고 있다. 이것은 견
문록이 체재의 개선을 통해 그 지식적 성격을 분명히 하는 과정에 의
한 결과라 보인다. 그리고 『일관기』에도 「총기」 못지않은 자세한 서
술이 확인된다. 예컨대 고래잡이 기록은 「총기」에 없는 부분으로 일
기 부분이 매우 자세하다.

대개 이 섬은 고래잡이로 이름이 나서 포경장이라는 벼슬도 있었
다. 봄 화창한 날에 날랜 배 수십 척에 오르는데 모두 밧줄을 싣는
다. 밧줄 끝에 큰 쇠를 잡아 묶어서 또 바다에 던져 놓고 고래를 만
나면 엇갈려 찔러 댄다. 고래가 노하여 이리저리 날뛰면 그놈이 가
는 대로 밧줄을 내버려 둔다. 그러면 마치 배가 나는 듯이 달린다.
그놈을 따라서 5백~6백 리 적게는 3백~4백 리를 가면 고래가 비
로소 기운이 대략 바닥이 나서 달아나는 것도 조금 느슨해진다. 이
때 다시 그 밧줄을 잡아서 끌어당긴다. 달아나면 다시 놓아주고 멈
추면 다시 끌어당긴다. 이렇게 반나절을 해서 항구에 가까이 오도
록 유인한다. 그러면 거룻배를 탄 자들이 좌우에서 에워싸서 열명
백명으로 무리를 지어 날카로운 칼로 그 등을 마구 벗겨 내면 고기
가 여러 배에 가득 찬다. 고기가 다하면 뼈가 드러난다. 고래가 아
직도 노해서 성질을 부리면 더 찔러 대고 더 깎아 대어서 그 등을
가른다. 고래 한 마리를 잡으면 온 섬의 배가 모두 가득 찬다. 한 해
에 고래잡이를 서너 차례 하는데 그 값이 수만에 이른다고 한다.*

---

* 『일관기』, 265쪽.

사행이 일기도에 머물고 있을 때인 1763년 11월 18일 자 일기에 보이는 내용이다. 사행은 11월 13일부터 12월 초2일까지 이곳에 머물렀다. 지루함을 느낄 때쯤인 18일에 일본인은 항구 앞에서 고래잡이 놀이를 베풀어 볼거리를 제공하였다. 그 뒤에 이어서 이곳 사람들이 고래잡이로 생리(生利)를 도모하는 모습을 서술하였다. 고래를 잡는 과정에서 고래의 경제적 가치까지 매우 자세하게 설명하고 있다. 이 외에도 일기에는 「총기」에 없거나 혹은 총기보다 자세한 대목이 나온다. 이를 통해 보면 『일관기』의 「총기」는 일기를 통해 보충될 수 있으며 또한 일기와 「총기」 부분은 상호보완적이라 할 수 있다.

성대중의 『일본록』은 2책이다. 1책은 「사상기」라는 제목의 일기이며 2책은 「일본록」이라는 제목의 견문록이다. 덧붙여 「청천해유록초」를 말미에 실었는데, 이는 신유한의 『해유록』에 수록된 「문견잡록」을 요약한 것이라는 뜻이다. 그런데 성대중은 실상 요약은 거의 하지 않고 「문견잡록」에 항목별 제목이 없는 것을 항목별로 나누어 제목을 붙이고 일목요연하게 정리했다. 저자는 스스로 「일본록」이란 견문록을 저술했는데도 왜 이같이 하였을까? 그것은 두 가지 이유가 있다고 보인다. 첫째는 「일본록」에서 역사 지리에 대한 내용에 집중하고, 그 나머지 내용에 대한 것을 신유한의 「문견잡록」으로 대신하고자 했다. 성대중은 「일본록」의 항목을 지명을 중심으로 나누었는데 지형·대마주·장기도·죽천주·적간관·웅야산·대판·서경·낭화강과 비파호·명호옥·상근령과 부사산·소전원과 겸창·강호로 나누어 서술하고 뒤에 최천종 살해사건의 전말을 기록한 축상의 글과 안복용의 일을 붙였다. 아마도 애초에 신유한의 「문견잡록」이 풍속과 제도 등을 중심으로 저술되었다는 판단에서 자기가 저술한 견문록에서 풍속과 제도는 「문견잡록」으로 대체하고 나머지 내용을 서술해야겠다는 생각을 했을 것이다. 그렇게 한다면 두 작품은 서로 보완할 수 있는 관계가 되어 효율적인 구성이 될 것이라고 내다본 것이 분명하다. 한편으로 『해유록』의 「문견잡록」이 지닌 다소 모호한 성격을 분명히 하여 견문록으로서의 성격을 분명히 드러내도록 고쳐보고자 한 의도가 있다고 보인다. 앞서 언급한 대로 「문견잡록」은 견문록과 필담을 섞어놓은 체재이다. 좋게 보면 견문의 성격을 더욱 분명하게 드러내는 것일 수도 있다. 그러나 성대중이 보기에 항목이 나누어져 있지 않아 질서정연하지 못하다고 생각하였을 것이다. 따라서 텍스트를 재구성할 목적으로 이를 항목으로 나누어 견문록으로서의 성격을 분명히 드러내게 하였다. 성대중이 나눈 항목은 다음과 같다.

봉역 · 산수 · 천문 · 물산 · 음식 · 의복 · 궁실 · 관제 · 전제 · 병제 · 풍속 · 문학 · 이학 · 선가 · 의학 · 여색 · 외국인의 풍속 · 잡록

이를 보면 성대중이 자신의 텍스트를 보완할 목적에서 신유한의 「문견잡록」을 뒤에 덧붙인 것이 분명하며 두 텍스트를 아울러 볼 때 견문록으로서의 성격이 뚜렷하게 드러나도록 하기 위해서 항목을 나누어서 실은 것이 분명하다. 요컨대 성대중은 신유한의 「문견잡록」을 자신의 견문록과 상호보완하기 위해 그 장단점을 파악하고 재구성한 뒤 자신의 「일본록」과 병치시켰다.

마지막으로 원중거의 『화국지』는 견문록 중에서 가장 방대한 텍

스트로,* 가히 견문록의 집대성이라고 할 만하다. 무엇보다『화국지』의 특징은 독립된 텍스트로 이루어진 견문록이라는 점이다. 통신사행록에서 견문록이 독립된 텍스트로 이루어진 경우는『화국지』이전에는 보이지 않는다. 이는 견문록이 단순히 통신사행록의 한 부분으로 머물지 않고 독자적인 영역을 구축하면서 일본에 대한 지식의 총체로서의 성격을 분명히 하였다는 것을 의미한다. 그런 면에서 원중거의『화국지』는 조선후기 통신사행을 통해 저술된 견문록의 역사적 전개에서 최대의 성과를 거둔 텍스트라 할 수 있다.**

이상에서 18세기 통신사행록의 견문록을 살폈다. 이 시기 견문록의 전개에서 보이는 특징은 17세기 견문록이 모색한 체제의 형성이 완성단계에 들었다는 것이다. 또 일본에 대한 앎의 문제를 구체적으로 제기하면서 전방위에서 더욱 체계적으로 일본을 이해하고자 했던 과정이 선명한 궤적을 그리고 있다. 이를 통해 일본의 학문, 서양과의 교류, 일본의 기술 문명 등에 대하여 주도면밀한 인식을 추구하였다. 그러나 무엇보다 중요한 점은 이러한 과정을 통해 일본을 앎의 대상, 즉 학문의 대상으로 분명히 설정하고자 한 것에 있다. 주자학 경전 중심의 성명의리지학을 학문이라고만 내세웠던 조선에서 17~18세기에 들어서면 상수학·의학·병법·농법 등 명물도수에 대한 관심이 급격히 확산하며 이 시기 학문의 하나의 큰 줄기를 형성하였다.*** 이러한 시대적 흐름에서 이 시기 일본에 대한 학적 관심은 마

---

* 박재금, 「원중거의 화국지에 나타난 일본인식」,『한국고전연구』12집, 한국고전연구학회, 2005.

** 박희병, 「조선의 일본학 성립: 원중거와 이덕무」,『한국문화』61, 서울대 규장각한국학연구원, 2013.

*** 안대회, 「이수광의 지봉유설과 조선후기 명물고증학의 전통」,『진단학보』98, 진단학회,

치 연행록을 통해 중국학의 맹아라 할 수 있는 '북학'이 형성되었듯, '일본학'의 맹아적 모습을 띠고 있다. 실제로 이 시기 통신사행을 통해 들어온 일본의 서적 등 각종 정보를 통해 일본에 대한 지식인들의 지적 관심은 급격히 늘어나는 추세였다. 그러나 아쉽게도 당시 내외적 정세가 급격하게 변동하여 도쿠가와 막부시대 통신사행은 계미통신사를 끝으로 에도에 가지 못하고 활발한 기운을 내뿜던 '학일본(學日本)'의 열기는 급격하게 식어갔다.

2004.

조선후기 통신사행록에서의
일본지식

1. 긍정/부정의 일본인식을 넘어

조선후기의 일본지식은 왜관에서의 상시적인 교류를 통해 들어온 문물과 정보, 통신사행을 통해 전해진 각종 서적문물과 견문에 바탕을 두고 생산되었다. 특히 식자층 사이에 널리 읽히면서 담론을 형성한 통신사행록은 일본지식 생산의 중요한 매체이다. 여기에는 견문뿐 아니라 저자가 일본을 판단하는 일정한 시각이 담겨 있음은 물론 지식을 구성하는 과정 또한 담고 있어 지식생산의 전반적인 양상을 고찰하는 데 중요한 텍스트이다. 이 짐에 주목하여 통신사행록을 중심으로 한 조선후기 일본지식의 생산 경로 그리고 이에 관여한 인식 토대와 방법 등을 다각적으로 살펴보고자 한다.

통신사행록에 관한 연구 성과를 개관하면 그 기록에 내포된 일본 인식의 문제를 다룬 성과들이 매우 풍부하다.[*] 이러한 유형의 연구는 대개 학술, 여성, 풍속 등 특정 분야에 대한 서술범주를 설정하고 여기서 드러나는 긍정 혹은 부정적 인식이라는 인식 주체의 태도의 문제를 살피는 방식에서 크게 벗어나지 않는다. 물론 이러한 연구

---

[*] 통신사행록 연구사는 한태문, 「통신사 사행문학 연구의 회고와 전망」, 『국제어문』 27, 국제어문학회, 2003; 장순순, 「조선시대 통신사 연구의 현황과 과제」, 『통신사·왜관과 한일관계』, 경인문화사, 2005; 조규익·정영문 엮음, 『조선통신사 사행록 연구총서』, 학고방, 2008 등에 정리되어 있으며, 구체적인 연구 성과는 이들 논저를 참조.

가 해당 분야의 인식양상을 살피는 데 큰 성과를 거두었음은 부인할
수 없다. 그러나 역사적으로 중원대륙과 함께 한반도와 가장 밀접한
지정학적 관계를 맺어온 일본열도에 대하여 오로지 긍정/부정의 인
식만 고찰하는 것으로는 장구한 양국관계의 실상을 온전히 보여주
기가 어려울 것이다. 더구나 역사적으로 한반도의 정치세력의 존망
에 직간접적으로 관여하는 인접 지역의 하나인 일본을 이해하고 알
아가는 과정이 매우 다양한 경로를 통해 복합적인 방식으로 이루어
졌음은 물론이다. 따라서 조선후기 통신사행록에 담긴 일본 견문에
대해서도 단순히 호오(好惡) 감정이나 긍정/부정적 인식의 현상적 측
면에만 주의를 기울일 것이 아니라 그 저간에 깔린 일본지식 생산의
과정과 경로에 대해서도 세밀하게 살필 필요가 있다.

　이를 위해 우선 그간 연구 성과에 드러나는 한계를 극복하고자
하는 시도에서 '~인식'이라는 용어 대신 거칠게나마 '일본에 대한 앎
의 총체적 활동과 그 결과'라는 의미로 '일본지식'이라는 개념을 설
정하여 논의를 전개하고자 한다. 사전적 의미에서 보더라도 '인식'은
여러 단계를 포괄하는 복합적 사고 활동이듯* 긍정/부정의 이분법으
로만 일본 인식의 양상을 살피는 것은 지양할 필요가 있다. 아울러
인식 활동에서 얻은 성과를 '지식'이라고 할 때 통신사행록은 인식의

＊　인식은 객관적 실재의 가능한 한 정확한 반영으로서 확립되고 점검된 생각, 견해의 총화이
　며, 흔히 대상을 아는 일을 총칭한다. 모든 인식의 시초는 실천을 통해 얻은 감관지각이다. 그
　러나 이는 사물의 본성을 포착한 것이 아니라 피상적 판단과 같은 것이다. 이 감관지각을 기
　초로 해서 거듭된 실천을 통해 그릇된 점은 정정되고 다른 사물과의 비교·구별 등을 통하여
　판단·추리를 하며 사물의 본질에 대한 인식에 이른다. 인식의 확장 및 성장은 개인적 실천뿐
　만 아니라 다수의 인식, 나아가 그 역사적 축적으로 이루어진다. 인식의 개념과 과정에 대해
　서는 M. 콘퍼스 지음, 이보임 옮김, 『인식론』, 동녘, 1984. 123~156쪽 및 『철학대사전』, 동
　녘, 1989, 1073~1077쪽 참조.

다양한 차원을 보여주는 텍스트에만 머무르지 않고 지식 생산의 매체로서의 성격도 두드러진다. 통신사행록에 수록된 견문록은 수준 여하를 막론하고 일본에 관한 총체적 지식체계를 구축하고 있다는 점이 이를 잘 보여준다. 따라서 이 논의는 일본지식의 생산과 축적의 장으로서 통신사행록의 성격을 분명히 밝히는 데 초점을 두고자 한다.

2. 통신사행록의 지식 생산 구조

1) 비왜(備倭): 지식 탐구의 목적

조선후기에 일본을 안다는 것은 어떤 의미를 지녔으며, 일본을 아는 핵심목적은 무엇이었는가? 이는 이 시기 일본지식 형성의 경로를 파악하는 데 있어 관건이 되는 질문이다. 그 목적에 따라 지식의 범주가 설정되고, 세부항목이 구성되며 관련 내용이 형성된다. 이 시기 일본을 아는 것이 중국을 아는 것과 같은 차원의 성격은 아니며, 더구나 일본을 알아가는 태도와 중국을 알아가는 태도가 같지는 않았을 것이다. 그 목적이 다르기에 지식구성의 성격이 다르며 대상을 알아가는 태도가 달랐다.

조선후기 식자들이 보기에 일본은 옛 성인의 고장이며 찬란한 예의문물의 탄생지로 간주된 중국과 달리 '흑치(黑齒)가 남녀유별도 없이 살아가는 오랑캐의 섬'이다. 더구나 조선의 처지에서 볼 때 예전부터 국토를 유린하고 약탈한 일본은 오로지 침략을 방비하기 위해 알아야 할 대상이 되어, 이 시기 일본지식의 근저에 깔린 제일의 목적은 '비왜'일 수밖에 없었다. 비왜는 이 시기 일본지식 생성의 출발점이며 일본지식은 이 비왜를 위해 특수하게 축적되고 활용된다.

조선조 비왜의 논리는 고려말 왜구의 출몰을 겪으면서 싹트기 시작하여 선초 신숙주의 『해동제국기』에 이르러 일차적으로 완성된다. 『해동제국기』 저술의 당면한 목적은 일본을 비롯한 여러 섬나라와의 화친(和親)이지만, 이의 궁극적 목적은 바로 '비왜'에 있다. 그가 남긴 서문은 "대저 이웃나라와 수호 통문하고, 풍속이 다른 나라 사람을 안무 접대할 때엔, 반드시 그 실정을 알아야만 그 예절을 다할 수 있고, 그 예절을 다해야만 그 마음을 다할 수 있을 것입니다."는 말로 시작하는데 화친의 필수 요건이 상대에 대한 지식임을 분명히 하며 임금의 명으로 저술된 『해동제국기』의 일차적인 쓸모가 바로 일본을 중심으로 한 주변 섬나라와 교린관계를 잘 맺는 것에 있음을 드러냈다. 그러나 신숙주가 펼친 논점의 진정한 면은 여기에 있지 않다. 글의 본론에서는 자신이 저술한 것이 사실상 자잘한 절목에 지나지 않는다며 다음과 같이 말한다.

신은 듣자옵건대, '이적을 대하는 방법은, 외정에 있지 않고 내치에 있으며, 변어에 있지 않고 조정에 있으며, 전쟁하는 데 있지 않고 기강을 진작하는 데 있다.' 하였는데, 그 말이 이제야 징험이 됩니다.**

신숙주는 역사의 교훈을 들어 무력에 의한 방비책보다 정치를 바로잡는 것이 우선이라는 점을 강조하는데, 여기서 조선전기 대일외교는 사실상 내치와 상통하고 있음을 알 수 있다. 이 점에서 이 시기 조선의 대일 화친(和親)의 논리는 비왜의 논리에 수렴된다.

그 뒤 유성룡(柳成龍, 1542~1607)이 참혹한 전란의 양상을 『징비록』에 생생하게 남기면서 전란 후 전개되는 비왜론의 바탕을 마련했다. 한편 정유재란 중 일본에 잡혀간 강항이 남긴 『간양록』의 「적중봉소」는 피로인의 처지에서 통렬하게 비왜론을 펼친 것으로 그의 비왜론은 병법에만 머물지 않고 포괄적이다. 병사양성, 성읍과 통제사의 운영 등 병법에 관한 것이 많은 부분을 차지하지만, 가장 중요하게 지적하는 것이 바로 춘추의 도를 세워 백성을 이롭게 해야 한다는 점이다.* 곧 잘못된 병법을 개혁하는 것도 중요하지만 안으로 정사를 바로 세우는 것이 가장 중요한 방비책이라 역설하였다. 여기서도 비왜론은 조선조 정치개혁론과 상당부분을 공유하고 있음을 알 수 있다.

그러므로 이를 개혁하지 않으면 우리나라가 필시 왜인의 화를 다시 입게 될 것이다. 개혁의 방안은 다른 데에서 찾을 것이 아니라 오직 뇌물을 바치는 장수를 기용하지 않으면 되고, 권력이 있는 자에게 맡기지 않으면 되고, 총애를 받는 사람에게 위임하지 않으면 된다. 총애를 받는 사람이 저지른 폐단이 없어지면 권력이 있는 자의 농간이 저절로 끊어지고, 권력이 있는 자가 저지른 폐단이 개혁되면 뇌물을 바친 사람을 장수로 기용하는 것도 자연히 단절될 것이니, 이는 서로 연관성이 있는 것이다. 총애를 받는 사람의 작폐가 없어지지 않으면 권력이 있는 자가 저지른 폐단이 개혁되지 않아 뇌물을

---

* 　姜沆, 『看羊錄』, 「賊中聞見錄」, "禦戎亦有兩說, 一是春秋有道守在西夷, 其次只有壯邊之計, 若待他衝突然後理會, 更有何謀."

바치는 자가 장수로 쓰일 것이니 이러고서도 외침의 걱정거리를 면
하려 한다면, 어리석은 사람이 아니면 미친 사람이다. 그러므로 옛
날 정치에 대해 말한 자들은 외침을 물리치는 방안에 대해 거론할
때는 반드시 국내의 정치를 잘해야 한다고 말하였다.*

이는 신흠(申欽, 1566~1628)이 남긴 「비왜설」의 끝부분이다. 관리
등용제도에 권력의 부정한 힘이 미치는 폐단을 차단하는 것이 왜적
방비의 최선책이라 보았는데 이는 결국 조선의 관리시스템 전체를
문제 삼은 것이다. 역시 이를 통해 보아도 조선후기 비왜론은 상당부
분 임병양란 후 조선의 정치개혁의 방향과 일치하고 있음을 알 수 있
다. 전후 무너진 정치사회 기반을 복구하고 재정비하는 문제와 다시
쳐들어올지 모르는 왜적의 방비책을 세우는 문제는 별개가 아니라
하나로 관통하는 문제다.
　왜란이 종결된 지 얼마 되지 않아 '회답겸쇄환사'를 보내면서 일
본과 교류를 복원하고 국교를 회복하면서 교린체제를 수립했으나
당시 정세에서 일본에 대한 경계심은 여전하였다.** 따라서 통신사행
은 조일 간의 교린체제를 유지하는 핵심적인 외교 이벤트이지만 일
본의 실정을 파악할 루트이기도 하였다. 이와 같은 상황에서 저술된
통신사행록의 모든 견문 내용은 또한 조선후기의 비왜론의 원천자

---

*　申欽, 『象村集』 제34권, 「備倭說」, "非有以更張之, 國必更被倭患矣. 更張之策, 非可
以他求者也, 唯不用債帥而已, 不任權倖而已, 不委近習而已. 近習之患除則權倖自杜,
權倖之敝革則債帥之用自絶, 交相須者也. 近習不除, 權倖不革, 債帥進用, 而欲免外憂,
非愚則狂也. 故古之言治理者, 擧攘外, 必曰修內."

**　실제로 두 차례의 호란을 겪는 동안에도 일본에 대한 경계심이 더욱 강화되어 구체적인 방어
대책을 세우기도 했다. 한명기, 『정묘·병자호란과 동아시아』, 푸른역사, 2009, 241~359쪽.

료가 된다. 통신사행이 일본에 다녀올 당시 쇼군의 인물됨과 도쿠가와 막부를 비롯한 일본 내 사정, 그리고 일본의 경관과 풍습 등 모든 것이 넓은 의미에서 일본을 방비하기 위한 자료로 활용되었다. 일본은 단순한 호기심이 발동하는 곳이 아니라 나라의 안위와 직결되는 관계에 있는 곳이기 때문이다. 그런 까닭에 통신사행을 통해 들어온 일본에 관한 정보와 지식의 궁극적인 목적이 비왜라는 점이 더욱 분명해진다.* 임진왜란 이후 조선은 비왜를 위해 일본과 통신을 하였으며 이를 통해 본 것 들은 것을 모두 기록한 것은 오로지 왜를 방비하기 위한 지식 축적의 과정이라 할 수 있다. 그러나 이 비왜는 통신사행이 거듭되면서 그 확고한 위상이 흔들리기 시작한다.

2) 박람(博覽)과 변증(辨證): 지식 축적의 방법

왜국의 『삼재도회』는 그들의 풍속을 서술한 책으로 신숙주의 『해동제국기』를 취하면서 가장 자세하다고 하였다. 또 명나라 사람이 지은 『오잡조(五雜俎)』의 설을 취하여 말하기를 "천하의 바깥 오랑캐 나라 가운데 조선보다 예의 바른 곳이 없고, 달단보다 사나운 나라가 없으며, 유구보다 순후한 곳이 없고, 진랍보다 부유한 곳이 없고, 왜노보다 교활한 이들이 없다"고 하였으니 왜의 풍속이 교활한

---

*　이 책 1부의 「원중거와 홍대용을 통해 본 18세기 사행록의 향방」에서 살핀바, 계미통신사를 따라 일본에 다녀온 뒤 사행의 전반적 현황과 개선 방향을 총괄적으로 정리한 원중거는 통신사행의 5가지 이점 중에 '변방을 조용하게 한다는 점'과 '일본의 정세와 풍속을 알 수 있다는 점'을 들었는데 이는 비왜의 목적을 분명히 밝힌 것이다. 이는 이전시기 통신사행록에 명시되지 않은 채 암묵적으로 공유한 목적이었던 것을 명료하게 정리한 것이라 볼 수 있다.

것은 왜인들도 스스로 알 것이다.*

성대중의 『일본록』 2는 이렇게 시작한다. 이를 서두에 쓴 성대중의 의도는 '일본은 교활하다'가 조선만이 가진 주관적 견해가 아니라 명나라도 인식하고 있고 또 당사자인 일본 또한 인정하는 객관적인 사실이란 점을 강조하기 위한 것이다. 그런데 성대중의 의도와는 무관하게 동아시아 삼국의 학술·지식의 교섭 현상의 한 단면을 매우 잘 보여주는 대목이기도 하다. 18세기 일본은 자국의 총체적인 모습을 텍스트로 엮는 과정에서 중국의 『삼재도회(三才圖會)』라는 책의 체제를 모방하고, 조선의 『해동제국기』와 같은 서적과 중국 서적 등 동아시아 각국의 서적을 자료로 삼아 백과사전적 형태로 만드는 단계에 이르렀음을 밝혔다. 특히 『해동제국기』를 평가하면서 가장 자세하다고 평하였다는 점이 주목된다.** 일본은 비록 교활하지만 당대 동아시아 지식의 수준에 뒤지지 않는 실력을 지녀 그 학문과 지식은 상당할 정도로 성장하였다는 것을 보여준다. 그러니 이 대목은 일본 문명의 수준을 에둘러 가늠하게 한다.***

---

* 성대중 지음, 홍학희 옮김, 『日本錄－부사산 비파호를 날 듯이 건너』, 소명출판, 2006, 147~148쪽.(이하 이 책 인용 시 원서명, 쪽수만 표기)

** 李裕元, 『林下筆記』 제19권, 文獻指掌編, 「倭人이 通信使의 才名을 듣다」, "신숙주는 客館에 머무는 동안 故實에 관심을 두고 널리 캐고 찾아 일본 풍속의 좋은 점과 나쁜 점, 산천의 평평하고 험준한 형세, 군병의 강약, 財穀의 풍부하고 부족한 부분 및 역대 交聘의 儀文과 古跡을 상세히 기록하여 한 권의 책으로 엮고 이름을 『海東諸國記』라 하였는데, 그 책이 세상에 전한다."

*** 성대중은 영리한 일본이라는 의미를 교활한 일본이라는 말에 묻어 놓은 것으로 보인다. 기실 성대중이 진실로 하고 싶은 말은 영리한 일본이 이토록 교활하게 문명을 이루었다는 것이 말이 아니었을까? 달리 말하면 이 서두의 내용은 '더 이상 일본은 오랑캐 야만 종족이 아니다'라는 메시지를 행간에 숨기고 있다. 여느 통신사행록에 보이지 않는 특이한 도입부로 주목할

혹 지도를 상고하고 혹 소문을 주워 모으고, 혹은 직접 목격한 것
으로 이 기록을 쓰는데 「상고일기(尚古日記)」 중에 궐오된 곳이 많
으므로 보충하고 고쳐서 더욱 상세하게 하였다. 그러나 이것 역시
대략에 지나지 않는다.*

1624년 사행의 부사 강홍중은 『동사록』을 남기면서 한 말로 「문
견총록」의 말미에 전한다. 앞의 사행(1617년)에 종사관으로 다녀온 이
경직이 남긴 일기에서 빠진 부분을 채우고 잘못된 곳을 바로잡아 자
신의 기록을 남겼다고 하였다. 이렇듯 조선후기 통신사행록은 초기부
터 전대의 사행기록을 자신의 저술에 주요 참고서로 삼고 이를 계승
하거나 혹은 보충하고 바로잡는 방식으로 자신의 기록을 남겼다. 이
러한 전통에서 박람과 변증은 매우 중요한 지식구성의 방법이 되었
다. 사실 둘은 지식구성 방법의 일반적인 방법으로서 일본지식을 구
성하는 데만 특수하게 쓰인 방법이 아니라 조선후기 지식구성의 일반
적인 방법이기도 하다. 이는 조선후기의 박학풍조**와 고증학***의 영향
이 크다. 이 같은 상황에서 일본지식의 총체화, 그리고 올바른 일본
지식의 구성을 위해 매우 빈번하게 활용된 방법이다.

만한 점이다.

* 　姜弘重, 『東槎錄』, 「聞見總錄」.

** 　심경호, 「한국 류서의 종류와 발달」, 『민족문화연구』 47, 고려대 민족문화연구원, 2007.

*** 　안대회, 「이수광의 지봉유설과 조선후기 명물고증학의 전통」, 『진단학보』 98, 진단학회,
　2004.

114

일기에 기재된 것은 지리의 험함과 멀고 가까움, 백성의 많고 적음
과 풍요·속상·물산의 다름에 대한 것들인데, 대강 들어본다. (중
략) 이것은 모두 사해 밖을 박람한 것이니, 어찌 사신 일만 엄하게
하였을 뿐이겠는가. 먼 나라에 사신 가는 자가 알아둘 만한 것이기
에 적어서「동명학사 해사록 서문」으로 한다.*

　　1636년 통신부사 김세렴의『해사록』에 허목(許穆, 1595~1682)이
붙인 서문 중 한 대목이다. 허목은『해사록』을 두고 '박람'을 통한 기
록이라고 하였다. 그러면서 사신 가는 자가 알아둘 만한 것이라고
했는데 이는 사행원에 선발되면 바다를 건너기 전 미리 일본을 두루
두루 알아야 하며 또한 돌아와서는 본 것을 기록해야 하는 일반적인
지식구성의 관습을 적실하게 표현한 것이라 할 수 있다. 이에 통신사
행록은 일본에 관한 방대한 지식축적을 지향하면서 한편으로는 자
세함을 더해갔다.
　　사행록의 저자는 대개 긍정적 모습이든 부정적 모습이든 가리지
않고 보이는 대로 기록하면서 가급적 본대로 기록해 두었다. 그리고
직분을 불문하고 가급적 많은 것을 자세하게 기술하였다. 이러한 박
람의 경향이 통신사행록을 방대한 기록 텍스트로 남긴 큰 요인이 된
다. 몇몇 예외를 두더라도 통신사행록 한편 한편은 저마다 총체성을
지향하고 있다.
　　또 다른 지식 구성방법으로서 변증을 살핀다. 변증은 언행이나
기록의 시비진위(是非眞僞)를 따지고 바로잡는 데 주로 사용되는 동

---

*　　金世濂,『海槎錄』,「東溟海槎錄序」.

아시아 전통의 글쓰기 방법이다. 그런데 조선후기의 일본지식에 대한 변증은 시기적 의미가 있다. 조선은 일본과의 교류를 통해 일본에 대한 지식을 방대하게 축적했지만, 그 사실여부는 또 다른 과정을 통해 확인해야 할 사안이었다. 일본지식에 대한 오류를 발견하고 바로잡는 일은 임진왜란을 전후로 한 시기부터 지식의 총체적 구성과 병행하면서 전개되었지만 18세기에 들어 활발해졌다. 대개 변증은 통신사행을 다녀오지 않은 조선후기 지식인에 의해 이루어지며, 주로 통신사행록을 중심으로 생성된 지식에 대한 비판을 통해서 주로 이루어진다. 이로 보면 통신사행록의 일본지식은 주로 박람을 통해 구성되며, 이는 변증을 통해 그 내용을 수정하면서 재구성하였다.

> 일찍이 일본이 우리나라만큼 크지 못하다 하였습니다. 그런데 왜의 의안이란 사람을 만나보니 그는 왜경 사람으로 그 할아비와 아비가 북으로 중국에 가서 배웠으며, 의안에 이르러서는 자못 산학과 천문 지리를 해득하여 일찌기 토규를 만들어 해그림자를 측정하여 대략 천지의 방원과 산천의 근원을 안다 했습니다. 그가 일찍이 말하기를 "임진의 전역에 왜인이 조선 호조의 전적을 모두 가져왔는데, 일본에 비하면 절반도 안 된다."고 했다 합니다. 그 사람이 목눌하여 믿을 만한 사람이며, 설사 그렇지 않다 하더라도 관동 및 오주의 도리로써 미루어 본다면, 우리나라에 비하여 사뭇 먼 것은 사실입니다.*

---

* 姜沆, 『看羊錄』, 「賊中封疏」.

강항은 당시 우리나라가 일본보다 크다고 생각하는 통념을 믿고 있었으나, 의안이란 사람의 신빙성 있는 말을 듣고 비로소 생각을 달리했다. 일본에 대한 기본적인 지식조차 제대로 가지고 있었지 못한 상황에서 임진왜란을 겪었지만, 역설적으로 전란이란 막대한 대가를 치른 후 일본에 대한 실상을 어느 정도 알게 되었다. 전쟁은 당사자에게 엄청난 고통을 안겨주지만, 역사적으로 보면 이만큼 문화의 교류가 활발히 일어나는 공간은 없었듯이* 임진왜란은 조선에 있어 일본을 새롭게 알게 해주는 전환점이 되었다. 일본의 크기와 관련하여 정약용(丁若鏞, 1762~1836)은 『해유록』을 비판하며 변증한다.

청천이 이르기를, "대마도로부터 동북쪽으로 3천여 리를 가면 오사카성에 이르고, 또다시 동북쪽으로 1천 6백 리를 가면 에도에 이르는데, 강호의 북쪽은 바로 야인계에 이르게 된다. 야인과 더불어 그 남북이 동대(同帶)하고 있음을 말한다. 그러므로 강호는 우리나라의 육진에 해당된다. 그러나 동방은 해와 달이 뜨는 곳이라 가장 따뜻하다. 그러므로 10월에도 춥지 않아 마치 우리나라 삼남의 9월 기후와 같다." 하였다. 대개 우주 사이가 춥기도 하고 덥기도 한 것은 모두 태양의 멀고 가까운 것에서 연유한다. 그렇기 때문에 적도 이북에 있는 땅이 남쪽에 가까울수록 그 겨울 추위가 조금씩 덜하다. 대개 태양의 궤도가 극남에 이르렀을 때 북쪽 지역으로서 적도에 가까운 곳은, 일조의 시간이 길기 때문에 추위가 심하지 않은 것이다. 일본 지형의 남쪽과 북쪽에 대해서는 그 나라 사람에게 물어

볼 필요도 없이, 북극의 땅에 올라온 높이가 몇 도인가만을 보면 그 땅의 북쪽이 우리나라의 어느 군과 대치된다는 것을 알 수 있으며, 일조 시간의 길이가 어느 계절에 몇 각인가를 살펴보면 그 땅의 남쪽이 우리나라의 어느 군과 대치된다는 것을 알 수 있다. 어찌 반드시 우삼동의 말만을 믿고 주장해서 남북의 진도(眞度)를 결정하겠는가. 우리나라의 육진 땅은 10월에 빙설이 쌓여 산곡을 메운다. 어떻게 남방의 9월 기후와 같을 수 있겠는가. 그곳 10월 추위가 우리나라 남방 9월 기후와 같다면 분명 그 땅은 우리나라 남방에서 남쪽으로 1천여 리에 있음이 증명되니, 어찌 서수라와 서로 대치될 수 있겠는가. 일본을 일본이라 이른 것은 중국을 중심으로 말한 것으로, 조지(條支)·대하(大夏) 사람들은 서촉(西蜀)을 일본이라 한다. 지금 이에 해와 달이 뜨기 때문에 그 기운이 따뜻하다 하였으니 그 동서를 안다 하겠는가. 신공은 시인이다. 오직 풍월이나 읊는 것으로 호기를 부리는 사람인데, 외국에 사신으로 나가 육합이 서로 얽혀 운행하는 이치는 전혀 모르고 남에게 기만을 당하니, 아아! 참으로 통탄스러울 뿐이다.*

---

* 丁若鏞, 『茶山詩文集』 권22 雜評, 「申靑泉聞見錄評」, "靑泉云自對馬島東北行三千餘里, 至大板城, 又東北行一千六百里, 至江戶, 江戶之北, 直至野人界, 則江戶當我之六鎭. 然東方日月所出, 最爲陽明. 十月不寒, 如我三南之九月天氣. 凡天地之間, 或寒或暑, 皆由太陽之遠近. 故在赤道以北者, 其地彌南則其冬寒彌薄. 蓋以日躔極南之時, 北地之近於赤道者, 其日晷猶長, 故其寒不甚也. 日本地形之或南或北, 不必詢問於土人, 唯仰觀北極出地, 其高幾度, 則其地之北直何郡, 可知也. 唯俯察日晷長短, 某節幾則刻, 其地之南直何郡, 可知也. 何必雨森東之言, 是信是宗, 以定南北之眞度哉. 我邦六鎭之地, 十月氷雪塞谷. 安得如南方之九月乎. 彼其十月之寒, 如我南方之九月也, 則明徵其地在我南方之南千有餘里, 安得與西水羅相直乎. 日本之謂日本者, 據中國而言之也. 條支大夏之人, 方且以西蜀爲日本. 今乃云日月所出, 其氣陽明, 其知東西乎. 申公詩人也, 唯吟風詠月以自雄, 一朝使於異國, 茫然不知六合之所相維, 而被人欺瞞, 嗚呼, 其可歎

통신사는 일본을 자세히 관찰하고 실상을 정확하게 알아 오는 것이 공적 임무 중의 하나였다. 정약용은 사신의 핵심적 임무라 할 수 있는 일본지식의 생산방식에 관해 신유한을 매우 통렬하게 비판한다. 소위 앎의 방법에 대한 비판이다. 일본의 위치와 크기에 대한 것은 한 사람의 말을 곧이 믿을 것이 아니라 이치를 가지고 정확하게 측정하여 도출해야 한다고 했는데, 이는 일본지식 구성에서 변증의 필요성을 역설한 것이다. 한편 일본이라는 위치와 크기에 관한 잘못된 인식을 사례로 들었으나, 여기서 화이관에 대한 정약용의 생각을 들추어볼 수 있다. 일본이란 명칭은 중국을 중심으로 말한 것으로, 다른 곳에 가면 똑같이 자기들 나라의 동쪽을 일본이라 한다는 것인데 실상 이는 상대주의적 시각을 드러낸 것이다.

어떤 이는 오랑캐의 풍속은 새짐승과 다름없다 하는데, 이는 알지 못하고 살피지 못하여 그들의 장점은 버리고 단점만 말한 것이다. 그러므로 지금 그 대체만을 들어 변증한다. (중략) 왜인(倭人)은 섬나라의 오랑캐이기는 하나 나라를 세운 지 3천여 년이 되었고 또한 성(姓)이 서로 계승해 왔으니 그 규모를 짐작할 수 있다. 의복(衣服)과 기물(器物)은 간편한 것을 위주로 하고, 끼니마다 드는 음식은 아무리 노동자라도 절대로 실컷 먹어대는 예가 없다. (중략) 왜속(倭俗)에는 신분에 따르는 위의(威儀) 같은 것을 따지는 예가 없어도 그 명분만 한번 정해지면 상하가 모두 그 사람을 경외(敬畏)

也已."

하고 떠받들어 조금도 태만함이 없다. (중략) 길에 나와서 구경하는 자들도 모두 한길 밖에 집결, 키가 작은 자는 맨 앞줄에, 약간 큰 자는 다음 줄에, 아주 큰 자는 맨 뒷줄에 앉아 차례로 대열을 이루어 잡음 없이 아주 조용하였다. 또 수천 리 거리의 연도(沿道)를 보았지만, 한 사람도 함부로 한길을 범하는 예가 없었다. 대저 그 나라에는 임금이나 각 고을의 태수가 쓰고 있는 정책이 일체 군법(軍法)에 의거한 것이었고 또 백성들도 늘 여기에 견습(見習)되어 일체 군법대로 따르고 있으니, 이 어찌 본받을 만한 일이 아니겠는가.*

이규경(李圭景, 1788~1856)은 '일본=오랑캐'라는 통념을 정면에서 반박한다. 예의 조선에서는 일본에 예가 없는 것을 두고 오랑캐라 일컫지만, 이규경은 오히려 전혀 새로운 잣대를 들이대며 이에 반론을 제기한다. 일본인의 검소한 생활은 그들의 욕망을 절제하는 가운데서 이뤄진 것이며, 직분에 따라 충실히 수행하며 한 치의 흐트러짐 없이 일사불란하고 조용하게 움직이는 것은 그 나라의 법령이 제대로 작동하기 때문이라는 논리를 편다. 이것이 일본의 부강함을 보여주는 상징적 사례이며, 오히려 식욕과 색욕에 못 이겨 간사하기 이를 데 없는 조선인은 부끄러워해야 하며 본을 받아야 한다고 조목조목

---

* 李圭景, 『五洲衍文長箋散稿』, 「경사편」, 〈논사류〉, 풍속, 「夷裔之俗反省便辨證說」, "或言夷裔之俗, 與禽獸無間, 是不諒不審 棄其所長 取其所短而言也. 今畧擧其大端言, 爲一辨證. (중략) 倭人, 雖曰島蠻, 立國幾三千餘載, 一姓相傳, 則其規模 盖可知也. 衣服器物 亦以精簡爲主 其食飮之節 雖執役者 絶無兩吨三吨. (중략) 倭俗雖無等威, 但名分一定, 則上下截然, 敬畏蹲奉, 不敢怠忽. (중략) 夾路觀光者, 悉坐正路之外, 小者居前, 稍大者爲第二行, 又其大者在後, 次次爲隊, 肅靜無譁, 數千里所見, 無一人妄動犯路, 大抵國君與各州太守之政, 一出兵制, 而大小民庶商見而習之者, 一如軍法, 此非可法者乎."

사례를 들어 주장한다. 여기서 변증은 단순히 사실 여부를 따지는 것에 머물지 않고 나아가 가치판단의 문제로 연결되고 있음을 확인할 수 있다. 즉 일본이 오랑캐인가 아닌가 하는 문제는 사실 여부를 넘어서 일본이라는 실체에 대한 가치판단의 전환을 요구하는 문제이기 때문이다.

이 문제는 구양수의 「일본도가(日本刀歌)」에 나오는 내용을 둘러싼 논쟁을 통해서도 이루어진다. 서복이 진(秦)의 분서(焚書)를 피해 일본으로 갈 때 가지고 간 서책이 아직 전해져 온다고 한 대목*을 두고 의견이 분분했는데 조선후기 지식인들은 자못 진지하게 논란에 가담하였다.** 즉 그 사실이 진실인지 아닌지 하는 논쟁인데 어떤 이들은 그 신빙성에 대하여 어느 정도 인정하기도 하였으나, 구양수의 오해에서 비롯된 것으로 사실이 아니라는 주장도 대두되었다. 일본에 과연 그것이 있는지는 차치하고 일본이 이처럼 중화문명의 정수라 일컫는 책의 존재 여부를 둘러싼 논란의 중심에 있다는 것 자체가 이 시기 일본의 위상을 드러낸다. 다수의 논자들이 성향을 막론하고 이를 부정했으나, 동아시아에서 일본의 위상은 중국도 쉽게 볼 수준이 아니었다. 에도시대는 오늘날 연구에서도 드러나듯 안정적인 체제를 기반으로 서양과 중국의 문물을 활발히 수용하면서 매우 빠른 속도로 발달하여 괄목할 수준의 문물을 이루었던 시대였다.*** 다만 조선은

---

* 歐陽脩, 『歐陽脩全集』, 「日本刀歌」, "徐福行時書未焚, 逸書百篇令尙存. 今嚴不許傳中國, 擧世無人識古文. 先王大典藏夷貊, 蒼波浩蕩無通津. 令人感激坐流涕. 鏽澁短刀何足云."

** 강항, 장유, 신유한, 이익, 이덕무, 이규경 등이 이에 관심을 가졌으며 관련 기록을 남겼다.

*** 하야미 아키라 지음, 조성원·정원기 옮김, 『근세일본의 경제발전과 근면혁명』, 혜안, 2006, 115~180쪽.

화이관이라는 인식의 잣대와 자존심 때문에 이러한 일본을 인정하기 싫었다.

이같이 진위분별의 문제는 조선후기 일본지식의 구성에서 매우 중요한 사항이었으며 이를 당대의 변증이라는 틀로 들여다볼 수 있었다. 이 변증을 통신사행록에서 크게 활용한 작품이 바로 원중거의 『화국지』이다. 물론 원중거가 남긴 두 통신사행록 『승사록』과 『화국지』를 아울러 보면 박람의 구성방법을 잘 활용하여 방대하게 저술한 작품이라고 할 수 있다. 대개 통신사행록은 박람을 통한 견문을 위주로 하고 여기에 개인의 소회를 덧붙이는 방식이었다. 그간의 통신사행록은 개관적 기술과 주관적 인상을 겸한 서술이 주조를 이루었다면 원중거의 『승사록』과 『화국지』는 박람과 변증의 방법을 통해 저술한 대표적인 작품이라 할 만하다.

이를 통해 보면 18세기 계미사행(1763)에 이르면 일본에 대한 지식탐구의 방향이 모든 면에서 질적인 변화를 일으키던 시기였으며, 일본지식의 담론이 절정에 달하던 시기였다. 이는 궁극적으로 지식 생성의 패러다임이 전환되는 데 영향을 끼친다.

3. 화이(華夷)와 문물(文物): 지식 생산의 기반

지식을 생산하는 일반적인 과정에서 어느 경우에나 해당되겠지만 특히 통신사행록에서 창출된 일본지식을 파악할 때 중요한 것은 일본인식의 사상적 토대이다. 대상에 대한 긍정과 부정은 어떤 인식의 토대 위에서 서술되는가? 일본을 보는 시각은 화이관에 기반한 이분법적 시각이 인식의 기반이다. 그러나 화이관의 논리적 토대는

일본지식의 올바른 체계화를 방해한다. 즉 유교적 명분으로 환원할
수 없는 것은 모두 이적시되는 반면 유교적 명분으로 환원될 수 있
는 것만 긍정적으로 인식될 뿐이다. 통신사행록은 다소간의 편차는
있지만 대개 조선 식자층이 화이론의 잣대로 본 일본견문이라 할 수
있다.

　역사적으로 조선은 일본을 왜(倭) 혹은 도이(島夷)로 불렀다. 이
논리의 사상적 배경은 화이관이다. 조선에 있어 일본은 바다를 사이
에 두고 가까이 있는 섬나라 오랑캐다. 화이관은 조선전기부터 형성
된 모든 일본지식의 근저에 깔린 인식적 기반이다.* 병자호란 이후
청이 중원을 장악한 후에 조선은 스스로 소중화라 칭하며 춘추의 대
의명분을 이어가고자 하였는데 이를 조선중화주의라 일컫는다.** 이
렇듯 일본을 인식하는 대전제는 바로 화이관이며 통신사행은 이를
벗어난 그 어떤 시각도 가져서는 안 되었다. 화이관은 조선에 성리학
이 뿌리내리면서 자연스럽게 형성된 것이기도 하지만 여기에 임진왜
란의 기억이 덧씌워져 적대적 일본관으로 급격하게 변해갔다. 해서
조선 후기의 일본지식의 기본 틀은 적대적 화이관이라 할 수 있다.
이 관점의 문제는 그 나라의 긍정적인 것을 부차적으로 만들며, 그
인물과 풍속은 유가의 논리에서 벗어난다면 어떤 것이든 야만스러움
으로 수렴한다는 점이다. 혹 수렴되지 않는 것은 배제하거나 조물주
의 장난으로 치부하면서 그에 내재한 심각한 인식 상의 모순을 증발

*　　하우봉, 「조선전기 대외관계에 자아인식과 타자인식」, 『한국사연구』 123집, 한국사연구
　　　회, 2003. 249~255쪽; 구만옥, 「16~17세기 조선 지식인의 서양이해와 세계관의 변화」,
　　　『동방학지』 122집, 2003, 연세대 국학연구원, 5~11쪽.

**　　정옥자, 『조선후기조선중화사상연구』, 일지사, 1998 참조.

시켜 버린다.

한낮에 더위가 심하므로 모든 동료와 더불어 바윗가로 내려가 맑으면서도 얕은 물에서 발을 씻고 인하여 옷을 벗고 푸른 소나무 사이에 앉았으니 바람이 솔솔 서늘한 소리를 내어 피리와 젓대를 부는 것 같았다. 땅이 궁벽지고 깨끗하여 인사가 없고 다만 바위틈에 끼인 흙에 간혹 조그마한 밭이 있는데 모밀을 심어 막 꽃이 피었다. 나는 이르기를 이 항구의 경치를 만약 장안의 귀공자들로 하여금 자기 근방에 갔다 놀 수 있었다면 마땅히 금수같은 누대와 주옥같은 문장으로 천하에 자랑하게 되어 천하에서 이름을 아는 사람들이 날마다 천만 명씩이라도 가보게 될 것인데 불행히도 먼바다 밖에 버려져 있어 욕되게 이무기와 고래의 소굴이 되어 있다.[*]

해상의 절승한 땅이 그릇되어 푸른 수건 쓴 아이와 이빨에 검정물 들인 계집이 짝지어 앉은 자리가 되는 데에 짓밟히고 말았으니, 이것이 조물주의 무슨 뜻인가?[**]

이 두 글은 통신사행록의 백미라 일컫는 신유한의 『해유록』에 전해온다. 이 저술은 대체로 일본인식의 측면에서 긍정적인 자연관과 부정적인 문물관이 혼재하는 양면적 성격을 지닌다고 평가되었다.[***]

---

[*]   申維翰, 『海游錄』 상, 1718년 6월 25일.

[**] 申維翰, 『海游錄』 상, 1718년 8월 18일.

[***] 한태문, 「신유한의 해유록 연구」, 『동양한문학연구』 26, 동양한문학회, 2008; 오바타 미치히로, 「신유한의 해유록에 나타난 일본관과 그 한계」, 『한일관계사연구』 19, 한일관계사학회, 2003.

여기서의 관심은 과연 그러한 양면적 인식을 가능케 하는 배경과 양면적 인식의 충돌을 해소하는 방향이다. 앞의 두 예문의 골자는 일본의 자연은 절경인데 애석하게도 오랑캐들의 땅이 되어 있다는 것이다. 일본의 절경에 감탄하지만 종국에는 오랑캐가 사는 땅으로 귀결된다. 일본이란 절경에 일본인이 산다는 것은 '그릇된' 일이자 '불행한' 일일 뿐만 아니라 '욕된' 일이기까지 했다. 사행원이 바라보는 일본의 산수와 사람들에 대한 시각은 화이관에 의해 이렇듯 심하게 굴절되고 있다. 아름다운 산수에 오랑캐가 산다는 것이 이해되지 않는 것에는 '오랑캐의 땅은 아름다울 리가 없다' 혹은 '아름다워서는 안된다'는 전제가 깔려 있다. 조선의 일본인식 프레임이 애초에 잘못된 전제에서 출발했음을 보여주는 단적인 사례이다. 일본이 오랑캐라는 것도 사실상 화이관의 잣대에서 조금만 벗어나도 그 성립논리가 빈약한데 나아가서 오랑캐가 아름다운 산수에서 산다는 것을 인정하지 않는 논리는 화이관의 근거에 기대어 보아도 타당성을 얻기 힘든 논리이다. 이는 자연과 인간을 연관시키는 데서 나아가 문물과 인간을 엮어서 보는 대목에서도 드러난다.

마주 태수가 하구에서 먼저 오사카에 들어갔다가 해가 저물려 하자 다시금 황금선을 타고 마중 나왔다. 멀리 바라보매 유소장 안에 머리가 번들번들한 조그마한 것이 흙덩이처럼 앉았는데, 옆에 있는 기구는 모두 금은으로 꾸민 것이었다. 가석하다. 번화부귀가 잘못되어 흙덩이와 꼬챙이 같은 자를 호강시키구나!*

---

* 申維翰, 『海游錄』 상, 1718년 9월 4일.

　신유한은 또한 오사카에서 황금선을 보고 그 화려함에 놀라면서도 그것이 오랑캐를 호강시키는 것은 잘못된 것이라는 논리를 편다. 오랑캐는 번화해서는 안 되며, 부귀로 호강해서는 안 되는 종족이기 때문이다. 이 같은 기이한 논리의 이면에는 화이관과 일본에 대한 적대감이 동반 작용하고 있다.* 비단 『해유록』뿐 아니라 조선후기 통신사행록은 정도의 차이가 있을지언정 대개 이러한 화이론적 관점에 기대어 일본을 보고 기록하였다. 어쩌면 이것이 조선후기 일본지식을 생산하는 데 가장 기본적인 틀이라 할 수 있다. 이 같은 관점에서 조선후기 일본지식이 형성되었으며 이는 조선 말기까지 지속적인 영향력을 끼친다.

　그러나 공식적으로 화친, 내부적으로 비왜를 목적으로 수행된 통신사행의 지적 관심은 하나로 귀결되지 않는다. 통신사행록이 다양한 스펙트럼을 가지고 저술되고 있다는 점에서 이를 확인할 수 있다. 즉 통신사행록은 사실상 선험적으로 체득된 화이관을 통해 일본을 보고 기록하나, 눈으로 보는 일본은 사실상 화이관 자체를 교란시키는 실상으로 가득하다. 오랑캐는 인륜이 없음은 물론 아름다운 산수를 끼고 살아서는 안 되며, 나아가 부귀영화를 누려서는 안 되는 종족들이지만 사실상 일본은 그들대로의 인륜이 있고, 그들이 누리는 산수는 신선이 노니는 듯한 절경이며, 그들 문물의 번화함은 눈과 마음이 현혹될 정도였다. 겉으로는 화이관에 의해 저술되지만 내막

---

* 　물론 신유한의 「聞見雜錄」을 보면 일기에 기록된 것과는 달리 객관적인 시각에서 긍정적으로 기술한 대목이 많다. 그런데도 신유한의 시각을 문제 삼는 것은 그가 가진 기본적인 인식 태도가 화이론에 기반하고 있다는 점을 지적하기 위해서이다.

은 화이관을 확신할 수 없는 일본이라는 대상과 심각한 인식상의 갈등으로 점철되어 있다. 세계관적 기반으로서의 화이, 그리고 실제 눈으로 보이는 일본의 문물. 이 둘은 통신사의 의식 속에서 물과 기름처럼 떠돌면서 괴롭혔던 두 범주다. 조선의 글하는 자라면 으레 명분론적 화이의식이 자리 잡고 있을 터인데 일본이라는 땅은 화이의 잣대로는 설명할 수 없는 것들이 널려 있어 사행원으로 하여금 의식과 감각을 혼란에 빠뜨리게 하였다.

이 같은 혼란을 거치면서 공고한 화이관의 장벽은 조금씩 균열이 가기 시작하였다.* 그 가운데 일본은 오랑캐임을 인정해도 그들의 산수가 아름다운 것을 잘못된 일이라 할 수 없으며, 그들의 문물이 번화함은 까닭이 있을 것이라는 생각이 싹튼 것은 조선후기 일본지식의 형성에서 의미 있는 전환점이 된다. 왜냐하면 사실을 사실대로 인정하고 싶지 않은 심리적 거부감을 극복하면서 모든 것을 있는 그대로 혹은 더욱 자세히 관찰하고, 보이지 않던 것까지 볼 수 있는 인식태도를 가질 수 있기 때문이다. 이는 일본에 대한 진정한 이해와 총체적 앎에 이르기 위해 거쳐야 할 중요한 전환이자 진일보라 할 수 있다. 물론 이러한 일이 단선적으로 이루어진 것은 아니다. 매우 완만하면서도 복잡한 인식의 기류가 흘러, 기존의 인식틀을 고수하고자 하는 힘과 새로운 각도에서 보고자 하는 움직임이 길고도 복잡한 길항관계를 형성하면서 여러 곡선을 긋고 있었다. 통신사행록의 저

---

* 따지고 보면 화이론적 시각이 그 시대 보편적인 인식틀이라고 해도 그 안에는 한두 가지로 묶을 수 없이 수많은 갈래의 생각이 있었음은 너무나 당연한 일이다. 조선을 주자학 일색의 시대였다고 하지만 그 장막을 걷어내어 보면 하나로 규정지을 수 없는 다양한 면모들이 드러나고 있듯이 통신사행록도 마찬가지이다.

변에 미세하지만 지속적인 인식 상의 갈등에 의해 일본의 견문은 상세해지고 방대해지기 시작한다. 이와 같은 현상을 선행연구에서 흔히 "치밀한 서술"이라고 표현되는데 사실 이 같은 인식적 태도에 기인한 것이다.* 기실 신유한 이전에 이미 일본을 인식하는 논리적 틀이 화이관을 중점으로 하면서도 그 논리에 수렴되지 않는 사례가 확인된다.

> 왜인들의 말에 의하면 강항이 포로가 되어 온 지 5년 동안 형체를 고치지 않고 의관을 바꾸지 않으면서 방에 조용히 앉아 책이나 보고 글을 짓기만 일삼고 왜인들과 상대해서 입을 연 적이 없었고, 송상현의 첩은 굽히지 않고 수절하여 죽기를 스스로 맹세하니 왜인들이 귀히 여기고 존경하여 집 한 채를 지어 우리나라의 여자포로로 하여금 호위하고 시중들게 하였으며, 유정의 일행이 오게 되자 이 두 사람은 절조를 완전히 하고 돌아갔으므로 원근에 굉장하게 전파되어 아름다운 일로 일컫는다 했다. 대개 일본은 용맹과 무만 오로지 숭상하여 인륜을 모르지만, 절의의 일을 보게 되면 감탄하여 일컫지 않는 자가 없었으니 또한 천리인 본연의 성품을 알 수 있는 것이다.**

1607년 회답겸쇄환사의 부사 경섬은 오랑캐도 사람이라 본연의

---

* 물론 기존의 인식 틀에 의해 기록된 텍스트도 치밀한 서술이 돋보이는 것이 많다. 예를 든 신유한의 텍스트에는 사실상 인식이 혼재되어 있다. 여기서 주목하고자 하는 것은 인식의 전환에 의해 이루어지는 치밀한 서술이다.

** 慶暹, 『海槎錄』, 1607년 7월 17일.

성품을 알 수 있다고 말한다. 이는 예, 절의가 화(華)는 갖출 수 있고 오랑캐는 갖출 수 없는 것이 아니라 누구든지 가질 수 있음을 말하며 일본이라도 절의를 모른다고 하면 안 된다는 점을 말한다. 물론 여기에는 조선의 대일태도의 한 축인 교화적 입장이 개진될 우려가 있지만 일본이 오랑캐란 단호한 태도보다는 유연하다.

> 천지는 사심이 없는 것인지라 훌륭한 경개를 아끼지 않아, 남만의 바다 한 굽이에도 또한 정결한 곳이 있으니, 소위 하뢰포(下瀨浦)인데 길이가 20여 리쯤 될 만하였다.*

이경직은 1617년 회답겸쇄환사의 종사관으로 따라나서 피로인의 송환업무에 핵심적 역할을 담당했던 인물이다. 왜란으로 인한 대일 적대감이 극에 달했을 시점에 일본에 갔음에도 그의 통신사행록에는 전체적으로 객관적이며 심지어 일본에 대한 긍정적인 시각이 바탕에 깔려 있다. '천지는 사심이 없다'는 말은 천지는 화이관의 논리 너머에 있음을 인정한 것으로 들린다. 신유한보다 먼저 다녀왔지만 조물주의 조화를 이해하지 못하는 신유한의 물음에 이경직이 미리 답을 마련해둔 격이다. 『부상록』의 또 다른 대목을 살펴본다.

> 사관 옆에 신사가 있는데 흙으로 소아상을 빚어 놓고 제사하였다. 예전에 안덕천황이 나이 8세 때에 원뇌조에게 침범을 당해서 떠돌다가 여기에 도착했는데, 여러 번 싸워 패전하였다. 형세가 급해지

---

* 李景稷, 『扶桑錄』, 1617년 7월 9일.

고 힘이 다하자 그 조모가 업고서 바다에 빠져 죽으니 궁빈 두어 사람이 따랐고 중납언 교성 등 일곱 사람도 함께 바다에 빠져 죽었고, 비탄 좌위문 경경 등 다섯 사람은 전사하였다. 지금도 벽 위에 화상을 그려놓고 안덕천황과 함께 제사하는데, 지금까지 고담으로 전해오고 있다. 오랑캐 중에도 또한 그 섬기던 자에게 충성하기를 이와 같이 한 일이 있으니, 난리로 인해 임금을 방치한 자는 어찌 부끄럽지 않겠는가?*

이 대목을 보면 숙소 옆에 있는 신사를 보고도 기이하게 여기지 않고 오히려 일본문화의 하나로 인정하는 태도를 보인다. 이에 머물지 않고 일본 천황가의 역사이야기를 끌어와 충의 의미를 추출해낸 것이 조선의 충신지사에게 뼈아픈 비수가 되었다. 오랑캐에 충효를 기대할 것이 없다고 외치는 자들에게 정면으로 반박하는 내용이 사뭇 도전적이다. 생사의 경계에서 장렬하게 순국한 일왕의 신하들에 비해 난리가 터지자 제 목숨을 위해 구차하게 도망간 자들은 차라리 오랑캐보다 못한 자들이다. 여기에서 조선에도 역적과 간신이 존재하듯 오랑캐라면 덮어놓고 야만이라고 보는 시각 또한 교정해야 한다는 논리의 준거를 마련했음을 확인할 수 있다. 이를테면 온건한 화이관이라 할 수 있는데, 이것이 후에 유연한 일본관을 확대해가는 데 큰 밑바탕이 된다.

이를 바탕으로 통신사행록에서 공고한 화이관이 균열되어가는 과정 또한 포착된다.** 아무리 엄격한 화이관의 잣대를 가지고 일본을

---

* 李景稷, 『扶桑錄』, 1617년 8월 7일.

** 이와 관련하여 조선후기 교린체제가 '중국을 중심으로 한 전통적인 외교질서에서 벗어난 독

보더라도 결코 부정할 수 없는 것이 일본의 절경과 기술임은 통신사 행록에 확인된다. 통신사 중 대부분은 일본의 절경과 기술문명을 보고 놀랐다. 이것은 유교적 명분을 들이대어 해석할 수 없는 것들이며 유학적 시각으로 판단할 수 있는 범위 밖에 있는 것들이다. 이를테면 '절승에 오랑캐가 사니 그릇되다.' 따위의 이율배반적인 인식에 대하여 조선은 그렇게 깊이 생각하지 않고 단지 '하늘이 실수를 저지른 것'이라고 치부하고 말았다. 이것이 일본에 대한 편견과 오해의 진원지로 작용하였다. 여기에서 화이관은 일본에 대한 올바른 인식을 가로막고 있음은 물론 올바른 일본지식의 생성에도 부정적 영향을 끼친 장애요소라 할 수 있다. 화이관은 이런 이유로 뜻있는 조선후기 식자에 의하여 끊임없이 회의되고 급기야 부정당하기에 이른다. 이는 통신사행록이 조선후기에 일본지식을 확산시키면서 일으킨 가장 중요한 담론이자 조선조 식자층에서 벌어진 주요한 세계관적 논쟁과 일정한 관련을 맺고 있다.

　위의 『해사견문록』 1권은 고 청천자 신유한이 사신을 따라 일본에 갔다가 그 나라의 산천과 풍속을 기록한 것이다. 일본의 세대와 도읍에 관한 것은 모두 본사가 있어 고증할 수 있다. 원 세조가 10만 군사를 거느리고 정벌을 나왔다가 활촉 하나도 되돌아가지 못하였으니, 그곳의 관방과 도리가 견고하여 정벌할 수 없음을 알 수 있다.
　의당 관찰해야 할 것은 오직 기물의 정교함과 여러 가지 조련하는

립적 대등외교'를 지향한 탈중화적 성격을 지닌다고 본 견해에 주목한다. 손승철, 『조선시대 한일관계사 연구』, 4장 「조선후기 탈중화의 교린체제」, 경인문화사, 2006, 175~235쪽 참조.

법인데, 이 책에서는 그 점이 생략되었으니, 한스러운 일이다. 그러나 우리나라 사람이 그곳에 표류하면 그들은 번번이 새로 배를 만들어서 돌려보냈는데, 그 배의 제도가 아주 절묘하였다. 하지만 여기에 도착하면 우리는 그것을 모두 부수어서 그 법을 본받으려고 하지 않았다. 관왜의 방롱 제도도 아주 정결하고 밝고 따뜻해서 좋다. 그러나 그 법을 본받으려 하지 않으니, 그 법을 기록해 본들 무슨 소용이 있겠는가. 지난번에 유문충이 아니었더라면 조창의 제도마저 끝내 우리에게 전해지지 못하였을 것이다.[*]

정약용은 앞서 언급한 신유한의 『해유록』에 대해 이같이 비판했다. 오늘날 통신사행록 중 가장 뛰어난 작품이라고 평가받는 작품에 대한 평치고는 지나치게 냉혹하고, 이 말이 모두 옳다고 할 수 없으나 당시 지식인의 일본관의 추이를 알 수 있게 해주는 내용이라 주목된다. 우선 신유한의 기록이 산천과 풍속 세대와 도읍을 기록한 것인데 사실 새로울 것이 없다고 냉정한 평가를 한다. 그리고는 신유한의 일본견문의 태도와 방법을 문제 삼았다. 즉 일본을 보았다면 그곳에서 앞선 문물을 보고 배울 것을 유심히 살펴 자세히 기록해야 하는데 이에 소홀히 했다는 것이다. 이를 통해 정약용은 화이관을 에둘러 비판한다. 신유한으로 대표되는 통신사행록 저술방향의 전환을 촉

---

[*] 丁若鏞,『茶山詩文集』卷十四,「跋海槎聞見錄」, "右海槎聞見錄一卷, 故靑泉子申維翰. 隨使臣之日本, 記其山川風俗者也. 日本世次都邑幷有本史可攷. 元世祖擧十萬之衆, 一鏃不還, 知其關防道里, 亦不可伐也. 所宜察唯器物精巧, 及諸調鍊之法, 而此編略, 於是爲可歎. 我人漂至彼者, 彼皆造新船送回, 其船制絶妙, 而到此, 我皆槌碎之, 不欲移其法. 館倭房櫳之制, 亦精潔明燠. 然莫之或移, 卽記其法何爲哉. 曩非柳文忠, 鳥鎗之制, 終亦不傳於我矣."

구한 대목으로 일본지식의 탐구 목적을 '학일본(學日本)'으로 전환코
자 함을 알 수 있다. 일본을 배워야 한다는 논리의 맹아를 엿볼 수 있
는 대목이다.

　　이러한 논리가 정약용에 이르러 갑작스럽게 대두된 것은 아니다.
이미 정약용 이전에 이익은 허목이 지은 「흑치열전(黑齒列傳)」을 두
고 이웃나라를 폄하했다고 비판했다.* 나아가 일본의 화총, 칼, 그리
고 성곽 제도, 그리고 학문과 출판 인쇄술의 우수성을 지적하고 이를
배울 것을 주장했다.** 그리고 홍대용 또한 일본의 학문과 문물의 우
수성을 지적하였으며, 김정희도 일본의 문화를 높이 평가하였다.*** 일
본을 보는 데 장애로 작용한 화이관을 넘어서서 문물에 바탕을 두고
일본을 제대로 볼 것을 주창하는 기류가 점진적으로 일어났음을 확
인할 수 있는 대목이다. 화이관을 넘어서 새로운 인식적 기반을 확보
하는 데 일본의 문물은 실질적으로 중요한 근거가 되었다. 실사 혹
은 실재로서의 문물을 중시여기는 이들은 중세 화이관에서 벗어난
새로운 인식 논리를 세우기 시작하였다.

　　지금은 일본에 대해 걱정할 것이 없다. 내가 이른바 고학선생(古學
　　先生) 이등유정(伊藤維楨) 씨가 지은 글과 적선생(荻先生)·태재순

---

* 　李瀷, 『星湖僿說』 제18권, 「經史門」, 〈日本史〉, "眉叟先生作黑齒列傳. 日本與我國實
　　爲隣邦, 今不然, 未知何義. 記或有差海外事所傳聞不同, 固其宜也, 申叔舟海東記頗詳,
　　眉叟或未之見也."

** 　「火銃」, 「倭刀」, 「倭知守城」, 「日本忠義」 등.

*** 　金正喜, 『阮堂全集』 제8권, 「雜誌」, "長崎之舶, 日與中國呼吸相注, 絲銅貿遷, 尙屬第
　　二, 天下書籍, 無不海輸山運. 昔之所以資乎我者, 乃或有先我見之者, 雖欲不文, 不可
　　得也. 然此可以一事, 而知天下之勢也. 彼之於絲銅書籍之外, 又安知不有得之於中國
　　者也. 噫!"

(太宰純) 등이 논한 경의(經義)를 읽어보니 모두 찬란한 문채가 있었다. 이 때문에 지금은 일본에 대해서 걱정할 것이 없음을 알겠다. 비록 그들의 의론이 간혹 오활한 점이 있기는 하나, 그 문채가 질(質)보다 나은 면은 대단한 바 있다. 대체로 오랑캐를 방어하기가 어려운 것은 문물이 없기 때문이다. 문물이 없으면, 예의염치로 사나운 마음 분발함을 부끄러워하게 할 수 없고, 원대한 계책으로 무턱대고 뺏으려는 욕심을 중지시킬 수 없다. (중략) 문채가 실질보다 나아지면 무사(武事)를 힘쓰지 않기 때문에 망령되이 이익을 노려 움직이지 않는 법이다. 위에 열거한 몇 사람들이 경의(經義)와 예의(禮義)를 말한 것이 이러니 그 나라는 반드시 예의를 숭상하고 나라의 원대한 장래를 생각하는 사람이 있을 것이다. 때문에 지금은 일본에 대해서 걱정할 것이 없다고 한 것이다.*

정약용의 「일본론」의 한 대목이다. 통신사행을 수행하지 않았지만, 일본에 대한 식견은 남달랐다. 이 글에서 확인할 수 있는 것은 바로 '일본 오랑캐의 문물이 날로 발전하여 무(武)가 약해지고 문(文)이 성하니 침략의 우환이 없어졌다(질 것이다)'는 것이다. 특히 정약용은 비왜론의 논거를 '화이'에서 '문물'로 전환시켰다. 이는 곧 일본지식의 인식적 기반이 전환되고 있음을 알 수 있는 대목이다. 통신사의 견문을 통해 일본문물을 긍정하는 경향은 점차 확대되고 이것이 바

---

*   丁若鏞, 『茶山詩文集』, 「日本論」 1, "日本今無憂也. 余讀其所謂古學先生伊藤氏所爲文及荻先生太宰純, 等所論經義, 皆燦然以文. 由是知日本今無憂也. 雖其議論間有迂曲, 其文勝則已甚矣. 夫夷狄之所以難禦者, 以無文也. 無文則無禮義廉恥以愧其奮發鷺悍之心者也, 無長慮遠計以格其貪婪擢取之慾者也, (중략) 文勝者, 武事不競, 不妄動以規利. 彼數子者, 其談經說禮如此, 其國必有崇禮義而慮久遠者. 故曰日本今無憂也."

로 일본문명에 대한 긍정으로 귀결되어 조선후기 또 다른 유형의 비왜론을 성립시키는 논거가 된 것이다. 화이라는 관념이 문물이라는 실재와 부딪히자 서서히 혼란을 겪으면서 인식기반의 전환을 일으키고 나아가 일본지식 탐구의 목적을 변화시키는 데 이르렀다. 이제 일본은 전혀 다른 표상으로 조선에 다가서기 시작하여 대등한 나라임은 물론 배워야 할 것이 있는 일본으로 인식되고, 일본을 안다는 것은 비왜를 벗어나 배울 것을 받아들여 자국의 면모를 일신시키기 위한 방안을 찾는 것으로 바뀌었다.

요컨대 화이관을 기반으로 한 대일인식이 서서히 바뀌면서 일본의 문물을 중시하기 시작하였으며 나아가 일본을 문물이 발달한 대등한 이웃나라로 인식하기에 이르렀다. 동시에 화이론에 기반한 비왜론은 그 목적의 항구성은 유지하고 있을지언정 그 시기적 함의가 바뀌기 시작하였다. 곧 문물이 발달한 일본이 상대적으로 무(武)가 약화되어 이는 곧 침략성을 약화시키고 조선의 대일 안도감을 확대시키는 데 도움을 줄 것이라는 것이 그 요체이다. 이는 일차적으로는 적대감에 기반한 대일 경계심을 풀어놓는 데 기여한다. 하지만 이에서 머물지 않고 일본인식을 전환시키고 나아가 조선을 위해 일본에서 배울 것은 적극적으로 배워야 한다는 '학일본'의 논리에까지 맥이 닿는다. 이 또한 조선의 개혁에 그 궁극의 의도가 있는 것이다. 이처럼 조선후기의 일본지식은 일정한 체계와 구조를 통해 축적되었으며 그 중심에 바로 통신사행록이 있다. 통신사행록을 통해 일본지식의 생산과 축적 양상을 살펴본바 그것은 일본에 대한 본질적 이해, 진정한 이해를 위한 장구한 과정이었음을 알 수 있었다.

사행록의 역사적 전개와
『일동기유』

1. 1876년 사행의 변화

중세 조선의 봉건체제가 해체되고 근대 세계체제에 편입되면서 일본을 비롯한 해외 여행기록이 폭발적으로 늘어나고, 그 전대까지의 해외 기행문의 주류였던 사행록은 막을 내렸다. 이는 무엇보다 당대 조선의 운명이 일본의 영향력 아래에 있었던 사정과 연관이 있다. 일본은 1876년 병자수호조규(丙子修好條規)를 통해 조선의 근대 수용을 강제한 것에서 알 수 있듯, 그 방식이 강압에 의한 조약이라는 제국주의적 방식을 그대로 답습하였다. 이를 통해 조선의 근대 편입을 추동하는 것은 물론, 영향력을 확대하고자 하는 것이 일본의 속셈이었다. 이 조약 직후 일본의 강력한 요구로 다녀온 것이 바로 수신사행이다. 수신사행은 1882년까지 총 네 차례에 걸쳐 다녀왔다.[*] 이 사행을 통해서 남겨진 기록을 통칭하여 수신사행록이라고 지칭하고자 한다.

---

[*] 1차-1876년(정사 김기수), 2차-1880년(정사 김홍집), 3차-1881년(정사 조병호), 4차-1882년(정사 박영효). 단 1885년 사행(정사 서상우)에 대해서는 5차 수신사로 보는 견해와 수신사와는 다른 성격의 '흠차대신'으로 보는 견해가 병존한다. 수신사 조사시찰단 DB에서도 박대양이 쓴 『동사만록』을 5차 수신사 기록으로 표기했다. 박탄, 『일본 수신사의 사행록 연구』, 강원대 국문학과 박사논문, 2009; 이효정, 「수신사 및 조사시찰단 기록의 범주와 유형」, 『동북아문화연구』 45, 동북아문화학회, 2015; 박한민, 「조선의 대일사절 파견과 대응양상의 변화(1876~1885)-흠차대신 파견을 중심으로」, 『한국사학보』 77, 고려사학회, 2019.

수신사행록은 통신사행록을 뒤이은 대일본 사행록의 한 갈래이기도 하며, 통신사행록과 매우 밀접한 연관성을 지니고 있다. 왕래 기간이 짧고 그 기록도 많지는 않지만, 수신사행록은 전근대 해외 사행록의 소멸과 근대적 기행문의 탄생이라는 전환 시대의 산물이라는 점에서 매우 중요한 위치에 놓여 있다.* 또 이 수신사행록의 종말로 인해 중세외교체제의 산물인 사행문학은 역사적 종언을 고하게 된다. 사행문학의 역사적 흐름에서 보면 수신사행록은 통신사행록의 전개가 거의 종결되고 근대적 기행문으로 변화되기 시작하는 이행기 기행문의 한 갈래라 할 수 있다. 특히 『일동기유』는 사행록의 전형적 모습을 따르고 있지만, 변화된 사행의 조건에서 사행록의 말로를 예견케 하는 대목들이 산견된다. 이러한 사행록의 성격이 변화한 것은 세계사적 범위에서 일어난 역사적 격변에 기인한다.

사행록은 그 속성상 조선의 대외정책 및 외교제도와 밀접한 연관을 맺고 있다. 중세동아시아 질서에 적극 편입하면서 발전하기 시작한 사행록은 역시 그 질서가 무너지는 시점에서 소멸되기 시작하였다. 그런데 이 역사적 변동의 핵심은 사상과 세계관의 변화다. 마

---

* 학계에서는 통상 근대기행문의 시작이 『서유견문』(1895)에서 비롯되었다고 보는데, 이는 재고의 여지가 있다.(김현주, 「근대 초기 기행문의 전개 양상과 문학적 기행문의 기원-국토 기행을 중심으로」, 『현대문학의 연구』16, 한국문학연구학회, 2001, 96쪽) 19세기 후반 병자수호조규(1876) 이후 20여 년이 흐르는 동안 일본을 통해 급격한 근대 수용이 이루어졌다. 그리고 『서유견문』이 저술되는 즈음에는 이미 근대 수용론이 "개화"라는 이름으로 주류담론으로 부상하였으며, 개화파 세력이 확대되고 있었던 시기이다. 이런 상황을 배경으로 저술된 『서유견문』은 오히려 근대기행문의 시작이라기보다는 본격적인 근대 담론의 이론화를 꾀하고 그 요체를 집약한 저술이라 할 수 있다.(허경진, 「유길준과 서유견문」, 『어문연구』제32권 1호, 어문연구학회, 2004) 근대적 의미에서 문학적 기행문의 기점을 논의한다면 『서유견문』이 중시될 수 있으나 오히려 전근대와 근대 기행문의 이행과정을 살피고자 한다면 수신사행과 신사유람단이 남긴 기록을 유심히 살펴야 한다.

찬가지로 사행록의 전개 및 변화의 주요지점에는 바로 사상의 논쟁과 갈등이 핵심요소로 자리하고 있다. 이러한 측면에서 수신사행록이 사행록의 마지막 모습을 보여주는 작품이라는 점은 단순히 장르 운동만 말하는 것이 아니라 작품 속에 제반 역사적 요인과 사상의 갈등을 함축하여 반영하고 있다는 것을 의미한다.

이러한 문제의식에서 김기수(金綺秀, 1832~1894)의 『일동기유』를 사행록의 지속과 변모에 주목하여 그 현상과 요인을 다시 고찰하고자 한다. 또 그동안 많이 논의되었던 일본 인식의 측면을 다시 살필 것이다. 사실 이 시기 조선은 여전히 중세라는 시간에 머물러 있었으며 이들이 본 일본은 이미 근대라는 시간으로 건너가 있었다. 따지고 보면 수신사행은 일본이라는 공간을 여행한 것 외에 근대라는 시간 여행을 한 셈이다. 이렇게 변화된 조건을 고려하여야만 『일동기유』의 일본 혹은 근대 인식의 온전한 의미를 찾을 수 있을 것이다.

2. 교린체제의 종말과 근대로의 사행

1) 여행수단의 변화와 필기체

수신사행은 병자수호조규(1876)의 체결로 조성된 한일관계의 새로운 국면을 배경으로 하여 전개된 외교방식이다. 한국 근대사에 있어서 병자수호조규의 체결은 오랜 기간 중세체제를 고수하던 조선에게 하나의 커다란 전환점이 되었다.

19세기 중엽 조선은 대내적으로 봉건적 통치체제의 모순으로 크게 동요하고 있었으며 대외적으로는 서구제국주의 세력이 조선의 문호개방을 위하여 우리 해안에 번번이 침입하여 개국과 통상을 강요

하기 시작하였다. 이러한 처지는 일본·중국도 마찬가지였으나, 일
본은 1854년 미국과 12개조의 수호조약(神奈川조약) 체결 이후 서구
열강에게 문호를 개방하고, 명치유신과 폐번치현(廢藩置縣)*으로 중
앙집권적인 통일국가로서의 천황제정권을 성립시켜 부국강병을 위
한 체제개혁과 위로부터의 근대화를 추진하였다. 일본의 세계체제
편입은 동아시아 문명과 중세질서의 몰락을 재촉하게 한 역사적 사
건이다. 개항 후 일본은 빠른 속도로 서구 근대를 받아들이면서 동시
에 동아시아의 화이론적 질서에서 이탈하여 새로운 동아시아 질서를
구축하기 위해 발 빠르게 움직였다. 명치유신 후 일본은 조선에 자국
이 변혁한 사실과 옛 교린을 유지할 것을 통보하였으나 조선은 이를
받아들이지 않고,** 오히려 일본을 양이와 동일시하였다.***

---

* 1871년 메이지 정권은 藩을 없애고 전국에 3부 72현을 설치한 폐번치현 직후 정부수뇌의
   약 반수가 참가한 구미순회사절단을 파견하였는데 이는 구미 각국의 정치제도와 풍습, 교
   육, 생산방법 등은 대체로 우리보다 훨씬 뛰어나므로 이 개명의 바람을 타고 일본 국민으로
   하여금 속히 동등한 영역으로 진보하게 하기 위해서였다. 그런데 남아 있던 이타가키 다이스
   케(板垣退助, 1837~1919)를 비롯한 留守政府는 사절단의 귀국을 기다리지 않고 학제와 징
   병령, 지조개정 등 급진적인 서구제도의 이식을 단행했다. 민두기, 『일본의 역사』, 지식산업
   사, 1976, 212~232쪽.

** 명치유신 직후 1868년 1월 15일 일본의 신정부는 '왕정복고'를 각국 공사에게 정무 통고한
   다음 조선에 대해서도 종래의 관계를 새롭게 하고자 하여 3월에 대마도번주 소 요시아키라
   (宗義達)를 시켜 자국의 변혁을 통고하고 교린의 舊好를 계속할 것을 주장하고, 같은 해 12
   월에 소 요시아키라는 그 국서를 조선에 전달하였다. 그러나 동래부의 왜학훈도 안동준은 그
   내용과 문구가 전일의 것과 전연 상이하므로 이것을 유일한 이유로 서계조차 접수하지 않았
   다. 서식 문구 중 '我邦皇朝聯綿'이니 '皇上之盛意'니 '奉勅', '朝廷' 같은 문구가 있고 다음
   에는 宗氏의 직함이 '左近衛少將'이라 변경되었으며 끝으로 중요한 것은 종래 저들이 사용
   해 온 圖書(서계의 押印)는 언제나 조선 측에서 인각 鑄送한 것을 사용하도록 되었음에도 불
   구하고 자의로 새 印符를 조작, 사용했다는 것을 문제 삼게 되었던 것이다.

*** 그 당시 대원군은 청국과는 사대관계를 유지했으나, 일본에 대해서는 그들이 서구 자본주의
    국가를 모방하여 자본주의 문명을 수입하고 명치유신을 단행한 이후부터는 일본에 대해서

쇄국만을 서세동점의 유일한 방비책으로 삼은 조선은 결국 일본의 통상교섭과 개항요구에 굴복하여 강제적으로 세계체제에 편입되었다. 일본은 운요호 사건을 일으켜 강화도조약의 체결로 조선을 개항시켰는데, 이 사건으로 조선과 일본의 교린체제는 완전히 종결되었다. 조선에서는 일본의 요구로 김기수를 수신사로 임명하여 병자년(1876) 4월에 일본으로 파견하고, 일본에서도 이사관 미야모토 코이치(宮本小一, 1836~1916)를 우리나라에 보내어 이 조약에 부수된 여러 가지 세목을 협정하였다. 그 후 고종 16년(1879)에 일본의 대리공사 하나부사 요시모토(花房義質, 1842~1917)가 조선에 와서, 서대문 밖 청수관(淸水館)을 공사관으로 정하고, 부산, 인천, 원산항을 차례로 개항시킴으로써 조선은 서구 근대질서로 편입되기 시작하였으며, 이를 계기로 이른바 근대의 수용이 시작되었다.[*]

『일동기유』는 이와 같은 시대적 상황을 배경으로 하여 저술된 텍스트로서, 조선과 서구 근대가 최초로 대면하는 역사적 정황을 담고 있는 자료일 뿐 아니라, 근대 수용을 강요받는 조선의 대응을 잘 보여주는 텍스트라 할 수 있다. 『일동기유』는 모두 4권인데, 그 구성은 다음과 같다.

서양세력에 대한 태도와 동일한 쇄국을 견지하였다.

[*] 자생적 근대, 내재적 발전론에 기대면 한국의 근대는 이보다 훨씬 전인 조선후기부터 전개된 역사적 흐름이라 할 수 있으나, 직접적인 근대 이행은 외세의 영향력 특히 일본의 침략이라 할 수 있다. 신기욱·마이클 로빈슨 엮음, 도면회 옮김, 『한국의 식민지 근대성』, 삼인, 2006, 50쪽.

	항목
권1	事會 差遣 隨率 行具 商略 別離 陰晴 歇宿 乘船 停泊 留舘 行禮
권2	玩賞 結識 燕飮 問答
권3	宮室 城郭 人物 俗尙 政法 規條 大舌 學術 技藝 物産
권4	文事 歸期 還朝

저자는 기사본말체로 『일동기유』를 저술했다고 했는데,* 이는 사실 조선후기 사행록 저술에서 널리 쓰인 양식인 필기잡록체에 해당한다. 필기잡록체는 새로운 견문 대상에 대하여 자세히 관찰하여 소개하고 집중적인 논의를 펴는 데 유용한 방식으로 그간의 사행록에서 매우 중요하게 사용된 글쓰기 양식의 하나이다.** 특히 이것은 "본 것은 빠짐없이 기록할 것"이라는 어명을 받들기 위해 적합한 방식이었다. 또 저자가 체험한 견문의 현장성과 사실성을 확보하고 국내 독자들에게 변화된 일본의 사정에 대해 간접 견문을 넓히는 계기를 마련하는 형식적 장치로 활용될 수 있었을 것이다. 그런 의미에서 필기체는 새로운 사행의 환경에서 그에 부합하는 목적을 이루기 위해 취한 체재라 할 수 있다.

이러한 체재를 이루게 된 요인은 무엇보다 여행수단의 변화에 있었다. 통신사행록은 부산을 출발하여 에도에 이르기까지 곳곳에 머물러가면서 노정을 형성하였다. 이를 통해 통신사행의 노정에 따

---

* 『일동기유』, 「後敍」, "상산고을은 만첩 산곡 중에 있었는데, 公務의 여가가 있기에 문득 行中에서 보고 기록한 것을 수습하여 조목을 나누고, 대략 기사본말체를 모방하여 4권을 만들고, 명칭을 『日東記遊』라 하였다. 이것은 훗날 내가 전원으로 돌아가 노후를 보낼 적에 田夫·野叟와 더불어 異國의 기이한 풍속을 밭이랑 사이에서 이야기하기 위함이었다."

** 진필양, 심경호 역, 『한문문체론』, 이회, 128~146쪽; 김아리, 「노가재연행일기 연구」, 서울대 석사논문, 1999, 55쪽.

른 일기체 기록방식이 자연스러운 형식으로 이어졌다. 그러나 일본 의 화륜선과 화륜차를 이용하여 다녀온 수신사행은 그러한 노정이 형성되기가 어려웠다. 저자도 언급했듯이 "대마도는 종전에도 사신 이 반드시 지나가던 곳인데, 이번 걸음은 큰 바다를 배로 건너가게 되니, 가끔 나타나는 섬은 전연 관계없이 지나가 버리게" 된 것이다.[*] 실제로 화륜선과 화륜차는 이전 같으면 사행기간이 짧게는 6개월에 서 길게는 1년이 넘는 것을 1개월 내외로 단축시킨다. 사행기간의 단 축은 자연스럽게 텍스트 서술방법에도 영향을 미치는데, 바로 이 새 로운 운송수단이 『일동기유』의 필기체에 적지 않은 영향을 끼쳤다.

화륜선과 화륜차를 통한 사행은 왕복 기간이 길어야 보름에 불 과하고 목적지에 이르는 동안 중간에 정착하는 곳도 많지 않기 때문 에 그 노정에 따른 여정을 서술하는 것이 불가능할뿐더러 그다지 큰 의미가 없게 되었다. 이러한 사정으로 『일동기유』에는 일본의 자연 환경에 대한 묘사가 눈에 띄게 줄어들어 있음을 확인할 수 있다. 이 전 통신사행록이 목적지 에도에 이르는 동안 대마도를 비롯하여 수 없이 많은 중간기착지에 머물면서 보고 듣고 느낀 것을 서술하고 있 는 점과 크게 비교되는 점이다. 요컨대 화륜선과 화륜차는 사행의 변 화된 조건을 상징하는 사물이라 할 수 있다.[**]

나아가 화륜선과 화륜차는 일본의 근대적 변화를 상징하는 문물

---

[*]　　『일동기유』권1, 「停泊」.

[**]　　물론 통신사행록에서도 이러한 기사본말체의 텍스트가 저술되었다. 신유한의 『해유록』 「문견잡록」, 그리고 계미통신사행 원중거의 『화국지』 등이 그것이다. 이들 모두 일본을 체 계적으로 관찰하고 이해하는 데 목적이 있었다고 할 수 있다. 『일동기유』 역시 그 목적에서 이들과 크게 차이나지 않는다. 그러나 『일동기유』는 그러한 목적 이전에 필기체로 지어질 수밖에 없는 불가피한 조건에 처해 있었던바, 그것이 화륜에 의한 여행과 이동이었다.

이라 할 수 있다.

화륜선은 한번 출발하면 천리 길을 평온하게 갔다가 빠르게 돌아올
것이니, 뜰 앞에 나갔다 오는 것보다도 가까울 것입니다. 무슨 걱정
이 있겠습니까?*

사행을 떠나기 전 어떤 이가 한 말에서 이 화륜선에 대한 언급이
처음 나오는데, 화륜선의 빠른 속력과 안전성을 강조하고 있다. 비록
들은 말을 옮겨 둔 것이지만, 이번 사행이 이 화륜선으로 이전 사행
에서 늘 우려한 좌초나 전복의 위험성을 제거해줄 것이라는 점을 들
어 그 이로움을 특별히 강조하고 있는 점이 주목된다. 그러나 김기수
에게 화륜선은 편리한 운송수단으로 인식되지만은 않았다.

배의 제도는 자세히 보아도 설명할 수가 없는 것인데, 하물며 나
는 몸가짐을 진중히 하여 마음대로 구경을 할 수도 없는 처지이다.
(중략) 배 양쪽 밑바닥이 좁았다. 옆 길이는 1백 척, 높이는 20척이
나 되었다. (중략) 배가 가는 힘은 오직 석탄에서 나오는 것이니 석
탄에서 불이 일면 기계가 저절로 돌아 배가 나는 듯이 가게 되는데,
선체는 언제나 흔들흔들한다. (중략) 배 안에는 시렁이 있는데 그
시렁마다 사람이 거처한다. 이 시렁은 2층이며, 위층과 아래층에 각
각 침대가 있다. 그리고 반드시 문호(門戶)를 아로새겨 광채가 찬란
하고 세수그릇과 가래침 뱉는 그릇, 유리로 만든 괘등과 수정으로

---

* 『일동기유』 권1, 「商略」.

만든 물병, 담요로 만든 침구가 준비되어 있다. 옆에는 또 시계를 안치하고 벽에는 거울을 박아 두었으니 화려한 빛이 눈부시고 아찔하여 오관(五官)을 괴롭히고, 칠성(七性)을 미혹시킬 지경이다.*

수신사행이 타고 간 일본의 화륜선에 대하여 묘사한 대목이다. 화륜선은 조선이 일본의 근대 일본을 만나는 최초의 경로이자, 일본의 근대 문물 중 가장 직접적으로 경험한 문물이라 할 수 있다. 김기수는 일본이 제공한 화륜선에 승선하여 안팎을 둘러보고 그 모양과 운행원리에 대하여 자세히 관찰하였다. 이것을 보는 김기수는 "오관을 괴롭히고 칠성을 미혹시킬 지경"으로 혼란스러운 대상으로 받아들인다. 그에게 화륜선은 거대하고 복잡해서 온전히 파악하지 못하는 충격적 물체였다. 비록 김기수의 눈을 통해서이지만 이는 근대를 바라보는 조선의 시각을 대변하고 있기도 하다. 중세적 화이관에 포섭된 조선지식인의 관념에 근거하면, 화륜선은 "자세히 보아도 설명하기 힘들" 정도로 이해하기 힘들며 두렵기까지 한 하나의 거대한 실체였다. 이런 의미에서 증기 동력을 이용한 운송수단은 조선이 최초로 만난, 그러나 그 정체가 무엇인지 온전히 인식할 수 없었던 서구 근대의 일각이라 할 수 있다. 화륜선이 우리 문학에서 이처럼 자세하게 그려진 경우는 아마도 『일동기유』가 처음이 아닌가 한다.

화륜차는 반드시 철로로 가게 되어 있다. 길은 높낮이가 심하지 않으니, 낮은 데는 높이고 높은 데는 편편하게 만들었기 때문이다. 양

---

* 『일동기유』 권1, 「乘船」.

144

쪽 가의 수레바퀴 닿는 곳은 편철을 깔았는데 이 편철의 모양이 밖
은 들리고 안은 굽어서 수레바퀴가 밟고 지나가도 궤도를 벗어나
는 일이 없다. 길은 한결같이 바르지는 않고 때때로 선회하는 데도
있으나 굽은 데를 잘 돌므로 또한 군색하고 막히는 일이 없다. 길에
철을 깐 것도 복선으로 되어 있어 여기는 차가 가고 저기서는 차가
와서 오는 차는 오기만 하고 가는 차는 가기만 하니, 양쪽이 서로
방해되는 일이 없다.*

　이는 화륜차에 대한 서술이다. 이것 역시 그 작동 원리를 설명하
기 어려운 대상이지만 화륜선을 묘사하는 대목과 대비하여 그 특징
과 속성만은 비교적 정확히 파악하고 있다. 철로를 이용해 이동 시간
을 줄이고자 한 철도의 제작원리를 간파하고 있었다.** 김기수의 이러
한 태도는 성리학 이념이 완고한 조선사회조차도 눈을 어지럽힐 정
도로 현란한 근대 기술문명 앞에서는 의외로 허약하다는 것을 보여
주기도 한다. 기술문명은 유학자에게는 말학에 불과하나, 그 편리함
은 유학자에게도 외면할 수 없는 관심거리가 될 수 있다.
　이처럼 화륜선과 화륜차는 이전의 통신사행에서 볼 수 없었던
새로운 문물임과 동시에 사행의 성격 자체를 바꾸어놓는 중요한 요
인이 되었으며, 대일 사행문학사에서 텍스트의 성격 변화를 초래하
는 중요한 역할을 하고 있다. 이로 인해『일동기유』는 조선후기에 전

* 　『일동기유』권2,「玩賞」.
** 　그러나 조선의 철도개설이 이렇듯 근대의 이기를 누리기 위해서만은 아니었다. 오히려 일
　본은 디욱 신속히 식민지 지배를 위한 최첨병의 역할을 하였다. 때문에 철로의 도입은 제
　국주의 폭력을 동반할 수밖에 없었다. 박천홍,『매혹의 질주, 근대의 횡단』, 산처럼, 2003,
　80~103쪽.

개된 통신사행록과 많은 부분이 닮았지만, 한편으로 19세기 동아시아의 역사적 변동과 세계적 차원에 이루어진 서세동점으로 말미암아 큰 변화를 겪지 않을 수 없었다. 그러한 변화 양상이 『일동기유』의 체재와 글쓰기에 일정 부분 반영되어 있음을 알 수 있다.

2) 이어진 관례, 달라진 양상 - 시문창화

㈎ 그중에는 지묵을 가지고 와서 서화를 청하는 사람도 많아 수행원과 종인들은 그들을 막기에 팔이 빠질 지경이었으나 이당상관(李堂上官) 국인(菊人, 李容肅)만은 흥이 발발(勃發)하여 마다하지 않았다.[*]

㈏ 노중에서 혹시 잠깐 쉬게 될 때면 저 사람들은 서화(書畵)를 청하는 일이 많았으나, 감히 나를 귀찮게 하지는 못하였다. 관에 이르니 저들 중의 사대부가 가끔 서화를 청하는 이가 있었으나, 간혹 수응(酬應)하였을 뿐이며, 그것도 기분이 나야만 응했으므로 그다지 해로운 것은 없었다. 원료관에서 연회가 있은 뒤, 참석했던 여러 사람들이 각기 시(詩) 한 련(聯)씩을 써 보냈는데, 모두 새로 지은 것이고, 그중에는 우의(寓意)한 것도 많다. 저들도 구안자(具眼者)가 있어 진실로 나를 흠모하고 따르려 하니 선왕의 법언(法言)과 법복(法服)이 어찌 나 혼자만의 소유이겠는가?[**]

이 글은 정박하는 곳에 구경하러 온 일본인들이 몰려 거리를 메

---

[*]   『일동기유』 권1, 「停泊」.

[**]   『일동기유』 권1, 「留館」.

울 정도로 혼잡한 모습과 이들은 특히 조선 사신의 서화를 애써 구하고자 하였음을 잘 보여주는 기록이다. 이는 당시에도 일본 민간에서는 화려한 통신사의 이름과 그 행렬에 대한 기억이 사라지지 않고 있었음을 확인시켜준다.

이뿐 아니라 시문창화 또한 오랜 관례를 이어왔다. 예로부터 시는 "사자(使者)의 기예(技藝)"이다. 그것을 배우지 않으면 "진실로 말을 할 수 없으므로" 사신은 반드시 "시에 돈독해야 한다." 즉 사행에 있어서 시는 사신이 다른 나라와의 소통을 원활히 하고 아울러 자신의 문명을 드날리는 유일한 기예로 인식되었다.

'시'는 일기와 잡문 등의 산문 외에 사행문학을 이루는 갈래의 하나다. 더욱이 사행에 있어서 시는 생동감 있는 표현과 외교적 임무 수행을 위해 필수적이었다.* 통신사가 일본에 갈 때마다, 필담창화에 대한 일본문인들의 요구가 점점 높아져서 거기에 응하여 제술관(製述官)을 두게 될 정도였다. 필담·시문창화는 물론 삼사(三使)가 응하기도 했지만, 번잡을 피하기 위해 주로 제술관과 3사의 서기가 맡았다.** 이런 관례를 이어 통신사 이후 수십 년 만에 재개된 수신사에게도 필담창화에 대한 일본인들의 관심은 높았다. 『일동기유』마지막 부분에 김기수가 일본인사와 주고받은 시문창화가 실려 있는데, 이는 전통적으로 일본 사행에서 이루어졌던 관례가 그대로 행해졌음을 확인시켜준다.

그러나 내용에서 이번 수신사행의 역사적 정황을 엿볼 수 있는 대목이 적지 않다. 특징적인 점은 이전 시문창화의 내용은 주로 조선

---

*　한태문, 앞의 논문(1995), 22~34쪽.

**　이진희·강재언, 『韓日交流史』, 학고재, 1998, 150쪽.

인들의 문화적 우월의식이 저변에 깔려 있었으며 조선에 대한 일본
인들의 경외감이 표면에 드러나 있었다면, 『일동기유』의 시문창화는
하나같이 메이지 일본의 근대화에 대한 자신감과 자국의식이 더욱
강화된 측면을 확인할 수 있다.

사신 행차여 어찌 이렇듯 서두르십니까.	星槎底事太忽忽
몇 달이고 머물게 하여 마음 터놓으려 했는데.	數月淹留欲表衷
붓끝으로 겨우 통정은 되었을지라도,	自是香毫纏敍意
어찌하여 말로 통하기가 이렇듯 어렵습니까.	如何寸舌互難通
본디 누추한 곳에 위로할 것이 없어,	由來弊國無應慰
멀리 오신 손님에게 변명도 어렵구려.	遠涉佳賓恐說窮
우리가 수호하던 그날을 회상하면,	回思好間修好日
동산 기슭 접동새 소리에 소일한 것이로다.	罷聞蜀魄喚園中

내 행차 빠르다 하지 마시오.	我行莫道太忽忽
오래 있더라도 심정 다하기는 어렵겠소.	久處猶難訴盡衷
마주 보면 마치 온옥을 대한 듯하고,	相看擬如溫玉對
말은 안 해도 오히려 심령은 통했소.	不言還有點犀通
동경방초에 정이 어찌 다하랴만,	東京芳草情何已
창해 돌아갈 길이 아직 멀었다오.	滄海歸槎路未窮
지는 해를 바라보며 헤어진 시름,	落日館前分手恨
훗날 밤 설레는 꿈을 또한 어쩌나.	那堪他夜夢魂中*

---

*　『일동기유』 권4, 「文事」, 唱酬詩.

이 두 시는 당시 일본 외교관료 오쿠 기세이(奧義制)와 김기수가 주고받은 시다. 먼저 오쿠 기세이가 사신 일정을 서둘러 마치고 돌아가려는 김기수에게 붓끝으로 통정은 되었을지라도 국적이 달라 말을 하지 못하니 더 속 깊은 정을 주지 못함을 아쉬워하며 좀 더 머물다 가기를 바라는 마음을 드러낸 시를 썼다. 이에 김기수는 회답시를 써, 말을 안 해도 떠남을 아쉬워하는 것은 통하니 다음을 기약한다고 말한다. 다른 일본 관료도 대개 이처럼 김기수에게 더 많은 유람을 하지 않고 짧은 일정으로 돌아가는 것을 두고 섭섭함을 표시하는 내용의 시를 썼다. 표면적 의미로 본다면 전대의 통신사행록에서 수창한 것과 크게 차이가 없다. 그러나 이 시의 배경에는 일본이 자기 목적을 달성하려는 의도가 자리하고 있으며, 여기서 발생한 갈등에서 비롯된 것이 이 창수시다. 이것은 전대 사행문학에서는 드문 경우로 명치 이후 일본 지도층의 변화된 모습을 간접적으로 확인할 수 있는 좋은 예이다.

이같이 시문창화는 더 이상 문화교류의 방편이 될 수 없었다. 단지 서로의 입장을 확인하는 또 하나의 매개에 불과할 뿐이었다. 조선통신사와 일본문사가 주고받은 풍요로운 시문창화의 유산이 더 이상 교린 유지의 역할을 하지 못하고, 이제 앙상한 모습으로 옛 관례만 이어갈 따름이었다.

이 모두 변화된 역사적 정황에서 발생한 사행문학의 변화된 모습이다. 통신사는 교린을 위해 변방 이적의 땅으로 가는 사행이었다. 지리적 위치는 그대로이나 수신사가 떠나는 일본은 근대적 면모로 변화되고 있었다. 수신이란 이름으로 옛 교린관계를 회복하고자 떠난 이번 사행은 더는 교린 체제가 유지될 수 없다는 사실을 깨닫고 돌아와야 했다. 이 모습이 바로 수신사행이 처한 본질적 상황을 보여준다고 할 수 있다.

3. 조선이 본 일본의 '근대'

1) 강요된 시각으로서의 유람

조선후기 통신사가 일본을 바라보는 기본적인 관점은 화이론이다. 더러 일본의 발달된 문물을 보고 다소 긍정적인 시각을 가진 기록이 남겨지기도 했지만 기본적으로 화이론적 시각을 벗어나지 않았다. 이는 여행에서나 필담에서나 줄곧 공세적 자세를 가지게 할 만큼 강한 체제의 이념적 기반이었다. 그러나 『일동기유』에는 위세를 떨치던 화이론적 시각이 극히 위축된다. 개항과 유신 이후 급속한 속도로 서구를 수용한 일본의 변화상 앞에서 더는 힘을 발휘할 수 없게 되었다. 오히려 사행원의 시선까지도 일본의 의도 아래 통제될 정도로 수신사행의 처지는 매우 수세적이었다. 이 또한 통신사행록과 수신사행록의 차이점 중의 하나다.

언어와 환경이 다른 두 나라 사이의 외교에서 대립과 갈등은 상존하기 마련이듯* 이번 수신사행도 그 사명이 수호(修好) 한 가지 일에 있다고 생각하고 그 이상의 모든 언동을 삼가고 있었지만, 매번 일본의 의도와 마찰을 빚으며 갈등이 불거졌다.

사실 일본이 수신사를 초청하여 보여줄 수 있는 것은 모두 보여

---

* 한태문, 「甲子 通信使行記〈東槎錄〉研究」, 『인문논총』 50, 부산대, 1997, 12쪽.

주고자 한 의도는 부국강병으로 나날이 새로워지는 일본의 길을 조선도 따라서 택하기를 유도하기 위한 목적이었다.* 그로써 조선에 대한 영향력 확대는 물론 자본 투자처와 자원, 시장을 동시에 얻을 수 있는 길을 마련하는 것이 병자수호조규 전후 일본의 대조선 정책의 골자였다.

그러나 당시 조선의 조정은 일본의 이러한 침략적 의도에 적절히 대처하지 못하여 굴욕적인 강화도조약을 맺고 나아가 줄곧 일본을 비롯한 외세에 자주적인 대응을 하지 못하고 불평등한 관계를 맺을 수밖에 없게 되어 결국 예속의 상태로 내몰리게 된 것이다. 수신사는 이러한 조선의 운명을 예견케 해주는 행차였으며, 『일동기유』는 조선조정이 이에 대하여 어떤 태도를 지녔는지 보여주는 보고문학의 성격이 짙다고 할 수 있다.

김기수를 정사로 하는 수신사행에서 가장 큰 갈등은 바로 '수신'과 '유람'의 갈등이다.

"이번 행차는 전번의 다른 사람 행차보다는 정세가 달라져 있으니, 일언(一言), 일동(一動), 일유(一游), 일람(一覽)이 대경(大經) 대법(大法)에 벗어나서는 안 될 것이요, 또한 권도(權道)에 어긋나서도 안 될 것입니다. 저들은 장차 그대의 행차를 증빙 자료로 삼아 천하에 성명(聲明)할 심산이기 때문에 그 지론(持論)이 반드시 전일(專一)할 것이며 그 요구도 반드시 간절할 것이니, 그대는 수레를 탄 사람처럼 앞을 단단히 잡고 뒤로 기대어, 굳이 도리에 벗어나는 점

---

* 미국정부가 1858년 '美日修好通商條約' 비준 시 일본 외교당국에 미국 시찰의 기회를 준 招待外交의 그 전례를 일본이 모방, 답습한 것이다. 趙恒來, 앞의 책, 23쪽.

이 없는 한 아직은 그들의 호감을 사 두어야 할 것입니다. 만약 정색하고 핀잔을 준다든지 매몰스럽게 돌아선다든지 한다면, 그것은 오늘의 전세로서 살펴볼 때 또한 변통수 없는 자막(子莫)*따위밖에 되지 않을 것입니다. 내 생각으로는 그대가 어찌할 것인가는, 저들이 도리에 위반하지 않는 일이라면 우리는 아직 따라 하기로 하고, 저들이 비록 도리에 위반하지 않는 일일지라도 우리 편에서 먼저 서두르지는 말아야 합니다." 나는 그 말에 깊이 심복하여, 자고 쉬고 할 때면 항시 마음속에 되새기고 있었다.**

일본으로 떠나는 김기수에게 지인이 당부하는 말이다. 조선과 일본 사이의 정세가 이전 시기와는 달라졌으니 일본인의 심기를 건드려서는 안 된다는 것이 요지다. 공감한 김기수는 이를 이번 사행에서 가장 유념할 점으로 받아들이고 있다. 그러나 실제 시행에서는 이를 제대로 지키기가 그리 쉽지 않았다. 먼저 일본 측 수행원인 전어관들의 교묘한 꾐에 의해 어려움을 겪었다.

매양 가는 데가 있을 때마다 왕래는 반드시 길을 달리하고 또한 돌아서 가는 일이 많았는데, 이것은 모두 전어관(傳語官)들의 하는 짓

---

* 융통성이 없어서 이름만 中道일 뿐 실제는 중도가 아닌 사이비 중도를 말한다. 자막은 魯나라의 賢者이다. 『맹자』「盡心」上에, 楊朱와 墨翟의 폐단을 논한 뒤에, "자막이 그 중간을 잡았으니 중간을 잡은 그것이 도에 가까운 것처럼 보이지만, 중간을 잡았을 뿐 균형을 취한 것은 없으니 이 역시 한쪽만을 고집한 것과 같다. 한쪽만 고집하는 것을 미워하는 까닭은 그것이 중도를 해치기 때문이다.(子莫執中 執中爲近之 執中無權 猶執一也 所惡執一者 爲其賊道也)"라고 비판한 맹자의 말이 나온다.

** 『일동기유』권4, 「文事」.

이었다. 한 거리를 나오면 또 한 거리가 있고, 한 골목을 나오면 또 한 골목이 나왔다. 거리마다 새로 대하는 것이요, 골목마다 처음 보는 것이었다. 생각건대 저들이 매양 나에게 구경하기를 요청하였지만 내가 한결같이 허락하지 않으매 저들이 괴이히 여겨 내가 잘 모르는 것을 기화로 제 마음대로 나를 끌로 안가는 데가 없는 듯하니 참으로 원망스럽기도 하였다. (중략) 수레에 내리자마자 소통사(小通事)를 잡아들여 저들이 무례하게 농락하는데도 살피지 못하고 망연히 있는 죄를 들추어, 한 차례 호되게 매질하였다.*

골목골목 데리고 다니는 전어관을 제대로 살피지 못하고 대응하지 못한 우리 측 소통사를 꾸짖는 대목은 수신사행이 사전에 미리 이번 사행의 규칙에 대하여 하나같이 명심하지 않고 떠났음을 보여준다. 전어관에서 시작된 유람 강요는 나아가 일본 지배층에서 더욱더 집요하고 활발하게 이루어진다.

이 사람은 올 때 봄에 귀국 사신이 우리나라에 온 것을 회사(回謝)하여 예전 신의를 수호케 하라는 명만을 받들었을 뿐 처음부터 국서는 없었으니 실로 귀국 황제를 배견할 명분은 없습니다. (중략) 이번 걸음은 오로지 봄에 귀국 사신이 우리나라에 온 것에 대해 회사하기 위한 것입니다. 수신하는 의의는 오로지 여기 있으며 실로 다른 공무는 없으므로 빨리 돌아가지 않을 수 없으니 잠깐 몇 시간만 쉬더라도 조용히 가르침을 받을 수 있습니다. (중략) 우리 주상

---

* 『일동기유』 권1, 「留館」.

께서 바다 만리 길에 나를 보내시고는 날마다 난간에 나와서 돌아
오기를 기다릴 것이며, 사신 갔던 일에 실수는 없는지, 사신 갔던
사람이 병나지는 않았는지 하실 것입니다. 이 사람이 돌아가기 전
에는 우리 주상께서 걱정하고 계실 것임을 알므로, 내가 급히 돌아
가려 하는 것은 이 때문입니다.*

　이는 일본 정계의 인사들이 바다를 건너 도착한 수신행렬을 처
음 대하자마자 마음껏 머물면서 유람하라고 말한 것에 김기수가 대
꾸한 말이다. 조선의 목적인 회사(回謝)를 통한 '수신'과 일본 측의 목
적인 제한 없는 '유람' 사이의 갈등은 이렇게 이번 사행에서 표면화
되기 시작하였다. 일본 측은 자신의 목적을 달성하기 위해 온갖 제안
을 하는데 그 과정에서 드러난 일본의 무례함이 마침내 김기수를 비
롯한 수신사 일행의 심기를 건드리게 되었다.

　친왕은 어떤 친왕입니까? 수신사가 비록 하찮은 사람이지만 다른
나라의 봉명사신인데, 다만 자기들이 보고자 하면 쉽사리 부르니
체통과 예절로 헤아려 보더라도 어찌 이럴 수 있겠습니까? 내가 비
록 피곤하지마는 이 일에 대해서는 단연코 명령을 따를 수 없습니
다.**

　친왕이 수신사를 초청한 까닭에 원로원에 방문해야 한다고 강요
한 것에 대해 김기수는 단호한 어조로 거절하였다. 이 사건이 일어나

---

* 　『일동기유』 권2, 「問答」.

** 　『일동기유』 권2, 「問答」.

기 전에도 일본은 통신사의 전례를 들어 8성의 장관을 차례로 만나야 한다는 제안을 하였지만, 김기수는 관에서 국서만 받아갈 뿐 명령이 없어 실행 불가하다고 거절하였던 적이 있다. 그런데 이런 일이 계속 발생하여 마침내 김기수는 평정심을 잃고 불편한 심기를 감추지 않은 것이다. 비록 이 사건은 무난히 넘어갔지만 사행에서 조선과 일본이 이번 사행을 두고 벌인 첨예한 갈등을 잘 보여주는 대표적인 장면이라 할 수 있다. 이 같은 갈등이 반복되어 이번 수신사는 어명으로 정한 15일이라는 기한을 어기게 되었다.

전말이 이러하기에 수신사행의 외양은 '수신'이라고 하지만 그 본질은 '강요에 의한 유람'이 될 수밖에 없었으며 사실 이 겉모습과 내막의 불일치가 사행상의 갈등을 불러일으키는 주요인이었다. 이처럼 19세기 말 조선의 질곡은 시각의 주체성을 빼앗긴 것에서부터 시작하였다.

2) 해석할 수 없는 견문-근대와 부국강병

조선으로서는 그동안 소원했던 대일관계를 복원하는 의미에서 수신이란 표현을 공식 사행명칭으로 사용했지만, 본래 이번 행사는 일본이 초청한 행사로 일본의 의도가 크게 반영되어 있어 실상에서는 메이지시대 초기의 변화를 과시하려는 의도가 짙었다. 이러한 일본의 의도가 작자 김기수의 인식태도와 시각에 영향을 미치게 된다. 즉 김기수는 일본이 강요하는 부국강병책에 대한 수용 여부를 놓고 텍스트 곳곳에서 고뇌와 갈등의 흔적을 남겨놓았다. 일본의 지배층은 집요할 정도로 김기수에게 부국강병책에 대하여 장황한 논설을 늘어놓았다.

(가) 우리들이 구경하라고 누누이 말하는 것은 군제를 두루 살펴보아서 좋은 것은 개혁하는 것이 한 가지 일이요, 기계를 자세히 보아서 편리한 것을 모방하는 것이 두 가지 일이요, 풍속을 두루 살펴서 채용할 것은 채용하는 것이 세 가지 일입니다. 귀국에 돌아가시거든 확실하게 의논을 정하여 부국강병을 도모하셔서 두 나라가 입술과 이처럼 서로 의지하여 외환을 방어하는 것이 우리들의 소망입니다.*

(나) 우리나라 사람이 저 러시아 땅에 갈 때마다 그들이 날마다 병기(兵器)를 만들고 흑룡도(黑龍島)에 군량을 많이 저장하는 것을 보게 되었는데 그것이 장차 무엇을 할 것인지, 귀국에서는 마땅히 미리 대비하여 기계를 수선하고 병졸을 훈련시켜 방어의 계책을 강구하는 것일 좋을 것입니다. (중략) 내가 부지런히 이 말로써 귀국에 알리는 것은 귀국이 이미 계획을 세워 뒷날의 후회가 없기를 바라기 때문이니 선생은 돌아가거든 반드시 귀국 조정에 거듭 말씀을 드려 이 성의를 저버리지 않는다면 이것이 우리의 소망입니다.**

(다) 이것을 드리겠으니 가지고 돌아가서 때때로 1도씩 보십시오. 1도마다 각각 리정(里程)이 있으니 이로써 미루어 본다면 러시아가 귀국과 서로 떨어진 것이 몇 리나 되는지도 또한 알 수 있습니다***

(가)는 모리야마 시게루(森山茂, 1842~1919)의 소위 순망치한으로

---
* 『일동기유』 권2,「問答」.
** 『일동기유』 권2,「問答」.
*** 『일동기유』 권2,「問答」.

빗대어진 '조·일 연대론'이다. (내)는 러시아의 조선위협론과 이에 조선이 이에 대응할 방도가 부국강병책임을 끊임없이 되뇌는 이노우에 가오루(井上馨, 1836~1915)의 말이다. 마지막 (대)는 일본이 사신에게 러시아의 침략 가능성을 눈으로 확인할 수 있도록 근대적 지도를 건네는 대목이다. 이 글에서 일본이 조선에 부국강병책을 강요하는 핵심 요지를 파악할 수 있는데, 즉 일본은 러시아를 비롯한 양이(洋夷)의 위협을 부각하며, 이를 막기 위해서는 일본과 손을 잡고 부국강병책을 도모하는 것이 최상의 방책임을 끊임없이 강조하고 있다.

『일동기유』에는 일본이 되풀이한 근대와 부국강병에 대한 김기수의 생각이 자세하게 나타나 있다.

(개) 아이가 자라 교습(敎習)시킬 적에 나이가 8세에서 15세까지는 그 국문(國文)과 함께 한자(漢字)를 읽게 하고 한자를 이미 통하면 다시 경전(經傳)을 읽지 않고 농서, 병서, 천문, 지리, 의약, 종수(種樹)의 글만 즐겨서 상시로 읽게 되었다. 그러므로 부녀, 상인, 어린 아이들까지도 계척(界尺)을 한번 내리면 성위(星緯, 天文)을 헤아리게 되고, 호령소리가 조금 일어나면 지여(地輿)를 가리키게 되었으나 만약 공자, 맹자가 어떤 사람인가를 묻는다면 이내 눈이 동그래지고 입을 머뭇거리면서 그것이 무슨 말인지조차도 알지 못하였다.[*]
(내) 서양인과 교통한 후에는 전적으로 부국강병의 술책만 숭상하고 경서문자는 아무 데도 쓸데없는 물건으로 수장하여 두게 되었다.[**]
(대) 군신 상하가 부지런하게 이익을 위하고 부국강병을 급선무로 삼

[*] 『일동기유』 권3, 「俗尙」.
[**] 『일동기유』 권3, 「學術」.

았으니 대개 그 정령이 위앙(衛鞅)의 유법(遺法)에서 나온 것 같았습니다.*

김기수가 부국강병책을 어떻게 인식했는지 잘 보여주는 대목이다. 우선 그는 학문교육이 부국강병책과 깊이 연관되어 있음을 간파하였다. 일본은 1870년경부터 부국강병을 위한 필수과제로서 민중교화를 시작하고 학문은 입신을 위한 자본이므로 실제로 도움이 되는 실학이어야 한다는 데 맞춰지고 재래의 학문은 쓸데없는 학문으로 비판되었다.** 이같은 사정을 두고 김기수는 그들의 풍속이 유교를 경시하고 서양의 문물과 부국강병만을 받아들이려 한다고 꼬집으며 功利의 서적만을 날마다 부지런히 읽게 되니 그중 학식 있는 사람 중에는 이 같은 현실을 개탄하는 이도 있다고 덧붙이기도 하였다. 김기수가 부국강병을 대하는 시각의 근저에는 경학을 중심으로 하는 유학이 자리 잡고 있음을 알 수 있다. 따라서 그의 부국강병에 대한 태도는 유학에 근거한 비판적 인식이 중심이 될 수밖에 없었다.

그 이른바 부국강병책은 오로지 통상을 일삼는 것이었는데, 통상도 자기 나라만 이익을 보는 것이 아니고, 반드시 피차간에 거래가 있어, 이쪽에서는 저쪽에 가서 통상하고, 저쪽에서는 이쪽에 와서 통상하게 되었습니다. 지금 일본이 세계 각국에 통상하는 것이 그 수효가 많지만 가서 통상하는 나라는 일본 한 나라뿐이고, 와서 통상

---

*   『일동기유』 권4, 「還朝」.

**   가와사키 쓰네유키·나리모토 다쓰야 지음, 김현숙·박경희 옮김, 『日本文化史』, 혜안, 1994, 302쪽.

하는 나라는 세계의 여러 나라인데 일본에서 생산되는 것이 반드시 세계 각국보다 10배나 되지는 않을 것이니 생산하는 사람은 하나뿐이고 소모하는 사람은 여럿이 되면 물가가 등귀(騰貴)하는 것은 현세가 그렇기 때문이다. 이에 날마다 전폐(錢弊)를 만들어 이것을 당해 내게 되니, 돈은 천하게 되고 물건은 귀하게 되므로 이것은 반드시 실패하는 도리입니다. 하물며 교묘하지 않은 기술이 없고 정교하지 않은 기예가 없이 대자연의 이치를 다 이용하여 다시 여지가 없게 되었으니, 겉모양을 본다면 위에 진술한 여러 조목과 같이 이보다 더 부강할 수는 없지만, 가만히 그 형세를 살펴본다면 또한 장구한 술책이라고는 할 수가 없습니다.*

여기에서 김기수는 '일본이 유학을 버리고 말학의 기예만 중시 여기는 것은 그다지 장구한 술책이 아니라'고 부국강병책을 과소평가하였다. 그러나 정곡을 찔렀다고 할 수는 없다. 일본이 부국강병책을 강요한 본질적 의도는 그들이 조선을 지배하거나 최소한 자신의 영향력 아래 두기 위한 발판을 마련하고자 한 것에 있다. 이 의도를 전혀 간파하지 못한 채 유교적 관점에서 단순히 말학에 불과하다고 한 것은 당시 조선이 일본의 근대는 물론 서구 근대에 대한 이해와 대응 수위조차 형성되어 있지 않았음을 보여준다. 여기에서 우리는 김기수의 한계를 알 수 있다. 일본에 대한 객관적 시각, 그리고 문물제도에 대한 생생한 관찰은 『일동기유』가 전대 사행록에 못지않지만, 정작 이번 사행의 표면적 쟁점이었던 부국강병책을 보는 시각은

---

* 『일동기유』 권4, 「還朝」.

의외로 단편적이었으며 그 이해 수준도 그다지 깊지 못했다. 그러하기에 그 대응도 철저히 유학적 방편에 근거할 수밖에 없었다.

> 저들이 하는 바(부국강병책)는 우리는 할 수 없는 것입니다. 저들은 매우 즐기는 일이지만, 우리에게는 해독되는 일이니 진실로 내 것을 버리고 남의 것을 따라갈 수는 없습니다. 그러나 충신으로서 저들을 제어하고 도덕으로써 저들을 순응케 하며, 겉으로는 온화하게 대하되 그 중심은 단단하게 하고, 그 오는 사람은 너그럽게 대하고 그 가는 사람은 경계한다면 또한 거의 걱정이 없을 것입니다.*

김기수는 '도덕'과 '충신'으로 대하는 것만이 '부국강병'에 대한 대책으로 내놓았다. 그가 목전까지 다가온 서구 근대를 깊게 고찰하는 대신 유학의 이상에 기대어 문제를 해결하고자 한 것은 앞으로 닥칠 조선의 운명을 예고한 것이기도 하다. 그러나 김기수의 대응이 그렇게 오래가지는 않는다. 오히려 이후에 이루어지는 수신사행과 신사유람단은 적극적인 근대수용을 모색하는 노력의 일환이 되었다.**

---

* 『일동기유』 권4, 「後敍」.

** 정옥자, 「신사유람단고」, 『역사학보』 27집, 역사학회, 1965.

수신사행록에서의
일본지식의 재구성

1. 통신사행록과 수신사행록

여기서는 수신사행록의 지식생산의 전반적 양상에 주목하고자 한다. 수신사행록은 선행시기까지 축적되고 작동된 일본지식의 생산 기반, 목적, 방법 등은 물론 전반적 지식체계의 변동을 초래한 텍스트이기도 하다. 사행록은 무엇보다 특정 관점과 세계관을 바탕으로 해당 지역에 대한 지식을 정해진 목적과 방법으로 기록하고 축적해온 지식-문화적 텍스트이다. 수신사행록도 사행록의 이 같은 일반적 성격을 지니고 있으나, 급변하는 시기적 상황에서 형성된 특성상 여타 사행록과 달리 지식의 축적과 방법에서 변동기적 양상을 집약적으로 보여준다.*

수신사행록의 성격과 그 면모를 살피는 데 있어 통신사행록과 비교하여 고찰하는 것이 좋은 방안이다. 그간 연구를 통해 드러난 통신사행록의 의의는 우선 양국의 문화가 서로 만나 문화교류 및 상호인식의 심화를 이루었다는 것에 있다. 사행의 시작은 정치외교적 필요에서 이루어졌지만 이를 통해 외교적 안정이 이루어지자 문화교류가 점차 그 중심영역으로 자리 잡고 특히 이 가운데 문사교류가 주를 이루어 양국의 지식과 문화가 교류되고 상호 영향을 미쳤다는 것

---

* 서광덕, 「동북아해역 근대 지식의 형성과정에 대한 연구사 검토-서학의 수용과 한국 근대지의 형성을 중심으로」, 『인문사회과학연구』, 20-3, 부경대 인문사회과학연구소, 2019.

을 중요한 점으로 지적할 수 있다. 이는 동아시아 문학에서 연행록과 함께 정치와 문화가 공명하며 동아시아 공동의 문화유산을 만들어 낸 사례 중 특기할 만한 것이다. 또 통신사행록은 여러 한계에도 불구하고 조선지식계에 타자인식의 확대와 자아성찰의 심화를 이루어 냈다는 데 큰 의의가 있다.

수신사행은 비록 상황과 조건이 다르지만 통신사행의 뒤를 이어 동일한 대상국에 다녀온 외교사절이라는 점에서 궤를 같이한다. 이 점에 유의하면 수신사행의 양상과 그 기록*도 통신사행록의 연장선에서 살필 필요가 있다. 즉 수신사행의 활동과 교류양상, 기록에 나타난 일본인식의 양상과 정보와 지식의 구성과정 등에 대하여 상호 대비를 통해 본다면 수신사행록의 성격을 파악하는 데 도움이 되리라 본다.**

---

* 여기서는 김기수의 『일동기유』(1차)와 김홍집의 『수신사일기』(2차), 박영효의 『사화기략』 (4차) 등 세 편을 위주로 하여 주변자료를 함께 살핀다. 3차 수신사행과 동시에 다녀온 조사시찰단의 보고서와 각종 기록이 전해온다.(허동현, 『조사시찰단관계자료집』 1~14, 국학자료원, 2000) 조사시찰단은 조선외교사절의 임무가 통신사행에서의 통합적인 임무에서 분화되어 전문적인 영역을 띠기 시작했음을 보여주는 사건이라 할 수 있다. 종래 통신사행에서 한 번의 행차에 정치·외교·학술·문화 등의 분야에서 종합적인 역할을 했다면 수신사행에서는 점차 이 역할이 현안해결에 한정되고 대신 일본 물정을 탐색하는 전문적인 임무는 조사시찰단이 새롭게 수행하였다. 즉 조사시찰단 또한 크게 보면 수신사행이 이루어지던 시기에 특화된 임무를 띤 사행의 하나로 간주된다. 해서 본고는 포괄적으로 논의의 대상으로 상정하고 필요한 경우 관련 텍스트를 언급하도록 한다.

** 앞글에서 살펴본 통신사행록의 일본지식 생성 논리를 수신사행록에 적용하여 비교근거로 삼을 수 있을 것이라 본다.

2. 의례개혁논쟁에서 본 통신사행과 수신사행

통신사행이 오가면서 양국에 긍정적인 기능을 수행했다는 점은 이미 축적된 연구 성과를 보더라도 알 수 있다. 그러나 그 이면에는 의례개혁을 둘러싼 갈등이 부침을 거듭하면서 지속적으로 문제시되었다. 통신사행의 의례개혁론은 통신사의 교류에서 중요한 논쟁의 하나로 그 초기부터 발생하였다. 이 논쟁이 본격화된 것은 아라이 하쿠세키(新井白石, 1657~1725)에 의해서이다. 갈등이 표면화된 1711년 신묘사행 전후로 그가 제출한 응접의례개혁안은 조선에 대한 우월과 멸시의 시각이 깔려 있다.* 이러한 논리는 후에 나가이 지쿠잔(中井竹山, 1730~1803),** 마츠다히라 사다노부(松平定信, 1759~1829)***에게 이어졌을 뿐만 아니라 결과적으로 그 논리대로 신미년(1811) 대마도 역지빙례가 시행된 것에서 보듯이 지속적인 영향력을 빌휘하며 실행

---

* 강재언 지음, 이규수 옮김, 『조선통신사의 일본견문록』, 한길사, 2005, 217~244쪽.

** 『草茅危言』(1789)에서 '조선은 신공의 원정 이후 우리에게 복종하여 조공을 바쳤다. 우리의 속국이다.' 라고 규정하고 '비용을 줄일 것, 통신사행렬의 깃발(巡視, 淸道, 令)이 휘날리지 않도록 할 것, 필담을 제한하여 조선인에게 문화적 우월감을 주지 말 것, 역지빙례를 할 것' 등과 같이 빙례개혁을 주장하였다. 강재언, 앞의 책, 335~338쪽.

*** "많은 사람들에게도 말한 바와 같이 우리나라에 사신을 초빙하는 일은 결코 좋은 모습을 보여줄 수 없다. 일본의 부패한 유학자들이 모두 나와 계림인과 창화를 나누어 속마음을 밝히는 일도 있고, 사신들이 가는 곳마다 그들에게 거리의 성쇠를 보여주는 것 또한 이익이 되지 못한다. 언제나 번성하여 궁핍하지 않은 것처럼 보이는 것은 물론 좋은 일이다. 그래서 사신에게 좋은 모습만을 보여 줄 수 없을 터이다. 더군다나 그들은 순시나 청도라는 깃발을 내세우고 다니는데, 상상관이란 자는 통역하는 비천한 신분이고, 따지고 보면 세 사신 또한 신분이 그다지 높지도 않은데 도쿠가와 집안의 3대 가문이 접대하는 것은 예절에 걸맞지 않다. 그래서 그 예절을 휘어잡는 데 힘을 쏟아야 한다며 아라이 하쿠세키가 빙례개혁 같은 것을 했다. 그러므로 사신은 쓰시마에서 맞이하여 접대해야 한다.(『宇下人言』)" 강재언, 앞의 책, 330쪽에서 재인용.

되고 있었다.* 결국 의례개혁론이 대마도 역지빙례라는 방식으로 실현되면서 통신사행은 막을 내린 것이다.

이 의례개혁논쟁의 측면에서 수신사행은 통신사행의 연장선에 있다. 대마도 역지빙례 이후로 실무적 차원에서 오간 사신과 주고받은 서계 외에 접할 길이 없었던 일본을 다시 대면한 때는 이로부터 65년이 지난 뒤다.** 그러나 그들은 이미 칼을 차고 촌마게(丁髷)를 한 왜국이 아니라 서양식 군함과 총으로 무장한 병력을 이끌고 온 근대일본이었다. 그 사이의 미국에 의한 개항과 메이지유신 등의 대격변기를 거친 일본에 정치사상의 대변혁도 함께 일어났는데, 이때 일본 정계에서 핵심으로 부상한 사상과 논리가 황국사관(皇國史觀)과 정한론(征韓論)이다. 특히 정한론은 일본이 개항 후 근대로 나아가는 과정에서 핵심적 대외정책으로 채택한 논리로, 비록 자국 내의 문제와 맞물려 분란의 소용돌이에 휘말리지만 결국 중점적인 정책으로 실행되기 시작했다. 메이지유신 직후 일본은 막부체제 하에서 조선외교를 담당하던 대마번주로 하여금 조선정부에 천황정권의 성립과 신정부가 외교권을 행사한다는 사실을 통고하도록 명했으나, 조선은 일본의 외교문서가 전과 달라 이를 거부했는데 이른바 '서계문제'***가 발생하여 대일외교재개는 지연되었다. 그 이후 메이지정권에

---

* 물론 의례개혁론만이 역지빙례의 원인으로 작용한 것은 아니다. 경제(재정)적 문제, 정치적 문제 등이 복합적으로 작용하였다. 이원식, 『조선통신사』, 민음사, 1991, 260~261쪽.

** 물론 그 사이 실무적 차원의 교류와 서계교환은 어어졌다. 그러나 이마저도 메이지유신 직후의 이른바 서계사건으로 완전히 단절되어 8년간은 서로 공식적인 외교관계가 단절되었다.

*** 1868년 일본은 메이지 정부가 성립되었음을 대마도주 소 요시아키라(宗義達, 1847~1902)로 하여금 조선에 알리도록 했다. 그런데 이때 서계에 담긴 글 중에서 皇, 朝臣, 左近衛少將 등의 문구가 들어 있어 동래부사 정현덕(1810~1883)은 항식과 항례가 아닌 것으로 간주하여 접수자체를 거부했다. 여기서 서계문제가 발생한다. 이 서계를 전달한 일이 사실상 대마번이

서 '폐번치현(1871)'을 단행하자 대마번도 폐지되고 조선과 관련된 외교권이 모두 중앙정부의 외무성으로 귀속되었으며 여기서 대조선 외교정책이 새롭게 수립되었다. 이 일련의 과정에서 정한론이 구체적 실체를 드러내기 시작하고 급기야 강화도에 운요오호가 나타난 것이다.

근대 서구가 아시아에 접근하는 방식 자체가 침략적 속성을 지니고 있듯, 일본 또한 이를 모방하여 근대를 추진했기에 역시 대외적으로 침략적 속성을 지니게 된 것은 일반적인 과정으로 보아야 한다. 그러나 그 침략적 속성의 맹아는 일본의 개항과 근대수용 이전에 이미 자라나고 있었던 것에서 보듯 한일관계사에서의 특수성 또한 지닌다. 즉 일본 내에서 조선에 대한 우월의식이 에도시대 의례개혁논쟁에서부터 있었고 조선침략 의도도 시기적으로 양상이 다르지만 사실상 항구적이었는데 이것이 메이지유신 전후로 전면 부상하였다 할 수 있다. 이것이 통신사행과 수신사행의 연관성을 살피는 데 있어 주목해야 할 점이다.

수신사는 일본이 운요오호 사건을 일으켜 조일수호조규를 맺은 후 그들의 요청에 의해 일본으로 간 외교사절의 명칭이다. 수신사란 명칭은 조선 조정에서 결정했지만 그 본질적 성격은 일본 정책의 영향에 의해 규정된다. 통신사란 명칭이 수신사로 바뀐 것은 에도막부의 대조선외교정책이 폐기되고 메이지정권의 새로운 정책이 입안·실행된 징표라 할 수 있다. 물론 형식에서는 통신사행의 교린원칙의 연장선에 있으나, 실질에서 에도시기 양국이 적절한 선에서 합의한

담당했던 최후의 외교임무였다.

선린의 원칙과 방식은 완전히 폐기되었다. 통신사행에서 이어온 의
례논쟁의 정점에서 통신사 교류 중심의 양국외교 방식에 근본적인
변화를 초래한 사건이었다. 이렇듯 이 문제는 단순한 절차의 문제가
아니라 일본의 조선인식, 조선의 일본인식이 집약된 근본적인 논쟁
지점을 담고 있었다.*

3. 수신사행에 나타난 제도와 형식상의 변화

앞에서 의례문제를 중심으로 살핀 결과 두 사행은 깊이 연관된
문제임을 알 수 있었다. 달리 말하면 통신사행을 통해 의례논쟁이 발
단되었으며 수신사행을 통해 의례논쟁이 결말지어졌다고 할 수 있
다. 이제 살펴보고자 하는 것은 수신사행에 이르러 외형으로 드러난
여러 가지 변화된 점이다.

㈎ 상(上)이 묻기를, "이번에 가서 보니 전일 통신사의 행차 때와 비

---

* 의례개혁논쟁으로 갈등을 일으킨 쪽은 일본이었으나 그에 대응하는 조선의 태도도 지나쳐서
는 안 될 사안이다. 이 문제를 대하는 조선 또한 원인제공의 한 당사자이기 때문이다. 조선은
우선 화이론에 기반하여 일본에 대한 문화적 우월의식으로 통신사행을 다녀왔다고 해도 과
언이 아니다. 다수의 통신사행록에서 보이는 시각은 스스로 중화라는 시각에 사로잡혀 일본
의 변화하는 모습, 긍정적인 모습을 포착하지 못하고 경시하는 시각이 지배적이다. 사실 이
러한 시각이 의례개혁논쟁과 서계문제를 지혜롭게 풀지 못하고 경직된 태도로 대응한 요인
으로 작용했다. 그러나 그런 와중에도 일본에 대한 균형 잡힌 시각이 확산되고 있었다는 점
에서 본다면 운요오호 사건은 막을 수 있었던 최악의 결과이다. 통신사행을 통해 조선은 화
이론 대신 균형 있는 관점, 대등한 위치에서 일본을 인식하는 단계에 근접했으며 이는 그 바
탕에 방대하게 축적된 일본지식이 작용한 결과이다. 이와 같이 축적된 일본지식과 진전된 일
본인식을 토대로 충분히 변화하는 일본에 대한 분석과 대비를 할 수 있는 수준에 도달했다고
보이지만, 그러나 역시 그것이 정치적 판단에 영향력을 미칠 정도에 이르지 못했다는 것을
확인해야만 했다.

교하여 접대하는 의절은 어떠하던가?" 하니, 김기수가 아뢰기를, "대동소이하였습니다."*

(나) 신헌이 아뢰기를, "쿠로다 키요다카(黑田淸隆)의 말에, 6개월 안에 즉시 사신을 보내 한편으로 회사(回辭)하고 한편으로 그 풍속을 채탐하며 또 한편으로 유람을 시키는 것이 좋겠다고 했습니다. 그런데 부산에서 아카마가세키(赤間關)의 화륜선을 타고, 아카마가세키에서 도쿄까지는 7~8일이면 도착할 수 있으니 별반 노고가 없을 것이라 하였습니다." 하였다. 상이 이르기를, "그러면 이는 통신사를 보내는 것인가?" 하니, 신헌이 아뢰기를, "품질(品秩)의 상례(常例)에 구애받지 말고 다만 일을 아는 사람을 보내라 합니다. 이제부터 피아의 사신은 모두 예폐(禮幣)를 없애고 저곳에 가면 방세를 주고서 거처하고 밥을 사서 먹으니, 이것은 통신사와 다른 점입니다."**

(가)는 강화도조약 이후 합의한 대로 파견된 수신사행의 정사 김기수가 사행 후 복명 시 고종 앞에서 한 말이며, (나)는 이보다 먼저 강화도조약 체결 당시 조선 측 접견대관이었던 신헌(申櫶, 1811~1884)이 조약 체결 직후 고종에게 복명하는 자리에서 나눈 대화이다. 김기수는 구체적으로 무엇이 대동소이한지 자세하게 언급하지는 않지만, 아마도 일본에서 융숭한 대접을 받은 것을 두고 이렇게 답한 것으로 보인다.

반면 신헌이 보여준 사태변화에 대한 인식은 김기수와 달리 비

---

* 『日省錄』, 高宗 13年 6月 1日, "上曰: '今旣往見, 以前通信使之行, 接待之節何如?' 使曰: '大同小異矣.'"

** 신헌, 김종학 옮김, 『沁行日記』, 푸른역사, 2010, 308~309쪽.

교적 분명하다. 신헌의 말과 고종에게 전한 쿠로다 키요다카의 말은 곧 떠나게 될 수신사의 차이를 간명하게 지적하였다. 우선 통신사행의 선발에 관한 차이에 관한 언급이다. 벼슬의 품계와 상관없이 해당 분야의 전문가로 꾸밀 것이라 했는데 문재에 능한 이보다는 앞으로 전개될 양국 간의 새로운 외교를 잘 담당할 사람으로 선발해야 한다는 일본 측의 강한 요구에 의한 것이다. 다음, 모든 예폐를 폐지할 것. 이는 예로부터 그 폐해를 지적하여 축소내지 폐지해야 한다는 의견이 비등했던 것으로 결국 수신사에 이르러 실현되었다. 마지막으로 해당 나라에서의 숙식을 자국의 비용으로 충당한다는 지적도 사실 일본 측이 에도시대부터 조선통신사를 접대하면서 국고를 낭비하니 축소해야 한다는 주장이 실현된 것이라 할 수 있다. 이러한 점은 앞서 살핀 바와 같이 수백 년간 이어온 의례논쟁의 결과였다.*

사실상 이러한 변화도 일부분에 불과하다. 통신사행과 수신사행 사이에는 더 근본적인 차이점이 있다. 우선 앞서 잠시 언급한 바 있듯 대마도의 외교적 가교역할이 소멸되었다는 점이다. 조선후기 통신사행은 대마도에 의해서 시작되었다. 임진왜란 직후 대마도는 국서를 개작하면서까지 외교관계를 복원하려고 애썼는데 이는 물론 조선과 무역을 통해 살 수밖에 없는 대마도의 지리적 운명 때문이었다. 초기 대마번주는 이 죄목으로 재판을 받았지만 결국 에도막부의

---

* 그럼에도 수신사행록을 보면 일본이 조선사신에 대해 극진한 대접을 하였다. 일본은 화륜선과 각종 신식 교통수단을 제공하고 도쿄에 머무는 사신에 모든 편의를 제공하였다. 그럼에도 일본으로서는 이전의 통신사행에 비하면 그 부담은 훨씬 줄어든 것이다. 사행원의 수가 사오백 명에서 70여 명으로 대폭 축소되었으며, 대마번부터 에도에 이르기까지 각 번에서 담당할 향응비용이 거의 없어졌다는 것만 보아도, 이전 통신사행과는 현격한 차이가 있다. 그러기에 통신사행이 양국 간에 최소 2년의 준비기간을 가졌던 것에 비해 수신사행은 결정난 지 불과 몇달 만에 출발할 수 있었던 것이다.

인정을 받아 조선과 일본 간의 외교에 따른 대부분의 임무를 수행하게 된다. 국서교환 및 통신사행의 수행 등 사행의 전반적인 영역을 대마도가 담당한 것이다. 그만큼 통신사행에서 대마도의 역할은 중요하였다. 그런데 대마번이 폐지되고 외무성이 대조선 외교를 담당하면서 새로운 변화가 일어났다. 일본의 왕정복고를 알리는 서계가 동래에서부터 접수가 거부되자 일본은 급기야 군함을 동원해 직접적인 위협을 가하기로 결정하고 운요오호를 파견한다. 운요오호 사건은 가깝게는 서계문제, 멀게는 의례개혁 문제의 비극적 결말이라 할 수 있다. 나아가 서계문제는 국제정세와 일본의 변화와도 얽혀 있어 기존의 대일관계가 사상과 제도에서부터 근본적으로 변화되는 과정을 상징적으로 보여준다. 메이지 정부는 새로운 외교관계를 맺을 것을 요청하는 서계를 보내면서 이전의 조선과 대마도의 관계를 사사로운 관계로 규정하였다.* 이는 조선과 에도막부 간 이루어진 통신사행의 외교적 위상을 격하시키거나 부정한 것이라 할 수 있다.

둘째는 견문 혹은 여정방식의 변화이다.** 앞서 언급했듯 화륜선의 등장으로 출발에서부터 도착에 이르는 시간과 노정, 그에 수반되는 견문의 양상 등이 대거 바뀐다. 이 점은 특히 기록상에 큰 변화를 일으켰다. 기록의 변화는 일본을 보고 쓰는 방식에 대한 일대 변화를 가리킨다. 메이지유신 이전 통신사행록과 수신사행록에서 드러나는 이러한 차이 중 가장 두드러진 것은 일본에서 서양을 만나게 되었다

---

* 『龍湖閒錄』第二十冊, 「對馬島主書契及大修大差倭 平和節書契別幅謄本」, "今般別使書翰, 押新印以表朝廷誠念, 貴亦宜領可. 舊來受圖事, 其原由, 全出厚誼所存, 則有不可容易改者. 雖然即是係朝廷特命, 豈有以私害公之理耶?"

** 이 책 2부의 「사행록의 역사적 전개와 『일동기유』」 참조.

는 점이다. 애초에 조선은 중국을 통해서 간접적이고 부분적이나마 서양을 만나고 서양문물과 서적을 접하며 그에 대한 인식을 넓히고 지식을 축적해 왔다. 그러던 것이 수신사행을 통해 일본에서 서양의 근대문물을 보고 일본에 와 있는 서양각국의 공사를 만나게 된 것이다. 심지어 중국의 관료조차 일본에서 만나게 되었다.* 그리고 더 중요하게는 일본에서 서양을 비롯한 세계정세에 대한 정보를 더 중점적으로 입수하게 된다는 점이다. 문화를 전파하는 주체에서 이제 수용자 입장으로 위치가 뒤바뀐 것이다.

셋째는 문사교류의 축소와 소멸이다. 통신사는 일본 문인 학자들과 숱한 필담을 전개하면서 문학 및 학술 토론을 전개하였다. 이를 통해 양국이 문학교류와 학술토론을 진행하고 그 결과물이 각각 자국의 문학과 학술에 영향을 끼쳤다. 반면 수신사는 일본의 정치인들과 만나 양국의 현안에 관해 토론을 전개하였다. 일본의 목적은 표면상 새로운 외교관계 수립과 통상이다. 1차 수신사 기록인 김기수의 『일동기유』에는 더러 시문창화가 있으나 여기에는 일본 정객의 일방적인 주장과 요구만이 난무하고 이에 답변을 준비하지 못한 조선사신은 교린의 테두리에서 벗어나지 않는 원칙적인 대응이나 회피로 일관한다. 일본정객들이 돌아가면서 반복적으로 말한 또 하나의 담론은 러시아 위협론과 동아시아 연대론 등의 국제정세에 대한 그들 나름의 판단과 대응논리다. 교린의 목적이 사라지고 오로지 급박

---

* 2차 수신사행 시 김홍집은 주일청국공사 황준헌을 만나고 필담을 나눈다. 황준헌은 김홍집에게 『조선책략』을 건네면서 주변정세와 조선의 방향을 제시하였다. 이 책과 황준헌을 만나 나눈 필담인 「대청흠사필담」은 그의 『수신사일기』에 실려 있다. 고려대중앙도서관 편, 『金弘集遺稿』, 고려대 출판부, 1976.

한 정치외교적 현안만이 수신사행을 지배하기 시작했다.

통신사행을 통해 이루어진 문사교류에서 조선 측은 거의 시혜적 입장이었지만 그 가운데서도 일본의 유력한 지식인을 만나면서 학문의 경향과 수준 등을 파악할 계기를 마련할 수 있었다. 그 외에 부수적으로 막부정권에 대한 탐색도 간접적으로 수행할 수 있었음은 물론이다. 반면 수신사행을 통해 일본 정객들만 만나 그것도 일방적으로 말을 들어야 하는 처지로 바뀌어 버렸다. 일본 측에서는 치밀하게 준비한 대조선정책이라 할 말이 많았던 반면, 조선은 그 사이 일본에 대하여 거의 무대책으로 일관하였기에 할 말이 없었던 것은 당연하였다. 이 점 또한 수신사행의 문학-문화적 성격을 살피는 데 있어 특히 중요한 변화지점이다.

4. 수신사행록을 통해본 본 일본인식과 지식의 구성 양상

1) 지식추구의 목적: 비왜(備倭) 없는 수신(修信)과 조선 개혁

조선조에서 비왜는 중국, 북방정책과 함께 최우선의 대외정책이었다.[*] 이는 한반도의 평화와 안정을 위해서 시대를 초월한 항구적인 성격을 지닌다. 조선후기 통신사행이 비왜를 일본지식 추구의 목적으로 상정하고 그에 따른 여러 임무를 수행한 결과 상당한 수준의 일본지식을 축적하고 일본의 동향을 예의주시할 수 있었다. 반면 통신사행을 통해 흘러들어 오는 정보를 통해 비왜에 대한 철저한 인식도 서서히 약화되었다. 홍대용, 정약용 등 조선후기 학자들 중 다수

---

[*]   이 책 「조선후기 통신사행록에서의 일본지식」 참조.

가 일본의 문풍이 날로 발전하는 것을 근거로 일본이 당장은 침략할
의지나 의도가 없을 것이라고 단언하기에 이른다.

그러나 정세는 이들의 호언이 무색할 정도로 급변한다. 물론 이
는 서세동점이 격화되는 시대적 정황과 관련이 깊다. 조선에서는 병
인년(1866)에 프랑스, 신미년(1871)에는 미국의 함대가 차례로 해안
에 무단 접근하여 물리적 충돌을 일으켰다. 이 사건으로 대원군 집정
기 동안 척화론이 조야의 대세로 자리 잡았다. 다시 외침에 대한 경
계가 높아지면서 대외방어책은 조정의 핵심 현안으로 등장한 것이
다. 그런데 여기서 척양론(斥洋論)은 사실 비왜론과 맥을 같이하지만
동일한 것은 아니다. 이 시기 일본과는 교린정책에 의해 실무적 수준
의 사신을 파견하고 서신을 주고받을 만큼 기본적인 외교관계가 유
지되고 있었다. 병인양요 이후 일본에 이 사실을 알리며 잘 방비할
것을 바라는 서계를 보낸 것에 의하면* 조선과 일본은 서양에 대해
공동으로 대응해야 할 나라로 생각하고 있었던 것으로 보인다. 그러
기에 비왜는 적어도 당시에는 조선에서 중점적인 논의로 떠오르지
않았다. 즉 양이(攘夷)와 비왜는 별개의 사안이었다.**

그런 와중에 일본은 서계문제와 운요오호 사건을 일으켜 조선과
병자수호조규를 맺고, 새롭게 양국의 사신을 오가게 하였다. 이때 고

---

* 『조선왕조실록』 고종 3권, 3년(1866) 10월 15일, 「이양선의 문제로 일본에 편지를 보내다」.

** 그렇다고 조선이 일본의 정한론에 대해 무지했다고 볼 수는 없다. 조선 또한 일본의 정한론
을 잘 알고 있었고 일본의 동향에 예의주시하고 있었다. 이른바 '야도 마사요시(八戶順叔)'
사건이 이를 말해준다. 이는 중국에 간 사신을 통해 일본국의 客人 야도 마사요시가 일본이
조선을 칠 것이라는 풍문을 퍼트렸다는 사건이다. 『조선왕조실록』 고종 4권, 4년(1867) 3월
7일 참조. 다만 대원군섭정기와 고종 친정체제에서의 일본에 대한 대응이 달라 결과적으로
대일정책상 일정한 난맥에 빠지게 한 요인으로 작용한다. 김용구, 『세계관 충돌과 한말 외교
사』, 문학과지성사, 2001, 148~262쪽.

종은 1차 수신사행의 정사로 떠나는 김기수에게 명하기를 그들의 물
정을 상세히 살피고 들을 만한 일은 하나도 빠짐없이 기록해 오라고
하였다.* 임금의 명을 받들고 일본을 다녀온 김기수의 복명을 보면
매우 부지런히 보고 기록하였음을 알 수 있다. 그러나 김기수의 복명
을 보면 매우 중요한 것이 누락되어 있는바 그것은 메이지 정부의 대
조선정책에 대한 정탐이다. 김기수는 공식일정 외에 비공식적으로도
일본의 주요 정객을 두루 만나 담론을 나누었다. 그 스스로 친분을
쌓은 일본 인사를 기록에 남긴 자만 하더라도 60여 명에 이른다.** 이
후 김홍집(金弘集, 1842~1896), 박영효(朴泳孝, 1861~1939)도 거의 동일
한 일본 정객을 만났다. 하지만 그 내막과 그들에 의해 진행되는 대
조선정책의 핵심은 간파하지 못하고 돌아왔음을 기록으로도 알 수
있다.

　일본의 조선에 대한 움직임에 대해서는 2차 수신사***로 다녀온 김
홍집이 복명하는 자리에서 비로소 언급되었다.

　임금이 묻기를, "몇 해 전에 사쓰마(薩摩州) 사람이 우리나라에 침

*　『일성록』 고종 병자 4월 4일자, 『고종실록』 고종 13년 4월 4일자.

**　『일동기유』, 「結識」. 이 중에서 산조 사네토미(三條實美), 데라시마 무네노리(寺島宗則),
　이토 히로부미(伊藤博文), 쿠로다 키요다카(黑田淸隆), 모리 아리노리(三有禮), 이노우에 가
　오루(井上馨), 미야모토 코이치(宮本小一), 모리야마 시게루(森山茂) 등은 메이지정부에서
　정한론을 실행했던 핵심적인 관료들이다.

***　2차 수신사 파견의 배경에는 미곡금수문제, 공사주경문제, 인천개항문제 등 현안문제 해결
　과 일본공사 來韓의 답례(『承政院日記』, 고종 17년 5월 28일)라고 하였지만 이미 하나부사
　요시모토(花房義質)의 내한이 세 차례(1877년 10월, 1878년 11월, 1879년 윤3월)가 있은 후
　여서 이때 수신사 파견의 실질적 목적은 일본에 대한 객관적 정보수집에 더욱 무게중심을 두
　었던 것으로 보인다.

범하려고 하는 것을 그 나라의 대신 이와쿠라 도모미(岩倉具視)가 막아서 오지 못하게 하였다는데 이것이 사실인가?"라고 하니 김홍집이 아뢰기를, "이 말은 정말 확실합니다."라고 하였다. 임금이 묻기를, "청나라 사신에게 물어보았으면 자세히 알 수 있을 것이다."라고 하니 김홍집이 아뢰기를, "비록 여러 청나라 사신에게 미처 물어보지는 못했지만 이와쿠라 도모미를 만나 이 문제를 언급하니 그가 사실 이런 일이 있었다고 하였습니다."라고 하였다. (중략) 임금이 묻기를, "그들의 동정을 살피건대 그 나라는 우리나라에 대하여 과연 악의가 없던가?"라고 하니 김홍집이 아뢰기를, "현재 본 바로는 아직 가까운 시일 내에는 걱정할 것이 없습니다. 신이 이 문제에 대하여 청나라 사신에게 물어보았는데 역시 실정이 그러하다고 하였습니다."라고 하였다.*

여기서 사쓰마 사람이란 규슈 가고시마 출신 사이고 다카모리(西鄕隆盛, 1828~1877)를 말한다. 그는 메이지유신으로 지위와 생계를 잃은 무사의 불만을 조선을 치는 것으로 해소하자고 주창한 정한론의 대표자이다. 고종과 김홍집의 문답을 보면 조선은 정한론에 대해서 어느 정도 파악하고 있었지만, 구체적이고 치밀한 내막은 명확히 감지하지 못하였음을 알 수 있다. 이 같은 요인은 물론 앞서 언급한대로 일본에 대한 소극적 외교를 펼치던 조선 자체의 탓도 있겠지만 특히 일본의 위장술이 조선의 관심과 시야를 흐리는 데 일조하였다. 러시아위협론, 조·일 연대론, 근대문물제도 수용의 당위성 등을 마

---

* 『조선왕조실록』 고종 17년, 8월 28일.

치 세뇌하듯 조선에 쉬지 않고 말하면서 정작 그들의 심중에 있는 침략 의도는 숨겼다. 이에 더하여 전보다 더한 융숭한 대접을 받자 조선 사신들은 적지에서부터 경계심이 풀어져 일본은 아예 방비의 대상으로 생각지 않았다.

강화도조약 당시 조선의 교섭 대표였던 신헌이 조약 직후 고종에게 복명하는 자리에서 고종에게 일본이 조선도 부국강병으로 나갈 것을 주문하는 말을 전했다. 고종은 이 말을 듣고 그 치밀한 전술을 간파하지 못한 채 일본의 진심 어린 충고라 여겼다.* 이렇듯 당시 조정은 서세동점이 격화되는 시기에 일본에 대해서는 그다지 심각한 경계를 하지 않았음을 알 수 있다.

조선의 대일본 경계가 허술한 틈새로 일본은 대대적인 공작을 전개한다. 위에서 말한바 부국강병을 위해 조선도 근대문물을 적극 받아들여야 한다는 이데올로기 공작을 추진한다. 수신사행은 바로 이러한 일본의 책략을 실현하기 위한 방편으로 활용되었다. 일본이 수신사행을 요청한 주된 목적의 하나는 조약의 세부항목 즉 관세와 개항 문제를 확정하고자 한 것이지만, 또 하나 근대로 탈바꿈하는 일본의 여러 기관과 기물을 보여주며 이에 대한 경외감을 조성하고, 나아가 조선 내에 친일적 인사를 포진시키기 위한 목적도 아울러 있었다. 이를 통해 궁극적으로 조선을 자기의 영향권 아래 두고자 한 것이다.**

---

* 『승정원일기』, 1876년 2월 6일. 신헌이 아뢰기를, "저들이 말하기를, '지금 천하의 각국이 군사를 쓰는 때를 당하여 귀국의 산천이 매우 험한 것으로는 싸우고 지키기에 넉넉하나 군비가 매우 허술하다.' 하며, 부국강병의 방법을 누누이 말하였습니다." 하니, 상이 이르기를, "그 말은 교린하는 성심에서 나온 듯하다. 우리나라는 군사의 수효가 매우 모자란다." 하였다.

** 이 점에서 보면 친일파 형성의 기원을 수신사행에서 찾을 수 있다. 고영희(高永喜,

조선 또한 비록 일본의 요청에 의해서이긴 했지만 수신사행을 보내는 나름의 의도를 가지고 있었다. 수신사행을 보낸 고종의 하명에 의하면 일본에 대한 경계 의도도 있었지만 보다 중요하게는 일본의 근대적 문물과 그에 상응하는 국력 등을 탐색하는 데 있다고 본다. 고종은 일본과의 통교를 통해 정치권력의 장악과 개혁정책을 동시에 추구했다.

2) 지식 구성의 논리적 기반과 방법: 동도서기에 바탕을 둔 시찰과 유학

1763년 계미통신사행 이후 한 세기 만에 도쿄에 가는 사행은 그간의 일본의 변화상과 새로 성립된 메이지 정부의 실상을 통해 등을 살필 수 있는 절호의 기회였지만 이 같은 의도가 순탄하게 진행된 것 같지는 않다. 우선 1차 때의 사신 김기수는 고종의 심중을 읽지 못하고 오히려 수신이라는 용어에 얽매여 소기의 목적을 달성하지 못했다. 2차 때의 김홍집 또한 현안처리에 쫓긴 나머지 충분히 일본을 관찰하지 못했다. 그러나 그는 적어도 개화와 부국강병에 대한 의지를 가지고 사행에 임했다. 기록에 비친 그의 사행경험은 바로 개화에 대한 의지와 근대 일본에 대한 뚜렷한 인식으로 가득 찼다.[*]

1849~1916, 1차 수신사 일본어 통역), 윤웅렬(尹雄烈, 1840~1911, 2차 수신사 군관), 박영효(朴泳孝, 4차 수신사 정사) 등 다수의 인사가 후에 일본으로부터 작위를 받거나 친일부역행위를 했다. 즉 수신사행의 주요 인사들이 친일부역자 1세대다.

[*] 2차 수신사의 파견은 겉으로는 미야모토 코이치, 하나부사 요시모토(花房義質) 등이 조선에 사절로 몇 차례 온 것에 대한 답례와 관세징수, 미곡금수, 인천개항, 공사주경 등 양국 간의 현안을 협의하기 위한 것이었다. 그러나 중요한 이유는 일본 러시아의 침략 위협을 견제하기 위해 서양열강과 조약을 맺고 통상할 것을 권한 이홍장의 1879년 7월 9일자 밀함과 관련한 일본의 동정파악과 일본의 개화문물 시찰에 있었다.

3차는 수신사 정사로 떠난 조병호는 물론 사행원의 기록이 지나치게 소략하여 자료를 발굴해야 할 과제가 앞선다. 그런데 3차 수신사행이 떠나기 직전 1881년 4월부터 윤7월까지 메이지 일본을 보다 전문적으로 관찰할 목적으로 조사시찰단을 파견하였다. 이로 보면 3차 수신사는 실무적 현안을 처리하는 사행이었을 가능성이 크다.* 또한 『고종실록』, 『승정원일기』 등에서조차 단순한 사실기록만 있어 크게 의미 있는 사행은 아니었을 것으로 추측된다. 오히려 조사시찰단이 남긴 방대한 기록이 이 시기 일본지식의 구성과정을 살피는 데 중요한 자료이다. 이 점 또한 수신사행에서 보이는 특징적 면모라 할 수 있다. 수신사행은 애초에 통신사의 경우와 같이 여러 영역을 아우르는 종합적인 외교업무를 담당할 수 있는 구조가 아니었다. 이런 점은 사행의 인원수가 점점 줄어드는 상황에서 더욱더 심화하였다. 이 때문에 애초에 일본을 통해서 근대를 살피고자 한 목적을 크게 달성할 수 없게 되자 이를 위한 보다 전문적인 시찰단을 보낸 것이라 할 수 있다. 이는 사행의 역할이 분야별로 분화되는 과정을 보여주는 사례이며 수신사행의 지식구성 방법의 특징이라 할 수 있다.

이외에도 유학이라는 새로운 지식수용의 방식이 도입된다. 익히 알려진 바와 같이 1881년 조사시찰단의 일원인 어윤중의 수행원으로 함께 간 유길준이 후쿠자와 유키치의 게이오의숙에 유학하면서 우리나라 최초의 유학생이 탄생하였다. 같은 해 3차 수신사행에서도 조병호가 조선학도를 일본에 유학할 수 있도록 주선한 일도 있다. 또 이듬해 4차 수신사행 중 정사 박영효는 수행원을 일본에 유학

---

*　北原スマ子, 「第3次修信使の派遣と「日朝通商章程」の改定·課税交涉」, 『朝鮮學報』 192, 2004.

할 수 있도록 당시 일본 외무경인 이노우에 카오루 등 주요 인사에게 요청하였다.* 즉 근대적 의미의 유학은 수신사행에서 비롯되었다.

사행을 통해 유학생을 보내기 시작하면서 이제 일본지식의 구성 방법에서 전혀 새로운 양상이 나타난다. 무엇보다 집중적이고 압축적인 방식으로 포괄적이고 체계적인 지식구성이 가능하다는 점에서 유학을 통한 지식구성의 특징이 있다. 몇 달간의 사행이나 시찰과는 달리 인재를 보내 해당 분야의 전문지식을 온전히 배워 오거나 혹은 일본에 관한 포괄적인 정보를 섭렵해 오기 위해 훨씬 효과적이고 실용적인 방식이다. 이는 당시 조선이 처한 급박한 상황에서 시급히 개혁을 추진하고 근대문물을 수용하려는 의도에서 마련된 방법이라 보인다.

이러한 일련의 방법적 전환은 사실 고종과 개화지식층의 의중이 담긴 것이다. 고종은 1882년 8월 5일, 그러니까 4차 수신사행이 떠나기 직전 전교를 내리는데 여기에 수신사행의 지식구성의 논리적 기반과 관련하여 중요한 내용을 담고 있다. 전교의 핵심은 대원군이 전국각지에 세운 척양비를 뽑아버리라는 명이다. 그러면서 고종은 다음과 같이 말한다.

교린에 방도가 있다는 것은 경전에 나타나 있는데, 우활하고 깨치지 못한 유자들은 송나라 조정에서 화의를 하였다가 나라를 망친 것만 보고 망령되이 끌어다 비유하면서 번번이 척화의 논의에 붙이고 있다. 상대쪽에서 화의를 가지고 왔는데 우리 쪽에서 싸움으로

---

* 　박영효, 『사화기략』, 1811년 11월 3일, "생도 박유굉(朴裕宏)과 박명화(朴命和)를 후쿠자와 유키치(福澤諭吉)가 세운 사립학교(게이오의숙)에 입학시켜 어학을 익히도록 하였다."

대한다면 천하가 장차 우리를 어떤 나라라고 할지를 어찌하여 생각하지 않는단 말인가? (중략) 그리고 기계를 제조하는 데 조금이라도 서양 것을 본받는 것을 보기만 하면 대뜸 사교에 물든 것으로 지목하는데, 이것도 전혀 이해하지 못한 탓이다. 그들의 종교는 사교이므로 마땅히 음탕한 음악이나 미색(美色)처럼 여겨서 멀리하여야겠지만, 그들의 기계는 이로워서 진실로 이용후생할 수 있으니 농기구·의약·병기·배·수레 같은 것을 제조하는 데 무엇을 꺼려하며 하지 않겠는가? 그들의 종교는 배척하고, 기계를 본받는 것은 진실로 병행하여도 사리에 어그러지지 않는다. 더구나 강약의 형세가 이미 현저한데 만일 저들의 기계를 본받지 않는다면 무슨 수로 저들의 침략을 막고 저들이 넘보는 것을 막을 수 있겠는가? 참으로 안으로 정교(政敎)를 닦고 밖으로 이웃과 수호를 맺어 우리나라의 예의를 지키면서 부강한 각 나라와 대등하게 하여 너희 사민들과 함께 태평성세를 누릴 수 있다면 어찌 아름답지 않겠는가?*

대원군이 전국 각지에 세운 척양비를 뽑아버리라는 명과 함께 개국을 추진하겠다는 의지를 천명한 내용이 핵심이다.** 여기서 고종은 우선 위정척사론자를 '우활하고 몽매한 유자'라 칭한 뒤 이들이 일본은 물론 서양 각국과의 수교를 막으며 저들의 화의를 배척한다고 비판한다. 이는 물론 유학 전체의 부정이 아니라 작금의 급박한

---

*   『조선왕조실록』, 고종 19년(1882) 8월 5일.

**   『조선왕조실록』 고종 19년 8월 5일. 4차 수신사행은 그 직전 임오군란이 일어나 이를 수습하고 일본에 사죄하기 위해 파견하였다. 민씨척족세력의 영향권 아래 놓인 고종 친정은 이 군란으로 심각한 위기에 빠졌으나 외세의 개입으로 겨우 진정되었다.

정세와 서기에 대한 유자들의 무관심과 편견*을 질타하기 위한 발언
이다. 그 다음 서양의 종교를 문물 즉, 서기와 분리한 뒤 그들의 종교
는 막지만, 서양의 기물은 적극 받아들여 이용후생을 도모함은 물론
강병을 이루어 서세의 침략도 막아야 한다고 하였다. 이 대목이 고종
의 동도서기론의 요체다.** 마지막으로 고종이 추구하는 궁극적인 방
향을 밝히는데 이는 '태평성세'라는 말에 응축되어 있다. 서기의 수
용은 이를 이룰 방편의 하나일 뿐임을 강조하였다. 여기서 우리는 곧
고종이 일본과 병자수호조규를 체결하고 이후 4차례에 걸쳐 수신사
행을 보낸 핵심적 근거 중 하나를 찾을 수 있다. 곧 수신사행은 동도
서기론을 구체화하기 위한 의도에서 보내졌으리란 추론을 해볼 수
있다. 그렇다면 수신사행록은 이러한 내막과 경과를 고스란히 담고
있는 텍스트이기도 하다.

---

* 병인양요(1866, 고종 3)가 일어났을 즈음 대표적인 위정척사파인 화서 이항로(1792~1868)는
상소문 〈辭同義禁疏〉(『華西先生文集』 卷之三)를 통해 천주교뿐 아니라 洋物 즉 서양기기
들도 배척해야 한다는 주장을 펼쳤다. 당시 조정에 끊임없이 올라온 위정척사파들의 疏는 위
정척사파들의 논리를 알 수 있는 유용한 자료다. 이에 대해서는 문소정, 「위정척사운동에 관
한 지식사회학적 연구-소의 내용분석을 중심으로」상·하, 『한국학보』 10권 3·4호, 일지사,
1984 참조.

** 고종은 자신이 추구하는 정책의 명칭을 분명히 밝히지는 않았다. 이 때문에 학계에서 이에
대해 자의적으로 명명하는데, 시무책, 개화자강책, 개국책 등이 그것이다. 다만 후에 대한제
국(1897)을 수립하고 광무개혁을 추진하면서 '구본신참'을 기본 정신으로 내세웠는데 이는
동도서기의 구체적인 정책이라 할 수 있다.

수신사·조사시찰단 기록을 통해 본 고종의 동도서기

1. 들머리

앞에서 필자는 수신사·조사시찰단이 고종의 동도서기론에 기반을 둔 정책을 펼치기 위한 준비단계로 보낸 사절이라는 가설을 세운 바 있는데, 고종이 추진한 정책의 수행자로서 수신사·조사시찰단이 일본에서 수행한 그 구체적인 활동과 기록을 살펴 이를 구체적으로 논증할 필요가 있다.

이에 앞서 동도서기의 개념, 당시 사상사적 맥락에서 동도서기의 위상 대한 논의가 선행될 필요가 있지만, 학계에서도 다양한 의견으로 갈리는 실정이라 자세한 서술은 기존의 연구 성과로 대신하고자 한다.[*] 다만 여기서는 동도서기의 개념을 '성리학의 의리지학(義理之學)을 중심으로 한 유교의 기본 강령을 공고히 유지하되, 서양의 종교를 제외한 이기(利器)를 도입하여, 경제통상과 군사 분야 등에 일정한 개혁을 추진하며 대외 정세에 대응하고 궁극적으로 부국강병을 이루려는 정책논리'로 규정하고, 이것이 수신사·조사시찰단의 기록에 어떻게 드러나는지 살피는 데 중점을 두고자 한다. 특히 이 시기 동도서기론을 펼친 인물을 주목할 필요가 있는데, 여기서는 고종 재위기 여러 관직을 두루 역임하면서 고종의 정치적 결정에 많은 영향

---

[*] 노대환, 『동도서기론의 형성과정 연구』, 일지사, 2005.

을 끼친 인물인 박규수(朴珪壽, 1807~1877)에 주목한다.*

　수신사·조사시찰단이 파견된 때는 조선 후기 통신사가 왕래한 시대와는 질적으로 달라 대내외에 처한 상황이 매우 엄중했다. 19세기 전반의 세도정치로 심각한 사회 모순에 처한 상황에서, 급변하는 동아시아 정세가 조선을 위협하였다. 특히 격동하는 정세는 역내의 기본질서를 근저에서 흔들어 근본적 변화를 강요하고 있었다. 이 엄중한 상황을 고종은 어떻게 인식하였으며, 이를 해결하기 위해 무엇을 하고자 했는가? 이와 관련하여 고종 친정 이후 일본에 파견된 사행은 고종의 대외인식과 정국 구상을 집약적으로 보여주는 역사적 사건이다. 여기에 주목하여 수신사·조사시찰단 기록에 담긴 고종의 정국 구상의 실체와 그 진행 과정을 고찰하고자 한다.**

2. 고종 친정기 동도서기론의 정책화 과정

　우선 고려해야 할 점은 이 시기 왕권의 판도다. 흥선대원군, 세도가문만 놓고 견주어 보아도 고종의 정치적 권력은 미약했다. 이는 재

---

* 이미 김명호 선생이 박규수에 관한 집중적인 연구를 진행해 북학의 계승자로서 박규수의 사상이 동도서기론으로 이어지는 과정을 잘 밝혀놓았다. 김명호, 『환재 박규수 연구』, 창비, 2008. 다만 그의 동도서기론의 전모에 대하여는 썩 자세하지는 않은데, 최근 후속연구가 진행되고 있다. 「1872년 박규수의 제2차 연행과 그 성과」(임형택 외, 『환재 박규수 연구』, 학자원, 2018).

** 연세대 연구단(책임자: 허경진)에서 수행한 〈수신사 및 조사시찰단 자료 DB구축〉(2015~2017) 사업. 수신사 및 조사시찰단 관련 기록을 디지털자료로 구축하고, 새롭게 번역하여 결과물을 출간하였다. 여기서 참조한 자료의 원문과 번역은 이 연구과제의 성과를 참고하였다. 이효정·김누리, 「수신사 및 조사시찰단 자료의 DB 구축 과정에 대한 일고찰」, 『열상고전 연구』 62, 열상고전연구회, 2018, 103~133쪽.

위기의 여러 사건을 통해서도 확인된다.* 여기에 외세, 특히 일본이
침략의 야심을 드러내며 조선에서 영향력을 확장해간 것도 고종의
정치적 힘을 약화시키는 데 큰 영향을 끼쳤다. 파탄 난 민생으로 숱
하게 일어난 민란**과 이를 진압하기 위해 결국 외국 군대를 불러들인
과오도 고종의 정치력의 한계를 드러내는 중요한 사건이다. 임금의
실질적 권력이 이렇듯 미약한 상황에서 정책을 수립하고 강력하게
추진하는 일은 거의 불가능하거니와, 설사 집행해 나가더라도 그 실
효성은 크지 않았을 것이다. 그럼에도 고종은 자신의 정치사상을 구
체화하려고 노력하였는데, 이것이 곧 자신의 권력을 강화하는 길이
기 때문이다.

　이를 위해 고종은 재위 초기 10여 년간의 대원군 집권기에 강학
을 통해 정치역량을 길렀으며*** 동시에 북경 사행을 통해 들어온 정
세 동향에 관한 여러 정보를 바탕으로 대외 정세와 지식을 습득하였
다. 특히 서양세력의 동향과 중체서용에 바탕을 둔 중국의 양무운동
에 많은 관심을 보였다. 친정 직전에 고종의 동도서기에 대한 관심
은 급격히 확대된다.**** 당면한 동아시아 정세는 매우 긴박하여 조선
으로서도 기민하게 대응하지 않을 수 없었기 때문이다. 이러한 시국

---

* 　초기의 대원군 집권, 친정 이후 대원군의 복귀 시도, 아관파천 등은 모두 고종의 미약한 정치
권력을 보여주는 사례들이다.

** 　이이화, 「19세기 전기의 민란연구」, 『한국학보』 10-2, 일지사, 1984; 배항섭, 「19세기 후
반 민중운동과 공론(公論)」, 『한국사연구』 161, 한국사연구회, 2013.

*** 　김성혜, 「1873년 고종의 통치권 장악 과정에 대한 일고찰」, 『대동문화연구』 72, 성균관대
대동문화연구원, 2010.

**** 안외순, 「高宗의 初期(1864~1873) 對外認識 變化와 親政~遣淸回還使 召見을 중심으
로」, 『한국정치학회보』 제30집 제2호, 한국정치학회, 1996, 247~265쪽. 이 논문은 대원군
집정기 고종이 부연사를 통해 변화하는 인식을 사료분석과 통계적 방법을 통해 잘 분석하였다.

에 친정을 단행한 고종은 국정 전반을 이끌어갈 근간이 되는 정책방향을 정해야 했는데 그것이 바로 동도서기론에 입각한 정책이다.* 이는 어디에서 출발하였는가. 많은 연구에서는 박규수를 주목하였다.** 박규수는 은둔기 시절 사신으로 북경을 다녀온 척숙 이정리(李正履, 1783~1843), 이정관(李正觀, 1792~1854) 형제***가 전한 서세동점의 정세에 관한 정보와 서적을 접하고 당시 조선의 대외정책에 대한 숙고와 조선의 개혁에 관한 고심을 이어가면서 격변하는 시대에 부응하는 경세론을 모색한다.**** 이는 후에 출사하여 국정의 방향을 정하는 데 영향을 끼친다. 박규수는 1860년 12월 영·불 연합군이 침략하여 북경을 점령하자 열하로 피한 함풍제를 위문하기 위해 1861년 1월에 파견된 사행의 부사로 중국에 다녀온 바 있다. 이때 그는 서양의 침략으로 몰락해가는 청나라의 정세를 파악하고 이에 대응할 시무책을 모색하였는데, 이 과정에서 동도서기론에 바탕을 둔 경세론을 갖춘 것으로 보인다.***** 고종의 즉위 직후 박규수는 강관에 특차되어 10여 년간 고종을 가르쳤는데 이때 그의 사상과 정견이 고종에게 큰 영향을 끼쳤다.****** 고종이 친정을 단행한 직후에는 우의정을 역임하면서

* 장영숙, 『고종의 정치사상과 정치개혁론』, 선인, 2010, 67~185쪽.

** 강상규, 「박규수와 고종의 정치적 관계 연구」, 『한국동양정치사상사』 제11권 제1호, 한국동양정치사상사학회, 2012, 119~147쪽.

*** 두 형제는 박규수의 조부 박지원의 처남인 이재성(李在誠, 1751~1809)의 아들이다. 박규수에게 진외종조부(아버지의 외삼촌)가 된다. 이정리가 1839년 동지사 서장관으로 북경에 갈 때 아우 이정관은 자제군관의 직책으로 수행하였다.

**** 특히 이정리가 가져온 위원의 편저 『경세문편』이 큰 영향을 끼쳤다. 김명호, 앞의 책, 244~301쪽.

***** 김명호, 앞의 책(2008), 361~437쪽.

****** 『고종실록』, 1년(1864) 3월 20일, 〈박규수, 김영작을 일강관으로 추가하여 임명하다〉.

고종의 정책을 직접 보필하였으며, 이 과정에서 동도서기론에 기반
을 둔 정책의 기본적인 틀을 마련하였다.

　　상이 이르기를,
　"천하의 만국에 어찌 성인의 교화를 지키지 않는 자가 있겠는가. 그
　런데 양이(洋夷)의 사교(邪敎) 같은 것은 어찌하여 나왔는가?"
　　하니, 박규수가 아뢰기를,
　"서양의 오랑캐들은 바로 중국에서 멀리 떨어져 있는 이적인데, 너
　무 멀리 떨어져 있기 때문에 화하(華夏)의 성교(聖敎)가 미치지 못
　하는 곳입니다. 저들 가운데도 민중이 무수히 번성하니 그 가운데
　에서 괴이하고 요망한 설을 만들어 내어 스스로 도라고 여기는데,
　중국에 유입되어 어리석은 백성들을 속이어 현혹시키고 있으니 이
　것 역시 중국이 정학(正學)을 천명(闡明)하지 못한 소치입니다. 그
　러나 저들의 사설(邪說)이 끝내 천하의 사람들을 다 빠지게 할 수는
　없을 것입니다."
　　하였다. 상이 이르기를,
　"사(邪)가 어찌 정(正)을 범할 수 있겠는가. 사가 정을 범하는 것은
　밝은 해를 구름이 가리는 것과 같아서 오래지 않아 저절로 없어지
　는 것이다."
　　하니, 박규수가 아뢰기를,
　"신이 일찍이 중국인들이 말하는 바를 들으니, 저 오랑캐들 가운데
　매양 중국의 경적(經籍)을 많이 사들여 자기 나라로 싣고 가는 자
　들이 계속 있는데 그들 오랑캐의 말로 번역해서 읽는다고 하였습니
　다. 과연 이와 같이 하여 마지않는다면 저들의 허다한 사람들 가운

데 마침내 하루아침에 크게 깨닫는 자가 있어 그들의 설이 사망(邪妄)됨을 자각하고 중국 성인의 가르침에 다 귀의하게 될 것입니다."
하였다. 상이 이르기를,
"만약 그렇다면 성인의 도가 반드시 크게 천명될 것이다."(하략)*

이 글은 고종이 친정을 단행하기 전 강학에서 박규수와 주고받은 말이다. 박규수는 천주교의 내력을 묻는 고종에게 서구가 중국과 너무 멀어 중국 성인의 가르침을 받지 못했다고 하고, 지금 서구가 중국의 경적을 많이 수입해 읽으니 종국에는 중국 성인의 가르침에 다 귀의할 것이라고 답하였다. 서세의 동점으로 동도를 지키는 일이 급선무인 현실에서, 동도가 서양에 널리 퍼질 것이라는 낭만적 전망에 두 사람이 공감하고 있다. 이에 대한 평은 후술하기로 하고, 여기서 주목할 것은 통상을 통해 서구가 중국의 책을 구입하고 있다는 내용이다. 사실상 동도의 전파를 위해서라도 통상의 필요성을 간접적으로 피력하고 있는 대목이다. 쇄국은 동도를 지키기 위해서는 유용할지언정, 서구의 무력침략을 막고 동도를 서구에 전파하는 일은 불가능하다는 뜻이 담겨있음을 행간에서 읽을 수 있다. 박규수가 동도를 중시하면서도 그들과 통상을 염두에 두고 있는 발언인데 여기에 고종도 공감하였다는 점에 주목할 필요가 있다.
　1872년 다시 북경에 간 박규수는 당시 변화된 북경의 정세를 탐지하고자 하였으나 실제 유용한 정보를 얻지는 못하였고,** 다만 그

*　『승정원일기』, 고종 7년(1870) 3월 7일. 〈연생전에서 강관 박규수 등이 입시하여 『맹자』를 진강하였다〉.

**　박규수는 11년 만에 다시 사행의 정사로 중국에 다녀왔는데 이때는 동치제의 혼례를 축하하

후 오경석(吳慶錫, 1831~1879)이 가져온 『중서견문록(中西聞見錄)』
을 통해 개국의 필요성을 매우 구체적으로 인식했음을 알 수 있다.*
1873년(고종 10) 12월 2일 박규수는 우의정에 임명되자, 외교상 시급
한 현안인 서계접수 문제를 직접 주관하면서 개국론을 주장하기 시
작하였다. 이 와중에 중국에서 밀자가 도착하였는데, 일본이 프랑스
미국과 함께 조선을 침략할 우려가 있으니, 침략을 막기 위해서는 프
랑스 미국과 통상하는 것이 해결책이며, 청이 주선하겠다는 내용이
다.** 그 이튿날 고종은 차대(次對)에서 박규수에게 연경에 가서 양이
의 침범가능성을 알아본 일을 물었다. 이에 대한 박규수의 답이 자못
길었는데 요지는 다음과 같다. '서양은 부국의 방법으로 교역과 상업
을 중시한다. 일본은 사교를 배척하고 서양과 교역하였는데 최근 사
교의 도움으로 일본 왕이 관백을 물리치고 황(皇)이라 칭하였다. 일
본은 중국과 교역을 청하여 중국이 허락하였다. 청 황제의 동생 공친
왕은 사교에 빠져 양이와 조약을 체결하였다. 양이가 안남국을 병탄
했다고 들었다.'*** 다소 사실과 맞지 않거나 부풀린 것이 있지만, 의도
하는 바는 일본이 보내온 서계를 접수하고 하루빨리 외교관계를 새
롭게 복원해야 한다는 데 있다. 이는 사실상 개국론이다. 6월 29일
차대에서는 대원군 때 접수를 거부하였던 서계에 문제가 없음을 조

기 위해 파견된 사행이다. 이때 중국은 양무운동(1682~1874)이 한창 추진되고 있었다. 그러
나 박규수의 정세판단이 치밀하지는 못했다. 이 사행을 통해 탐문한 중국의 상황을 매우 안
정되어 있다고 보고하는 등 조금은 안일하게 정세를 판단하였다.

* 김흥수, 「박규수의 대일수교론과 개화사상」, 임형택 외, 『환재 박규수 연구』, 학자원,
2018, 329~393쪽.

** 『고종실록』, 11년(1874) 6월 24일, 〈중국의 예부에 회답 자문을 보내다〉.

*** 『일성록』, 고종 11년 6월 25일.

목조목 말하면서 일본과 교섭에 응해야 한다고 주장하였다.

박규수의 개국론에 의해 결국 조일수호조규를 체결하였다. 이는 사실상 고종의 동도서기론을 추진하기 위한 기반을 마련한 조치라 해도 무방하다. 다만 이 과정에서 조선 내 논란이 분분하여 일이 지체되는 동안 일본이 운요오호를 파견하여 무력시위를 하자 협상이 시작된 것을 두고, 강화도조약이 일본의 강압에 의해 체결되었다는 설은 재고의 여지가 있다. 박규수의 사상과 논리가 고종 집권기에 입안, 시행되는 과정을 보면 오히려 고종과 박규수가 주도한 능동적 개국정책임을 알 수 있다.

고종은 이렇게 박규수의 논리를 대폭 수용하여 정책추진을 모색하는데, 우선 이를 위해 일본과 새로운 조약을 맺은 직후 사행이라는 제도를 통하여 조선보다 먼저 개항한 일본의 상황을 살피고 필요한 자료를 수집하고자 했는데, 사실상 정책 추진의 첫 단계라 할 수 있다.

3. 기록을 통해 본 수신사·조사시찰단의 동도서기 인식

고종의 명을 받들고 일본에 파견된 수신사·조사시찰단의 생각은 어떠하였나. 기록을 통해 수행원의 면면과 동도서기에 대한 태도를 살피고자 한다. 이들이 남긴 기록은 사행과 시찰단을 파견한 고종의 정책 구상이 표면화되는 과정을 잘 보여주고 있으며, 고종의 계획이 수행되는 과정도 상세히 수록되어 있다. 그러나 여기서 주목하고자 하는 지점은 고종의 의중에서 벗어난 언술이나, 고종의 계획이 순조롭게 실행되지 못하는 사정, 또는 계획이 순탄하게 이루어질 수 없음을 암시하는 기록들이다. 이러한 기록은 사행과 시찰단에 포함된 인사들이 모두 고종의 정책을 충실하게 실행할 중심세력을 형성하고 있지는 않았다는 방증이 된다. 고종의 정국 장악력이 온전치 않으며 내외정세가 다양한 세력들이 격전하는 시기였기 때문에 설사 고종의 계획을 충실히 수행하려는 이들이라 하더라도 일본에 가서 메이지 정권의 주요 인사와 접촉하면서 친일로 경도되는 인물들이 발생하였다. 이는 1차 수신사행부터 두드러진다. 고종은 정사 김기수를 접견하는 자리에서 "그곳 사정을 반드시 자세히 탐지해가지고 오는 것이 좋겠다."라고 하며, "대체로 보고할 만한 일들은 모름지기 빠짐없이 하나하나 써 가지고 오라."고 명을 내린다.* 개항 후 일본의 변화상을 자세히 살펴 조선이 개국과 통상 정책을 추진하는 데 유용한 참고자료를 확보하기 위해 이러한 명을 내렸으나, 김기수는 고종이 추구한 바를 온전히 수행하지 못하였다.** 반면 정사의 반당으로 일본에 다녀온 안광묵(安光默, 1832~1887)이 남긴 『창사기행(滄槎紀行)』에는 『일동기유』와 비교하여 주목할 만한 내용이 보인다.

---

*   『조선왕조실록』, 고종 13년 4월 4일. 〈수신사 김기수를 소견하다〉.

** 김기수는 일본 정객들과 나눈 대화에서 시종일관 조선의 전형적인 儒者의 생각과 태도를 취하고 있다. 특히 다음과 같은 말에 김기수의 생각이 잘 드러난다. "(전략) 우리나라의 본래 원칙은 先王의 말이 아니면 말하지 않고 선왕의 의복이 아니면 입지 않아, 이를 오롯이 전수한 지가 이미 5백 년이나 되었습니다. 지금은 비록 죽고 망하는 한이 있더라도 奇技淫巧를 위해 남과 경쟁하기를 바라지 않습니다. 이는 공께서도 아실 것입니다."『日東記遊』권2, 「問答」. 이는 도쿄에 있을 때 사행의 숙소를 방문한 이노우에 가오루(井上馨)가 러시아의 침략에 대비해 조선도 무력을 길러 방어대책을 세울 것을 권하자 대답한 말이다. '선왕의 도를 따를 뿐 기기음교로 남과 다투지 않는다'는 생각은 김기수 개인뿐 아니라 당시 조선 유자들의 공통된 생각이다. 구지현, 「통신사(通信使)의 전통에서 본 수신사(修信使) 기록의 특성」, 『열상고전연구』59, 열상고전연구회, 2017 참조.

회사루에서 『만국공보(萬國公報)』를 보았다. 대청국(大淸國)의 일을 보니, 4월 13일 고려흠차(高麗欽差)가 데리고 간 수행원 및 부속 50여 인이 앞서 일본국 도쿄에 주차(駐箚)하였다고 하였다. 일본국의 일을 보니, "전의 대만과 지금의 고려, 두 가지 일이 모두 제후국이 시작하는 전례를 따른다. 그러나 의논한 새로운 예를 따르도록 인도하지 않는 것이 없다. 오직 바라건대 국가가 다시 바꾼다고 하지 말고, 새로운 예 가운데 오히려 옛 제도가 있으니 온전히 다 개정하지 못한 것을 어렵게 여겨서 다만 고치고 바꾸는 데 힘을 다해야 할 것이다. 그러면 우리나라의 군주와 백성, 관원과 상인들 가운데 즐겨 따르지 않는 자가 없을 것이라 생각한다. 그리고 칼을 차던 자가 새로운 예를 받들어 칼을 차던 행태를 모두 버리면 태평 시대의 즐거움을 영원히 누릴 수 있을 것이다." 하였다. 또 한 조목에는 "일본 국가가 낡은 것을 버리고 새로운 것을 취하여 서양의 법제를 근본으로 삼지 않는 것이 없다. 이것은 진실로 깊이 좋아하면서도 돈독히 믿기 때문이다. 서양의 법제로 고친 것을 나열하자면 일일이 들기에도 어렵다." 하였다.

여기에서 또 일본의 역서 역시 서양의 역서를 따른다는 것을 알 수 있다. 일본의 옛날 역서를 살펴보면 중국의 역서와 현격히 다르지 않았다. 정공일(停工日, 일을 마치는 날)을 매월 16일로 기한을 두고 있었다. 지금 일본을 살펴보면, 올해부터 시작해서 서양의 법으로 개조하여 예배일(禮拜日)을 정공일로 삼으니, 진실로 잘 변하는 자라고 할 만하다. 일본에서 서양인이 두터운 신망을 받는 것은 잘 변하고 싶어서이다. 일본인이 서양에 나갔다가 돌아오면서 서양의 법제가 나라를 부강하게 하는 것을 직접 보았던 것이다. 그러므로 사

모하고 본받는 것은 부강할 계책으로 삼고자 해서이다. 예배일로
정공일을 바꾼 것은 한 층 더 심하게 한 것이 아니겠는가? 다만, 서
양인이 예배일에 정공하는 것은 종교 종사자가 성경을 강론하는 것
과 관계 있다. 일본은 예전에 불교를 숭상하였다가 최근 전부 허무
하고 무망한 데 귀속되어 믿을 만하지 못하다는 것을 알고 깊은 계
곡에서 빠져나와 광명한 세계로 들어가려 하는 것이니 지극히 갸륵
하다. 그러므로 서양인의 종교를 전도하는 일을 전혀 금지하지 않
을 뿐만이 아니라 믿고 따르리라는 것을 짐작할 수 있다.*

5월 2일 고베항에 도착한 사행은 사흘간 머문 뒤 출발하는데, 4
일에는 하선하여 회사루라는 곳에서 점심을 먹었다. 『일동기유』에는
여기까지만 기록되어 있지만, 『창사기행』에는 『만국공보』를 보았다
는 기록을 매우 자세하게 기록하였다.** 동아시아 각국의 일을 생생하

---

* 『창사기행』, 1876년 5월 4일. "會杜樓見『萬國公報』, 大淸國事, 四月十三日, 高麗欽差
帶領隨員, 及附屬五十餘人, 前往日本國東京住劄云: '日本國事, 前之臺灣, 今之高麗,
兩事皆緣前倒侯屬之類所始, 然無不導循國之所議新例, 惟望國家勿謂更換, 新例之中,
猶有舊制, 未全改定爲難, 但須儘力改換, 想我國君民官賈, 無不樂從也, 且佩刀者, 奉
新例, 將所佩之刀, 全行棄也, 似有永享泰平之樂也.' 又有一條曰: '日本國家, 革故鼎新,
無事不宗西法, 此誠悅之深, 而信之篤也, 欲卽其所改之西法而歷述之, 有不堪枚擧者
矣.' 玆又之知日本通書, 亦遵西歷. 按日本舊歷, 與中歷不甚懸殊, 其停工之日, 每逢月
之一六日, 爲限定之期. 今悉日本, 自本年爲始, 改造西法, 於禮拜日停工, 眞可謂善變者
矣. 夫西人所厚望於日本者, 望其能善變也. 日人出洋返國, 親見西法富强其國, 故慕之
效之, 欲爲富强計耳. 其改爲禮拜日停工, 不更上一層哉! 但西人於禮拜日停工, 係聽傳
教者宣講聖經也. 日本向崇佛教, 近知全屬虛無杳渺, 不足爲憑, 欲出幽谷, 而入光明世
界, 可嘉之至, 故西人傳教一事, 非但全無阻禁, 且可卜其信從也."

** 『만국공보』는 1868년 미국 선교사 알렌(Young John Allen, 1836~1907)이 상해에서 중문
으로 간행한 잡지로, 원래 명칭이 『교회신문』이나 1874년 300호 이후 개명하여 1907년까
지 발간되었다. 박형신, 「영 J. 알렌의 「萬國公報」에 관한 연구」, 『한국기독교와 역사』 제
49호, 한국기독교역사연구소, 2018, 47~74쪽.

게 전하는 이 잡지에는, 청나라 소식을 전하는 기사에 조선의 수신사가 일본에 파견된 내용이 실렸는데, 조선 사행이 일본에서 자신들의 행보를 기록한 중국 잡지를 볼 수 있음을 놀라운 광경으로 기록한 것이다. 이어서 기록한 동도서기와 관련한 언급은 주목할 만하다. 동아시아 각국에서 대만, 조선은 천자의 예와 제도를 따르지만 일본은 낡은 것을 버리고 새롭게 서양의 법제를 따르지 않는 것이 없다는 소식을 정공일, 즉 한 주를 7일로 하는 양력을 도입한 사례로 들어 말하였다. 이 정공일은 천주교와 밀접한 관련을 맺고 있는 것으로 일본이 서양의 기(器)만 받아들이는 것이 아니라 도(道)까지도 받아들이고 있음을 말하고 있다. 이를 두고 안광묵은 "예전에 불교를 숭상하였다가 최근 전부 허무하고 무망한 데 귀속되어 믿을 만하지 못하다는 것을 알고 계곡에서 빠져나와 광명한 세계로 들어가려 하는 것이니 지극히 갸륵하다."라고 했는데, 이 말은 유생들의 불교배척론의 입장에서 이해할 것이 아니라 천주교를 긍정하는 입장을 피력한 것으로 해석된다. 저자 안광묵의 학문과 사상이 잘 밝혀지지 않은 실정이지만, 이로 보면 그는 고종의 동도서기론보다 훨씬 급진적 생각을 품고 있음을 알 수 있다.*

이렇듯 사행에는, 고종의 계획을 제대로 이해하지 못하거나, 아

---

* 그러나 5월 20일자 기록을 보면 안광묵은 모리야마 시게루와 나눈 필담에서 다음과 같이 말한다. "공께서는 세도의 변화를 말하였으니 이것이 과연 한번 변한 것입니다. 구미의 기술을 모두 번역하여 성인의 문자로 전한다면 유럽인이 역시 성인의 존귀함을 알게 될 듯합니다. 해와 달이 비치는 곳이 나란히 또한번 변하면 땅에 실린 모든 지역이 어찌 다 성인의 영역이 되지 않겠습니까?" 이는 동도서기론에 가까운 논리로 앞서 살핀 박규수의 논리와 흡사하다. 앞의 기록과 비교해 생각하면 일견 배치된다. 안광묵의 생각이 정립되지 않았음을 보여준다 하겠지만 이 또한 당시 동도서기를 받아들이는 식자들이 이에 철저하지 못했음을 보여주는 한 사례라 할 수 있다.

니면 여기서 더 나아간 인물들이 포함되어 있음을 알 수 있다. 김기수의 보고는 고종의 계획에 훨씬 못 미치고, 안광묵은 고종의 생각보다 훨씬 앞서나갔다. 마치 향후 부딪히게 될 수많은 난관을 미리 보여주고 있듯이, 1차 수신사행록의 기록에 나타난 수행원의 관심과 생각은 고종의 의중 밖으로만 향하고 있었다.

4년 뒤 파견된 2차 수신사행의 정사 김홍집은 김기수와 달리 개국과 통상 정책을 지지하였다.* 고종은 김홍집을 임명하고 접견하는 자리에서 1차 사행에서 다소 미진하게 수행했던 임무인 일본이 추진하는 부국강병책의 실상과 국제정세 등을 더욱 자세하게 파악할 것을 지시했다.** 이 사행에서 김홍집이 가져온 『조선책략』은 고종으로 하여금 국제정세와 개국 등에 대한 확고한 태도를 취하는 데 영향을 끼쳤다.*** 그러나 2차 수신사행의 파견 시 당시 국내외 상황은 녹록지 않았다.

대보(大輔): 우리나라는 근래 부강해지는 기술을 모두 터득하였습니다. 원컨대 귀국 또한 부강에 힘쓰십시오. 그리하면 상무가 왕성

<hr>

* 김홍집은 부친 金永爵(1802~1868)과 교유관계를 맺고 있던 박규수의 문하에 들어가 그의 경세론을 수용하였다.
** 『金弘集遺稿』, 〈以政學齋日錄〉 下, 고려대학교 출판부, 1976, 261쪽. "상: 전번 수신사 김기수가 갔을 때 왜국의 정세에 대하여서는 추측할 수가 없었다 하였는데 오늘날에 있어서는 그 상황이 더욱 추측하기 어려울 것 같다. 김홍집: 여러 해 동안 왜국 사신이 왔었는데 대립되는 문제점이 많이 있었으니 이번 사행에 있어서는 반드시 왕년에 보다는 더 어려운 국면에 당하게 될 듯합니다. 상: 개항과 관세를 정하는 일 등에 대해서는 정부로부터 훈령이 있을 것이며 이외에 난처한 일이 생기면 주저하지 말고 국리에 맞도록 조처하라."
*** 이헌주, 「제2차 修信使의 활동과 『朝鮮策略』의 도입」, 『한국사학보』 25, 고려사학회, 2006, 285~325쪽.

194

해질 것이니 이것이 제가 깊이 바라는 바입니다. 요즘 세계의 형세가 일본의 힘만으로는 홀로 막아낼 수가 없는 상황입니다. 보차상의(輔車相依)요 순망치한(脣亡齒寒)이니, 다만 귀국과 더불어 동심동력하여 군무(軍務)와 기계(器械)를 가는 곳마다 배워서 구라파의 비웃음을 받는 데 이르지 않으려 하는 것입니다.

우리: 귀국의 성대한 뜻이 이와 같다는 것은 우리나라와 우리 정부가 일찌감치 알고 있었으니, 감사함을 그칠 수가 없습니다. 그러나 우리나라는 강토가 한 모퉁이 구석진 데에 있고 서쪽에는 청국, 동쪽에는 귀국이 있으며 그 밖의 다른 나라와는 애초에 경계가 닿아 있지 않고 왕래도 없었습니다. 그러므로 조야의 인심이 다만 옛 법규만을 지키니, 지금의 사세(事勢)로는 쉽게 실행하지 못할 것이 있습니다.*

이는 1880년 제2차 수신사 향서기(鄕書記)로 일본에 간 박상식(朴祥植, 1845~1882)이 남긴 『동도일사(東渡日史)』에 보이는 기록이다. 외무대보 우에노 카게노리(上野景範, 1845~1888)는 수신사에게 급박한 형세를 내세워 조선이 부국강병을 위해 기술을 배울 것을 권유한다. 이에 조선 사신들은 중국과 일본 외에는 외교관계가 없는 실정을 들어, 일본의 권유를 받아들이기가 매우 힘들다는 뜻을 드러낸다. 이 발언의 주인공이 누구인지는 알 수 없지만, 조선의 조야에는 여전히

* 박상식, 『동도일사』, 「談草」, 1880년 7월 8일. "大輔曰: '我國近日盡得富强之術. 願貴國亦事富强, 則商務興旺, 是所深望. 近日宇內形勢, 以日本之力無以獨自抵當. 齒脣輔車, 惟欲與貴國同心同力, 軍務器械隨處相師, 無至見笑於歐羅巴也.' 我曰: '貴國盛意之如此, 我國家我政府早已知之, 感謝無已. 然我國疆土僻在一隅, 西有淸國; 東有貴國, 外他各國初未接境往來. 以故朝野人心只守舊規, 現今事勢有所未易行也.'"

개국과 서기 수용에 대한 두려움과 거부감이 강하게 자리 잡고 있음
을 보여주는 대목이라 할 수 있다.*

고종의 정책 구상은 1881년 조사시찰단을 파견하면서 구체적으
로 드러난다. 조정에 통리기무아문을 설치하여 서기의 수용을 담당
할 기구를 마련한 뒤, 그 내용과 방식을 강구하고 이를 수행할 인력
을 양성하기 위해 파견한 것이 바로 조사시찰단이다. 고종은 이전과
사뭇 다르게 일본의 근대문물 수용 상황을 면밀하게 관찰할 목적으
로 이에 효율적인 방식을 취한다. 이미 12명의 시찰단**을 임명하면서
내린 명은 시찰단 파견의 구체적 목적을 담고 있는데, 이전 1, 2차 수
신사 기록과 그 기록의 내용과 방식이 확연히 다르다.*** 기록 자체가
서양문물 수용을 위한 구체적인 자료가 된다. 고종의 특별한 밀명을
받고 떠난 조사들은 메이지 일본의 제도와 문물 수용을 위한 특수임
무를 맡은 단원들이었지만, 심지어 이들 중에서도 고종의 의중을 제
대로 헤아리지 못한 이들이 있었다. 대개 급진적이거나 보수적인 태
도를 보일 뿐, 동도서기를 깊이 체득한 자가 잘 확인되지 않는다.****

그가 말하기를, "군대가 강하고 나라가 부유한 뒤에야 남의 나라

* 장진엽, 「『동도일사』를 통해 본 19세기 말 향촌 지식인의 동아시아 인식」, 『열상고전연구』 59집, 열상고전연구회, 2017, 131~166쪽.
** 당시 각 조사가 담당한 관성은 다음과 같다. 趙準永-문부성, 朴定陽-내무성, 沈相學-외무성, 嚴世永-사법성, 洪英植-육군성, 魚允中-대장성, 李元會-육국조련, 姜文馨-공부성, 金鏞元-선박, 趙秉稷·閔種默·李 永-세관.
*** 윤현숙, 「1881년 조사시찰단의 보고서 작성방식과 그 의미」, 『열상고전연구』 59, 열상고전연구회, 2017, 101~129쪽.
**** 이들의 전문성 부족, 수동적 태도에 대해서는 허동현, 「19세기 한·일양국의 근대 서구 문물 수용 양태 비교 연구」, 『동양고전연구』 24, 동양고전학회, 2006, 272쪽 참조.

의 침략을 막을 수 있습니다. 나라가 비록 부유하다 하더라도 군대가 강하지 못하면, 또 무엇을 가지고 침략을 막겠습니까. 그렇기 때문에 나는, 군대가 강한 것이 나라의 부에 앞서야 한다고 생각합니다." 하였다.

내가 말하기를, "나라가 부유하지 못하면 군대를 양성할 수 없습니다. 나라의 부와 군대의 강한 것이 병행되어야 합니다." 하였다.

그가 말하기를, "나라가 부유해지는 길은 오직 농업과 광산 개발에 힘쓰는 데에 있습니다. 농업으로 말한다면, 내가 연전에 귀국의 심도(沁都, 강화도)를 가본 일이 있는데, 그때에 어디서든지 개간해서 정착할 수 있는 많은 공한지를 볼 수 있었습니다. 그리고 또 곡식 종자도 한 가지를 가지고 해마다 심어서는 안 됩니다. 반드시 다른 나라의 곡식 종자를 가져다가 바꾸어 심는 것이 좋을 것입니다. 다음은 광산 개발을 말하겠습니다. 귀국의 북쪽 대륙으로 이어진 곳에는 광산이 없지 않습니다. 상고들의 말을 들을 것 같으면, 광산 개발이란 한갓 기계를 소비시킬 뿐, 이익될 것이 없다고 합니다. 광산을 개발하는 방법은 먼저 채광(採鑛)할 수 있는 양을 안 뒤에 채굴해야 하고, 또 반드시 광산을 이해하는 자를 시켜서 채굴해야 합니다. 우리나라에는 그와 같은 사람이 있습니다. 비록 왕복 여비를 주어서 데리고 다니며, 또 상당한 보수를 주지만, 귀중한 금·은 외에 필수물자인, 동·철·석탄 등을 캐내고 있습니다. 귀국 항구에서 이리로 들어온 물품의 액수를 알고 계십니까? 작년 이후로 사금(沙金)이 들어온 것만도 60만 원어치에 이르고 있습니다." 하였다.

내가 말하기를, "나라를 부유하게 만드는 길은 농업보다 더한 것이 없습니다. 농업이 아니라면 무엇을 가지고 입고 먹겠습니까? 그러

나 우리나라 사람들은 경작을 게을리해서 개간하지 않은 땅이 많이
있습니다. 곡식 종자를 다른 나라에서 가져다가 심으라는 말은 이
치에 맞는 말 같습니다. 광산에 있어서도, 우리나라에서 아직도 어
떤 산이 광산인지를 모르고 있습니다. 광산에 대한 공의 말도 역시
옳습니다." 하였다.*

　조사시찰단으로 임명되어 일본의 시세와 통상, 그리고 세
관 사무를 조사하고 오라는 고종의 명을 받고 일본에 간 이헌영
(1837~1907)이 이노우에 가오루와 만나 나눈 문답이다. 이 필담은 조
선과 일본의 주요 인사들이 부국강병에 어떠한 관점을 가지고 있는
지 잘 보여준다. 이노우에의 주장은 광업과 농업을 발전시켜 그 생
산품을 무역을 통해 부를 얻은 뒤 이를 자본으로 하여 강병해야 한
다는 논리다. 이에 대해 이헌영은 농업을 강조하는 것에만 동조하는
데, 사실 이것은 농본 국가인 조선의 기본 생각에서 벗어난 것이 아
니다. 그러나 광산에 대한 이해는 전혀 없을 뿐 아니라, 무역에 대해

---

*　이헌영, 『日槎集略』人,「問答錄」,〈외무경 이노우에 가오루의 아카사카 레이난자카 사제
　를 찾아가 문답하였다.(訪外務省卿井上馨赤坂靈南坂私第問答)〉. "彼曰:'强兵富國, 然後
　可以禦侮. 而國雖富, 兵未强則亦何以禦侮乎? 故我則曰兵强先於國富也.' 我曰:'國不
　富則莫可養兵, 蓋國富兵强, 亦可並行者也.' 彼曰:'國富之道, 惟在力農與鑛山矣. 以農
　言之, 則年前我過貴國沁都時, 見多空閑之野, 須隨處懇耕可也. 且穀種不宜以一種年
　年種之, 必取他國穀種, 替種爲好矣. 以鑛山言之, 則貴國連北之地, 不無鑛山也. 若聞
　商賈輩言, 鑛山爲計, 則徒費機械, 無所利益焉. 蓋鑛山之法, 見山而先知可採幾許然後
　採之, 必以解鑛山者採之可也. 我國自有其人, 雖往復率去, 而亦不可不給雇價, 且罕用
　之金銀外, 恒用之銅鐵石炭, 最可採也. 自貴國港口, 入此物數, 果知之耶? 昨年以來, 沙
　金之入此者, 至爲六十餘圓耳.' 我曰:'富國之道, 莫先於農, 而非農則曷以衣食乎. 但
　我國人民, 惰於耕作, 多有不懇之地. 而至於穀種之他國取種云者, 理似然矣. 鑛山則我
　國尙不識何山爲鑛山, 而今若鑛山則公言亦可矣.'"

서도 무지함을 보여준다. 한편 사법제도의 시찰을 담당한 조사 엄세영의 수행원 최성대(崔成大)는 당시 도쿄의 한학자 미시마 추슈(三島中洲, 1830~1919), 가와키타 바이잔(川北梅山, 1823~1905)과 나눈 필담에서 동도서기적 관점을 적극 피력하기도 하나, 서기의 수용에 무게가 있는 것이 아니라 동도의 서양 전파에 방점이 찍혀 있다.* 심지어 서기를 받아들여 민생을 도모하니 서기에는 성인의 뜻에 부합한다는 미시마의 말에 강하게 반발하였다.** 조사시찰단 가운데 이같이 생각하는 인사가 있을 정도이니, 정책의 실질적 추진에 많은 난관이 있으리라는 판단이 어렵지 않다.

그럼에도 조사시찰단의 성과가 없는 것은 아니다. 이들이 올린 보고서는 개국과 메이지유신, 서구문물수용을 통해 변화·발전하는 일본의 모습을 생생하게 담고 있다. 이로써 조선의 개국과 부국강병의 방향에 매우 중요한 참고자료가 확보되었다. 앞에서 살펴본 대로 1882년 고종은 4차 수신사를 파견하면서 조사시찰단을 포함한 이전 수신사 파견을 통해 얻은 성과를 바탕으로 결정적인 전교를 내리는데 그 내용이 바로 동도서기의 핵심이다. 고종의 정책은 우여곡절이 많았지만 이렇게 수신사·조사시찰단 파견을 통해 축적된 자료와 지

---

* 三島中洲, 『三島·川北·崔成大筆談錄』, 1881. "조교: '周公, 孔子가 현대에 살아 있다면 반드시 도덕을 제창하지 않았을 겁니다. 그러나 그 안에 참도덕이 있기 때문입니다. 어떠합니까?' 성대: '유학은 동일하게 우리 아시아의 나라에 있어서 쭉 전부터 행해져 온 것입니다. 서양인에게도 가르쳐 우리 도덕의 영역에 도달시키는 것은 말할 필요도 없습니다. 도덕이 천지에 가득 찬다면 공리와 기술에 대해 논할 필요가 있겠습니까?'" 이 필담에 대해 자세히 논한 연구로는 이효정, 「1881년 조사시찰단의 필담 기록에 보이는 한일 교류의 한 양상」, 『한국문학논총』 56, 한국문학회, 2010; 허경진, 「修信使에 대한 조선과 일본의 태도 차이」, 『열상고전연구』 53, 열상고전학회, 2016 참조.
** 미시마 쓰요시, 앞의 책.

식을 바탕으로 구체화되어 제시되었다.

그러나 이후 일어난 갑신정변으로 인해 동도서기 정책은 다시 난관에 부딪혔다. 이는 이후 일본에 파견된 사행의 기록을 통해서도 간접적으로 확인할 수 있다.

내가 추당 어른에게 말하였다.

"이곳은 하늘이 세운 험지라고 할 만합니다. 화륜선개념이 없었다면 반드시 외환은 없었을 터이니, 이 때문에 하나의 성(姓)이 오래도록 전해질 수 있었던 것이지요. 다만 그 경치의 아름다움과 물색의 번화함이 모두 기교 있게 제작하는 것만을 따르고 자연스러운 기상이 전혀 없으니, 사람의 이목을 현혹하기에는 족하지만 실로 완상할 만한 풍취는 없습니다. 접때 나이 어린 무리들이 운절(韻折)을 모르고서 한 번 유람하고서는 마음이 방탕해져서 '그 기교는 배워서 이를 수 있고 그 번화함은 부러워하여 익힐 수 있고 그 법제는 모방하여 취할 수 있다. 유람하는 일은 즐길 만하고 호방함은 사랑할 만하며 부강함 역시 곧바로 이룰 수 있다'고 여겼지요. 욕심을 내고 제멋대로 행동하여 공공의 재물을 낭비하고 난을 창도함에 이르러 국가에 화를 불러왔으니 이것이 모두 평소의 심지에 실학의 이룸이 없었기 때문입니다. 이로써 보건대 세상에서 경술이 국가에 보탬이 되지 않는다고 말하는 자들은 실로 난적(亂賊)의 앞잡이인 게지요."

추당 어른이 말하였다.

"그대 말이 맞소. 재기가 조금 있다고 해서 독서를 잘하지 못하는 것은 도리어 재기가 없고 독서도 하지 않는 것만 못하지요. 또 이

200

나라는 꽃 한 송이, 풀 한 포기, 나무 한 그루, 돌 하나도 사람의 공
교함을 더하지 않은 것이 없습니다. 무릇 거처와 기용(器用)에 속하
는 것들이 모두 그 독을 받았습니다. 그런데도 오히려 오만하게 중
국을 멸시하고 있지요. (하략)"*

이 대목은 종사관 박대양(朴戴陽, 1848~1888)이 이 사행의 흠차대
신 서상우(徐相雨, 1831~1903)와 나눈 대화다. 1884년 갑신정변 주모
자의 인도를 요구하기 위해 보낸 사행이라 이전 사행과는 명백히 그
성격을 달리한다. 서상우를 일본에서 "사대당 중의 사대가"**로 지칭
하면서 위정척사론자에 가까운 자로 분류하였으나, 사실 그는 온건
개화파에 속한다. 박대양은 먼저 메이지유신 이후 일본의 개국과 부
국강병책을 부정적으로 평가하며 이를 흠모하여 따르는 젊은 무리
들을 준엄하게 비판한다. 박대양은 특히 정변 주도세력들이 '경서에
바탕을 둔 정치가 국가에 무익하다' 한 점을 거론하며 난적으로 규
정하는데, 그의 시각은 위정척사의 논리에 가깝다.*** 서상우는 여기에
공감을 표하면서 기술은 경서를 대신할 수 없으며 기교만 있으면 해
독이 크다는 점을 강조하였다. 그리고는 동도의 중심인 중국을 멸시
하는 것은 잘못된 일이라며 화이론적 시각을 드러낸다. 이들의 위정

*   박대양, 『동사만록』, 1885년 1월 12일.
** 「徐相雨氏」, 『朝野新聞』, 1885년 2월 14일 2쪽; 「徐相雨氏の履歷」, 『朝野新聞』,
    1885년 2월 25일 3쪽. 박한민, 「조선의 對日사절 파견과 대응양상의 변화(1876~1885)-흠
    차대신 파견을 중심으로」, 『한국사학보』 77, 고려사학회, 2019, 68쪽에서 재인용.
*** 『동사만록』에 관해서는 이효정, 「1884년 조선 사절단의 메이지 일본 체험」, 『고전문학연
    구』 35, 한국고전문학회, 2009 참조. 박대양의 보수적 유자의 성향이 드러나고 있음을 자세
    히 고찰하였다.

척사론에 가까운 생각은 갑신정변의 충격에 대한 반동으로 볼 수 있지만, 결과적으로는 고종의 동도서기론이 조선에서 중심을 잡고 세력을 키워 정책으로 추진되기 어려웠음을 보여주는 또 다른 사례라 할 수 있다.

4. 동도서기에 바탕을 둔 정책 추진의 역사적 의미와 한계

수신사·조사시찰단은 서세동점의 격변과 일본의 조선침략이 노골화되는 시점에서 이를 막기 위한 부득이한 조치로 파견한 사행이지만, 고종이 동도서기론에 의거하여 본격적으로 개국과 부국책을 추진하기 위한 준비 단계의 성격을 지닌 사업이란 점에 주목해야 그 역사적 의미가 제대로 파악될 수 있다.

그러나 그 한계점도 분명히 짚어야 한다. 동도서기론이 조선에 뿌리내리기 어려웠던 요인이나* 철학적 논리로서 동도서기의 문제점은** 이미 선행연구에서 상세히 고찰되었다. 여기서는 동도서기론이 실제 정책의 추진 과정에서 성공을 위해 필요했던 요건들을 점검하면서 살펴보고자 한다.

첫째 추진세력과 지지기반이다. 동서고금을 통틀어 정치권력이 추진하고자 하는 정책은 그 어떤 것이든 강력한 추진세력과 지지기반이 형성되어 있어야 실효성을 기대할 수 있다. 이에 의거해 고종의

---

* 姜在彦 著, 鄭昌烈 譯, 『韓國의 開化思想』, 「서학연구의 겨울시대」, 비봉출판사, 1981, 159~166쪽.

** 노대환, 앞의 책에 동도서기의 전개과정과 철학적 논리를 서술한 내용 참조. 이후 지속되는 논의는 다음 글을 참조. 홍원식, 「동도서기론과 개화사상」, 『한국학논집』 62, 계명대 한국학연구원, 2016, 153~167쪽.

동도서기 정책을 추진하려는 세력의 판도를 살펴볼 필요가 있다. 전
문적인 분석을 위해서는 정치학적 방법론이 필요하지만, 이미 기록
을 통해 살펴보았듯이 고종이 파견한 수신사·조사시찰단은 왕의 정
책 방향을 온전히 이해하고 이를 충실히 실행할 인재로 구성하기 힘
든 상황이었다. 수신사·조사시찰단에는 위정척사, 동도서기, 급진
개화의 논리와 세력이 혼재되어 있었으며, 그중에서 동도서기론의
요체를 이해한 인사는 소수였다. 이는 이 시기의 이념적 지형도에서
동도서기론의 세력이 상대적으로 미약함을 보여주는 단적인 예다.
조야에는 척화론이 지배하였고, 급진개화론자가 급격히 세력을 확장
해가는 상황에서 동도서기론은 원심력에 이끌리듯 세력이 축소되는
과정을 겪는다. 또 반외세 반봉건을 기치로 내건 동학이 민중의 광범
위한 동의를 얻을 동안 동도서기론은 민중으로부터도 외면당했다.

　동도서기론을 국정에 반영하여 추진하려면 그 정당성을 깊이 이
해한 인사들이 조정에 조직적으로 포진되어야 한다. 무엇보다 동도
에 대해 확고한 신념을 갖고 서기에 대한 깊은 이해와 개방적 태도를
지녀야 했다. 그런데 동도에 확고한 신념을 가진 자들은 서기를 배척
하려 했고, 서기에 개방적 태도를 취하는 자들 대부분은 성향이 외세
의존적이다. 이들은 대부분 서기뿐 아니라 서도에 대해서도 개방적
인 태도를 지녔으며 이들을 빨리 수용하여 조선을 개혁하고자 외세
의 힘을 끌어들이려 했다. 심지어 고종도 외세에 의존하여 국정을 풀
어나가려는 오류를 범했다. 동도서기론을 추진할 동력을 얻기 위해
서는 척사론을 극복하고 급진적 개화론을 통제할 수 있는 역량을 갖
추어야 했음에도, 그러한 논리와 조직적 역량을 갖추는 데 실패하였
다. 결과적으로 이러한 상황은 1880년대 중반부터 한반도 내에서 여

러 세력*이 격렬하게 대립하는 와중에 외세까지 들어와 대립이 심화하는 시대의 씨앗으로 작용한다.

둘째, 추진계획과 대응논리의 준비다. 수신사·조사시찰단은 기실 개국으로 방향을 정한 뒤 구체적인 세부정책을 마련하기 위한 사전 자료 수집을 위해 파견한 사행이라고 간주해도 무방하다. 세력이 열세에 있으면서도 국왕이 행사할 수 있는 권력을 최대한 발휘하여 정책을 추진하고자 하는 고종의 의지가 수신사·조사시찰단에 반영되어 있다. 그러나 동도서기는 위정척사나 여타의 논리에 대응하고 이를 설복시켜 논리적 정당성을 확보해나가야 함에도 그 대응논리의 마련에 소홀히 하였다. 우선 강화도조약 전후의 위정척사론이 '양이(洋夷)'에 대응하는 논리는 다양한 지류가 있지만 크게는 사교(邪教) 즉 천주교의 배척에 초점이 있었으며,** 서양의 기계문명도 천주교와 동일한 것으로 간주했다. 이 때문에 고종은 천주교와 서기를 분리하여 서기만 수용할 것이라는 논리로 대응한 것이다. 그러나 이 논리가 서기의 수용은 곧 서도의 수용으로 이어질 것이라는 척사론자들의 우려를 불식시키지는 못하였다. 무엇보다 도와 기를 분리하여 기만 받아들이자는 논리가 척사론자들에게 수용되지 않았다. 결과적으로 고종의 동도서기론은 위정척사론을 설득하는 데 성공을 거두지 못한다. 위정척사론자들의 시각으로는 도와 기는 언술의 차원에서는 분리 가능할 수 있으나, 실제 세계에서는 분리되지 않는 일체였다.

---

* 1890년대 들어서면 고종의 동도서기론은 초기의 논리에서 변모되거나, 사실상 폐기되고 급진개화론에 동화되어 갔음을 알 수 있다. 그 이후에는 위정척사파, 동학운동세력, 개화파가 이 시기 조선의 세력으로 대립하였다.

** 노대환, 「18세기 후반~19세기 중반 노론 척사론의 전개」, 『조선시대사학보』 46, 조선시대사학회, 2008, 199~233쪽.

실제로 이는 서세가 증명하였다. 서양은 천주교와 무력을 앞세워 동아시아를 침략하는 데 중점을 두었기 때문이다. 이 점에서 본다면 위정척사론자들이 서양세력의 본질만큼은 정확히 꿰뚫고 있었다 하겠다. 동도서기론이 서양의 실체를 냉정하고 치밀하게 평가하지 못한 것도 패착으로 작용했다. 서양 세력은 개항과 통상만을 요구한 것이 아니라, 궁극적으로 동아시아를 지배할 목적으로 진출하였다. 오래전부터 천주교를 침략의 최전선에 세웠던 점 또한 직시하지 못하였다. 동아시아가 이를 제대로 이해하지 못한 것에 서세의 파고를 넘지 못한 핵심적 원인이 있는 것으로 판단된다. 다만 일본은 서양의 침략성을 간파하고 이를 재빠르게 모방하여 동아시아 지배 전략으로 역내에서 세력을 키웠다.* 고종집권기 조선은 이러한 일본에 대해서도 철저하게 분석하지 못하고 오히려 동도서기의 추진방향을 모색할 수 있는 모델로만 간주했다. 강화도조약은 개국책의 일환이지만 심층에는 조선후기 비왜론과 맥을 같이하는 정책이다. 즉 일본과 무력충돌을 일으키지 않고 새롭게 외교관계를 맺는 것이 시급한 현안임을 인식하고 추진한 것이다. 그런데 강화도조약 직후 이를 주도한 박규수가 사망하자 고종과 개화파들은 박규수 생전의 논리에서 나아가지 못하고 일본의 조선침략 구상을 전혀 읽어내지 못하였다. 고종의 외세에 대한 우호적인 태도와 개화파들의 일본 의존 성향은 같은 원인에서 초래된 상이한 결과다.

이렇듯 동도서기 정책은 시작부터 썩 좋지 않은 형세에 놓였으

---

* 에도막부 시대에 네덜란드와 통상을 수용하면서 천주교는 배척한 일이 오히려 서세동점 초기에 확인할 수 있는 동도서기 정책에 가까운 사례라 할 수 있다. 이후 이러한 상황은 서구의 신흥세력인 미국에 의해 폐기되었다.

나, 이를 극복하고 추진동력을 확보하기 위한 요건을 갖추는 데도 실패하여 그 실효성을 기대할 수 없었다. 동도서기론의 이상과 같은 한계는 고스란히 수신사·조사시찰단의 한계로 이어진다. 모두 합쳐 6차례에 걸친 메이지 일본의 견문 탐방은 비록 일본의 변화상을 비교적 소상히 파악하고 이를 바탕으로 단계적 추진 방향을 수립할 수 있을 정도로 소기의 성과를 거두었지만, 이를 밀고 나갈 추진세력이 튼튼히 마련되지 않았고, 내외의 반론을 극복하기 위한 대응 논리를 치밀하게 마련하지 못한 채, 점차 급진개화파가 주장하던 정치체제의 변화까지 포함하는 방향으로 전환하였다.

논의를 마무리하면서 고종의 정책 추진방향을 다시 생각한다. 과연 고종은 동도서기의 성공을 확신했는가? 물론 조선후기에 형성된 의리지학과 경세지학의 절충론을 잇는 동도서기론은 이론상 충분히 가능성 있는 논리다. 동양의 도와 서양의 기가 융합 가능하고, 또 그것이 실현되면 동양의 도가 서양에 전파되기까지 할 것이라는 기대는 동아시아의 식자들의 이상적 구상이었다. 그러나 실현가능성의 문제가 제기될 수밖에 없는데, 무엇보다 동도와 서기가 병립할 수 있으리라는 낙관이 현실적이지 못하였다. 급변하는 정세 앞에서 동도서기론에 입각한 정책의 당면 목표는 부국강병 외 다른 것을 선택할 여지가 없다. 그러나 그것이 가능한 일일까? 소위 동도를 지키는 일은 수신과 의례를 중시 여기고 욕망을 억제하며 성인의 도를 따르며 유교적 이상국가를 건설하고자 하는 지난한 길이다. 조선왕조가 가장 중점을 두고 추진한 핵심적 국가과제였지만, 성공적이었다고 평가하기 어렵다. 더구나 동도와 부국강병이라는 개념은 양립하기 어렵다. 부국강병을 위해서는 주요 기반 산업에서 등에서 생산력을 비상히 끌어올리고 적극적인 통상정책을 펼쳐 상대국과 교역에서 더 많은 이익을 취하기 위하여 경쟁하여야 한다. 그 이익으로 무기를 구매 또는 제조하고, 군사를 길러 강병의 길로 나아가야 한다. 그러나 이 길은 동도에 어긋나는 것임은 물론 동도의 훼손이 불가피한 과정이다. 동도서기론은 실상 이렇게 논리적 모순을 안고 있다. 대한제국 수립 전후의 고종의 정국구상에 의하면 그간의 정책추진 과정에서 동도서기에 내재된 이러한 문제점을 충분히 인식한 것으로 보인다. 다만 이 시기는 통치체제가 거의 붕괴하고 외세에 의해 나라의 자주성이 심각하게 훼손된 이후다.

연행록의 감정 기록과
학지(學知)

『을병연행록』의 '부끄러움'에 대하여
—북학(北學)의 감정적 기원에 관한 시론

1. 연행록의 감정 지형

연행록에서 감정은 어떻게 표출되어 있는가? 나아가 텍스트 곳곳에서 드러나 있는 감정은 어떻게 이해해야 하는가? 여기서는 우선 홍대용의『을병연행록』을 주된 논의 대상으로 삼아 감정에 관한 기록을 자세히 살피고, 이를 논리적으로 해명해야 할 필요성과 당위성을 제안하는 데 목적을 둔다.

『을병연행록』에서 감정표출은 하나의 특징이라 해도 될 만큼 다른 텍스트에 비해 풍부한데, '상쾌하다'·'하릴없다'·'통분하다'·'부끄럽다' 등 여행에서 생겨난 크고 작은 갖가지 감정을 절제하지 않고 매우 솔직하게 드러내었다. 이 점에서『을병연행록』은 논의하기에 적절한 텍스트라 할 수 있다. 특히 홍대용은 '부끄럽다'는 감정을 빈번하게 표현하였다. 여기에 주목하여『을병연행록』에서 바로 이 '부끄럽다'는 감정의 빈번한 표출이 어디에서 기인하며, 어떤 작용을 하는지 살피면서 논의의 실마리를 풀고자 한다.

연행(燕行)은 감정표출이 자유로운 공간인가? 왕명을 수행하고 외교적 현안을 해결하기 위한 공무여행이었던 연행은 규율에 의해 수행되었기에, 여기서 생기는 갖가지 감정을 직접적으로 자유롭게 발산할 여지는 그렇게 많지 않았다. 대부분의 연행록이 건조한 문장으로 이루어진 까닭은 공식 외교업무에서 지켜야 할 체모, 외교 지침

210

등이 연행의 전반을 지배한 결과에 기인한다. 그렇다고 외부환경의
자극, 그리고 예기치 않은 사건 사고에 의해서 수없이 일어나는 인간
의 감정표출이 연행에서만 예외적으로 제한된 것은 결코 아니다. 오
히려 특정한 역사적 기억과 사상을 공유하는 이들에게는 그것에 기
반한 특정한 감정표현이 지속적으로 나타났다. 단적으로 청을 오랑
캐로 간주하는 사고와 그와 연관되어 발생하는 일련의 감정에서 이
를 확인할 수 있다.

모래밭의 백골은 몇이나 수습했나	沙場白骨幾人收
크고 작은 강들이 오열하며 흐르지 못하네	大小長河咽不流
금주를 향해 머리를 돌지 말지어다	莫向錦州回首望
허물어진 성은 지금도 옛 치욕이 둘러져 있도다	荒城猶帶昔年羞*

대릉하는 심양을 지나 산해관으로 향하는 길에 있는 강이다. 요
동에서 산해관에 이르는 길 어디나 그렇듯 이곳도 명·청 교체기에
혈투를 벌였던 전장이었다. 격전이 한창일 때 조대수라는 명의 장수
가 이곳을 지키고 있었지만, 1631년 성은 함락되어 청의 수중에 들어
갔다. 그 와중에 수많은 병사가 이곳에서 피를 흘리며 쓰러졌다. 이
러한 역사적 사실을 기억하는 대부분의 방식은 분노에 기초한 부끄
러움, 즉 치욕을 드러내는 방식으로 이루어진다. 그런 점에서 남용익
의 시는 전란이후 17~18세기 연행에서 명청 전장을 지나며 읊었던
대다수 시의 전형적인 감정표출 방식을 보여준다.

---

* 南龍翼, 『壺谷集』 卷之十二, 「燕行錄」, 〈大凌河〉.

그런데 일부 사행에 참여한 자들의 기록을 보면 매우 특이한 형태의 감정표출이 드러나며, 특히 그것이 심리적으로 매우 의미 깊은 체험이라는 점을 강조한 부분이 발견된다. 이를테면 박지원의 『열하일기』에 나오는 유명한 '호곡장(好哭場)'이 대표적인 경우이다. 좁은 곳에 살면서 답답하고 울적한 심정을 이기지 못하다가 '일망무제야' 의 들판을 바라보고 터져 나오는 울음! 그것은 곧 해방감에서 분출되는 감정의 발산으로, 연행체험에서 일어난 그 어느 대목보다 극적인 감정표출이다. 연행은 이렇게 강렬한 정서적 반응을 일으키는 기제들이 풍부한데도 대다수는 양식화된 특정한 감정만 표출하거나, 아니면 절제하였다. 그런데 유독 소위 연행록의 '삼가(三家)'라 일컫는 작품은 이러한 감정표현에서도 독보적인 면모를 보인다. 특히 감정표현이 두드러진 이들 작품이 우리가 흔히 알고 있는 중국 인식의 변화와 북학의 논리를 모색한 작품이다. 그렇다면 이 부끄러움이라는 감정과 북학론 사이에 상관관계는 없는가?

논의에 앞서 여기서 쓰이는 '감정(affectus)'이란 용어를 간략히 규정하고자 한다. 흔히 고전문학에서는 '감정' 대신 '정서'라는 용어를 빈번히 사용하는데, 이는 감정을 포함하는 보다 포괄적인 용어로 간주하였기 때문이다. 그러나 여기서는 정반대로 정서와 느낌을 포괄하는 개념으로 '감정'이란 용어를 쓰고자 한다.* 이는 다마지오의 견해를 좇은 것인데, 그에 의하면 감정은 정서와 느낌으로 구분되며 정서는 신체적으로 촉발되는 생물학적 현상이나 느낌은 생물학적으로 설명될 수 없는 마음의 운동과 연관된다고 보았다. 곧 정서가 먼

---

* 안토니오 다마지오 지음, 임지원 옮김, 『스피노자의 뇌: 기쁨, 슬픔, 느낌의 뇌과학』, 사이언스북스, 2007, 37~81쪽.

저 생겨나고 느낌은 그 뒤를 따라 그림자처럼 정서를 뒤좇는다. 요컨대 여기에서 감정은 육체에서 일어나는 정서와 마음에서 일어나는 느낌을 포괄하는 용어로 쓰고자 한다.

이렇게 이해하고자 하는 까닭은 연행록을 비롯한 고전문학 텍스트를 살피면서 빈번하게 논의되는 이른바 '인식'의 문제를 재검토하기 위해서다. 흔히 학계에서는 감각적 경험에 기초한 앎을 감성인식이라 하고, 객관적 이성에 기초한 앎을 이성인식이라 하였다.* 정보를 피상적, 감각적으로 받아들이는 감성인식은 사물의 본질, 세계의 총체와 그 변화 발전을 이해하기 불가능하므로 이를 이성인식으로 발전하지 않으면 안 된다고 보았다.** 이는 인간의 논리적 사고와 지식은 이성 중심으로 이루어진다는 견해에 기초한 것이다. 그러나 이는 결과적으로 감정 그 자체는 물론 감정적 반응 또는 지각의 단계에서 인식의 단계로 나아가는 과정에 대해 소홀한 관찰로 이어졌다. 그간 텍스트의 감정(혹은 정서)을 살필 때는 인식의 문제와는 별개로 생각하고 그 관련성에 주목하지 않는 경우가 많았다. 인식은 감각에서 출발하여 정서와 느낌이라는 두 단계로 이루어진 감정을 거친 뒤에 도달하게 되는 앎의 과정이다. 따라서 인식의 문제를 더욱 세밀하게 논하고자 한다면, 정서를 포함한 감정에 주목하고 이를 자세히 살펴야 한다. 이미 동아시아 사상사에서는 감성과 이성을 통합적으로 사유한 전통이 오래되었다. 일찍이 맹자가 거론한 사단(四端)***은 바로 서

---

* 임형택, 「박지원의 인식론과 미의식」, 『실사구시의 한국학』, 창작과비평사, 2000; 이종주, 『북학파의 인식과 문학』, 태학사, 2001 등 대부분의 연구에서 보이는 경향이다.

** 임형택, 앞의 책, 311쪽.

*** 『孟子』, 「公孫丑上」.

양철학에서의 이른바 감성과 이성을 구별치 않고 윤리와 철학을 사유한 단적인 예다.[*] 이렇게 본다면 감정의 문제는 비단 철학뿐 아니라 문학에서도 적극적인 관심을 가지고 살필 필요성이 제기된다.

2. 부끄러움의 두 지점 - 타자의 부끄러움과 자아의 부끄러움

1) 망각과 위안의 감정구조, 만한(滿漢)의 부끄러움

"그대 머리를 보니 중과 다름이 없는지라, 보기에 좋지 않습니다."
오가가 이를 듣고 부끄러워 머리를 숙이거늘, 내 다시,
"농담이니 괴히 여기지 마시오."
라 하니, 오가 또한 웃었다.[**]

연행록에 산재해 있는 감정에 관한 편린은 조선후기 한·중관계사와 밀접한 관련이 있다. 병자호란 이후 조선의 집단적 대청감정의 흐름을 일별하면, 우선 병자호란의 치욕이 견딜 수 없는 지경에 다다르고, 이를 씻어내기 위해 북벌이라는 계책을 수립한다. 이는 곧 남한산성에서의 치욕을 극복하고, 명을 대신해 중화를 회복하기 위한 행동계책이다. 이러한 정치적 흐름이 연행록에 영향을 미친다. 조선 식자층의 절대다수는 만주족 청나라가 중원을 차지한 이후 중화의

---

[*]   여기서 자세하게 고찰할 사안은 아니지만, 사단은 이후 동아시아 사상사에서 칠정(七情)과 함께 더 세밀하고 다양한 층위에서 논의가 전개된다.

[**]   『주해 을병연행록』 1, 66쪽.

214

법통은 끊어졌다고 보았다. 그 상징적 현실이 변발과 호복이다. 이를 강요당한 한족은 중원의 수치요, 다행히 이를 모면해 의복을 지킬 수 있었던 조선은 소중화로 자처할 수 있었다. 곧 조선은 병자호란에서의 부끄러움은 씻기 어려우나 의복을 유지함으로써 일말의 자존을 지킬 수 있게 된 것이다. 위의 예문에서 홍대용처럼 연행에 따라나선 이들이 호복과 변발을 끊임없이 화제에 끌어내어, 조선의 의복에 대한 평가를 요구하는 장면은 스스로 품은 부끄러움을 극복하려는 행위였다.

　(가) "너의 선생은 성명이 어떻게 되느냐?"
　"진선(振先)입니다."
　"머리를 깎는 것이 네 뜻엔 즐거우냐? 왜 우리처럼 머리를 기르지 않느냐?"
　"머리를 깎는 것은 풍속이며, 깎지 않음은 예(禮)입니다."*
　(나) "우리들의 의관이 어떻습니까?"
　"좋습니다. 우리가 입고 있는 것을 의관이라고 할 수 있습니까?"**

　김창업의 1712년 연행을 통해 남긴 『연행일기』에 보이는 글이다. 그 또한 이렇듯 예외 없이 북경에 도착하기까지 도중에 만난 중국 사람을 붙잡고 끊임없이 의복과 변발에 대하여 말을 꺼낸다. 비단 홍대용과 김창업뿐만 아니라 연행에 따라간 자 누구든지 이러한 질문을 하는 것이 빼놓을 수 없는 담화의 매뉴얼처럼 굳어져 버렸다. 이들이

* 　『연행일기』, 1712년 12월 12일.
** 　앞의 책, 1712년 12월 14일.

연행에서 애써 내보인 조선의 대청감정은 '너희들이 설사 천하를 가졌다고 한들 한갓 오랑캐이며, 우리는 병자호란의 치욕을 당했으나 중화의 법통을 이어가는 소중화이다'라는 자존감이다.

　부끄러움을 이겨내는 방법은 철저하게 자각하여 근원적인 요인을 제거하는 것이 가장 바람직한 길이다. 조선은 국왕이 남한산성에서 오랑캐에게 무릎을 꿇은 치욕과 중국이 중원을 빼앗긴 수치를 없애는 방법으로 택한 것이 복수였다. 압도적 힘을 길러 오랑캐를 쳐서 물리치려는 이른바 북벌론이 그것이다. 그러나 뒤에서 살피겠지만 이것도 올바른 방법은 아니다. 복수는 또 다른 복수를 불러 이쪽에서 사라진 부끄러움은 저쪽으로 옮겨갈 뿐 없어지지 않기 때문이다. 더구나 현실적으로 그러한 역량과 조건이 갖추어져 있지 않은 상황에서는 다른 지점에서 자존의 근거를 마련하여 이를 끊임없이 재생하면서 부끄러움을 망각하는 방법을 택하고 있다. 자존감을 지속해서 부각하면 부끄러움은 잠시 잊히거나 사라질 수 있다. 이렇게 해서 조선은 청에 대한 수치심을 극복하고 일말의 위안을 얻고자 한 것이다.

　　너를 경계하노니 연경과 계주 길에
　　은근히 기특한 선비를 찾으라.
　　이름을 장파는 집에 감추고
　　자취를 개 다니는 저자에 숨겼노라.
　　끼친 풍속이 오히려 강개하니
　　응당 머리 깎인 부끄러움을 품었을 것이다.
　　오랑캐와 한인이 비록 서로 섞였으나

어찌 좋은 마음을 품은 사람이 없으리오.*

이 시는 홍대용의 부친이 북경에 가는 아들에게 준 8편의 송별시 가운데 하나다. 시에는 전반적으로 연행 동안 삼갈 일과 북경에서 은밀히 모색해 볼 것을 권하는 내용이 담겨 있다. 그중 이 시는 한인 가운데 특별히 강개한 뜻을 품은 이를 찾아보라는 내용이다. 한인이라 하더라도 저자에 숨어 살며 머리 깎인 부끄러움을 품은 이**가 있다면 그는 곧 오랑캐에 대한 증오를 품고 중원을 회복할 계책을 아울러 도모하고 있을지 모르니 이 어찌 지나칠 수 있는가? 그러니 반드시 만나 마음을 터놓고 이야기를 해볼 것을 권유하고 있다. 청 지배하의 한인들에게 가장 부끄러운 것은 바로 변발과 만주족 의복의 강요[剃髮易服]로, 이는 곧 피정복자에 대한 정복자의 강압에 의한 문화 침탈이다.*** 더구나 그 정복자는 오랑캐이며 피정복자는 그들을 오랑캐라 불렀던 중국인이다. 이 지점에서 명나라 유민 즉 한인과 조선은 청에게 당한 치욕을 공유하고 있다.

홍대용은 부친의 말대로 연로에서 뜻있는 선비가 있지 않을까 하여 저잣거리의 숱한 가게를 들어가 주인에게 말을 건네 보았다. 마침 사하소(沙河所)의 한 가게에 들어가 역관으로 하여금 말을 주고받게 하였는데 주인의 성은 곽가로 과거공부를 하다가 뜻을 접고 장사

---

* 『주해 을병연행록』 1, 28쪽. 원문은 다음과 같다. "勉爾燕薊路 慇懃訪士奇 藏名賣醬家 混迹屠絿市 遺風尙慷慨 應懷被髮恥 胡漢雖相雜 豈無好腸者"

** 예로부터 이런 부류를 일러 市隱이라 하여, 산림 깊숙한 곳에 살지 않고 저잣거리에서 생계 활동을 하면서 隱士로 자처하는 자를 말한다.

*** 薙髮令과 易服令은 청나라가 북경에 입성한 후 가장 먼저 채택한 한족지배정책이었다. 戴逸, 『簡明淸史』 1, 人民出版社, 1980, 125쪽.

를 하는 사람이라 하였다. 역관은 곽가가 진실로 과거에 뜻이 없는지 그 진정성을 확인하기 위해 추궁하듯 질문을 던진다. 그러자 곽가가 하늘을 우러러 크게 웃으며 하는 대답이 이러했다.

"그대는 과거를 하여 벼슬 있는 사람이라 스스로 자랑하여 그런 말을 하거니와 이 겨울을 당하여 눈바람을 무릅쓰고 도로의 고행을 극진히 겪으니, 이것이 무슨 연고라 하겠습니까? 지체가 비록 높으나 남의 눈을 좋게 할 따름이요, 녹봉이 비록 두터우나 허비하는 것이 또한 적지 아니하고, 내 위에 높은 사람이 있으니 위엄을 보이지 못할 곳이 있고, 사람의 욕심이 한정이 없으니, 재물을 가히 자랑하지 못할 것입니다. 더구나 임금을 두려워하고 법을 조심하니 무슨 지기를 펼 수 있겠습니까. 앞을 보고 뒤를 잊으며 복을 탐하고 화를 생각지 아니하니, 그 미혹함을 볼 것입니다. 아침에 문을 열어 행인을 맞이하고 아이들을 가르치며 주식을 정히 만들어 먼 길에 괴로움을 위로하니, 비록 값을 받으나 이는 행인이 줄 만한 것이요 나 또한 받을 만한 것이라 도리에 해롭지 아니하고 법에 그르지 아니하니, 이로 인하여 세간을 갖추고 처자를 거느려 집안이 화락하고 일신이 평안한 것입니다. 체면은 비록 낮으나 남에게 업신여김을 받지 아니하고, 녹봉이 비록 없으나 내 몸에 배고픔과 추위를 면하고, 위엄이 없으나 남들의 원망을 사지 아니하고, 재물이 적으나 이웃의 보채임을 받지 않습니다. 몸에 일이 없고 마음이 부끄럽지 아니하면 이것이 진정 한가한 부귀요 가없는 공명이니, 그대의 말은 가히 하나를 알고 둘을 모른다 하겠습니다."
또 탄식하여 말하기를,

218

"지금 시절은 한인이 벼슬할 때가 아닙니다."*

　이 말을 들은 담헌은 급히 일어나 곽가의 손을 잡고 일러 말하기를, "그대는 식견이 높은 사람입니다. 이 말이 족히 세상 사람의 꿈을 깨우고 미혹함을 풀 것입니다."라 하고 더불어 말을 나누고자 하였으나 행차가 이미 떠나 하는 수 없이 헤어진 후 매우 애달파 하였다. 홍대용은 곽가가 한 말 가운데 '만주족이 중원을 지배하고 있을 때 한인이 벼슬을 한다는 것은 부끄러운 일'이라는 말에 귀가 번쩍 뜨였다. 한인에게는 응당 잊지 말아야 할 부끄러움이 있으며, 곽가가 바로 그것이 무엇인지 정확하게 알고 있다고 여겼기 때문이다.

　부친이 시를 준 것에서 연유하였으나, 애초 홍대용의 연행 목적 가운데 뜻있는 선비를 만나 이야기를 나누는 것이 가장 큰 목적 가운데 하나였다. 이 때문에 그는 북경에 머무는 동안 줄곧 선비를 찾아 나섰다. 산해관에 들어오기 전에는 장사치, 농사꾼이나 아니면 만주족만 만나 보다가 북경이 가까워지니 제법 글하는 선비들을 만날 수 있었다. 그러나 깊은 이야기를 나눌 수는 없고 지나쳐 올 뿐이었는데, 황성에 들어오니 과연 글하는 선비들이 많았다. 마침내 북경에 도착한 뒤 새해 첫날 황성에 들어가 황제를 알현하는 조참에 따라갔다가 만난 한림원 벼슬아치를 만나게 되어 날을 잡고 필담을 나눌 수 있었다. 이것저것 문답을 주고받다가 홍대용은 다음과 같은 질문을 한다.

*　『주해 을병연행록』 1, 160쪽.

"여만촌(呂晩村)은 무슨 죄로 죽었습니까?"

두 사람이 다 빛이 변하고 이윽히 대답하지 아니하더니, 팽관이 말하기를,

"여만촌은 죄로 죽은 것이 아니라 죽은 후에 죄를 입은 사람이요, 그 자손과 문생이 다 변방으로 귀양을 갔습니다."

하였다. 대개 여만촌은 강희 연간 사람으로 학문이 가장 높고 기절이 있는 사람이었다. 평생에 중국이 멸망하고 이적의 신복이 됨을 부끄러워하여 날마다 수백 문생을 데리고 글을 강론할 때, 먼저 손으로 머리를 가리켜 '이것이 무슨 모양이뇨' 하면 수백 문생이 일시에 머리를 두드리며 각각 소리를 높여 선생의 소리를 응한 후에 서로 강석에 나아가니, 대저 여만촌이 중국을 회복할 뜻을 두었다가 마침내 이루지 못하고 죽었다.*

담헌이 물었던 만촌 여유량(呂留良, 1629~1683)은 명말청초에 살았던 선비로 청나라에서 벼슬을 하지 않고 화이의 분별을 분명히 하면서 청을 배척한 명나라 유민이었다.** 이와 같은 인물을 청나라 조정 관료에게 물어본다는 것 자체가 대단히 민감한 사안이었으며 더구나 처음 만난 이들에게 쉽게 꺼낼 수 있는 말이 아니었다. 그럼에도 홍대용은 감히 처음 만나 실례를 무릅쓰고 여만촌에 관한 이야기를 꺼냈다. 아니나 다를까 그들은 얼굴빛이 변하고 말문이 닫혔다가, 팽 한림이 마지못해 여만촌의 행방을 간략히 답하며 상황을 넘겼다.

---

* 『주해 을병연행록』 1, 466쪽.

** 여유량에 관해서는 다음 책이 자세하다. 김명호, 『홍대용과 항주의 세 선비』, 돌베개, 2020, 236~255쪽.

물론 그 답은 담헌도 익히 알고 있는 내용이라 특별할 것이 없다. 그럼에도 여만촌을 굳이 물어본 것은 그들의 반응을 살피기 위해서였을 것이다. 여만촌이란 이름을 듣고 드러낼 감정적 반응을 통해 그들의 성향을 파악할 수 있기 때문이다. 두 한림이 보여준 반응을 담헌은 다음과 같이 기록하였다. "이러하므로 두 사람이 여만촌의 말을 듣고는 낯빛을 변하니 같은 한인이라 종적이 종시 불안하여 외국 사람과 수작을 더욱 지탄하는 기색이었다."* 행간에 깔린 어조로 보면 담헌은 그들이 '머리 깎인 부끄러움'을 함께 말할 상대는 아님을 간파한 것이 분명하다. 그러나 홍대용은 여기에서 멈추지 않고 더욱 난처한 질문을 던진다.

"네 가지 예문(禮文)은 뉘 말을 좇습니까?"
라 하니, 팽관이 말하기를,
"다 주자가례를 좇습니다."
내 말하기를,
"세 가지 예는 가례를 좇으려니와 관례(冠禮)의 삼가(三加)하는 예문은 또한 가례를 좇습니까?"
팽관이 고개를 숙이고 손을 두르며 말하기를,
"이는 좇지 아니하고 본조의 제도를 좇습니다."
하고, 두 사람이 다 부끄러운 기색이 있었다.**

잘 알려져 있듯 『주자가례』에 의하면 미혼의 남자가 나이 열다섯

에서 스무 살이 되었을 때 관을 쓰고, 어른이 되면 상투를 틀고 망건을 쓴 뒤 모자와 복두를 씌우는 관례를 행한다. 담헌의 질문에 팽관은 청나라가 주자가례를 따른다고 하자 담헌은 다시 관례도 주자의 예를 따르는지 물었다. 그러자 팽관은 관례만큼은 청나라 고유의 풍습인 변발을 따른다고 하였다. 그것 자체가 모순적 상황이라 두 한림은 부끄러움을 느꼈다. 담헌이 이렇듯 난처한 질문을 한 의도는 그들로 하여금 청조치하에서 관료로 나가는 것이 왜 부끄러운 일인지를 일깨우기 위해였다.

그러나 만주족도 또한 부끄러운 일이 있었으니 곧 예법이 없다는 점이다. 홍대용은 이를 간과하지 않고 만주족을 만나면 그들의 생활풍속 등에 대하여 일거수일투족을 관찰하면서 끊임없이 이를 들추어낸다. 마치 무력으로 당한 치욕을 예로써 복수하기 위한 듯이.

(가) 내가 말하기를,

"네 어제 네 아비를 보고도 절하는 일이 없으니, 너희 풍속이 본래 이러하느냐?"

왕가가 말하기를,

"어이 그러하겠습니까. 우리 풍속에 길에서 절하는 일이 없어 집에 들어가 부모께 각각 팔배(八拜)를 합니다."

라고 하지만, 그 부끄러워하는 거동이 거짓말인 듯하다.*

(나) 평중이 수레를 타고 내 앞으로 가면서 졸다가 휘양이 벗겨지는 줄 깨닫지 못하니, 그 휘양이 땅에 떨어졌는데 왕가가 보고 집어서

---

*　『주해 을병연행록』 1, 94쪽.

감추었다. 평중이 깨어나서 휘양을 찾으니 왕가가 모른다고 하거늘, 내 그 기색이 수상함을 의심하여 수레 안을 두루 뒤지니, 과연 요 밑에 감추어 두었다. 내가 왕가에게 말하였다.

"이 휘양이 여기 있는데 네 어찌 모른다고 하느냐?"

왕가가 말하였다.

"제가 길에 떨어진 것을 얻었으니 임자가 비록 있은들 값을 받지 않고 공연히 줄 수 있습니까?"

(중략)

"내 너를 사랑하여 정분이 깊은고로 너를 옳은 길로 인도하고자 하나, 사람이 재물 얻기만 생각하고 옳은 도리를 돌아보지 아니하면 마침내 더러운 인물로 돌아가느니, 임자 있는 휘양을 감추고 값을 받으려고 하면 창다오와 다름이 없도다."

내가 이렇게 말하니 왕가가 버럭 화를 내며 말하기를,

"제가 길에 떨어진 것을 주웠을 따름이요 도적질한 것이 없으니, 노야께서 어이 창다오라 하십니까? 노야께서 아무리 일러도 값을 받기 전에는 내 아니 내놓을 것입니다."

라 하였다. 내 말하기를,

"네 창다오의 이름에는 노하나, 창다오의 일은 부끄럽게 여기지 아니하니, 족히 더불어 말할 것이 없다. 이때까지 너를 사랑하던 것을 뉘우치고 오늘부터는 다시 말을 아니 할 것이니, 네 마음대로 하라."

라 하고, 종일 말을 아니 하니, 왕가 처음은 노색이 가득하더니 식경이 지나매 부끄러워하고 뉘우치는 기색을 보이고, 자주 돌아보아 말을 하고자 하나, 내 못 본 체하고 잠잠히 앉았으니 더욱 무안해하였다.*

　왕가는 곧 왕문거로, 홍대용이 북경을 오갈 때 탔던 수레를 몰았던 만주족 젊은이다. 비록 사행을 태우고 삯을 받아 살아가는 인물이지만, 담헌은 사행을 오가는 동안 동행을 하며 그와 정이 들었다. 그러나 문화의 접촉이란 차원에 본다면 담헌과 왕가는 이질적인 두 문화가 접촉하면서 끊임없이 상호작용을 하는 과정을 보여준다. 위의 예문이 이를 잘 드러내는 대목이다. 그런데 여기서 담헌은 매우 주도적인 위치에서 왕가가 속한 집단의 풍속과 문화를 대한다. 곧 담헌은 문화우월주의 입장에서 만주족을 대하고 있다. ㈎는 아비를 보고도 절을 하지 않는 것을 보자 이를 두고 만주족의 예법 없음을 지적하고 있다. 이는 조선 선비들이 만주족을 만나면 예사롭게 하는 지적이다. 하지만 ㈏는 하나의 사건이다. 평중은 이름이 김재행이며 부사의 자제군관으로 홍대용과 함께 이번 사행에 참여하였다. 사행이 요동을 지나던 중 앞서가던 평중이 바람에 휘양이 날려가는 것도 모르고 졸면서 가자, 이를 주운 왕문거가 돈을 받고 넘기려고 이를 숨겼다. 담헌이 이를 보고 그 행동을 비판하자 왕가가 대들었다. 이에 홍대용이 더 이상 말을 않기로 하고 수레에 앉아 종일 입을 다물고 있자, 왕문거는 한참 시간이 흘러 자신의 행동을 부끄러워하면서 뉘우치게 된다. 수레 모는 만주족이 재리(財利)에 밝은 것은 지극히 자연스러운 일이나, 홍대용은 도리에 어긋나는 일에 대해서는 그냥 지나치지 않고 사뭇 준엄하게 다스렸다. 그럼으로써 오랑캐의 잘못을

---

*　『주해 을병연행록』 1, 158~159쪽.

고치고 일상의 예를 깨우치게 한 것이다. 이렇듯 조선은 병자호란의 굴욕과 수모를 극복하기 위하여 중국인이 보란 듯이 의관을 정제히 하고 북경에 나아갔다. 그리고 오가는 동안 예법에 어긋난 행동을 경계하였으며 예를 벗어난 행동을 본 경우에는 응당 바른 곳으로 인도하는 것이 사행을 오가는 동안 수행해야할 중요한 지침이었다. 해서 사행 자체가 바로 무혈적 방식으로 전개한 북벌의 한 방도였다.

2) 열등의 자각 경로, 조선의 부끄러움

이렇게 병자호란의 수치를 애써 벗어나고자 하였으나, 전혀 예기치 않은 곳에서 조선의 사신을 부끄럽게 만드는 사건이 이어졌다.

사행은 관복이 다 비단이요 낡지 않은 것이라 오히려 우러러볼 만하거니와, 그 나머지 군관 아전들의 옷은 다 길에 입고 오던 것이 수천 리 모래바람에 더럽기 여지없다. 또 역관들은 길에서 의복이 상한다 하여 다 떨어진 여벌을 입었으니, 이곳에 이르러 제도는 비록 배로 귀하나 추레한 행장과 잔열한 거동이 실로 부끄러웠다.*

병술년(1765) 겨울, 홍대용은 서울을 출발한 지 두어 달 만에 북경에 도착한다. 도중 눈비를 맞아가며 바람을 헤치고 오느라 입은 옷은 흙탕물에 뒹군 듯 더러워졌다. 해서 황성을 들어가기에 앞서 옷을 갈아입기 위해 동악묘라는 곳에 들어가려 하는데 마침 사행을 구경하러 몰려든 사람들이 문 안팎에 가득하여 길을 지나갈 수 없었다.

---

* 『주해 을병연행록』 1, 228쪽.

그들에게 조선 사행이 어떻게 보였을까? 묻지 않아도 홍대용의 눈에 비친 사행의 행렬은 가히 눈뜨고 볼 수 없는 행색이었다. 주목해야 할 대목은 '제도는 비록 배로 귀하나 추례한 행장과 잔열한 거동이 실로 부끄러웠다.'는 구절이다. 이전에는 오직 갓 쓰고 넓은 도포자락이라는 제도만 중시 여겼지 옷이 더럽거나 추례한 거동은 전혀 중요한 점이 아니었다. 때문에 흙먼지를 뒤집어쓴 모습이 하등 부끄러울 것이 없었고 오히려 자랑스럽기까지 했다. 홍대용은 이러한 감정과는 달리 그 행렬의 거동에서 나타나는 볼품없는 모양새에 감정적 동요를 일으키게 된다. 명색이 일국을 대표하는 외교사절인데 그 행색이 걸인이나 패잔병과 다를 바 없었으니, 북경에 도착하기까지 그토록 당당했던 담헌이 마침내 이 무리에 속한 자신을 부끄러워한 것이다. 복색이라고 하면 조선이 그나마 소중화의 자긍심을 가질 수 있었던 근거가 아니었던가. 그러나 이는 시작에 불과하다. 부끄러운 일이 한둘이 아니었다.

> 내가 탄 말은 몸집이 매우 작으나 성질이 사납고 또 차기를 잘하였다. 그중 오랑캐 말을 보면 더욱 날뛰어 반드시 차려고 하는데, 이때 덕유가 뒤에 오다가 그 사람들에게 일러 말하기를, "우리 말이 사나우니 당신들이 가까이 다가가다가는 필연 말에게 차일 것이오."라 하니, 그중 한 사람이 말하기를, "어느 말이 찬단 말이오?" 하였다. 덕유가, "우리 말이 찰 것이라는 말이오."라 하자, 그 사람들이 서로 말하며 희미하게 웃고 비켜 가지 않으니, 우리나라 말이 작은 것을 보고 찬다는 말을 가소롭게 여기는 거동이다. 수십 보를 가다가 내 말이 과연 소리를 지르며 옆에 가는 말을 한 번 찼다. 그

말 크기가 내 말의 거의 두 배가 되니 만일 성내어 내 말을 차면 필연 거꾸러질 것이요, 차는 말굽이 내 몸 위에 오를 듯싶으니 마부를 꾸짖어 한편으로 몰라고 하였다. 그런데 그 말이 한 번 차인 후에 특별히 겁내는 거동도 없고 노하는 거동도 없어 대수롭지 않게 비켜 갔다. 그 사람들이 그 거동을 보고 크게 웃고 일시에 채를 휘두르니, 서너 말이 일시에 굽을 들어 저 앞으로 나가니 백여 보를 행하매, 잠깐 몸을 굽혀 채를 두어 번 얹으니 말이 네 굽을 모아 일시에 뛰어 경각 사이에 간 곳이 없었다. 그 거동이 극히 상쾌하여 우리나라가 미칠 바가 아니었다. 짐승의 성정을 보아도 우리나라 말은 제 몸이 작음과 힘이 약함을 잊고, 한갓 교만하고 자존심이 강한 성질을 이기지 못하여 당치 못할 오랑캐 말을 굳이 차고자 하고, 오랑캐 말은 제 힘과 기운이 족히 우리나라 말 두엇을 제어할 것이로되, 따지며 겨루지 아니하니 가소로이 여기는 거동이었다. 국량(局量)의 크고 작음과 기품의 깊고 얕음을 짐승을 보아 사람을 짐작하리라. 스스로 생각하니 애달프고 부끄러움을 이기지 못하겠다.*

홍대용이 타고 간 조선 말이 호마(胡馬)를 만나자 제 주제도 모르고 덤벼들었다. 그런데 중국의 말은 크기와 기운으로 보건대 능히 이를 제어할 만하나, 상대하지 않고 유유히 비킨 뒤 쏜살같이 달려가는 것이다. 짐승도 제 난 곳의 기운을 타고났으니 중국에 함께 들어와 이런 짓으로 담헌을 부끄럽게 만들었다.

부끄러움은 부끄러움을 드러내는 주체가 윤리의식이나 사회의

---

* 『주해 을병연행록』 1, 222~223쪽.

문명적 기준에 대한 관점을 가지고 있어야 하며 그것을 바라보는 타인의 시선이 있어야 한다.* 여기서 담헌은 부끄러움을 느끼는 주체로서, 그가 가지고 있는 부끄러움에 관한 문화적 잣대는 관대함의 정도이다. 그로서는 넓은 국량을 소유한 대국 사람에게 소국의 교만하고 급한 성질을 보인 일이 부끄럽기 그지없었다. 위에서 담헌은 기실 그 스스로 부끄러운 행동이나 말을 한 것이 아니다. 말(馬)이나 하인 일행들은 개인적으로 보면 자기와 무관한 것들이지만, 중국에서는 모두 조선이라는 공통의 구성원이며 일체감을 가진 무리들이다. 곧 사행은 조선을 대표하는 일체화된 무리이기에 홍대용은 자신이 아닌 하인, 역관, 심지어 짐승이 보여준 부끄러운 행동거지에서도 마치 자신이 그런 것처럼 부끄러움을 느꼈다.

다음의 사례는 더욱 문제적이다.

곁칸에 한 사람이 들어와 나에게 사신의 작품(爵品)을 물어서 내가 대답하자, 그 사람이 놀라 말하기를,
"작품이 다르면 어찌 한 캉 위에 앉아 분별이 없습니까? 대국은 이런 일이 없습니다."
라 하였다. 내가 대답하기를,
"캉이 좁고 본국의 조장(朝章)과 다르므로 위의를 차리지 못합니다."
라고 하였으나, 우리나라의 체모 없음이 도처에 웃음이 되니 부끄

---

* 정용환, 「맹자의 도덕 감정론에서 부끄러움의 의미」, 『철학논총』 66-4, 새한철학회, 2011, 153쪽.

러웠다.*

조참에 참여하여 황성 안의 한 곳에서 황제가 나오기를 기다리고 있는데 사행이 작품의 분별이 없이 섞여 앉아 있는 것을 보고 도리어 청나라 조정의 관료가 이를 지적하는 대목이다. 예법이라 하면 청나라는 오랑캐라 차릴 줄을 모르나, 조선은 예의가 발달한 나라가 아닌가. 그런데 오랑캐의 나라에서 오랑캐에게 도리어 예법이 없다고 핀잔을 들으니 이것이야말로 참을 수 없는 부끄러움이다.

조선의 체모 없는 모습과 성품이 부끄러운 것도 문제지만 사행에 낀 무리가 중국에서 저지르는 못된 짓 또한 더 부끄러운 일이다.

사류하(沙流河)에 이르니 아침을 먹는 곳이다. 서책 팔러 온 사람이 많은데, 한 사람이 들어와 책 한 질을 사라 하니, 값이 과하여 아니 사니 그 사람이 품에 책을 넣고 캉 아래에 섰거늘, 내 더불어 약간 말을 물으니, 글자 하는 선비다. 이때 역관 하나가 책 파는 사람을 데리고 들어와 책 두어 질을 값을 다투고, 거짓 청심환을 내어 책값을 주며 말하기를,

"이는 사신이 사는 책입니다. 사신이 가져온 청심환은 거짓 것이 없습니다."

하니, 내 앉아서 듣기를 심히 불쌍히 여겼는데, 그 선비가 역관을 여러 번 보며 심히 불평하여 하는 기색이 있다가, 나에게 일러 말하기를,

---

* 『주해 을병연행록』 1, 252쪽.

"저 청심환은 다 거짓 것입니다. 조선 사람은 거짓말을 잘합니다."
하니 매우 부끄러웠다.*

청심환은 중국에 가는 사신에게 없어서는 안 되는 필수품으로, 쓰임새가 다양하다. 여정 중 숙식하고 그 대가를 지불할 때는 물론, 주요 유적지 혹은 출입을 금하기 위해 병사가 지키고 있는 청나라 황실 건물 등을 들어가 보려 할 때 지키는 사람을 회유할 때도 유용하게 쓰인다. 고마움이나 정을 표시할 때도 이 청심환이 요긴하게 쓰였다. 더욱이 조선의 청심환은 중국 사람들에게 효능이 좋은 약으로 알려져 있다. 그러니 사행을 따라가는 자 너도나도 청심환을 여러 제 지어 간 것이다. 그러나 만약 법제대로 약을 짓는다면 들어가는 비용이 만만치 않아 약제를 다 쓰지 않고 모양만 만들어 가다, 이것이 시간이 흐르자 중국 사람들도 그 사실을 알게 되고, 조선의 청심환에 대한 중국인의 생각을 홍대용은 여정 도중 직접 듣게 된다. 그 또한 관습에 따라 거짓 청심환을 만들어 갔는지라 중국 사람의 면전에서 조선 것은 다 거짓 것이며 조선 사람은 거짓말을 일삼는다는 말을 듣자, 이처럼 부끄러운 일이 없었다.

명분을 중시하고 예를 잃지 않는 것이 사람 관계에서 가장 중요하다고 여긴 조선이 중국에서 청심환 하나로 명분과 예를 모두 잃어, 그들이 그렇게 멸시하는 오랑캐에게서조차 수치를 당하고 있다. 그뿐 아니라 북경에서 홍대용은 망각하고 싶은 역사의 부끄러운 일까지도 기억하게 된다.

---

*　『주해 을병연행록』 1, 204~205쪽.

부가가 또 말하기를, "유구국은 조선과 가까울 것이니 서로 통하여 다닙니까?" 하자 내가 말하기를, "전에는 통하더니 근년에는 통치 않습니다."라고 하였다. 부가가 그 곡절을 물었으나 그 곡절은 우리 나라의 부끄러운 일이라 이르지 못하고 모른다고 하니, 부가가 고 개를 끄덕이고 나갔다. 유구국은 바다 가운데 있는 나라로 보배와 재물이 많은 곳이요, 우리나라 전라도 땅에서 멀지 않다. 우리나라 초년은 서로 신사(信使)를 통하더니, 중년에 유구 왕이 바다에 표풍 (漂風)하여 왜국에 사로잡히니 그 세자가 기이한 보패(寶貝)를 큰 배에 가득히 싣고 장차 왜국으로 들어가 회뢰(賄賂)를 주어 그 아비 를 살려 나오고자 하였다. 그러나 또한 바람에 표류하여 제주에 닿 았으니 이때 제주 목사는 욕심이 많고 인심이 없는 사람이라 그 보 화를 탐하여 세자를 죽이려 하니, 세자가 그 사연을 일러 애긍(哀 矜)히 빌었으나 끝내 듣지 않았다. 세자가 크게 분노하여 온갖 보패 를 바다에 잠기게 하고 글을 지어 이렇게 말했다.

요임금의 말을 걸의 옷 입은 몸에 밝히기 어려우니 堯語難明桀服身
형벌을 임하여 무슨 겨를에 푸른 하늘에 호소하리오.
臨刑何暇訴蒼旻
세 어진이 구멍에 들매 사람이 뉘 贖하리오. 三良入穴人誰贖
두 사람이 배에 오르매 도적이 어질지 아니하도다.二子乘舟賊不仁
뼈는 사장에 드러나매 이미 풀에 감겨 있고 骨暴沙場纏有草
혼은 고국에 돌아가매 조상할 이 없도다. 魂歸故國吊無親
죽서루 아래 물은 도도한데 竹西樓下滔滔水

끼친 한이 분명히 일만 해를 오열하리라.　　　　遺恨分明咽萬春

마침내 목사가 세자를 죽였으니, 이로 인하여 우리나라 신사를 끊고 혹 제주 사람을 만나면 잡아 죽여 그 원수를 갚고자 하니, 이러하므로 제주 백성이 배를 타면 표풍(漂風)을 염려하여 다 강진(康津) 해남(海南) 백성의 호패를 만들어 차고 다닌다 하였다.*

이는 조선후기 이른바 '유구국 세자의 절명시' 이야기로 전승된 것인데,** 어찌하여 연행록에 이 이야기를 수록해 두었을까? 저간의 사정은 이러하다. 해마다 수차례 북경을 오가는 조선과 달리 유구국은 5년에 한 차례씩 사신을 보내는데 마침 홍대용이 갔던 해가 사신을 보내는 해라, 황성에서 유구국 사신을 만날 수 있게 되었다. 홍대용은 청나라 관리와 유구국 이야기를 나누던 중 뜻하지 않은 실문을 받고는 얼버무리고 만다. 그 이유가 이 기록에 담겨 있다. 곧 담헌은 청나라 관리에게 차마 말 못할 사정이 있었음을 위의 이야기를 통해 보여주었다. 관련 연구에 의하면 임진왜란 이후 에도막부 초기 사쓰마(薩摩)번은 만성적인 재정 적자를 해결하기 위해 막부에 유구국 정벌을 요청했고 도쿠가와는 이를 허락하였다. 마침내 1609년 3월 시

---

*　　『주해 을병연행록』 1, 316~318쪽.

**　　이 이야기는 조선왕조실록은 물론 다양한 문헌을 통해 전승되고 있다. 우선 실록에는 『광해군일기』 5년(1613) 1월 28일 조에 관련 이야기가 기록되어 있으며, 이중환의 『택리지』, 김려의 『단량패사』, 『계서야담』, 『기문총화』 등 주요 야담집은 물론 『열하일기』 「피서록」에도 이 이야기가 전해온다. 각 편의 이야기는 조금씩 차이가 있으나, 제주목사가 유구국 세자를 죽이고 재물을 탈취했다는 기본 뼈대는 대체로 유사하다. 이와 관련해서는 박현규, 「광해군조 유구 세자 사건과 절명시 감상」, 『동방한문학』 20, 동방한문학회, 2001; 김동욱, 「〈유구국세자〉 이야기의 유변양상」, 『한민족어문학』 44, 한민족어문학회, 2004. 참조.

232

마즈 이에히사(島津家久, 1576~1638)는 유구국을 침략해 복속시키고 중산왕(中山王) 상령(尙寧, 재위 1589~1620)을 붙잡아 도쿠가와 히데타다(德川秀忠, 재위 1605~1623)에게 데리고 갔다. 일본이 명나라와 교역이 끊어지자 유구를 이용해 관계 복원을 꾀하고자 한 것이다.* 이 이야기는 바로 이때 일어난 일이다. 왕이 에도로 잡혀가자 유구국 세자는 아비를 풀어내고자 금은보화를 가지고 일본으로 가다가 배가 표류하여 제주도로 떠내려왔다. 그런데 제주목사가 그 재화에 눈이 멀어 세자를 비롯한 표류민을 모조리 죽이고 재물을 취했던 것이다. 물론 담헌이 남긴 기록과는 달리 그 이후에도 제주도에 표류한 유구사람들은 끊이지 않았는데, 조선은 이들을 지속적으로 송환하고 유구와의 문물교류도 이어졌다.** 그럼에도 우리나라 외교사에서 남에게 알리고 싶지 않은 기억이 있었으니 바로 위의 내용이다. 이는 분명 국가 간의 분쟁을 일으킬 만큼 심각한 외교적 사건이었다. 담헌은 북경에서 유구국 사신을 만나면서 한 어리석은 지방 수령이 저지른 야만적 사건을 매우 부끄러워했다. 예로서 나라를 다스리고 이웃나라와 선린우호로 교류를 해야 한다는 원칙을 저버리고 이렇게 오랑캐보다 못한 외교적 사건을 일으켰다.

홍대용이 부끄러운 일을 중국 관리에게는 차마 말할 수 없었지만, 연행록에서는 그 상황을 소상히 숨기지 않고 기록한 이유는 딴데 있지 않다. 당시 조선양반들이 중국에 가면 변발을 한 그들의 머리를 보고 비웃으며 자기들의 상투를 가리키며 스스로 도를 지키고

* 민덕기, 「朝鮮·琉球를 통한 에도바쿠우(江戶幕府)의 대명 접근」, 『한일관계사연구』 2, 한일관계사학회, 1994.

** 하우봉·손승철·이훈·민덕기·정성일, 『朝鮮과 琉球』, 아르케, 1999, 189~320쪽.

있다는 자랑을 늘어놓기 일쑤다. 그러나 담헌은 그러한 자랑이 허울 뿐이고 소매 넓은 도포자락과 상투가 자랑이 아니라 도리어 부끄러움일 수도 있음을 깨달았다. 그리고 이를 통렬히 반성하는 일이 편협한 관념에서 벗어나는 출발점이라는 생각에 이르자, 중국에서 보고 겪는 모든 것을 가감 없이 써내려갔던 것이다.

3. 북학의 감정적 기원, 부끄러움

조선의 사대부들에게 일종의 트라우마로 작용한 병자호란의 치욕은 하루빨리 기억에서 지워야 했다. 그 한 방편으로 청나라 지배하의 한족을 향해 변발 복장을 지적하며 그들의 부끄러움을 들추어냈다. 이것이 조선이 조선중화주의를 표방하는 기본 입장임을 들어내고 아울러 조선의 부끄러움을 감추는 데 어느 정도 효과가 있었다. 이렇듯 부끄러움은 지우기 어려운 고통스러운 사건에서 발생하여 주체를 괴롭힌 감정의 하나였지만, 반대로 주체의 입장을 정당화하기 위해 타자의 그와 같은 감정을 지속적으로 유발하여 나의 심리적 공황상태를 해소하는 데 활용되기도 한 것이다. 앞서 살펴보았듯 홍대용 또한 이에 주목하고 그러한 목적을 위해 충실히 여정을 수행한다. 그러나 황성에 머무는 동안 담헌은 예법이 없음에서 발생하는, 혹은 오랑캐의 복식을 강요당한 부끄러움과는 전혀 다른 성격의 부끄러움과 마주쳐야 했다. 주목할 점은 예상치 못한 상황에 당혹스러웠던 담헌이 이를 숨기지 않고 오히려 적극적으로 드러내었다는 사실이다. 담헌이 마주쳐야 했던, 전혀 생각지 못한 부끄러움의 진원지는 다름 아닌 오랑캐라고 멸시하던 청나라의 번화함과 그에 맞게 작동하는 예라는 시스템, 그리고 이에 대비되는 조선의 낙후한 실상, 간사함, 편협함에 있었다. 즉 부끄러움은 뜻밖에도 자신의 몸, 행동, 사유체계에서 매우 강렬하게 발산되고 있었음을 자각하였다. 담헌은 이것이 놀라웠다. 스스로 부끄러워해야 할 사유가 많은데 이를 전혀 깨닫지 못하는 조선의 우매함, 아니 깨달으려고 하지도 않는 간사함. 그는 이를 숨기지 않고 연행의 부끄러움을 적나라하게 보여줌으로써 조선이 현재 예의로 보나 규모로 보나, 그렇게 당당하거나 중국을 무시할 만한 위치에 있지 않음을 폭로하였다. 이 부끄러움을 자각해야만 조선이 얼마나 초라하고 보잘것없는지 그리고 중국을 무시하는 것이 얼마나 허무맹랑한 일인지 깨닫게 되고 이를 통해 중국에 대한 인식이 달라질 수 있을 것이라는 기대 때문이다.

이는 북학이 바로 조선의 진정한 부끄러움을 자각하는 과정에서 출발한다는 하나의 근거가 된다. 물론 홍대용은 북학의 논리를 구체화하고 뚜렷한 명제로 제시한 것은 아니다. 그럼에도 그의 생각은 북학이라는 용어를 통해 논리를 세운 박제가의 생각과 매우 밀접하게 연관되어 있다. 오늘날 이 두 사람을 비롯하여 박지원 등이 공유하는 청조의 발달된 문물을 배워 조선을 개혁해야 한다는 이른바 북학의 논리는 바로 박제가의 『북학의』에서 비롯되었다. 특기할 것은 이 『북학의』에서 북학의 논리를 구체화하는 방법 또한 바로 이 부끄러움의 자각에서 출발한다는 점이다. 그 근거로 볼 수 있는 예를 열거하면 다음과 같다.

(가) 사신행차를 가지고 말해보겠다. 세 명의 사신과 비장, 역관, 질정관 몇 사람만이 각기 역마와 쇄마를 가지고 있다. 장사꾼이나 물

건을 대주는 많은 사령을 제하더라도 도보로 따라가는 자가 말의 수효보다 배가 훨씬 넘는다. 1만 리가 되는 길을 사람으로 하여금 도보로 따라가게 강요하는 일은 오직 우리나라에만 있다. 그런데 도보로 따라가게 하는 것에만 그치지 않는다. 또 반드시 그들로 하여금 좌우를 떠나지 못하고 빠르거나 느리거나 간에 말과 똑같이 보조를 맞추게 한다. 그러므로 중국에 들어가는 마졸은 모두 죄수의 머리처럼 봉두난발을 한 채 마른 땅 진창을 가리지 않고 마구 다닌다. 다른 나라에 보이는 부끄러운 꼴로 이보다 심한 것은 없다.*

(나) 사대부라면 차라리 빌어먹을지언정 들녘에 나가 농사짓는 일을 하지 않는다. 어쩌다 그런 사대부의 법도를 모르는 양반이 있어 베잠방이를 걸치고 패랭이를 쓴 채 "물건을 사시오" 외치며 장터를 돌아다니는 일이 있거나, 먹통이나 칼, 끌을 가지고 다니면서 남의 집에 품팔이하며 먹고사는 일이 있을 때는, 부끄러운 짓을 한다고 비웃으며 혼사를 맺는 자가 드물 것이다. 그러므로 집안에 동전 한 푼 없는 자라도 모두가 다 성장을 차려입고 차양 높은 갓에다 넓은 소매를 하고서 나라 안을 쏘다니며 큰소리만 친다.**

(다) 또 사신을 해마다 새로 파견하기 때문에 사신으로 가는 일이 해마다 생소하다. 다행스럽게도 천하가 평화로운 시절이라 서로 관련된 기밀이 없으므로 역관들에게 통역을 맡긴다 하더라도 별다른 큰 사건이 발생하지 않는다. 하지만 불의의 전란이라도 발생한다면 팔짱을 낀 채 역관의 입이나 처다보고 있을 수 있겠는가? 사대부가 이러한 문제에 대해 생각이 미친다면 그저 한어를 익히는 데만 그쳐

---

*　박제가 지음, 안대회 옮김, 『북학의』, 돌베개, 2008, 33쪽.

**　앞의 책, 97쪽.

서는 안 될 일이다. 만주어나 몽고어, 일본어까지도 모두 배워야만 수치스런 일이 발생하지 않을 것이다.*

㈔ 중국은 변방 오랑캐의 여자라 하더라도 얼굴에 분가루를 바르고 머리에는 꽃을 꽂으며, 긴 옷에 수놓은 가죽신을 신고 다닌다. 무더운 여름날이라 하더라도 맨발로 다니는 것을 본 적이 없다. 우리나라는 도시에 사는 젊은 여자도 맨발을 드러내놓고 다니기 일쑤요 그런 행색을 부끄러워할 줄조차 모른다.**

㈕ 이같이 시행한다면 우리가 그들에게로 가지 않는다 해도 저들이 스스로 우리를 찾아올 것이다. 그러면 우리는 저들의 기술과 예능을 배우고 저들의 풍속을 질문함으로써 나라 사람들이 견문을 넓히고 천하가 얼마나 큰 것이며, 우물 안 개구리의 처지가 얼마나 부끄러운 일인지를 알게 될 것이다. 이 일은 세상의 개명을 위한 밑바탕이 될 것이니 교역을 통해 이익을 얻는 데만 그치지 않을 것이다.***

『북학의』에서 부끄러운 상황을 언어로 명시한 사례만 뽑아도 이상과 같다. 이 가운데 ㈎, ㈔는 의복과 관련한 내용으로 『을병연행록』에서 살핀 대목과 유사하다. ㈏는 사대부가 농상을 부끄러워하며 천시하는 것을 비판하는 내용이다. 사대부는 농사일과 장사를 마치 오랑캐의 변발처럼 부끄러워하는데, 나라의 생산과 유통에 도움은 커녕 해만 끼치는 부류들이라며 신랄하게 비판한다. 여기서 사대부의 부끄러움이란 것이 그들에게는 체면을 유지하기 위한 장치이겠지

---

*   앞의 책, 111쪽.

** 앞의 책, 141쪽.

*** 앞의 책, 178쪽.

만 도리어 나라가 낙후된 주범인 것이다. 이 때문에 박제가는 유생을 도태시켜야 한다는 의론을 상소하기까지 하였다.* ㈐는 삼사신은 역관에게 통역을 맡길 것이 아니라 직접 중국어나 만주어를 배워서 만일의 경우를 대비해야 한다는 내용이다. 역관의 폐해와 사행의 낡은 관습을 개혁해야 한다는 주장은 북학파들의 공통된 견해였다. ㈑는 『북학의』의 핵심 논리 가운데 하나인 '통상론'이다. 이 논리 또한 우물 안의 개구리와 같은 처지가 부끄러운 일임을 자각하는 과정에서 체계화되었다. 즉 『북학의』에 담긴 논리의 핵심은 조선의 부끄러움을 자각하는 데서 출발하였으며 부끄러움의 근원적 요인을 없애는 논리를 마련하는 과정에서 구체화한 것이다.

　『열하일기』에도 이와 같은 사례가 있다. 나아가 연암에 이르면 부끄러움이라는 감정에서 출발한 논리와 사유가 세계관을 논하는 경지에 이르렀음을 확인할 수 있는데 그것이 바로 「호질」이다. 『열하일기』에서 부끄러움을 문제 삼은 예 또한 많으나 여기서는 「호질」을 중심으로 살핀다.

　대저 제 것 아닌 물건에 손을 대는 놈을 일러 도적놈이라 하고, 살아 있는 것을 잔인하게 대하고 사물에 해를 끼치는 놈을 화적놈이라고 하느니라. 네놈들은 밤낮을 쏘다니며 분주하게 팔뚝을 걷어붙이고 눈을 부릅뜨고 남의 것을 훔치고 낚아채려 하면서도 부끄러운 줄 모른다. 심한 놈은 돈을 형님이라고 부르고, 장수가 되겠다고 제 아내조차 죽이는 판인데 삼강오륜을 더 이야기할 나위가 있겠느

냐?*

흔히 「호질」은 '인물성동론'의 서사화를 추구한 작품이다. 이를 사회역사적 맥락에서 읽으면 양반의 위선 풍자가 기본 축이 있다. 북곽이라는 양반을 풍자하는 주체는 호랑이로, 짐승인 범이 사람을 신랄하게 꾸짖는 장면이 작품의 골격을 이룬다. 그런데 이 호랑이는 동아시아적 판도에서 보자면 오랑캐의 우언적 형상이다. 곧 중화의 명분을 고집하는 양반이 짐승과 같은 오랑캐에게 준열히 꾸짖음을 당하는 내용이 「호질」의 근간이다. 위의 내용은 범이 꾸짖는 장면 가운데 가장 신랄한 대목으로, 범은 양반을 도적과 다르지 않다고 보며 삼강오륜을 저버린 패륜아로 간주한다. 그런데도 양반은 그 부끄러움을 모른다는 데 문제의 심각성이 있다고 보았다. 연암 또한 조선 양반층이 자각하지 못하거나 혹은 애써 무시하는 부끄러움을 문제 삼고, 이의 서사적 형상화를 추구하였던 것이다. 연암은 이를 통해 화이론을 허물고, 북학의 사상적 기초를 마련하고자 하였다.『열하일기』에 전해오는 「호질」에 대한 후기를 보면 그 의도를 더욱 분명히 확인할 수 있다.

아하! 명나라 왕의 은택은 이미 다 말라 버렸다. 중국에 사는 선비들이 오랑캐의 제도를 좋아서 변발한 지도 백 년이나 되었건만, 그래도 오매불망 가슴을 치며 명나라 왕실을 생각하는 까닭은 무슨 이유인가? 중국을 잊지 않으려는 까닭이다. 청나라가 자신을 위해

---

* 『열하일기』 1, 424쪽.

꾀하는 계책 역시 꼼꼼하지 못하고 거칠다고 하겠다. 앞 시대의 못난 오랑캐 천자들이 중국을 본받다가 결국은 쇠약해진 것을 징험 삼아, 쇠로 된 비석에 글을 새겨서 파수를 보는 전정(箭亭)에 묻게 하였다. 그들은 일찍부터 자신들의 의복과 모자를 부끄럽게 생각하지 않은 적이 없었다고 스스로 말하면서도, 오히려 나라의 강하고 약한 형세를 모자와 의복을 고집하는 데서 부지런히 찾으려 하고 있으니, 그 얼마나 어리석은가?*

이 대목의 핵심은 마지막에 있다. 오랑캐도 자신의 의복을 부끄러워했으며, 역대 오랑캐 역시 중화의 풍속과 제도를 본받다가 쇠망했음을 볼 때 의복과 같은 하찮은 것을 고집하는 것으로는 결코 강해질 수 없다는 논리이다. 상투와 도포자락을 지킨 것에 큰 위안과 자부심을 가지고 있는 조선 식자들이 얼마나 어리석은지를 돌려서 말한 것이다. 이 역시 북학의 싹은 부끄러움이라는 감정을 철저하게 직시하면서 움텄다는 사실을 보여주는 하나의 예증이다.

흔히 북학을 근대성과 연관 지어 설명하고자 한 논의가 많았는데, 이는 근대 이행의 과정에서 이성의 중요성을 강조한 나머지 상대적으로 감정의 문제를 소홀히 다루는 결과를 초래하였다. 그러나 북학은 비록 논리적인 체계화를 통해 세계관의 전환을 지향했지만, 이것이 온전히 이성적 인식에 근거하고 있다고 보기에는 무리가 있다. 북학의 핵심 논리를 담은 글을 보면 오히려 감정에 대한 반성과 재구성에서 출발하였음을 이상의 논의를 통해 알 수 있기 때문이다.

---

* 앞의 책, 430쪽.

『열하일기』와 '보기'

1. 문제제기

『열하일기』에서 '보기'는 여느 사행록이나 기행문학과 같이 표면상 매우 자명한 속성이다. 그 내용이 대부분 여행을 통해 본 것을 바탕으로 기록한 것이기 때문이다. 그럼에도 이 문제를 재론코자 하는 까닭은 그간의 관심이 연암이 본 것에만 집중되어 있었으며, 연암이 사유한 '보는 방식'에 대해서는 그다지 주목하지 않았기 때문이다. 『열하일기』를 새롭게 이해하기 위해서는 연암이 본 것보다 연암이 대상을 보는 방식에 대해 더 큰 관심을 가질 필요가 있다. 물론 『열하일기』에서 보기와 연관 있는 연구는 상당히 축적되어 있다. 다만 이러한 논의가 부분적으로 논의되었다는 점에서 총괄적 논의의 필요성이 제기된다.

그간 보기의 문제는 세 영역에 걸쳐서 부분적으로 살펴졌다. 첫째, 인식론에서 다루어진 보기의 문제이다. 여기서 인식이란 서양의 근대철학에서 말하는 이성중심의 인식을 가리킨다. 이성인식은 '사물의 진실을 발견하고 세계를 올바르게 판단'[*]할 수 있는 앎의 기관이며 그에 반해 감성인식(감각)은 객관적인 인식능력이 부족한 불완전한 앎의 기관이라 본 것이 이를 뒷받침한다. 이미 이에 대한 성과

---

[*] 임형택, 「박연암의 인식론과 미의식」, 『실사구시의 한국학』, 창작과비평사, 2000, 316쪽.

와 한계를 지적한 연구가 있으나, 특히 여기서 문제시되는 것은 서구 근대철학에서 논의된 인식론의 틀을 적용하여 『열하일기』를 논하는 과정에서 감각의 문제를 등한시하는 오류를 초래했다는 점이다. 『열하일기』에서 인식의 문제, 보기의 문제는 그 자체에 국한되지 않고 마음, 감각 또는 감정과 매우 깊이 연관되어 있다. 그 때문에 인식의 영역에서 확장하여 이성적 인식과 감각으로서의 시각을 포괄하는 뜻으로 '보기'라는 개념을 상정할 필요성이 있다.[*]

둘째, 사상과 논리의 기원과 관련되어 보기 문제가 논의되었다. 박지원의 인식론은 그의 글쓰기 방법론과 긴밀하게 연관되어 있으며 사유의 근간과도 깊은 관련이 있다. 그간 학계에서 박지원의 사상을 이해하기 위해 낙론의 인물성동론,[**] 불교,[***] 장자,[****] 양명학[*****] 등 다양한 방향에서 그 원천을 찾고자 하였다. 이와 관련된 연구는 대개 어

---

[*] 『열하일기』에서의 '보기'에 관한 사유는 서양 철학적 개념으로는 온전히 해명할 수 없는 동아시아의 사유 전통과 성과에 바탕을 두고 있다. 서양에서는 시각을 감각기관으로 보지만, 동양의 불교에서는 감정과 논리, 감성과 이성의 이분법을 넘어서서 감각기관도 모두 앎(識)에 이르는 기관이다. 불교 유식학의 六識 또는 八識에서 가장 먼저 언급되는 것이 眼識이다 (김승동 편저, 『불교인도사상사전』, 부산대학교출판부, 2001, 1604쪽). 그간의 연구에 의거하여 인식론을 살피기 위해서라도 우선 텍스트에서 이성과 감성을 분류했는지 문제를 검토하여야 한다.

[**] 김문용, 「북학파의 인물성동론」, 『人物性論』, 한길사, 1994, 597~603쪽; 유봉학, 『연암 일파 북학사상 연구』, 일지사, 1995; 김명호, 『열하일기 연구』, 돌베개, 2022.(수정증보판)

[***] 이종주, 「연암의 불교적 인식과 사유체계」, 『대동한문학』 23, 대동한문학회, 2005.

[****] 박희병, 「박지원 사상에 있어서 언어와 명심」, 『한국의 생태사상』, 돌베개, 1999; 김영, 「연암을 읽는 두 가지 코드, 사기와 장자」, 『민족문학사연구』 30, 민족문학사학회, 2006.

[*****] 김명호, 「연암 문학의 사상적 성격」, 『박지원 문학 연구』, 성균관대 대동문화연구원, 2001; 강관, 「연암 시대의 양명좌파 수용」, 『안쪽과 바깥쪽』, 소명출판, 2007; 이원석, 「박지원의 열하일기와 양명학적 사상세계」, 『중국사연구』 49, 중국사학회, 2007; 신향림, 「연암 박지원의 만년 사상에 대한 재론」, 『한국한문학연구』 46, 한국한문학회, 2010.

느 하나를 부정하고 어느 하나를 긍정하는 방식으로 논의되거나 어
느 한 가지가 지배적인 영향력을 지닌다는 논지가 대부분이다. 박지
원의 사유세계는 어느 한 가지 사상적 근거만 있다는 배타적 관점에
비롯된 단독근간설을 주장하는 경향이 지배적이었다. 그러나 이러한
논의야말로 연암 사유의 근간은 오직 하나로만 해석할 수 없는 매우
방대한 지적 토양 위에 있음을 보여준다. 『열하일기』에서 연암이 펼
쳐 보인 '보기'라는 문제도 바로 어떠한 사상 논리에 그 바탕을 두고
전개된 문제의식으로, 그것이 어디에 기원을 두고 있는지 세밀하게
살펴야 할 관심거리이다. 박지원에게 있어 새로운 사상의 확립은 필
생의 과업이라 할 만큼 그의 일생에서 큰 비중을 차지한다. 『열하일
기』가 그 행보의 한 지점을 포착할 수 있는 중요한 텍스트임은 물론
이다. 따라서 『열하일기』에서 보기 문제를 다루는 것은 박지원의 사
상적 여정이라는 거시적 시각에서 『열하일기』라는 한 시기의 텍스트
에 내재한 사유체계의 원천을 탐색하는 일과 맥락이 닿아 있다.

　　마지막으로 보기의 문제는 텍스트의 성격을 규정하는 과정에서
부분적으로 논의되었다. 그간 『열하일기』의 핵심적 성격을 이야기할
때 크게 두 축으로 논의되었는바 하나는 북학 또는 이용후생을 설
파한 논저*라는 점과 또 하나는 천하대세의 전망을 살핀 심세서(審勢
書)**라는 점 등으로 논의된 바 있다. 두 관점은 어느 하나를 부정하기

---

* 김명호, 『열하일기 연구』, 돌베개, 2022. 물론 이 저서는 북학뿐 아니라 청나라 정세 인식
　에도 관심을 기울인 텍스트라고 보고 있다. 그러나 전반적으로 저자의 시각은 『열하일기』
　가 북학론을 펼친 저서라는 데 더 많은 비중을 둔 것이라 보인다. 이외 이현식, 「『열하일기』
　의 제일장관, 청나라 중화론과 청나라 문화 수용론」, 『동박학지』 144, 연세대학교 국학연구
　원, 2008 참조.

** 민두기, 「열하일기의 일 연구」, 『역사학보』 20, 역사학회, 1963; 임형택, 「박지원의 주체의

어려울 만큼 선명한 두 주제이다.* 따지고 보면 북학론은 심세를 바탕으로 도출된 하나의 방책이 아닌가 한다.

여기서는 이러한 주제가 이루어질 수 있는 담론 기반이 어디인지 살피는 것에 주된 관심이 있다. 즉『열하일기』가 '북학서'이든 '심세서'이든 그러한 성격을 지니게 된 사유의 바탕을 탐색하고자 하는 것이며 나아가 그것은 어떠한 문제의식에서 비롯되었는지 살피는 일이다. 이는 앞선 두 논의와 살핀 것과 매우 밀접한 관련을 지닌다. 이런 까닭에 보기의 문제는 다른 중심 논지를 전개하는 과정에서 부분적으로 논해야 할 것이 아니라 그 자체를 중심 논지로 설정하고 포괄적이고 자세하게 살필 필요가 있다. 이를 통해 박지원이『열하일기』에서 보기의 문제가 지향하는 궁극적인 목적지가 어디인가를 살필 수 있을 것이며 텍스트에서, 보기의 문제가 차지하는 위상을 가늠할 수 있을 것이다.

2. '보기'라는 화두

『열하일기』는 다양한 견문의 기록이다. 특히 본 것에 대한 기록이 매우 풍부하다. 중국을 다녀오는 동안 연암이 보았던 수많은 중국인과 유적, 문물을 보고 남긴 기록들이 이 여행기에 담겨 있다.『열

식과 세계인식-열하일기 분석의 시각」,『실사구시의 한국학』, 창착과비평사, 2000; 김문식,「박지원이 파악한 18세기 동아시아의 정세」,『한국실학연구』10, 한국실학회, 2005.

* 서현경은『열하일기』의 핵심적 목적이 '조청 관계의 새로운 관계설정'에 있다고 보고 이를 구체화하는 대표적인 두 담론으로 북학담론과 審敵담론을 설정하여 논하였다.『열하일기』가 어떤 담론적 기반에서 형성되었는지 살폈다는 점에서 본고의 의도와 궤를 같이한다. 서현경,「『열하일기』정본탐색과 서술 분석」, 연세대 박사논문, 2008, 116~148쪽.

하일기』는 시각으로 들어오는 정보를 기록하여 이루어진 텍스트라
해도 무방하다.* 이점 여타의 연행록도 크게 다르지 않은 여행기의
일반적인 성격이다.

그러나 『열하일기』는 본 것을 기록한 텍스트에 머물지 않는다.
오히려 『열하일기』에서 연암이 골몰한 문제의식은 '본다는 행위' 그
자체에 있다. 연암은 자신이 보고 있는 중국보다 중국을 보고 있는
자신을 더욱 깊이 들여다 본다. 망막을 통해 들어오는 장면과 이미지
들이 그의 대뇌와 마음에 어떤 파동을 일으키는지 관찰한다. 이미지
는 실제와 같은지, 혹은 이미지와 정보들은 머릿속에 선험적으로 주
입된 인식과 어떤 차이점이 있는지 분석한다. 곧 『열하일기』는 '본다
는 것'에 대한 성찰의 기록이다. 따라서 『열하일기』의 핵심 메시지를
파악하기 위해서는 연암이 말한 중국을 볼 것이 아니라, 중국을 보는
연암을 보아야 한다.

『열하일기』는 여러 층위에서 보기의 문제를 사유하고 있다. 그
가운데 화두에 해당하는 것이 '본다는 것은 무엇인가?'라는 문제이
다. 보기에 대한 일종의 철학적 해답을 찾고자 한 것이다. 우선 연암
은 보기에 대한 존재론적, 관계론적 사유에 천착하고 있는데, 이는

---

* 시각은 사람의 감각 가운데 가장 많은 지각정보를 받아들이는데, 넓은 시야를 통해 대상의
형태, 색과 명암, 방향, 움직임, 속도, 위치, 거리 등의 지각정보들을 수용하고 종합해낸다. 시
각을 통해 들어온 정보는 대상의 시각적, 시공간적 성질들에 관한 것이다. 그러나 우리가 지
각으로서의 시각을 통해서 세계의 현상은 물론 그 이면의 원리와 법칙까지 볼 수 있는 것은
아니다. 시각을 통해 들어온 정보가 이미 마음속에 존재하는 정보와 겹치면서 새로운 표상을
만들어 내는데, 곧 시각이라는 감각기관을 통해 들어온 정보는 대개 주체에 내재되어 있는
관념과 이미지의 영향을 통해 재구성되는 과정을 거친다. 따라서 시각적 경험은 "항상 우리
의 지식과 믿음에 의해 매개되며 타자들과의 관계 속에서 이루어지는 사회적·역사적인 것이
라 할 수 있다."(주은우, 『시각과 현대성』, 한나래, 2003, 20쪽) 이 지점에서 시각에 대한 철학
적·사회문화적 고찰의 필요성이 제기된다.

앞서 언급한 대로 서양 인식론과 매우 가깝다. 그로 인해 이 문제가 인식론의 범주에서 논의되었다. 그러나 연암이 제기한 문제는 인식의 문제만 가리키는 것이 아니라 감각, 지각으로서의 '보기'를 포괄한다. 이는 본다는 행위에 대한 철학적, 사회문화적 사유이다. 그런 면에서 '보기'는 이성 중심의 인식론에 한정되지 않고 감각과 지각의 영역을 아우른다. 보는 주체와 대상, 보는 방법, 그리고 보는 목적에 대한 폭넓은 사유를 통해 보기의 문제에 대한 전면적인 논의를 펼친 것이다.

길을 나아가며 유람하려니 홀연히 기가 꺾여 문득 여기서 바로 되돌아갈까 하는 생각이 들어 온몸이 나도 모르게 부글부글 끓어오른다. 나는 깊이 반성하며, '이는 질투하는 마음이로다. 내 평소 심성이 담박하여 무얼 부러워하거나 시샘하고 질투하는 것을 마음에서 끊어 버렸거늘, 지금 남의 국경에 한번 발을 들여놓고 본 것이라곤 만분의 일에 지나지 않은 터에 이제 다시 망령된 생각이 이렇게 솟는 것은 무슨 까닭인가? 이는 다만 나의 견문이 좁은 탓이리라. 석가여래가 밝은 눈으로 이 시방세계를 두루 보신다면 평등하지 않은 것이 없을지니, 만사가 평등하다면 본래 투기나 부러움도 없을 것이로다.'라고 생각했다. 장복을 돌아보며,
"장복아, 네가 죽어서 중국에 다시 태어나게 해 준다면 어떻겠느냐?" 하고 물으니 장복은,
"중국은 되놈의 나라입니다. 소인은 싫사옵니다."
라고 대답한다. 잠시 뒤 한 맹인이 어깨엔 비단주머니를 걸치고 손으로는 월금(月琴)을 타며 지나간다. 이를 보고 내가 크게 깨달아,

"저 맹인의 눈이야말로 진정 평등한 눈이 아니겠느냐?"
하였다.*

『열하일기』초반의 유명한 대목이다. 압록강을 건너 처음 당도한
중국의 성시가 봉황성이다. 이곳은 중국의 여느 성시에 비해 그리 크
지 않은 곳인데도 연암은 이곳의 저잣거리를 둘러보기도 전에 기가
꺾여 돌아설 마음까지 생겼다. 그러나 연암은 곧바로 마음을 추스르
고 '평등안(平等眼)'의 논리를 펼친다. 이는 앞서 말한 '보기' 문제에
관한 화두에 해당한다.
　이 대목에 등장하는 연암, 장복, 여래 그리고 맹인, 이 네 주체를
유의해서 살필 필요가 있다. 앞의 셋은 모두 시각이 작동하고 있지만
각기 보는 태도와 방식에서 확연한 차이가 있다. 우선 연암은 이제
껏 살아오며 넓은 세계를 보지 못한 좁은 견문 탓에, 남의 좋은 것을
보고 찬사와 감동보다는 질투를 일으켰다. 질투는 열등감의 산물이
다. 반면 장복은 연암처럼 좁은 소견은 매한가지이나 '중국=되놈의
나라'라는 공고한 생각에 사로잡혀 무엇을 보아도 열등감이나 질투
를 내지 않는다. 오로지 중국은 되놈의 나라다. 외형상으로는 평상심
의 상태이다. 한편 석가여래의 밝은 눈은 말 그대로 평등한 눈이다.
어떤 동요나 감정도 일어나지 않는 것은 당연하다. 이로 보면 외형상
장복과 석가여래는 닮아 있다. 그러나 석가여래와 장복의 평상심은
그 출발부터 천양지차다. 그 차이점을 설파하기 위해 연암은 바로 그
때 지나가던 맹인을 장복과 석가여래 앞으로 끌어들인다. 맹인을 만

*　『열하일기』1, 68~69쪽.

난 일이 실제로 사실인지 의도적 설정인지는 중요하지 않다. 『열하일기』는 애초부터 연암의 기발한 구성과 상상력이 가득한 허구적 속성이 두드러져 있음은 잘 알려진 사실이다. 맹인의 눈은 볼 수 없으나 시방세계를 두루 차별 없이 대한다는 점에서 석가여래의 평등안과 같다. 또한 맹인의 눈은 무엇을 보아도 감정의 동요를 일으키지 않기 때문에 장복의 눈과도 같은 것이다. 곧 지나가는 맹인을 언급한 것은 장복의 마음상태가 석가여래와 닮았으나, 결코 석가여래의 눈처럼 밝아서가 아니라 오히려 눈이 있어도 맹인처럼 볼 수 없기 때문이라는 점을 일깨우기 위해서이다. 박지원이 '맹인의 눈'이 '평등한 눈'이라 한 것은 일종의 역설적 수사로, 석가여래의 밝은 눈으로 보지 못하면 아예 장님처럼 보지 못하는 것이 낫다고 말한 것이다. 이 대목은 『열하일기』의 전편을 관통하는 화두로서, '본다는 것은 무엇인가?'라는 보기의 문제를 사유하는 출발점이다. 『열하일기』 곳곳에서 이 문제는 매우 치밀하게 지속적으로 반복하여 거론되고 있는데, 특히 '장복의 거동'을 주의해서 기억할 필요가 있다.

(개) 나는 지금 한밤중에 강물을 건너가니, 이는 세상에서 제일 위험한 일이다. 그러나 나는 내가 탄 말을 믿고, 말은 자기의 발굽을 믿으며, 말발굽은 땅을 믿고서 건넜으니, 그제야 견마를 잡히지 않고 건너는데도 그 효과가 이렇게 나타났다.

수역관이 주부 주명신에게,

"옛날에 위험한 것을 말할 때 맹인이 애꾸눈의 말을 타고 한밤중에 깊은 연못가를 가는 것이라고 하였는데, 정말 오늘 우리들의 일을 두고 말하는 것 같습니다."

라고 하기에 내가,

"그게 위험하다고 한다면 위험할 수도 있겠으나, 정말 위험을 잘 알고 있다고는 말할 수 없을걸."

이라고 하니 그들은,

"무엇 때문에 그렇다는 말입니까?"

라고 묻기에 나는,

"맹인을 보는 사람은 멀쩡하게 눈이 있는 사람들일세. 맹인을 보는 사람들이 자기 스스로 마음속으로 위태롭다고 느끼는 것일 뿐이지, 맹인 스스로야 위험을 아는 것이 아니네. 맹인의 눈은 위험한 것을 볼 수가 없는데 무슨 위험이 있단 말인가?"

하고는 서로 크게 웃었다.*

(나) 나는 오늘에서야 도(道)라는 것이 무엇인지 깨달았도다. 마음에 잡된 생각을 끊은 사람, 곧 마음에 선입견을 가지지 않는 사람은 육신의 귀와 눈이 탈이 되지 않거니와, 귀와 눈을 믿는 사람일수록 보고 듣는 것을 더 상세하게 살피게 되어 그것이 결국 더욱 병폐를 만들어 낸다는 사실을.**

두 글은 연암이 밤낮없이 열하를 향해 가는 도중 밤에 강을 건너고 난 뒤의 기록인데, 특히 (나)는 유명한 「일야구도하기(一夜九渡河記)」의 한 대목으로 강을 건너면서 느낀 것을 별로도 기문으로 남긴 것이다. 「일야구도하기」의 핵심은 잘 알려져 있듯 대상-감각-마음의 문제를 다룬 것으로, 대상이 감각을 통해 마음의 움직임에 영향을

* 『열하일기』 1, 525~526쪽.
** 『열하일기』 2, 505쪽.

미치는데, 심하면 병폐를 일으킨다는 것이다. 감각은 곧 마음에 대상의 상을 맺히게 하여 탈을 일으키는 주요인이 되며, 따라서 보고 듣는 것 즉 감각은 마음을 대상의 노예로 만드는 매개인 것이다. 이것이 이른바 마음의 병폐(선입견, 편견)이다.*

(가)에서 문제의 맹인이 다시 등장하는 까닭은 이 맹인이야말로 보기의 문제를 사유하는 연암에게 매우 흥미로운 캐릭터이기 때문이다. 맹인이 위험을 느끼지 못하는 이유는 감각과 마음이 단절되었기 때문이다. 여기서 다시 장복을 호출해보자. 장복의 마음은 감정적 동요가 없으나, 장복의 눈은 맹인의 눈과 다를 바 없는 질환이 있다. 연암이 맹인을 통해 말하고자 하는 것은 볼 수 없으니 마음에 동요를 일으키지 않는다는 점이 아니라 맹인의 눈은 병이 걸려 무엇을 보아도 제대로 알거나 분별할 수 없다는 점이다. 곧 맹인은 장복과 동일시되었다. 주목할 점은 장복이 못 배운 조선 백성의 전형으로 형상되었다는 점이다. 드러내놓고 언급하지는 않았으나, 연암은 조선 식자층의 눈도 장복과 다를 바가 없다는 점을 말하고 싶었을 것이다. '중국은 되놈의 나라', 이는 수 세기가 지나도 깨어지지 않았던 조선의 중국에 대한 편견 가운데 가장 상징적인 표상이었다.

맹인은 보기의 문제를 사유하는 다른 곳에도 등장한다. 서경덕이 눈뜬 장님을 만난 이야기가 그것으로, 연암이 요술을 구경하고 난

---

* 그간 이 대목은 '명심'에 주목하여 그 뜻을 살피는 데 주안점을 두었지만 이에서 벗어나 그 전체의 논지를 보면 감각과 마음의 관계를 논한 것이다. 그리고 그 메커니즘에 대하여 논한 것은 불교에서 인식주관의 작용성과 대상성을 논한 '法'과 매우 유사하다. 여기서 '법'이란 『잡아함경』, 「육입처경」에 의하면 감각적 대상의 성질을 성립시키는 육식(眼耳鼻舌身意), 즉 감각기관과 이와 상호작용(觸)하여 성립된 감각적 대상의 성질인 **色聲香味觸法**을 일컫는다.

뒤 중국의 벼슬아치 조경련과 나눈 대화에 나온다.

> 이날 나는 홍려시(鴻臚寺) 소경(少卿)인 조광련과 의자를 나란히
> 하고 앉아서 요술을 구경했다. 내가 그에게,
> "눈을 달고 보면서도 시비를 분변하지 못하고 참과 거짓을 살피지
> 못한다면 눈이 없다고 말해도 옳을 것입니다. 그런데도 항시 요술
> 쟁이에게 현혹되는 것을 보면, 이는 눈이 함부로 허망하게 보려고
> 한 것이 아니라, 분명하게 보려고 하는 것이 도리어 탈이 된 것입니
> 다."
> 하니 조광련이,
> "아무리 요술을 잘하는 사람이 있더라도 장님을 현혹시킬 수 없으
> 니, 눈이라는 게 과연 고정불변한 것이라고 말할 수 있겠습니까."
> 한다.*

이에 답하는 말에서 연암은 '서경덕과 장님'***이야기를 꺼내었
다. 서경덕이 눈을 뜬 장님을 만났는데 장님은 앞을 못 보았을 땐 집
을 잘 찾아갔으나, 눈을 떠 앞을 볼 수 있는데도 집을 찾아가지 못하
는 사연을 듣고 명쾌한 해답을 주었다. "그렇다면 네 눈을 도로 감아
라. 즉시 집을 찾아갈 수 있을 것이니라." 곧 다시 길을 찾는 가장 빠
른 방법은 눈을 감아 시각기능을 멈추고 다시 마음의 작용을 복원하

는 것에 있음을 알려주었다. 감각이 정보를 들이는 기능을 하지 못하는 상황에서 오로지 마음에 의지하여 활동하다가 갑자기 감각기능이 작동하더라도 마음과 유기적 상호작용을 하지 못하면 도리어 마음이 수행했던 작용마저 해친다는 것을 이같이 역설적으로 설파하고 있다.

연암이 장님처럼 시각기능을 정지시키는 것이 마음의 병을 치유하는 길이라고 말하려는 것은 아니다. 그의 진의는 오히려 제대로 보는 법은 무엇인가 하는 데 있다. 우선 그는 보는 것이 그리 간단하지 않다는 것을 전제로 제시하였다. 「상기(象記)」에 의하면, 코끼리란 동물은 이빨이 왜 하늘로 솟아 있는지조차도 간단히 알 수 없는 것이다. 천하에 비하면 코끼리는 그야말로 미물에 지나지 않는 것이다. 그럼에도 이 기이한 짐승의 모양에 대한 이치를 제대로 궁구하지 않을 수 없으며 삼라만상의 변화도 이 코끼리의 이치를 따지듯이 해야 한다는 것이다.

이상 연암은 열하일기 곳곳에서 보기에 대한 화두를 던졌다. 본다는 것은 무엇인가? 우리가 지금 제대로 보고 있는 것인가? 연암은 중국이라는 텍스트를 매개로 자신의 '보기'론을 펼치고 있다.

3. '보기'의 논리와 방법

그렇다면 올바르게 보는 방법은 무엇인가? 이것이 또 하나의 화두다. 『열하일기』에서는 대상을 보는 방법론을 명시하지는 않았지만 비교적 분명하게 제시하였다. 이는 보기의 전제, 원칙, 목적을 포괄한다. 즉 세상을 올바로 보는 법, 중국을 올바로 보는 법 그것에 대한 해답을 찾으려고 했다. 이와 유사한 그간의 논의는 '명심(冥心)' 또는 '동심(童心)'에 관한 논의에서 찾을 수 있다.* 곧 마음속 깊이 생각하여 눈귀를 넘어서서, 또는 어린이의 마음처럼 때 묻지 않고 맑은 마음 상태에서 진리에 도달하여야 한다는 것으로 보았다. 앞서「일야구도하기」에서 말한 '명심'이 그것이다. 그러나 이는 연암과 같이 오랜 시간 관찰과 경험을 동반한 수행을 통해 깨달은 자가 할 수 있는 것으로, 여전히 감각에 얽매여 있는 자는 감히 말할 수 있는 것이 아니다. 곧 이는 방법이 아니라 경지를 말한 것이다.** 서경덕이 장님에게 도로 눈을 감으라는 말도 그 말의 타당성보다 역설적 표현에 주목해야 한다. 오히려 연암이 제시한 방법은 다른 곳에 있다. 그것은 매우 세속적이고 단순하고 간단하다.『열하일기』를 살피면 연암이 제시한 보기의 방법 가운데 두 가지가 두드러지게 확인되는데, 하나는 '입장 바꿔 보기'이며 또 하나는 '헤아려 보기'이다. 그런데 이러한 방법론은 기존의 성리학 담론이 아니라 다른 학문 즉 천문학과 불교 등에 바탕을 두거나 원용한 것이라는 데 새로움과 문제성이 있다.***

---

* 박희병,「박지원 사상에 있어서의 언어와 명심」,『한국의 생태사상』, 돌베개, 1999, 297~345쪽.

** 연암의 주장이 '어린아이의 마음이 되어라, 그러면 眞知를 얻으리라'(강명관,『공안파와 조선 후기 한문학』, 소명출판, 2007, 374쪽)는 것이라면 과연 동심에 이르는 방법은 무엇인가? 곧 이는 마음의 수양이 이루어진 결과이다. 그렇다고 연암이 수행해야 한다고 주장하지는 않았다. 오히려 명심과 동심은 고정관념, 편견, 선입견 등을 버릴 것을 말하기 위한 우화적 표현으로 보는 것이 적절하다.

*** 연암의 이 같은 시각이 흔히『장자』혹은 중국 공안파의 원굉도에서 그 논리적 기반을 차용하고 있다고 보고 있다. 이러한 견해는 실증적 근거를 바탕으로 하여 상당한 설득력을 가진다. 이 글은 이러한 논의가 주목하는 바와 같이 연암이 이룬 문학적 성취의 근거를 찾는 일과 궤를 같이하지만 그렇다고 이 작업으로 결론에 도달하려는 것은 아니다. 여기서의 목적은 어디까지나『열하일기』를 하나로 관통하는 핵심적 테마는 무엇이며 그것의 논리적 기반은 무

1) 천문학(天文學)과 입장 바꿔 보기(易地而處)

기공이 내 손을 이끌고 밖으로 나와 함께 달구경을 했다. 그때 달빛
이 대낮처럼 밝았다. 내가
"달에도 또 하나의 세계가 있다면, 달에서 우리 지구를 바라보는 사
람이 있어 난간 아래에 서서 우리처럼 달에 그득한 지구의 빛을 감
상하겠지요."
라고 하니, 기공은 손으로 난간을 치면서 기이한 말이라고 칭찬한
다.*

박지원은 열하에 머물면서 청나라 관료들과 교유하며 이야기
를 나눈다. 기공은 연암이 교유했던 청나라 관료 가운데 한 사람으
로, 본명은 기풍액(奇豊額)이다. 그는 스스로 밝히기를 본래 조선 사
람으로 중국에 들어간 지 4대째가 되었다고 하며 귀주안찰사로 벼슬
살이하고 있었다. 기록에 의하면 1780년 8월 10일 밤 연암은 그와 달

엇일까 하는 점에 있다. 이 같은 관점에서 살핀 결과 『열하일기』에는 의외로 불교와 천문학
담론에 근거한 대목이 다수 산재되어 있음을 확인하였고, 이것이 보기라는 하나의 주제의식
을 구현하기 위해 논리화되는 단계를 찾은 것이다. 미리 언급하지만 이를 통해서 박지원의
사상과 문학의 근거는 독자적 성취나, 어느 하나와의 집중적이고 단선적인 영향 관계로 규정
지을 수 없고, 다양한 학문적 자양분을 흡수하여 새로운 사유를 꽃 피우기 위해 화학적 변화
를 모색하였으며, 그것이 박지원 사상과 문학의 진수를 이루고 있다고 보는 것이 본고의 추
단이다. 따라서 박지원 사상과 문학의 성취를 두고 독자성을 강조하거나 어느 하나의 근거
에서 주된 자양분을 흡수해서 이루어졌다는 견해는 모두 일면적이다. 여기서 제시한 두 가지
논리 기반도 그것의 유일성을 강조하려는 의도가 있는 것이 아니라 적어도 보기 담론에 이러
한 논리의 영향이 다소간 확인된다는 가설을 세우기 위한 것이다.
* 『열하일기』 2, 48쪽.

구경을 하면서 이런 말을 했는데, 기공은 연암의 기발한 발상이 빛나는 이야기를 듣고 기이한 이야기라며 웃었다. 연암은 며칠 뒤인 8월 13일 다시 기공을 만나 술을 마셨는데 이때에도 천문학에 관해 사뭇 깊이 있는 논리를 펼쳤다.

> 만약 지구가 모나다고 말한다면, 월식 때에 꺼멓게 먹어 들어간 그림자 부분은 어찌해서 둥근 활 모양을 이루는 것인가요? 지구가 모나다고 말하는 사람들은 모든 것이 방정해야 된다는 의리의 입장에서 물체를 인식하는 것이고, 땅이 둥글다고 주장하는 사람은 사물의 형체를 믿고 의리를 놓치는 것입니다. (중략) 지구의 본체는 둥글고 허공에 걸려 있어 사방이 모나지도 않고 또 위와 아래도 없으며, 또한 자기의 위치에서 마치 문의 문의 돌쩌귀가 돌아가듯 해서 태양과 처음으로 마주치는 곳이 아침에 먼동이 트는 지방이겠지요? 지구가 점점 돌면서 처음 태양과 마주치는 곳에서 점점 어긋나고 멀어지면서 정오도 되고 해가 기울기도 하여 낮과 밤이 되는 것이겠지요?*

이른바 지전설(地轉說)이다. 연암은 천원지방(天圓地方)이라는 동아시아 전통의 세계관을 비판하면서 지구가 둥글다는 것을 역설하지만, 여기서 나아가 아예 지구가 태양의 주위를 돈다는 논리를 갖은 비유를 들어가며 설파한다. 연암은 이런 이야기를 기공에게만 한 것이 아니다.

___

* 『열하일기』 2, 74~75쪽.

제가 달세계가 있다고 한 것은 정말 그런 세계가 있다는 말이 아니라. 본래 지구의 빛을 논변하려고 하니 설명할 장소가 마땅치 않아 가설적으로 달세계를 설정해서 말했던 것입니다. 위치를 바꾸어서 처해 보자는 것으로(易地而處).* 우리가 달 가운데 있으면서 지구의 테두리를 우러러본다면 응당 지상에서 달을 바라보는 것과 같다는 말입니다.**

연암은 왕민호(王民皞)와 대화를 나누며 이 같은 말을 했다. 왕민호는 호가 곡정(鵠汀)으로 연암은 그와 나눈 필담을 「곡정필담」이라는 한 편의 글로 엮을 정도로 많은 대화를 나누었다. 이 이야기는 기공과 나누었던 내용과 다를 바 없다. 그러나 이러한 이야기를 지속적으로 청인들과의 필담에서 꺼냈다는 사실에 주목해야 한다. 연암이 이런 이야기를 삽입한 이유는 조선의 학문적 수준과 위상을 드러내고자 한 의도로 간주할 수도 있겠지만, 그보다는 이 이야기를 조선 지식인의 고루한 식견을 겨냥하기 위한 것으로 보아야 할 것이다. 조선의 좁은 식견으로는 여전히 청나라는 오랑캐이며 조선은 소중화일 뿐이니 하물며 천문을 논함에랴.

---

* '易地'는 『맹자』, 「이루하」에 그 용례가 보인다. "禹稷顔回同道. 禹思天下有溺者, 由己溺之也, 稷思天下有飢者, 由己飢之也, 是以如是其急也, 禹稷顔子易地則皆然." 이것이 후에 '易地而處'라는 성어로 관용어처럼 사용되었는데, 『三國志·魏·曹髦』의 「少康, 漢高祖論」(『藝文類聚』卷第十二)의 다음 대목 "身歿之後, 社稷幾傾, 若與少康易地而處, 或未能復大禹之績也"나 당나라 학자 劉知機의 저서 『史通』, 「雜說」上의 다음 구절 "若使馬遷易地而處, 撰成漢書, 將恐多言費辭, 有逾班氏" 등 다수의 글에서 빈번하게 확인된다.

** 『열하일기』 2, 403쪽.

　연암이 중국에서 펼친 천문학 담론은 다른 영역으로 확산하여 의미를 재생산하는데, 여기서는 이를 '입장 바꿔 보기'라 부르기로 한다. 이는 기존 논의에서 '상대주의(相對主義)'란 명칭으로 활발히 논의된 점일 뿐만 아니라, 이를 고차원적 인식 활동으로 설정하고 있다.* 곧 '명심'에 이른 상태에서만 이러한 시각을 지닐 수 있다고 본 것이다. 그러나 사실 '입장 바꿔 보기'는 수행을 통해 이르는 경지의 문제라기보다는 태도 변화를 통해 시각을 전환하는 방법의 문제이다. 고차원적 이성의 상태에서만 지닐 수 있는 것이 결코 아니다. 다만 그러한 태도 변화를 일으키기 위한 유용한 지식이 바로 당대 조선에서 널리 확대되고 있었던 천문학 담론이다.**

　그런데 연암은 어떻게 이렇듯 기발한 천문학 지식을 알고 있었을까? 앞에서 기공은 일찍이 들어보지 못한 새로운 학설을 듣고 연

---

*　박지원을 포함한 북학파의 상대주의 시각 혹은 複眼 또는 包越은 최근 장자 등 동아시아 사유 전통과 관련지어 활발하게 연구되고 있지만 그 용어만은 추측건대 문화상대주의를 원용한 것이라 보인다.(송영배, 「홍대용의 상대주의적 사유와 변혁의 논리」, 『한국학보』 74, 일지사, 1994; 이종주, 앞의 책; 박희병, 『연암을 읽는다』, 돌베개, 2006, 153쪽, 412쪽.) 그러나 연암이 이러한 시각을 보인 것은 어느 하나의 문화만 옳다고 보는 문화절대주의에 반대하는 차원에서 제기한 것은 아니다. 연암이 상대주의 시각을 보인 것은 세상을 보는 관점의 변화에 주된 목적이 있다. 이 시각이 결코 결점이 없는 것은 아니다. 상대주의 시각은 상대방의 문화적 관습은 그럴만한 내력을 지니고 있을 것이니 함부로 비판하거나 무시해서는 안 된다는 논리다. 그러나 상대방과 나와 다르다는 것을 인정만 할 뿐 그 어떤 진전된 입장을 세우지는 않는다. 차이를 인정하고 이를 넘어서서 동질성을 지향한다거나 차이를 적극적으로 긍정하는 평등의식을 지향한다거나 하는 점에서는 한계를 보이는 것이다.

**　조선 후기 천문학은 전통적으로 발전시켜온 자체의 훌륭한 성과와 함께 중국에서 들어온 서양 천문학의 영향을 받아 빠른 속도로 발전하고 있었다. 明 李之藻가 편찬한 『天學初函』(1628)과 역시 당시 서양 선교사 陽瑪諾(Emmanuel Diaz, 1574~1659)이 편찬한 『天問略』 등의 서양 천문학을 소개한 서적이 조선에 유입되어 널리 확산되었다. 강영심, 「17세기 서양 천문역법의 수입과 천문 역법인식의 변화」(홍선표 외, 『17·18세기 조선의 외국서적 수용과 독서문화』, 혜안, 2006).

암에게 이를 스스로 터득하였는지 묻자, 연암이 고백하기를 조선의 벗 홍대용에게서 들은 것이라고 하였다. 곧 지전설은 홍대용이 세운 학설이라는 것을 명확히 언급한 것이다. 잘 알려져 있듯이 홍대용은 일찍이 부친이 목사로 부임하고 있던 나주에 따라가 그곳의 뛰어난 천문학자 나경적(羅景績), 안처인(安處仁)과 함께 혼천의(渾天儀)를 제작한 뒤 이를 집에 두고 '농수각(籠水閣)'이라 이름 붙일 정도로 천문학에 해박하였다.[*] 그가 남긴 『의산문답』은 지전설과 우주무한론을 주된 내용으로 한 천문학을 바탕으로 하여 펼친 철리산문이다.[**] 그런데 이 논리는 중국을 통해 조선에 유입된 서양 천문학의 토양 위에서 형성된 것이다.[***]

이렇게 연암이 스스로 밝힌 대로 그의 천문학 지식은 담헌에게서 취한 바가 많았음을 알 수 있다. 그런데 담헌 또한 보기의 문제를

---

[*] 홍대용이 연행에서 지기를 맺은 항주 선비 가운데 한명인 육비가 지어준 「농수각기문」에 다음과 같은 내용이 전해온다. 『주해 을병연행록』 2, 361쪽. "동국의 홍 처사 담헌은 서적을 궁구하지 않은 바가 없고 여사로 재주와 산수 역법에 미쳐 각각 미묘한 곳을 얻은 바 있다. 그 나라에 나경적이란 사람이 있어 전라도 동복 땅에 숨어 거하여 천문 도수를 깊이 알고, 그 문생 안처인은 스승의 전함을 얻어 공교한 생각이 짝이 없으니, 두 사람은 다 기이한 선비다. 담헌이 찾아가 서로 강론하여 옛 제도를 변통하고, 여러 장인을 모아 세 해를 지나 혼천의 하나를 만들어 농수각 가운데 두고 아침저녁으로 구경을 삼으니 진실로 두 아름다움은 반드시 합할 것이요, 구하기를 부지런히 하며 다스리기를 이같이 전일하게 또 오래 한 것이다."

[**] 박희병, 『한국의 생태사상』, 돌베개, 1999, 277~293쪽.

[***] 박지원에 의하면 지전설은 홍대용이 처음으로 말한 것처럼 이해되나 관련 연구에 의하면 홍대용 이전 김석문이 그의 저서 『易學二十四圖解』에서 제시하였는데 그 또한 조선에 들어온 서양의 천문서적 『五緯歷指』 등을 참조하고 당시 북경에 머물던 서양선교사들의 견해를 비판하면서 이 지전설을 구체화하였다. 민영규, 「17세기 이조학인들의 지동설」, 『동방학지』 16, 연세대 국학연구원, 1975; 小川晴久, 「지동설에서 우주무한론으로-김석문과 홍대용의 세계」, 『동방학지』 21, 1979; 김용헌, 「서양 과학에 대한 홍대용의 이해와 그 철학적 기반」, 『철학』 43, 한국철학회, 1995, 12~18쪽 참조.

매우 중시하고 깊이 생각을 이어간 인물이다. 이송(李淞)이 「담헌홍덕보묘표(湛軒洪德保墓表)」에서 말한 '공관병수(公觀倂受)'가 이를 잘 설명한다.* 이는 '편견 없는 공평한 입장에서 사물과 세계를 관찰하여 다른 사상이나 논리의 장점이 있으면 두루 취한다'는 말로, 담헌이 당대 세계와 역사의 올바른 이해를 위한 방법의 요체를 담고 있다. 그런데 여기에 영향을 미친것도 바로 천문지식이다. 실제로 이러한 '입장 바꿔 보기'는 연암뿐 아니라 홍대용 또한 빈번하게 언급하고 있다. 한 가지만 예를 든다.

> 세 사람은 비록 머리를 깎고 호복(胡服)을 입어 만주 사람과 더불어 다른 것이 없었으나, 실은 중화의 내력 있는 집안의 후손들이다. 우리가 비록 넓은 소매의 옷을 입고 큰 갓을 쓰고 자랑이나 되는 듯이 까불며 기뻐하지만, 바다 위의 변방 사람이니, 그 귀천의 차이가 어찌 척촌(尺寸)으로 헤아릴 수 있겠는가? 우리나라 사람의 기질과 습속을 가지고 만약 그 처지를 바꿔놓는다면 그 천하게 여기고 능멸하는 것이 어찌 노복 대하듯 할 뿐이겠는가? 그러니 이 세 사람이 우리를 한두 번 만나자 곧 옛 친구 만난 듯이 마음을 기울이고 창자를 쏟아 호형호제하면서 가까이하여 마지않는 이 기풍과 정미(情

---

* 　李淞, 「湛軒洪德保墓表」, 『湛軒書』. "그 학문은 오로지 평이하고 실질적인 문제를 숭상하고 지나치게 과격한 면은 전혀 없으며, 세속 선비들이 공리공담만 늘어놓고 **實行實用**을 전연 관심을 보이지 않는 것에 개탄하지 않은 적이 없었다. 그리고 고금 인물들의 바르고 간사함과 옳고 그름을 논할 때 그가 평가하고 논한 방법이 전배 학자들의 견해를 넘어선 것이 많았다. 그의 큰 아량이야말로 모든 것을 공평하게 보고 이것저것 다 받아들여(公觀倂受) 大道에 들어가게 함으로써 뾰족하고 작고 좁고 사사로운 것 따위의 구태를 버리려는 것이었다. 지금 세상에서 이는 물론 실행하기 어려운 일이나, 진실로 그의 바람은 매우 넓었다."

味)가 벌써 우리로서는 따라갈 수 없는 것이다.*

이 글은 담헌이 북경의 간정동에서 천애지기를 맺은 항주의 세 선비에 대한 인물됨과 평을 남긴 말인데, 여기서 담헌은 우리의 옹졸함을 그들의 너른 마음씨와 대비하여 신랄하게 비판하는 대목에서도 이 '입장 바꿔 보기'를 가정하는 방법으로 전개한다.

이뿐만 아니라 홍대용의 『의산문답』은 천문학에 그 논리적 바탕을 두고 이러한 '입장 바꿔 보기'를 테마로 한 명저라고 평할 수 있다.** 이로 보면 천문학 지식은 북학파를 중심으로 한 지식인들 사이에서 당대 현실과 역사를 바라보는 새로운 시각을 가지는 데 매우 유용한 학문으로 간주되었다는 것을 알 수 있다.

이렇게 연암은 담헌과 같은 천문학에 뛰어난 재능을 보인 이들과 친교를 맺으며 그들과 나눈 천문학 담론을 깊이 체득한 뒤 이를 『열하일기』의 저술과정에서 '보기'론으로 발전시킨 것이라 할 수 있

---

* 홍대용, 『湛軒書』, 「乾淨錄後語」. "三人者, 雖斷髮胡服與滿洲無別, 乃中華故家之裔也. 吾輩雖濶袖大冠沾沾然自喜, 乃海上之夷人也, 其貴賤之相距也, 何可以尺寸計哉. 以吾輩習氣, 苟易地而處之, 則其鄙賤而轅轢之, 豈啻如奴僕而已哉. 然則三人者之數面如舊, 傾心輸腸, 呼兄稱弟, 如恐不及者. 卽此氣味已非吾輩所及也."

** 홍대용 또한 지전설과 우주무한설을 주장하는 곳에서 입장 바꿔 보기의 논법을 동일하게 구사하고 있다. 홍대용 지음, 김태준·김효민 옮김, 『의산문답』, 지식을만드는지식, 2011, 60~61쪽. "하늘에 가득한 별들도 저마다 세계가 아닌 것이 없다. 그들 별에서 본다면 지구 또한 하나의 별에 지나지 않는다. 끝없는 세계가 우주에 흩어져 있는데, 오직 이 지구가 그 중심에 있다는 말은 이치에 맞지 않다. 따라서 그 별은 세계가 아닌 것이 없고 돌지 않는 것이 없다. 뭇 별에서 보면 지구에서 볼 때와 같이 각자 중심이라고 여긴다. 그 별들 각각이 모두 하나의 세계이다.(滿天星宿, 無非界也. 自星界觀之, 地界亦星也. 無量之界, 散處空界, 惟此地界, 巧居正中, 無有是理. 是以無非界也, 無非轉也. 衆界之觀, 同於地觀, 各自謂中, 各星衆界.)"

다. 앞서 중국 선비와 나눈 대화에서 연암이 은연중에 강조하는 것은 이것이 지극히 쉬우면서도 간단한 일인데 쉽게 하지 못하는 것은 태도의 문제라는 점이다. 즉 내가 생각하고 있는 것은 타자도 생각할 수 있을 가능성이 있다는 지극히 간단한 사실을 쉽게 망각한다는 것이다. 입장을 바꿔 보는 일은 보는 주체와 객체 사이의 일방적인 시선을 전복시키는 데 큰 효과를 낸다. 일순간에 고정된 사고, 고여 있는 사고를 뒤집는 파격을 가져올 수 있는 것으로, 그리 어려운 일이 아니다. 그러나 이 전복적 효과 때문에 입장 바꿔 보기가 쉽지는 않다. 생각의 틀에 안주하고자 하는 인간의 심리는 쉽사리 자신의 고정관념을 바꾸려고 하지 않는다. 그 자체가 용기를 내어야 하는 실천인 것이다.

2) 불교와 헤아려 보기(如是觀)

연암은 불교와 관련된 글을 여러 편 남겼다. 특히 불교의 이치에 대한 문제를 깊이 다룬 것이 많은데 「관재기(觀齋記)」도 그 가운데 하나로, 연암의 불교적 사유의 깊이를 가늠할 수 있는 글로 알려져 있다.* 이 글의 다음 대목에 주목한다.

> 명(命)에 순응하여 명(命)으로써 나를 보고, 리(理)에 따라 돌려보내어서 리(理)로써 사물을 보라.**

---

* 이현식, 「관재기, 공의 논리와 미학」, 『박지원 산문의 논리와 미학』, 이회, 2002.

** 박지원, 「觀齋記」, 『연암집』 하, 돌베개, 2007, 414쪽. "順之以命, 命以觀我, 遣之以理, 理以觀物."

「관재기」는 박지원이 서상수의 당호인 관재(觀齋)에 써준 기문인데, 글의 대부분이 대사와 동자승의 문답으로 구성되어 있고 이 앞뒤로 연암이 내용을 덧붙여 놓았다. 이 글에는 골동서화에만 빠져 있는 서상수에게 세상도 좀 보라는 연암의 당부가 담겨 있다.* 대사가 동자에게 한 말 가운데 이 말이 가장 중요로운 대목이다. 명과 이는 불교에서 각각 생명의 본원, 본체가 가진 불변의 것으로 파악한다. 곧 불교에서 대상을 인식하고 깨달음을 인식하는 방법으로 말한 것이지만, 이 글과 관련지어 본다면 보기의 방법을 이야기 한 대목이기도 하다. 공을 중시하는 불교지만 실재를 부정하지 못하는 현실적인 태도가 '명'과 '리'에 담겨 있다. 『열하일기』에서도 연암은 불교의 논리에 기대어 쓴 부분이 더러 있는데 보기의 문제를 사유한 대목에서도 확인된다.

슬프다! 중원이 오랑캐 손에 함락된 지 백여 년이 지났건만, 의관제도는 오히려 광대들의 연극에서나 비슷한 것이 남아 있으니, 하늘의 뜻이 여기에 있는 것인가? 또 연희하는 무대에는 모두 '이와 같은 것을 보라'는 뜻의 '여시관(如是觀)'이란 세 글자를 써 붙였으니, 이것에도 은밀한 뜻을 부쳤음을 볼 수 있겠다.**

청나라 때 유행한 연희에는 당송이나 명나라 때 사적을 담은 내용이 많고, 특히 배우들이 입는 복장 또한 그때의 것이 많다. 그래서 드러내놓고 명을 기리지 못하는 명나라 유민의 한 많은 사연이 바

로 '여시관'에 담겨 있다. 본래 이 말은 『금강반야바라밀경(金剛般若波羅密經)』 마지막 부분의 「응화비진분(應化非眞分)」*에 나온다. 여기서 '여시(如是)'는 대개 불교의 교리를 가리키는 말로 '여(如)'는 '진공(眞空)', '시(是)'는 '묘유(妙有)'를 가리킨다.** 곧 『금강경』에서의 '여시관'은 수행과 깨달음의 방편이다. 그러나 연극 무대에 붙어 있는 '여시관'은 이러한 뜻을 온축하고 있기보다는 당시 중국의 저잣거리에서 속화(俗化)되어 관습적으로 쓰인 말이었을 것이다. 어쨌든 '여시관'은 사물을 보면 이치를 깨닫고, 보이는 것을 통해 보이지 않는 것을 보라는 뜻이다. 그런데 연암은 이 '여시관'을 전혀 다른 각도에서 의미를 생산하는데, 특히 『열하일기』의 주요 논리인 '북학론'을 역설하는 데 이를 적극 활용한다.***

> 만리장성을 보지 않고는 중국의 크기를 모르고, 산해관을 보지 않고는 중국의 제도를 모르며, 산해관 밖의 장대를 보지 않고는 장수의 위엄과 높음을 모를 것이다.****

연암은 화이의 공간적 경계인 산해관을 들어가면서 화이론을 해

---

* 『금강경』, 제32 「應化非眞分」, "一切有爲法, 如夢幻泡影, 如露亦如電, 應作如是觀."

** '如是觀'은 산스크리트어 'Evam drastavyam'을 구마라집이 漢譯한 것이다. 이는 우리말로 대개 '마땅히 이와 같이 보라'로 풀이된다.

*** 이는 『열하일기』에 국한된 말이다. 즉 『열하일기』 외 '여시관'을 용사한 모든 글이 북학의 논리를 구체화하기 위한 것은 아니다. 「桃花洞詩軸跋」이 이를 잘 보여주는 글이다. 이 글은 길지 않은 글이지만 여러 개의 단락은 제각각의 범상치 않은 내용을 다루고 있는데 단락이 끝날 때마다 여시관으로 마무리를 한다. 그야말로 『금강경』의 '여시관'을 패러디한 글이라 할 수 있는데, 『열하일기』와는 별도로 이 글에 대한 상세한 분석이 요구된다.

**** 『열하일기』 1, 「장대기」, 354쪽.

체하는 발언과 함께 중국을 문물제도를 보는 관점과 방법을 간명하게 언급하였다. 만리장성과 산해관을 화이의 경계로만 보는 것은 있는 그대로 보는 것이다. 그러나 이것은 중국의 크기와 정밀한 제도를 상징하는 축조물이며, 장대 또한 그 전략적 기능을 넘어서서 장수의 위엄이 서린 곳임을 연암은 강조한다. 만리장성과 산해관, 장대는 중국의 규모와 제도와 위엄을 고스란히 담아놓은 중요한 건축물인 것이다. 우선 중화와 이적의 경계인 이들 건축물에서 화이구분의 관점을 분리하고, 그 빈자리에 건축과 조형물을 보는 새로운 관점을 제시하고 있는데 그것이 '여시관'의 방법이다. 연암의 표현법을 통해 유추하면 '여시관'은 곧 헤아려 본다는 것이며 하나를 보고 그 이외의 것을 미루어 짐작하는 방법이다. 이는 『열하일기』에서 반복적으로 활용되고 있다.

여기서 잠시 '여시관'과 '명심'의 관계에 대하여 살펴보자. 혹 여시관이 명심 혹은 동심이라는 선입견이 배제된 순수한 아이 같은 마음을 지녀야 그 실제적 효과가 있는 것 아니냐는 제기를 할 수 있다. 물론 연암이 이 명심(동심)을 강조하는 것은 그의 새로운 인식론의 전제로 볼 수 있다. 그러나 앞서 말한바 『열하일기』는 이를 강조하지만 전제로 삼지는 않는다. 그러한 상태에서 이 헤아려 보기로만 중국을 살펴도 전혀 새로운 차원을 발견할 수 있을 뿐 아니라 이렇게 하면 화이론과 같은 관념도 점진적으로 바뀔 수 있다는 것을 보여주고 있다.

그러나 그들이 누렸던 공과 이익을 따져 본다면, 그 법이 비록 오랑캐에게서 나왔다 하더라도 많은 장점을 집대성하고, 유정유일의 마음씨를 스승으로 삼지 않은 임금은 없었다. 그러므로 앞에서 걸임금과 주임금, 몽염장군, 진시황, 상앙 등과 같은 지혜와 역량이 천지를 진동시킬 수 있다고 한 사람들이야말로 지금 중국의 위대함을 만들었던 것이고, 스물하나의 왕조, 삼천여 년 사이에 이룩했던 법과 남긴 제도는 바로 그들을 통해서 살펴볼 수 있는 것이다. 이제 그들은 나라를 세워 청이라 이름하고, 수도를 세워 순천부라 했다.*

여기서는 이른바 청조에 대한 인식전환의 필요성이 설파되고 있다. 곧 중국을 차지한 주체로 중화여부를 판단할 것이 아니라 그들이 중국의 황제와 재상의 자리를 이어가면서 이룩했던 법과 제도를 통해 중국을 파악해야 한다는 것이다. 그렇게 본다면 중국은 누가 차지하던 그 면면히 이어져 오는 문명에 의해 여전히 성인의 법이 내려오는 나라인 것이다.

이처럼 이것을 통해 저것을 보는 '헤아려 보기'는 하찮은 것에서 장대한 광경을, 일개 제도에서 만사 근본을, 현재 남겨진 것에서 성인의 옛 제도를 살피는 데 유용하다. 이 일은 손가락으로 장을 찍어 먹어보고 장독의 장맛을 헤아려 보는 것만큼이나 평범하고 쉽다. 「상기」에서 어려움을 토했듯 삼라만상을 헤아리기 어려운 것도 이런 방법을 사용하면 의외로 빠르고 쉽게 본질과 이치를 찾을 수 있을 것이다.

이상에서 연암은 보기의 방법으로서 불교의 '여시관'이라는 관점을 빌려 헤아려 보는 방법을 제시하였음을 알 수 있다. 이는 논리학

---

* 　『열하일기』 1, 459쪽.

에서 흔히 연관적(관계론적) 사고,* 추리적 사고 등으로 불리기도 하는 것이지만 그 요체는 오늘날의 논리학에 견주어 결코 뒤처지지 않는다. 여기서도 또한 새로운 논리를 구상하고 관점을 구체화하기 위해서는 분야를 막론하고 유용하거나 합당한 것이 있으면 취해서 널리 원용하는 연암의 학문적 개방성과 창의성을 엿볼 수 있다.

4. '보기'론의 지향점, 심세(審勢)

지금 열하의 지세를 살펴보니 열하는 천하의 두뇌에 해당하는 지역이다. 황제가 북으로 열하에 연이어 가는 것은 다른 특별한 이유가 없다. 두뇌를 깔고 앉아서 몽고의 숨통을 조이려는 것일 뿐이다. 그렇게 하지 않았다면 몽고가 이미 매일같이 출몰하여 요동을 흔들어 놓았을 것이다. 요동 지방이 한번 흔들리면 중국 천하의 왼쪽 팔뚝이 잘려나가는 것이다. 천하의 왼쪽 팔뚝이 잘려나가면 중국의 오른쪽 팔뚝인 청해성 지방만 가지고는 움직일 수 없을 것이다. 그렇게 되면 내가 본 서번의 여러 오랑캐가 슬슬 나오기 시작해서 감숙성과 섬서성 지방을 엿볼 것이다. 우리나라는 다행히 바다 모퉁이에 치우쳐 있어서 중국 천하의 일과 무관하다. 그리고 나는 지금 머리가 희끗희끗한 나이인지라 앞날에 벌어질 일을 미처 보지 못할 것은 당연하지만, 앞으로 30년이 지나지 않아서 천하의 근심거리를 근심할 줄 아는 사람이 있다면 내가 금일 하는 말을 의당 다시 생각

---

*   서구 학계에서는 이러한 사유를 'correlative thinking'이라 명명하며 중국 문명사에서 '영원한 원리'라고 할 정도로 큰 역사적 의미를 지닌 것으로 간주한다. 존 헨더슨 저, 문중양 역주, 『중국의 우주론과 청대의 과학혁명』, 소명출판, 2003, 15쪽.

하게 될 것이다. 때문에 내가 본 오랑캐와 여러 종족을 여기 기록해
둔다.*

「황교문답」은 라마교에 관한 문답이란 뜻으로 열하의 외팔묘에
거처하는 판첸 라마에 관해 이야기한 것을 묶은 것이다. 이 글은 청
조가 사방을 제어하는 방법으로 청조의 항시적 위협적 대상이었던
사대부와 사방 제 종족을 제어하는 방법이 얼마나 치밀한지 보여주
고 있다. 중화와 이적을 구분해야 한다는 논리를 넘어서서 청조가 중
원을 지배하고 있는 동안 태평한 이유를 청조의 정치외교적 전략을
면밀히 분석하면서 조목조목 설명하고 있다. 마치 중국의 정치경제
학이라 할 만큼 분석이 예리하다. 이 대목에서 유심히 살필 것은 청
의 입장에서 열하라는 장소를 살피고(입장 바꿔 보기), 열하의 피서산
장을 둘러싼 외팔묘와 열하 밖에서 주기적으로 행하는 사냥을 통해
서 이곳에 피서산장을 세운 이유를 헤아린다(헤아려 보기)는 점이다.
그 결과 위와 같이 청조는 중원을 웅거하여 대단히 치밀하고 다양한
정책을 실행하며 태평성세를 구가하고 있음을 보여준다. 이는 물론
조선 지배층이 진행하는 북벌론이 비현실적인 정책임을 보여주려는
목적도 있다.

연암은 황제의 여름 피서지인 열하의 피서산장 너머에 라마교
등 불교 사원을 지어놓고 티베트의 지도자 판첸 라마를 스승으로 모
셔놓은 것을 예사롭게 넘기지 않았다. 청나라는 사방 제 종족을 다스
리기 위해 여러 방면에서 치밀한 방책을 구사하는데 몽고와 티베트

---

* 『열하일기』 2, 227쪽.

268

를 제어하기 위해 천하의 정수리에 해당하는 이곳 열하에 별장을 짓고 피서를 와서 사냥을 즐기는데 그것이 곧 두 종족을 제어하는 정치적 행위라는 것을 간파한 것이다. 피서를 즐기며 라마를 스승으로 모신 것은 티베트를 어루만지는 것이며, 역시 티베트 불교를 믿는 몽고와는 청나라 병사와 함께 사냥을 함께 했는데, 당시 유목민족에게 사냥이란 곧 전쟁이나 군사훈련과 같은 것이니 이는 합동군사훈련과 다를 바 없었다. 몽고는 이렇게 중원을 말을 내달릴 명분을 뿌리부터 제거하며 다스린 것이다. 그런데 연암은 이와 같은 보이지 않는 은밀한 청나라의 책략을 어떻게 알아차렸을까? 이 「황교문답」 앞에 연암은 다음과 같은 글을 써두었다.

남의 나라에 들어가는 사람이 "나는 적국의 사정을 잘 엿보았다."고 말하기도 하고, "나는 그 나라 풍속을 잘 관찰했다."고 말하기도 하지만, 나는 그런 말들을 전혀 믿지 않는다. (중략) "그 나라에서 크게 금지하는 것이 무엇인지 물어본 연후에 그 나라에 감히 들어갔다"는 말은 타국에서 지켜야 할 도리이거늘, 하물며 대국에 대해서랴. (중략) 내가 열하에 이르러 묵묵히 천하의 형세를 살펴본 것이 다섯 가지였다. (중략) 한조각 돌덩이로 천하의 대세를 엿볼 수 있을 터인데, 하물며 중국 사람들의 괴로운 심정이 돌을 감상하는 사람의 괴로움보다 더 큰 문제가 있음에랴.*

서문의 요지는 곧 지금 청나라는 대략 평면적으로 관찰하면 절

* 『열하일기』 2, 172~175쪽.

대로 제대로 알 수 없으며, 더구나 그곳 재상과 장수들을 만나 문답
을 나눌 때 그들의 입장을 충분히 헤아리고, 그들의 입장에 서서 그
들의 마음을 꿰뚫어 본 뒤, 하나의 돌덩어리에서 천하를 엿보듯이 해
야 한다는 것이다. 이것이야말로 '입장 바꿔 보기'와 '헤아려 보기'의
방법을 종합한 것이며, 이는 바로 천하의 형세를 파악하는 데 궁극적
의도가 있음을 명시한 대목이라 할 수 있다.

나아가 「심세편」은 연암이 제기한 '본다는 것'의 문제의식이 집
약된 대단원에 해당하며, 실제 연암의 보기 담론이 구체화되고 있는
현장이다. 다시 말해 이 글은 연암이 제기한 '입장 바꿔 보기'와 '헤아
려 보기'를 종합적으로 구현하여 천하의 대세를 전망한 글이다. 「심
세편」은 길지 않은 글이다. 그럼에도 보기에 대한 이론과 실제가 집
약되어 있다고 보일 정도로 『열하일기』에서 추구한 핵심이 무엇인지
보여준다.

서두는 중국을 유람하는 사람에게 다섯 가지 망령된 생각이 있
음을 들면서 시작하는데, 중국의 오래된 명문세족을 업신여기는 생
각, 상투를 가지고 만주족의 풍속과 의복을 비웃는 것, 중국 관리에
게 예를 차리는 것을 부끄러워하는 것, 중국의 문장을 비하하는 것,
현실을 비판하는 선비가 없다고 생각하는 것이 그것이다. 이는 자아
를 객관화하여 스스로 인식하지 못한 부분을 찾아낸 결과이다.

곧이어 연암은 중국에서 '선비 되기'의 어려움을 논했는데 이것
이 주목할 부분이다. 중국 선비는 제자백가와 구류를 통달해야 하고,
대국의 체면을 잃어서는 안 되며, 법을 두려워하고 관직에 신중하며
본분을 다하여야 하는 어려움이 그것이다. 그런데 이것을 간파한 방
법을 연암은 중국의 선비들과 교유하면서 알게 되었다고 했다. 그러

나 이를 통해 "알지 못하던 지식을 매일 알게 되기는 했으나, 당시 정치의 잘잘못과 민심의 향배에 대해서는 도무지 알아낼 방법이 없었다"고 토로하였다. 그렇다면 연암은 어떻게 당대 중국의 정치의 향방과 민심의 흐름을 파악했을까? 이후 연암은 그 방법을 설명했는데, 중국 지식인의 환심을 사기 위해 대국의 명성을 찬미하고 사해일통의 의식을 부지런히 보여주며, 오늘날의 일보다는 옛일을 거론하여야 한다는 점을 일깨웠다. 그렇게 하여 그들의 눈썹의 움직임을 통해 말의 참과 거짓을 알 수 있고, 웃음 속에서 실정을 탐지해 낼 수 있었다고 하였다. 이것이 연암이 심세를 한 구체적인 방법인데 바로 '입장 바꿔 보기'와 '헤아려 보기'가 두루 활용된 것임을 알 수 있다. 중국 선비의 어려움은 중국 선비의 입장에 서서 생각해야만 알아낼 수 있는 것들이다. 그리고 그들과 대화를 통해 얻은 알짜 정보는 대개 그들의 몸짓과 행동의 미묘한 움직임을 통해서 헤아려 낸 것이다.

그래서 알게 된 핵심은 청나라가 중원 대륙을 어떻게 통치하고 있는가 하는 것이다. 첫째, 가장 두려운 대상인 선비를 다스리기 위해 황제 스스로 주자의 학문을 종주로 세워 천하 사대부의 목을 걸터타고 있으며, 각종 출판사업을 벌여 사대부를 동원하여 그들로 하여금 비판의 여지를 주지 않는다는 점이다. 둘째, 몽고와 티베트에 대한 통치인데 다음의 글에 잘 나타나 있다.

천하의 우환은 언제나 북쪽 오랑캐에 있으니, 그들은 복종시키기까지 강희 시절부터 열하에 궁궐을 짓고 몽고의 막강한 군사들을 유숙시켰다. 중국의 수고를 덜고 오랑캐로 오랑캐를 방비하였다. 이렇게 하면 군사비용은 줄이면서도 변방을 튼튼하게 하는 것이므로,

지금 황제는 그 자신이 직접 이들을 통솔하여 열하에 살면서 변방을 지키고 있다. 서번은 억세고 사나우나 황교(라마교)를 몹시 경외하니, 황제는 그 풍속을 따라서 몸소 자신이 황교를 숭앙하고 받들며, 그 나라 법사를 맞이하여 궁궐을 거창하게 꾸며서 그들의 마음을 즐겁게 하고 명색뿐인 왕으로 봉함으로써 그들의 세력을 꺾었다. 이것이 바라 청나라 사람들이 이웃 사방 나라를 제압하는 전술이다.*

연암은 「심세편」에서 열하에 티베트 불교 사원이 있는 까닭을 이렇게 설명했다. 열하에 외팔묘가 들어선 내막을 분석하기를 몽고뿐 아니라 또 하나의 위협인 토번(티베트)을 제어하는 방편으로 라마교의 지도자를 황제의 스승으로 삼고 라마사원을 지어 섬겼다는 것이다. 이로써 청나라는 중원을 둘러싼 몽고와 서번을 한곳에서 제어할 수 있었다. 열하의 지세를 보건대 이곳은 그야말로 중국대륙의 축소판이다. 피서산장을 둘러싸고 외팔묘가 둘러싼 형세가 가히 중원을 몽고와 서번이 둘러싼 중국의 지정학적 판도를 그대로 빼닮았다.

만주족이 요충지로 삼은 열하는 한족이 오랑캐를 방비하기 위해 쌓은 만리장성과 대비된다. 열하는 만주족이 천하의 판세를 읽고 대처하는 방법을 고스란히 반영한 공간인 반면, 장성은 한족이 판세를 읽는 방법이 고스란히 반영된 공간이다. 그 시야의 넓고 좁은 것은 물론, 그 방법을 구현한 것에서 보면 한족의 낡고 폐쇄적인 토목공법이 열하라는 열린 공간에 숨겨진 고차원적 책략에 미치지 못한다. 근

---

* 『열하일기』 2, 298~299쪽.

2천 년 동안 장성에 깃들어 있었던 세계관적 기반인 이하구분론(화이론)이 열하에서 허망하게 무너진 것이다. 요컨대「심세편」은 중국을 이해하는 새로운 방법론이자, 동아시아 정세의 흐름을 파악하는 길을 제시한 방법론으로 하나의 완결된 체계를 가진 글이라 할 수 있다. 이 글은『열하일기』의 주제의식을 집약해 놓은 가장 중요한 글이라 할 수 있다.「심세편」이야말로『열하일기』에 담긴 모든 글을 하나로 연결하는 중추적 기능을 한다.

조선후기 연행록에 기록된 청대 풍속 인식
—김창업·홍대용·박지원의 연행록을 중심으로

1. 문제제기

연행록에서의 풍속기록은 특정한 풍속관에 의해 관찰되는 것을 알 수 있는데, 이에 대한 상술이 필요하다. 조선후기 부연사(赴燕使)*들에게 풍속은 대단히 첨예한 문제였다. 특히 청이 들어선 이후 중화의 풍속이 오랑캐의 것으로 바뀐 대표적인 것이 호복과 변발이다. 북경을 오가는 조선의 사신들이 이를 두고 오랑캐의 나라가 되었음을 실감한다. 따라서 풍속은 중화 문명의 몰락을 확인케 하는 핵심적인 요소다. 여기에서 조선중화주의가 발생하는 바탕이 마련된다.** 명이 망하고 중화가 무너졌으니, 조선에서 중화문명을 지켜내야 한다는 생각이 조야를 지배했다. 그런데 막상 중국에 가서 청의 치세를 목격하고는 오랑캐란 무엇인가 회의하기 시작한다. 바로 이 지점에서 풍속의 의미를 다시 생각하는 계기가 형성되는데, 특히 주목할 부분이다.

연행록에서 풍속 기록에 대한 고찰은 우선 풍속이란 용어가 어떤 곳에서 어떻게 사용되고 있는지 살피는 것에서 출발한다. 이를 통해 풍속의 의미를 대략 살필 수 있다. 다음으로 시대적 흐름에 따라

---

* 이 명칭은 다음 연구에 의한다. 박희병·박희수, 「조선시대 중국 파견 사신의 총칭 문제」, 『한국문화』86, 서울대 규장각한국학연구원, 2019.

** 정옥자, 『조선후기 조선중화사상연구』, 일지사, 1998.

의미 층위의 변화가 일어날 가능성이 있는데, 이를 분석하면서 그 양상을 살필 수 있을 것이다. 이 과정에서 우선 항목별 풍속기록을 취합하여 목록화하고 내용을 서로 비교해보는 작업이 수행되어야 하는데 앞서 언급한 각론에 관한 풍부한 연구 성과가 도움이 된다. 유사한 내용을 어떻게 다르게 기술하고 있는지 그 양상을 살피면 다양한 시각으로 기술한 배경과 의도를 파악할 수 있을 것이다. 다만 이는 방대한 작업이 될 것으로, 우선 여기서는 시론적 단계로 김창업, 홍대용, 박지원의 연행록을 중심으로 살피고자 한다. 이 세 편의 연행록에는 다른 텍스트에 비해 풍속에 관한 논쟁적 사안과 인식의 변화, 그리고 기록 의도가 비교적 분명하게 드러나 있기 때문이다.

2. 청(淸) 인식을 위한 관심사: 교화(敎化) 대상으로서의 풍속

평양은 옛 기자의 도읍이다. 은나라가 망한 후에 기자가 주나라의 신하가 되지 않으려 하니, 무왕이 그 뜻을 굽히지 않아 동으로 조선에 봉하였다. 기자가 옛 백성 2천여 명을 데리고 예악문물을 갖추어 평양에 도읍하여, 여덟 가지 가르침을 베푸시니 풍속이 크게 변하였고, 문물제도가 성하고 빛나 실로 우리 동방 풍교의 근본이 되었다.*

홍대용의 『을병연행록』에 있는 대목으로, 저자가 평양에 머물면

---

*   『주해 을병연행록』 1, 33쪽.

서 기록한 내용이다. 여기에서 홍대용의 풍속관을 살필 수 있는데, 바로 기자가 조선 평양에 도읍하여 가르침을 베풀어 풍속이 변하였다는 대목에서 풍속을 성인 또는 제왕의 교화 대상으로 보았음을 알 수 있다. 이러한 생각은 홍대용만의 생각이 아니라 조선 유자들의 공통된 시각이다. 따라서 대부분 유자들에 의해 저술된 연행록에는 풍속에 대한 이 같은 인식이 그대로 반영되어 있다. 이 글에서도 알 수 있듯 조선 유자들이 생각했던 풍속의 개념은 정치와 긴밀하게 연결되어 있는데, 이는 조선 건국부터 두드러진 특성이다.*

일곱째는 절약과 검소를 숭상하는 일입니다. 궁실을 낮게 짓고 의복을 검소하게 한 것은 하(夏) 우왕(禹王)의 성덕(盛德)이요, 백금(百金)을 아끼고 검은 명주로 옷을 지은 것은 한(漢) 문제(文帝)의 아름다운 행실입니다. (중략) 원하옵건대, 지금부터는 하 우왕과 한 문제의 검소한 덕을 본받아 모든 복식·기용(器用)·연향(宴享)·상사(賞賜)를 한결같이 검약(儉約)한 데에 따르고 부처와 귀신에게 쓰는 급하지 않은 비용은 모두 다 제거하게 하소서. 모든 하는 일을 방종 사치하지 아니하게 한다면, 백성들이 눈으로 보고 감동하여 또한 풍속이 후하게 될 것입니다.**

태조가 즉위할 즈음 사헌부에서 새로운 나라의 건설 방향에 대

---

* 이미 선행 연구에서 조선조의 풍속은 통치의 측면에서 매우 중시되었음을 잘 밝혔다. 이로 보면 조선 시대 유자들의 풍속 개념은 오늘날 민속학에서의 그것과 약간 다르다. 조성산, 「조선후기 西人·老論의 풍속인식과 그 기원」, 『사학연구』 102, 한국사학회, 2011.

** 『태조실록』, 태조 1년(1392) 7월 20일. 〈기강 확립·승려의 도태 등 10개 조목에 관한 사헌부의 상소문〉

276

한 대강을 적시하여 올린 상소문의 일부로, 검약을 숭상하라는 주문을 담고 있는 내용이다. 마지막 대목에는 왕의 일거수일투족은 일종의 정치적 행위로 그에 따라 풍속이 후박이 결정된다는 논리가 깔려 있다. 태조 또한 즉위하면서 반포한 교서에 풍속 관련 내용을 담았다. 이를 보면 백성들로 하여금 관혼상제 잘 따를 수 있도록 법령을 정비하는 일과, 충신·효자 등을 발굴 선양하는 일을 정책으로 추진해야 한다는 내용이 있는데,* 이러한 정책이 모두 풍속교화에 목적을 두고 있음을 명시한 점이 주목된다. 유가에서 관혼상제는 성인이 정한 제도를 얼마나 지키고 있는지를 판단하는 준거다. 이를 잘 지키는 것은 곧 군신이 유교를 숭상하고 이에 바탕을 둔 정치를 하며 백성을 잘 교화하고 있음을 보여주는 징표가 된다. 반면 이를 잘 지키지 않으면 나라의 풍속이 어지러워졌다고 간주하는데, 이는 유교 중심의 중화 문명이 훼손되고 있음을 보여주는 징표다. 이처럼 조선에서는 건국 때부터 풍속을 교화함으로써 성리학적 이상 국가를 추구했음을 알 수 있다. 그렇다면 조선에서 풍속은 정치의 주된 목적, 또는 그 정치적 교화의 결과라 할 수 있으며, 나아가 임금의 정치적 능력과 그 방향을 가늠하는 주요한 잣대다. 이는 비단 조선에만 해당하는 것이 아니라 동아시아에 널리 퍼진 오래된 개념이다.**

---

* 『태조실록』, 태조 1년(1392) 7월 28일, 〈태조의 즉위 교서〉, "1. 冠婚喪祭는 나라의 큰 법이니, 예조에 부탁하여 經典을 세밀히 구명하고 古今을 참작하여 일정한 법령으로 정하여 人倫을 후하게 하고 풍속을 바로잡을 것이나. 1. 忠臣·孝子·義夫 節婦는 풍속에 관계되니 勸奬해야 될 것이다. 所在官司로 하여금 詢訪하여 위에 아뢰게 하여 우대해서 발탁 등용하고, 門閭를 세워 旌表하게 할 것이다."

** 조선 건국 초의 이러한 정책 방향은 무엇보다 고려 말 신진사대부의 논리에 바탕을 두었다고 할 수 있다. 李穀(1298~1351)은 "제가 듣건대, 『經書』에 이르기를 '정치는 민간의 풍속을 참작해서 개혁해야 한다.' 하였고, 또 '백성의 풍속을 관찰하여 교화를 베푼다.' 하였습니

풍속이란 창으로 중국을 바라보면 무엇을 알 수 있는가? 중국
의 정치 상황을 알 수 있고, 황제의 정치적 능력을 헤아릴 수 있으며,
중국이 오랑캐의 나라인지 문명국인지 판단할 수 있다. 연행록에 기
록된 중국 풍속은 대개 이러한 관점이 투영되어 있다. 특히 만주족이
입관한 이후 북경을 다녀온 대부분의 연행록 저자들은 연로에서 본
변발에 호복 입은 청인을 두고 중화문명이 무너졌다고 간주했다. 다
시 홍대용의 기록을 살펴보자.

중국은 천하의 종국(宗國)이요, 교화의 근본이다. 의관제도와 시
서문헌이 사방의 기준이 되는 곳이로되, 삼대(三代) 이후로 성왕이
일어나지 않아 풍속이 날로 쇠약해지고 예악이 날로 사라졌다. (중
략) 그러더니 대명이 일어나 척검(斥劍)을 이끌어 오랑캐를 소탕하
고 남경과 북경의 천험(天險)에 웅거하여, 예악의관의 옛 제도를 하
루아침에 회복하였으니, 북원(北苑)의 너름과 문치(文治)의 높음이

다. 그러고 보면 성현이 나라를 다스리는 도가 어찌 한 가지뿐이겠습니까. 혹은 풍속의 후박
의 차이를 관찰하기도 하고 혹은 교화의 난이의 정도를 살피기도 해서, 가르침을 베풀어 인
도하고 정책을 세워 다스려야 할 것입니다."(『稼亭集』 제13, 「程文」, 〈應擧試策〉)라 하였
는데, 정치의 근간이 풍속에 있다는 점을 분명히 말하였다. 이는 유가에서 오래전부터 전하
는 논리였다. 후한 응소(應劭, 약 153~196)는 『風俗通儀』의 서문에서 "『풍속통의』는 세
간에 유행하는 잘못된 풍속을 통찰하여 의리에 맞게 일을 처리하는 것을 말한다. 風이란 날
씨에 따뜻함과 차가움이 있고, 지세에 험준함과 평탄함이 있으며, 샘에 수질 좋은 것과 나쁜
것이 있고, 초목에 부드러운 것과 강한 것이 있는 것을 말한다. 俗이란 혈기를 지닌 생명체
즉 사람이 만물을 본떠 살아가는 것이다. 따라서 말과 노랫소리가 다르고, 춤추고 노래 부르
는 동작이 다르며, 혹자는 정직하고 혹자는 사악하며, 혹자는 선하고 혹자는 음란한 것을 말
한다. 이에 성인이 나와서 속을 바로잡으면 모두 바른길로 돌아가지만, 성인이 사라지면 본
래의 속으로 돌아간다."라 하여 자못 상세하게 개념을 설명하였는데, 역시 풍속이 성인의 교
화대상 임을 분명히 밝혔다. 이민숙·김명신·정민경·이연희 옮김, 『風俗通義』 상, 소명출판,
2015, 33~34쪽.

가히 한당(漢唐)보다 낫고 삼대에 비길 만하였다. 이때 우리 동국이
또한 고려의 쇠란함을 이어 청명한 정교와 어질고 후덕한 풍속이
중화의 제도를 숭상하며, 동이의 고루한 습속을 씻어 성신(聖神)으
로 위를 이으시고 명현(明賢)이 아래로 일어났다. (중략) 슬프다! 사
람이 불행하여 이같이 융성한 때를 만나 한당의 위의(威儀)를 보지
못하고, 천명(天啓, 1620~1627) 이후 간신이 조정을 흐리고 유적
(流賊)이 천하를 어지럽혀, 만여 리 금수산하를 하루아침에 건로(建
虜)의 기물(器物)로 만들어 삼대의 남은 백성과 성현이 끼친 자손이
다 머리털을 자르고 호복을 입어 예악문물에 다시 상고할 만한 곳
이 없으니, 이러하므로 지사와 호걸이 중국 백성을 위하여 잠깐의
아픔을 참고 마음을 삭일 뿐이다.*

『을병연행록』의 서두에는 연행의 목적과 동기 등이 자못 상세한
데, 이는 그 한 대목이다. 특히 중국의 역사를 간략하게 서술하며 중
국을 자세하게 관찰하고 기록해야 할 당위성을 말하고 있는데, 그
논리의 줄기는 바로 풍속과 정치다. 중국은 시서예악의 근본으로 사
방의 기준이 되는 나라인데, 성인이 나오지 않고 오랑캐가 웅거하여
풍속이 쇠약해졌다가 대명이 일어나 옛 의관과 예악을 회복하였다
는 논리는 화이론이 바탕에 깔린 풍속교화론이다. 대명의 제도를 받
아들여 조선도 풍속을 바꾸고 명현이 배출되었는데, 청나라가 들어
서서 호복과 변발을 하니 예악문물을 다시 상고할 길이 없다는 말은
청의 풍속을 멸시하는 관점에 기초하고 있다. 이는 홍대용뿐만 아니

---

* 『주해 을병연행록』 1, 23~24쪽.

라 조선 사대부들이 공유하는 풍속관이라 해도 무방하다.

그런데 실상 이와 전혀 다른 모습을 목격한 사례가 기록되어 있는데, 청 입관 이후의 연행록 가운데 김창업의 『연행일기』와 홍대용의 연행록 3종, 그리고 박지원의 『열하일기』에 두드러져 있다.

㈎ 창춘원은 남북이 200여 보, 동서가 100여 보일 뿐인데, 그 안에 어떻게 15개의 이궁을 설치할 수가 있겠는가? 그 삼면을 둘러보았지만 끝내 처마끝을 보지 못하였으니 그 높고 크지 않음을 알 수가 있다. 또 그 문과 담을 보니, 제도가 순박하여 시골집과 다름이 없다. 진실로 놀기를 일삼고 사치에 바쁘다면 태액(太液), 오룡(五龍)과 같은 아름다운 곳을 버리고 여기에 거처하겠는가? 내 생각으로는 이곳은 서산(西山)과 옥천(玉泉)에 가까우니, 산수의 경치와 전야의 취미를 겸한 곳인데, 이러한 곳을 사랑하기 때문에 온 듯하다. 이렇게 보건대, 그 사람의 성품을 헤아릴 수 있다. (중략) 또, 건이(建夷)·동이(東夷)의 종족은 성격이 본래 어질고 약하여 살인을 즐기지 않는데, 강희(康熙)는 검약함으로 고생을 견디며, 관대하고 간소한 규모로 상업을 억제하고 농업을 권장하며, 재용(財用)을 절약하며 백성을 사랑하여 50년 동안이나 통치를 하였으니, 태평을 이룩한 것은 당연하다. 정치에 유술(儒術)을 숭상하여 공자와 주자를 높였으며, 몸소 효도를 닦고 적모(嫡母)를 잘 섬겼으니, 비록 위(魏) 효문왕(孝文王)이나 금(金) 옹왕(雍王)에 비하더라도 부끄러울 것이 없다.*

---

* 『燕行日記』, 1713년 2월 7일.

(나) 창춘원은 강희제의 이궁(離宮)인데, 경성 서쪽 20리에 있다. 담 높이는 두 길이 채 못 되는데, 담을 돌며 바라보면 높은 지붕을 볼 수 없어, 고루 거각 등 볼만한 것이 없을 것 같다. 문 옆으로 분원(墳園)이 둘러 있어 소나무·잣나무가 울창하다. 그 법제의 간소하고 질박함을 알 수 있다. 문단속이 엄해 안으로 들어가 보진 못했지만, 들여다보니 짐작건대 사방이 겨우 3리 정도밖에 안 될 것 같다. 문도 단층 처마였고 단청도 소박하기만 했다. 60년 동안 천하의 받듦이 되었던 궁실이 이처럼 낮고 검소했으므로, 천하를 위복(威服)시키고 화이(華夷)가 은혜에 젖어 오늘날까지 그를 성인으로 부르는 것이다. (중략) 오늘날 북경에 궁궐이 그토록 많고 화려한 것도 모두 명나라 3백 년간 풍요와 안정을 통해 짓고 꾸미고 한 것들이다. 거기에 그대로 눌러있다고 해서 아무도 말할 사람도 없고 또 그것으로 만족을 표시할 수도 있었다. 그런데 그걸 버리고 거친 들판으로 나가 거의 감당(甘棠) 밑의 풀집처럼 하고 살았으니, 그의 욕심을 버리고 검소한 걸 보인 것이나, 시종일관 평화와 안정을 위해 힘쓴 점은 뒤 임금들의 모범이 될 만하다. 또 천관(千官)들이 경성에서 매일 새벽에 나와 저녁에 돌아가야 했으니, 육식(肉食)하고 비단옷 입는 귀한 사람들로 하여금 말타는 수고를 익히며 잠시도 편안히 있지 못하게 만들었고, 그 기하(旗下)의 제관(諸官)들도 대신 이하는 수레나 가마를 타고 다닐 수 없었으니, 그 제도가 반드시 선왕의 착한 법이 될 수는 없지만 편안한 속에서도 위태로움을 잊지 않으니 역시 패주(伯主)의 원대한 책략이라 할 수 있다.*

---

* 『湛軒書』 외집 9권, 「燕記」, 〈暢春園〉.

㈎는 김창업의 『연행일기』의 기록이며, ㈏는 홍대용의 『연기』에 나오는 내용으로, 모두 창춘원을 통해 강희제(재위 1661~1722)를 평한 내용이다. 둘의 내용은 상당히 유사하며, 시간적 관계로 보건대 후자가 전자를 참고하였음이 분명하다. 창춘원은 강희제의 주요 거처로 북경황성 서북쪽으로 대략 20리 떨어진 곳에 있다. 김창업은 이곳에 머물고 있던 강희제가 조선 사행에 여러 가지 요구를 하자, 이에 응하기 위해 가는 일행을 따라 몇 차례 다녀온 뒤 창춘원과 강희제를 평하였다. 우선 조선에 떠도는 소문과 달리 매우 검소한 규모를 눈으로 확인하고, 이는 강희제의 검소함에서 비롯한 것이라고 평하였다. 검소란 바로 조선의 태조가 즉위하면서 유념한 풍속교화의 방침이 아니었던가. 그런데 만주족의 황제가 이를 몸소 실천하고 있었다. 물론 김창업은 강희제의 모자란 점도 기록해두었지만, 중요한 것은 무턱대고 오랑캐라고 멸시하는 조선의 편견을 바로잡고 균형감 있는 시각으로 기록하려 했다는 점이다. 그로부터 약 반세기 후 홍대용이 다시 창춘원을 유람했다. 이때는 이미 별궁의 주인은 세상을 뜨고 건륭제(乾隆帝, 재위 1735~1796)의 치세가 되었지만, 홍대용은 밖에서 담벼락으로 넘어다보며 그 소박한 규모를 파악하고 선대 황제의 검소함과 원대한 책략을 높이 평가하였다. 청나라가 들어서서 중화의 풍속이 사라졌다는 관점은 강희제의 치세를 거치면서 더 이상 그 논리적 타당성을 유지하기 힘들게 되었다. 이제 조선의 사대부들은 청나라 풍속을 새로 관찰해야 할 필요성을 깨닫게 되었는데, 가장 두드러진 특징이 청의 의관을 재인식하고자 한 점이다. 나아가 관찰대상을 의관과 예약에 한정하지 않고 확대하였는데 득히 사람에 대해

집중적인 관심을 보였다.

3. 관찰 대상의 확대: 예악문물(禮樂文物)에서 인정세태(人情世態)까지

"당신은 이곳에 와서 무엇을 하십니까?"
"귀국의 인물(人物)을 봅니다."*

김창업은 연로(沿路)에서 청나라의 수재 강전(康田)을 만나 필담을 나누면서 자신의 사행 목적을 사람과 문물을 구경하는 것이라고 하였다. 실제『연행일기』에는 청인이 살아가는 모습, 제도와 풍습, 문물 등 관심사가 매우 다양하며, 이는 여타의 연행록과 크게 다르지 않은 점이다. 그러나 그의 기록을 보면 이전 연행록에서 잘 보이지 않는 내용이 담겨 있음을 알 수 있다.

(가) 호인들이 평상시에 입는 옷은 모두 흑색으로 귀천의 구별이 없으나, 이날은 모두 관대를 갖추었다. (중략) 보복(補服)을 문관은 날짐승, 무관이 길짐승인데, 모두 명나라 제도를 따른 것이다. (중략) 마척흉(馬踢胸), 마척뇌(馬踢腦)의 제도는 자세히 알 수 없다. 이러한 복색은 중국의 제도는 아니나 귀천과 품급이 또한 분명해서 문란함이 없다. 우리나라는 스스로 관대지국(冠帶之國)이라고 하나, 귀천, 품급의 분별이 겨우 띠와 관자(貫子)에 불과하며, 보복

---

*   『燕行日記』, 1712년 12월 24일.

에 이르러서는 일찍이 문무 귀천의 구분을 두지 않았다. 부사도 백
씨와 같이 선학(仙鶴)을 써서, 그 무늬가 문란하니, 가소롭다. 이곳
사람들은 몸집이 장대하며 모양이 우뚝한 자들이 많은데, 우리나라
사람들을 둘러보니 본래 작은 데다 또 먼 길의 풍진에 시달린 뒤여
서, 세 사신을 제외하고 모두가 꾀죄죄하다. 착용한 의관도 대부분
여기에 와서 돈을 주고서 빌린 것이기 때문에 도포는 길이가 맞지
않고 사모가 눈까지 내려와 사람 같지 않게 보이니 더욱 한탄할 일
이다.*

(나) 여름철이 아니면 부채를 쥐지 않는다. 우리나라 사람들의 겨울
부채를 보면 모두 웃는다. 옷깃의 털을 두텁고 넓게 꿰매어서 추위
를 막는다. 그리고 휘항이나 귀마개, 바람가리 같은 둔한 것들이 없
고 얇은 바지에 가벼운 갖옷뿐이므로 말타기가 심히 편리하며, 평
지에서 말에 올라탈 때도 하인들의 부축을 필요로 하지 않는다. 우
리나라 사람들이 두터운 솜옷을 입고 아무리 키가 자그마한 당나귀
를 탈 때도 반드시 돈대(墩臺) 있는 곳을 골라 오른쪽으로는 발을
디디는 곳을 잡고, 왼쪽으로는 넓적다리를 부축케 하여 마치 험준
한 언덕이라도 타고 오르는 것처럼 하는 것을 보면 모두 失笑하지
않는 이가 없다.**

조선에서는 항상 자신들의 의관이 중화의 법도를 잘 지켜오는
상징으로 생각했으나, 김창업과 홍대용이 막상 중국에 가서 보니 조
선의 의관이야말로 형편없음을 깨달았다. (가)는 김창업이 새해 조참

---

* 『燕行日記』, 1713년 1월 1일.
** 『湛軒書』 외집 10권, 「燕記」, 〈巾服〉.

284

에 따라가서 본 중국의 관복제도와 조선의 관복제도를 비교한 것이
다. 보복은 곧 흉배로 중국에서는 이를 명의 제도를 따라 품급의 분
별이 분명하도록 착용하고 있는데, 조선은 문무나 귀천에 구분을 두
지 않았다는 점을 지적하였다. 실제로 조선은 임병양란을 거치면서
흉배제도가 문란해졌는데,* 이는 정치의 문란과 무관치 않다. 조선
사행의 행색을 묘사한 대목에서도 한탄스럽다고 하였지만, 기실 웃
음이 터질 만한 장면이다. (내)는 홍대용이 북경에서 청인이 말을 타고
다니는 장면을 보고 조선 사행의 모습과 비교한 내용인데, 역시 의복
과 관련된 소중화주의적 시각에 충격을 주는 내용이다. 조선이 오랑
캐 의복을 비웃었으나, 실제 청국에서 보니 오히려 오랑캐 복장이 화
려하고 편리하여 말타기에 전혀 불편하지 않으나, 조선 사행이 입은
옷은 트임이 없이 죽 늘어져 말타기에 여간 불편하지 않아 우스꽝스
러운 장면이 되었는데, 이를 두고 오히려 청인이 조롱하는 일이 벌어
졌다. 소중화 의식을 가진 자들에게 자신들이 우월하다고 생각하는
의복이 얼마나 형편없는 수준인지 깨우치게 하는 데 작은 영향을 끼
칠 만한 대목이다.

　여기에 머물지 않고 이들은 이전에선 그다지 관심을 기울이지 않
았던 사람의 행위에서 드러나는 품성 그 자체를 유심히 관찰하기 시
작한다. 다시 김창업의 『연행일기』를 보도록 한다.

　(가) 사동비의 문자는 명 지휘동지(指揮同知) 왕평(王平)과 도독부첨

* 　이 내용은 실제 조선은 명나라의 제도를 받아들여 흉배를 착용하도록 하였지만, 임병양란 이
　후 무질서하게 되었던 상황을 반영하고 있다. 김영재, 「중국과 우리나라 胸背에 관한 고찰」,
　『韓服文化』 3권 3호, 한복문화학회, 2000, 47쪽.

사(都督府僉事) 왕성종(王盛宗) 두 사람에게 내린 칙유(勅諭)의 글
이다. 좌측의 2개의 비는 왕성종이 만력 3년(1575)과 5년, 18년에
요동전둔위유격장군(遼東前屯衛遊擊將軍)을 제수한 칙서다. 우측
의 비석은 왕평이 만력 20년(1592) 및 21년에 유격장군을 제수한
칙서다. 이 둘은 일찍이 금주(金州), 복주(復州), 해주(海州), 개주
(蓋州), 금주(錦州) 등의 위(衛)와 철령위(鐵嶺衛) 등의 수장(守將)
이 되어 누차 변방의 공을 세운 사람이다. 그런데 비문 가운데 '노
추(奴酋)' 두 자는 모두 쪼아 내면서도 비석은 그대로 두었으니 역
시 너그러운 처사다.*

(나) 아침에 수역이 와서 말하기를, "역졸 한 사람이 팔리포에서 뒤떨
어졌는데 지금껏 오지 않아. 아문에 이야기해서 갑군을 풀어 찾아
오도록 하였습니다. 그러나 어제 날씨가 몹시 추웠고 또 그 사람은
처음 길이라 말도 통하지 않는데, 만약 인가에 찾아들지 못했다면
동사했을 염려가 없지 않습니다." 하였는데, 조금 후에 갑군이 데리
고 왔다. 물어보니 날이 추워서 한 점방에 들어갔더니 따스한 온돌
방에 재워 주고 밥도 주더라고 하였다. 이곳의 풍속이 후한 것을 알
만하였다.**

(다) 서직문에 이르니 아직 열리지 않아 곧 말에서 내려 길옆에 앉았
다. 문안에는 수레와 말이 붐비고 등불과 촛불이 휘황한데 모두 창
춘원으로 가는 관원들이었다. 한 작은 점포가 등을 걸어 놓고 일찍
가게를 열었는데, 매매하는 것을 보니 빈랑(檳榔) 1개를 네 쪽으로
갈라놓고 담배를 작은 봉투에 갈라 넣어 탁자 위에 늘어놓았다. 사

---

* 『燕行日記』, 1713년 2월 29일.
** 『燕行日記』, 1712년 12월 28일.

는 자들이 돈을 탁자에 놓고는 값에 따라 가져갔다. 전후에 와서 사는 자들이 많았지만 모두 한결같았다. 주인이 보지 않아도 가져가는 자들이 없었으니 풍속은 정말 가상하다.*

(가)는 청조가 충신(忠臣)을 기리는 모습을 기록한 것이다. 충신 현창(顯彰)은 앞서 살핀 풍속교화의 주요한 분야 가운데 하나인데, 주목할 점은 여기서 충신이라 하는 이들이 청의 입관 전 적장으로 대했던 명나라 장수라는 점이다. 이들의 공을 새긴 비석을 천하를 웅거한 청조의 입장에서 본다면 없애도 무방할 일이지만, 그 비석을 그대로 두고 다만 누르하치를 폄칭한 '노추(奴酋)' 두 자만 지운 일에서 김창업은 청나라 정치의 너그러운 일면을 확인한다. 이는 만주족 통치 권력이 충신을 기리는 전통적 유가 정치를 솔선하여 실천하고 있음을 보여주는 대목이다. 청나라 의관이나 변발을 통해, 혹은 조선과 다른 관혼상제를 통해 중국이 오랑캐 나라가 되었다고 판단하는 시각에 미묘한 변화가 감지되는 부분이라 할 수 있다. (나)는 연로에서 청인이 사행을 수행하는 역졸에게 편의를 제공한 일을 기록한 것이다. 북경으로 가는 길이 매우 추워 사행길이 고역이었으나, 뒤처진 생면부지의 역졸에게 숙식을 제공하며 동사를 면하게 한 것을 두고 풍속이 후하다고 하였다. 그 점방 주인은 흔히 우리가 이르는 인심 좋은 사람으로, 개별 사례로 한정지어 볼 법하다. 그러나 연행록에서는 이를 지역의 전반적인 풍속으로 확대하여 해석하고 있음에 주목할 필요가 있다. 풍속은 곧 정치의 결과라는 관점에서 보면 이는 결코 특수한

---

* 『燕行日記』, 1713년 2월 6일.

사례가 아니라 황제가 교화한 결과라 할 수 있다. ㈐ 또한 풍속에 관한 관심사의 확장이 두드러지는 대목이다. 창춘원으로 가는 길에 서직문 근처에서 본 한 점포에 주인은 없고 지나가는 사람들이 물건을 사고 값을 놓아두고 가는 장면을 보고 김창업은 참으로 숭상할 만한 풍속이라 하였는데, 이 또한 개별 사례로 보기보다는 교화로 변한 풍속으로 간주하고 있는 부분이다.

　이렇게 김창업은 풍속을 관찰하면서 관혼상제와 의관에 국한된 관심사에서 벗어나 인정, 인품 등 이전에는 특별히 주목하지 않았던 대상으로 확대하였다. 이야말로 청나라의 정치와 교화가 제대로 작동하고 있는지 그 여부를 가장 잘 보여주는 대상이라 판단하였기 때문이다. 김창업이 보여준 관심 대상의 확장이 후대 연행록에 영향을 끼치는데 특히 홍대용, 박지원의 연행록에서 두드러진다. 물론 두 사람도 여전히 변발, 호복, 관혼상제 등을 보면서 중국이 만주족의 나라가 되었음을 실감하지만 이러한 시각에서 벗어난 사례를 다수 기록하였다.

　㈎ "그대는 무슨 벼슬에 있습니까?"
　"7품입니다."
　"몇 등입니까?"
　"등은 없습니다."
　"만주말을 할 줄 아시는지요?"
　"할 줄 모릅니다."
　"할 줄 아는 사람도 있습니까?"
　"있긴 하지만 드뭅니다. 노야는 한관(漢官)입니까? 아니면 만주입니까?"

"만주입니다."

"몇 품입니까?"

"1품입니다."

그 사람은 1품 무관으로 몸집이나 얼굴이 가볍잖게 생겼는데, 몸소 책 아래에 와서 수작하는데 조금도 거만한 기색이 없고 간질(簡質) 하기가 이러했다.*

(나) 창대란 놈이 갑자기 말 앞에 와서 절을 한다. 얼마나 기특하고 다행인지 말로 다 할 수 없다. 창대가 뒤에 처져서 고갯마루에서 통 곡하고 있을 때 부사와 서장관 일행이 이 참담한 모습을 보고는 말 을 잠시 멈추고는 주방 사람에게, "혹시 짐을 가볍게 하여 함께 태 울 수 있는 수레가 있겠느냐?"라고 물었더니 하인들이 없다고 대답 한다. 가엽게 여겼으나 그냥 지나갈 수밖에 없었다.

제독이 도착하자 창대는 더 크게 소리 내어 울고 더욱 비통한 표정 을 지었다. 제독은 말에서 내려 창대를 위로하며 함께 지키고 앉았 다가 지나가는 수레를 세내어 싣고 오게 했다. 어제는 입맛이 써서 아무것도 먹을 수가 없었는데 제독이 친히 음식을 권하여 먹기까지 했고, 오늘은 제독이 스스로 그 수레를 타고 대신 자신이 타던 노새 를 창대에게 주어서 여기까지 쫓아올 수 있었다고 한다.

(중략) 제독의 마음씨가 너무나도 두터워 참으로 감동된다. 그의 관 직은 회동사역관(會同四譯官) 예부정찬사(禮部精饌司)의 낭중(郎 中) 및 홍려시소경(鴻臚寺少卿)이고, 직품은 정4품이며 품계는 중

---

* 『湛軒書』 외집 9권, 「燕記」, 〈東華觀射〉.

헌대부(中憲大夫)이고, 보아하니 나이는 60에 가깝다. 남의 나라 일 개 천한 하인을 위해서 마음 씀씀이를 빈틈없고 완전하게 한다. 우리 일행을 보호하는 것이 그의 직책이라고 하지만, 자기 자신에 대해서는 저토록 수더분하게 하고 공적 직분을 받드는 것을 저렇게 성실하고 근면하게 하니, 가히 큰나라의 풍모를 살펴볼 수 있겠다.*

㈎는 홍대용의 기록이며, ㈏는 박지원의 기록이다. 두 기록 모두 청인이나 관원의 기풍과 인물됨에 관해 기록하였는데, 모두 그들의 진솔함, 충실함 등을 높이 평가하는 대목이다. ㈎는 청조 관원에 대한 평가다. 황성 주위에서 만난 고위 관원이 자신에게 조금의 위세도 부리지 않는 것을 보고 그의 인품에 감동하였다. 『을병연행록』에도 이 일을 기록해두었는데 특별히 "중국 간략한 풍속과 관원의 진솔한 기상이 기특하였다."**라고 하여 풍속의 관점에서 사람을 살핀다는 점을 분명히 하였다.*** 박지원 또한 청조 관원에 특별한 인상을 받은 일화를 기록하였다. ㈏는 박지원이 북경에 도착한 직후 바삐 열하로 향하는 길에서 마부 창대가 다리를 다쳐 어려움에 처한 일을 두고 그 뒤 일을 기록한 것이다. 뒤처진 창대가 며칠 뒤 와서 연암에게 인사를 하고 그간의 사정을 말하였는데, 일행을 인솔하는 청조 관원이 자신의 나귀까지 내어주며 보살펴 주었다는 말을 듣고 청나라 관원의 인품, 대국의 풍도를 높이 평가했다.

---

*　　『열하일기』 1, 528~259쪽.

**　　『주해 을병연행록』 1, 428쪽.

***　　담헌은 후에 익위사 시직에 임명되어 동궁 시절의 정조를 가르칠 때, 청인에 대해 묻는 정조에게 "인품을 논하면 만인이 한인보다 낫습니다."(『湛軒書』 내집 2권, 『桂坊日記』)라 하였는데 이러한 경험을 바탕으로 말한 것이다.

이상에서 소위 연행록삼가(燕行錄三家)에서는 일반 백성과 관원의 사람됨과 심성에 큰 관심을 가지고 기록하였음을 알 수 있었다. 특히 관원은 오랑캐 황제의 정치적 교화가 미치는 직접적 대상이라 할 수 있는데, 대개 그 인품과 마음 씀씀이가 조선 사절단을 감동케 했다. 수많은 사람 가운데서 목격한 특별한 사례임은 분명하지만, 저자들은 이러한 장면을 분명히 청의 '풍속'으로 인식하였음을 주목할 필요가 있다.* 조선을 건국하면서 중시했던 그 이풍역속(移風易俗)의 교화가 만주족의 청나라에서 목격할 수 있는 점을 의외의 사실로 받아들이고 있다.

『열하일기』에서는 북경에서 실제 목격한 관원 중심에서 나아가, 고금의 영역으로 관심을 넓혀 고사를 가져오기도 하고, 변방의 평범한 사람에게도 관심을 기울이며 논의를 진전시킨다. 「구외이문(口外異聞)」에 특별히 주목할 만한 글 두 편이 있다.

(가) 한 무제가 하동(河東)을 건너다가 책 다섯 상자를 잃었다가 다행히 장안세(張安世)의 암송에 힘입어 이를 생각해 내게 하여 기록했다 하니, 그때는 판본으로 새긴 책이 없었음을 알 수 있겠다. 후대에 판본을 새기기 시작한 것은 후당(後唐)의 명종(明宗) 때부터다. 명종은 오랑캐 출신으로 글을 모르는 사람이었으나, 구경(九經)을 판각에 새겼으니 곧 장흥(長興, 930~933) 연간의 일이었다. 그 공로가 한나라 대의 장서를 보관하던 홍도(鴻都)의 석경(石經)

---

* 김현미의 연구는 18세기 연행록의 전개 양상을 이해하는 데 새로운 시각을 제시하였으며, 특히 사람으로 그 관심의 대상이 확대된 사실에 주목하였다. 김현미, 『18세기 연행록의 전개와 특성』, 혜안, 2007.

에 비해 못하지는 않을 것이다. 명종이 당시 사대부들이 길흉에 관한 예를 거행하면서 죽은 사람을 혼인시키는 명혼(冥婚) 제도와, 상중에 있는 사람을 불러 벼슬을 시키는 기복(起復) 제도에 탄식을 하며, "선비란 효성과 우애를 높이고 풍속을 돈독하게 하는 자들이다. 지금 전쟁이 일어난 것도 아닌데 상중에 있는 이를 벼슬을 시키고 있으니 옳다고 할 수 있는가? 혼인이란 경사스러운 예식이거늘, 어찌하여 죽은 자에게 혼인의 예를 한단 말인가?" 하고는, 이에 유악(劉岳)에게 조서를 내려 문학과 고금의 일에 정통한 선비들을 뽑아서 함께 오례(五禮)에 관한 책을 개정하게 하였다.*

(나) 열하의 태학에는 곡정(鵠汀) 왕민호(王民皞)라 일컫는 늙은 훈장이 있는데, 민가의 열세 살짜리 어린 학동인 호삼다(胡三多)를 가르친다. 그 밖에 글을 배우는 사람으로 만주 출신 왕라한(王羅漢)이란 자가 있는데, 바야흐로 나이가 일흔셋이다. 호삼다의 나이에 비해 한 갑자가 더 많은 무자생(1708년)으로 곡정에게 강의를 받는다. 그는 매일 이른 새벽에 호삼다와 함께 책을 옆구리에 끼고 앞서거니 뒷서거니 왕곡정의 문하에 이르러 인사를 드린다. 곡정이 혹 담론하느라고 강의할 여가가 없으면 왕라한은 문득 몸을 돌려 어린 호삼다에게 주저없이 강의를 한 차례 받고는 돌아간다. 곡정이 말하기를, "저분은 손자가 다섯, 증손자가 둘이랍니다. 날마다 몸소 와서 강의를 받고 집으로 돌아가서는 여러 손자들에게 다시 가르친답니다. 그의 근면 성실함이 이와 같습니다."라고 한다. 늙은이는 젊은이를 부끄러워하지 않고, 젊은이는 늙은이를 업신여기지 않

---

* 『열하일기』 3, 「구외이문」, 〈장흥루판〉, 242~243쪽.

는다. 내가 중국이 예의가 밝다는 사실은 오래전부터 들어 왔으나, 열하 같은 이런 변방에도 풍속의 순박함을 볼 수 있겠다. (중략) 그러나 아주 원만하고 중후한 태도는 주앙이 양억에게 저주를 퍼부은 독설과는 자못 차이가 있기에, 아울러 기록하여 젊은이들이 노인을 무시하는 풍조에 경계로 삼을까 한다.*

㈎는 오대십국 시대 후당(後唐) 2대 황제 명종(재위 926~933)에 관한 이야기로, 『자치통감』, 『신오대사』 등을 참조한 것으로 보인다. 명종은 중국 서북방 유목민족인 처월족(處月族) 출신으로 문자를 몰랐음에도, 중국 역사상 최초로 구경(九經)을 판각하여 펴냈다.** 이를 두고 연암은 이전에 없던 뛰어난 공로가 있다고 높이 평가하였으며, 나아가 당시 문란했던 사대부들의 풍속을 바로잡으려 했다는 점을 들어*** 오랑캐 황제이지만 풍속교화에 힘쓴 업적을 특별히 밝혔다. ㈏는 열하에 머물 때 왕곡정의 문하생인 왕라한(王羅漢)이란 사람을 특별히 기록한 내용이다. 일흔세 살의 나이에도 열세 살 아이와 동학을 자처하며 성실하게 배우는 그를 두고 연암은 중국 변방의 풍속조차 이렇듯 순박하다고 감탄하였다. 사실 이 이야기 앞에 주한과 주앙이라는 노인을 업신여긴 양대년 이야기를 하였는데, 박지원은 그와 대조적인 왕라한을 대비시키며 늙은이를 업신여기는 젊은이들을 경계하기 위해 기록한다고 부기해두었다. 조선의 젊은이들에게 장유유서

---

*   앞의 책, 〈주한·주앙〉, 244~246쪽.

**   『資治通鑑』第276卷, 「後唐紀五」, 明宗聖德和武欽孝皇帝中之下長興三年(932) 二月, "辛未, 初令國子監校定『九經』, 雕印賣之."

*** 이는 『新五代史』 권55, 「雜傳」 제43, 〈劉岳〉에 나오는 내용이다.

를 경계하는 데 오랑캐 노인을 일화로 든 배경에는 특별한 이유가 있
을 것이다. 호복을 입고 변발을 한 청조 치하의 중국도 조선 못지않
게 예의지방이며 어떤 때는 조선보다 더 낫다는 것을 깨우치게 할 의
도가 아니었을까.

　　이상에서 연행록에 기록된 풍속기록 가운데 특히 사람을 깊이
관찰하면서 중국의 풍속을 긍정적으로 평가하려는 경향이 확대되고
있는 것을 김창업·홍대용·박지원의 연행록을 중심으로 살폈다. 세
사람의 기록에 특별히 이러한 경향이 두드러지는 것은, 이들이 특히
전통적인 풍속교화론에 입각하여 중국을 관찰하면서도 화이론의 색
이 입혀진 풍속관을 걷어내고, 있는 그대로의 청 풍속을 관찰하여 객
관적인 논의를 전개하고자 노력하였기 때문이다.

4. 풍속기록의 방향: 이용후생론(利用厚生論)와 청조운수(淸朝運數)

　　조선후기 연행록에서 관심을 보이는 풍속의 주요 관심사가 의
관과 관혼상제 등에서 사람으로 확대된 것은, 청인 가운데 놀랍도록
품격 있는 사람들이 많다는 방증이기도 하다. 예법도 모르고 포악한
오랑캐인 줄 알았던 청나라 사람들이 실상은 정반대라는 사실에서
일종의 문화적 충격을 받았음을 알 수 있다. 이렇게 조선의 풍속을
바라보는 시각에 기초하여 중국의 실상을 그대로만 보아도, 청나라
를 오랑캐라고 함부로 말할 수 없는 상황이다. 그런데 대상 확대는
필연적으로 의미의 미묘한 변화를 일으킨다. 박지원은 여기에서 나
아가 정치와 풍속에 관한 기존 관점의 전환을 모색한다.

294

풍속은 사방이 각기 다르니 이른바 백 리마다 풍속이 다르고, 천리
마다 습속이 다르다는 것이 이것입니다. 그러므로 강력한 법으로도
미칠 수 없고, 말로도 깨우칠 수 없는 경우에는 오직 음악만이 귀신
같은 조화와 오묘한 작용을 펼칠 수 있습니다. 마치 바람처럼 움직
이고 햇살처럼 비추어 알지도 느끼지도 못하는 중에 고무되는 것과
같은 작용을 합니다. 그 효과의 빠름은 예컨대 순임금이 삼묘를 정
벌할 때에 양쪽 섬돌에서 깃털로 장식한 일산으로 춤을 춘 지 70일
만에 삼묘씨가 와서 신하로 복종하였다는 것이니, 이를 두고 풍속
을 크게 변화시켜 지극한 도에 이르게 했다고 평가해도 옳을 것입
니다. 그러나 실제로는 남방의 부드러운 풍속과 북방의 억센 풍속
은 바꿀 수 없으며, 정(鄭)나라 음악의 음란함과 진(秦)나라 음악의
씩씩함은 변할 수 없습니다. 이는 바로 지리적으로 타고난 소리이
고 기질적으로 타고난 성향에 따른 것이므로, 성인도 이 풍속의 다
름에 대해서는 어찌 할 수가 없었습니다. 그러므로 공자도 음란한
정나라 음악을 추방할 뿐이라고 말씀하신 것입니다.*

『열하일기』, 「망양록」에 보이는 대목이다. 「망양록」은 음악에 관
한 내용이지만 심층에는 정치와 역사에 관한 담론이 주를 이룬다. 이
글도 음악에 관한 내용이지만 사실은 풍속과 정치의 문제를 다룬다.

---

* 『열하일기』 2, 348~349쪽. 이 대목은 『孝經』 제15, 「廣要道章」의 "풍속을 바꾸기에 음
  악보다 나은 것은 없다(移風易俗 莫善於樂)." 혹은 『荀子』의 「樂論」에서 그 뜻을 취한 것
  으로 보인다. 그러나 앞의 두 내용이 음악이 풍속을 바꾸는 데 유용하다고 한 것에 비해, 곡정
  의 이 말은 그 효용을 다소 회의하고 있어 반론의 성격을 띤다.

즉 풍속은 지방마다 달라 바꾸기 어려운데 음악만이 그 풍속을 교화
시킬 수 있으나, 그것도 실상은 매우 힘든 일이니 정치를 통해 풍속
을 바꾸기가 쉽지 않다는 내용이 핵심이다. 곡정이 한 말이라고 했
지만, 박지원의 생각과 무관하게 보이지는 않는다. 마지막의 '제각각
향토의 소리를 기품으로 태어났'다는 구절에 주목해 보면, 풍속이란
각각 그 지역에서 고유하게 발생하고 전승되는 것으로 성인도 온전
히 바꿀 수 없는 것이다. 이는 앞서 살핀바 조선 건국부터 풍속교화
의 기치를 내건 유가들의 정치적 관점과 어긋나는 대목이다. 풍속은
정치로 바꿀 수 있는 것이 아니다. 즉 풍속은 정치에 종속된 것이 아
니라 독자적인 영역이라는 의미다. 말하자면 정치와 풍속의 분리를
꾀했다고 할 수 있으며, 행간에는 만주의 풍속이나 한족의 풍속이나
제각각 다른 지역의 풍속일 따름으로 중화와 오랑캐의 풍속으로 나
눌 수는 없다는 뜻이 내포된 것으로 보인다.

　　이에 대한 구체적인 예증이라 할 만한 글이 「피서록(避暑錄)」에
서 항주의 풍속을 언급한 대목이다. 항주는 남송의 수도였으며, 청대
에도 소주와 함께 강남의 대표적 도시다. 특히 북방에 변란이 일어나
거나 오랑캐가 지배하면 왕족과 귀족 사대부들이 이곳 강남으로 옮
겨 터를 잡았는데 이러한 연유로 문인문화가 성장한다. 조선의 문인
들은 이곳 강남을 특히 동경하였는데, 박지원은 조선 선비들의 상상
속에 있는 강남과는 전혀 다른 이야기를 인용하면서 끄집어낸다. 연
암이 인용한 글은 전여성(田汝成, 1503~1557)이 쓴 것으로, 그는 명대
항주 출신 문인이다.* 문장에 뛰어나고 정치적 업적도 많았지만 정작

* 　『明史』「列傳」第一百七十五, 文苑三에서 그에 대한 간략한 기록을 확인할 수 있다.

자신의 고향에 대한 평가는 냉혹한데, 그 요지는 항주는 남송 때부터 거짓이 판치는 풍속이 지금도 없어지지 않았다는 점이다.* 원 이후 명이 들어서서도 이 풍속이 바뀌지 않은 것은 무슨 이유에서일까? 명대의 정치가 바르지 못했거나, 아니면 바로 앞서 말한 대로 정치 교화로도 바꾸기 어려운 것이 풍속이기 때문일 것이다.

그러나 박지원이 풍속을 탈정치의 영역으로 옮기려고 한 것은 아니다. 박지원이 분리하고자 한 것은 전통적 의미에서의 '교화'다. 대신 그 빈자리에 나라의 전반적인 혁신의 방도를 모색하는 정치적 기획을 배치했는데, 그것은 바로 이용후생을 위한 관심사로서 중국의 풍속을 관찰하고자 한 시도이다. 학계에서 상당히 활발하게 연구된 바 있는 실학, 북학 등의 개념은 주지하듯 백성들의 의식주를 기본으로 하는 생활 양식의 개선을 주된 과제로 한 것이며, 이를 개선해야 할 필요성과 그 방안을 제시한 것이 바로 실학 혹은 북학의 정책적 명제들이다. 실학, 북학에서의 풍속은 여기서 사회 민생개혁의 과제로서의 의미를 지니게 된다.

이러한 생각을 품은 문사들이 북경을 왕래하며 견문한 풍속기록에는 화이론적 시각과 전통적 왕도정치의 관점에서 기록한 사례보다 민생개혁을 위한 방도를 모색하면서 기록한 사례가 더 많이 확인된다.** 유가에서 원래 교화의 주요 과제와 그 결과로 풍속을 인식했

---

* 『열하일기』 3, 「피서록」, 89~90쪽.

** 물론 큰 틀에서 보면 교화의 대상으로서의 풍속과 민생개혁을 위한 관심사로서의 풍속은 공히 정치와 긴밀히 연결되어 있다. 다만 무엇을 우선으로 할 것이냐에 따라 중점 방향이 달라진 것인데, 이미 선행 연구에서 많이 언급했듯이 『書經』의 '正德利用厚生'이 전자의 논리적 배경이 된다면, 후자는 이에 대한 반론으로 '이용후생정덕'을 제기하였다(『열하일기』, 「도강록」, 1780년 6월 27일). 이런 점에서 보면 교화나 이용후생도 移風易俗을 위한 정치의 방

지만, 조선 후기 특히 북학파들은 일종의 사회 민생개혁의 주요 과제로서 풍속을 인식하려고 시도하였다 할 만하다. 그것을 일러 박지원, 박제가는 '이용후생'이라 하였다.* 이에 관한 논의는 자못 풍부하다. 다만 유의해야 할 것은 이용후생론이 바로 풍속과 긴밀한 관계를 맺고 있다는 점이다. 이들은 중국에서 풍속을 관찰하면서 생각을 바꾸었고, 그 풍속을 배워야 한다는 논리를 이용후생의 관점에서 전개하는데, 이것이 북학으로 집적되었다.**

북경을 오간 사행이 풍속을 기록한 또 다른 방향은 곧 청조의 운수 짐작에 있었다.

(가) 원명원은 창춘원(暢春園) 서쪽 10리에 있는데. 옹정제(雍正帝)의 이궁으로 지금 황제도 가끔 납신다. 강희제가 60년 동안 천하를 거느리면서도 검약으로 평생을 마쳤다는 것을 창춘원에서 볼 수 있었다. 뒤를 이은 임금들이 제대로 법도를 따라 지키지 못하고 별원

법론이라 할 수 있다. 임형택·김명호·염정섭·리쉐탕·김용태, 『연암 박지원 연구』, 사람의무늬, 2012.

* 朴趾源, 『燕巖集』 제7권 별집, 「鍾北小選」, 〈北學議序〉. "禮는 차라리 소박한 것이 낫다고 생각하고 누추한 것을 검소하다고 여겨 왔으며, 이른바 四民이라는 것도 겨우 명목만 남아 있고, 利用厚生의 도구는 날이 갈수록 빈약해져만 갔다. 이는 다름이 아니라 배우고 물을 줄을 몰라서 생긴 폐단이다." 朴齊家, 『北學議』, 「北學議自序」. "이용과 후생은 한 가지라도 갖추어지지 않으면 위로 정덕을 해치는 폐단을 낳게 된다. 따라서 공자께서 '백성의 수가 많아진 다음에 그들을 교화시키도록 하라'고 말씀하셨던 것이고, 관중은 '의식이 풍족해진 다음에 예절을 차리는 법이다'라고 말했던 것이다."

** 박제가는 그의 북학론이 풍속론에 기초하고 있음을 분명히 밝혔다. 박제가, 「북학의자서」. "수개월 동안 그곳에 머물면서 평소에 듣지 못한 사실을 들었고, 중국의 옛 풍속이 여전히 남아 옛사람이 나를 속이지 않았음을 확인하고 감탄을 금치 못했다. 그래서 그들의 풍속 가운데 우리나라에서 시행하여 일상생활을 편리하게 할 만한 것이 있으면 발견하는 대로 글로 기록하였다."

298

(別園)을 새로 세웠으니 벌써 전 임금의 본뜻을 저버렸는데, 그 제작의 사치하고 웅대함이 10배 정도가 아니었고, 게다가 지금 황제가 다시 수리를 더해서 그 화려함이 서울의 궁궐을 능가할 형편이니, 강희제가 검약을 숭상하기 위해 들판으로 나가 있게 된 보람을 어디서 찾겠는가?"

(나) 내가 "망건은 비록 전조의 제도이나 실은 좋지 않습니다."

역암이 "무엇 때문인가요?"

내가 "말의 꼬리를 머리 위에 이니 어찌 관과 신발이 거꾸로 된 것이 아닙니까?"

역암이 "그러면 왜 버리지 않습니까?"

내가 "예부터 하던 것이기에 편히 여기고, 또 차마 명제(明制)를 잊지 못해서입니다."

내가 "또 부인의 조그만 신은 어느 대에 비롯했습니까?"

난공이 "확실한 증거가 없습니다. 다만 전하여 이르기를, 남당(南唐)의 이소랑(李宵娘)부터 비롯했다고 합니다."

내가 "이것도 대단히 좋지 않습니다. 내가 일찍 이르기를, 망건과 전족은 중국 액운(厄運)의 징조라고 하였습니다."**

위의 두 인용문은 모두 홍대용의 기록에 보이는 내용이다. (가)는

---

* 『湛軒書』외집 9권 「燕記」, 〈圓明園〉. 『을병연행록』에서는 이에 관해 다음과 같이 기록하며, 원명원을 오랑캐의 운수를 짐작하는 장소로 여겼음을 분명히 했다. 『주해 을병연행록』2, 146쪽. "강희가 평생 검소한 정사로 60년 재물을 모았으나 도리어 다음 임금의 사치를 도우니, 한 번 성하고 한 번 쇠함은 물리에 의법한 일이지만, 조상의 가난을 생각지 않고 재물의 한정이 있음을 돌아보지 아니하니 오랑캐의 운수를 거의 짐작할 만하였다."

** 『湛軒書』외집 2권, 「杭傳尺牘」, 〈乾淨衕筆談〉.

원명원을 보면서 건륭 치하 청조의 운수를 가늠하고 있다. 앞서 창
춘원의 소박한 규모를 통해 강희제의 치세를 높이 평가했다면, 그의
손자 건륭제는 반대로 사치스럽기 이를 데 없는 규모로 자신의 별
궁을 꾸미고 있음을 보고 청조가 기울기 시작했다고 판단했다. 지
배 권력의 사치는 고금역사를 통틀어 망국의 한 요인임이 널리 공인
되어 있으며, 사치가 망국의 징조라고 보는 시각은 동아시아 고대
에서부터 하나의 이론처럼 전해온다. 결과적으로 홍대용이 청조의
미래를 내다보는 시각은 크게 어긋나지 않았다. (나)는 망건과 전족
을 통해 명나라가 필연적으로 쇠락할 조짐을 보인 것이라고 판단하
였다.* 이는 명나라 풍속에 대해서도 사뭇 비판적인 태도를 보인 점
에서 문제적이다. 홍대용이 풍속으로 명·청의 운수를 파악하는 방
법은 교화의 대상으로서 풍속이란 관점에 여전히 바탕을 두고 있으
나, 이전의 '호무백년(胡無百年)'설과 같은 화이론적 시각에서는 벗
어나 있다.**

---

* 박지원의 『열하일기』에도 三厄에 관한 내용이 등장한다. 이에 관해서는 최식, 「熱河日記
와 法古創新의 實體-三厄의 起源과 變貌樣相을 중심으로」, 『한국실학연구』 37, 한국실
학학회, 2019, 343~385쪽 참조.

** 최근 중국측 연구에 의하면, '호무백년'을 두고 조선의 소중화의 관점, 현실 인식의 오류, 혹
은 주술적 사고에서 비롯된 것이라 해석하고 있는 반면, 새로운 중국 인식을 위한 사상적 모
색의 과정에서 청조의 현실과 미래를 관찰한 흐름도 분명히 있었다는 점에는 그다지 주목하
고 있지는 않다. 桂濤, 「論"胡無百年之運"-17, 18世紀朝鮮士人認識淸朝的基本框架及
其瓦解」, 『史林』 2019年 1期, 上海社會科學院, 2019; 申佳霖, 「朝鮮後期知識人士的
斥淸表現-以"胡無百年說"爲中心」, 『當代韓國』 2019年 4期, 中國社會科學院韓國硏
究中心, 2019; 王微笑, 「연행길의 玉田縣 枯樹鋪와 '胡無百年'설」, 『민족문화』 56, 한국
고전번역원, 2020.

박지원의 고동서화(古董書畫) 인식과 감상지학(鑑賞之學)

1. 논의의 필요성

여기서는 박지원(1737~1805)의 고동*서화 기록을 다시 살피고 '감상지학'을 자세히 논하고자 한다. '감상지학'은 『연암집』 소재 〈필세설(筆洗說)〉에 있는 용어인데, 박지원은 이를 고동서화 전반에 관련된 비평 담론으로 쓰고 있다.** 실제 박지원은 『열하일기』에 고동서화 관련 견문과 관련 기록을 풍부하게 기록해두었으며, 『연암집』에도 이와 관련된 글이 많다. 때문에 일찍이 이우성 선생은 박지원의 고동서화 관련 기록에 관심을 기울였다.*** 해방 후 한국학계의 조선후기 고동서화에 대한 관심이 여기에서 출발한다고 해도 지나치지 않는다. 이어 당시 고동서화에 대한 관심과 수집 열기의 진원지가 경화

---

*   '古董'은 명나라 이후 '骨董'에서 변한 속어다.(김명호, 『열하일기 연구』, 돌베개, 2022, 692쪽, 미주 153 참조) 박지원과 동시대 많은 문인지식인이 '골동' 대신 '고동'을 사용하였는데, 이는 '골동'에 대한 일정한 시대의식과 관점을 내포하고 있는 것으로 보인다. 따라서 본고에서는 박지원 스스로 사용하고 당대에 통용된 용례에 따라 '고동'이라는 용어를 사용하기로 한다.

**   강명관 선생은 이를 '예술비평학'이라 지칭하며, "작품의 진위, 제작연도, 재료, 테크닉, 소장 방법 그리고 미적 예술사적 가치 등 광범위한 영역에 걸친 비평의 객관적인 준거를 둘러싼 담론"이라 정의하였다.(「조선후기 경화세족과 고동서화 취미」, 『조선시대 문학예술의 생성공간』, 소명출판, 1999, 306~307쪽) 여기서도 이 개념을 두루 가리키는 용어로 쓴다. 다만, 박지원의 '감상지학'에는 '감상지학' 그 자체에 대한 성찰에 관한 내용도 있다. 이 용어의 출처인 〈필세설〉에도 관련 내용을 확인할 수 있다. 이는 비평론에서 말하는 일종의 '메타비평'에 가깝다. 따라서 본고에서는 이 개념도 함께 포괄하여 쓰고자 한다.

***   이우성, 「실학파의 서화고동론」, 『한국의 역사상』, 창작과비평사, 1982.

세족임이 밝혀졌다.* 이 논의에서 촉발되어 조선후기 완상문화나 벽(癖)의 풍조에 대한 조명이 활발하게 이루어지고 있다.** 조선후기에 광범위하게 유행한 고동서화 향유의 구체적인 실상은 선행연구를 통해 비교적 생생하게 이해할 수 있는 상황이다.*** 그러나 현재의 연구 성과는 말 그대로 조선후기 고동서화 향유 현상에 대한 고고학적 발굴 성과에 가깝다. 이를 바탕으로 해당 자료들을 자세하게 분석하여 그 성격과 의미 등을 고찰할 필요성이 제기되는데, 고동서화 수집과 향유는 그 현상 못지않게, 그 사회문화적 요인, 사상적 배경, 이를 둘러싼 담론 등 다양한 층위에서 살펴야 총체적인 상황을 재구할 수 있을 것이다.

학계의 고동서화에 대한 첫 관심지라 할 박지원으로 돌아와 다시 기록을 세밀하게 읽고자 하는 이유는 이우성 선생 이후로 박지원

---

* 강명관, 「조선후기 경화세족과 고동서화 취미」, 「조선후기 예술품 시장의 성립-서화를 중심으로」, 앞의 책.

** 정민, 「18세기 조선 지식인의 癖과 癡 추구 경향」, 「18, 19세기 문인 지식인층의 원예 취미」, 「18세기 지식인의 완물 취미와 지적 경향」, 「18세기 원예 문화와 유박의 〈花庵隨錄〉」, 『18세기 조선 지식인의 발견-조선 후기 지식 패러다임의 변화와 문화 변동』, 휴머니스트, 2007; 안대회, 「조선후기 취미생활과 문화현상」, 『한국문화』 60, 서울대규장각한국학연구원, 2012; 이종묵, 「조선후기 연행과 화훼의 문화사」, 『한국문화』 62, 서울대규장각한국학연구원, 2013; 「조선시대 怪石 취향 연구-沈香石과 太湖石을 중심으로」, 『한국한문학연구』 70, 한국한문학회, 2018.

*** 홍선표, 「조선 후기 회화의 애호풍조와 감평활동」, 『조선시대 회화사론』, 문예출판사, 1999; 장진성, 「조선 후기 고동서화 수집열기의 성격: 김홍도의 〈포의풍유도〉와 〈사인초상〉에 대한 검토」, 『미술사와 시각문화』 3, 미술사와 시각문화학회, 2004; 배현진, 「명말 도시문화 변화와 서화수장 취미 전개 양상」, 『동양예술』 제28호, 한국동양예술학회, 2015; 정은주, 「燕行에서 書畵 求得 및 聞見 사례 연구」, 『미술사학』 26, 한국미술사교육학회, 2012; 정은주, 「燕行에서 中國 書畵 流入 경로」, 『명청사연구』 38, 명청사학회, 2012; 이용진, 「조선후기 고동기 수집과 감상」, 『동양미술사학』 제7호, 동양미술사학회, 2018.

의 고동서화 관련 기록에 대한 후속 논의가 이어지지 않는 것으로 보이기 때문이다. 『열하일기』와 『연암집』 등에서 산견되는 당대 중국의 고동서화 향유, 생산과 유통, 감정에 관한 정보와 지식은 얼핏 단편인 것으로 보이나, 그 내적 연관성과 함의가 포착되어 정리와 분석을 요한다. 특히 박지원의 감상지학에 관한 담론은 지금까지 알려진 바와는 전혀 다른 차원의 의미를 지닌 것으로 파악되며, 문제적 성격이 농후하다. 감상지학에 관한 기록은 『열하일기』 「속재필담」과 〈고동록〉에 집중되어 있으나, 단편적으로 산재하는 내용도 함께 주목할 필요가 있다. 이들 기록 전체를 두고 의미와 맥락을 다시 고찰하면 박지원의 고동서화 인식과 논리를 새롭게 이해할 실마리를 찾을 수 있을 것이다.

2. 고동서화에 관한 정보와 지식의 기록

우선 『열하일기』에서 찾을 수 있는 고동서화에 관한 기록을 분류해서 살피기로 한다. 이는 박지원의 감상지학을 고찰하기 위한 기초 단계의 일이다. 관련 기록은 내용상 크게 청대 중국에서 성행하는 '고동서화의 향유 현상', '고동서화 생산과 유통의 실상', 그리고 '감상지학의 기초소양'에 관한 기록으로 나눌 수 있다. 이와 관련된 기록을 차례로 살펴보기로 한다.

1) 고동서화 향유 현상

㈎ 본채 뒤의 후당은 깊숙하고 고요하고 쇄락하여 문득 속세의 시

304

끄러움을 잊을 것 같다. 강진향 나무로 만든 침상이 있고, 침상에
펼쳐 놓은 것은 보통사람이 가질 수 있는 것이 아니다. 서가 위에
비치한 서화들은 비단으로 표지를 하고 옥으로 두루마리 축을 만
들어 질서 정연하게 배열하여 꽂아 놓았다.*

(나) 탁자 위에 놓인 장식용 벼루 가리개(硯屛)는 높이가 두 자 폭이
한 자 남짓한데, 화반석(花斑石)으로 만든 것이다. 가리개에 새긴
강산과 수목, 누대와 인물들이 각기 돌 문양을 따라 자연적으로 채
색되어 그 미묘함이 귀신이 만든 듯하다. 강진향 나무로 받침대를
만들어 벼루 머리맡에 세워 놓았다.**

(다) 집 안으로 돌아서 들어가니 한 사람이 의자에 단정히 앉았다가
우리를 보고 일어나 읍을 하는데, 용모가 자못 단아하고 나이는 쉰
살쯤이고 수염은 희끗희끗하다. 명함을 보여주니 머리만 끄덕일 뿐
이고 성명을 물어도 대꾸하지 않는다. 네 벽에는 명인의 서화를 두
루 걸어놓았다. (중략) 인사를 하고 막 문을 나서다가 보니, 탁자 위
에 구리로 주조한 사슴이 있는데, 푸른 비취빛이 뼛속에까지 배어
들고 높이는 한 자 남짓 된다. 또 몇 자 정도 되는 벼루 가리개에는
국화를 그리고 곁에는 유리를 붙였는데 만든 기술이 매우 기이하고
교묘했다. 서쪽 담장 아래에는 푸른색 화준(花尊)에 관상용 복숭아
꽃 한 가지가 꽂혀 있고, 그 가지에는 검은빛의 큰 나비가 한 마리
앉았다. 처음에는 인조 나비인 줄 알았는데 자세히 보니 백금과 비
취 빛깔의 무늬가 있는 것이 과연 진짜 나비로서 꽃 위에 다리를 붙

* 『열하일기』 1, 368쪽.
** 앞의 책, 376쪽.

3부 연행록의 감정 기록과 학지 **305**

여서 말라 버린 지 이미 오래된 것이었다.*

㈐ 내가 지정에게, "장군 댁에도 감상할 만한 골동품이 있습니까."
하고 물으니, 지정은, "저는 무인이라 능히 이런 것을 사 모을 수도
없으며, 조상 대대로 농사를 짓는 집안이라 오래된 물건도 없습니
다. 다만 가지고 있는 것이라곤 기껏 손바닥만 한 오래된 벼루가 있
을 뿐입니다. 세상에 전하는 말로는 소동파가 직접 만든 것이라고
하는데 원장(元章, 미불, 1051~1107)의 관지가 음각으로 새겨져 있
습니다. 또 원풍(元豐, 1078~1085) 연간에 구리로 만든 푸르고 모
난 술잔이 있을 뿐입니다." 한다. 내가 한번 구경하자고 했더니 지
정은, "그거야 어렵지 않습니다만, 지금은 객지에 있는 몸이라 지니
고 오질 못했습니다." 한다.**

㈑ 황포 유세기를 방문했더니, 벼루맡에 무늬 있는 돌로 만든 벼루
가리개가 놓였으며, 그 앞에 난초 한 포기가 있었다. 난초를 자세
히 살펴보니, 구리로 만든 것이었다. 봉황새의 눈매 같은 잎은 바람
을 맞아서 하늘거리는 것 같고, 자주색 꽃대가 이슬을 머금은 모양
이 참으로 기이하게 만든 것이었다. 그에게 난초를 며칠 빌려서 내
가 거처하는 방의 동쪽 벽아래에 두고, 방의 편액을 동란재(銅蘭齋)
라 하였다.***

위 인용문은 모두 박지원이 중국에서 고동서화를 향유하는 구체
적인 모습들을 직접 보고 기록한 것이다. ㈎는 산해관에 들어와 무령

---

* 　앞의 책, 413~414쪽.
** 　『열하일기』 2, 196쪽.
*** 　『열하일기』 3, 438쪽.

현을 지나 있는 서학년의 집에 들어서 구경한 모습을 기록한 내용이
다. 서학년은 죽은 지 10년이 지났지만 살아 있을 때는 윤순과의 인
연으로 조선 사신과 교류가 많았던 인물이다. 이런 인연으로 서학년
사후에도 조선사행이 이 집을 방문하여 집 안에 진열된 고동서화를
구경하는 것이 관례가 되었다. 조명현이 연암에게 조선 사신이 서학
년의 집에 드나들게 된 내력을 알려주며 서학년의 집보다 더 나은 집
이 많다'고 한 말에 의하면 북경 근교에 접어들수록 고동서화를 애
호하고 소장하는 풍조가 더 성행하고 있음을 알 수 있다. 무엇보다
처음 문장에서 박지원이 "속세의 시끄러움을 잊을 만하다"는 정취를
말한 것은, 이곳이 고동서화 향유의 본래 취지의 하나인 '탈속(脫俗)'
을 잘 구현하고 있는 곳임을 가리킨다.

   (내)도 1780년 7월 25일 영평부에 도착하여 어느 한 집에 들어가
집 안의 탁자를 보고 기록한 것이다. 이 집에는 마침 〈고려진공도〉를
판각하고 있던 중이었다. 연암은 그림을 보고 속으로 조잡하다고 평
한 직후 곧바로 그 집 탁자 위의 기물에 관심을 기울이며 이를 놓치
지 않고 기록해 두었다. 이어 고동서화와 관련하여 주목되는 장면이
기술되어 있는데, 후술하겠다.

   (대)는 7월 28일 박지원이 옥전현에 도착하여 한 점포에 들어가
본 것을 기록한 대목이다. 이곳은 박지원이 벽에 걸어놓은 〈호질〉의
원작을 보고 베낀 집이기도 하다. 이곳의 구리 사슴과 연병, 그리고
화병 등은 사방 벽에 걸린 서화와 함께 사뭇 고아한 분위기를 자아
내고 있다. 그렇기에 연암이 이에 주목하고 자못 상세하게 기록한 것

---

*   『열하일기』 1, 371쪽, "그러나 실상은 그 고을에 서씨 집보다 더 나은 집들이 많고, 주인이
    손님을 좋아하는 것도 서학년과 다를 바 없습니다."

이다.

㈜는 「황교문답」에 나오는 이야기로 산동도사 학성과 주고받은 필담 중 일부다. 「태학유관록」에 의하면 박지원은 1780년 8월 11일 판첸 라마의 거처인 찰십륜포에 갔다. 이 전후로 학성을 비롯하여 거인 추사시, 왕민호 등과 여러 날에 걸쳐 티베트 불교에 관해 필담을 하는데 이것이 「황교문답」이다. 티베트 불교에 관한 이야기를 나누는 와중에 고동서화에 관해 문답을 주고받은 까닭은 양련진가(楊璉眞珈)라는 승려 이야기 때문이다. 그는 티베트의 승려로 원나라 때 중국에 들어와 송나라 황제의 능을 파헤쳐 온갖 기물과 수장품을 모은 인물이다.* 필담에 참여한 인물들은 대체로 티베트 불교에 반감을 가지고 있는데 양련진가의 사적이 그 배경이 되었다. 이런 이야기 중에 박지원은 슬그머니 학성에게 고동을 소장하고 있는지 물어보면서 화제를 옮긴다. 학성이 말하기를 자신은 무인이고 농민의 자식이라 고동서화를 모을 수 없다고 한 대목은 주 향유계층이 문인, 상인들이라는 점을 암시하며, 다만 조그만 벼루 하나 가지고 있다고 한 것

---

* 양련진가에 관해서 『元史』에 그 대략적 내용이 전해온다. 『元史』 卷二百二, 「列傳」第八十九 〈釋老〉, "양련진가라는 자는 元 世祖(재위 1260~1294)때 강남의 불교총통이다. 전당·소흥 등에 있는 송나라 조씨 능묘와 대신들의 묘를 파헤친 곳이 모두 101군데다.(有楊璉眞加者, 世祖用為江南釋教總統, 發掘故宋趙氏諸陵之在錢唐·紹興者及其大臣塚墓, 凡一百一所.)" 원말명초의 문인 陶宗儀(1329~1410)의 『南村輟耕錄』에는 관련기록이 매우 생생하다. 『南村輟耕錄』 권4, 「發宋陵寢」, "무인년에 강남의 불교를 총괄하는 양련진가는 황제에 기대어 횡포하고 방자하며 사람을 태우고, 교만하고 음란하기가 극에 달하여 이루 다 말할 수 없는 지경이다. 12월 12에는 군사를 부려 소산에 주둔케 하고, 송나라 조씨 황제의 여러 능침을 파헤쳤는데, 마침내 시신의 팔다리를 자르고, 구슬로 짠 옷과 옥갑을 낚아챈 뒤 그 시신을 태우고 뼈는 풀숲에 버렸다.(歲戊寅, 有總江南浮屠者楊璉眞珈, 怙恩橫肆, 執焰爍人, 窮驕極淫, 不可具狀. 十二月十有二日, 師徒役頓蕭山, 發趙氏諸陵寢, 至斷殘支體, 攫珠襦玉柙, 焚其胔, 棄骨草莽間.)"

은 이러한 풍조가 문인, 상인 계층을 넘어 전 계층으로 확산되고 있음을 보여주는 대목이라 할 수 있다. 이 뒤에 학성과 나눈 필담에서 감상지학과 관련하여 매우 중요한 내용을 말하고 있는데 이 또한 뒤에 논한다.

㈐는 박지원이 북경에서 교유한 문사 유세기의 집에 방문하여 동으로 만든 난을 보고 빌려와 잠시 머물던 북경의 거처에 두고 동란재라고 이름을 붙이고 여기서 쓴 글을 「동란섭필」이라고 한 유래를 담고 있는 내용이다. 중국에서 고동서화 향유를 목격한 것뿐만 아니라 그 스스로 완상의 주체가 되기도 했음을 보여주는 장면이다. 박지원은 젊은 시기에 우울증을 이겨내려고 고동서화에 취미를 붙인 이후,* 연행을 통해 이러한 견문과 체험이 축적되어 귀국 후에 완상이 주요한 생활영역으로 자리 잡았다.**

『열하일기』에서 보여주고 있는 중국의 고동서화 애호와 소장 풍조는 연행노정에서 흔히 볼 수 있는 장면이며 다른 연행록에서도 흔

---

* 『燕巖集』 제8집 별집, 「放璚閣外傳」, 〈閔翁傳〉, "계유·갑술년 간, 내 나이 17, 8세 즈음 오랜 병으로 몸이 지쳐 있을 때 집에 있으면서 노래나 서화, 옛 칼, 거문고, 이기와 여러 잡물들에 취미를 붙이고, 더욱더 손님을 불러들여 우스갯소리나 옛이야기로 마음을 가라앉히려고 백방으로 노력해 보았으나 그 답답함을 풀지 못하였다.(歲癸酉甲戌之間, 余年十七八, 病久困劣, 留好聲歌, 書畵古釖, 琴彛器諸雜物, 盆致客, 俳諧古譚, 慰心萬方, 無所開其幽鬱.)"

** 박지원은 안의 현감으로 재직하는 동안에도 수시로 서울에서 서화를 받아 완상하였다. 이는 근래 발굴된 그의 편지에 잘 드러나 있다. "문을 걸어 닫고 숨을 죽이고 있거늘, 보내온 이 권축을 펼쳐 이따금 완상하지 않는다면 내 무엇으로 심회를 풀겠니? 하루에 열 몇 번씩 이 권축을 열어보거늘, 글 짓는 도리에 큰 도움이 되는구나."(박지원 지음, 박희병 옮김, 『고추장 작은 단지를 보내니』, 돌베개, 2005, 17쪽) 이 편지에서 보듯 박지원에게 서화의 완상은 지리산 자락 궁벽한 곳에서 공무에 시달리며 외로이 지내는 동안 쌓인 우울한 심사를 푸는 데 더없는 도움이 되었다. 주목할 점은 박지원이 밝힌 완상의 효용이다. 그는 글쓰기에 완상이 유용하다고 밝혔는데, 이는 완상이 사유를 심화, 확장시키고 새로운 발상을 가능케 한다는 점을 강조한 것이다. 이는 글쓰기와 감상지학이 만나는 지점이기도 하다.

히 볼 수 있다. 대개 간단한 묘사지만 당시 북경 주위로 문인들의 고
동서화 향유가 매우 일상화된 생활양식이며, 오랜 내력을 지니고 있
는 문화임을 짐작게 하는 대목이다. 이 기록들은 여러 곳에 흩어져
있는 단편적인 견문이 아니라, 감상지학과 골동서화에 관한 논리를
전개하는 일차 자료로서의 구실을 한다. 앞서도 잠시 언급했지만 이
러한 장면의 전후로 박지원의 감상지학의 논리가 전개되고 있다. 논
의의 편의를 위해 여기서는 도입부에 해당하는 장면만을 제시한 것
이다. 이 점이 다른 연행록의 고동서화 견문과 구별되는 특징이다.

2) 고동서화 생산과 유통의 실상

박지원의 관심은 중국에서의 고동서화 향유 현상에 머물지 않
고, 그것의 생산과 유통 실상으로 이어졌다. 고동서화가 어떻게 해서
문인 관리들의 서재에 놓이게 되는지 그 경로를 대략 알 수 있을 만
큼 관련된 장면도 적지 않다. 대표적인 사례를 들어본다.

㉮ 전사가(田仕可)의 자는 대경(代耕) 또는 보정(輔廷), 호는 포관
(抱關)이며, 무종(無終) 사람이다. 자기 말로, 전주(田疇)의 후손이
며 집은 산해관에 있는데, 태원(太原) 사람 양등(楊登)과 함께 이곳
에 점포를 내었다 한다. 나이는 스물아홉, 키는 일곱 자이다. 이마
가 넓고 코는 길며, 풍채가 빛난다. 골동품의 내력을 많이 알고 남
에게 아주 다정하다.*
㉯ 누각 아래위 40여 칸에 난간을 아로새기고 그림을 그린 기둥은

---

*   『열하일기』 1, 185쪽.

울긋불긋 휘황찬란하고, 분칠을 한 벽과 비단을 바른 창문이 묘연히 마치 신선이 사는 집 같았다. 좌우에는 고금의 이름난 그림과 명가의 글씨들을 많이 걸어 놓았고, 또 술자리의 아름다운 시들이 많이 있었다. 아마도 석양이 지는 저녁에 관아에서 공무를 파하고 귀가하던 조정의 벼슬아치들과 나라 안 명사들의 수레와 말이 구름처럼 모여들어, 술잔을 입에 물고 시를 짓고 서화를 논평하며 밤이 새도록 질펀하게 놀면서 이런 아름다운 시구와 글씨, 그림들을 다투어 남긴 것이리라. 매일 밤을 이와 같이 보내어, 어제 남긴 것이 오늘이면 모두 팔린다고 한다. 이것이 술집에서는 이윤이 남는 것이기에 서로 경쟁적으로 의자와 탁자 그릇이나 골동품을 사치하게 진열하고 화초를 풍성하게 꾸며서 작품의 소재나 볼거리를 제공한다. 정품의 먹과 좋은 종이, 값진 벼루와 훌륭한 붓을 모두 그 안에 갖추어 두었다.*

(다) 저녁을 먹은 뒤에 주부 조명위가 자기 방에 특이한 골동품과 서책을 진열해 두고 있다고 자랑하기에 나는 즉시 그와 함께 방으로 갔다. 방문 앞에 화초 화분 10여 개를 진열해 놓았는데 모두 이름을 모르는 것들이다. (중략) 조군(趙君)은 이십여 차례나 사행에 참여해서 북경을 마치 제집 드나들 듯하고, 중국말에 제일 능통하다. 물건을 매매할 때 값을 그다지 깎으려 하지 않아서 그에게는 단골 상인이 많으며, 상인들도 으레 그가 거처하는 곳에 물건을 진열하여 청상(淸賞)에 이바지한다. 그런데 연전에 창성위(昌城尉) 황인점(黃仁點)이 정사로 사신을 왔을 때였다. 건어호동(乾魚衚衕)의 조선관

---

* 『열하일기』 2, 148쪽.

(朝鮮館)에 불이 나서 큰 상인들 여럿이 미리 물건을 가져다 진열해 놓은 것이 모두 불에 타 잿더미가 되어 버렸는데, 특히 조군의 거처에 진열해 놓은 것이 다른 곳에 비해 더욱 심했다. 매매하는 물건 이 외에도 화재로 타버린 것이 모두 진기한 골동품이나 서책인데 돈으로 계산하면 화은 3천 냥은 될 것이다. 모두 융복사(隆福寺)나 유리창(琉璃廠)의 물건들로 상인들이 조군의 방을 빌려서 진열해 놓은 것이므로 값을 보상해 달라고 할 수도 없었다고 한다. 그런데도 이를 경계로 삼지 않고, 지금 또 조군의 방을 빌려서 옛날처럼 진열해 놓고 눈과 마음을 즐겁게 만드니, 참으로 대국의 풍속이 악착같거나 쫀쫀하지 않음이 이와 같음을 볼 수 있겠다.*

㈐ 소주사람 호응권이 화첩 한 권을 가지고 왔다. 표지에는 초서가 어지럽게 쓰여 있었는데 먹의 딱지가 덕지덕지 붙어 있다. 너덜너덜 해지고 조잡하고 더러워 한 푼어치도 안 될 것 같은데, 호생의 행동거지를 보면 마치 세상에 둘도 없는 진기한 보물인 양 꿇어앉아 정성껏 두 손으로 받쳐 들고 조심조심 화첩을 열고 닫는다. (중략) "그대는 이것을 어디에서 구했소?" 하고 물으니 호생은, "해질 무렵 귀국의 김상공께서 저희 점포에 오셔서 이것을 팔았습니다. 김상공은 중후하고 성실한 사람으로 저와는 형제 같은 정분이 있어, 제가 문은(紋銀) 석 냥 닷 푼을 주고 구입했습니다. 다시 표구를 하면 값을 일곱 냥은 더 받을 것입니다. 다만 화가들의 낙관이나 설명이 없으니, 원컨대 어르신들께서 하나하나 고증을 해서 써 주시기를 바랍니다."**

---

*　앞의 책, 152~153쪽.

**　『열하일기』 1, 376~377쪽.

㈎는 심양에서 그곳 상인들과 나눈 필담을 기록한 「속재필담」의 현장인 예속재의 주인 전사가에 대한 간단한 인물 소개부분이다. 예속재에서 필담에 참여한 사람은 모두 중국의 여러 지방에서 다양한 사연으로 이곳 심양에 모여든 상인들이지만, 연암은 그 가운데 문인 출신도 있음을 특히 강조하였다. 그가 바로 첫머리에 소개한 전사가로, 특히 고동품의 내력을 잘 안다고 했는데, 필담에서 고동서화를 감정하는 법을 매우 간명하게 잘 알려주는 대목에서 이를 확인할 수 있다. 이처럼 연암이 전사가를 특히 강조한 배경에는 중국 상인의 특성을 보여주려 했다는 점에 있다. 고동서화 유통을 담당하는 한 축으로 문인 출신 상인들이 있음을 강조한 것이다.

㈏는 고동서화 유통의 현장을 목격한 장면을 기록한 것이다. 박지원은 열하에서 출발하여 8월 20일 덕승문을 통과해 북경으로 들어왔다. 이곳에 변계함과 조판사가 마중 나와 반기니 박지원은 그들과 함께 곧바로 길옆 술집에 들어갔는데 바로 이 기록은 바로 그곳을 묘사한 부분이다. 이곳에 조정의 관료나 문인들이 들어와 술을 마시며 남겨놓은 서화들이 곧 상품이 되어 판매되고 있음을 보여준다. 서화의 생산을 담당하는 주체가 문인이라는 자명한 사실을 확인케 하는 대목으로, 중국에서 고동서화가 유통되는 경로의 한 국면을 포착한 구체적인 장면이라 할 수 있다.

㈐는 우리나라 사행과 중국 상인들의 서화고동 매매의 구체적인 모습을 기록한 것이다. 북경에 간 사행 일원이 유리창이나 융복사 등 고동서화를 취급하는 상점이 즐비한 시장에 가서 물건을 사는 경우와 별도로 사행이 머무는 숙소에 중국 상인들이 직접 물건을 가져와

진열해 두고 매매를 성사시키는 경우도 있음을 알 수 있다. 고동서화가 지닌 속성을 잘 아는 상인들이 상품 매매에 매우 유리한 방법을 찾은 것인데 그것이 바로 '이공청상(以供淸賞)'이다. 고동서화는 편한 곳에서 오랫동안 수시로 보아야 비로소 진가를 알 수 있음을 십분 활용한 방법이다. 설사 물건이 잿더미가 된다고 해도 이러한 매매방식을 폐기할 수 없는 이유가 바로 이점 때문이다.

㈑는 앞서 언급했듯 영평부에서 〈고려진공도〉를 그리던 집에 들어갔다가 일어난 일이다. 그 집의 탁자 위에 놓인 기물들을 보고 있던 중 소주사람 호응권이라는 사람이 화첩 한 권을 들고 들어와 박지원에게 그림의 내력을 설명해달라고 하였다. 어디서 구입했냐는 박지원의 물음에 호응권은 조선 상인에게서 구입했다고 하였다.* 이 장면은 우리나라 서화도 중국에 유통되고 있음을 잘 보여준다. 다만 김상공이 판매한 화첩의 상품성은 썩 좋지 않은 것으로 보인다. 김상공은 중국 내 일부 호사가들 사이에서 형성된 조선의 화첩에 대한 일부 수요에 기대어 오로지 희소성만 가지고 중국에 가져가 매매를 성사시켰다. 그러나 매매가 지속적으로 이루어지려면 수요와 공급은 물론, 매매를 원활하게 할 만한 적절한 상품가치를 갖추어야 한다. 호응권은 비록 친분으로 조선의 화첩을 구매했지만 중국 내에서 제 값을 받고 유통시키려면 상품으로서의 기본 요건을 갖출 필요성을 인지하고 이를 위해 연암에게 기본 정보를 기입해달라고 부탁하였던 것이다. 이 장면에서 우리나라의 고동서화 관련 산업의 수준을 중국

---

*   이 글 뒤에 『洌上畫譜』를 기록해두었는데, 이는 김상공이라는 자가 호응권에게 판매한 화첩을 바탕으로 목록을 만들고 그 화첩에 기록해준 것을 그대로 옮기고 제목을 이렇게 붙인 것이다.

과 비교해볼 수 있다. 중국에서 발달한 고동서화 제조와 유통은 이미 잘 알려져 있거니와, 이에 비해 조선의 그것은 한참 미흡한 수준임을 이 대목에서 미루어 짐작할 수 있다.

이러한 기록들은 단편적이지만 중국에서의 고동서화의 향유와 유통의 주요 계층과 구체적인 유통경로 등을 보여주고 있으며, 나아가 당시 조선과 중국의 서화교역의 한 단면도 보여준다. 물론 이러한 기록도 박지원 감상지학의 논리적 바탕이 되는 직간접적 자료의 구실을 한다.

3) 감상지학의 기초소양

「속재필담」 중 고동서화 관련 이야기에서 특히 주목을 끄는 대목은 감정에 관한 내용이다. 주로 전사가가 연암에 알려주는 방식으로 이루어진 필담인데, 여기서 전사가는 자신의 이익과도 직결되는 문제임에도 매우 친절하게 연암에게 중요한 사항들을 알려준다. 그가 말한 것 가운데는 오늘날에도 중국 고동서화의 향유와 감정에 관한 핵심적 내용들이 망라되어 있다. 그 내용을 자세히 들여다보는 일이 필요함에도 그간 이를 간과해왔다. 이에 여기서 전사가의 말을 따라가며 감상지학에 관한 핵심적인 정보를 살펴본다.

① 변별진안(卞別眞贋)*

㈎ 전생이 고동들을 다 늘어놓고는 날더러 감상하기를 청한다. 호

---

* 이 용어 또한 〈筆洗說〉에서 취한 것이다.

(壺), 고(觚), 정(鼎), 이(彝) 등이 모두 열하나인데, 큰 것, 작은 것, 둥근 것, 모난 것이 제각기 다르고, 그 새김질과 빛깔이 낱낱이 고아한데, 관지(款識)를 살펴보니 모두 주(周)·한(漢) 시대의 물건이다. 전생은, "그 글자는 고증할 것 없습니다. 이들은 모두 요새 금릉(金陵)·하남(河南) 등지에서 새로 꽃무늬를 새긴 것이라, 관지는 비록 옛 식을 본떴더라도 꼴이 벌써 질박하지 못하고, 빛깔이 또한 순하지 못해서, 만일 이것들을 진짜 고동 사이에 놓는다면 겉만 번지르르하나 속되고 촌스러움이 대번에 드러날 것입니다. 내 비록 몸은 시전(市廛)에 잠겨 있더라도, 마음은 늘 배움터에 있던 차에 선생을 뵈오니, 마치 여러 쌍 보패(寶貝)를 얻은 듯 싶사온즉, 어찌 조금이라도 서로 속여서 한평생을 두고 마음에 께름칙하게 하오리까." 한다.*

(나) 대체로 관요(官窯)는 그 법식이나 품격이 가요(哥窯)와 같고, 색은 분청(粉靑)색이나 계란의 흰 빛을 띠며, 물을 부으면 아주 밝아져서 마치 기름이 엉긴 듯한 것이 상품입니다. 다음은 담백색인데, 유회색은 사지 마십시오. 문양은 얼음 깨진 무늬와 드렁허리(민물장어) 핏빛이 상품이며, 아주 자잘한 문양은 하품이니 구하지 마십시오. 만든 기법은 『박고도(博古圖)』**에 있으니 법식을 취하시기 바랍

---

* 『열하일기』 1, 199쪽.

** 『宣和博古圖』를 가리킨다. 宋 徽宗(재위 1100~1125)이 1107년에 편찬한 고대 청동기와 금문도록이다. 휘종이 예제개혁의 일환으로 완성하고, 『宣和博古圖』를 편성하였고 이를 1123년에 중수하여 『重修宣和博古圖』를 완성하였다. 이 책에는 청동그릇을 20가지 유형으로 나누고, 모두 839건의 기물을 수록했는데, 기물의 도상과 명문을 매우 정교하게 그려넣었으며, 크기, 용량, 출토지, 소장자의 이름까지 수록되어 있다. 이는 한대 이후 古器에 대한 오해를 바로잡는 데 큰 기여를 하였고, 송대 이후 문인 문화에도 큰 영향을 미쳤으며, 오늘날 청동기와 금문 연구에도 지대한 영향을 미치고 있다. 방병선, 『중국도자사 연구』, 경인문화

니다. 다만 정(鼎)·이(彝)·병(瓶)·호(壺)·고(觚)·준(尊) 등은 어떤 것을 막론하고 짧고 왜소하며 배가 볼록한 것은 조잡하고 추악하여 감상할 만한 것이 없으니 구하지 않음이 옳습니다.*

㈐ 나는 여러 그릇 중에서 창 같은 귀가 달리고 석류 모양으로 발을 단 술동이 모양의 화로를 세밀히 살펴보았다. 납다색(臘茶色) 빛깔에 만든 기법이 자못 정밀하고 아름다워 화로 밑을 받들어 살펴보니 '대명선덕년제(大明宣德年製)'라고 돋을새김을 하였다. 내가, "이 주조물이 자못 아름답지 않습니까?" 하니, 전생이, "속이지 않고 사실대로 말씀드리자면, 이건 선덕 연간(1426~1435)에 만든 화로(宣爐)가 아닙니다. 선로는 대개 납다색 수은을 화로의 몸통에 침투하게 문지르고, 다시 금가루를 이겨 발라, 불에 구우면 붉은빛이 도는데, 어찌 민간에서 이런 것을 비슷하게라도 만들 수 있겠습니까." 한다.**

㈑ 제가 지난해 초겨울에 북경에 갔다가 2월에 돌아왔습니다. 북경에 있을 때 매일 유리창에 나갔더니, 눈에 보이는 것마다 보배롭고 신기하여 말로 형용할 수 없었습니다. 제 자신이 마치 하백(河伯)이 자기 얼굴의 누추함을 앎과 같이 너무 초라하여, 제대로 구경하기도 전에 그만 질려서 꼬리를 내릴 정도였습니다. 다만 저 금창(金閶, 소주)에서 올라온 경박한 무리들이 마치 벼룩처럼 날뛰고 이처럼 들러붙어, 유리창 여기기저기서 불쑥불쑥 튀어나와 값을 함부로 불러 가격을 열 배 이상으로 만들었을 뿐 아니라, 갖은 감언이설

사, 2012, 168~169쪽 참조.

* 『열하일기』 1, 228~229쪽.

** 앞의 책, 200쪽.

로 사람들의 마음을 아주 녹이기까지 했습니다. 저는 지난번 걸음
이 초행인지라 어지럽고 허겁지겁 어쩔 줄을 몰라, 눈과 귀와 입이
달아나고 오장육부가 뒤집히는 것 같았습니다. 그들에게 털끝만 한
덕을 보기는커녕 단지 바보놀음만 하다가 돌아왔습니다. (중략) 아
울러 충심으로 말씀드리면, 고서화에 대한 감식안도 제대로 갖추지
못했고 수집하는 취미도 그리 깊지 못하여 감히 저도 모르는 것을
경솔하게 추측하여 억지로 말씀드릴 수는 없지만, 서화들은 대체로
앞 시대의 현인들이 직접 쓰고 그린 것은 아니지만 그래도 명필가
들이 잘 모사한 것이라서 비록 노련한 기품은 없을지라도 그 전형
은 볼 수 있습니다. 미불(米芾)·채경(蔡京)·소식(蘇軾)·황정견(黃
庭堅) 등의 글씨는 모두 이름을 조사해 보는 것이 옳습니다.*

전사가는 고동서화에서 대표적인 품목을 선정하고 이를 잘 감정
하기 위한 기초적인 소양을 박지원에게 전하고 있다. 대표적인 고동
서화를 크게 네 가지로 제시하였는데, 고대 청동기, 송대 관요, 명대
선덕로, 그리고 소주에서 위조되는 서화인 일명 소주편(蘇州片)이 그
것이다. 이는 중국의 고동서화 가운데 대표적인 것들이다. 주목할 것
은 전사가가 말한 내용이 대부분 전대 문방청완(文房清玩)이나 고동
서화 관련 문헌에서 찾을 수 있는 내용이라는 점이다.**

---

*   앞의 책, 229~230쪽.
** 〈호질〉 등과 같은 『열하일기』의 많은 부분이 과연 실제 견문을 그대로 기록한 글이냐 아니
    면 박지원이 의도를 가지고 재구성한 글이냐 하는 논쟁에서 자유롭지 못하다. 이 대목도 마
    찬가지로 실제로 전사가가 말한 것을 그대로 기록한 것인지, 아니면 전사가의 발언인 것처럼
    일부러 삽입한 것인지 논란을 일으킬 수 있다. 여기서는 이에 대해 언급하지 않고 다만 그 발
    언의 출처와 의미를 살피는 데 주안점을 둔다.

우선 (가)는 청동기에 관한 내용이다. 전사가가 자신이 가지고 있는 고동을 내어 보이면서 그것들이 모두 당대 남경, 하남 등지에서 위조한 것임을 분명히 밝히고 있다. 특히 청동기에 새긴 글은 더더욱 볼 필요가 없다고 한 것을 보면 주나라 한나라의 것으로 보이게끔 금문(金文)과 비슷한 글자를 새기는 풍조가 만연했음을 알 수 있다. 더 중요한 내용은 청동기 위조방법에 대한 것이다. 박지원이 최근에 만든 청동기의 색깔에 의문을 던지니, 이에 전사가는 자못 상세하게 그 위조방법에 대한 정보 알려준다.* 청동기 감정은 하나의 학문으로 정립되어 있을 만큼 중국에서 위조와 감정의 내력이 깊다.**

(나)는 전사가가 박지원에게 준 〈고동록〉에서 송나라 때 유명한 도자기의 종류인 관요와 가요를 감정하는 방법에 대하여 간략하게 말한 것이다. 먼저 색으로 구별하는 방법을 일러주고, 그다음 도자기를 구울 때 유약에 균열이 일어나는 현상인 개편(開片)을 통해 좋은 도자기를 가리는 방법을 알려준다. 지금도 송대 도자기를 구별할 때

---

* 『열하일기』, 「속재필담」. 원문은 자못 긴데, 대략 요약하면 다음과 같다. 청동기는 수은이 얼마나 어떻게 배었는지 살펴 진가를 구분한다. 그릇 위조 방법은 크게 두 가지다. 첫째, 땅속에 소금물을 붓고 두어 해 묻어두었다가 꺼낸다. 이것은 하품이다. 둘째, 붕사, 한수석, 망사, 담반, 금사반 등을 가루로 만들고 소금물에 풀어서 붓으로 골고루 여러 번 발라 땅속에 넣고 숯을 넣어 달군 뒤 초를 뿌린다. 그런 다음 초찌꺼기를 두텁게 덮고 흙으로 빈틈없이 덮은 뒤 4~5일 뒤에 꺼낸다. 그 뒤 댓잎 연기를 쏘이고, 비늘로 가루를 만들어 문지르고 백랍으로 닦는다. 이렇게 하면 그럴듯한 고색이 나는 위조품이다. 이 내용도 원말명초 曹昭의 『格古要論』(1388)에 보이는바 典據에서 인용한 것으로 보인다.

** 청동기 감정에 관한 기록은 송나라 때 이미 확인되는데, 대표적인 것이 南宋때 趙希鵠(1170~1242)의 『洞天淸錄集』이다. 이 책에 수록된 「古鍾鼎彝器辨」에서 고동기 감정법을 서술하였다. 이용진, 「宋代 工藝批評書들과 鑑識眼」, 『미술사학』 30, 한국미술사교육학회, 2015. 참조.

빙렬문(氷裂文)*을 아는 것이 감정의 기초지식이다. 이 부분은 사실상 명나라 곡태(谷泰)가 천계(天啓, 1621~1627) 연간에 지은 『박물요람(博物要覽)』의 내용을 그대로 가져온 것으로 보인다.** 또한 송나라 자기가 대개 청동기를 모방해 만든 것임을 알려주고 있다. 따라서 송대 자기와 청동기는 매우 긴밀한 관련성이 있음을 일깨워준다.***

㈐는 명나라 때 유명한 동기(銅器)인 선로 감정법에 관한 내용이다. 명나라 선덕(宣德, 1426~1435) 연간에 태국에서 조공으로 바친 것 가운데 풍마동이 있었다. 이 동은 매우 순도가 높은 것으로, 황제는 이것으로 여러 방면에 사용했다. 그 가운데 향로를 만들고 그릇 밑에 관지를 새겨 넣었는데**** 이 품질이 뛰어나고 귀하여, 지금까지 가치를 높게 친다. 그런데 이 대목은 고렴(高濂, 1573~1620)의 『준생팔전(遵生

---

*   '氷裂'은 여요에서 비롯된 송대 자기의 주요한 특징이다. 이는 자기 소성과정에서 발생하는 일종의 결함현상이지만, 이를 의도적으로 장식화 하여 주요한 미적 특징으로 부각시켰다. 방병선, 앞의 책, 185쪽 참조.

**   『博物要覽』 권5, 「論官窯器皿」, "官窯品格, 大率與哥窯相同, 色取粉青為上, 淡白次之, 油灰色, 色之下也. 紋取冰裂, 鱔血為上, 梅花片, 墨紋次之, 細碎紋, 紋之下也." 『열하일기』와 비슷한 시기의 저술인 朱琰(생몰년 미상), 『陶說』(1774)에도 동일한 내용이 보인다. 뿐만 아니라 『준생팔전』 등 여러 문헌에서도 볼 수 있어 고동서화의 감정과 향유를 위한 기초지식으로 널리 알려진 내용임을 알 수 있다.

***   송 희종은 예제 확립의 필요성을 인지하여 상고시대 청동기를 수집하여 도록을 편찬하고, 청동기를 모방하여 동기나 자기를 만들었다. 이희관, 『皇帝와 瓷器-宋代官窯研究』, 경인문화사, 2016, 79~82쪽 참조.

****   『宣德鼎彝譜』 卷1, "지금 섬라국왕 刺迦滿靄가 조공으로 보내온 좋은 銅이 있는데, 그 이름이 풍마라 하며, 색이 양매금(품질이 좋은 금)과 같다. 짐은 이것이 쓰일 만한 곳을 생각해 보았는데, 鼎彝를 잘 만들어 郊壇과 太廟의 안뜰에 놓아두는 것이 어떨까 한다.(今有暹羅國王刺迦滿靄所貢良銅, 厥號風磨, 色同陽邁. 朕擬思惟所用, 堪鑄鼎彝, 以供郊壇太廟內廷之用.)"

八牋)』(1591)에 전하는 내용과 매우 유사하다.*

㈜는 소주편의 존재를 알려주는 내용이다. 소주편은 민간 상인들 사이에서 부르던 명칭으로, 명 만력 연간부터 청대 중기까지 소주의 산당가(山塘街)와 전제항(專諸巷), 도화오(桃花塢) 일대에서 활동한 민간화사들이 위조한 서화를 말한다.** 당시 소주는 중국 북방에서 상당한 불신을 받는 곳으로 이미지가 굳어져 있는데, 이는 명나라 때부터 이어졌다.*** 여기서 말하는 '창문(閶門)의 경박한 무리들'이란 소주 상인을 가리키며 이들이 들고 온 물품은 대개 소주에서 위조된 이른바 소주편을 가리킨다고 해도 무방하다. 전사가가 여기서 소주 상인들을 매우 비판적으로 언급한 것은 개인의 체험에서 비롯한 것이지만, 명나라 때부터 북경 중심으로 퍼져 있는 소주에 대한 나쁜 이미지에 기인한 탓도 있다.**** 소주편에 관한 이 언급이 중요한 이유는 소주에서 위조된 서화가 중국각지에 대량으로 퍼져나갔으며 심지어 조선과 일본에까지 흘러들어가 시장을 교란했기 때문이다. 서화의 애호가 성행하고 유통이 매우 활발하여 위조품 시장이

---

* 다음 대목은 몇몇 자구의 차이를 제외하면 거의 동일한 문장이다. 高濂(1573~1620), 『遵生八牋』「燕閒清賞牋」상권, 〈論新舊銅器辨正〉, "宣鑄多用蠟茶, 鏒金二色. 蠟茶以水銀浸擦入肉熏洗為之. 鏒金以金鑠為泥, 數四塗抹, 火炙成赤, 所費不貲, 豈民間可能傍佛."

** 이주현, 「명청대 蘇州片 清明上河圖 연구: 구영 관 소주편을 중심으로」, 『미술사학』 26, 한국미술사교육학회, 2012.

*** 이은상, 「명대 중기 蘇州 문인사회와 實景圖」, 『장강의 르네상스』, 민속원, 2009 참조.

**** 반면 명대 남방의 절강 태주 출신인 王士性(1547~1598)은 소주인을 비교적 긍정적으로 서술하였다. 『廣志繹』 卷2, 「兩都」, "소주인은 총명하고 지혜로우며 옛것을 좋아하고 또 옛 고동서화를 모방하는 기술이 좋아 서화의 모사나 청동기의 주조하는 기술은 능히 진품과 모조품을 구별하기 힘들게 한다.(姑蘇州人聰慧好古, 亦善仿古法爲之, 書畫之臨摹, 鼎彝之冶淬, 能令真贋不辨之.)"

성립했음을 보여주는 상징적 현상이 소주편의 대량생산이다. 매우 한정되어 있는 고서화에 대한 뜨거운 소장 열기가 이처럼 위작 생산이 활발하게 된 핵심적인 요인이며, 서화 감정의 필요성이 확대된 이유다. 이 소주편에 관하여 박지원은 열하에서 학성과 나눈 필담에서 재차 언급했다.

> 내가, "듣자하니, 강남에서 나오는 서화와 골동품 중에는 솜씨 좋은 장인들이 만든 모조품이 많다고 하던데요?" 하고 물으니 지정은, "그렇습니다. 우리 집에 있는 골동품 두 개도 창문에서 함부로 만든 물건이 아니라고 어찌 보증할 수 있겠습니까? 저의 감식 능력이 본시 얕아서 바보 천치의 수준을 면치 못하고 있습니다." 한다.*

박지원은 이미 소주를 비롯한 강남일대에서 고동서화를 많이 위조한다는 정보를 알고 학성에게 확인차 질문했다. 학성은 박지원의 질문에 긍정하면서 자기가 소유한 고동서화도 소주에서 위조한 것일 가능성을 배제하지 않았다. 이뿐 아니라 박지원은 이 소주편에 관하여 여러 곳에서 언급했는데, 특히 〈청명상하도〉와 관련된 글에서 빈번하다. 조선에서 서화감정으로 이름난 상고당 김광수가 수장하던 〈청명상하도〉조차도 위조품이라고 말한다.** 또한 홍대용이 소장

---

* 『열하일기』 2, 196~197쪽.

** 『연암집』 제7권 별집, 「鍾北小選」, 〈觀齋所藏淸明上河圖跋〉, "이 두루마리 그림은 尙古堂 金氏의 소장으로서 仇十洲(仇英, 1498?~1552)의 진품이라 여기어 훗날 자신이 죽으면 무덤에 같이 묻히기로 다짐했던 것이다. 그런데 김씨가 병이 들자 다시 觀齋 徐氏의 소장품이 되었다. 당연히 妙品에 속한다.(此軸, 乃尙古堂金氏所藏. 以爲仇十洲眞蹟, 誓以殉. 他日斧堂金氏旣病, 復爲觀齋徐氏所蓄, 當屬妙品.)" 여기서 묘품은 작품은 매우 정밀한 모방작이

322

하고 있던 〈청명상하도〉도 안본(贗本)임을 에둘러 말하고 있다.* 그렇다면 박지원이 『열하일기』에 이처럼 고동서화의 감정(鑑定)에 관해 풍부하게 기록한 까닭은 무엇일까?

무릇 서화나 고동품에는 수장가가 있고 감상가가 있다. 감상하는 안목이 없으면서 한갓 수장만 하는 자는 돈은 많아도 단지 제 귀만을 믿는 자요. 감상은 잘하면서도 수장을 못 하는 자는 가난해도 제 눈만은 배신하지 않는 자이다. 우리나라에는 더러 수장가가 있기는 하지만, 서적은 建陽의 坊刻이고 서화는 금창(金閶. 소주)의 안본뿐이다. 율피색(栗皮色) 화로를 곰팡이가 피었다고 여겨 긁어내려 하고, 장경지(藏經紙)를 더럽혀졌다고 여겨 씻어서 깨끗이 만들려고 한다. 조잡한 물건을 만나면 높은 값을 쳐주고, 진귀한 물건

란 뜻으로 썼다. 신흠(1566~1628)은 연행을 앞둔 화사 이정에게 주는 시의 서문에 이르기를 "그림에는 絶品이 있고, 妙品이 있는가 하면 神品도 있는 것인데, 사람의 공정이 극에 달하면 절품·묘품은 가능한 것이다. 그러나 신품만은 사람의 공정으로는 미칠 수 없고 色도 떠나고 테두리도 초탈해야만 비로소 신품이라는 것을 말할 수 있는 것이다.(畫有絶品有妙品有神品, 人工極則絶與妙, 可能也. 唯神也者, 非人工可及, 離乎色, 脫乎境, 然後迺可以語於神矣. 『상촌선생집』 제22권, 「序」, 〈贈李畫師楨詩序〉)"라 하여 그림을 세 등급으로 나누어 그중 하나로 묘품을 언급했는데, 여기서도 묘품을 매우 정밀한 그림이라고 쓴 바 있다. 그런데 이는 陶宗儀가 『南村輟耕錄』, 「叙畫」에서 말한 다음 문장 "所論畫之三品, 盖擴前人所未發. 論曰: 氣韻生動, 出於天成, 人莫窺其巧者, 謂之神品; 筆墨超絶, 傳染得宜, 意趣有餘者, 謂之妙品; 得其形似而不失規矩者, 謂之能品."에서 그 요점을 취한 것으로 보인다.

* 『연암집』 제7권 별집, 「종북소선」, 〈湛軒所藏淸明上河圖跋〉, "나는 이 그림에 발문을 지은 것이 이미 여러 번이다. 모두 다 十洲 仇英의 그림이라 일컫고 있으니, 어느 것이 진품이고 어느 것이 위조품인가? 중국의 江南 사람들은 교활하기 짝이 없는데 우리나라 사람들은 물정에 어두우니, 이 두루마리 그림이 동쪽으로 압록강을 건너온 것이 많은 것은 당연한 일이다(吾爲跋此圖, 亦已多矣. 皆稱仇英十洲孰爲眞蹟, 孰爲贗本. 吳兒狡獪, 東俗眯眊, 宜乎其此軸之多東渡鴨水也)."

은 버리고 간직할 줄 모르니, 그 또한 슬픈 일일 따름이다.[*]

위 글은 〈필세설〉의 한 대목으로, 당 장언원(張彦遠, 815?~879?)
이나 북송 미불(米芾, 1051~1107)의 글에서도 유사한 내용이 보인다.[**]
우리나라의 고동서화 향유의 왜곡된 현실을 비판한 내용임이 분명
히 드러난다. 이를 바탕으로 박지원이 고동서화의 감정에 관한 전사
가의 발언을 비교적 자세하게 기록한 의도를 쉽게 유추할 수 있는데,
중국의 고동서화가 무분별하게 유입되는 현실을 조금이라도 개선하
기 위해 최소한의 감정안을 제시한 것으로 보인다.

② 청공(淸供)

문왕정(文王鼎), 소부정(召父鼎), 아호부정(亞虎父鼎). 이는 모두
상(商)·주(周) 시대의 유물로 최상품입니다. 주왕백정(周王伯鼎),
단주정(單蛛鼎), 주풍정(周豐鼎). 이는 모두 당(唐)의 천보(天寶,
742~756) 연간에 점포에서 주조한 것으로, 형체가 작아 서재에서
향을 피우기에 아주 적합합니다. (중략) 주대숙정(周大叔鼎), 주련
정(周緣鼎). 모두 서실의 청공(淸供)에 들 만합니다. (중략) 고(觚),
준(尊), 치(觶) 이들은 모두 술그릇이지만 꽃을 꽂아 조용한 방에

---

[*]   『연암집』권3, 「孔雀舘文稿」, 〈筆洗說〉, "夫書畵古董, 收藏鑑賞二家. 無鑑賞而徒收
藏者, 富而只信其耳者也. 善乎鑑賞而不能收藏者, 貧而不負其眼者也. 東方雖或有收
藏家, 而載籍則建陽之坊刻, 書畵則金闐之贋本爾. 栗皮之壚以爲徽而欲磨, 藏經之紙
以爲涴而欲洗. 逢濫惡則高其値, 遺珍秘而不能藏, 其亦可哀也已."

[**] 이에 관해서는 다음 글에 논의가 자세하다. 황정연, 「朝鮮後期 書畵收藏論 硏究」, 『藏書
閣』 24, 한국학중앙연구원, 2010, 204~207쪽.

두고 맑게 감상할 만합니다.(하략)[*]

전사가가 박지원의 요청으로 써준 〈고동록〉의 일부다. 『박고도』
와 『서청고감』을 참고하여 대표적인 중국 고대 청동기를 목록으로
만들고 간단한 설명을 덧붙였다. 그 쓰임새에 관한 내용이 중요한데,
향 피우기, 청공, 청상 등 용도에 따라 알맞은 것을 선택해야 함을 알
수 있다. 여기서 특히 청공이란 말이 주목되는데 이는 고아한 정취를
자아내기 위해 청동기, 도자기와 문방 등을 배치하는 일이다. 그 기
원은 중국 고대의 제의의식과 불교의 공양의식에서 비롯한 것으로
알려져 있는데, 이것이 진(晉) 영화(永和) 9년(353) 삼짇날을 맞아 왕
희지(王羲之) 등 40여 명의 문인들이 난정수계(蘭亭修禊)라는 일종의
세시의례를 열면서 점차 문인들이 청아한 도구를 갖추어 감상하는
문화로 발달하기 시작했다.^{**} 당송시대와 명청시대를 거치며 더욱 성
행하는데, 문인들이 남겨놓은 관련서적으로도 그 실상을 짐작할 수
있다.^{***} 특히 청대에 황실에서 적극적으로 고동서화를 향유하면서 청
공이 상하층을 막론하고 널리 성행하였다.^{****} 박지원의 고동서화 기록
은 이러한 시대를 배경으로 한다. 인용문에서 전사가가 말한 화병삽

* 『열하일기』 1, 227~228쪽.
** 陸萱, 「明代繪畫中的淸供圖像硏究」, 『西北美術』 總122期, 2017年 1期 ; 吳明娣·戴婷
   婷, 「聖而凡 華而雅-淸供圖源流」, 『美術與設計』, 南京藝術學院, 2019.
*** 일별하면 다음과 같다. 南唐 때 蘇易簡(958~996)의 『文房四譜』, 宋代 林洪(1137~1162)
   의 『文房圖讚』, 趙希鵠의 『洞天淸錄集』(1242), 曹昭의 『格古要論』(1388), 高濂
   (1573~1620)의 『遵生八箋』, 張謙德(1577~?)의 『瓶花谱』(1595), 袁宏道(1568~1610)의
   『瓶史』, 谷泰의 『博物要覽』, 文震亨(1585~1646)의 『長物志』, 屠隆(1544~1605)의 『考
   槃余事』, 李漁(1611~1680)의 『閑情偶寄』 등.
**** 趙麗紅, 「文房淸供與淸宮旧藏」, 『中國書法』 246期, 2013, 41~55쪽.

화(花甁揷花)와 청공은 원굉도(袁宏道, 1568~1610)의 글에서도 그 용례가 확인된다.

> 대개 서재의 병은 키가 낮고 작은 것이 적당하다. 동기(銅器) 가운데 화고, 동차, 준뢰, 방한호, 소온호, 편호 등이라든가, 요기(窯器) 가운데 지추, 아경, 여대, 화준, 화낭, 시초, 포추 등은 모두 그 형태가 짧고 작게 만들어진 것이어야만 비로소 청공에 들 수 있다. 그렇지 않으면, 집의 당에 향화의 화로와 무슨 차이가 있겠으며, 아무리 옛것이라고 하여도 속되다.[*]

이 글에서 청동기와 송대 도자기 등 대표적인 꽃꽂이용 그릇으로 꼽고 있음을 알 수 있다. 또 향을 피우는 그릇과 꽃꽂이 그릇이 엄격하게 구분되고 있음을 알 수도 있다. 주목할 할 점은 바로 꽃꽂이가 청공문화의 산물이란 것을 밝힌 부분이다. 〈고동록〉에 보이는 전사가의 생각과 거의 일치하는 것을 알 수 있다. 이 점에서 중국에서 고동서화의 감상은 단순히 감상에 국한되는 것이 아니라 이 청공이라는 일종의 문화적 전통에 바탕을 둔 미적 생활양식임을 알 수 있다. 청동그릇을 배치하는 것과 꽃꽂이, 향 피우기는 모두 같은 배경을 가진 문인들의 생활이다.[**]

---

[*] 『袁中郎集』24, 「甁史」三, 〈器具〉(심경호 외 옮김, 『역주 원중랑집』5, 소명출판, 2004, 388쪽), "大抵齋甁宜矮而小. 銅器如花觚, 銅觶, 尊罍, 方漢壺, 素溫壺, 區壺, 窯器如紙槌, 鵝頸, 茹袋, 花樽, 花囊, 蓍草, 蒲槌, 皆須形製短小者, 方入淸供. 不然, 與家堂香火何異, 雖舊亦俗也." 다만 역주본에서는 '청공'을 '맑은 봉공'이라고 번역했지만, 여기서는 오래된 내력이 있는 용어로 간주하여 '淸供' 그대로 옮긴다.

[**] 명말 청초(李漁, 1611~1680) 또한 거실에 두고 완상하는 기물을 설명하는 가운데 향피우기

청공이 조선으로 들어오는 과정*을 잠시 살피면, 초기에 허균**의 경우와 같이 청공의 본뜻을 살려 수용하고자 하는 흐름이 있었지만, 조선후기에 중국에서 대량으로 유입되는 완물들은 대개 사치품 소비로 치우치는 경향이 있었다. 더구나 그 사치품은 진위를 구별하지도 않고 무질서하게 유통되어 청공의 본뜻을 흐리는 문란한 풍조로 흐르고 있었다. 박지원은 고동서화 향유의 취지에 무지한 조선의 실상 또한 『열하일기』에 잘 기록해 두었다.

(가) 귀국의 값진 물건을 다루는 방법은 또 우리 중국과 다른 듯합니다. 언젠가 귀국의 장사치가 비록 약간의 차와 약을 구입하기는 했

와 꽃꽂이를 청공의 범주에 들어가는 것으로 말하고 있다. 李漁, 『閑情偶寄』, 「器玩」, 〈制度〉 (김의정 옮김, 『쾌락의 정원』, 글항아리, 2018, 254쪽), "분향에 필수적인 기물로 향삽과 향젓가락 외에도 향을 담는 합이 있고, 또 부삽과 부젓가락을 꽂는 병 등의 여러 물건은 모두 향과 향로의 수족과 같아서 혹시라도 없어서는 안 되는 것이다. 그러나 이 밖에 또 하나의 물건이 있는데 반드시 갖추어야 하는 것이지만 사람들이 간혹 알면서도 대부분 설치하지 않는다. 마땅히 청공의 항목에 보충해 넣어야 한다. (중략) 이러한 물건은 특별히 제작할 필요가 없고, 그저 털이 무뎌진 작은 붓 한 자루면 된다. 붓 대롱은 정교하여 먹을 묻혀 글씨를 쓰는 붓과 구별되도록 하고, 부삽과 부젓가락의 두 기물과 함께 하나의 병에 꽂아 차례로 집어 사용하기 편리하도록 하며, 이름은 향추라 한다.(焚香必需之物, 香鍬香箸之外, 復有貯香之盒, 與揷鍬著之瓶之數物者, 皆卽與爐之股肱手足, 不可或無者也. 然此外更有一物, 勢在必需, 人或知之而多不設, 當爲补入淸供. (중략) 此物不須特製, 竟用蓬頭小筆一枝, 但精其管, 使与濡墨者有別, 與鍬箸二物同揷一瓶, 以便次第取用, 名曰香帚.)" 김정희도 향 피우기를 청공의 범주에 드는 것으로 생각하고 있음을 알 수 있다. 『완당전집』 제5권 「書牘」, 〈與草衣〉 其二, "열 꼭지의 향을 아울러 보내니 淸供에 갖추기 바랍니다(十瓣香幷呈, 以備淸供)."

* 이 점을 포괄적으로 고찰한 것은 아니지만 조선에서 淸供이 성행하는 현상에 대해서는 다음 글이 참조된다. 이경화, 「강세황의 청공도와 문방청완」, 『미술사학연구』 271·272, 한국미술사학회, 2011; 손정희, 「洪敬謨의 「山居十供記」와 19세기 淸供의 문화적 함의」, 『한국문화』 61, 서울대규장각한국학연구원, 2013.

** 허균은 『한정록』에서 淸供이란 항목을 두어 이와 관련된 구절을 뽑아 편집하였다.

3부 연행록의 감정 기록과 학지   327

지만 물건이 상품인지는 따지지 않고, 값만 헐한 것으로 사려는 것을 본 적이 있습니다. 그러니 물건의 진짜 가짜인들 어찌 따지겠습니까? 차나 약 같은 물건뿐 아니라 이런 고동품들은 무거워 싣고 가기가 어려우므로 전례에 따라 변방 국경에서 사가지고 돌아갑니다. 때문에 북경의 장사꾼들은 미리 내지의 허섭스레기 같은 가짜를 거두어들여 국경으로 옮겨 팔아서 서로 속이고 속고 하여서 약빠른 모리배 짓을 합니다.*

(나) 조금 뒤에 소년이 폭우를 무릅쓰고 손에 사과 한 바구니, 계란 볶음 한 접시, 계란을 끓는 물에 반숙한 수란 한 사발을 들고 온다. 사발은 둘레가 7위이고, 두께는 한 치이며, 높이가 서너 치 정도 된다. 표면에는 녹색 유리를 입혔으며, 양쪽 볼에는 아귀아귀 먹어대는 도철이란 짐승의 그림을 그려 넣었고, 입구에는 큰 고리를 달아 세숫대야로 쓰기에 아주 적합할 것 같은데 무거워서 멀리 가지고 갈 수 없다. 값을 물어보니 1초(鈔)라고 한다. 1초는 136푼이니 은자로 3전에 지나지 않는다. 상삼의 말에 의하면, "이게 북경에서는 은자 2전에 불과하지만 조선에 가지고 가기만 하면 희귀한 보물이 된다는 것을 뻔히 알면서도 워낙 육중하여 옮기기 어려워서 어찌할 방법이 없습니다." 한다.**

(다) 부사와 서장관의 비장들이 후당에서 시끌벅적 떠들며 함부로 서화들을 뽑아선 빙 둘러서서 다퉈 펼쳐보기를, 마치 조보를 보듯이 옷감을 재면서 접었다 폈다 하듯 마구 다룬다. 거칠 것 없이 제멋대로 서려대는 품이 적군의 성을 무너뜨리고 진영을 함락하여 장수

---

*   『열하일기』1, 192쪽.
**   『열하일기』1, 343쪽.

의 목을 치고 깃발을 낚아채듯 한다. (중략) 서쪽 벽 아래에서 갑자
기 갑옷을 두른 말의 소리, 북소리, 징소리 등 아연 전쟁 소리가 나
기에 깜짝 놀라 되돌아가서 보니, 여러 사람들이 정(鼎)·이(彝)·준
(尊)·호(壺) 등을 제멋대로 덜거덕거리며 보고 있었다. 나는 민망
함을 견디지 못하고 바삐 걸어서 문을 나와 버렸다.[*]

당대 조선은 중국의 고동서화 향유문화를 받아들였지만 중국에
서처럼 유행할 조건이 갖추어지지 않았다. 우선 이에 필요한 물품을
생산할 국내 기반이 매우 빈약했고, 더구나 대륙에서 생산된 고대 청
동이기와 관련된 문화는 거의 없었으며, 수요계층 역시 경화세족이
나 재력이 있는 중인층 위주로 매우 국한되어 있었다. 즉 중국에서
오랜 시간 동안 이어오면서 문인들의 고아한 생활관습이 된 완상 혹
은 청공은 전적으로 수입된 문화다. 중국의 고동서화가 조선에 들어
오면 값비싼 고가가 되는 이유는 전적으로 당물(唐物)이란 점 때문이
다. 이러한 실정에서 조선의 고동서화를 둘러싼 전반적 수준은 중국
인이 보기에 부끄러울 지경이란 점을 위 인용문이 잘 보여준다.

㉮는 중국의 상인이 조선에 들어오는 고동서화가 모두 가짜인
것은 모두 조선이 진위를 가리지 않고 값싼 물건만 찾아 수입하려는
상인들이 원인이라고 지적한다. 심지어 조선의 고동서화를 대하는
태도가 얼마나 부끄러운 수준인지도 보여준다. ㉯는 이러한 상황에
서 비록 중국 민간의 생활용기로 쓰던 것이라도 조선에 들어오면 값
비싼 고동서화와 완물이 될 수 있음을 보여준다. ㉰는 남의 집에 들

---

[*] 『열하일기』 1, 368~369쪽.

어가 그 집에서 소장한 고동서화를 아무렇게나 만지고 조심성 없이 다루는 장면을 통해 청완(淸玩)에 몰지각한 조선인을 그대로 보여준 다. 박지원은 중국에서 보고 들은 이러한 장면들을 빠짐없이 기록하 면서 무분별하게 고동서화를 수입하는 조선의 실태를 낱낱이 보여 주고 있다.

고동서화의 향유와 감정에 관한 전사가의 발언은 이러한 실상을 염두에 두고 살펴야 진의에 다가갈 수 있다. 단순히 고동서화의 기초 적인 감정방법에 대한 내용을 넘어서서 이를 향유하는 본질적 태도 를 찾고자 하는 박지원의 고심이 내재되어 있음을 주목할 필요가 있 다. 그래야 조선에서 무분별한 수집에만 집착하는 난맥상을 해결하 는 길을 찾을 수 있을 것인데 전사가의 말이 여기에 하나의 지침이 될 수 있기를 기대하지 않았을까.

3. 감상지학의 재구성

무엇보다 중요한 것은 박지원이 감상지학의 기본원칙이나 전제 를 뒤집는 파격적인 내용을 남긴 점이다. 사적 전개상에서 감상지학 은 '완물상지(玩物喪志)'에 얽매인 기존 유가들의 관점과 오랜 시간 논쟁을 벌이며 독자적인 논리를 만들어갔다. 특히 앞에서도 살펴보 았듯 감상과 수장에 관한 논리를 다듬는 데 주력했다. 그런데 박지원 은 이를 수용하거나 논의를 심화시키는 데 머물지 않고 아예 이마저 도 넘어서고자 했다. 무엇보다 감상지학 그 자체에 대한 성찰과 반성 에 주력하였는데, 이는 감상지학에 대한 일종의 메타 비평적 성격을 지닌다.

1) 고동은 상서롭지 않다

지정은 "참으로 살기 좋은 나라에 살기 좋은 땅입니다. 살아서도 즐겁고, 죽어서도 즐겁습니다. 주공(周公)이 상례를 만든 것이 도리어 역사 이래로 도적놈들에게 도굴하는 심보를 열어놓은 꼴이 되었습니다. 필부로 죽은 사람이야 무슨 죄가 있겠습니까마는, 무덤 안에 보물을 가지고 있는 게 죄라면 죄지요. 하물며 제왕가(帝王家)의 무덤이야 말할 필요도 없겠지요. 천하의 재물을 아끼려고 어버이의 장례를 검소하게 치르지 않는다는 성인의 말씀이 그만 천고의 제왕에게 화를 끼치는 말씀이 되고 말았소이다. 이 때문에 나라가 어지럽거나 난리라도 한번 겪으면 도굴의 피해를 입지 않은 무덤이 없을 지경이 되었습니다. 북경의 유리창 같은 데서 파는 골동품들은 모두 역대의 능침에서 나온 물건입니다. 금방 매장해 놓고도 돌아서면 도굴을 당하며, 오래된 무덤일수록 더 자주 도굴되고 더욱 값나가는 골동품으로 알아줍니다. 많게는 열 차례나 땅에 묻혔다가 나온 것도 있습니다. 만약 한나라 법관 장택지(張釋之)가 삽을 쥐고, 청빈한 학자 유향(劉向)이 삼태기를 잡고 양진(楊震)의 무덤을 쓴다고 말해도, 도적놈들은 보물을 매장하지 않았다는 말을 믿지 않을 것입니다." 한다. 내가, "무덤에서 나온 그릇들은 흉하고 께름칙하며 더럽고 냄새가 나서 대단히 상서롭지 못할 터인데 어찌해서 이를 보물로 여긴답니까?" 하고 물으니, 지정은, "맞습니다. 은나라 때의 쟁반이나 주나라의 술잔이 만고에 해독을 끼쳤습니다. 후세의 고상한 척 하는 사람들이 서화를 올려놓는 상이나 서재를 꾸미고,

집을 엄숙하게 꾸미는 데는 그런 상서롭지 못한 물건들이 아니면
진열하기에 적당하지 않다고 생각합니다. 감상가들은 이를 확실하
게 식별하는 것을 박학하다 여기고, 수장가들도 부지런하고 악착같
이 긁어모으는 것을 취미로 삼는답니다." 한다.*

「황교문답」에서 학성과 나눈 필담의 일부다. 이러한 내용의 필담
을 주고받게 된 계기는 앞서 살핀바와 같이 필담에서 양련진가란 인
물이 등장하면서부터다. 그는 이 전날 추사시와 대화하던 와중에 나
왔던 인물로, 추생은 반선을 두고 "양련진가가 다시 태어났다"고 하
였다. 그러자 옆에 있던 왕민호가 추생을 매우 책망하고, 잠시 자리
를 비웠다 다시 들어온 학성이 이 말이 적힌 종이를 보고 손으로 찢
어서 입에 넣으며 추생을 말없이 노려보았다. 그만큼 청나라 문인 관
료들에게는 반선을 비방하는 말을 위험한 것으로 간주했다. 그런데
다른 날 박지원은 학성과 필담을 주고받으면서 전날에 추사시가 말
한 양련진가를 다시 언급하였다. 이때 학성은 추사시를 비판하였지
만, 정작 자신도 양련진가의 내력을 자세하게 말해주면서 추사시가
말한 양련진가의 후생이라는 말의 의미는 활불이 양련진가와 같이
티베트 사람이라 그에 빗대어 활불을 비판하기 위한 말이었음을 자
세히 알려주었다. 그러면서 학성은 박지원에게 조선의 능침제도를
묻고 박지원이 조선은 검소함을 숭상하여 무덤에 보물을 넣는 풍습
은 없다고 하자, 이에 감탄하면서 한 말이 앞의 인용문이다. 학성은
양련진가가 중국에 들어와 마구 능침을 도굴할 수 있도록 한 원인은

*   『열하일기』 2, 194~196쪽.

바로 상장례 제도를 만든 주공과 맹자가 제공했다고 하며 그 비판의 초점을 유가의 성인으로 돌렸다. 이에 박지원은 화제를 살짝 틀어 무덤에서 나온 고동이 상서롭다는 세간의 통념에 비판적인 태도로 슬며시 질문을 던진다. 그러자 학성도 이에 맞장구를 치면서 중국 고동서화 향유자의 잘못된 행태를 이와 같이 비판하였다.

이 대목은 감상지학의 요체를 비판한 문제적인 대화다. 청공에 소요되는 고동은 상서로움을 중요한 가치로 친다.[*] 중국어에서는 병(甁)의 발음이 평(平, [píng])과 같아 꽃꽂이 그 자체가 길상의 의미를 지니고 있다.[**] 이뿐 아니라『격고요론』에서는 "청동화병이 흙 속에 오래 들어 있던 기가 흙의 기운을 깊이 받아 꽃을 기르는 데 유용하다"[***]

---

[*] 기원전 5세기 무렵의『墨子』에서 청동기의 상서로움에 관한 기록을 확인할 수 있다.『묵자』, 제46편「耕柱」, "솥은 다리가 셋이며 모양은 네모반듯하다. 불을 때지 않고도 스스로 삶으며, 들지 않아도 스스로 제 있어야 할 곳에 소장되며, 옮기지 않아도 스스로 걸어간다.(鼎成三足而方, 不炊而自烹, 不擧而自臧, 不遷而自行.)" 여기서 신정은 고대 청동기를 가리키는 것으로, 이것에 신격과 상서로움을 부여하고 있음을 확인할 수 있다.『禮記』,「禮運」의 "하늘은 그 도를 아끼지 않고, 땅은 그 보배를 아끼지 않으며, 사람은 그 정을 아끼지 않는다.(故天不愛其道, 地不愛其寶, 人不愛其情.)"는 대목에서도 땅에서 나는 그릇에 담겨 있는 길상의 상징성에 대한 오래된 관념을 알 수 있다. 후대에『宋書』,「符瑞志」에도 "신령스러운 솥은 質과 文의 정수다. 길흉을 알고, 능히 무거워지고 가벼워지며, 불을 때지 않아도 끓으며, 다섯 가지 맛이 저절로 나니, 왕은 성스러운 덕이 스스로 나온다.(神鼎者, 質文之精也. 知吉知凶, 能重能輕, 不炊而沸, 五味自生, 王者盛德自出.)"라 하였는데 이는『묵자』에서와 거의 동일한 내용으로, 청동기의 상서로움에 대한 관념은 중국사에서 면면히 이어지고 있음을 알 수 있다.

[**] 노자키 세이킨 지음, 변영섭·안영길 옮김,『중국미술상징사전』, 고려대학교출판문화원, 2011, 46쪽.

[***] 『格古要論』,「古甁養花」, "古銅甁鉢入土年久, 受土氣深, 用以養花, 花色鮮明如枝頭, 開速而謝遲, 則就甁結實, 陶器亦然." 이 대목은 張謙德의『甁花譜』(1595)에 몇몇 차이나는 字句를 제외하고 거의 같은 내용이 수록되어 있어 아마도『격고요론』에서 인용한 것으로 보인다. 또 원굉도의『甁史』에서도 동일한 내용이 확인되어 유구하게 전승되는 말임을 알 수 있다.

고 했는데 이것이 바로 전통적으로 중국인이 흙에 묻혀 있던 그릇이 상서롭다고 생각한 여러 이유 중 하나다. 그러나 박지원은 학성과의 문답에서 고동에 부여된 최고의 가치인 상서로움을 비판한다. 청공은 상서로운 물건을 가져다 놓고 길상을 바라는 것인데, 지정은 도리어 이러한 물건이 상서롭지 못한 것이라고 한다. 주공이 매장풍습을 만들어 땅에 기물을 묻는 제도인 주례가 도굴을 조장하는 원인을 제공하였고, 이것이 고동서화 애호 풍조의 확산과 맞물려 무덤을 파헤치고 훔친 고동이 다시 묻히고 다시 도굴하여 땅 밖으로 나오는 악순환을 거듭하는 실태를 비판하고 있다. 이렇듯 박지원은 나아가 아예 고동서화 애호의 가장 핵심적인 관념인 상서로움 그 자체를 문제 삼는다. 청공이라는 매우 고아(古雅)한 생활 이면에는 매우 추악한 고동서화 유통의 현실이 있음을 포착하고 있는 장면이라 할 수 있다. 여기에는 박지원이 아마도 중국 역사와 정치 이면에 있는 추악하고도 어두운 관계를 문제 삼으면서 고동서화에 매몰된 나머지 이를 둘러싼 역사적 배경에 제대로 관심을 기울이지 않음을 지적하기 위한 의도 또한 내재되어 있다고 보인다. 또한 앞서 살펴보았듯이 그간의 감상지학에서는 감상자와 수장자로 나누어 감상자를 비교적 높이던 경향이 있었는데, 학성은 감상자조차도 높이 평가하지 않는다. 여기에도 감상지학이 물건 자체에 지나치게 매몰되어 유미주의로 빠지는 것을 경계하려는 의도가 내포되어 있다고 보인다.*

---

* 물론 이 대목도 그 제시 방법에서 박지원이 학성의 발언을 통해 자신의 견해를 드러내고자 한 것으로 보이기도 한다.

2) 완상은 괴로운 일이다

시장에서 파는 벼루 한 개의 값이 백 냥을 넘지 않는 것이 없으니,
슬프다. 천하가 일이 있으면 주옥(珠玉)이 굴러다녀도 거두어들이
지 않지만 해내(海內)가 승평한 때는 기왓장이나 벽돌이 땅에 묻혀
있어도 반드시 캐내는 것이다. 부귀한 자들은 심심풀이로 취하여
보고, 빈천한 자들은 눈을 뒤집고서 거두어 간직하며, 취미로 감상
하는 자는 우연히 한 번 만져만 보고, 우둔한 자는 발이 부르트도
록 쏘다니며 구하여 밭 갈다가 얻은 것, 낚시질하다가 건진 것, 송
장 냄새나는 무덤 속에서 파낸 것까지도 천하의 보물로 여기고 있
으니, 천하의 보물을 보배롭게 감상하는 마음도 또한 괴롭다 할 것
이다. 이러고 보니 한 조각 돌로 족히 천하의 대세를 알아맞힐 수
있을 것이어늘 하물며 천하의 괴로운 심정이 돌보다 더 큰 것이 있
음에랴.*

〈황교문답서〉의 한 대목이다. 인용문의 서두에 나오는 내용은 중
국에서 전해오는 속담인 "성세적고동(盛世的古董) 난세적황금(亂世
的黃金)"과 거의 유사하다. 중국인들이 시세(時勢)에 따라 재산을 축
적하는 방법에 관한 것이지만, 이 말은 고동과 황금의 속성을 정확
히 지적하고 있다. 그런데 박지원은 이에 주목하기보다는 고동을 통
해 천하의 대세를 파악할 수 있다는 생각에 이르렀다. 해내가 승평
한 때에는 위에서 아래까지, 부자건 빈자건 모두 천하의 보물을 구하

---

* 『열하일기』 2, 175쪽.

기 위해 몰려다니는 상황을 매우 실감나게 잘 묘사해두었다. 그런데 여기에 무덤 속에서 파낸 것까지도 보물로 여기고 있다는 언급은 앞서 살펴본 학성과 나눈 필담과 관련이 있다. 두 사람은 무덤에서 나온 그릇은 상서롭지 못하다는 견해에 공감했는데 이를 서문에 가져와서 필담 내용을 미리 언급하고 있다. 성세에는 상서롭지 못한 것까지도 보물로 간주하는 세태에 안타까움을 드러내고 있지만, 기실 감상자의 괴로운 심정을 언급한 대목에 주목해야 한다. 괴로움은 송장 냄새가 밴 것조차 보물로 간주하고 이를 매만지며 좋다고 해야 하는 상황에서 발생한다. 즉 실제 감각작용으로는 매우 고통스러운 상황이지만, 겉으로는 이를 억누르고 즐겁게 고동을 감상해야 하는 상황 자체가 괴로움이다. 이 또한 완상(玩賞), 곧 감상은 즐거운 일이라는 상식을 뒤집는 파격적인 발언이다. 이미 박지원은 '송장냄새가 밴 고동은 상서롭지 못하다'는 설을 말한 바 있는데, 감상의 괴로움은 이를 바탕으로 한 논리라 할 수 있다.

그런데 이것보다 더한 괴로움이란 무엇인가? 그것은 바로 이 서문 앞에 나오는 대목과 관련 있다. 〈황교문답서〉에서 말하기를 박지원이 열하에서 살펴본 천하의 형세 다섯 가지가 있다고 하였는데,* 마지막으로 언급한 형세가 바로 이 인용문이다. 천하가 태평하여 고동을 찾아 이리저리 몰리는 중국인들도 괴로운 심정은 마찬가지다.

---

* 마지막을 제외한 네 가지를 요약하면 다음과 같다. 황제가 피서를 명목으로 열하에서 거주하는 까닭은 몽골이 강하기 때문이며, 또 여기에 황금전각을 짓고 판첸 라마를 스승으로 모시는 까닭은 몽골보다 티베트가 강하기 때문이다. 이것은 형세가 그러하여 그 스스로 어쩔 수 없이 하는 일이라 황제로서도 내심 괴로운 일이다. 또 한족 문인들은 자신이 명유민이 아님을 증명하기 위해 매사 만주족의 황제와 치세를 찬양해야 하는데, 이것은 한족의 괴로움이다. 이를 엄격히 하고자 법령을 만들고 시행하는 만주족 지배세력의 형세 또한 괴로울 것이니 이것은 만주족의 괴로움이다.

겉으로는 태평한 세상이지만 중국인들 그 누구도, 황제에서부터 저가난한 자들까지 누구하나 괴롭지 않은 자들이 없다. 해서 박지원은 송장냄새 나는 돌을 감상하는 괴로움에서 천하의 형세를 알 수 있듯, 이것보다 더한 것, 황제, 만주족, 한족의 괴로움에서 천하의 형세를 읽어내는 것은 더 쉽다고 말한다. 이를 통해 박지원은 고동서화의 향유 풍조가 성행하는 시기가 도래하면 이에 휩쓸려 따라다니지 말고 조금 떨어져서 볼 것을 권하며, 그러한 현상의 배경과 의미를 따져보며 천하의 형세를 파악해보라는 메시지를 던졌다고 볼 수 있다.

3) 감상은 구품중정(九品中正)의 학문이다

연암의 파격적인 감상지학은 여기서 그치지 않는다. 감상지학에서 논의의 초점이 되는 고동서화에 몰린 시선을 거두어 과거와 현재로 눈을 돌리더니, 이제 감상의 주체에 주목한다.

(전략) 그 때문에 답답해하면서 내게 말하기를,

"나더러 좋아하는 물건에 팔려 큰 뜻을 상실했다〔玩物喪志〕고 나무라는 자는 어찌 진정 나를 아는 자이겠는가. 무릇 감상이란 바로 『시경』의 가르침과 같네. 곡부(曲阜)의 신발을 보고서 어찌 감동하여 분발하지 않을 자가 있겠으며, 점대(漸臺)의 위두(威斗)를 보고 어찌 반성하여 경계하지 않을 자가 있겠는가."

하기에, 나는 그를 위로하기를,

"감상이란 구품중정(九品中正)의 학문일세. 옛날 허소(許劭, 150~195)는 인품이 좋고 나쁜 것을 탁한 경수(涇水)와 맑은 위수(渭水)처럼 분명히 판별했으나 당세에 허소를 알아주는 자가 있었다는 말을 듣지 못하였네."

하였다. 지금 여오는 감상에 뛰어나서, 뭇사람들이 버려둔 가운데서 이 그릇을 능히 알아보았다. 아아, 그러나 여오를 알아주는 자는 그 누구이랴?*

이 글은 〈필세설〉에 나오는 대목이다. 짧은 글이지만 박지원의 감상지학을 응축하고 있는데, 우선 고동서화 감상을 '완물상지'라고 비판하는 자들은 이미 낡은 생각에 갇혀 있음을 박지원과 서상수(徐常修, 1735~1793)는 공감하였다. 박지원은 여기에서 더 나아가 감상을 구품중정의 학문에 견준다. 고동서화를 비평하고 감정하는 감상지학이 사람의 성품과 능력을 살피는 구품중정법에 비견된다는 뜻이다. 구품중정은 사람을 평가하는 데 필요한 지식을 갖추기 위한 학문이란 뜻인데, 원래는 구품중정법 혹은 구품관인법이라는 제도에서 비롯되었다.** 후에 본래 취지에서 벗어나 지배계층의 권력을 유지하는 데 남용되었는데, 사람을 알아보는 능력을 갖춘 허소를 당시 세상이 알아주지 않았다는 말은 혼탁한 정치가 지배하는 세상에서는

---

* 『연암집』 권3, 「공작관문고」, 〈필세설〉, "則顧鬱鬱謂余曰, 詡我以玩物喪志者, 豈眞知我哉. 夫鑑賞者, 詩之敎也. 見曲阜之履, 而豈有不感發者乎, 見漸臺之斗, 而豈有不懲創者乎. 余乃慰之曰, 鑑賞者, 九品中正之學也. 昔許劭品藻淑慝, 判若涇渭, 而未聞當世能知許劭者也. 今汝五工於鑑賞, 而能識拔此器於衆棄之中. 嗚呼知汝五者, 其誰歟."

** 구품중정법, 일명 구품관인법은 위나라 문제 때 진군이 처음 만들어 시행했다. 『三國志』, 「魏志」 二十二, 〈陳羣傳〉, "文帝(曹丕, 재위 220~226)가 동궁에 있을 때 (陳羣을) 매우 공경하여, 벗을 사귀는 예로 그를 대했다. 늘 탄식하며 말하기를, '내가 안회를 얻은 뒤로 문인들과 나날이 친해졌다.' 하였다. 마침내 왕위에 올라 군을 무창정후에 봉한 뒤, 옮겨서 상서로 삼았다. 구품관인법을 만든 것은 군에 의해서다.(文帝在東宮, 深敬器其, 待以交友之禮, 常嘆曰, 自吾有回, 門人日以親. 及即王位, 封羣昌武亭侯, 徙爲尙書. 制九品官人之法, 羣所建也.)"

이런 학문이나 제도가 소용이 없었음을 말하는 것이리라.* 집권자들은 권력을 영속하기 위한 욕망으로 오로지 자신의 권력을 보위할 인물을 선호할 따름이지, 세간에서 재덕을 높이 평가하는 사람을 알아주거나 등용할 리가 없다는 행간의 의미를 읽을 수 있다.

다시, 감상이 구품중정의 학문이라는 말은 감상지학도 구품중정의 학문과 같은 운명으로, 감상지학이 고동서화의 향유와 감정에서 매우 중요한 지식에도 구품중정의 학문처럼 사회에서는 알아주지 않는 학문이거나, 혹은 그 본래 취지가 왜곡되어 있음을 뜻하는 것으로 보인다. 혼탁한 정치상황에서 대접받지 못하는 구품중정의 학문과 같이 혼탁한 고동서화 향유 현실에서는 진품과 안품을 구별하는 능력을 갖추고 작품을 고증할 수 있는 해박한 지식의 소유자가 오히려 홀대받을 수밖에 없다는 점을 말하고자 하는 것에 그 진의가 있다. 이는 각기 해당 분야에서 중요한 학문을 알아주지 않는 시대를 한탄하는 말로 보이지만, 오히려 고동서화의 감정이나 구품중정의 학문은 여전히 가치가 있으며 해당 학문과 전문성을 지닌 학자를 제대로 대접하기를 바라는 기대가 깔려 있다. 이렇게 해서 감상지학은 점차 정치 사회적 문제와 관련을 맺는다. 이 또한 박지원이 펼친 감상지학의 독특한 논리다.

---

* 조선에서 구품중정법에 대한 평가도 대략 부정적 기류로 흘렀다. 李瀷(1681~1764)은 "魏나라의 九品中正法은 閥閱 귀족의 신분이 金石처럼 고정되어 있어 재주와 덕망이 있는 인재가 자취를 감추거나 등용될 수 없었(魏之中正, 閥閱一欄, 定作金石, 而才德湮屈)"다고 하였다. 『성호전집』 제30권, 「書」, 〈答權旣明〉. 현대 학계에서도 대체로 비슷한데, 이익과 같이 구품관인법은 원래 개인의 재덕을 품평하는 것이나 점차 귀족화, 문벌화되었다고 보았다. 대표적인 논의로는 미야자키 이치시다 지음, 임대희·신성곤·전영섭 옮김, 『구품관인법연구』, 소나무, 2002 참조.

사행록을 통해 본
동아시아의 갈등과
그 해법

조선후기 통신사행록에 나타난 예물수증 갈등

1. 문제제기

임진왜란 이후 조선과 일본은 통신사 왕래를 통해 외교관계를 복원하고 평화체제를 구축하였다. 그러나 그 과정이 순탄치는 않았으며, 200년이 지나 교린체제가 붕괴한다. 여기에는 다양한 내외적 요인이 있는데 이를 잘 분석하는 일이 무엇보다 긴요하다. 통신사의 역사는 한일관계의 현안에 대한 해법을 찾을 수 있는 지혜의 창고라 할 수 있기 때문이다. 특히 현재는 활발한 교류가 이루어진 부분에 대한 고찰보다는 상호 갈등이 드러난 부분에 대한 고찰이 더욱 긴요하리라 본다. 통신사 왕래에서 화려한 교류의 이면에 가려진 갈등 상황을 주목하고 자세히 살피는 일에서 현재의 문제를 해결할 지혜를 찾을 가능성이 크기 때문이다. 이러한 관점에 기초하여 여기서는 조선 후기 통신사행에서 이루어진 예물수증의 갈등 양상을 통시적 관점에서 살펴보고, 그 의미를 탐색해보고자 한다.

인류사의 가장 오래된 교환 행위가 증여임은 널리 알려져 있는데, 고대부터 현대까지 개인과 개인 사이는 물론, 공동체와 나라 사이에서의 선물교환이 광범위하고 상시적으로 이루어지고 있다. 증여의 핵심적 의미는 무엇인가? 마르셀 모스가 간명하게 말하고 있듯, 주기-받기-답례라는 구조의 지속을 통해 호혜적 관계를 유지하

는 것에 그 요체가 있다.* 여기서 무엇보다 중요한 것은 답례할 의무
인데, 이를 통신사행에 적용해보면 조선국왕의 국서와 예물(公禮單)
증여-에도막부 쇼군의 수증-막부 쇼군의 회답례의 구조를 이룬다.
즉 조선과 일본은 증여의 태고적 시스템을 잘 이행하면서 교린이라
는 호혜 관계를 확립하고 유지하기 위해 노력하였다. 그런데 그 내막
에는 이 시스템이 온전히 작동했는지 의구심이 드는 장면들이 적지
않게 확인된다. 국왕과 쇼군 사이에서 주고받은 공예단(公禮單) 이외,
쇼군이하 막부의 신하나 각지의 다이묘와 문인들이 사신에게 준 사
예단(私禮單)에서 이러한 사례가 많은데, 여기에 특히 관심을 기울인
다.** 예물을 두고 벌인 소동은 교린체제의 근간을 흔들 정도로 위험
한 사건인가, 아니면 작은 해프닝에 그치는 일인가. 이에 대한 분석
과 의미 규명이 필요하다고 보기 때문이다.*** 호혜에 바탕을 둔 교린
체제를 통해 평화 유지하는 데 기여한 통신사행의 명암(明暗)을 함께

---

* 　마르셀 모스, 이상률 옮김, 『증여론』, 한길사, 2002, 150~193쪽.

** 　다만 이 글에서는 선물교환이 일어난 상황 자체에 주목하여 논의하고자 하기 때문에 공, 사
　 예단을 굳이 구별하지 않는다. 필요할 경우 그보다 더 사적인 선물교환도 포괄하여 살피고자
　 한다.

*** 　그간 통신사행에서 예물증여에 관한 연구가 꽤 축적되어 있음에도 정작 여기에 대한 관심은
　 크지 않았는데, 대부분 일본이 통신사를 초청하면서 소요되는 비용이나 예물 명단에 관심을
　 집중했다. 이는 주로 통신사 왕래가 매우 규모가 큰 외교행사라는 점을 확인하는 데 주안점
　 을 두고 있다. 제임스 루이스, 「문명의 가격?-17~19세기 조선의 일본으로의 사절의 역할과
　 비용」, 『대동문화연구』 68, 성균관대 대동문화연구원, 2009, 43~81쪽; 민덕기, 「조선후기
　 對日 通信使行이 기대한 반대급부-일본에서 받은 私禮單의 처리와 관련하여」, 『韓日關
　 係史硏究』 24, 한일관계사학회, 2006, 211~247쪽; 이훈, 「비용으로 본 교린의례-1811년
　 신미통신사 파견시 예물 교환을 중심으로」, 『한일관계연구』 38, 한일관계사학회, 2011,
　 155~196쪽; 정성일, 「조·일간 공무역-서계별폭(1614~99)의 분석」, 『사학연구』 58·59, 한
　 국사학회, 1999, 827~848쪽; 「통신사를 통해 본 물적 교류-신미 통신사(1811년)의 예물 교
　 환을 중심으로」, 『항도부산』 36, 부산시사편찬위원회, 2018, 1~52쪽.

살피면서 그 역사적 위상을 총체적으로 평가할 시점에 이르렀다.

2. 17세기 통신사행

1) 갈등의 발생: 1607~1624년 회답겸쇄환사

조선후기 통신사행에서 가장 중요한 임무는 국서를 교환하는 것
이지만 실질적 중요성이 있는 곳은 바로 다방면의 교류였다. 이는 상
호 신뢰 구축에 매우 효과적인 방도이기 때문이다. 여느 나라도 마찬
가지겠지만 통신사를 통한 대일외교는 상대에 대한 최소한의 신뢰*
를 기초로 하며, 전면적이고 항구적인 신뢰 구축을 최종 목적으로 하
였다. 그 신뢰관계가 구축되는 경로는 여러 방향이 있지만 그중 한
경로가 바로 예물수증(증여)다. 신뢰와 존중에 기초하여 선물을 호
혜 평등의 태도로 주고받으며, 이것이 양국의 신뢰를 증진시키는 자
양분으로 되는 선순환의 과정이 순조로울 경우 양국은 매우 우호적
인 관계로 발전할 필요조건을 갖추게 되지만, 그렇지 않으면 양국의
신뢰 관계에 균열이 갈 것이다. 통신사 왕래에서 예물은 어떻게 오갔
나? 순탄치 않은 조짐이 이미 외교관계를 복원하기 위한 모색기부터
발생하였다.

맑음. 강호에 머물렀다. 오늘 길을 떠나야 하는데, 경직 등이 마치
지 못한 일이 많아 떠나지 못하였다. 좌도수가 솜 각 10속(束)씩을

---

*   이를테면 재침방지, 상호교류 등에 대한 최소한의 상호 신뢰 확인이 필요하다. 국서개작 사
     건 등은 초기에 이러한 신뢰확인 과정에서 벌어진 사건인데, 이를 두고 양국은 사실 최소한
     의 믿음을 가졌는지는 알 수 없지만, 조선은 주변정세와 내부적 상황을 고려해 판단하여 통
     신사를 파견했다.

보내고는 말하기를,

"칙사 등이 먼 길을 떠나시게 되었으므로 행자(行資)로 드립니다."

하였다. 예에 의거하여 재삼 굳이 사양하니, 사자(使者)가 되풀이하여 간절히 청하기를,

"국속(國俗)에 보내주는 것을 받지 않으면 남이 자기를 박대한다 하여, 제 자신이 부끄러워할 뿐 아니라, 남들도 조롱합니다."

하므로, 부득이 받아서 곧 원역들에게 나누어 주었다.*

1607년 회답겸쇄환사의 부사 경섬이 남긴 이 기록은 임진왜란 후 재개된 통신사 왕래에서 일본과 조선 사이에 있었던 예물 수증의 한 단면이자, 앞으로 일어날 갈등의 예고편과 같다. 일본은 『맹자』에 있는 내용을 거론하면서** 사행에 막대한 예물을 안기기 시작하는데 조선의 사행은 유가적 명분과 체면, 일본에 대한 멸시와 불신감 등이 얽혀 이 예물을 난감하게 생각한 나머지 결국 이 예물을 원역들에게 나누어 주는 방식으로 처리한다.

1617년 회답겸쇄환사도 일본이 준 예물을 거부한 것은 물론이지만, 이때 특이한 점은 광해군이 부사 박재로 하여금 사행이 받은 은을 궁궐공사에 쓸 수 있도록 은밀히 추진했다가 정사 오윤겸(吳允謙, 1559~1636)과 종사관 이경직의 반대로 부딪혔으나, 결국 나중에는 왜관에 보관된 은을 가져다 썼다는 점이다.*** 현실적인 이유에서 광해

---

* 　경섬, 『海槎錄』 하, 1607년 6월 13일.

** 　위의 대목 가운데 '먼 길을 떠나시게 되었으므로 行資로 드립니다(將有遠行, 故贐之).'는 『孟子』, 「公孫丑」 下에서의 "내가 먼 길을 가는데, 떠나는 자는 반드시 노자가 있어야 한다(予將有遠行, 行者必以贐)."에서 취한 것으로 보인다.

*** 　강재언 지음, 이규수 옮김, 『조선통신사의 일본견문록』, 한길사, 2005, 122~126쪽; 이상규,

군은 일본이 준 예물이 매우 요긴하게 쓰일 수 있다고 판단하였다. 이 문제는 사대부의 명분과 체통, 왕의 현실적 필요성이 부딪힌 매우 특수한 사례인데, 무엇보다 초기 교린관계 복원 과정에서 보여주는 조선의 대일외교 방침에서 내부적으로 통일되지 않고 혼선이 있었음을 보여주는 사건이라 할 수 있다. 무엇을 어떻게 주고받을 것인가에 대한 외교적 방침도 매우 중요한 전략적 과제이기 때문이다. 이러한 혼선은 일본에 외교상의 주도권을 넘겨줄 수 있는 위험성이 잠재되어 있다.

　1624년 회답겸쇄환사가 일본을 다녀올 때 부사로 간 강홍중이 남긴 『동사록』에는 초기 통신사행에서 증여와 관련한 일에 관해 그 시말을 살필 수 있도록 잘 기록해 두었다. 강홍중은 당시 에도막부에서 증여한 회례목록을 기록하고, 이를 둘러싼 사행의 처분과 귀국 후 일본의 조치와 조정의 정리과정까지 자세하게 남겼다. 우선 에도에서 삼사가 받은 물건은 다음과 같다.

　신장군이 보낸 예물
　사신 3원: 은자(銀子) 각 5백 매, 갑주(甲胄) 각 3부, 금병풍 각 10좌, 박대근(朴大根)·이언서(李彦瑞): 은자 각 2백 매, 홍희남(洪喜男)·박언황(朴彦璜)·강우성(康遇聖): 은자 각 50매, 군관 각원: 한꺼번에 은자 4백 매, 하인 등: 한꺼번에 동전(銅錢) 1천 관.
　구장군이 보낸 예물
　세 사신: 은자 각 2백 매, 장검(長劍) 각 1부, 당상 역관: 은자 각 1

「1617년 회답부사 朴梓의 『東槎日記』고찰」, 『한일관계사연구』 55, 2016, 101~102쪽 참조.

백 매, 장검 각 1부, 군관 역관 등: 한꺼번에 은자 3백 매, 하인 등:
한꺼번에 동전 5백 관.

병풍은 궤 속에 넣어 비단 자루로 싸고, 장검도 또한 비단 전대에
넣어 모두 당 가운데 두었는데, 장검은 사신을 위하여 별달리 만들
어 모양이 보통 물건과 다르다 하였다. 은자는 오사카에 쌓아둔 것
으로 주는데, 먼저 얇은 판자로 평상과 같이 만들어 작은 종이쪽지
를 붙였으며, 지면에는 각기 '은자일매(銀子一枚)' 넉 자를 찍어 표
시했다. 그리고 은자의 수효에 따라 상 위에 열지어 붙여 놓고 빈
상만을 들여와 먼저 그 은자의 수효를 알게 하였으니, 이것은 일본
에서 손님을 존경하는 예절이었다. 은자 1매의 무게는 각 4냥 3전
이 된다 하였다.*

1624년(인조 2년)에 에도막부에서 2대 쇼군 도쿠가와 히데타다
가 아들 도쿠가와 이에미쓰(德川家光, 재위 1623~1651)에게 전위한 뒤
이를 조선에 알리고 통신사 파견을 요청하자, 조정은 이를 축하하기
위한 사절로 정사 정립(鄭岦, 1574~1629)을 필두로 460명의 사행원을
파견하였다. 그러니 보내온 예물에는 옛 쇼군과 새 쇼군이 보내온 예
물이 더해져 그 수가 막대하였다.**

---

*   강홍중,『동사록』, 1624년 12월 22일.

** 나카오 히로시에 의하면, 회답겸쇄환사(1607, 1617, 1624) 때는 막부 쇼군이 삼사에게 주는
    예물은 있으나, 조선 국왕에게 주는 예물은 없었으며, 정식으로 국교회복이 된 1636년 통신
    사란 명칭으로 왕래한 때 쇼군이 조선국왕에게 답례로 예단을 보냈다. 나카오 히로시 지음,
    유종현 옮김,『조선통신사 이야기』, 한울, 2005, 209~210쪽. 그런데『德川實紀』에는 국
    왕에게도 보냈다고 기록되어 있다. Cesilia S. Siegle,「德川將軍と贈物」, Department
    of East Asian Languages and Civilizations. Paper 10, University of Pennsylvania.
    2016, 5~6쪽.

신구 두 쇼군이 보낸 예물을 두고 사행은 "신의 외에 다른 무슨 예절이 있겠느냐?"며 당연히 사양했다. 그러나 예물을 가져온 대마도주는 "길가는 자에게 노자를 주는 것은 옛날의 예입니다."라며 "장군이 노자로 보냈으니, 결코 돌려보낼 수 없는 것입니다."라며 가져가지 않았다. 사행은 "재삼 사절하여도 끝내 가져가지 않으므로, 부득이 받아두고 역관을 시켜 도주(島主)에게 말을 전하여 임의로 구처(區處)하게 하여 받지 않는 뜻을 보였다."고 한다.* 즉 사행은 받을 수 없으니 대마도주가 알아서 처리하라고 하였다.

그런데 일이 여기서 그치지 않았다. 사행이 돌아온 뒤 일본에서 이 예물을 가지고 동래로 와서 올린 서계가 조정에 도착하자 조정에서의 논의가 분분했는데, 『인조실록』에 그 실상이 자세하다. 사행은 1625년 3월 23일에 한양에 도착하여 궁궐에 나아가 복명하고, 25일에 인조를 알현하고 비로소 사행 관련 모든 일을 마무리하였는데, 한 달 남짓 뒤 대마도주가 보내온 서계**로 조정에서 다시 사행에 관련된 일을 논의하였다. 우선 5월 1일에 예조는 삼사신의 의견에 따라 '관백이 주는 예물의 절반은 받아 동래부에서 왜인에게 공급하는 자금으로 삼고 절반은 돌려보내어 사신 접대에 드는 비용 및 쇄환 인구에 드는 뱃삯과 식량의 비용에 쓰게 하는 것이 사리에 합당할 것 같다.'고 하였으나, 인조는 모두 삼사신에게 넉넉히 지급하라고 하였다.***

---

*   강홍중, 『동사록』, 1624년 12월 22일.

**   이 서계는 강홍중의 『동사록』에 전한다. 내용은 전술한 『맹자』, 「공손추하」에 나오는 구절을 거론하며 사행이 두고 간 은화를 받기를 바라며, 이는 두 나라의 사귀는 의를 돈독하게 하는 것이라는 점을 강조한 내용이다.

***   『조선왕조실록』, 인조 3년(1625) 5월 1일. (전략) "사신에게 준 물건을 모두 公家에 귀속시키는 일은 무리일 것 같으니, 사신 이하에게 넉넉히 나누어 주라."

그러자 삼사신이 세 차례에 걸쳐 상소*하였는데, 내용의 핵심은 결단코 받지 못하겠다는 것이다. 그 구체적인 이유를 들었는데, 다음과 같다.

(가) 신등이 일본에 봉사(奉使)하였을 때에 관백이 증여한 예물을 완봉(完封)한 채 열지도 않고 마도에 돌려준 것은, 사수(辭受) 일절(一節)이 실로 염치를 격려하고 나라의 체통을 높이는 데 관계되었기 때문이었습니다.(5.11. 1차 상소)

(나) 인신(人臣)이 사절을 받들고 외국에 나가 재물을 취하는 데 급급하지 않는 것은, 다만 일신의 염치를 위할 뿐이 아니라, 국가의 가볍고 무거운 것과 원방 사람의 보고 느끼는 것이 이에 매였으므로 그 사수하는 즈음에 오직 의리(義利) · 공사(公私)의 구분을 볼 따름입니다. 신등이 당초에 관백의 예물을 받은 것은 마땅히 받을 의가 있어서 받은 것이 아닙니다. 조정에서 사신을 보낸 것은 이미 기미(羈縻)하려는 계책에서 나왔는데, 한결같이 물리친다면 뜻밖의 환란이 있을까 염려하여, 이에 억지로 받는다 대답하고는 쇄환하는 비용이라 하여 마도에 주었던 것입니다. 그런데 이제 다시 보내옴으로 인하여 도리어 사신의 점유물이 된다면, 신등이 해외에 사행으로 간 것이 오로지 이익을 차지하기 위한 것이어서, 그 부끄러움이 농단(壟斷)에 오른 한낱 비부(鄙夫)와 다름이 없습니다. (중략) 보통의 사수라도 오히려 근신하지 않을 수 없는데, 하물며 왜적의 강역(疆域)임에랴? 사절의 왕래는 비록 부득이한 데서 나왔지만, 만약

---

* 『조선왕조실록』. 그러나 마지막 상소문은 확인되지 않으며, 『동사록』에도 재소까지 수록되어 있다.

증여한 재물로써 사신이 낭탁(囊橐)을 채우게 된다면 자못 국가에서 세상을 권장하는 도리가 아니오니, 사신된 자가 장차 무슨 얼굴로 맑은 조정에 설 수가 있겠습니까? (하략) (5.16. 재소)[**]

사신은 쇼군이 사사로이 주는 예물을 받을 의(義)가 없다는 것이 그 핵심적 이유다. 보통의 선물도 서로 근신해야 하는데 하물며 오랑캐의 선물은 더더욱 받을 수 없다고 말한 대목에서는 화이론적 관점이 깔려 있음을 알 수 있다. 그럼에도 뜻밖의 환란이 일어날까 염려하여 받아두었다가 대마도에 주었다는 것이다. 이에 대해 인조는 사신들이 이 예물을 받을 것을 명하였다. 여기에는 쇼군이 준 예물은 사신들에게 준 사사로운 것이며, 이는 국가가 처치할 수 없는 것이라는 생각이 깔려 있다.[**] 이 때문에 인조는 사신들이 은을 두고 온 것을 오히려 미진한 일이라고 평하였다.[***] 이 논의는 7월까지 지루하게 이

---

[*]   강홍중, 『동사록』, 1625년 5월 16일.

[**]   이는 아마도 앞선 사행에서 삼사에게 준 은을 광해군이 취해 궁궐 공사에 쓰려했다는 점을 의식한 판단이라 추측된다. 인조는 사신에게 준 은은 나라의 것이 아니라 사신들 소유의 재물이라는 것을 분명히 했다.

[***] 『조선왕조실록』, 인조 3년(1625) 5월 4일. "(전략) 상이 이르기를, '지금도 모름지기 사신으로 하여금 처치케 해야 한다. 당초 사신이 무단히 버려두고 온 것은 미진한 일인 것 같다. 廟堂에서 자세히 의논해서 잘 처리하라.' 하자, 오윤겸이 아뢰기를, '잘 말을 해서 절반을 도로 보내는 것이 옳겠습니다.' 하였다. 도승지 金尙憲이 아뢰기를, '조종조에서도 그런 일이 있었습니다. 鄭誠謹은 평생을 청백하게 처신하였는데 일본에 사신가서 그들이 준 물건을 받지 않자 대마 도주가 조정에 청하여 지급하게 하였고 성종께서 명하여 지급하게 하였습니다. 정성근이 굳이 사양하고 받지 않았는데 성종은 강요하지 않으셨으니, 여기에는 신하를 예우하는 도리를 볼 수 있습니다. 지금도 억지로 사신에게 처치하게 해서는 안 됩니다. 신의 생각에는 영남 백성이 바야흐로 倭貢의 役事에 시달리고 있으니, 본도 감사로 하여금 잘 처치하여 조금이나마 民役을 돕게 하는 것이 온당할 것입니다' 하니, 상이 이르기를, '만일 그렇게 한다면 국가에서 처치하는 것이 된다. 사신에게 준 물건을 국가가 어떻게 처치할 수 있겠는가'

어졌으며,* 결국 대마도가 받지 않은 절반의 은화는 행적이 묘연하다.

이 일은 조선후기 통신사행에서 예물수증 갈등이 본격적으로 대두한 정황을 보여준다. 일본은 유가의 경전을 인용하면서까지 돌아가는 사행에 예물을 주고자 하였고, 사신은 매우 단호하게 거절하였는데, 이 또한 유가의 예와 체면에 의거한다. 그러나 그 근저에는 오랑캐 왜가 준 선물은 더럽다는 인식이 깔려 있다.

2) 예물 수증 갈등의 고조: 1636~1655년 통신사행

국제 관계에서 공식 외교사절은 방문국에서의 처신을 신중히 하지 않을 수 없다. 특히 예물에 관해서는 신중하게 처리해야 함에도, 1636년에 일본에 간 사행은 전례 없이 희한한 일을 벌인다. 이른바 '금절하투금'이다.

맑음. 들건대, 우경진(右京進)·담로수(淡路守) 등이 남겨 놓은 많은 쌀과 찬은 비록 사신이 버려두고 갔으나, 우리의 예의로는 도로 받을 수 없다 하여, 관백에게 여쭈어 황금 1백 70정(錠)으로 바꾸어 보냈다고 한다. 1정의 값은 은자 6, 7냥이니, 통틀어 계산하면 1천 수백 냥이다. 강호(江戸)로부터 뒤쫓아서 도중에 보내왔는데, 원

하였다."

* 『조선왕조실록』, 인조 3년(1625) 7월 7일, "일본 對馬島主 平義成이 回答使 鄭岦 등이 유치해 둔 銀貨를 굳이 사양하였다. 이에 앞서 정립 등이 일본에 사신으로 갔을 적에 일본 국왕 源家光이 정립에게 은 4천 5백 15냥과 金屛 24부, 갑옷 아홉 벌, 大劍 세 자루를 주었는데, 정립 등이 사양하였으나 받아주지 아니하여 대마도에 유치하고 돌아왔다. 그 뒤 한 달이 넘어 도주가 봉하여 도로 보내왔으므로 상이 모두 정립 등에게 주었다. 이에 정립 등이 굳이 사양하니, 묘당에서 그 반을 都元帥에게 보내어 군수로 쓰게 하고, 그 반을 또 도주에게 돌려주어 접대한 노고에 보답하였다. 이때에 평의성이 사람을 보내어 사양하였다."

역(員役)들은 '이것은 일행의 양식이 남은 것이니 나누어 주는 것이 마땅하다.' 하고, '도주(島主)를 시켜서 강호로 돌려보내는 것이 마땅하다.' 하였다. 신 등이 '일행에게 나누어 준다면 받는 것이 되니 결코 그럴 수 없으며, 도주를 시켜서 돌려보낸다면 필경 감히 전해 주지 않을 것이다. 만약 잘 처리하는 방편을 찾는다면 강물에 던지고 가는 것이 좋겠다.' 하여, 금절하(今絶河, 金絶河)에 이르러 군관·역관들을 시켜 중류(中流)에 던졌다.*

이 사행의 종사관 황호가 남긴 기록은 간명하다. 통신사가 에도에 체류할 때 쓰고 남은 물품을 관백이 금으로 바꾸어 돌아가는 사행을 뒤쫓아 가 삼사에게 주니 삼사는 이를 받을 수 없다고 옥신각신하다가 결국 이마기레가와에 이르러 금을 던져버렸다는 것이다.

기실 이것은 통신사에서 전례가 없는 일이었으며, 상황에 따라 매우 중대한 외교적 갈등이 벌어질 수 있는 일이었다. 사행은 왜 금을 버렸는가? 조선 사대부의 의리와 체통, 그리고 에도막부의 사행에 대한 예를 두고 벌어지는 이와 같은 좁혀지지 않는 인식 차이에서 비롯된 갈등이 더 깊어진 까닭이다. 직전의 사행에 의거해 볼 때 금을 아무리 일본에 두고 오더라도 결국 대마도주를 통해 조선으로 올 것이며 이를 두고 조정에서는 또 그 처리 문제를 두고 논의가 분분해질 것이다. 그러니 이 금을 두고 더는 왈가왈부하는 사태를 방지하고, 깔끔하게 없애는 방법으로 강물에 던지는 방안을 택했을 것이다. 가히 이전까지 오간 통신사에서 보여준 예물 수증 갈등의 하이라이

---

* 황호, 『동사록』, 1637년 정월 10일.

트라 할 수 있다. 요컨대 금절하투금은 전대 통신사행에서 예물 수증과 관련된 갈등이 누적된 결과며 특히 1624년 사행을 복기하면서 더더욱 그렇게 할 수밖에 없는 일이 되었다.

'투금'은 일본이 문제 삼기 여하에 따라 외교적 문제로 비화될 위험성이 잠재되어 있음에도 조선의 유자들은 이러한 일을 청렴한 선비의 모범적 행위로만 인식하였다.* 이 일은 통신사에 참여하는 사대부들 사이에서 청백리로 널리 칭송되었는데, 이를 따라 1643년 통신사에서도 비슷한 일이 일어났다.

조용주(趙龍洲): 인조조 계미년(1643)에 용주 조경(趙絅)이 전한(典翰)으로서 일본 통신부사(通信副使)에 차출되어 갔었는데, 돌아올 때 일본에서 주는 선물들을 한 가지도 받지 않아 짐꾸러미가 보잘것없었으며, 칼 한 자루만을 받아서 차고 왔다. 돌아오는 배 안에서 군관(軍官) 홍우량(洪宇亮)에게 말하기를,

"우리는 이번 사행에서 추호(秋毫)도 범하지 않았다고 말할 수 있겠다."

---

* 허목, 『기언』 별집 제16권, 〈호조 판서 金公 신도비명〉에서는 김세렴이 '우리가 재화를 취하지 않는다는 것만 보이면 그만이지 유용한 물건을 쓰지 못하게 하지는 않으려 함이다'라고 말했다고 하며 '대마도에서 그 황금을 건져 내어 해마다 지급하는 면포 1만 5000필에 대신해 줄 것을 요구하였다'고 한다. 이처럼 조선 후기에는 금절하 투금을 지혜로운 처사라고 평하는 것이 대부분이었다. 현대에서는 이 일을 두고 여러 연구자들이 평을 하였는데, 강재언은 '실로 졸렬한 처분 방식'이라고 하며 전례에 따라 쓰시마 번에 건네주어야 마땅하다고 했다.(『조선통신사의 일본견문록』, 한길사, 2005, 192쪽) 김경숙은 예의와 청렴을 동시에 지킨 것이라고 평하되, 역시 선례에 따라 쓰시마에 줄 수도 있었다고 하였다.(『일본으로 간 조선의 선비들』, 이순, 2014, 186~188쪽) 하지만 1624의 사례를 보면 사행으로서는 쓰시마에 주는 것도 좋은 방법이 아니었으나, 이를 강에 던져 처리한다는 판단이 지닌 외교적 후과는 크게 고려하지 않은 듯하다.

하니, 우량이 대답하기를,

"저는 추호도 범하지 않았다고 말할 수 있겠으나, 공께서 차신 칼은 추호보다 훨씬 큽니다."

하였다. 그러자 용주가 웃고는 칼을 풀어서 바다에 던지고 말하기를,

"이렇게 하면 과연 추호도 범하지 않았다고 할 수 있겠는가?"

하니, 홍우량이 그렇다고 하였다. 우량은 곧 숭정처사(崇禎處士) 두곡(杜谷) 홍우정(洪宇定)의 동생이며 판서 남파(南坡) 홍우원(洪宇遠)의 형인데, 무과에 합격하여 벼슬이 제주 목사와 수사(水使)에 이르렀다. 성품이 청렴결백하여 일본에 사신으로 다녀오면서 단 한 개의 왜물(倭物)도 가져오지 않았다. 숙종 을해년(1695)에 조공(趙公)과 함께 청백리로 선발되었다.[*]

안정복(安鼎福, 1712~1791)이 1643년 조경(1586~1669)이 일본에 부사로 간 일을 기록한 글인데, 많은 일 가운데 유독 강조한 것이 바로 칼을 바다에 던진 일이다. 아마도 이 칼은 약군(若君, 쇼군의 아들)

---

[*] 안정복, 『순암선생문집』 제13권, 「橡軒隨筆」下, 〈趙龍洲〉. 정작 이러한 내용이 그가 남긴 사행록에서는 확인할 수 없고, 대신 아들이 엮은 연보에 보이는데 조금 다르게 기록되어 있다. "진두로 돌아와 행장을 점검해보니 어디서 왔는지 알 수 없는 보도 하나가 행장 속에 들어 있으므로, 선생이 그것을 바다에 던져 버렸다. 그때 갑자기 한 왜인이 다급한 소리를 지르며 그 보도를 따라 바다로 뛰어들었는데, 바로 그 보도의 주인이었다. 선생은 그 사람이 목숨을 잃을까 염려하면서 탄식하는 말을 하였다."(조위봉, 조석주 엮음, 정선용 옮김, 『용주연보』, 용주연구회, 95쪽) 안정복의 글은 이에 비하면 청렴을 과시하는 장면을 지나치게 부각시켰는데 약간의 허구가 가미된 것으로 보이며, 오히려 연보의 기록이 당시의 장면을 비교적 가감 없이 그려놓은 것으로 보인다.

이 준 것으로 보인다.* 이뿐 아니라 이번 사행에서는 전번보다 더 일본이 증여하는 예물을 단호하게 거절하는 경우가 많았다. 4월 27일 부산에서 출발하여 대마도 악포에 도착한 직후 대마도주가 사람을 보내 술과 과일을 보냈는데 이를 사양하고 배에서 잤다. 이튿날 대마도주가 하정을 보냈는데 극구 사양하다가 생선과 술만 받고 나머지는 다 돌려보냈다. 이때부터 사신들은 돌아올 때까지 거의 모든 예물을 거절하였다. 이러저러한 불만이 쌓여 대마도주는 삼사신에 매우 분노하고 특히 조경에 대해서는 사행 후 조정에 비난하는 서계를 보낼 정도였다.**

1643년 사행은 쇼군 후계자 출생을 축하하는 사절로, 9월 일본은 대마도를 통해 도쿠가와 이에미쓰가 후계자를 낳았다는 소식과 함께 통신사 파견을 요청하였다. 전례 없는 요청을 두고 조정에서는 반대하는 의견이 많았으나, 남쪽을 안정시킬 목적에서 사행 파견을 결정하였다. 그렇다면 사행은 파견목적을 잘 성취하기 위해 매우 현명하고 유연한 처신을 해야 하는 것이 사리에 부합한다. 그러나 통신사행에 참여한 삼사를 비롯한 여러 직책으로 따라간 유자들이 보여주는 행동은 이같이 지나치게 경직되고 엄하며, 때로는 외교적 갈등을 유발할 위험성이 있는 행위들이었다. 같은 해 사행기록인『계미동사일기』에도 이같이 예물을 거절한 기록이 다수 전한다.***

일본에서 금은은 무엇인가? 에도막부는 화폐의 주조권을 장악

---

* 『癸未東槎日記』, 1643년 8월 2일, "若君의 별폭도 갑옷·투구·활·칼 등을 준비해 보낸다고 했다."
** 이에 관해서는 다음 글이 자세하다. 신로사, 「1643년 통신사행과 趙絅의 일본 인식에 관한 小考」, 『민족문화』 41, 한국고전번역원, 2013.
*** 『癸未東槎日記』, 7월 27일; 8월 3일; 8월 4일.

하고* 다이묘를 지배하는 수단으로 활용하였지만, 일본 사무라이들에게도 역시 금은은 권위와 권력을 상징한다. 물론 화폐로 쓰이기도 하지만 관료나, 외국 사신에게 하사하는 용도로 많이 쓰인다. 이들은 예로부터 금을 터부시하지 않고 길상(吉祥)의 의미가 담긴 것으로 받아들여 귀족과 불교계에서 정치 외교적 목적으로 즐겨 사용했다.** 가까운 시기에서 볼 때도 도요토미 히데요시가 군에 금을 하사할 정도로 지배층 사이에서 즐겨 주고받는 선물이었다.*** 그러나 유가의 청렴함을 생명처럼 귀중히 여기는 조선 사신들에게 금은 정반대로 사사로이 주고받아서도 안 되며 함부로 취해서도 안 되는 사치품이다.

　　1655년 사행에서도 예물을 거절하는 일은 멈추지 않았다. 정사 조형이 남긴 『부상일기』에도 이전에 사행이 그러했던 것처럼 예물을 거절하는 일이 여전히 빈번하다. 에도에서 쇼군이 회례로 준 물품 외에 삼사신에 준 백금과 비단은 모두 돌려보냈는데, 이 과정에서 예단을 가져온 자가 험악한 말을 하며 가져가지 않으려고 하니, 다행히 소부라는 관리가 중간에서 잘 말해서 돌려보낼 수 있었다.**** 이외 10

*　　아사오 나로히로 외 엮음, 이계황 외 옮김, 『새로 쓴 일본사』, 창비, 2003, 285쪽. 에도막부는 사도, 이즈, 이와미 광산을 직할령으로 삼아 금과 은의 생산과 화폐 주조권을 독점하고, 다이묘의 화폐주조를 금지하였다. 1636년 관영통보 유통을 기점으로 이 체제는 더욱 강화되어갔다.

**　　8~9세기 일본에서는 금광이 발견되어 생산량이 늘자 대당조공에서 적자를 면치 못하는 상황을 상당량 만회하고 견당사에게도 여비를 금으로 주었다. 經濟雜誌社編, 『國史大系』 第3卷, 『續日本後紀』 5, 1901, 214쪽. "承和三年正月乙丑条. 乙丑. 詔奉充陸奧國白河郡從五位下勳十等八溝黃金神封戶二烟. 以應國司之禱. 令採得砂金. 其數倍常能助遣唐之資也."

***　　近藤守重 輯, 『金銀圖錄』 卷之六, 「玩賞品」, 일본국립국회도서관소장본, 1810, 1쪽. "豐臣太閤ノ時金錢銀錢シ鑄テ以テ軍中賞賜ノ用ニ充"

****　　『부상일기』, 1655년 10월 25일. 임장혁, 『조형의 부상일기 연구』, 집문당, 2000,

356

월 26일 관반인 미농수가 금자 100파와 백금 30매를 바쳤으나 거절하는 등* 여전히 사행의 태도는 단호했다.

3) 예물 수증 갈등에서 의례논쟁으로: 1682년 통신사

1682년 사행에서 홍우재(洪禹載, 1644~?)는 공·사예단에 관하여 다음과 같이 임금에게 올린 글을 사행록에 기록해 두었다.

장계초(狀啓草). (전략) 연로의 각 참과 에도에서 접대하는 일은 앞서의 사행 때보다도 더욱 극진했사오며, 에도의 봉행(奉行) 등 여덟 사람에 대해서는 해조(該曹)에서 공사예단(公私禮單)을 마련하였사온데, 에도에 이른 후 여러 곳에 예물을 나누어 지급할 때 당상역관 세 사람은, 앞서 대마도의 간사왜인(幹事倭人)을 시켜 주선을 부탁하였던 사람인데 서계와 공예단은 전급(傳給)하지 못하고 다만 사예단만 주었는데 줄 사람 수가 많은 관계로 이리저리 짜 맞추어 주었습니다. 수직왜인(受職倭人) 다섯 사람은 모두 다 죽었으므로 그들에게 줄 예단은 도로 가져왔사오며, 이외의 예단 가운데 쓰고 남은 물종은 바다를 건너 돌아간 후에 이문(移文)하여 해조에 돌려보내려 하고 있사오며, 관백과 집정 등의 회답서계 및 그들이 보낸 물건들은 아울러 가져왔사오며, 신 등에게 보내온 은자는 도합 1만 6천 7백 24냥인데 모두 의진(義眞)에게 주어 예에 따라 처리토록 했사오며, 다른 잡물들은 일행의 원역(員役)과 하졸(下卒)들에게 나

132~133쪽.
* 앞의 책, 133~134쪽.

누어 주었습니다.(후략)*

여기서 중요한 대목은 전례에 따라 처리했다는 기록이다. 『통문
관지』에서는 1624년 사행 이후로 예물수증에 관한 항목이 규례화되
었다고 기록되어 있다.** 이로 보면 초기의 예물 수증을 둘러싼 갈등
을 해소하기 위해 예물을 처리하는 규정과 조례 등을 마련하기 시작
한 때가 1624년부터였다고 보인다. 이로써 쇼군이 삼사신에게 준 예
물의 처리문제는 대략 정리되었다고 보인다.

그럼에도 이번 사행에서 예물을 둘러싼 갈등이 사라진 것은
아니다. 쇼군 외 고위 관료나, 문사들이 주는 선물들이 주는 선물
이 문제가 되었는데, 특히 미토번의 도쿠가와 미스쿠니(德川光圀,
1628~1701)와 삼사 사이에서 예물 수증을 두고 약간의 갈등이 있었
다. 사행이 에도에서 회정하기 위해 출발하기 전 9월 6일 미스쿠니가
사자를 통해 삼사에게 은 300냥을 보냈는데, 이튿날 정사 윤지완(尹
趾完, 1635~1718)은 은을 되돌려 보내면서 서한을 동봉하였는데 다음
과 같이 썼다.

---

*   홍우재, 『동사록』, 1682년 10월 18일.

**   『通文館志』 권6, 「交隣」 下, 〈使臣一行回受禮單〉, "(전략) 갑자년(1624)에 通信使의 행
차가 돌아오다가 對馬島에 이르러 예물을 머물러 두고 빨리 돌아왔다. 對馬島主 宗義成이
書契를 갖추어 差倭를 통하여 예물을 보내었으나, 우리 예조에서 또 이것을 거절하였다. 그
런데 대마도의 왜인이 왕래한 것이 두세 번에 이르렀으므로, 예조에서 부득이하여 이것을 받
아들여서, 그중에서 1천 냥을 3사신에게 나누어 주었다. 병자년(1636)에 통신사는 예물을 대
마도에 버려두었으나, 대마도주가 끝내 기꺼이 받지 아니하였으므로, 每 40냥씩을 歲賜하
는 公木 50필로 환산하여 줄여서 남도 백성들의 노력을 덜어주었다. 그 뒤에 계미년(1643)
과 을미년(1655)과 임술년(1682)과 신묘년(1711)에 모두 이러한 관례를 그대로 따랐다."

358

제가 생각하기에는 이 의장이 붙이는 백금(백은의 잘못) 300냥은 명
목은 노자로 보내신 것이지만 실제로는 재화와 보배에 관련됩니다.
옛사람이 재화로 예물을 드린 적이 아직 없습니다. 아마도 이를 받
은 자는 재물을 취했다는 혐의를 면할 수 없기 때문입니다만, 이를
준 자도 역시 사람으로 하여금 마음을 편안하게 하는 방법이 아니
기 때문입니다.*

　미스쿠니가 준 금은 노자가 아니라 재물에 해당하기 때문에 이
를 취할 수는 없다는 것이 핵심이다. 부사 이언강(李彦綱, 1648~1716)
도 은을 돌려주며 글을 써 보내기를 "재화를 주고 이를 취하는 것은
군자가 크게 부끄러워 해야 할 일"**이라고 하였다. 수호공은 삼사의
서한을 받고 다시 글을 보내 재차 받아줄 것을 권하자, 삼사는 마지
못해 받겠다는 편지를 써서 보냈다. 이는 이전에 비하면 그 갈등의
수위가 현저히 낮아졌다고 할 수 있다.
　그런데 이 예물을 둘러싼 갈등 이전에 삼사는 전례에 없던 일을
겪었다. 전대 사행에서와 같이 일본이 보내온 예물의 수증(受贈) 문제
로 양측의 갈등이 있었지만, 오히려 조선 삼사가 미스쿠니에게 보낸
예단의 격식에서 사단이 났다. 이는 앞서 말한 예물 수증을 두고 두
어 차례 주고받은 서신에 앞서 일어났는데, 9월 초하루 미스쿠니는
사람을 보내 조선에서 온 사신과 통교할 수 있도록 쓰시마 번주에게
주선을 명하고, 삼사는 3일 예물을 보내며 함께 짧은 서한을 보냈다.
여기에 윤지완은 이름을 쓰지 않고 자신의 자(字)인 '숙린(叔麟)'이 새

*　허은주·김정신 역주, 『수호공조선인증답집』, 보고사, 2013, 32쪽.
**　앞의 책, 34쪽.

겨진 인장을 찍었다. 미스쿠니는 이를 문제삼아 집요하게 답변을 요구하는데 삼사는 답을 하지 않았다. 이후 미스쿠니가 보낸 예물을 돌려보내면서 함께 보낸 서한에는 삼사 모두 이름을 썼는데, 이는 불필요한 논쟁을 피하고자 사실상 미스쿠니가 제기한 질문에 답을 한 것으로 간주된다.*

이번 사행에서의 예물 수증 갈등은 이처럼 전과는 다른 양상으로 흘렀다. 문제는 이후 이 사건에 대한 일본의 평가다. 특히 메이지유신 이후 일본에서는 이 사건을 두고 '조선의 사절을 항복게(朝鮮の使節を服す)'하고, '조선통신사의 비례를 바로잡은(朝鮮通信使の非禮を正す)' 사건이라고 평가한다.** 여기에는 조선이 예의지국이고, 유학

---

* 미스쿠니가 제기한 "古人於交際稱名不稱字"가 무엇을 근거로 하고 있는지 분명하지 않지만, 아마도 포괄적으로는 朱舜水에게서 수용한 유학에 바탕을 둔 것으로 보인다. 그렇다 하더라도 이 문제에 관해서라면 일반적인 중국의 유학과 문인들의 전통에 기초하였을 것인데, 그것은 경서에 기초하고 있다. 위의 문제에 대하여 주순수 개인의 독특한 논의가 있어 이를 수용한 아니라면, 경서의 내용에 준하여 이해하고 있었을 것이다. 그렇다면 미스쿠니도 『禮記』, 「檀弓上」에서는 "幼名, 冠字"나, 「曲禮上」의 "男子二十, 冠而字"라는 구절을 모를 리 없었을 것이며, 『儀禮』 「士冠禮」에 보이는 "冠而字之, 敬其名也. 君父之前稱名, 他人則稱字也."라는 구절을 몰랐을 리 없다. 그렇다면 이것은 수호공이 사신을 희롱하기 위하여 의도적으로 문제를 제기한 것인가? 이 사안에 대하여 본격적으로 살핀 연구는 아직 보이지 않지만, 德川博物館과 上海古籍出版社에서 함께 펴낸 『日本德川博物館藏品錄』에 짤막한 논평을 찾을 수 있다. "일본이 제기한 의문이 이해되지 않거나 그 의도가 있더라도 해석되지 않는다. 그 진실된 저의가 비교적 복잡하다.(而日方之疑問, 或確有不解, 或有意不解. 其眞實用意, 相對複雜.)" 徐慶興 主編, 德川木眞 監修, 『日本德川博物館藏品錄』 II , 《桃源遺事》(乾), 上海古籍出版社, 2014, 99쪽. 이 도록은 수호덕천가의 전승유물을 보존하는 덕천박물관에 소장된 문헌을 일부 수록하고 해제를 덧붙인 책이다. 저자 5인 가운데 일본인은 2명이고 나머지는 대만학자인데, 내용으로 보건대 이 해제는 대만학자가 쓴 것으로 추정된다. 즉 중국인의 상식에 비추어 보건대 이는 전통적인 稱名稱字의 관습에 의하지 않는다고 우회적으로 평하고 있는 것이다. 자세한 고찰이 필요한 부분이지만, 일단 미스쿠니가 제기한 문제는 유가 문헌에서는 그 근거를 찾기 힘들다는 점을 짚어둔다.

** 峽北隱士, 『水戶義公と烈公』, 富士書店, 1900, 22~25쪽; 笛岡清泉, 『水戶黃門言行

이 성한 나라라는 이미지를 깎아내리고, 수호공이 오히려 조선의 무
례함을 바로잡았다는 우월주의 시각이 깔려 있다. 즉 예의지국이라
는 조선 사신은 금은도 물리치지 못하고 예도 잃어버렸다고 평가하
는 것이다. 여기에도 막부 지배층의 열등감, 적대감이 깔려 있음은
물론이다. 주목할 것은 이번 사행을 기점으로 예물 수증의 갈등은 점
차 줄어드는 대신, 일본에서 통신사에 대한 인식, 조선에 대한 인식
은 점차 부정적 기류가 확산되어 가고 있다는 점이다.

3. 18세기 통신사행

1) 예물 수증 갈등의 감소와 빙례개혁을 둘러싼 논쟁
: 1711·1719년 통신사

1711년 사행에서 가장 문제가 된 사건은 빙례개혁을 둘러싼 갈
등이다. 그간의 연구에서는 여기에 관심이 집중되어 있다시피 했으
나, 사적인 예물 수증 문제에 주의를 기울여 보면 이전과 확연히 다
른 양상이 전개되기 시작했음을 알 수 있다.

맑음. 국서에 대한 회답을 받기 위하여 묘시에 관사문을 나와 관백
궁에 이르러 인례를 따라 전(殿)에 들어가 사배(四拜)하고 늘어앉았
는데 관백이 집정으로 하여금 도주에게 전언하기를,
"국서의 회답 및 별폭예폐(別幅禮幣) 등 물건을 받아 가도록 하라."
하므로 사신이 답사(答謝)했다. 인례와 도주가 인도하여 별전(別

錄』, 東亞堂書房, 1916, 54~57쪽.

殿)에 이르렀는데, 전내에는 상탁을 배치하고 거기에다 금자(綿子)를 담은 다음에 그 하나하나를 종이쪽지에 쓰고 은자 한 개씩으로 그 종이쪽지를 눌러 상위에 벌여 놓았으되, 삼사에서부터 하관(下官)에 이르기까지 모두 표를 써서 붙였다.

인례가 또 인도하여 전내에 들어가 처음 전명(傳命)하던 날과 같이 배례를 행한 다음 고개를 숙이고 일어난 뒤 영외(楹外)에 나와 있었다. 수서관(授書官)이 관백 앞에 들어가 국서반(國書盤)을 받들어다 제3칸에 놓자 고관 한 사람이 내어다가 정사에게 전하니, 정사는 꿇어앉아 이를 받아가지고 영외에 나와 수역에게 맡긴 다음에 삼사는 다시 들어가 배례하고 나왔다.

또 별전에 인도되었는데 전내에 배치된 별폭에 부착된 것은 투구·칼 등속이었다. 잠깐 살펴보고 이내 나와 오후에는 관으로 돌아왔다.*

임수간이 남긴 『동사일기』에는 회답서와 별폭(회답례목록)을 받는 장면이 기록되어 있고 이외에는 별다른 수증과 관련된 내용을 찾을 수 없다. 이는 아마도 이 회례와 동시에 일어난 국서의 내용 중 휘와 관련된 사건이 크게 부각되었기 때문일 것이다.

1711년 아라이 하쿠세키(新井白石)는 그간의 통신사를 고찰한 뒤 의례개혁을 추진하는데, 핵심은 조선 왕과 에도막부의 쇼군을 대등한 관계로 설정하는 데 있었다. 이렇게 하면 쇼군의 위에 천황(天皇)이 있는 일본은 조선의 상위국가며 중국과 대등한 나라가 되기 때문

---

* 임수간, 『東槎日記』 乾, 11월 11일.

이다.* 이미 아라이 하쿠세기의 개혁안에는 삼사가 노중과 약군에게 주는 예단을 폐지하였기 때문에 조선에서는 이들에 주는 예단이 없었지만, 이와 별개로 막부의 집정과 노중 등이 삼사에게 예물을 주었는지 여부는 알 수 없다. 따라서 예물수증이 눈에 띄게 감소한 것에는 아마도 이일이 일정한 영향을 주었을 것으로 보인다.

1719년 통신사에서는 신유한의 『해유록』 외에 홍치중의 『동사록』, 정후교의 『부상기행』 등의 기록이 전한다. 그중 『해유록』은 대표적인 통신사행록으로 평가할 만큼 수작이나 개인적인 경험 위주로 서술되어 있다.** 따라서 사적인 증여 문제에 대해서도 여타의 기록보다 풍부하고 문제적이다. 특히 대마도에서 신유한은 대마도주가 삼사신을 초청하면서 만든 예법에 부정적 태도를 취하면서 비타협적으로 대했다. 그는 이 자리에 가는 것을 비루한 짓이라고 하며, 자신의 시서가 백금에 팔려가는 것이라 했다.*** 결국 삼사신과 자신은 참여하지 않고 역관, 화원 사자관 등은 참여하여 도주의 상품을 받았는데, 제술관이 글을 쓰고 상품을 받는 예는 자신이 폐지하였다고 한다.**** 또한 봉행들이 연갑 칼과 같은 물품을 선물하는 전례도 명분이 없다며 사절하였다.*****

그러나 쇼군에게 국서를 전달하고 회례국서와 별폭을 받은 뒤, 노중 이하 막부의 관료들이 사사로이 선물을 주었다는 기록이나 이

---

* 민덕기, 「新井白石·雨森芳洲의 對朝鮮外交와 天皇觀」, 『사학연구』 48, 한국사학회, 1994, 127~157쪽 참조.

** 이효원, 「『해유록』의 글쓰기 특징과 일본 인식」, 서울대 박사논문, 2015, 168~175쪽.

*** 신유한, 『해유록』, 1719년 6월 30일.

**** 신유한, 『해유록』, 1719년 6월 30일.

***** 앞의 책, 7월 1일.

를 돌려보냈다는 기록을 찾기 힘들다. 이렇게 17세기와 다르게 선물을 주고받는 갈등이 사라진 요인은 무엇인가? 무엇보다 이 시기 일본의 경제사정과 관련 있을 것으로 보인다. 에도막부는 이미 5대 쇼군 도쿠가와 츠나요시(德川綱吉, 1680~1709) 때부터 재정상 어려움을 겪고 있었으며, 이를 회복하기 위해 다방면으로 모색하는데, 대표적인 정책이 '화폐개주'였다. 새로 금은화를 발행하면서 그 품위를 떨어뜨려 재정수입을 보전하려고 했는데, 이를 수차례 반복하였다.* 1711년 사행 시 아라이 하쿠세키의 빙례개혁도 표면적으로는 조선과 일본의 쇼군 칭호문제를 핵심으로 한 관계재정립을 두고 벌인 갈등이지만, 그 바탕에는 일본의 경제문제가 깔려 있다. 재정이 악화되는 상황에서 막대한 조선통신사 접대비용 또한 부담이라 어떻게든 줄여야 했기 때문이다.

1719년 사행에서도 막부의 재정문제는 개선되지 않고 쇼군이 나서서 검약령을 발표하여 지출억제책을 썼다.** 당연히 이러한 상황에서 이전 시기에 막대하게 뿌려대다시피 한 금은의 지출은 현저히 줄어들 수밖에 없었으며, 당연히 조선통신사에게 사적으로 주던 금은은 거의 사라지다시피 한 것이다.

그러나 신유한은 에도에 머무는 동안 태학 하야시 노부아츠(林信篤, 1645~1732) 부자(父子)와 몇 차례 필담을 나누고 헤어질 때 그들

＊　박경수, 「에도시대 三貨制度와 '본위화폐'」, 『동양사학연구』 128, 동양사학회, 2014, 263~296쪽.

＊＊　신유한은 당시의 정치경제적 상황을 인지하고 있었는지 모르겠지만, 쇼군 요시무네의 성향을 말하길 "검소함을 숭상하고 화려와 사치를 배척하였다"고 기록하였다. 『해유록』, 1719년 9월 27일.

이 선물로 가져온 오색지축은 받고 황모필과 먹으로 답례하였는데,*
이는 신유한이 유자들이 예부터 서로 주고받은 물품에 바탕을 둔 호
혜적 선물교환으로 보았기 때문이다.

나는 행장에 들어 있는 왜인의 선물을 귀국하는 행장을 더럽히지
않기 위하여 따라온 여러 사람에게 나누어 주었다. 또 생각하니, 여
섯 배의 격졸, 기수, 취수, 소동들이 역시 우리 영남에 사는 사람들
로서, 이번 걸음에 달고 쓴 것을 같이 한 자들이므로 다 불러서 그
것을 나누어 주었다. 다만 사신이 준 몇 가지 물품과 내가 산 한당
서(漢唐書) 백 권과 큰 칼 한 갑만은 남겨 두었다. '봉래산 구름과
눈이 옷깃에 가득한데/ 사신이 정월에 대궐로 향하네/ 창해가 우하
의 조공으로 다 돌아왔고/ 소신은 나면서 성현의 글을 읽었네/ 시
는 판옥 가을꽃 속에 전하였고/ 먹은 파강 비 갠 뒤 달에 뿌렸도다/
천추에 육군은 참으로 장사꾼이어서/ 남월에서 돌아오는 수레에
황금이 가득했다지'**

이 글은 신유한이 회정하는 길에 대마도에서 새해를 맞이한 날
에 기록한 글이다. 대마도에 도착한 신유한은 에도를 오가며 받은 일
본인들의 선물을 사람들에게 나누어주었다고 하는데, 하야시 노부아
츠가 준 선물도 흩었는지는 알 수 없지만 왜인들이 주는 선물에 대
한 생각은 분명히 표현하였다. 그는 왜인들의 선물은 더러운 것이라
생각했는데, 특히 덧붙인 시에서 한나라 사신 육가(陸賈)가 남월왕

*　　신유한,『해유록』, 1719년 10월 13일.
**　신유한,『해유록』, 1720년 1월 1일.

(南越王) 위타(尉佗)에게 사신으로 가서 많은 황금을 선물로 받아가지고 와서 부자가 되었다는 고사를 들어, 사신이 간 나라의 임금에게 금을 받는 행위를 장사치로 간주하였다. 여기에도 '일본=오랑캐'라는 화이관이 바탕에 깔려 있는데, 무엇보다 이는 증여의 호혜성을 담보할 수 없는 핵심적 요인이 되었다.

2) 예물 수증의 규례화와 예물 수증 갈등의 잔상(殘像) : 1748·1763년 통신사

18세기에 들어서면 통신사행에서 예물이나 금은화를 둘러싼 갈등이 크게 부각하지 않는다. 전술한 대로 17세기에 비해 일본의 금은 생산과 유통량이 크게 줄어들어, 조선에 예물로 주는 금은이 줄어들었거나 아예 사라진 것이 큰 이유일 것이다.

또 한 이유는 규례화가 진행되었다는 점이다. 1748년 통신사에서는 부사의 배가 오는 도중 불에 타 여기에 실어둔 예단 등도 모두 소실되었다. 이에 조정에 급히 알리니 조정에서 다시 예단을 마련하여 사행에 보냈는데 사신이 강호에 이르러서도 당도하지 못하다가 전명식 직전에 겨우 도착하였다. 나중에 쇼군은 부사의 배가 소실되었음을 알고 부사 앞으로 예단을 내렸는데, 이를 받지 않으려고 했으나 결국 받았다. 예물을 극구 거절하거나 하는 일이 벌어지지 않다는 점이 주목된다. 1763년 사행의 정사 조엄이 남긴 기록을 보면 앞선 두 번의 통신사행에서 점차 안착한 증여에 관하여 이미 규례가 형성되어 있음을 알 수 있다.*

---

* 　조엄, 『海槎日記』 4, 1764년 3월 10일. "일행을 신칙하여 돌아갈 행장을 정돈하게 하고 관소에 머무를 때, 日供의 남은 쌀 4俵는 傳語官에게, 4표는 禁徒에게, 5표는 轎軍에게 주었

　반면 원중거는 일본인이 주는 선물에 관해 주목할 만한 내용을 기록해 두었다. 사행이 도성에서 출발하여 부산에 도착했을 때 원중거가 세 벗(남옥, 성대중, 김인겸으로 보인다)과 함께 그 어떤 선물도 받지 말자고 의논했다.* 그리고 대마도에 도착한 뒤 이키시마에서부터 만나는 사람들이 반드시 폐물을 가져왔으나, 하나도 받지 않았다고 한다. 아카마카세키(赤間關)의 구사바 다이로쿠(草場大麓, 安世) 등이 벼루를 선물하려고 했으나 사양하고, 다키 가쿠다이(瀧鶴臺, 長愷)도 에도에서 돌아올 때 선물을 바치겠다고 했으나 받지 않았다고 하였다.

　이를 보면 일본에서 선물을 주는 것은 관례이나, 그렇다고 원중거가 전례와 같이 매우 단호한 태도를 보이지 않고, 일본인도 조선 사절이 예물을 즐겨 받지 않는 것을 알고 크게 이를 두고 강압적으로 받게 하거나 하는 긴장된 장면을 초래하지 않았다는 점을 확인할

다. 삼방을 통틀어 각종 쓰고 남은 것을 아울러 계산하면 합계가 백미 71표, 간장 97수두, 甘醬 5백 71수두, 醋 1백 53수두, 소금 4백 4수두, 炭 3백, 땔나무 1천 6백 50단이 된다. 1표는 우리나라의 12斗 혹은 9두에 해당하고 1수두는 우리나라의 3升에 해당한다. 모조리 두 館伴使에게 보냈는데, 이 또한 규례이다. 전부터 사신들이 回禮銀子를 마도주에게 除給하여 東萊府의 公木을 代納하던 것이 이미 규례가 되었다. 그러므로 은자 8천 냥을 공목 2백 同 대신으로 防給하고, 곧 공목 담당인 왜인의 手標를 받아 수역에게 주어서, 동래부에서 考準하게 하였다."

* 　원중거, 『승사록』, 367쪽. "원중거: '시를 화답하여 주고 폐물을 받는 것에는 의가 없으니 하나도 받지 않는 것이 어떠하겠습니까?' 세 벗: '받지 않는 것이 대단히 좋고 받는 것은 부끄럽습니다. 다만 이는 통신을 한 뒤로 항상 있었던 일입니다. 갑자기 없애버리기가 쉽지는 않을 것입니다. 듣자니 왜인들은 쉽게 화를 내는데 폐무를 받지 않으면 부끄러워하고 또 화를 내어 스스로 목을 베어 자결하는 데까지 이른다고 합니다. 그대도 또한 이에 대해 들었을 것입니다. 어떠합니까?' 원중거: '이치가 없습니다. 왜인들은 잗달고 인색학기가 천하에서 최고입니다. 그들이 주는 것을 우리가 받는 일은 항상 있었습니다. 주는 물건을 받지 않으면 그들은 반드시 기뻐할 것입니다. 부끄럽고 화가 나서 자결한다는 이야기는 비록 어리석은 사람이라도 반드시 믿지 않을 것입니다.'"

수 있다. 아마도 원중거가 주로 일본 문사들과 시문창화를 하였고, 이 문사들은 사뭇 조선 문사들을 이해하려고 했기 때문일 것이다.

이와 같은 호혜적 분위기는 문사들이 공유하는 정서와 사상이 있었기에 가능한 것이다. 다음 대목에서도 조일문사의 호혜적 관계를 엿볼 수 있는데, 사행이 에도를 출발하여 시나가와(品川) 동해사(東海寺)에서 하루를 묵게 되었을 때, 에도에서 뒤따라온 문인들과 이별하면서 각각 시를 지어주고 또 종이와 붓을 주니 일본 문사들이 "폐물을 받지 않으시고 이를 신별로 주시니 이는 큰 은혜라 마땅히 죽을 때까지 손으로 어루만지며 작은 정성이 깃들도록 하겠습니다." 하였다.* 이는 결국 증여의 호혜성은 공동의 정서와 사상이 필수적인 요소라는 점을 환기하는 대목이다.

원중거는 『승사록』 말미에서 사행의 장단점을 진단하고 개혁할 방안을 제시하는데 증여와 관련한 생각을 아래와 같이 서술하였다.

> 또 저들의 풍속이 높은 사람이 물건을 선물하는 것을 몹시 중요하게 여기어 높은 사람이 선물을 하면 마음과 골수에 깊이 새긴다. 물건이 귀하고 천한 것인지 쓰이는 곳이 긴밀한지 아닌지 보지 않고 반드시 공손히 가져가서 보물처럼 숨겨두며, 때때로 깨끗이 닦고 손으로 어루만진다. 심지어는 우리 무리가 선사한 것이 비록 몹시 하찮은 것이어도 얼굴빛이 변하는 적이 없이 서로 기뻐한다. 만약 따라가는 사람을 잘 뽑아 온화하고 편안하게 접대하며 풍류로 씻어내고 각각 직접 쓸 책을 가져가서 듣는 대로 기록을 하며 그 관계된

---

* 앞의 책, 378쪽.

행사의 일도 사신이 또한 모두 듣는 것에 따라 기틀에 따라 응대를
한다면 사모시에서 이른바 '주원자추(周爰咨諏) 주원자탁(周爰咨
度)'이 이밖에 있지 않을 것이리라.*

이 대목을 보면 그간 사행에서 문제가 된 일본에서 주는 예물을
처리하는 문제에 대해서는 전혀 논하지 않고, 우리가 선물을 주는 것
만 논의했다. 특히 일본인이 선물에 관한 생각을 기록한 대목은 여전
히 편협한 시각이 깔려 있다. 나라를 막론하고 윗사람이 주는 선물을
싫어하는 사람이 있는지 의문이지만, 이러한 시각을 바탕으로 내어
놓은 대책이라는 것이 결국 교화를 위한 목적인데, 이 또한 화이론적
시각에서 벗어나지 못한 낡은 방안이다. 호혜평등에 기초한 교린체
제를 구축하고자 장구한 기간 통신사행이 왕래하며 상호 이해에 큰
진전이 있었지만, 일각에서는 여전히 낡은 생각이 공고하게 자리 잡
고 있어 근본적인 해법을 제시하는 데 방해가 되고 있음을 확인할 수
있다.

이외에도 18세기는 전술한 바와 같이 예물을 둘러싼 갈등은 소
강국면에 접어든 대신 통신사행의 근본적 방향전환에 대한 논의가
다방면에서 전개되었다. 심지어 국왕이 나서서 대일외교를 직접 언
급하는데 그 내용은 사뭇 문제적이다.

상이 이르기를, "우리나라의 재력이 곤궁해진 것은 전적으로 사대
와 교린 두 가지 일에서 비롯되었다. 그러나 사대는 신라와 고려 이

---

* 앞의 책, 537쪽.

래로 행해 오던 일인 데다가 대국에서 우리 사행을 접대하고 상으로 하사하는 것이 매우 넉넉하여 그 비용을 계산하면 곧 서로 비등하다. 그런데 일본에 이르러서는 공공연히 앉아 받아먹기 때문에 영남 재물의 반이 모두 왜에게로 들어가고 얻는 바는 거울 조각이나 병(屛), 첩(帖)과 같은 쓸데없는 물건에 지나지 않으니, 일 가운데 실리가 없는 것으로 이보다 더한 것이 없다. 이를 생각할 때 절통함을 이길 수 없다." 하였다.*

정조가 말한 이 대목은 조선후기의 통신사 왕래를 통해 이루어진 예물교환을 비롯한 교역 전반에 대한 인식이 분명히 드러난다. 전근대 시기 동아시아에서 국가 간 교역은 오로지 경제적인 성격만 있는 것이 아니라 정치적 성격 및 증여의 인류학적 성격도 상당 부분 내포하고 있는데, 정조는 철저히 국가 경제, 국제무역의 관점에서 사행의 교역과 예물교환을 바라본 것이다. 곧 사행이 나라의 재력을 갉아먹는 주요인이라고 진단하고, 그 가운데서도 통신사행에 가장 큰 요인이 있다고 평한 것은 통신사에 대한 전혀 새로운 평가다. 부연사행에서는 서로 주고받는 것이 비슷해서 조선의 재정에 크게 영향을 미치지는 않지만, 통신사행에서는 영남 재물의 반이 빠져나가는 데 비해 받는 것은 하찮은 물건에 지나지 않아, 이를테면 밑지는 장사라는 것이다. 이는 무엇보다 아마도 일본의 은화 생산과 유통량이 급격하게 축소되는 상황과 밀접하게 연관이 있을 것이다.** 정조의 이러한

---

* 『弘齋全書』 卷167, 「日得錄」 7, 政事 2.

** 이외에도 늘어나는 왜공 문제도 큰 원이었을 것이다. 18세기 왜공은 점차 증가했는데, 주로 도항하는 差倭의 증가, 표류 왜인의 송환비용 부담, 왜관의 보수공사 등이 그 요인이 되었다.

생각은 또 17세기에 형성된 통신사 왕래에 대한 관점과 크게 다르다.

예로부터 중국이 오랑캐와 사귄 것은 모두 사랑하고 그리워서가 아니라, 부득이 행한 것입니다. 태왕(太王, 古公亶父)이 구슬·가죽·비단·개·말을 가지고 섬겼고, 한(漢)나라 이래로 해마다 10만의 예물을 주어, 백성의 고혈을 다해 가면서 원수인 오랑캐를 섬긴 것이 어찌 즐거워서 한 바이겠습니까? 다 마지못한 일이었던 것입니다. 이번에 통신사를 보내는 것도 마지못한 것이니, 마지못하여 보낸다면 어찌하여 20필의 비단을 아껴서 적국이 좋아하는 것을 잃겠습니까? 사신을 보내면서 그 좋아하는 것을 잃음은 보내지 않는 것과 다름없으니, 이미 보낸다면 반드시 그 좋아하는 것을 잃지 말아야 합니다. 신들은 이번에 허락하여 주는 여부에 허비되는 것은 매우 가벼우나, 해가 되는 것은 매우 무겁다고 여깁니다. 신들이 반복하여 말을 많이 하고 애써 아뢰며 감히 이렇게 전하의 뜻을 따르지 않는 것은 참으로 그 관계되는 바가 아주 중하여 그만둘 수 없기 때문입니다.*

이 글은 1636년 통신사가 대마도를 향하기 전 부산에 머물며 예단을 논의하면서 김세렴이 한 말이다. 여기에는 17세기 초 통신사행에 대한 관점이 잘 드러나는데, 통신사행이 오랑캐를 다스리기 위한

왜공은 경상도가 전담하고 있었던 만큼 추가로 발생하는 비용 역시 경상도에서 마련해야 하였다. 문광균, 「朝鮮後期 慶尙道 財政運營 硏究」, 충남대 박사논문, 2015, 107~118쪽 참조.

* 김세렴, 『해사록』, 1636년 9월 25일.

불가피한 행사라는 인식이 담겨 있다.* 그러기 위해서는 그들이 원하는 바를 주고 소요되는 비용을 아끼지 않아야 한다는 관점이 드러나 있다. 문면에 드러나지는 않지만 오랑캐가 주는 예물은 받아서는 안 된다는 생각이 깔려 있다. 만약 준만큼 받는다면 그들이 원하는 바를 아낌없이 준다는 교린의 원칙이 허사로 돌아가기 때문이다. 또 앞서 살펴본 금절하투금을 주도한 인물이 바로 김세렴인 점을 보아도 이러한 판단은 크게 어긋나지 않는다.

물론 17세기에 제기된 일본의 침략 우려가 18세기에 들어서면 잦아들고, 교린체제가 안정기에 접어든 정치적 배경이 작용했겠지만, 정조의 발언은 무엇보다 사행을 정치외교적 관점으로 접근하던 경향에서 벗어나 탈정치적 국제무역의 관점에서 바라보고 있다는 점이 특징이다.

동시에 일본에서도 비단-인삼-은을 중심으로 한 조·청·일 삼각무역이 쇠퇴하고 자국의 경제적 상황이 악화하면서 막부의 권위가 실추되기 시작하자, 통신사를 초청할 이유와 명분을 찾지 못하고 계속 연기했다. 그러는 사이 일부 사무라이 출신 문사들에게서 통신사에 대한 부정적 기류가 형성되었는데, 조선멸시관과 정한론이 점차 세력을 키워갔다. 이 또한 통신사 왕래를 통한 교린관계 구축과 지속에 부정적 영향을 끼쳤다. 결과적으로 이러저러한 배경에서 더는 에

---

* 여기에는 『중용』의 내용도 외교의 근간이 되었을 것이다. 『중용』 21장에는 나라를 다스리는 9가지 원리가 있다고 했는데 그중 마지막의 다음 구절을 중국은 물론 조선이 외교 원칙의 근간으로 삼았다. "끊어진 세대를 이어주고 쇠퇴한 나라를 일으켜주며 혼란한 나라를 바로잡아주고 간간한 나라를 붙들어주면서 때에 맞게 조정에 찾아오도록 하여 두텁게 주어 보내고 가볍게 오도록 하는 것이 제후들을 껴안는 길이다.(繼絶世, 擧廢國, 治亂持危, 朝聘以時, 厚往而薄來, 所以懷諸侯也.)"

도를 왕래하는 사행이 이어지지 못하고, 1811년 대마도 역지사행을 끝으로 막을 내린다.

4. 예물수증 갈등의 요인

이상에서 조선후기 통신사의 예물수증을 둘러싼 갈등 양상을 살펴보았다. 증여라는 창을 통해 살펴본 통신사는 기존 역사적 통설과 다른 양상을 보여준다. 17세기 통신사가 일본을 왕래할 때는 예물수증을 두고 일어난 갈등이 빈번하게 일어났다. 주로 일본이 금은화를 비롯한 막대한 예물을 조선의 삼사신에게 주면 사행은 이를 거절하는 일이 빈번한데, 심지어는 그 예물을 바다나 강에 던져버리는 일까지 벌어졌다. 이는 교린관계 이면에 깔린 매우 심각한 갈등이 표면화된 사건이라 할 수 있다. 이렇게 예물수증을 두고 일어나는 갈등이 17세기에 오간 통신사행에 지속적으로 나타난다.

18세기에 들어서면 비교적 그러한 갈등이 줄어들고 대신 적절한 예물교환의 형식이 규례화되었다. 그로 인해 삼사신을 중심으로 한 예물수증 갈등은 현저히 감소했지만, 일부 수행원에게서 예물수증 갈등이 적지 않게 발생하고 있음을 볼 수 있다. 1719년 통신사의 제술관 신유한, 1763년 통신사의 서기 원중거가 대표적이다.

조선후기 통신사의 예물수증을 둘러싼 갈등의 사적 흐름에서 또 주목할 만한 현상은 통신사에 대한 부정적 인식과 정한론의 대두되는 현상이 이 현상과 절묘하게 대칭곡선을 그린다는 점이다. 즉 예물수증 갈등이 현저히 감소되는 흐름과 반대로 통신사행에 대한 부정적 인식과 정한론의 맹아적 관점이 증대되고 있다는 점이다. 여기서

는 일단 현상적 측면만 포착했지만, 그 연관성을 구체적으로 살펴볼
필요가 있다.

조선후기 통신사의 역사적 전개에서 유독 17세기에 사행에 증
여와 관련된 갈등이 많았던 요인은 어디에 있는가? 무엇보다 규정
이 없다는 점이 가장 큰 요인으로 보인다. 조선의 국왕과 일본의 쇼
군 사이에 주고받는 예물은 그때그때 다르지만 나름의 증여와 회례
에 대한 규율이 있었다.* 그러나 쇼군이 사신에 주는 예물에 대한 규
정이나, 혹 체류 때 소비하고 남은 물품에 대한 처리 규정 등에 대해
서는 미처 자세하게 조항을 정하지 않은 것에 1차적 요인이 있다. 일
본은 그들의 초청으로 자국에 온 손님에게 넉넉한 노자를 주어 보내
야 예의에 어긋나지 않는다는 생각을 하고 사뭇 많은 금은화를 주었
는데, 조선 유가의 입장에서는 이를 받는 것이 예의에 맞지 않는다는
생각을 했다. 그래서 사행은 사행대로 예의에 의해 물리치고자 했으
며, 왕은 그 성향과 처지에 따라 때로는 사신에게 취할 것을 명하고,
때로는 그것을 전용하여 특정한 목적에 쓰고자 하기도 했다. 이렇듯
천차만별의 상황이 벌어진 것은 무엇보다 이에 대한 규정이 없기 때
문이다. 그러니 예단을 둘러싼 소동과 갈등은 필연적이었다.

또 하나의 요인은 두 나라의 금은(金銀)에 대한 의미가 달랐던 점
에 있다. 특히 에도 막부의 무사와 조선의 유자들에게서 형성된 금은
관이 크게 다르다. 막부와 다이묘들은 기본적으로 자신들의 권력 기
반 가운데 하나가 토지와 화폐다. 일본의 화폐는 사실상 금은본위제
로 금은의 생산과 유통권한을 쥔 막부가 일본지방의 다이묘를 지배

---

* 1643년 통신사 때 강정절목 24조가 성립하였다.(『증정교린지』 권5, 신행각년례) 三宅英利,
  손승철 옮김, 『근세한일관계사 연구』, 이론과실천, 1991, 215~217쪽.

하는 중요한 수단이다. 또한 다이묘는 자신들의 번국을 유지하고 강화하기 위해 농업과 상업을 적극적으로 경영하며 금은을 최대한 확보하려고 한다. 이들에게 금은은 사실상 부의 상징이자 권력이다. 일본이 금은을 예물로 주는 것은 그들의 부강과 번영을 과시하는 측면이 있다. 반면 조선의 사대부들에게 금은은 재보에 불과한 것이며, 유자라면 옳지 못한 재부는 철저히 멀리 해야하는 대상이다. 무엇보다 사행에서 재물을 챙겨오는 일을 매우 부끄럽게 생각한 것이다. 이렇게 조선 문사와 일본 무가의 예물에 대한 인식차로 인해 주고받는 선물에는 분란의 소지가 잠재되어 있었다.

마지막으로 통신사의 일본에 대한 부정적 인식이 예물 수증을 순조롭게 할 수 없었던 요인으로 작용하였다. 즉 모스가 말한 '증여의 선순환'을 가로막는 핵심적 요인이 임진왜란 이후 소멸되지 않은 부정적 일본관에 있었다. 증여는 상호간의 호혜적 인식에 기초하여 선물의 증여-수령-답례라는 시스템을 구축하고 이것이 상호 신뢰와 연대를 증진시키는 동력으로 작용하게 된다. 그런데 통신사는 일본과의 교린관계 구축이라는 당면 목적 외에 장기적 관점으로 일본의 교화를 위해 예단과 시서화 등을 주고 오겠다는 태도로만 임했으니, 애초 선물을 받거나 이를 지혜롭게 처리할 방안이 마련되지 않았던 것이다. 심지어 신유한과 같은 경우, 일본이 주고자 하는 예물을 일종의 혐오 대상으로 간주하였다.

요컨대 예물을 두고 일어난 갈등은 조선과 일본의 좁히지 않는 인식차이를 상징하는데, 이는 결국 조선후기 대일 교린관계의 우울한 미래를 보여주는 묵시록과 같은 것이었다.

예물 수증을 둘러싼 갈등은 조선후기 한일 외교관계에서 다방면

의 활발한 교류에 비해 부분적이고 일면적인 것에 불과하다. 그 역사
에서 보면 호혜평등의 관계를 위한 교류의 사례가 훨씬 많다. 그럼에
도 자그마한 갈등을 일으킨 예물 수증 소동을 살핀 이유는 다른 데
있지 않다. 증여는 매우 민감하고 예민한 사안으로 조그만 갈등으로
초래하는 후과는 매우 클 수 있기 때문이다. 그 단적인 예가 바로 박
지원이 말한 바 있는 '오초쟁상(吳楚爭桑)'(『열하일기』, 「환연도중록」)이
다. 조그마한 물건을 두고 다투다가 전쟁을 일으킨 사례는 조선 후
기는 물론 현재 한일관계에서도 주의 깊게 살펴보아야 할 내용이다.

조선후기 일본론에서 대마도와 안용복

1. 들머리

여기에서는 조선 후기에 활발히 논의되었던 일본론*의 지형에서 대마도와 안용복이 논의의 장으로 부상한 배경과 그 의미를 구체적으로 파악하는 데 초점을 둔다. 이를 통해 조선 후기 일본론에서 어떠한 변화가 있었는지, 또 그 의미는 무엇인지 파악해보고자 한다.

대마도의 여러 방면에 관한 연구는 많지만 대마도론의 실상과 그 시말에 대한 논의는 찾아보기 어렵다.** 조선후기 일본론의 흐름에서 간과하지 말아야 할 것이 바로 대마도에 관한 인식과 논의다. 이는 일본을 단일하고 균질적인 공간으로 접근하려는 태도에서 벗어나 공간과 지역별로 세분화해서 인식하고자 한 의도에서 발생하였다. 물론 새로운 시각은 아니다. 대마도는 예로부터 일본의 그 어떤

---

* 여기서 일본론은 일본정치, 역사, 지리, 문물, 학술, 풍속, 한반도와 관계 등 일본을 두고 펼친 다방변의 논의를 말한다. 일찍이 정약용과 같은 학자들이 '일본론'이란 제목으로 논의를 전개한 사례가 있음은 물론, 이와 유사한 논의가 지금까지 활발하게 이어지고 있다.

** 대마도에 관련된 논의는 역사, 정치외교, 문학, 민속 등 다방면에 걸쳐 방대한 연구가 진행되고 있다. 신기석, 「한일통교와 대마도」, 『국제정치논총』26, (한국국제정치학회, 1986; 이창훈, 「대마도와 한일외교관계」, 『정치외교사논총』14, 한국정치외교사학회, 1996; 하우봉, 「전근대시기 한국과 일본의 대마도 인식」, 『동북아역사논총』41, 동북아역사재단, 2013; 한태문, 「釜山과 對馬島의 婚禮俗 비교 연구」, 『한국문학논총』52, 한국문학회, 2009; 홍성덕, 「조선후기 한일외교체제와 대마도의 역할」, 『동북아역사논총』41, 동북아역사재단, 2013.

곳보다 한반도와 밀접한 관련을 맺고 있어, 매우 특별한 곳으로 상대한 오랜 내력이 있다. 하지만 조선 후기에는 이러한 바탕에 시대적 특수성이 더하여 새로운 형태로 논의되고 있었으니 그것이 바로 통신사행 및 영토분쟁과 관련된 것이다. 알다시피 대마도는 임진왜란 이후 조선과 일본의 외교적 중개 임무를 맡았다. 이를 대가로 왜관을 통한 무역 권한을 확보하여, 먹고 살 방편을 마련하였다.

그런데 조선의 식자층은 대마도를 좋지 않은 시선으로 보았다. 대마도가 조선과 일본의 중간에서 교활한 짓을 한다고 여겼기 때문이다. 이 와중에 중요한 사건이 발생했는바, 그것이 바로 '안용복 사건'이다. 안용복은 일본에 가서 독도와 울릉도를 우리 영토로 확정하고 왔다고 평가되는 인물이다.

그간 안용복에 관한 연구는 주로 그의 영웅적 면모를 부각하거나, 울릉도·독도 문제에서 일본의 주장이 억지임을 밝히는 주된 근거로 안용복의 활약과 그와 관련된 문서를 다루는 데 집중했다.[*] 그러나 여기서는 안용복이란 인물을 영웅화하는 역사적 배경과 상황에 주목한다. 안용복의 영웅적 활약을 이해하는 것 못지않게 안용복을 둘러싼 조일 관계, 영토정책에 대한 담론의 추이를 주의 깊게 살피고자 한다.[**] 그러기 위해 안용복과 울릉도·독도 문제가 일어난 배경과

---

[*] 이훈, 「조선후기 독도를 지킨 어부 안용복」, 『역사비평』 33, 역사문제연구소, 1996; 송병기, 「안용복의 활동과 울릉도쟁계」, 『역사학보』 192, 역사학회, 2006; 권오엽, 『독도와 안용복』, 충남대출판부, 2009; 손승철, 「안용복의 제2차 渡日 공술자료」, 『한일관계사연구』 24, 한일관계사학회, 2006; 장순순, 「17세기 조일관계와 '울릉도 쟁계'」, 『역사와 경계』 84, 부산경남사학회, 2012; 손승철, 「17세기말, 안용복 사건을 통해 본 조일간의 해륙경계분쟁」, 『한일관계사연구』 42, 한일관계사학회, 2012.

[**] 조선은 안용복이 아니었다면 당시 일본의 울릉도와 독도 점유 계략에 완전히 말려들어갔을 것이며, 지금도 한국은 독도에 관한 일본의 주장에 맞서는 강력한 근거를 확보하지 못했을

이 문제를 대하는 조선의 인식과 대응을 유심히 살필 것이다.

안용복을 다룬 기록은 여러 곳에서 확인할 수 있는데, 사서와 류서(類書) 등은 물론이고 문집이나 여행기록에서도 살필 수 있다. 대개는 울릉도·독도를 둘러싼 영토문제를 다룰 때 언급하는 경우가 대부분이나, 몇몇 사람이 남긴 전(傳)이 주목된다. 인물의 입전 의도에 따라 행적과 사건을 집중 배치하는데, 이를 안용복을 다룬 다른 기록을 견주어 보면 당시 그를 둘러싼 논의과정의 윤곽을 파악할 수 있으리라 본다.

2. 마왜(馬倭), 조선후기 대마도론의 부상(浮上)

전근대 역사에서 한반도와 대마도의 관계를 규정하는 핵심어는 '왜구'와 '외교적 중개임무'다. 여말선초 대마도에 근거지를 둔 왜구가 한반도를 유린하자 당시 고려나 조선 조정은 나라의 명운을 걸고 왜구를 소탕하는 정책을 폈는데, 결국 세종 때 대마도를 정벌하여 왜구를 거의 소멸시켰다. 그 뒤 왜구가 다시 일어나지 못하도록 무역허가와 왜관설치 등의 회유책을 쓰면서 대마도와 관계를 이어갔다. 그러나 임진왜란 때 대마도가 왜군의 길 안내를 맡으며 조선-대마도의 관계는 단절되었다가, 전쟁 종결 직후 에도막부와 조선의 국교회복에서 중재를 주도하면서 관계가 복원된다. 그 이후 대마도는 양국으

것이다. 곧 독도는 안용복의 영웅적인 활약으로 영유권의 근거를 더욱 공고히 확보할 수 있었다. 그러나 여기서는 독도 영유권 주장의 정당성이나 안용복의 영웅적 삶을 재조명하는 데 머물지 않고, 안용복으로 인해 본격화된 영토논쟁에서 보여주는 조선조정의 대응과정과 그 후 식자층 사이에서 확인되는 논의의 흐름을 살피는 데 그 목적이 있다.

로부터 부여받은 외교적 중개 임무를 충실히 수행하면서 교린관계를 비교적 안정적으로 유지하는 데 기여했다.

이렇듯 대마도는 북방과 함께 가장 중점적으로 대응한 인접 지역으로, 당연히 이곳을 대비한 논의와 대책 수립이 지속적으로 이루어졌다. 본고에서는 이것을 '대마도론'이라고 칭한다.

다음과 같이 알린다. 하늘에서 부여한 이성은 생명을 가진 사람이면 똑같이 소유하고 있으므로, 선을 좋아하고 악을 미워하는 사람의 마음은 똑같다. 사방 사람들의 언어와 풍속이 더러 같지 않지만, 하늘에서 부여한 이성으로 선을 좋아하고 악을 미워하는 마음은 애초부터 다르지 않은 것이다. 그런데 지금 대마도 왜인들이 조그만 섬에 모여 그곳을 소굴로 삼아 약탈을 자행하다가 누차 도륙을 당해도 거리낌이 없었는데, 이는 하늘이 부여한 자질이 달라서 그런 것이 아니다. 섬이 작은데다 그마저 대부분 돌산이라 토질이 척박하여 농사짓기에 알맞지 않다. 게다가 바다 가운데 떨어져 있어 형세 상 고기와 미역을 계속 무역할 수 없으므로, 해채나 초근으로 연명하며 굶주림에 시달리다 보니 양심을 상실하여 이 지경에 이른 것이다. 내 이를 매우 민망하게 여긴다.*

---

* 『春亭先生文集』卷之八, 教書, 「再諭對馬島宣旨 禮曹判書許稠敬奉致書」, "宣旨若曰, 降衷秉彝, 有生所同得. 好善惡惡, 人心所同然. 五方之人, 其言語習尙, 雖或不同, 降衷秉彝之性, 好善惡惡之心, 則未始有異也. 今對馬倭人等投集少島, 以爲窟穴, 肆爲盜賊, 屢被死亡, 無所忌憚者, 非天之降才爾殊也. 特以小島, 類皆石山, 土性磽薄, 不宜稼穡, 阻於海中, 懋遷魚藿, 勢難相繼, 率以海菜草根爲食, 未免飢餓所迫, 喪其良心而至此耳, 予甚悶焉."

이 대목은 대마도를 회유하는 변계량(卞季良, 1369~1430)의 글로,
조선전기 조정의 대마도를 보는 기본시각을 잘 보여준다. 그들이 본
성이 그러한 것이 아니라 땅이 척박하여 어쩔 수 없이 약탈을 자행할
수밖에 없다고 하며 대마도의 사정을 비교적 너그럽게 인식하고자
하였다. 이런 인식이 계해약조(1443)를 체결하는 바탕이 되었다. 주
목할 것은 '대마도 왜인'이라는 말이다. 일본 전체를 왜라고 지칭하
기도 하지만 그중에서도 대마도에 사는 왜인(또는 왜구)을 특별히 '대
마왜인' 또는 '마왜(馬倭)*라고 부르고 있음을 확인할 수 있다.

아아, 우리나라가 산과 바다 사이에 외져 있어 땅덩이는 좁은데다
가, 동남은 왜구들과 이웃이 되고 북은 말갈(靺鞨)로 경계가 되며
서쪽에는 삼위(三衛)와 여진(女眞)이 강 밖에 바짝 접근하였는데,
두렵게도 낡은 무기와 피폐한 군사로 성곽〔儲胥〕도 단속하지 않고
서 막을 방도가 있었으면 하는 사람은 그 힘이 부족함을 많이 보게
된다.
북방은 바로 왕업을 일으킨 곳이라. 조종(祖宗) 때부터 삼가 국경
을 단단히 하고 성곽을 수리하고 못을 파며 팔도의 재물을 기울여
그 군사를 먹이며 정련된 군사와 말을 취하여 그곳을 지켰으므로
위급한 일이 있어도 쉽게 막았다. 또한 북의 오랑캐들은 모두 구탈
(甌脫)이 연속되어 있지 않아서 간혹 노략질을 하였더라도 역시 큰
세력으로 땅을 다투는 것은 아니었으므로 2백 년 동안 조금씩 침략
을 받기는 했지만, 나라는 이를 힘입어 피해를 당하지 않았다. 그리

---

* 이는 주로 조선에서 대마도를 지칭하는 용어로 사람마다 '對馬倭', '對馬倭人', '對馬倭奴'
등으로 썼지만, 이를 '馬倭'라 통칭한다.

고 남쪽 왜구에 이르러는 큰 바다로 한계가 되어 물길이 아득하고
멀므로 그 본국은 멀리 침략할 뜻이 없는데 대마도의 왜구가 그 사
이에 거하여 꾀고 위협하여 이익을 노리는 땅이 되었다.

수길을 이끌어 길을 빌게 한 것도 또한 평조신(平調信)이 합하기를
바라는 꾀에서 나온 것으로서 1백만 군사로 함부로 쳐들어와 강토
를 잠식한 것은 그 역시 천년에 한 번 있는 일이지 어찌 감히 해마다
이러겠는가? 즉 대마도 왜구는 통상을 청하여 쌀을 받아갈 뿐이므
로 남방의 경비는 근심할 게 없는 처지라 하겠으나, 지금의 걱정거
리로 가장 크고 또 심각한 것은 서방(西方) 같은 곳이 없다.*

허균(許筠, 1569~1618)은 임진왜란 이후 비변에 관한 논의를 펼치
면서, 당시 정세 속에서 당장 경계를 강화해야 할 곳으로 서방을 지
목했는데, 대마도보다 만주족이 서서히 세력을 확장하고 있던 요동
지역을 더 경계해야 한다고 하였다. 중국에 사신으로 여러 번 다녀온
경험을 바탕으로 한 그의 논의는 시의적절했다. 그런데 여기서도 '마
왜'라는 말이 보인다. 여기서 유심히 볼 것은 허균이 마왜를 단순히
대마도에 있는 왜인이라는 단순한 의미로 사용하기보다는 본토와는
그 기질과 행태가 구별되는 지역으로 인식하고 있다는 점이다. 다소

---

* 『惺所覆瓿稿』卷之五, 文部二, 序,「西邊備虜考序」, "嗚呼! 我國僻在山海間, 壤地狹
小, 東南與倭奴作隣, 北以靺鞨爲界, 西則三衛女眞, 迫近江外, 惴惴然以殘兵癃卒, 不
飭儲胥, 而欲有所捍禦者, 多見其力之不足也. 北方是興王之地, 自祖宗愼固封疆, 繕濬
城池, 竭八方財而餔之, 取士馬精練者以守之, 有警易以禦, 而北虜俱甌脫不聯屬, 間或
草竊, 亦非大勢爭區土者, 故侵尋二百年, 金甌賴不缺焉. 至若南倭則限以巨浸, 水道幽
絶, 其本國無意遠侵, 而馬倭居間哄脅, 爲徼利地. 其引秀吉假道者, 亦出於調信希合之
計, 以百萬兵, 橫嚙荐食者, 渠亦千載一時, 安敢每年而若是乎? 卽馬倭之求市受米, 而
南警在所不憂矣, 今之患最大且深者, 莫西方若也."

논란이 있겠지만 그는 임진왜란이 일어난 것도 대마도 왜구의 작란
에 그 원인이 있다고 보았다. 그만큼 조선전기까지 대마도는 한반도
의 가장 중요한 방비 대상이었다. 이처럼 조선에서는 그 중요성과 특
별함을 감안해 대마도에 관한 핵심적 시각을 함축한 상징적인 용어
로 '마왜'를 보편적으로 쓴 것으로 보인다.

　　허균도 지적했듯 임란 이후 통상을 허락하고 외교적 중개 임무
를 맡겨 더는 대마도가 위협으로 되지 않았으며 대마도에 대한 시급
한 논의는 수그러들었다. 그런데 17세기 후반부터 조야의 식자층이
대마도를 다시 주목한다.

> (가) 안용복이 금령을 범하고 두 번이나 울릉도에 가고 표류하여 다
> 른 나라에 이르러서 감세장(監稅將)이라고 사칭하며 심지어는 상소
> 하고 정문하여 사단을 야기한 죄로 말하면 진실로 죽임을 당해도
> 용서받지 못할 것입니다. 그러나 대마도의 왜인들이 울릉도를 죽도
> 라고 거짓으로 칭하고 강호의 명령이라고 허위로 핑계 대어 우리나
> 라 사람들이 울릉도에 오가는 것을 금지하고자 중간에 속이고 농
> 간한 실상이 이제 안용복을 통하여 모두 탄로 났으니, 이는 또한 통
> 쾌한 일입니다.*
>
> (나) 우리나라 사람들은 원려(遠慮)가 없어 언제나, 왜놈은 걱정할 것
> 없다고 말하지만 그것은 그렇지가 않습니다. 지난번 삼(蔘) 문제만
> 하더라도 결국은 변방의 분쟁을 야기하는 조짐이요 매개인 것입니

---

*　『藥泉集』第三十一, 書, 「答柳相國」丙子(1696, 숙종22)十月五日, "龍福之冒禁再往鬱
島及漂到他國, 假稱監稅將, 至於上疏呈文, 挑出事端之罪, 固不容誅矣. 然而對馬倭之
假稱鬱陵以竹島, 虛託江戶之命, 欲使我國禁人往來於鬱島, 其中間欺誑操弄之狀, 今
因龍福而畢露, 此則亦快事也."

다. 왜인과의 틈은 언제나 대마도 왜인으로부터 야기되어 왔으니, 평의지(平義智) 사건만 보더라도 알 수 있습니다. 대마도 왜인이 거간꾼 노릇을 하면서 속임수를 부린 것이 매우 많으니, 그들이 만약 관백의 명령이라고 하면서 따르기 어려운 청을 해 온다면 우리 쪽에서 그들에게 "그렇다면 사신 한 사람을 보내 관백에게 직접 그 사실을 알리고 나서 결정하겠다."고 한다면 그것이 사실인지의 여부를 알 수 있을 것입니다.*

(다) 또한 왜인은 노략질하여 이르지 않는 곳이 없으니 고려 말에 동·북도가 항상 그 피해를 받았습니다. 지금 들으니, 동해의 수심이 점점 낮아지므로 고기잡이 왜인들이 대부분 우리 동해로 나와 울릉도 같은 데는 이르지 않을 때가 없다 합니다. 근년에 대마도 왜인이 蔘 시장을 열기를 청할 때에도 "당신네가 만일 허락해주지 않으면 당신네 동해를 건너가 강원도와 북도에서 삼을 캐겠다." 하였다니, 이 일 또한 염려됩니다.**

인용한 글은 조선후기에 대마도론이 다시 부상하는 실상을 잘 보여주는 글이다. (가)는 남구만(南九萬, 1629~1711)이 류상운(柳尙運, 1636~1707)에게 보낸 편지로 일본에 두 차례 건너가 울릉도와 독도

---

* 『順菴先生文集』卷之二,「書」,「上星湖先生書 戊寅(1758)」, "我人終無遠慮, 每謂倭不足患, 此却不是. 向來蔘事, 終是邊釁之兆媒者也. 倭釁每從馬倭起, 觀平義智事, 可見矣. 馬倭居間矯誣甚多, 若傳關白之命而求難從之請者, 則我諭以當馳一使, 面禀關白而定之云, 則亦或驗其眞僞矣."

** 『順菴先生文集』卷之十,「書」,「東史問答 上星湖先生書 己卯(1759)」, "倭人乘船寇掠, 無處不到, 麗季, 東北道常受其害. 今聞東海水宗漸低, 倭之漁採者, 多出我東海, 若蔚陵島之類, 無時不到. 頃年馬倭請開蔘市時, 亦曰爾若不許, 則渡爾東海, 採蔘于江原道及北道云. 此亦可慮."

의 영토문제를 담판 짓고 온 안용복을 어떻게 처리할 것인가를 논의하는 내용이다. 후술하겠지만, 안용복 사건에 대마도가 긴밀하게 연결되어 있음을 이 대목을 통해 알 수 있다. 대마도 왜인이 울릉도에 무시로 가서 그곳 산림자원과 어패류를 남획하고 나아가 아예 이를 자기 영토로 삼으려는 흉계를 꾸미고 있었으며, 이러한 계략이 안용복의 활약으로 중단되었음은 역사적 기록과 최근 활발한 연구로 널리 알려진 사실이다.

㈏와 ㈐는 안정복(1712~1791)이 이익(1681~1763)에게 보낸 서신의 한 대목이다. 시기상 안용복 사건이 일어난 지 대략 반세기가 지난 뒤에 주고받은 것이다. 안정복도 역시 양국을 걸치고 교활하게 속이면서 이익을 취하는 곳으로 대마도를 인식하고 있다. 나아가 영토를 침범하며 혼란을 일으키는 오래된 습속을 여전히 우려하고 있다. 이는 조·일 두 나라가 대마도에 외교적 중개 임무와 무역 권한을 줬음에도, 여전히 대마도가 갖가지 크고 작은 사달을 일으키는 데서 비롯했다. 울릉도 무단침입, 인삼교역 문제 등이 그것이다.

대마도에 대한 논의는 계미년(1763) 통신사행원들에게서 더욱 활발히 이루어진다. 일본을 왕래하는 동안 대마도 사람을 직접 겪은 경험이 일차적 계기가 되었다.

대개 대마도인들이 본래 오랑캐 성질에 오랑캐 행동을 하는데다 우리 변방지역에 익숙하게 거하고 또 항상 왜관을 오가는지라 우리나라 사람이 어질고 의로우면서 겁약함을 안다. 이 때문에 반드시 일마다 반대로 하고자 하여 의심스럽고 아찔한 세력을 지어서 짐짓 거짓으로 닝려의 형상을 짓고는 우리나라 사람으로 하여금 그들을 두려워하게 하고, 바람과 파도의 험함을 허풍스럽게 과장하여 우리나라 사람으로 하여금 그들의 바다를 두려워하게 하며, 법령을 과장하여 우리나라 사람들에게 공갈을 치고, 그릇과 쓰는 물건들을 교묘하게 장식하여 우리의 이익을 속여 취한다. 통신사행이 있을 때 그들이 우리 사행을 조종하니 그 까닭은 권력을 불러 연로에 있는 사람들로부터 뇌물을 받기 위한 것이다. 그 폐단이 하나가 아니니 우리 일행을 귀를 멀게 하고 눈을 멀게 하는 것에 지나지 않고 우리 일행을 머물러 지체하게 한다.*

계미통신사행의 서기로 발탁되어 일본에 다녀온 원중거의『승사록』에 전해오는 기록이다. 대마도가 통신사행을 수행하는 임무를 맡았음은 잘 알려진 일이다. 이 과정에서 대마도인은 통신사가 머무는 각 지역에서 사행에 제공되는 공물을 가지고 농락하면서 가로챘다. 또 일정을 늦추거나 서두르거나 하면서 일본과 조선 양쪽에서 이득을 취하였다. 이러는 가운데 대마도인의 온갖 교활한 짓은 물론 통신사 수행원인 도훈도 최천종(崔天宗)이 대마도 왜인에 의해 살해되는 사건**까지 직접 본 원중거는 대마도에 대한 시각이 매우 부정적일 수

---

*　『승사록』, 521쪽.

**　이 사건은 통신사행이 에도에서 국서교환을 하고 돌아오던 중 1764년 4월 7일 오사카에 머물다가 일어났다. 한 달 가까이 수사한 끝에 대마도 역관 스즈키덴죠가 범인으로 밝혀져 처형되었다. 이 대마도 역관이 최천종을 살인한 이유는 지금도 명확히 밝혀지지 않았지만, 역관이 연루된 밀무역과 관련되었을 것으로 추측할 따름이다. 이런 정황은 그전 통신사행에서도 있어온 것에서 알 수 있듯 최천종 살해사건은 그전부터 누적되어온 통신사행과 대마도의 갈등이 누적되어 터져버린 사건이라 할 수 있다. 민덕기, 「최천종 살해사건으로 본 19세기 중반 통신사행의 대마도 인식」, 『한일관계사연구』 21, 한일관계사학회, 2004; 박찬기, 「조선통신사와 도진고로시(唐人殺し)의 세계」, 『조선통신사연구』 1, 조선통신사학회, 2005.

밖에 없었다.* 이는 함께 사행을 다녀온 이들도 마찬가지다. 성대중 또한 대마도를 도적의 소굴로 보고, 조선의 근심거리라고 인식한 것은 역시 그들의 경험에 비추어 볼 때 전혀 이상하지 않다.** 이처럼 계미통신사의 주요 문사들은 대마도를 보는 시각이 매우 부정적이다.

반면 이들은 일본 본토인에 대한 평가는 긍정적이다. 에도나 교토, 오사카 등지에는 성시가 번화하고 인물이 화려하며, 문풍 또한 성행하여 대마도인과는 전혀 다르다고 누차 기술하였다. 일본은 방비해야 할 대상인 것은 변치 않는 사실이나, 재침의 가능성을 따져 볼 때 현재의 일본은 과연 어떠한지 탐색하면서 논의가 분분하였음을 알 수 있는 대목이다. 이처럼 일본에 대한 긍정적 시각이 확대되는 와중에 불신과 의심에 바탕을 두고 부상하는 대마도론의 배경은 어디에 있는가?

3. 안용복, 대마도론 부상의 계기

대마도론의 부상과 관련하여 주목할 인물이 바로 안용복이다. 알다시피 안용복은 동래 능로군(能櫓軍)이었는데 두 차례에 걸쳐 일본에 건너가 울릉도와 독도가 조선의 땅임을 문서로 확정하고 돌아왔다. 이 사건은 조선과 일본의 관계에 파문을 일으켰으며, 이 때문에 두 나라 사이에 갈등이 불거졌다. 다행히 사건은 적절한 선에서 마무리되었지만, 조선의 식자층 사이에서는 안용복 사건을 재구성하

---

*   김경숙, 「현천 원중거의 대마도인 인식과 그 의미」, 『국어국문학』 140, 국어국문학회, 2005.

**   『일본록』, 150쪽.

고, 계속해서 기억하고자 했다. 이렇게 해서 안용복 담론*이 비중 있는 흐름을 이루었다.

안용복 담론의 형성과정에 관해 간략히 살펴보기로 한다. 이 사건은 매우 민감한 사안이기 때문에, 조정도 이를 외면할 수 없어 수시로 보고를 받고 직접 살피며 논의와 결정을 해나갔다. 때문에『조선왕조실록』에 기록된 안용복 관련 내용이 일차적인 기록이다. 실록의 기록은 안용복 사건의 전말을 기록하기 보다는 안용복 사건 이후 조정이 이 사안을 판단하고 처리하는 과정이 소상히 담겨 있다. 안용복이 처음 일본에 끌려갔다 돌아온 직후 접위관 홍중하(洪重夏)의 보고로 조정에서 이 사실을 알게 된다.** 홍중하는 왜인이 죽도라 칭하는 섬은 울릉도이니 지금 명확히 판별해야 한다고 보고를 하지만, 임금은 두 나라의 우호를 헤쳐서는 안 된다고 한 우의정 민암(閔黯, 1636~1693)의 말을 따랐다고 하였다. 그런데 여기서는 구체적으로 대처한 내용이 나오지 않고 이듬해 기록에 자세한 전말이 기록되어 있다. 대마도에서 안용복 사건을 두고 동래를 통해 조선 조정에 서신을 보냈는데, 요지인즉 죽도는 자기네 땅인데 조선 사람이 들어와 고기를 잡으니 앞으로 이런 일이 없도록 금제를 실시해 줄 것을 요청하는 내용이다. 그런데 조정에서 이에 회답한 글이 문제였다.

폐방(弊邦)에서 어민을 금지 단속하여 외양(外洋)에 나가지 못하도록 했으니 비록 우리나라의 울릉도일지라도 또한 아득히 멀리 있는

---

*　여기서 안용복 담론이란 안용복 도일사건을 둘러싸고 벌어진 논쟁과 그 이후 안용복에 대한 재평가 등 그와 관련된 제반 논의를 말한다.

**　『조선왕조실록』, 숙종 25권, 19년(1693) 11월 18일, 1번째 기사.

이유로 마음대로 왕래하지 못하게 했는데, 하물며 그 밖의 섬이겠습니까? 지금 이 어선이 감히 귀경(貴境)의 죽도에 들어가서 번거롭게 거느려 보내도록 하고, 멀리서 서신으로 알리게 되었으니, 이웃 나라와 교제하는 정의(情誼)는 실로 기쁘게 느끼는 바입니다. 바다 백성이 고기를 잡아서 생계로 삼게 되니 물에 떠내려가는 근심이 없을 수 없지마는, 국경을 넘어 깊이 들어가서 난잡하게 고기를 잡는 것은 법으로서도 마땅히 엄하게 징계하여야 할 것이므로, 지금 범인들을 형률에 의거하여 죄를 과(科)하게 하고, 이후에는 연해 등지에 과조(科條)를 엄하게 제정하여 이를 신칙하도록 할 것이오.*

여기서 "귀경의 죽도"라는 표현이 사달이 되었다. 조정으로서는 일본과 불필요한 갈등을 막고 더 이상의 분란을 막고자 이런 표현을 썼을 터지만, 자칫 자국의 영토를 다른 나라 땅으로 인정하는 꼴이 될 수 있었다. 특히 대마번에서 회답서계의 '폐경지울릉도'라는 표현을 빼 줄 것을 요구하자, 남구만이 답신이 문제가 있다고 아뢰어 숙종은 이를 회수하고 다시 답을 써서 보낼 것을 명한다.**

회수한 답신을 폐기하고 다시 보내준 답신에 대마도 차왜 귤진중(橘眞重)은 더욱 반발하며 받지 않으려 함은 물론 답신의 내용을 조목조목 따지면서 질문하는 서계를 써 보냈다. 실록에 의하면 귤진중이 결국 서계를 받지 않고 조선을 욕되게 하면서 돌아가자 모두

* 『조선왕조실록』, 숙종 26권, 20년(1694) 2월 23일, 2번째 기사.

** 『조선왕조실록』, 숙종 27권, 20년(1694) 8월 14일, 4번째 기사. 남구만은 안용복을 처리하는 방책에도 상중하책이 있다고 하면서 안용복을 절대 죽여서는 안 되며, 만약 죽인다면 그것은 대마도인의 마음을 통쾌하게 할 뿐이라고 논지를 폈다.(남구만, 『약천집』 제31권, 書, 「유 상국에게 답함」)

임진년 난리와 같은 전쟁이 일어날 것을 우려했다고 한다.* 당시의 조선과 대마도 관계가 급격히 악화하는 과정을 잘 보여주는 대목이다.

이상 실록의 기록은 주로 안용복 사건에서 말미암은 쟁계(爭界)의 실상을 잘 보여준다. 이를 통해 당시 교린 중심의 대일정책에서 발생한 영토분쟁에 임하는 조선의 움직임을 알 수 있다.** 나아가 일본의 계략도 어느 정도 파악할 수 있었다. 안용복 사건은 교린정책과 영토정책이 부딪혔을 때 과연 어떻게 할 것인가 하는 화두를 던진 셈이다. 다만 대마도의 움직임을 에도막부와 비교하여 특정적으로 주목하지는 않고 여전히 대마도가 에도막부의 중개자라는 인식이 깔려 있다.

안용복 사건이 발생한 이후 조야의 식자층에서는 이 사건에 깊은 관심을 보인다. 먼저 이익이 이에 주목했다. 이익은 「울릉도」라는 글에서 크게 두 가지 사안을 논한다. 우선 울릉도 쟁계에 대한 평가인데, 안용복의 월경으로 발생한 쟁론을 평하면서 조정이 어렵지 않은 일을 괜히 어렵게 끌고 갔다고 비판했다. 이어서 안용복에 관한 행적을 서술하고 안용복을 영웅으로 평가하는 내용으로 마무리한다.

나는 생각건대, 안용복은 곧 영웅호걸이다. 미천한 일개 군졸로서

---

*　『조선왕조실록』, 숙종 28권, 21년(1695) 6월 20일 3번째 기사, "이때 귤진중의 일로 인하여 中外가 흉흉하여 모두 말하기를, '임진년과 같은 변란이 멀지 않아 장차 일어날 것이다'고 하였다."

**　이와 별도로 비변사에서 안용복을 신문한 내용이 있고 조정이 안용복의 처벌을 두고 논란을 벌이다가 결국 귀양 보낸 내용이 전한다.

만 번 죽음을 무릅쓰고 국가를 위하여 강적과 겨루어 간사한 마음을 꺾어버리고 여러 대를 끌어온 분쟁을 그치게 했으며, 한 고을의 토지를 회복했으니 전개자(傅介子)와 진탕(陳湯)에 비하여 그 일이 더욱 어려운 것이니 영특한 자가 아니면 할 수 없는 일이다. 그런데 조정에서는 상을 주지 않을 뿐만 아니라, 전에는 형벌을 내리고 뒤에는 귀양을 보내어 꺾어버리기에 주저하지 않았으니, 참으로 애통한 일이다.

울릉도가 비록 척박하다고 하나, 대마도도 또한 한 조각의 농토가 없는 곳으로서 왜인의 소굴이 되어 역대로 내려오면서 우환거리가 되고 있는데, 울릉도를 한 번 빼앗긴다면 이는 또 하나의 대마도가 불어나게 되는 것이니 앞으로 오는 앙화를 어찌 이루 말하겠는가? 이로써 논하건대, 용복은 한 세대의 공적을 세운 것뿐이 아니었다. 고금에 장순왕(張循王)의 화원노졸(花園老卒)을 호걸이라고 칭송하나, 그가 이룩한 일은 대상거부(大商巨富)에 지나지 않았으며, 국가의 큰 계책에는 도움이 없었던 것이다. 용복과 같은 자는 국가의 위급한 때를 당하여 항오에서 발탁하여 장수급으로 등용하고 그 뜻을 행하게 했다면, 그 이룩한 바가 어찌 이에 그쳤겠는가?*

안용복은 국가의 영토를 지킨 영웅인데 조정은 오히려 형벌을 내리고 귀양을 보냈으니 이는 애통한 일이라며 나라의 조치를 비판하였다. 이는 국가가 범죄자로 간주한 안용복을 재평가하는 전환점을 마련하였다는 점에서 의의가 있다. 특히 울릉도가 또 하나의 대마

---

* 『성호사설』 제3권, 「天地門」, 「鬱陵島」.

도가 되는 것을 우려하는데, 이익은 대마도를 대대로 내려오는 우환 거리라고 인식하였다. 비록 본격적인 논의를 펼치지는 않았지만, 대마도에 대한 함축적 인식을 엿볼 수 있는 대목이다.

안용복에 관한 이익의 기록이 그의 아들 이맹휴(李孟休, 1713~1750)가 지은『춘관지』에 영향을 끼친다. 이맹휴는 정조의 명으로 지은『춘관지』「울릉도쟁계」에서 울릉도의 역사적 내력과 영토분쟁의 전말을 조리 있게 정리하였다. 이 글의 특징은 대마도가 울릉도 쟁계와 어떻게 연관되어 있으며 이들의 속마음이 어떤지 깊은 관심을 가진 점에 있다. 그는 이 글에서 울릉도에 관한 분쟁이 일어난 것은 대마도의 야욕에서 일어난 것으로 파악하고,* 에도막부가 서계까지 써준 뒤 돌려보낸 안용복을 대마도에서 억류한 까닭은 자신들의 비리와 야욕이 발각될까 두려워했기 때문이라고 분석하였다. 여기서부터 대마도가 본격적인 논의의 대상으로 부각되고 있음을 볼 수 있다. 이는 성대중의 언급에서 구체적으로 확인할 수 있다.

이때 모든 일이 용복에서부터 말미암아 시작된 까닭에 왜인들이 모두 그를 미워하여 용복이 대마도를 경유하여 길을 가지 않은 것으로 죄를 묻고 나섰다. 옛 조약에 대마도로부터 부산으로 가는 한 길

---

* 『춘관지』하,「울릉도 쟁계」, 법제처, 1976, 270쪽. "판서 이수광의『지봉유설』에 이르기를 '울릉도는 임진년 병란이후로 왜적의 노략질 받아서 다시는 인가가 들어서지 못하였는데 근래에 듣건대 왜가 의죽도를 점거하였다 한다. 혹 의죽은 곧 울릉이다.' 하였다. 왜인은 이점을 들어 안을 만들어 만력 갑인년부터 논쟁해 마지않았다. 그러나 이 또한 일본의 뜻이 아니라 대마도 왜인의 변덕스러움이 이와 같은 것이다." 여기서 지금 일본의 독도점거 야욕의 기원을 찾을 수 있다. 곧 임진왜란 이후 광해군 때 대마도 왜인이 이 섬을 점거한 것을 두고 자기의 영토라고 주장하기 시작했다는데, 대마도 왜인은 광해군 6년(1614) 배 세척을 끌고 와 의죽도(울릉도)의 형지를 조사하겠다면서 서계와 체납을 가져왔다.

이외에는 모두 금지하는 조문이 있었기 때문이다. 그래서 조정의 의
론이 모두 용복을 마땅히 참수하여야 한다고 했으나, 영돈녕 윤지
완과 영중추 남구만이 그를 죽인다면 다만 대마도인들의 마음만 통
쾌하게 해줄 것이요, 또 그 사람됨이 꾀가 많고 민첩하니 두었다가
훗날 유용하게 쓸 수 있을 것이라고 하였다. 이에 귀양 보내는 선에
서 처리하였다. 조정에서는 또 무신 장한상을 보내어 가서 울릉도
를 살피게 하였다.* 이로부터 법을 정하기를 월송의 만호와 삼척의
영장이 매번 5년마다 1번씩 교대하기로 하였으니, 왜인들이 지금까
지 다시는 울릉도를 가지고 왈가왈부하지 못하는 것은 다 용복의
공로다.

효효재(嘐嘐齋) 김용겸(金用謙)이 일찍이 『춘관지(春官志)』가 나에
게 좋을 것이라고 하였으므로 예조에서 구하여 보았는데, 이맹휴가
편찬한 것이다. 상권에는 제사의 전례가 기재되어 있고 하권에는 사
대교린의 절차가 기재되어 있으며, 끝에 안용복전이 기록되어 있다.
안용복은 동래 백성으로 일본에 가서 울릉도에 관하여 다투었기 때
문에 전을 쓴 것이다.

울릉도는 본디 우리 땅인데 왜국 어민들이 함부로 점거하여, 고기
를 잡으러 들어간 우리나라 어부가 도리어 그들에게 붙잡혀 곤욕을
당하였다. 안용복은 격분하여 젊은 어부들을 모아 울릉도로 가서

---

* 장한상은 1682년(숙종 8) 통신사를 수행하여 일본에 다녀온 경험이 있다. 그리고 안용복 도
해사건이 일어나자 남구만의 건의로 울릉도에 대한 조사를 결정하고 1694년(숙종 20) 울릉
도 수토관으로 임명되어 이해 9~10월에 울릉도 지역을 조사하고 돌아와 조정에 보고하였다.
조선초기부터 시행한 쇄환정책을 전환하여 사실상 이때부터 울릉도에 대한 수토정책이 시
작된 중요한 조사였다. 즉 안용복의 도해는 울릉도에 대한 조선 조정의 정책전환을 이루어낸
사건이라 할 수 있다.

왜국 어민들을 내쫓고는 왜국으로 가서 백기주(伯耆州) 태수에게 항의하여 강하게 따졌으니 왜인들이 당해 내지 못하였다. 그리하여 마침내 섬을 돌려받고 돌아왔으니 그 일은 참으로 장하였다. 그러나 교린에는 도움이 없었으니, 이맹휴가 끝에다 편집한 것은 필시 깊은 뜻이 있었을 것이다. 그래서 나는 그 전을 베껴다가 보관하였다.*

성대중은 이맹휴의 「안용복전」에 대해 깊은 관심을 보였다. 특히 이 글은 당대 안용복 사건을 둘러싼 논의의 대략적 정황을 파악하는 데 참조된다. 이와 관련해 주목되는 대목이 안용복의 일이 "교린에는 도움이 없었"다는 언급과, 이맹휴가 「안용복전」을 지어놓고도 『춘관지』의 말미에 수록한 것은 "깊은 뜻이 있었을 것"이라고 한 곳이다. 여기서 깊은 뜻이란 과연 무엇일까? 성대중의 이 말은 우선 당시 교린정책이 여전히 주된 정책으로 유효한 효력을 발휘하고 있었음을 알려주고 있다. 교린에는 도움이 안 되었다는 말은 이를 두고 한 말이다. 그러나 한편으로는 일본을 경계해야 하는 나라임을 잊지 말아야 한다는 점을 우회적으로 드러내고 있다. 깊은 뜻이란 바로 이를 가리킨다. 안용복은 교린정책에서 보면 부정적인 인물이지만, 비왜의 측면에서는 긍정적 인물이라 할 수 있다. 교린정책에 도움이 되지 않는 사건은 어떤 사건일까? 대개 이 안용복 사건과 같이 일본과 갈등을 유발하는 사건일 것이다. 그것도 국익이 달려 있는 문제가 중심을 이룰 것이다. 그렇다면 교린정책을 유지하기 위해 국익을 해쳐

* 『청성잡기』제3권, 「울릉도를 지킨 안용복」.

야 할 것인가? 자못 심각한 문제다. 조정대신들은 물론 관심 있는 재야의 선비들이 이 문제에 부딪혀 고민이 깊었음을 성대중의 이 글에서 능히 짐작할 수 있다. 이맹휴의 깊은 뜻은 그러한 고뇌의 시간이 만들어 낸 것이다. 또한 이맹휴의 이러한 사연을 남긴 성대중도 드러내놓고 말하지는 않았지만 행간에는 앞서 말한 대로 '교린정책을 유지하기 위해 국익과 상충할 때는 어떻게 할 것인가?' 하는 질문을 던진 것이라 할 수 있다. 그리고 그 해답은 바로 안용복에 있다고 본 것이다. 교린 관계를 유지하고 훼손하지 않으려면 대마도를 무엇보다 경계해야 하며, 만약 문제가 발생하였다면 교린 관계를 일부 훼손할지언정 안용복처럼 대응해야 한다는 주문 또한 이 깊은 뜻에 담겨 있다고 보인다.

원중거는 「안용복전」을 남겼다. 성대중과 함께 계미통신사행의 일원으로 일본을 다녀온 뒤, 『화국지』와 『승사록』을 저술하였는데, 「안용복전」은 『화국지』에 수록되어 있다. 안용복 사건은 그 자체의 의미 못지않게 그 서사적 관심이 확대되었다. 이 때문에 전 작품이 많이 저술되었다. 이미 선행연구에서 안용복전의 성격을 규명한바 있듯, 이 글은 매우 생동감 있는 필치로 안용복의 영웅적 형상과 애국적 활약상을 잘 그려놓았다.*

그런데 여기서 유심히 살펴야 할 점은 대마도에 대한 서술이다. 특히 안용복이 고기잡이를 나갔다가 표류하여 울릉도에 닿아 일본에 끌려갔다온 전후로 대마도에 대한 언급이 주목된다.

---

* 진재교, 「원중거의 안용복전 연구-안용복을 기억하는 방식」, 『진단학보』 108, 진단학회, 2009.

396

당시 대마도의 왜구는 울릉도를 가리켜 죽도라 하며 산음도 백기도에 속한다고 억지를 부렸다. 왜구들은 백기주 태수를 꾀어 사람들을 번갈아 가며 울릉도에 보내 물고기를 잡고 해산물을 캐갔다. 그러던 중 안용복을 보고 도리어 국경을 침범했다고 하여 그를 묶어 대마도관청으로 잡아갔다. (중략) 이 무렵, 대마도의 왜구가 연일 동래의 왜관에 가서 울릉도가 죽도라고 억지를 부렸다. 왜구들은 일이 이루어지면 마땅히 울릉도에서 생산되는 해산물과 대나무의 이익을 독차지할 수 있었고, 일이 이루어지지 않더라도 오히려 동래부의 제사에 제공되는 물품을 속여 팔아 취할 수 있었기 때문이었다.*

원중거 또한 여기서 시종일관 '마왜'라는 말을 쓴다. 그러면서 안용복이 대마도의 계략을 정확히 간파하고 이를 파탄하려 했음을 상세히 기술했다. 대마도인이 울릉도를 점거하려는 계략을 품고 있었는데 이는 이전 왜구의 본성과 전혀 다르지 않다고 보았다. 반면 백기주 태수나 에도의 쇼군에 대해서는 비교적 합리적이며 말이 통하고 예를 아는 곳으로 그려놓았다.**

우여곡절 끝에 돌아온 안용복은 이 사실을 동래부사에게 말하고 문제해결을 위한 계책을 올린다.*** 원중거는 여기서도 '대마도 왜구'의

---

* 원중거, 「안용복」, 진재교 편역, 『알아주지 않은 삶』, 태학사, 2005, 29~33쪽.
** 원중거, 「안용복」, 앞의 책, 31쪽. "백기주 태수가 안용복을 의롭게 여겨 급히 관백에게 보고하였다. 관백이 동래부에 서계를 갖추어 전하는 한편 안용복에게 가서 예우하고 보내줄 것을 지시하였다."
*** 원중거, 「안용복」, 앞의 책, 34쪽. "백기주 태수의 편지는 비록 비전주에서 빼앗겼지만 저 나라의 사람들은 이미 대마도 왜구의 실상을 대략 알고 있습니다. 서계를 갖추어 대마도 태수

실상을 안용복의 입을 빌려 말하고 있다.

　이렇듯 안용복 담론은 그의 영웅적 면모를 형상화하는 것 못지않게 대마도의 재인식과 깊이 관련 맺고 있다. 이 안용복 담론을 통해 대마도를 점차 일본 본토와 분별하는 시각이 형성되었다. 이는 곧 안용복 담론을 계기로 대마도론이 부상했음을 보여준다.

4. 조선후기 일본론에서 대마도와 안용복의 의미

　한반도에서 일본에 대한 인식과 논리는 그 지리 관계상 그 어느 곳보다 뚜렷하고 장구한 흐름을 이어왔다. 그 가운데 조선후기에 전개된 일본론은 다음과 같이 세 갈래의 흐름을 형성했음을 확인 할 수 있다.

　우선 '비왜론'이 큰 줄기를 이루었다. 일본은 고금을 통틀어 한반도가 가장 경계해야 할 지역이다. 따라서 이 지역에 대한 경계와 방비를 충실히 해야 할 과제가 제1의 국책이었다. 임진왜란 이후 그 논리와 당위성은 더욱 강화되었음은 물론이다. 조선후기에 비교적 무난히 수행된 교린정책은 큰 틀에서 비왜의 한 방법이며, 조선통신사를 왕래한 목적도 그 바탕에는 비왜론이 깔려 있다.

　다음, '일본문물론'이 주요한 흐름을 형성하였다. 왜관에서의 교류와 조선동신사의 왕래를 통해 일본에 대한 정보와 지식이 확대되면서 일본의 문물에 대한 논의가 활발히 전개되었다. 논자들은 주로

를 엄하게 문책하시고, 그들의 차왜가 바치는 일공을 끊어야 합니다. 그리고 울릉도에 조사관을 뽑아 보내 그곳을 수색하여 다스려, 물고기를 잡거나 수산물을 채집하는 대마도 사람들을 잡아 대마도에 보낸다면, 울릉도와 관련한 분쟁은 저절로 사그라질 것입니다."

일본의 학술, 문장, 서화의 수준을 담론하면서, 이를 일본의 침략가
능성을 판단하는 근거로 삼고자 하였다. 곧 일본의 문풍이 성행하면
서 일본의 무력에 영향을 미칠 것이며 이는 곧 조선의 침략가능성을
떨어뜨리는 데 이바지한다는 논지다.* 이는 교린정책의 정당성에 힘
을 실어주는 논의라 할 수 있다. 이웃 오랑캐와 평화로운 교류를 통
해 조선의 문풍이 전파되어 문장을 숭상하는 기운이 확산된다면 오
랑캐를 교화하고 변방을 안정케 하는 더없이 훌륭한 효과를 드러내
는 것인데, 지금 조선통신사를 통해 일본의 문풍이 날로 성하고 있으
니 이것이 교린정책이 실효성을 거두고 있는 근거라는 것이다.

이 두 논의가 큰 줄기를 이룬 가운데 또 하나의 논의가 서서히
전개되었으니 그것이 앞서 살핀 '대마도론'이다. 대마도론은 조선후
기 일본론에서 특별히 주목받지 못한 논의다. 이미 큰 흐름이 일본문
물론으로 모아지고 있었기 때문이다. 그러나 당시 일본론의 지형에
서 사뭇 논쟁적 흐름을 이루고 주목할 만한 메시지를 던지고 있다는
점에서 그 구체적인 의미를 살필 필요가 있다.**

우선, 조선후기 대마도론은 일본의 양면적 속성에 대한 인식이

---

* 　정약용의 「일본론」과 홍대용 「일동조아발」 등이 대표적인 일본문물론에 해당한다.

** 　참고로 에도막부 시기 일본에서의 조선론도 물론 몇 갈래로 흘렀다. 우선 교린론이다. 대표
　　적으로 이 아메노모리 호슈(1668~1755)가 조선과의 적극적인 교린을 주장하였다. 그는 조
　　일관계에서 선린교류를 항구적으로 지속할 이론적 바탕을 확립하고자 일생동안 노력한 인
　　물이다. 그런데 그의 생평을 보면 안용복 사건이 일어난 시기와 일치하며 그도 안용복의 사
　　건을 직접 목격하고 파악했을 것이다. 안용복은 대마도인의 교활한 음모를 드러내 보인 주역
　　이라면, 아메노모리 호슈는 대마도가 조선후기 조일관계에서 맡은 교량자로서의 면모를 상
　　징적으로 보여준다. 이 흥미로운 두 인물에서 대마도의 양면적 성격이 그대로 드러난다. 한
　　편으로 일본은 메이지 시대 정한론의 뿌리가 되는 조선적대론이 고개를 들고 있었다. 그것이
　　구체적으로 드러나는 점이 바로 1711년 신묘사행 전후로 아라이 하쿠세키(新井白石)가 제
　　출한 응접의례개혁안이다.

조선에서 확립되고 있음을 반영한다. 일본의 본토는 긍정적 측면이
우세하나 대마도는 여전히 부정적인 측면이 강하다는 것이다. 이는
대마도의 이중성에 기인한다. 오늘날 독도문제는 대마도에서 비롯된
다는 점을 앞서 살폈다. 곧 독도문제의 근원을 찾아 올라가면 왜구
와 만나는 것이다. 왜구는 곧 대마도 왜구로 대마도 문제는 바로 왜
구에서 발생하였다. 독도문제는 멀리는 왜구, 가깝게는 임진왜란에
서부터 그 분쟁의 씨앗이 싹트기 시작했다. 고려의 뒤를 이은 조선은
건국 초부터 왜구의 주요 근거지였던 대마도를 정벌과 회유 양면의
대책을 통해 해결하고자 하였으며, 이 결과로 한반도 주요 지역에 왜
관을 설치하여 왜구와 대마도를 통제하기 시작하였다. 임진왜란 이
후 대마도는 조선 조정과 에도막부 사이에서 외교적 중개임무를 맡
으며 조일관계에서 왜구의 근거지라는 이미지를 벗고 그 위상이 높
아졌다.*

그러나 자세히 살피면 대마도는 이와 별도로 그들의 잇속을 더
많이 챙기기 위해 울릉도를 넘보기 시작했다. 우선 대마도는 임진왜
란 이후 국서를 조작하고 가짜 범인을 잡아 보내기까지 하면서 양국
의 국교재개를 위해 수단과 방법을 가리지 않았다. 그 결과 조선은
1607년 에도막부에 회답겸쇄환사를 보내면서 국교를 재개했다. 그리
고 1609년에 대마도와 기유약조를 맺었다. 약조의 핵심은 대마도인
의 도항 및 양국 통교에 관한 규정으로 이에 따르면 대마도인은 부
산 외의 지역에는 갈 수가 없으며, 해마다 20척의 세견을 파견한다
는 조항이다. 그 이전 조약에 비해 활동가능범위와 세견선이 대폭 축

---

* 다시로 가즈이 지음, 정성일 옮김, 『왜관, 조선은 왜 일본사람들을 가두었을까?』, 논형,
2005, 21~28쪽.

소되었다. 이렇게 되자 대마도인은 바다로 눈을 돌려 울릉도를 점유하고자 했는데,* 1614년 소 요시토시(宗義智)는 동래부사에게 서한을 보내 이소타케시마(울릉도)가 일본의 속도임을 주장하였다.** 도요토미 히데요시가 임진왜란 때 점령하여 침략기지로 삼았던 것을 대마도가 십분 활용하여 점유의 근거로 삼은 것이다.

이렇게 대마도는 겉으로 교린의 다리를 잇는 구실을 하면서 뒤로는 울릉도를 점유하려는 야욕을 키웠다. 안용복은 이러한 대마도의 음흉한 계략과 이중성을 폭로한 인물로, 대마도에 대한 재인식을 촉발시킨 인물이다. 대마도론의 핵심제제인 안용복 사건은 대마도에 대한 인식을 새롭게 하는 계기가 되었으며, 대마도론은 안용복이 폭로한 대마도의 이중성에 대하여 주목한 것이라 할 수 있다.

대마도를 본토와 분리해서 주목한 배경에는 일본문물론의 긍정과 오랑캐에 대한 존재와 그 우려를 모두 지울 수 없다는 판단에서 비롯된 것이다.*** 여기서 왜구로서의 일본이라는 인식을 부분적 복원하고 있는데, 에도막부 시대가 문풍이 높아가더라도 여전히 일본의 어느 한쪽에는 왜구의 본성을 지닌 곳이 있으며 그곳이 바로 대마도

---

* 이를테면 아베 시로우고로우 마사유키라는 인물이 막부로부터 죽도도해면허장을 얻어 울릉도에 가서 그곳에서 베어낸 나무와 잡아 올린 수산물을 가지고 와 막대한 부를 올렸다. 이때가 1600년 전후다. 오오니시 토시테루 지음, 권정 옮김, 『오오니시 토시테루(大西俊輝)의 독도개관』, 인문사, 2011, 219~224쪽.

** 林熿 編, 『通航一覧』 第4 巻137, 「朝鮮國部」 130, 「竹島」(国書刊行会, 1913), 21쪽. "慶長十七壬子年(19년 갑인년의 오기), 宗對馬守義智より朝鮮國東莱府使に書を贈りて, 竹島は日本屬島なるよしを諭せしに, 彼許さず, よて猶使書往復に及ふ."

*** 물론 대마도를 본토와 구분하는 인식은 여말선초 왜구를 통해 뚜렷이 확인할 수 있듯, 그전부터 있었다. 여기서는 대마도와 안용복이라는 사건으로 그러한 분별 의식이 한층 강화되어 나타났다는 점을 말한다.

라는 것이다. 조선의 대마도에 대한 인식은 직접 대마도 사람을 겪으면서 형성되었다. 통신사행에 참여한 조선의 문사들이 대마도에서부터 에도까지 사행을 수행하는 대마도인의 행태를 보면서 그들의 본질을 파악하게 된 것이다.*

다음, 조선후기의 대마도론은 교린정책에 대한 재검토의 성격을 지닌다. 대마도론이 부상한 계기가 된 안용복사건은 잘 알려져 있다시피 조선과 일본의 영토분쟁의 실상과 내력을 잘 보여준다. 이 사건은 조야의 식자층으로 하여금 울릉도와 독도문제를 통시적으로 고찰할 계기가 되었다. 이전에는 울릉도와 독도에 대한 영유권 주장을 크게 내세울 일이 없었으나, 이 사건을 계기로 이곳에 대한 역사적 내력을 거슬러 올라가면서 확고한 영토의식을 확립하려는 흐름을 형성한다. 앞서 살핀 기록이 이를 보여준다.

그러나 일본과의 영토분쟁은 오늘날도 그렇듯이 양국의 교린관계에 치명적 손상을 줄 수 있는 사안이다. 때문에 조선은 이 문제를 조심스럽게 다루려고 하다가 문제를 더욱 악화시키는 과오를 범하기도 했다. 나아가 나라를 대신해 이러한 대마도의 음모를 파탄 낸 주역을 널리 선양할 수도 없었다. 조선은 안용복을 통해 대마도의 독도찬탈 음모를 분쇄했지만, 결국 월경한 죄를 물어 안용복을 귀양 보냈다. 이는 조일관계의 현상 유지를 바라는 조선의 처지를 반영한다. 에도막부도 그러했지만, 조선도 대마도를 사이에 두고 유지하는 양국관계가 허물어지는 최악의 사태를 바라지 않았다.

이렇듯 안용복은 교린정책의 유지를 위해 희생되었다. 안용복은

---

* 조선통신사에 참여한 일부 문사는 이처럼 대마도를 에도막부와 분리하여 부정적으로 인식하고 있었다. 그러나 오히려 이조차 정확한 인식인지 깊이 살펴야 할 것이다.

402

영웅적 활약에도 불구하고 월경죄로 몰려 겨우 죽음을 모면하고 유
배지에서 쓸쓸히 생을 마감했다. 그러나 그의 사후, 18세기 중반 무
렵에 새삼스럽게 그의 삶이 재조명되는 분위기가 형성된다.* 이때는
조선과 일본의 교린관계가 성숙기에 접어든 시기다.

안용복 담론에 참여한 조선후기 지식인은 대부분 조정의 대응과
정책을 아울러 비판한다. 이익은 조선의 미온적 대응을 비판하였고,**
특히 이규경은 조선의 수토정책을 문제 삼았다.*** 그리고 성대중은 교

---

* 대개 안용복이 영웅적 활약을 보이며 독도를 지킨 인물로 그려놓았다. 그러나 안용복을 둘러
  싼 담론에는 그의 영웅적 면모보다는 안용복에 대한 조정의 대응에 초점을 맞춘 경우가 많다.
  안용복은 영토를 지키려는 애국적 영웅이었지만 정치와 이념질서가 그를 대하는 방식과 태도
  에 유의하기 시작하였다. 오히려 안용복 담론에서는 이 점을 주의 깊게 보아야 할 것이다.

** 『성호사설』제3권,「天地門」,「鬱陵島」, "나는 생각건대, 이 일은 담판하기 어려울 것이
  없으니, 그 당시에 '울릉도가 신라에 예속된 것은 지증왕 때부터 시작된 일이며, 그 당시 귀국
  은 繼體 6년(512, 신라 지증왕 13)이었는데 威德이 멀리까지 미친 일이 있는지 나는 들은 적
  이 없으니, 역사에 상고할 만한 특이한 기록이 있는가? 고려로 논한다면 혹은 방물을 바친 적
  이 있으며 혹은 그 섬을 비운 일도 사기에 기록이 끊어진 적이 없었는데, 일천여 년을 내려 온
  오늘에 와서 무슨 이유로 갑자기 이 분쟁을 일으키는가? 우릉도(羽陵島)라고 하든, 의죽도
  라고 하든, 어느 칭호를 막론하고 울릉도가 우리나라에 속하는 것은 너무나도 분명한 일이
  며, 그 부근의 섬도 또한 울릉도의 부속에 지나지 않는 것이다. 귀국과는 거리가 멀리 떨어졌
  는데, 그 틈을 타서 점령한 것은 이치에 어긋난 일이니, 자랑할 말이 못되는 것이다. 가령 중
  간에 귀국의 약탈한바 되었더라도 두 나라가 신의로써 화친을 맺은 후에는 옛 경계에 의하여
  서둘러 돌려주어야 할 것인데, 하물며 일찍이 귀국의 판도에 들지 않았음에랴? 이미 우리나
  라의 강토인 이상 우리 백성들이 왕래하며 고기잡이하는 것이 마땅한 일인데 귀국이 무슨 관
  여할 권리가 있는가?'라고 왜 하지 않았는가? 이와 같이 말했다면 저들이 비록 간사할지라도
  다시 입을 열지 못했을 것이다."

*** 이규경은 울릉도의 사적을 변증하면서 섬에 병영을 설치하는 것이 다방면의 효력을 발휘한
  다는 황엽의 의론에 공감하였다. 『오주연문장전산고』「경사편」5「논사」1,「울릉도 사적
  에 대한 변증설」, "菊村 黃曄의『輿地衍義』에, '신이 삼가 상고하건대, 울진의 동쪽에 울릉
  도가 있는데, 사방 1백 리 정도이고 땅이 비옥하기 이를 데 없으니, 이곳이 바로 옛날의 于山
  國입니다. 後魏 延昌(宣武帝의 연호) 원년 임진(512)에 신라에 항복하였는데, 그 후로 官長
  을 建置한 일은 없고 다만 도망간 백성들의 은신처가 되어버렸습니다. 그러므로 우리 태종·
  세종 양대에 걸쳐 그곳에 있는 백성들은 쇄환시키고 드디어 그 땅을 비워버림으로써 지금은

린의 진정한 의미를 묻는 기록을 우회적으로 남겼음을 앞서 살폈다. 심지어 정조 또한 안용복의 영웅적 활약을 높이 기리면서 그를 제대로 쓰지 못한 것을 비판했다.* 이것은 곧 교린정책을 재검토 하여 이를 보완하거나, 적어도 교린정책과 배치되지 않는 선에서 영토방비와 대마도에 대한 방비책을 주도면밀하게 추진해야 한다는 담론이 형성되고 있었음을 보여준다.

이처럼 대마도론은 교린정책이 이룬 성과가 적지 않지만 안용복에 의해 대마도의 정체가 드러난 이상 이에 대비할 각종 제도와 정책을 보완해야 한다는 논리가 깔려 있다.** 결과론적으로 보면 대마도론은 양국의 교린관계가 점차 쇠퇴하면서 전환기로 접어드는 시점에서 어느 정도 시의성과 타당성이 있었다.

왜노들의 고기잡이하는 곳이 되고 말았으니, 신은 혹 이 섬이 대마도처럼 되어버릴까 염려됩니다. 晉 나라 義熙(安帝의 연호) 원년, 즉 신라 實聖王 4년(405)에 왜인이 이곳에 진영을 설치함으로써 이 섬을 빼앗기고 말았던 것입니다. 그러므로 신은 생각건대, 三陟鎭을 울릉도로 옮기고 삼척 진영에 수군 절도사를 신설하여 서로 버티는 형세를 만들어 놓으면 동해의 賊路에 거의 우환거리가 없게 될 것이고, 땅을 개척하는 방법에도 適宜함을 얻게 될 것입니다.' 하였으니, 菊村의 이 의논은 참으로 지당하다."

* 『홍재전서』 제173권, 「日得錄」 13, 人物3, "나라의 습속이 전전긍긍하며 앞뒤로 두려워하여 연약하게 모가 없는 것을 어질다고 하기 때문에 그중에 한 사람이라도 세속에 얽매이지 않은 인물이 나오면 떼로 일어나 지목하여 떠들어 댄다. 예를 들어 안용복 같은 사람은 어찌 호걸스런 인물이 아니겠는가. 그러나 당시에 조정의 의논이 모두들 기필코 죽이려고 하였다. 만약 南相의 한마디가 없었더라면 거의 죽음을 면하지 못했을 것이다. 풍속의 숭상하는 것이 이렇게 협소하고 박절하니 설사 호걸스런 인재가 있다 하더라도 어떻게 용납을 받겠는가."

** 이를테면 원중거가 사행의 규모를 축소하자는 논지의 사행제도개혁을 주장한 것은 대마도의 역할을 축소시키고 대마도와 결탁하여 벌어지는 각종 비리를 없애자는 것이 주된 목적인데, 이는 대마도론이 교린정책과 그 제도를 개혁하는 데까지 관심을 가지고 있었음을 보여준다.

조선시대 대일사행록에서의
울릉도 · 독도

1. 논의의 필요성

조선시대의 대일사행에서 울릉도 · 독도* 관련 기사는 어떤 내용을 담고 있으며 어떤 양상으로 전해오는가? 대일 외교정책의 중심역할을 한 사행의 기록을 살펴, 구체적으로 대일사행이 울릉도 · 독도와 관련한 사안을 어떻게 대했으며, 어떻게 다루고 해결해 갔는지를 살필 필요가 있다. 이를 통해 공식 외교라인인 조선조정-대마도-에도막부(혹은 조선조정-메이지정부)가 얼마나 주도적으로 울릉도 · 독도 문제를 공유, 협상, 해결했는지를 살피고자 한다. 이는 지금도 한일 외교에서 첨예한 사안으로 떠오른 독도영유권이라는 사안을 풀어가는 데 있어 그 시의성과 방법적 타당성을 재검토하는 데 유용한 시사점을 제공할 수 있을 것이다. 또 외교적 해법을 포함한 독도 영유권 분쟁의 항구적 해결을 위한 지혜를 찾는 데 작은 도움이 될 수 있을 것이다.

조선시대 대일사행에는 시대별로 조선전기의 사행, 조선후기의

---

* 메이지 초기까지 논쟁의 주 대상은 울릉도였으며, 독도는 1905년 일본이 독도를 편입한 전후에 비로소 논쟁의 대상으로 부각되었다. 정영미, 『일본은 어떻게 독도를 인식해 왔는가』, 한국학술정보, 2015, 165쪽. 기실 이 글에서 다루고 있는 대상도 울릉도와 관련된 글이라 할 수 있다. 그러나 안용복의 울릉도 쟁계는 독도도 포함되어 있어 사실상 울릉도·독도 쟁계라 해도 무방하다. 나아가 조선 후기 울릉도 쟁계가 곧 현재의 독도 문제와 긴밀히 결부되어 있는 공통 사안이라는 관점에 의거하여 이 용어로 쓴다.

사행, 그리고 강화도조약 이후 파견된 수신사와 조사시찰단 등으로 구분할 수 있다. 조선은 대일본 외교정책의 근간으로 교린체제를 구축하고 이를 실행할 외교사절을 일본에 파견했는데 현재 이를 통신사*라 한다. 선초부터 비정례적으로 이루어진 대일사행은 대일관계에서 일어나는 다양한 현안을 해결하는 데 목적을 두었는데, 임진왜란이 일어나자 중단되었다. 전쟁이 종결된 후 대마도의 적극적인 국교재개교섭으로 마침내 1607년 회답겸쇄환사를 파견하면서 조일외교가 재개되어 1811년까지 모두 12차례 통신사행이 왕래하였다. 그 이후 대마도와 왜관, 동래를 통한 외교라인이 가동되다가 메이지유신으로 조선과 에도막부 사이에 구축되었던 교린체제가 완전히 붕괴된다. 이는 곧 조선시대 대일외교가 전면 재구성되어야할 시기에 직면했음을 의미한다. 강화도조약을 맺고 조선은 메이지 일본과 새로운 외교관계를 맺는데, 이는 이전의 교린체제(대일사행)와 완전히 성격이 다르다. 그럼에도 이에 준비되지 않은 조선 조정은 일단 기존 사행의 전례를 대거 참조하여 대일외교 사절을 보내는데, 이것이 1876년부터 1882년까지 4차례 다녀온 수신사행이다.**

시기적으로 울릉도·독도 사안이 조선조 전 시대를 걸쳐 있음은 물론이다. 따라서 조선시대 대일사행이라고 하면 조선왕조 전시대에 걸쳐 일본에 다녀온 사행을 말하며, 이를 통해 기록된 자료에서 울릉

---

* 명칭에 관한 논란이 있어왔으나 최근 조선후기 통신사기록의 유네스코등재를 기점으로 '조선통신사'라는 용어가 정착되는 단계다. 그렇다고 그 용어의 정합성 문제가 완전히 해소된 것은 아니다.

** 조사시찰단과 갑신정변 사후 처리를 위하여 1884년에 보낸 사행까지 포함하여 6차례로 보는 견해도 있다. 이효정, 「수신사 및 조사시찰단 기록의 범주와 유형」, 『동북아문화연구』 45, 동북아문화학회, 2015.

도·독도를 언급했거나 현안으로 다루며 해결하는 과정을 모두 살필 것이다. 다만 조선시대 대일사행은 정례화되지 못하고, 특별한 사안이 발생했을 때 양국이 협의를 거쳐 파견 여부를 결정하였기에 울릉도·독도 사안이 발생한 때와 꼭 일치하지 않은 경우가 허다하다. 오히려 대마도와 동래를 통해 기민하게 오가는 외교업무기록에 훨씬 풍부한 관련 기록이 남아 있을 가능성이 크지만, 여기서는 제외하고 통신사행록과 필담창화집을 중심으로 살펴보고자 한다.

2. 조선시대 대일사행기록에 나타난 울릉도·독도

조선시대 대일사행에서 울릉도·독도는 얼마나 어떻게 관련을 맺고 있으며, 어떻게 언급되고 있나? 조선시대 대일사행에서는 대부분 통신에 관한 사안을 중심으로 이루어지지만, 순탄하게 왕래한 것만은 아니다. 일본을 왕래하는 과정에서 갈등과 반목이 발생하고, 때로는 통신의 틀이 깨질 위기에 이르는 때도 많았다. 이를 극복하고 통신 혹은 수신을 위해 기울인 노력이 통신사기록에 자못 상세히 기록되어 있어, 울릉도·독도 관련 기록도 풍부하게 살필 수 있으리라 여겼으나 기대만큼 확인되지는 않는다. 그럼에도 몇몇 기록에 관련 내용이 수록되어 있어 이를 중심으로 살펴보기로 한다.

1) 1617년 회답겸쇄환사의 『부상록(扶桑錄)』

(가) 마도가 의죽도(蟻竹島)에 가서 형편을 탐지하고 오겠다 하므로, 할 수 없이 배 6척을 준비하여 바람을 기다려 들여보냈더니, 1척

만 겨우 도착했는데 과연 미좌(彌左)의 종적(蹤跡)이 있었고, 나머지 배들은 모두 딴 곳에 떠돌다가 돌아왔다. 마침 이 때에, 동래부(東萊府)에서 문서를 부쳐 국경을 침범한 잘못을 통절하게 힐책하므로, 마도 사람들이 이 때문에 들어가서 가강(家康)의 언사와 기색이 화평한 때를 엿보아, 의죽(蟻竹)은 본시 조선 강토 안쪽인 것을 상세히 말하고 온갖 수단으로 주선하여 겨우 정지시켰다. 또 왜인들이 매양 탐라(耽羅)를 침범하려고 하였고, 가강도 또한 그런 뜻이 없지 않았는데 이로 인해 중지했으나, 작은 섬이 지금까지 보전된 것은 다행이라 하였다. 이것은 반드시 지난 일을 와서 말하여, 공을 마도에 돌리려는 뜻인데, 그 말이 사실인지 아닌지는 알 수 없다.*

(나) "예전 수길(秀吉)이 있을 때입니다. 왜인 하나가 의죽도에 들어가서 재목(材木)과 갈대를 베어 오기를 자원했는데, 혹은 참대〔筸〕처럼 큰 것이 있으므로 수길이 크게 기뻐하고 이어 '의죽미좌위문(蟻竹彌左衛門)'이라고 이름을 붙여 주고 따라서 미좌에게 그것으로 생활하게 하고 해마다 바치도록 정했습니다. 얼마 되지 않아서 수길이 죽고 미좌도 잇따라 죽으므로 다시는 왕래하는 사람이 없었는데, 가강이 이 말을 듣고 먼저 와서 뵈옵도록 했던 것입니다."**

이 기록은 1617년 제2차 회답겸쇄환사의 종사관으로 일본을 다녀온 이경직이 저술한『부상록』에 전하는 내용이다. 이 시기의 조·일 관계의 현안은 국교 재개와 교린 관계 회복, 그리고 임란포로쇄환에 있었다. 임진왜란 이후 국교 재개를 위한 협상을 통해 1607년 처

* 『扶桑錄』, 1617년 10월 1일(임술).
** 『扶桑錄』, 1617년 10월 5일(병인).

음으로 회답겸쇄환사를 보낸 뒤, 10년 만에 다시 회답겸쇄환사를 다시 보낸다. 그리고 1624년에는 3차 회답겸쇄환사를 보내는데, 이 시기까지는 대개 교린체제 모색기다.

양국은 이 시기에 서로 이해관계에 따라 국교를 재개하기로 하고 사행을 초청하고 파견하였는데, 일본은 새로 들어선 도쿠가와 막부가 대내적으로 지역의 다이묘에 대한 장악력을 높이려는 의도와 대외적으로 막부 정권의 수립을 천명하려는 의도가 작용하였으며, 조선도 대외적으로 북방 여진족의 흥기에 따른 정세불안 속에서 남방(일본)의 정세 안정이 시급한 사안으로 제기되었으며, 또한 임진왜란 때 끌려간 포로를 데리고 와야 한다는 국내요구도 있었다. 이에 따라 도쿠가와 막부의 국교재개 요청에 응하되, 그 선결조건으로 임진왜란을 정리하는 차원에서 포로쇄환을 목적으로 하는 사행을 보내기로 결정한 것이 이 3차례의 사행이다. 따라서 이 시기에 울릉도·독도는 현안으로 부각될 사안이 아니었다. 오히려 교린관계 복원에 악영향을 끼치는 사안일 뿐이다. 실제로 이 시기 통신사행록에는 대체로 포로쇄환에 관한 내용이 대부분이다.

『부상록』에도 시종일관 포로쇄환에 관한 기록을 중심으로 매일의 일정이 그려져 있다. 그럼에도 대마도가 울릉도를 점거하기 위한 교묘한 술책을 포착하고 이를 기록해 놓은 것은 교린 체제 모색기라는 조심스러운 시기에 대단히 위험한 일일 수도 있었지만, 울릉도 쟁계와 관련해서는 의미 있는 기록이다. 위에 인용한 두 기록은 모두 임란 직후 대마도의 울릉도 점거 기도에 관한 내용을 담고 있다.

우선 ㈎는 7월에 떠난 사행이 8월 26일 교토 후시미성(伏見城)에서 에도막부 2대 쇼군 도쿠가와 히데타다를 만나 국서를 주고받은 뒤 귀국길에 올라 나고야(名護屋) 근처 카시와지마(神集島) 포구에 정박하는 동안의 기록에 전하는 내용이다. 이때까지 오로지 포로쇄환에 관한 내용으로 점철된 기록에서 갑자기 대마도인의 울릉도 조사와 관련된 이야기가 나온 것은 의외의 일이다. 대마도 왜인이 울릉도를 조사하고자 배를 띄우려고 하는데, 이를 허락하니 출항한 배 6척 가운데 1척만 울릉도에 갔다 돌아왔다고 하였다. 이에 동래에서 서계로 이를 항의하자 대마도에서 이에야스에게 의죽도가 조선의 강역임을 잘 말해 그러한 일을 중지하게 하였다는 내용이다. 즉 대마도는 울릉도를 조사하겠다는 명목으로 조선에 통보하고 배를 띄우려 하자, 조선이 동래부사를 통해 일본에 항의하니, 이에 대마도는 에도 막부가 알면 큰 화를 당할까 우려하여 간사하게 그들이 먼저 울릉도 도해금지를 막부에 건의하고 공을 세웠다는 것이다. 이는 대마도가 겉으로는 조·일간 국교 재개를 중개하는 막중한 임무를 수행하고 있으나, 한편으로는 울릉도에 도해하여 벌목과 어로를 하고자 하는 욕망을 숨기지 않았다는 점을 폭로한 내용이다. 그런데 내용을 보면 사행 와중에 일어난 일인지 아니면 과거에 일어난 일을 기록한 것인지 분명하지 않다. 내용으로 보건대 이는 다음 기록과 관련 있는 것으로 보인다.

울릉도는 무릉, 혹은 우릉이라고 한다. 동해 가운데에서 울진현을 마주하고 있다. 섬 한가운데 큰 산이 있고 사방 백리이며 바람이 순조로울 때 2일이면 닿는다. 신라 지증왕 때 우산국이라 불렸으며 신라에 항복하고 토산물을 조공했다. 고려 태조 때에는 섬사람들이 방물을 바쳤으며, 우리 태종조에는 안무사를 파견하여, 백성을 데리고 나와 섬을 비웠다. 땅은 비옥하고 풍요로우며, 대나무가 깃 대처럼 크고, 쥐는 크기가 고양이만 하며, 호두도 되만큼 크다고 한 다. 임진왜란 이후 가보는 사람이 있었는데, 역시 왜의 분략질을 당 하여 인가의 연기가 사라졌다. 근래 들으니 왜놈들이 의죽도를 점 거했다 한다. 혹 기죽이라고도 하는데 이는 곧 울릉도다.*

이수광(李睟光, 1563~1629)의 『지봉유설(芝峯類說)』에 보이는 대목 인데, 이 책이 1614년에 저술되었으니 여기서 임진왜란 이후에 왜인 이 울릉도를 점거했다는 사건은 적어도 이 이전의 일이다. 실제 이해 에 대마도는 울릉도에 집단 이주하기를 조선에 청원했으며, 조정은 동래부사를 통해 일언지하 거절한 일이 있다. 그러니 ㈎의 내용은 이 사건과 유관할 것이다.

㈏는 이경직이 포로쇄환에 매진하며 돌아와 대마도에 머물던 중 대마도주의 가신 야나가와 시게오키(柳川調興)가 말한 내용이다. 도 요토미 히데요시(豐臣秀吉)가 정권을 잡고 있던 때에 왜인이 의죽도 즉 울릉도에 들어가 대나무를 베어오자 의죽미좌위문이란 이름을 내 리고 해마다 울릉도에서 베어온 나무를 바치도록 했다는 것인데, 수 길이 전국을 통일한 때로 잡는다면 1590~1598년 사이에 일어난 일 이며, 임진왜란을 제외한다면 전쟁 전 2년 사이의 일이다. 이 기록 또 한 왜인들의 울릉도 점거 야욕을 기록한 몇 안 되는 통신사기록이라

---

* 『芝峯類說』 권2, 「地理部」, 〈島〉, "欝陵島一名武陵, 一名羽陵. 在東海中, 與蔚珍縣相 對. 島中有大山, 地方百里, 風便二日可到. 新羅智證王時, 號于山國, 降新羅納土貢. 高 麗太祖時, 島人獻方物, 我太宗朝, 遣按撫使, 刷出流民空其地. 地沃饒, 竹大如杠, 鼠大 如猫, 桃核大於升云. 壬辰變後, 人有往見者, 亦被倭焚掠, 無復人烟. 近聞倭奴占據礒 竹島, 或謂礒竹, 卽蔚陵島也."

는 점에서 중요한 의의를 지닌다. 조선 초기에 이미 울릉도 이주 욕
망을 드러냈던 대마도가 이때부터 그 욕망을 실현할 구체적인 행동
에 옮겼음을 알 수 있다.

2) 1719년 통신사행 필담창화집 『상한성사여향(桑韓星槎餘響)』

그다음 울릉도 · 독도 관련 기록은 한 세기가 지나서야 보인다.
기해통신사행은 9차 통신사행으로 에도막부 8대 쇼군 도쿠가와 요
시무네(德川吉宗, 재위 1716~1745)의 즉위를 축하하기 위해 파견한 사
행이다. 이 시기는 안용복이 일본에 도해하여 울릉도 · 독도의 귀속
문제에 대하여 에도막부로부터 확답을 받은 시점에서 멀지 않지만,
기록에는 나타나지 않고 다만 일본 승려 쇼탄(性湛)*이 펴낸 필담창
화집인 『상한성사여향』에서 확인할 수 있다. 그런데 이 또한 문자기
록이 아닌 그림(지도)으로 전해온다.

쇼탄은 원래 교토 덴류지(天龍寺) 신주인(眞乘院)의 자사사문
(紫賜沙門)이었는데 기해통신사행이 일본을 왕래할 때 이테이안(以
酊菴)** 윤번승(輪番僧)으로 통신사를 영접하였다. 이때 제술관 신유
한을 비롯하여 삼사의 서기 강백(姜栢, 1690~1777), 성몽량(成夢良,
1673~1735?), 장응두(張應斗, 1670~1729) 등과 교유하며 시와 필담을
주고받고 이를 모아 교토의 유지헌(柳枝軒)***에서 이 필담창화집을 편

---

* 신유한은 『해유록』에서 다음과 같이 소개하였다. 『해유록』 1718년 6월 27일, "장로의 이
름은 성담이고, 자는 月心이며, 호는 可竹이다. 진승원의 하상으로서 명을 받들고 온 것인
데, 지금 임기가 찼다. 위인이 옛 태가 있어 단아하였고, 불경을 널리 통하여 마주 앉았는데
오랑캐의 속된 기색이 없었다."

** 대마도에 있는 사찰로 조선과 일본의 외교문서를 담당하는 곳이다.

*** 이 서점은 교토 六角通 御幸町 西入町에 있었으며, 17세기 중반부터 메이지 시대까지 운영

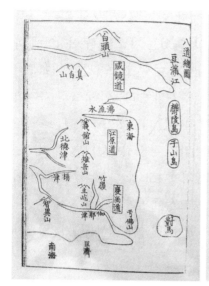

『상한성사여향』의 조선지도 중 〈팔도총도〉(좌)와 〈강원도〉(우).
두 지도에 '울릉도'와 '우산도'라는 지명이 선명하게 표기되어 있다.

찬하였다.

이듬해(1720) 봄 유지헌의 운영자 이바라키타기엔몬(茨城多左衛
門)은 이 책에 조선 팔도지도를 첨부하여 다시 간행하였는데, 이 지
도가 주목된다. 지도는 〈팔도총도(八道總圖)〉를 포함하여 팔도지도 9
장을 발문*과 함께 실려 있는데 특히 〈팔도총도〉와 〈강원도〉에 '울릉

되었다고 한다. 박희병·이효원 외, 『18세기 통신사 필담』 1, 서울대학교출판문화원, 2019,
241쪽 참조. 신유한은 오사카에서 이 유지헌을 목격하였다고 기록해두었는데, 아마도 지점
이나 분점으로 보인다. 『해유록』, 1719년 9월 4일, "그중에 書林·書屋이 있어, 柳枝軒·玉
樹堂이라고 써 붙였는데, 고금의 百家書籍을 저장하고 출판 판매하여 다시 사들여 쌓아 두
었고 중국의 책과 우리나라 여러 先賢의 전술한 글들이 없는 것이 없었다."

*   발문은 다음과 같다. "내가 시중에 조선팔도 지도를 얻어 광 속에 깊이 간직해 온 지 오래되
    었다. 그 발어를 읽어본 즉, 이 지도 한 책은 동국방여승람에 근거하여 털끝 하나 틀리지 않고
    그렸다. 일찍이 조선 사람에게 물어보니, 이 지도가 가장 좋다 하니, 이 책만이 진짜요, 다른

도'와 '우산도'가 뚜렷하게 그려져 있다. 이는 에도막부의 울릉도·독
도의 귀속에 대한 관점을 분명히 알 수 있는 자료다. 즉 이정암에 파
견된 승려는 에도막부가 국서조작사건 이후 조·일 간의 외교문서
작성을 위해 직접 파견한 교토오산 출신의 승려들이며, 또한 유지헌
도 도쿠가와 고산케(德川御三家)의 하나인 미토 도쿠가와케(水戶德川
家) 장판서의 영향 아래 있는 서점이라는 점을 감안한다면 이 지도는
사실상 에도막부의 영토 인식을 반영한다고 볼 수 있다.* 따라서 이
시기 그 어떤 기록과 비교해도 그 중요성이 떨어지지 않는다.

한편 이번 사행에 참여한 신유한이 『해유록』에서 일본을 총평한
대목이 주목된다.

나로써 추측하건대 인간에 액운이 닥쳐서 수길 청정과 같은 적이
다시 그 땅에 나지 아니한다면 우리 국가 변방의 걱정은 만에 하나
도 없을 것이다. 다만 관시를 통한 이래로 대마도의 교활하고 간사
한 것이 한이 없어 관역에서 업신여김을 받는 것이 많은데도 조정
에서는 매양 은혜로 후하게 대접하여 조그마한 섬의 장으로 하여금
반드시 호리를 다투어 이기고야 말도록 만들었으니, 실무를 아는

지도는 저 땅의 군현리정에 그 차이가 없을 수 없다고 하였다. 내가 이 때문에 진정 이렇게 말
한 것이니, 호사의 일조가 없을 수 없어, 이 때문에 이 책의 뒤에 붙여 사방에 공표하는 것이
다. 경자(1720) 초봄, 평안성서포, 유지헌 자성방도 씀." 고운기 역주, 『桑韓星槎答響·桑韓
星槎餘響』, 보고사, 2014, 170쪽. 이로 보면 자성방도는 오래전에 가장 정확한 것이라고 평
가되는 지도를 이미 구해두었다가 이 책을 펴낼 때 붙인 것으로 보인다.

* 이와 비슷한 시기에 일본에서 제작된 지도를 보더라도 울릉도와 독도는 자국의 영토로 표기
되어 있지 않다. 1655년 〈쇼호 일본지도〉, 1702년 〈겐로쿠 일본지도〉, 1717년 〈교호 일본
지도〉, 1779년 〈개정 일본여지로전도〉 등의 지도에는 울릉도와 독도가 표시되어 있지 않거
나, 당시 조선의 영토로 표시되어 있다.

이는 마땅히 보는 바가 있어야 할 것이다.*

이 글은 두 가지를 말하고 있는데, 신유한은 일본이 임진왜란을 일으킨 풍신수길이나 가등청정 같은 이들이 나오지 않는다면 나라의 변방은 걱정할 것 없다고 하였다. 이러한 인식은 전쟁의 상흔이 가시지 않았을 시기 새롭게 들어선 에도막부의 심중을 이해하기까지 의심의 눈초리를 거두지 못하던 17세기와 달리 일본의 정세를 매우 긍정적으로 파악한 것이다. 반면 국교 재개시부터 줄곧 문제를 일으킨 대마도에 대한 부정적 인식과 경계심이 본격적으로 대두되고 있음을 확인할 수 있는데, 이러한 인식은 점점 강화되어 후대 사행에서 매우 구체적으로 논의되기 시작한다. 계미통신사의 기록을 통해 이를 확인할 수 있다.

3) 1764년 통신사행의 『일본록』과 『화국지』

이 기록은 앞에서 언급한 바 있다. 이 두 책에 실린 기록은 모두 울릉도·독도, 안용복과 대마도와 관련된 내용이 얽혀 있는데 울릉도·독도와 관련하여 보론한다. 우선 이 두 글은 조선과 일본이 임진왜란 후 통신사 왕래를 통해 선린우호관계를 돈독히 하는 과정에서 나온 글이다. 안용복이 1693년에 도해하여 항의하고 1696년 막부에서 울릉도도해금지령을 내리자 1697년도에 이를 대마도주가 동래로 통보하며 비로소 마무리된 사건은 임진왜란 후 조일 관계가 신뢰를 쌓아갈 때 일어난 일이다. 70년 뒤에 성대중과 원중거는 왜 안용복을

---

*   『해유록』 하, 「문견잡록」.

주목했을까? 우선 성대중은 『일본록』에 안용복에 관한 일을 한편의
글로 수록하고 성대중은 안용복의 도해 사건의 시말을 서사적 필치
로 자세하게 그렸다. 주목할 부분은 마지막에 기록한 안용복에 대한
평가이다. 성대중은 안용복을 가리켜 왜인들이 더는 울릉도에 대해
왈가왈부할 수 없도록 한 공로가 있다고 그 활약을 높이 평하였다.
기실 이 점은 현재에도 매우 큰 의미를 지닌다. 사실상 안용복이 일
본에 건너가 에도막부의 서계를 받고 도해금지령을 내리게 한 일이
현재 한국이 독도영유권을 갖도록 하는 데 큰 영향력을 발휘한다.*

　또한 이 글은 무엇보다 양국관계에서 교린과 영토문제가 상충될
때 무엇을 더 중시해야 하는지 질문을 던지는 글이다. 이 글은 당시
왜인의 울릉도·독도 침범과 안용복의 도해를 둘러싼 두 나라의 세
주체, 즉 조선-대마도-에도막부의 대응을 자세히 기술했다. 대마도
는 양국 관계에 교린체제의 안정적 유지를 위한 실무적 중개임무를
맡아서 수행했다. 양국은 두 나라의 평화로운 관계를 훼손할 그 어
떤 행위도 경계하며, 오로지 통신의 유지와 지속을 위한 일처리를 강
조했다. 그런데 안용복의 도해는 두 나라의 교린관계를 위협하는 행
동이었다. 성대중이 안용복과 대마도를 특별히 대립시켜 부각해놓은
것은 교린 관계를 흔드는 주체는 다름 아닌 대마도임을 드러내기 위
해서였다. 양국관계를 위해 성실히 중개할 의무가 있는 대마도가 역
설적으로 이를 위험에 빠트리는 주범이었다고 본 것이다. 여기서 우

---

*　그럼에도 안용복에 대한 인식은 두 나라의 편차가 너무 큰 상황이다. 안용복에 대한 공동이
　해와 인식이 독도 문제의 해결방안의 하나로 제시되는 것은 이 때문이다. 김병우, 「일본이 기
　억한 안용복-『竹島紀事』와 『竹島考』를 중심으로」, 『일본문화학보』 66, 한국일본문화학
　회, 2015, 83~103쪽 참조.

리는 성대중이 이맹휴가 『춘관지』의 말미에 〈안용복전〉을 지어 수록
한 것은 '깊은 뜻이 있었을 것'이라고 한 말에 주목해야 한다. 이맹휴
는 아마도 에도막부와 교린 관계를 유지코자 한다면 대마도가 일으
키는 여러 교활한 책동을 주시해야 한다는 점을 사대교린의 절차를
기록한 『춘관지』의 마지막에 〈안용복전〉을 배치를 통해 암시하지 않
았을까? 이 글은 조선후기 조선과 일본이 비교적 우호적 관계를 유
지하고 있을 때 나왔다는 점이 중요하다. 비록 전반적 분야에서 우
호적이라 할지라도 일본의 울릉도·독도 침탈 야욕은 시기와 무관하
게 지속적으로 드러날 수 있으며, 그럴 때 우리는 교린관계유지를 중
시해야 하는가, 아니면 영토를 지켜야 하는가? 이 양단의 문제에 대
면하면 어떤 선택을 해야 할 것인지 우리에게 질문을 던졌다고 할 수
있다.

　원중거의 〈안용복전〉은 서사적 전개가 풍부하고 생생하지만 논
지는 성대중의 기록과 크게 다르지 않다. 즉 주인공 안용복의 적대자
로 대마도를 설정한 것은 역시 대마도를 부각하기 위한 설정이다. 원
중거의 서술을 통해 안용복이 바라본 대마도의 계략은 거의 적중했
다. 대마도인이 울릉도를 점거하려는 계략을 품고 갖은 술수를 부리
며, 설사 울릉도를 점거하지 않더라도 동래부를 협박하여 많은 이득
을 취할 수 있다고 보았는데 실제로 대마도가 그러한 방식으로 막대
한 이익을 취하고 있음을 계미통신사행을 통해 분명히 목도했기 때
문이다. 대마도의 이런 행태는 매우 낯익은 점이 있는데 바로 오늘날
일본 중앙정부가 독도를 두고 벌이는 갖가지 행태와 닮았기 때문이
다. 따라서 원중거도, 일본은 교린관계에서도 영토를 침략하려는 의
도를 숨긴 적이 없으니 이를 경계해야 한다는 점을 강조하였다. 원중

거는 이 책의 다른 곳에서도 대마도가 울릉도·독도에 대하여 벌인
여러 도발적 행위를 역사적으로 조망하고 있는데, 이 역시 안용복의
도해를 기점으로 울릉도에 대한 정책을 쇄환정책에서 수토정책으로
전환했다는 점에 주안점을 두었다.*

4) 1882년 수신사행의 『사화기략(使和記略)』

그다음은 조선과 일본의 관계가 새롭게 맺어진 이후 기록된 수
신사행록에서 살필 수 있다.

내가 또 외무경에게 말하기를,

"폐방 송도(松島)의 재목은 금양(禁養)하여 수호한 지가 수백 년이
나 되었는데, 귀국의 민간인들이 몰려와서 작벌(斫伐)하는 까닭으
로 조정에서 관원을 보내어 순찰·검사한 것입니다. 인접한 지경을
규찰하는 일을 만약 중지하고 금지하지 않는다면 사단을 일으킬까
염려되니, 몰래 작벌하는 것을 엄금하도록 청합니다."

하니 외무경이 말하기를,

"이 일로 해서 일찍이 귀 조정에서 통보가 있었으므로 이미 금령을
엄중히 지시했는데, 만약 또 그전과 같이 몰래 작벌을 한다면 귀국
에서 부근 항구의 일본 영사관으로 잡아 보내어 징치(懲治)하는 방
법을 삼는 것이 좋을 듯합니다."

하였다. 나는 말하기를,

"폐방(弊邦)이 장차 이 섬[松島]에서 기간(起墾)하려고 백성을 모집

---

* 원중거, 『화국지』, 「왜관의 사실」, 소명출판, 2006, 416~418쪽.

하고 있으니 몰래 재목을 작벌하는 문제는 지시대로 처리하겠습니
다."
하였다.[*]

이 기록은 박영효(朴泳孝, 1861~1939)의 『사화기략』에 있는 대목
이다. 1882년 6월에 일어난 임오군란의 주동자를 강력하게 처벌하고
손해 배상을 하라는 일본의 압박에 조선은 제물포조약을 맺으며 사
태를 수습하였다. 아울러 이 조약의 비준서를 교환하기 위해 이 해 8
월 일본에 사행을 파견하는데, 이 사행에 박영효는 대조선특명전권
대신 겸 수신사로 임명되어 일본에 다녀온 뒤 『사화기략』을 남긴다.
박영효는 일본에서 제물포조약을 보완 수정하는 성과를 거두기도
했는데, 이는 오로지 국서전달이라는 이전 사행의 임무 외에 전권을
행사할 수 있는 권한을 부여받았기에 가능한 일이었다. 나아가 박영
효는 다양한 현안을 협상하여 처리하고, 심지어 일본에 주재하는 서
양 외교관과도 적극적으로 만났다.
　그의 폭넓은 외교활동은 당면한 울릉도·독도와 관련된 현안까
지 미친다. 박영효는 울릉도에 일본인들이 몰래 들어와 벌목하는 일
을 일본 외무경에게 알리고 이를 금지해달라고 요청하였다. 여기서
송도라 함은 독도를 지칭하는 듯 하지만 내용상 울릉도를 가리키는

---

[*]　박영효, 『使和記略』 1882년 9월 21일. 한편 최근 번역본으로 간행된 책에서는 '송도'에
　　注하기를 '부산의 송도'라 했지만, 이는 오류로 보인다. 이효정 옮김, 『사화기략』, 보고사,
　　2018, 63쪽. 왜냐하면 이때 박영효의 요구로 당시 외무성 대신 이노우에 가오루가 1882년
　　12월 16일 일본인들의 울릉도 도항을 금지시키고 이를 위반한 사람은 처벌하자는 내용을 담
　　은 「鬱陵島渡航禁止建議文」을 태정대신에게 올리는데, 이 문건이 현재 독도박물관에 소
　　장되어 있기 때문이다. 사화기록과 이 문건의 관련성을 살피건대 시기나 문건작성의 주체 등
　　에 근거해보면 박영효를 비롯한 조선조정의 요구로 작성된 문건임이 확실해 보인다.

420

것으로 보인다. 이에 일본 외무경은 울릉도에 들어간 자국민을 잡아 일본 영사관으로 보내면 처벌하겠다는 답을 하였다. 이는 강화도조약 전후로 한일관계의 새로운 정립기라는 어수선한 틈을 타 일본인이 다시 울릉도를 침범하여 벌목 어로활동을 벌이는 일이 빈번해진 상황과 관련 있다.

> 방금 강원 감사 임한수(林翰洙)의 장계를 보니, '울릉도수토관(鬱陵島搜討官)의 보고를 하나하나 들면서 아뢰기를, 간심(看審)할 때에 어떤 사람이 나무를 찍어 해안에 쌓고 있었는데, 머리를 깎고 검은 옷을 입은 사람 7명이 그 곁에 앉아있기에 글을 써서 물어보니, 대답하기를, "일본 사람인데 나무를 찍어 원산과 부산으로 보내려고 한다고 하였습니다."라고 하였습니다. 일본 선박의 왕래가 근래에 빈번하여 이 섬에 눈독을 들이고 있으니 폐단이 없을 수 없습니다. 청컨대 통리기무아문으로 하여금 품처(稟處)하게 하소서.'라고 하였습니다.*

1881년 새로 구성된 기구인 통리기무아문에서 1882년 고종에게 울릉도·독도에 관해 건의한 내용 일부다. 이미 영조 때 이미 쇄환정책을 폐기하고 수토제를 실시하고 있던 조선은 강화도조약 후 울릉도 수토관이 올린 새로운 보고가 통리기무아문에 접수되고 아문은 이를 고종에게 보고하였다. 울릉도에 일본인이 들어와 벌목하고 있다는 보고가 그것이다. 고종은 이를 계기로 새롭게 조성된 상

---

* 『고종실록』 18권, 고종 18년(1881) 5월 22일, 〈이규원을 울릉도 검찰사에 임명하다〉.

황에 대하여 조사할 필요성을 인지했다. 이에 따라 이규원(李奎遠, 1833~1901)을 울릉도 검찰사로 임명하여 더욱 자세히 조사할 것을 명하였다. 이규원은 이듬해 1882년 4월 7일 울릉도를 조사하기 위해 출발하기 전 고종을 알현하고 하직인사를 할 때 고종은 특히 자세히 감찰할 것을 명한다.* 이 때 고종은 울릉도·독도에 새로운 계획을 세울 것을 암시하는 발언을 하는데 바로 그것이 바로 "읍을 설치할 계획(設邑爲計)"이다. 이는 곧 울릉도의 수토제를 폐지하고 울릉도 개척계획으로 새롭게 전환하는 계획의 일환으로 이규원의 울릉도·독도 검찰이 이루어지고 있음을 말한다. 그렇게 하여 이규원은 울릉도를 직접 검찰한 뒤 같은 해 6월 16일 고종에게 복명하고**, 8월 20일 영의정 홍순목이 고종에게 울릉도 개척을 건의하고 고종이 윤허하면서 울릉도 개척계획이 최종확정 되었다.***

위 박영효의 기록은 이러한 상황과 밀접한 관련을 맺고 있는데, 조정에서 이러한 계획이 실행되는 와중에도 여전히 울릉도에 일본인이 들어와 벌목하는 일이 그치지 않자 조선 조정은 일본정부에 공식적으로 항의하며 서한을 보내었다. 그럼에도 일본인의 울릉도 벌목이 그치지 않자 박영효는 수신사로 직접 일본에 가서 일본 외무경에

---

* 『고종실록』 19권, 고종 19년(1882) 4월 7일, 〈검찰사 이규원을 불러 만나다〉, "울릉도에는 근래에 와서 다른 나라 사람들이 무상으로 왕래하면서 제멋대로 편리를 도모하는 폐단이 있다고 한다. 그리고 송죽도와 우산도는 울릉도의 곁에 있는데 서로 떨어져 있는 거리가 얼마나 되는지 또 무슨 물건이 나는지 자세히 알 수 없다. 이번에 네가 가게 된 것은 특별히 골라서 임명한 것이니 각별히 감찰해야 할 것이다. 그리고 앞으로 고을을 세울 생각이니 반드시 지도와 함께 별지에다가 자세히 적어 보고해야 할 것이다."

** 『고종실록』 18권, 고종 19년(1881) 6월 16일, 〈일본인의 울릉도 벌목을 금하는 공문을 보내다〉.

*** 『고종실록』 19권, 고종 19년(1881) 8월 20일, 〈영의정 홍순목이 울릉도 개발을 건의하다〉.

게 이 사안을 해결할 것을 요구했다.

　일본 외무경이 처벌과 재발방지를 약속했음에도 이 문제는 해결되지 않고 지속되었지만, 주목할 점은 이것이 사행에서 조선과 일본이 공식적으로 울릉도·독도 사안을 다룬 최초의 사례라는 점이다. 사행이라는 공식적인 외교 관리가 일본에 파견되어 일본 관리에게 최초로 울릉도·독도 사안을 제기한 사례라는 점에서 이전의 대일사행에서 기록한 울릉도·독도 사안과는 그 성격을 달리한다. 3차 수신사가 이전의 통신사와 다른 면모라 할 수 있다.*

3. 조선조 대일사행기록에 나타난 울릉도·독도의 의미

　앞서 살핀 기록을 바탕으로 두 가지 방향에서 그 의미에 대하여 살펴보고자 한다. 첫째, 조일관계의 핵심적인 담당자들이 남긴 기록에 한일관계의 쟁점 중 하나인 울릉도·독도 사안이 왜 이렇듯 소략하게 기록되어 있는가? 또 하나는 이 기록에서 유추할 수 있는 대일사행의 울릉도·독도 사안에 대한 역할은 어느 정도인가?

　첫째 문제에 대하여 방대한 대일사행 기록에서 울릉도·독도 관련 내용은 필자가 살펴본 바에 의하면 앞서 거론한 기록에 불과하다. 그렇다면 조선시대 한일관계의 대표적인 담당자들이 남긴 대일사행

---

*　이러한 측면에서 박영효의 활동은 使行이 아닌 外交라고 부르기에 충분하다. 사행은 전통시대의 事大交隣 체제를 유지하기 위한 사신의 행차로 임무를 부여받은 신하에게 실질적인 전권이 있을 수 없었다 하지만 만국공법체제에서의 외교는 국가와 국가 간의 대등한 관계를 바탕으로 교섭에 의해 국제관계가 처리되었으며 대사나 공사에 의하여 그 관계가 조정되기도 하였다. 이효정, 「19세기 후반 조선 지식인의 독립 국가 지향-박영효의『使和記略』을 중심으로」,『고전문학연구』52, 한국고전문학회, 2017, 244쪽.

기록에서 왜 울릉도·독도 사안에 관한 기록이 이렇게 상대적으로 빈약한가?

두 가지 면에서 이유를 살필 수 있는데, 우선 에도시대에 울릉도·독도의 영토 귀속문제는 대마도와 시마네현 외의 지역에서는 전혀 관심이 없었다는 점을 주목할 필요가 있다. 두 곳은 생존을 위해서 울릉도·독도를 드나들면서 어획을 몰래 해오며 급기야 섬의 점거를 위한 계략을 꾸며왔지만, 일본 내 다른 지역에서는 별다른 관심을 기울이지 않은 것으로 보인다. 즉 조선통신사의 노정에 따르면 대마도 외에는 울릉도·독도와 직접적인 이해관계가 없는 곳이 대부분이다. 따라서 이 노정을 지나는 사행으로서는 그 지역 자체의 관심사와 견문 등을 중심으로 여정을 기록하였기 때문에 관련 기록이 없는 것이 지극히 당연하다. 그나마 앞서 살핀 기록이 남을 수 있었던 것은 노정에 대마도가 있었기 때문이다. 사행이 부산에서 배를 띄워 대마도에 거의 다다르면 그때부터 대마도가 사행을 수행하여 에도에 다녀온다. 왕래기간 대마도가 거의 모든 노정을 수행하면서 업무를 처리하는데 이 과정에서 대마도의 행태를 보면서 부정적인 인식이 확산했다. 앞의 네 기록 중 두 기록이 대마도와 관련 있는 것은 이러한 사정에 기인한다.

둘째, 대마도와 오늘날 시마네현, 돗토리현에 해당하는 은기주, 백기주 등에서 발생한 울릉도·독도 쟁계는 에도막부에서 비교적 신속하게 정리하여 더 이상의 논란을 키우지 않았다. 이 때문에 통신사 행록에서는 물론 사행노정에서 이루어진 필담창화에서 울릉도·독도를 거론하는 자가 거의 없었다. 오히려 필담창화집에 수록된 조선 팔도지도에서 보듯 두 섬이 조선에 속해 있음을 명확하게 밝히고 있다.* 그만큼 조선후기(에도시대) 양국관계에서 울릉도·독도 사안은 외교현안으로 부각되지 않고 비교적 안정적으로 관리되고 있었다. 이는 에도막부에서 빠르게 결정하여 오늘날 시마네현에 속하는 지역과 대마도를 통제했기 때문에 가능한 일이었다.

그런데 메이지정권이 들어서면서 상황이 급변하였다. 1876년 강화도조약으로 새롭게 조일 외교관계를 구축하는 틈을 타 그전까지 막부의 울릉도 도해금지령에 의해 억제되었던 대마도와 시마네현 중심의 일본인들이 울릉도·독도에 무단으로 들어가 벌목과 어로활동을 하는 일이 자주 일어나기 시작한 것이다. 한편으로 메이지정부 내에서도 울릉도와 독도와 관련하여 새로운 정책을 수립하기 위한 모종의 움직임이 포착되고 있었다. 그러한 상황을 반영한 것이 바로 『사화기략』이다.

조선시대 대일사행의 기록에서 울릉도·독도 사안에 관한 사행의 역할이 어느 정도인지도 살필 필요가 있다. 결론적으로 말해 사행에서 이에 관한 실질적인 역할은 미미하였다. 이것은 통신사 고유의 업무에서 벗어난 일이기 때문이다. 사행의 왕래는 오로지 교린에 목적이 있으며 그 외의 일은 부차적인 일이거나, 고유한 목적에서 벗어난 일이다. 따라서 영토와 관련된 일은 당연히 통신사 고유의 목적과 업무에서 벗어난 일이다. 통신사를 기록한 여러 문헌에 울릉도 관련 사안이 극히 제한적으로 기록되어 있는 까닭은 이 때문이다. 그런 점에서 특히 계미통신사행 뒤 남긴 여러 기록에서 울릉도 독도 관련 기

---

* 이와 비슷한 시기 일본에서 간행한 다른 지도에서도 거의 모두 울릉도와 독도를 조선의 영토로 표시한 것을 보건대 이는 비단 필담창화집만의 견해가 아니라 이 시기 일본의 공통적인 인식으로 보인다.

록이 비교적 풍부하게 전해오는 것은 이례적이다.

　원중거와 성대중 등 계미통신사행은 왜 이 문제에 대하여 특별한 관심을 기울여 비교적 자세히 기록하였을까? 겉으로 보면 대마도의 교활한 책동을 고발하려는 의도에서 비롯했다. 그러나 그 이면에는 조선의 대일 외교정책의 근간이나 방향을 성찰하라는 주문이 깔려 있다고 보인다. 조선은 초기에 왜구를 근절하기 위해 대마도 정벌을 단행하였지만 신숙주의 건의 이후 줄곧 일본과 교린관계를 맺고 평화를 지향하려는 정책을 펼쳤다. 이것은 임진왜란이라는 씻을 수 없는 상처를 딛고서 이어질 정도로 조선시대에는 그 정당성과 시의성을 확립하였다. 그런데 세부적인 측면에서 교린정책을 보완할 필요성이 있는 부분이 확인되는바 그것이 대마도의 교린관계 훼손 책동이다. 여기에 울릉도·독도 사안이 연계되어 문제의 파장은 적지 않았다. 사안의 심각성을 인식한 원중거와 성대중은 일본과 교린정책을 유지하고 더욱 공고하게 두 나라의 관계를 발전시키려면 대마도문제를 시급한 사안으로 간주하고 이에 대한 문제인식과 해결책을 제시하였다.

　반면 울릉도·독도 사안은 이미 안용복의 도해 이후 쇄환정책에서 수토정책으로 변경하여 특별히 문제가 발생되지 않고, 비교적 안정적으로 관리되고 있어 특별한 대책을 내어놓지는 않았다. 그 대신이 문제가 발생했을 때 비록 대마도와 동래를 통해 서계를 주고받으며 논쟁을 펼쳤지만, 양측의 주장만 확인할 뿐 진전이 없었으며, 오히려 안용복의 영웅적 활약을 통해 해결되었음을 강조하였다. 즉 안용복 도해사건은 울릉도·독도 문제에 있어서만큼은 교린정책에 바탕을 둔 당국자간의 공식적인 외교는 큰 실효성이 없음을 방증하는 사건인 것이다. 지금도 일본이 독도를 자국 영토로 주장하며 쟁점으로 부각하고자 하는 상황에서 이는 어떤 시사점을 주는가?

에도시대 대마도의 울릉도·독도 영유권 주장은 현재 거의 사라졌지만, 그 방식과 태도는 오히려 일본정부로 옮겨가 그대로 이어지고 있다. 현 일본정부는 에도시대 대마도가 했던 방식 그대로 국교를 맺고 있는 상태에서 일상적으로 우리나라에 외교경로를 통해 항의하고 있다. 시마네현도 마치 독도가 그 지역의 행정구역에 포함된 곳임을 끊임없이 주장하며 독도 영유권을 위한 광범위한 행동을 벌이고 있다. 따라서 현재 일본정부의 독도 영유권 주장은 에도 막부의 정책을 우선 뒤집고, 오히려 에도막부 시절 대마도와 시마네 지역이 울릉도 영유권과 어업권을 주장하던 그 내용을 고스란히 계승한 결과다. 현 일본정부의 이러한 움직임은 통신관계를 대조선 외교의 기본 축으로 확립한 에도막부의 정책에 정면으로 반하는 방향이다. 물론 일본의 현 정부가 일제강점기 등의 지난 시기 굴곡진 한일관계사를 극복하고 근대적 의미에서의 외교관계를 한국과 공동으로 지향하고 있다고 보이지만, 적어도 독도사안 만은 도요토미 히데요시 집권기, 제국주의 일본의 침략시기에 수립된 정책적 기조를 그대로 유지하고 있다. 이는 2차 세계대전 패망 후에도 일본의 한반도 침략 기조, 소위 정한론이 완전히 소멸하지 않고 있음을 보여주는 증거다. 물론 이는 당시 일본 패망의 책임을 져야 할 세력이 사라지지 않고 지금까지 현재 일본 정치권력의 중심을 차지하고 있기 때문이다.

이러한 상황에서 우리는 현실적 정치외교력, 국가적 역량의 열세에도 불구하고 독도 영유권을 위한 전방위적 노력을 기울였다. 학계에서도 일본의 주장을 논리적으로 검토하고 그 부당성과 허구성을 진단하는 작업은 거의 완료 단계에 이르렀다고 보인다. 그러면 이것이 우리가 할 일의 전부인가? 일본은 메이지 정권의 연장선에 있는 현 일본정부가 지속되는 한 독도영유권 주장을 철회하지 않을 것이다. 오히려 동원할 수 있는 모든 수단을 써서 독도 영유권 주장을 강화해 나갈 것이다. 특히 외교 분야, 교육 분야에서 움직임이 심상치 않으며, 일본의 평화헌법이 개정된다면 그 이후 군사 분야의 움직임도 심상치 않을 것으로 보인다.

그렇다면 우리는 현재 일본의 영유권 주장의 논리적 허구성을 지적하는 데 머물러서는 안 될 것이다. 일본이 독도 영유권을 주장하는 그 속내와 궁극적 목적을 잘 간파하는 것이 중요하다. 특히 에도시대 식자들과 사무라이들에서 논리가 자라나 사토 노부히로(佐藤信淵, 1769~1850)나 요시다 쇼인(吉田松陰, 1830~1859)에 이르러 정한론의 방법적 초석이 마련될 때, 조선 침략의 시작점으로 울릉도와 독도를 지목한 것에서 일본의 독도영유권 주장이 한반도 침략정책과 긴밀히 연관되어 있음을 주목해야 한다. 이에 기초하여 우리의 실효성 있는 대응을 마련한 뒤 점점 확대 강화해가야 할 것이다. 그런 점에서 안용복을 특별히 기록한 원중거와 성대중의 안목은 오늘날에도 시의성이 적지 않다.

「의산문답」, 연행에서 모색한 화이막변(華夷莫辯)의 세계관

1. 「의산문답」을 보는 시각

홍대용의 「의산문답」은 일찍이 정인보가 그 중요성을 언급한* 이후 활발한 연구가 이루어져 다방면에서 성과가 축적되었다. 관련 연구사는 대략 세 방향으로 조망해볼 수 있다. 첫째, 텍스트의 성격이다. 애초 국문학에서 「의산문답」의 장르적 성격에 초점을 두고 논의되다가,** 최근 이를 뒤이어 다양한 관점에서 연구가 진행되고 있다.*** 둘째, 텍스트에 담겨 있는 학설과 사상이다. 그 내용이 지닌 특성상 과학계에서도 활발하게 연구되고 있다는 점이 특징이다. 다만 문제는 특정 분야의 관련성에 대해서만 집중적으로 고찰한 나머지 텍

---

* 정인보, 「湛軒書序」, 『담헌서』, "선생의 글 중에 가장 중요한 것으로는 (중략) 또 「毉山問答」이란 것이 있는데, 이는 오로지 근본과 말단을 찾아 밝히고 남과 나를 분석해 놓는 것으로, 당시에 있어서는 보기 드문 것이었다."

** 김태준, 『홍대용 평전』, 민음사, 1981; 조동일, 「〈毉山問答〉과 〈虎叱〉」, 『한국의 문학사와 철학사』, 지식산업사, 1996; 임형택, 「홍대용의 「의산문답」-'虛'와 '實'의 의미 및 그 산문의 성격」, 『실사구시의 한국학』, 창작과비평사, 2000; 박희병, 「홍대용의 생태적 세계관」 및 「홍대용 사상에 있어서의 物我의 상대성과 동일성」, 『한국의 생태사상』, 돌베개, 1999: 박희병, 『범애와 평등』, 돌베개, 2013.

*** 윤주필, 「朝鮮朝 寓言小說의 反文明性-「의산문답」의 허구적 장치를 중심으로」, 『도교문화연구』 12, 1998; 길진숙, 「홍대용의 「의산문답(毉山問答)」 읽기와 문학 교육적 성찰」, 『우리어문연구』 29, 우리어문학회, 2007; 우지영, 「문답식산문의 창작전통에서 고찰한 홍대용의 의산문답」, 『동방한문학』 52, 동방한문학회, 2012; 이승준, 「담헌 홍대용의 「의산문답」 연구-문학적 의미를 중심으로」, 『우리어문연구』 53, 우리어문학회, 2015.

430

트를 형성하는 여러 계기를 간과한 채 특정 분야의 텍스트로서만 규정하려 한다는 점이다. 또한 장자, 천문학 등 외부의 지식과 사상이 일방적으로 「의산문답」에 영향을 주었다는 단선적인 결론에 이르는 오류를 범하기도 한다.* 마지막으로 「의산문답」의 저작과 관련한 제 문제다. 저술시기와 저술배경 등에 관심이 커지고 있어 텍스트 저변을 이해하는 데 도움이 되나, 여기에도 유의해야 할 점이 있다.**

---

* 이에 관해서는 박희병, 「홍대용 연구의 몇 가지 쟁점에 대한 검토」(『한국의 생태사상』)과 「홍대용 사회사상 형성의 제 계기」(『범애와 평등』)에서 자세히 논하고 있다.

** 김동건, 「의산문답의 창작배경 연구」, 『정신문화연구』 36권 3호, 한국학중앙연구원, 2013; 김동건, 「열하일기와 의산문답의 관계 재론」, 『대동문화연구』 85, 성균관대 대동문화연구원, 2014; 夫馬進, 「조선귀국 후 홍대용의 중국지식인과의 편지 왕복과 의산문답의 탄생」, 鄭光·藤本行夫·金文京 공편, 『燕行使와 通信使』, 박문각, 2014. 그러나 이러한 연구에서 간혹 나타나는 오류는 「의산문답」의 저술과 관련한 여러 배경 가운데 관심 있는 한 가지 점에만 중점을 두고 고찰한 나머지 다른 여러 사안들을 소홀히 한다는 것이다. 우선 김동건(2013)의 글에서 홍대용이 천주당에서 신부를 만나고 실망하여 「의산문답」을 저술했다는 견해는 재고의 여지가 있다. 북경에서 천주당을 찾은 이유는 자신이 만든 혼천의에 생긴 약간의 오류를 보정하기 위해서였는데 이 일이 잘 되지 않아 실망하였고, 이 때문에 「의산문답」을 저술했다는 논지가 핵심이다. 홍대용이 연행에서 천주당을 방문하려고 했다는 점은 사실로 인정된다. 그러나 그것은 홍대용이 연행에서 계획했던 많은 일 가운데 한 가지에 불과하며, 핵심 목적은 "높은 선비를 만나 중국 사정과 문장 도학의 숭상하는 바를 알고자 하는 것"이었다. 더구나 「의산문답」은 과학, 천문학만 다루고 있지 않다는 점은 주지의 사실이거니와, 그 "실망감을 상쇄시키고 더 발전된 학설을 주장하기 위해" 저술했다는 논리는 홍대용을 당사자가 그렇게 비판한 조선의 오활한 학자로 전락시키는 처사라 하지 않을 수 없다. 또 이 글에서는 홍대용의 지식은 이미 연행 이전에 일정한 경지에 이르렀으며 연행을 통한 충격은 없다고 하였다. 홍대용 연행록을 정독했다면 담헌이 연행 중 수많은 견문을 통해 많은 배움과 더 깊이 생각할 자료를 얻었음을 부정하지 못할 것이다. 후마 스스무는 홍대용이 중국 학인과 주고받은 여러 편지를 근거로 들며, 특히 엄성의 편지를 받고 주자학에서 탈피하여 이단 특히 장자로 대표되는 도가의 영향을 많이 받아 이것이 텍스트의 내용에 많이 반영되었다고 하였다. 이 또한 「의산문답」을 이루는 여러 계기들을 두루 고려하지 않고 특정 한 곳에서만 영향을 받았다는 논리적 함정에 빠져 있다. 나아가 「의산문답」의 탄생이 분격(憤激)에 있다고 하였다. 즉 홍대용이 세상과 불화하여 그 분노가 넘쳐 「의산문답」을 지었다는 말이다. 문제는 「의산문답」이 결코 분노로 가득 찬 텍스트가 아니라, 오히려 장대한 규

간략히 살펴본 연구사에서 도출해 낼 수 있는 「의산문답」 연구
의 키워드는 홍대용의 삶, 학문(사상), 글쓰기다. 이들이 상호 긴밀한
연관을 맺고 있음은 물론이다. 따라서 여러 관점에서 연구를 수행하
더라도 제 요소의 상호 관련성을 항상 논의의 전제로 두어야 비로소
「의산문답」의 진면목에 도달할 수 있으리라 본다.

이에 특히 유념하면서 여기서는 「의산문답」의 글쓰기 방면에 대
한 재검토에 중점을 두고자 한다. 홍대용은 학문과 세계관 혁신의 구
체적인 내용을 문답이라는 동아시아 전통의 산문형식에 담아놓았지
만, 저술 당시를 둘러싼 상황을 고려하여 이에 맞게 효과적으로 메시
지를 발화하기 위한 최적의 구성을 위해 고심하였다고 짐작된다.[*] 이
에 대한 세밀한 고찰을 위해 여기서는 우선 장소의 문제, 실옹과 허
자의 인물 해석에 대한 문제를 다시 살피고자 한다.

2. 의산(醫山)과 요야(遼野), 광대무변의 장소

「의산문답」에서 문답이 이루어지는 장소인 의무려산의 상징적
의미에 대해서는 텍스트에서 밝힌 대로 '화이의 접경'이라는 뜻을 품
은 장소라는 데 큰 이견이 없다. 그러나 과연 의무려산이 그러한 의

모의 파노라마와 같은 문답이 이루어지고 있는 점을 간과하고 있다는 점이다. 무엇보다 '실
망감'과 마찬가지로 '분격'이 「의산문답」 저술의 동기라는 논리는, 「의산문답」에서 말하는
학문을 망치는 네 가지 마음(矜心, 勝心, 權心, 利心)에 의거해 보아도 부합되지 않는다. 그 실
망감, 분격이라는 것은 자만심, 이기려는 마음 등과 뿌리가 같은 감정이라 할 수 있다.

[*] 그럼에도 이에 대한 그간의 평가는 대체로 인색한 편이다. 조동일의 견해가 대표적인데,
「의산문답」이 「호질」에 비해 사상 표현의 방식을 크게 쇄신하지 못하였다고 하였다.(조
동일, 「18세기 인성론의 혁신과 문학의 사명」, 『한국의 문학사와 철학사』, 지식산업사, 1996,
352~371쪽)

미만 지니고 있을까? 최근 들어 의무려산을 중의적 장소로 해석하여 하늘과 땅 사이의 공간*이나, 허자의 깨달음이 이루어지는 상징적 입사의식의 공간**으로 해석하기도 한다. 다소 진전된 해석이나 이마저도 부분적인 해명에 그친다. 그러한 해석으로 텍스트를 구성하는 제 요소를 유기적으로 구조화하면서 전개한 「의산문답」의 글쓰기를 제대로 이해할 수 없기 때문이다.

또 다른 문제는 「의산문답」의 장소를 논할 때 주로 화이의 경계인 의무려산에만 주목한다는 점이다. 제목에 장소가 명시되어 있거니와, 의무려산의 위치가 화이론을 논하기에 적절한 장소라는 점은 이견이 있을 수 없다. 그러나 이렇게만 본다면 「의산문답」에서 주요하게 다루고 있는 천지의 체형과 정상, 삼라만상의 근본을 설파하는 장소로서의 의미는 잘 드러나지 않는다. 텍스트의 장소 설정과 그 의미를 온전하게 파악하려면 표제에 명시된 장소인 의무려산뿐만 아니라 그 앞에 펼쳐진 요야를 함께 고려해야 한다. 따라서 여기에서는 의무려산과 함께 요야를 텍스트의 의미를 생성하는 장소로 상정하여 살피고자 한다.

> 의무려산에 올라 남쪽으로 창해와 북쪽으로 대막(大漠)을 바라보고 눈물을 줄줄 흘리면서 말하기를,
> "노담(老聃)은 '호(胡)로 들어간다.'고 했고, 중니는 '바다에 뜨고 싶다.'고 했으니, 어찌 그만 둘꼬, 어찌 그만 둘꼬."

* 길진숙, 앞의 논문, 176~177쪽.
** 조규익, 「연행 길, 고통의 길, 그러나 깨달음의 길」, 『국문사행록의 미학』, 역락, 2004, 308~316쪽; 이승준, 앞의 논문, 153~179쪽.

하고는 드디어 세상을 도피할 뜻을 두었다.

수십 리쯤 가니 앞에 돌문이 나왔는데 실거지문(實居之門)이라고 씌어 있다. 허자가 말하기를,

"의무려산이 화이의 접경에 있으니, 동북 사이에 이름난 산이다. 반드시 숨은 선비가 있을 것이니, 내가 반드시 가서 물어 보리라."

하였다.*

「의산문답」 서두에 나오는 대목이다. 허자는 30년 독서를 하고도 조선에서 외면당하자 북경에 갔으나 거기서도 자신의 도를 알아주는 사람을 만나지 못해 돌아오다가 의무려산에 올랐다. 길게 뻗은 산 앞으로 가없는 요동평야가 펼쳐져 있으며, 뒤는 몽골로 이어진다. 산에 오른 허자는 앞으로 창해(혹은 요야)를 보며 눈물을 흘리며 은거할 뜻을 품고 산속으로 들어갔다가 '실거지문'이라 써놓은 석문을 보고는 의무려산이 '화이의 접경'이니 틀림없이 숨어 사는 선비가 있을 것이라고 여겼다. 여기서 '이하지교(夷夏之交)'와 '일사(逸士)'는 기실 논리적 연관성이 크지 않다. 그럼에도 이런 진술이 가능했던 까닭은 아마도 산의 역사적 내력 때문일 것이다. 의무려산은 동아시아 식자층에게 유람의 대상이자 학문의 거처로, 이곳에는 야율초재,** 하흠*** 등 중

---

* 「의산문답」, "乃登醫巫閭之山, 南臨滄海, 北望大漠, 泫然流涕曰, 老聃入于胡, 仲尼浮于海, 烏可已乎, 烏可已乎, 遂有遯世之志. 行數十里, 有石門, 當道題曰實居之門. 虛子曰, 醫巫閭處夷夏之交, 東北之名嶽也, 必有逸士居焉, 吾必往叩之."

** 耶律楚材(1190~1244)는 遼나라의 왕족 출신으로, 대대로 金나라를 섬기다가, 몽골이 일어서자 투항하여 功臣이 되었다. 의무려산에서 수학하면서, 천문과 지리, 수학, 의학, 유불도 사상에 두루 통달했다.

*** 賀欽(1437~1510)은 明 正統~成化 연간의 성리학자로 소싯적에 이 산에 寓居하며 독서했다. 자신의 호를 醫閭山人이라고 하였는데, 그의 문집인 『醫閭集』이 조선 學人들 사이에

국뿐 아니라 여러 나라의 선비들이 은거하며 학문을 닦은 사적이 남아 있다. 야율초재는 여러 분야에 두루 조예가 깊었는데, 이는 홍대용의 학문성향과 닮았다. 그러한 사적을 담헌이 모를 리 없었을 것이다. 또한 홍대용이 의무려산에 오르면서 지나친 '잠곡정사(潛谷亭舍)'라는 곳은 하흠이 거처하던 곳으로 알려져 있으며,* 귀국 후에 엄성에게 편지를 써서 "의무려산에 들어가서는 하흠의 높은 절개를 우러러보았습니다."**라고 할 만큼 홍대용은 의무려산을 글하는 선비의 거처로 인식하였다. '화이의 접경에 있는 산'이니 '숨어사는 선비'가 있을 것이라는 논리는 아마도 이런 점에 기대었을 것이다. 이렇게 본다면 의무려산을 '화이의 접경'으로만 이해할 것이 아니다. 학문의 장이라는 관점에서 본다면 이곳은 화이의 구분을 넘어서서 다양하고 개방적인 학문의 교류가 이루어지는 장소로 해석될 수 있다. 이것이 '교(交)'의 뜻에 더 잘 부합된다.

또한 화이의 접경으로서 의무려산은 중국이 획정한 인위적인 장소를 가리키지만,*** 대자연으로서의 의무려산은 그런 구획 자체를 무의미하게 만든다. 이와 관련하여 주목할 곳은 요동들판이다. 이곳은 직접적으로 문답의 장소로 설정된 곳은 아니지만, 문답의 내용과 밀

서 널리 읽히기도 하였다.

* 『연원직지』제5권 「回程錄」, "또 동으로 수십 보를 가니, 잠곡정사가 집터만 남아 있다. 이는 명나라 때의 처사 하흠이 거처하던 곳이다."

** 『담헌서』외집 1권, 『항전척독』, 〈與嚴鐵橋誠書〉.

*** 일찍이 성대중이 이런 말을 한 적이 있다. 『青城雜記』, 「醒言」, 〈다른 것과 같은 것〉, "오랑캐니 중국이니 하는 것은 사람들이 구분하는 것이지 땅이 어찌 차별함이 있겠는가.(曰夷, 曰夏, 人則異之, 地豈嘗分別也.)", 〈중화와 오랑캐의 구분은 하늘의 뜻이 아니다〉, "오랑캐와 중화의 구분은 사람이 한 것이지 하늘은 똑같이 아들로 여긴다.(夫華夷之別, 人也, 天則等是子也.)"

접한 관계를 맺고 있는 장소다. 특히 실옹의 발언을 통해 이곳이 천지의 체형을 살필 수 있는 곳임을 알 수 있다. 이는 아마도 홍대용의 체험이 텍스트에 깊이 영향을 미쳤기 때문이다. 홍대용은 『을병연행록』에서 요야를 본 소감을 아래와 같이 기술하였다.

> 10여 리를 가서 석문령을 넘었다. 압록강을 건너서부터 이곳에 이르러 다 산이 험하고 물이 많아 길과 마을이 다 산 가운데 있어 우리나라 두멧길과 다름이 없더니, 이 재를 넘어 10여 리를 가서 뫼어귀를 나가니 큰 들이 하늘에 닿아 앞으로는 산을 보지 못하였다. 먼 수풀과 희미한 촌락이 구름 가운데 출몰하는 거동이 일시 경치가 좋을 뿐 아니라, 실로 사람의 옹졸한 가슴을 통연히 헤치고 악착한 심사를 돈연히 잊을 만하였다. 스스로 평생을 헤아리니 독 속의 자라와 우물 안의 개구리였다. 어찌 하늘 아래 이런 큰 곳이 있는 줄 뜻하였겠는가. 이때 비를 뿌리고 구름이 들을 덮어 비록 멀리 바라보지 못하나, 수레에 앉았으니 은연히 한 닢 작은 배를 만경창해에 띄운 듯하니, 과연 평생의 큰 구경이요, 장부의 쾌한 놀음이었다.*

홍대용이 석문령을 넘어 처음으로 요야를 바라보는 대목이다. 우선은 좁은 땅에 살다가 드넓은 들판을 바라보며 가슴이 탁 트이는 기분을 느꼈지만, 그보다 주목할 대목은 거대한 자연 속에서 자신이 독 속의 자라와 같음을 깨달았다는 토로다. 대자연으로서의 요야

---

* 『주해 을병연행록』 1, 96~97쪽.

에서 미물로 서 있는 자신에게는 이 순간 자체가 평생의 큰 체험이었다. 그런데 한문본 『연기』를 보면 조금 다르게 썼다.

요동에서 서쪽으로 3백 리를 가면 대륙이 바다처럼 가없이 넓어 해와 달이 들에서 떴다가 들에서 진다. 신점촌에 당도하자 뒤쪽에 열두어 길이나 되는 작은 구릉이 하나 있기로 올라갔더니, 조망이 참으로 상쾌하였다. 대개의 경우는 평야를 통과한다 해도 사방의 조망이 10여 리에 지나지 않는다는 것이다. 이런 까닭에 바다를 보지 않거나 바다와 같은 요야를 건너보지 않고서는, 땅이 둥글다는 이야기가 마침내 행해지지 못할 것이다.*

여기서도 홍대용은 이제껏 보지 못한 광활한 평지를 보고 조망이 상쾌하다고 했지만, 관심을 가져야 할 대목은 요야를 건너보지 않은 자는 지구가 둥글다는 말을 할 수 없다는 체험적 진술이다. 이는 요동들판이 홍대용에게 있어 그가 밟아본 땅 중에서 천지체형과 정상, 삼라만상의 원리를 살필 수 있는 최적의 장소였음을 보여준다. 「의산문답」에서 허자는 의무려산에 올라 요야를 보면서 자신의 학문을 알아주지 않은 것을 두고 눈물을 흘렸지만, 실제 홍대용은 요야에서 이렇듯 광활한 자연을 체험했다. 이러한 체험을 바탕으로 홍대용은 실옹의 입을 통해 텍스트 곳곳에 관련 내용을 기술해 두었다.

(가) 무릇 지구는 물과 흙이 바탕이 된다. 그 형체는 원형이고, 쉬지

---

* 『담헌서』 외집 8권, 『연기』, 「沿路記略」.

않고 돌며 공중에 떠 있고, 만물은 그 표면에 의지하여 붙어있다.[*]

(나) 항해를 하면 해와 달이 바다에서 뜨고 바다로 지며, 들판에서 바라보면 해와 달은 들판에서 나와 들판으로 들어간다.[**]

(다) 세상 사람들은 옛 습관에 안주하여 익히되 살피지는 않으며, 이치가 눈앞에 있는데도 탐구하지 않아, 평생 하늘을 이고 땅을 밟고 살면서도 그 실정에는 어둡다. 오직 서양의 어떤 지역은 슬기로운 기술이 정밀하고 상세하며 측량을 잘 알아 지구가 둥글다는 말을 더 이상 의심하지 않는다.[***]

「의산문답」에는 지원설(地圓說), 지전설(地轉說), 무한우주설(無限宇宙說) 등 지구와 천체의 모양과 운동에 관한 내용이 자세하게 서술되어 있다. 그중 위에서 언급한 내용은 지원설에 해당하는 부분이다. 다양한 방식으로 지구가 둥글다는 것을 설명하는데, (가)는 지구 밖 멀리 떨어진 곳에서 지구를 바라보듯 지구의 움직임과 형태를 설명한다. (나)는 그 내용은 물론이거니와 문투를 보아도 홍대용이 요야를 건너면서 남긴 기록과 매우 흡사하다. 마지막으로 (다)는 중국이나 조선 사람들은 기존관념에 사로잡혀 잘 탐구하지 않아 지원설을 깨닫지 못하지만, 서양은 기술발달로 이러한 설을 더 이상 의심하지 않는 상식으로 받아들이고 있음을 말하고 있다. 이런 대목은 홍대용의 천체 연구에 기초한 내용으로, 의무려산에 오른 경험 못지않게 요야를

---

[*]　「의산문답」, "夫地者, 水土之質也, 其體正圓, 旋轉不休, 渟浮空界, 萬物得以依附於其面也."

[**]　「의산문답」, "海行則日月出於海而入於海, 野望則日月出於野而入於野."

[***]　「의산문답」, "世之人, 安於故常, 習而不察, 理在目前, 不曾推索, 終身戴履, 昧其情狀. 惟西洋一域, 慧術精詳, 測量該悉, 地球之說, 更無餘疑."

가로지른 경험이 이런 기록의 형성에 크게 관여했음을 알 수 있다.

그렇다면 「의산문답」의 장소적 의미는 의무려산만을 논하는 기존의 시각을 확대하여 요야를 함께 시야에 넣고 보아야 제대로 파악할 수 있을 것이다. 텍스트의 인물이 문답을 나누는 장소로서 의무려산은 그저 '천하문명의 중심부'와 대비되는 '동북 변경의 한 모퉁이'* 라기보다는 지구와 우주의 모습을 관찰할 수 있는 광활한 장소로서의 의미를 형성하고 있다. 나아가 전통적 동아시아 문명론의 혁신 담론을 펼칠 최적의 장소라 할 만하다. 근래 중국 측에서 살핀 바에 의하면 의무려산에도 '큰 산(大山)',** '광대무변의 군산(群山)'*** 이라는 뜻이 담겨 있다. 이에 의하면 의무려산 또한 광대무변의 장소로서 요야와 함께 통일된 의미를 형성한다. 이렇듯 「의산문답」에서 의무려산과 요야는 인물, 지구, 우주, 그리고 문명론 등을 펼치기에 좋은 장소로서, 그 문답의 내용에 맞게 광대무변의 상징적 공간이라 할 수 있다.****

---

*   임형택, 앞의 책, 168쪽.

**   蕭廣普 編注, 『闖山詩選』, 遼寧人民出版社, 1987, 3쪽. "…醫巫閭山, 東胡族語, 意爲 大山…."

***   王玉華, 「醫巫閭質疑」, 『中國地名』 總第111期, 2003. 11쪽. 醫無閭山, 又稱醫巫閭 山, 在今遼東的北寧市. 北寧又稱北鎭, 有鎭守祖國東北的意義在內. 揚雄 『方言十二』: "醫, 幕也, 謂蒙幕也." 閭, 通 "律", 是衡兩的意思. 『爾雅 · 釋言』: "律, 詮也." 『說文』: "詮, 衡也." 『廣雅 · 釋言』: "詮, 量也." "醫無閭"就是覆盖得廣大無邊無法衡量的意思. 所以把 "醫無閭" 解釋成廣大的意思是對的, 說明醫無閭是廣大無邊的群山.

****   『열하일기』의 이른바 '호곡장'을 분석한 연구에서는 요야를 '거대한 중국 문명의 표상'(김명호, 「열하일기의 문체에 대하여-'好哭場論'을 중심으로」, 김학성 · 최원식 외, 『한국근대문학사의 쟁점』, 창작과비평사, 1990, 178쪽)이나, '중화문명의 본질'(김동석, 「열하일기의 서사적 구성과 그 특징」, 『한국실학연구』 9, 한국실학학회, 2005, 97~98쪽)이라고 보았으나, 이러한 해석은 적어도 「의산문답」에서는 온전히 적용되지 않는다. 「의산문답」에서 요동들판은 천체를 대면할 수 있는 곳이다.

요컨대 의무려산과 요야는 천체의 정상과 화이론 등 동아시아를 보는 새로운 시각을 논하는 데 최적의 장소로서 텍스트의 배경으로 설정되었다. 의무려산이 화이의 접경이자 교류의 현장이라고 한다면, 여기서 바라본 요야는 하늘과 맞닿은 일망무제야다. 광활하게 펼쳐진 들판에서 하늘과 땅이 맞닿은 것을 보면 저절로 우주의 한복판에 서 있는 듯한 체험을 한 홍대용의 연행 경험은 「의산문답」의 장소 설정과 무관하지 않다. 이곳은 사람의 손이 아직 덜 닿은 곳으로, 중국과 조선을 벗어나 대도(大道)를 펼칠 최적의 장소라 할 수 있다. 홍대용은 이 자리에서 실옹의 입을 통해 그 대강(大綱)을 설파하였다. 그렇다면 기존의 「의산문답」의 장소적 의미를 파악할 때 의무려산에만 관심을 가졌던 것을 재고하고, 그와 함께 요야를 주목할 필요가 있다.

3. 허자(虛子)와 실옹(實翁), 다면적 인물형상

「의산문답」에서는 허자와 실옹, 오로지 이 두 가상의 등장인물이 문답을 주고받는다. 이상은이 『담헌서』 해제에서 허자를 "당시의 세속적인 번문허식(繁文虛飾)을 숭상하는 자, 체면지키는 양반, 성리공담(性理公談)을 하는 도학자(道學者), 전통사고에 얽매인 부유(腐儒)들을 대표(代表)하는 사람", 실옹을 "담헌의 이상 속에 있는 새 지식을 가진 실학적(實學的)인 인물을 대표하는 사람"[*]이라고 인물형상을 간략하게 기술했다. '허'나 '실'이라는 글자의 의미에 충실하여 기술

---

[*]   이상은, 「해제」, 『국역 담헌서』 1, 민족문화추진회, 1974.

한 것이 이후 실옹과 허자의 인물형상에 대하여 하나의 규범적 해석이 되었다. 최근 들어 인물 형상에 대해서 좀 더 자세한 분석이 이루어지고 있는 점이 주목된다. 이에 의하면 실옹과 허자는 홍대용의 두 분신으로 보기도 한다.* 진전된 해석이기는 하나, 여기서도 논의의 여지가 없지 않다.

우선 허자의 모습에 대해 다시 살펴보자. 전술한 대로 최근 논의에서 허자의 다면적 성격에 주목하여 조선의 속유와 분신으로서 홍대용 자신을 제한적으로 형상화한 것으로 새롭게 해석하였다.** 실제 전반부에서 본격적으로 문답이 진행되기 전까지 허자의 모습은 홍대용의 삶과 많이 닮았다. 허자가 조선 사람으로 30년간 은거독서하고 북경을 다녀온다는 설정은 자신의 생애 전반부 학문의 과정과 연행 경험을 그대로 투영해놓았다고 볼 수 있다. 그러나 그가 북경에 갔으나 실의에 빠져 돌아오는 길에 의무려산에서 실옹이라는 인물을 만나 이른바 대도를 듣고 크게 각성한다고 설정한 대목을 보면, 홍대용이 그의 삶을 허자에 온전히 반영했다고 보기 힘들다. 우선 허자가 북경에 자신의 학설을 유세하려고 갔다는 설정은 홍대용의 여행 목적과 차이가 있다. 그는 대국의 규모를 살피고 높은 선비를 만나볼 목적으로 중국여행을 나섰기 때문이다.*** 그리고 북경에서도 자기

---

* 조동일 선생은 '표면상으로는 작자가 허자이지만, 실질적인 내용에서는 실옹의 말을 통해 자기 생각을 나타냈다.'고 했다.(조동일, 『세계문학사의 전개』, 지식산업사, 2002, 329쪽) 이밖에 이승준은 짝패로 해석했으며(앞의 논문), 박희병 선생은 실옹과 허자를 홍대용의 분신이라고 보면서, 실옹은 '갱신된 담헌, 이전의 자기가 지양된 담헌', 허자는 유교와 성리학에 바탕을 둔 담헌의 형상을 부분적으로 지니고 있다고 하였다.(박희병, 앞의 책, 2013, 135~141쪽)

** 박희병, 앞의 책, 138쪽.

*** 『주해 을병연행록』 1, 454쪽.

4부 사행록을 통해 본 동아시아의 갈등과 그 해법 **441**

를 알아주는 선비를 만나지 못했다는 점도 홍대용의 실제 행적과는 다르다. 항주의 세 선비를 만나 교유한 것은 홍대용의 연행 경험에서 가장 중요한 의의를 지니며, 훗날 연행을 통해 조선과 청나라 식자들 사이에 교유의 물꼬를 튼 역사적 의의를 지닌 사건이다. 항주 세 선비는 개방적 자세로 홍대용의 학문 세계를 이해하고 존중하였음을 홍대용이 이들을 대하는 태도와 교유한 기록을 통해 명백히 알 수 있다.* 다만 그들이 실옹처럼 홍대용을 대도(大道)의 세계로 안내하여 깨우쳐주는 그런 존재라고 보기에는 물론 어렵다.**

---

* 『담헌서』, 「회우록서」. 박지원은 홍대용에게서 항주 세 선비와의 만남을 기록한 필담집의 서문을 써달라는 청을 받고 서문을 쓰면서 다음과 같이 홍대용의 말을 그대로 옮겨놓았다. "내가 감히 국내에 그럴 사람이 없어서 서로 사귀지 못한다는 것이 아니라 실은 지역에 국한 되고 습속에 구애되어 마음속에 답답한 생각이 없을 수 없지. 내 어찌 오늘의 중국이 옛날의 諸夏가 아니고 그 사람의 옷이 선왕들의 法服이 아닌 것을 모르겠는가. 비록 그렇다 하여도 그 사람이 살고 있는 땅덩이가 어찌 요·순·우·탕·문·무·주공·공자가 밟던 땅이 아니며, 그 사람 의 사귀는 선비가 어찌 제·노·연·조·오·초·민·촉의 널리 보고 멀리 놀던 선비가 아니며, 그 사 람의 읽는 글이 어찌 三代 이래 사방 여러 나라에 한없이 펼쳐간 서적이 아닐 수 있는가? 제 도는 비록 바뀌어도 도의는 달라질 수 없는 것이니, 이른바 옛적의 諸夏가 아니라는 것이, 또 한 어찌 그 백성 노릇을 하면서도 그 신하 노릇은 하지 않는 사람이 없겠는가? 그렇다면 저 세 사람들을 우리와 비교할 때 또한 어찌 華夷의 구별이 없고, 형적이나 등위에 관한 혐의가 없을 것인가? 그런데 번다한 형식을 타파하여 까다로운 절차를 씻어 버리고 진정을 피력하 고 간담을 토로했으니, 그 규모의 광대함이 어찌 소문이나 명예, 세력이나 이익의 길에 매어 달려 조불조불하게 악착같은 짓을 하는 사람들과 같은 부류이겠는가?"

** 한편, 「의산문답」에서는 북경에서는 자신을 알아주는 선비를 만나지 못하고 의무려산에서 만나는 것으로 설정했는데, 이는 아마도 홍대용이 북경에서 항주의 세 선비를 사귄 일을 두 고 일어난 논란을 의식한 설정으로 짐작된다. 앞서 「의산문답」의 장소인 의무려산이 학문의 교류와 발전이 이루어지는 곳으로 해석한 것을 수긍한다면, 홍대용은 그가 고항삼재와 만난 일은 이러한 이국의 선비를 만나 학문과 지식을 교류한 것 외에 어떠한 혐의쩍음도 없다는 점을 말하고자 한 게 아닐까. 즉 의무려산에서 실옹과 허자가 만나 문답을 나눈다는 설정은 홍대용의 연행경험과 이 가운데 세 선비와 사귄 일에 대한 자평이 개입되어 있다고 볼 수 있 다. 그런 면에서 보면 실옹에 항주의 세 선비의 모습이 부분적으로 반영되어 있다고 할 수 있 다. 혹은 이상은이 말한 대로 그가 만나려고 했던 이상적인 선비의 형상이 투영되어 있다고

또한 허자는 부유(腐儒)라고 보기에는 너무나 독실하게 글을 읽었다. 비록 유불도에서 벗어나지 못했지만 그 안에서 사뭇 높은 경지에 이른 인물로 보인다. 그런데 그가 '사람의 도리를 밝히고 사물의 이치에 회통'한 그 구체적인 내용은 알 수 없다. 비록 실옹의 입에서 나온 대도와 같은 수준은 아니더라도 실옹의 말대로 유학의 강령은 갖추었을 정도에는 이르렀을 것이다. 그런 허자가 깨달았다고 하는 이치가 조선은 물론 중국에서도 외면당했으니 도대체 어떤 내용일까? 만약 허자가 조선의 일반적인 유자(儒者)라고 보면 그가 깨달은 도는 진부한 견해에 불과한 것이겠지만, 허자가 홍대용의 분신이라고 한다면 그가 깨달은 도는 오히려 매우 급진적이거나 새로운 내용일 것이다. 해서 조선이나 중국 어디서도 받아들이기 힘든 것일 가능성이 크다. 홍대용이 허자에게 자신의 모습을 일정하게 반영했다면, 자신이 깨친 새로운 생각을 직접 설파하기가 저어되는 상황에 놓인 자신의 모습을 허자에게 투사하고, 대신 그 생각은 실옹의 입에서 대도라는 이름으로 나오도록 설정한 것이 아닐까? 그렇다면 허자는 홍대용의 분신, 조선의 속유 등 어느 하나도 분명치 않게 보이도록 모종의 트릭을 쓴 형상으로 짐작된다.

이와 관련하여 실옹 또한 유심히 살펴볼 필요가 있다. 실옹은 앞서 말한 대로 혁신적 세계관을 깨친 홍대용의 모습과 항주 세 지식인 또는 홍대용이 생각한 이상적인 학자의 모습이 어우러져 빚어진 형상이다. 그런데 실옹의 외양이 주목된다. 뒤에서 자세히 살피겠지만, 흙과 나무가 뒤엉켜[土木之形] 궤이(詭異)한 형상을 하고 있다. 그 모

볼 수도 있다.

습으로 실옹은 허자를 앞에 두고 천지만물의 이치가 담긴 대도를 설
파한다. 실옹은 어찌하여 이토록 기괴한 모습이며, 그 의미는 무엇
인가?

짐작컨대 여기에는 홍대용의 실존적 자의식이 반영된 것으로 보
인다. 조선이라는 사회역사적 시공간에서 그의 학문과 사상, 또는 그
의 인생 역정과 사족계층에서의 위상*이 당대 조선의 일반 유자들 눈
에는 이렇듯 기괴한 형상에 가까울 것이라는 존재론적 성찰이 반영
된 것이 아닐까. 그러나 이것이 자기 비하의 뜻을 드러낸 것으로 해
석되지는 않는다. 오히려 조선의 현실에서 그나마 독실하게 책을 읽
고 학문을 닦은 허자**의 눈으로 보더라도 자신의 학문과 사상은 이
같이 기괴한 모습을 띨 수밖에 없을 것이라는 객관적이고 냉정한 진
단이 반영되어 있다고 보인다. 이런 시각에서 실옹을 다시 보면 비단
홍대용의 사상이 투사된 형상일 뿐만 아니라, 홍대용의 사회적 자의
식이 반영된 형상이라 할 수 있다. 곧 홍대용은 자신의 대도를 조선
의 학문풍토에서는 직설하기 꺼려 외형상으로는 자신의 분신이 허자

---

*   물론 홍대용은 가문과 학맥으로 보건대 벌열출신이다. 그의 태생적 환경과 조건으로만 보면
그러하지만, 그의 의식과 삶은 이점만으로 규정할 수 없는 궤적을 밟고 있음을 유의하고자
한다.

** 허자의 이러한 면모로 보건대 필자는 허자를 다만 조선의 부유(腐儒) 혹은 허학에 매몰된 유
자, 일반적인 유자로 보는 견해에 동의하지 않는다. 허자는 열심히 학문을 연마하는 유학자
이기는 하지만 전통적 학문 분야인 성리학이나 도가 불가의 범주에서 벗어나지 못하는 한계
를 지닌 이들에 더 가깝기 때문이다. 기존의 관념에 벗어나지 못했지만 그나마 성실히 학문
을 연마하였기에 실옹의 말을 듣고 자신의 견해를 수정해갈 수 있는 태도에 주목할 필요가
있다. 이는 「호질」의 북곽선생과 선명하게 대비된다. 북곽선생이야말로 부유 혹은 鄕愿에
가깝다. 아마도 홍대용은 조선의 허자와 같이 새로운 학문을 두고 토론하여 진리성이 인정되
면 받아들일 태도를 갖추고 있는 학자조차도 그리 많지 않음을 은연중 드러내고자 하였을 법
하다.

인 듯 꾸며두고, 그 자신의 생각을 펼칠 캐릭터로는 아주 기이한 모
습을 한 실옹으로 설정하여 발언하고 있다고 보인다.

상황과 맥락에 따라 여러 캐릭터가 덧붙여져 형상화된 실옹과
허자의 모습은 이렇듯 다면적이다. 허자는 조선의 일반 유자의 모습
을 띠고 있으나, 저자의 연행경험을 반영한 것에서 보면 홍대용 자신
의 모습을 부분적으로 투사한 것으로 보인다. 실옹 역시 홍대용이 생
각하는 이상적인 인물일 뿐 아니라 항주의 세지식인의 모습이기도
하며, 홍대용의 학문과 사상을 발언하는 인물이기도 하다. 이렇게 이
중 삼중의 분장술을 동원하여 인물을 다면적으로, 보기에 따라서는
모호하게 형상화한 까닭은 어디에 있을까?

이는 홍대용의 학문과 경험에서 도출한 결과로 보인다. 곧 당시
조선의 학계의 실정을 매우 냉소적으로 보여주면서도, 새로운 시대*
에 맞는 사상의 필요성과 당위성의 역설 등을 종합적으로 고려한 매
우 치밀하고도 정교한 형상화 방식이라 할 수 있다. 실옹의 기이한
모습을 통해서 조선 학문의 냉엄한 현실을 엿볼 수 있으며, 실옹의
입에서 설파되는 대도를 통해서 새로운 시대의 도래와 그에 맞는 새
로운 사상의 필요성을 역설하려는 홍대용의 궁극적 의도를 살필 수
있다.

물론 여기에는 자기 저술에 대한 조선사회에서의 비판을 예상하
고 고안한 교묘한 장치라는 의미도 있을 것이다. 비슷한 혐의를 피할
수 없었던 『열하일기』를 보더라도 박지원은 이 연행록을 저술하는
과정에서 논란과 비판을 피하기 위해 갖은 기교와 트릭을 구사하며

---

* 여기서는 명·청의 교체를 통한 청조의 중원 웅거와 번영을 가리킨다.

북학론과 조·청 관계(화이론), 그리고 심세(審勢)에 관한 자신의 핵심적인 사유를 곳곳에 숨겨놓았다. 그런데 홍대용의 연행록을 보면 홍대용의 사상의 핵심 내용을 조리 있게 기술해 두지는 않았다. 「의산문답」에서 보이는 인물론, 지전설, 역외춘추론 등의 내용은 그의 연행록에서 부분적으로 확인되나 본격적으로 다루고 있는 것은 아니다. 그럼에도 그의 연행관련 행적과 기록은 조선에서 논란에 휘말려, 그는 김종후에게 단지 청나라 선비와 사귀고 필담을 나누었다는 점 때문에 비난을 받으며 시달려야 했다. 사정이 이러하니 그의 사상과 학문을 더욱 예리하게 벼린 「의산문답」에는 그보다 훨씬 치밀한 대응 논리와 설득력을 담보해야 했다. 새로운 논리의 설파를 위해 근거와 논증이 정확해야 하며,* 때로는 트릭과 기교로 위험한 혐의에서 벗어날 장치를 마련해야 했다. 이처럼 홍대용도 박지원과 마찬가지로 당대 조선사회의 학문적 이념적 상황에서는 전복적이고 급진적인 발언으로 가득 찬 「의산문답」의 내용을 전개하기 위해 고도의 구성 책략을 마련하지 않으면 안 되었다. 그것이 바로 허자와 실옹이라는 다면적이고도 모호한 형상 간의 문답 구성이다. 이로 보면 허자와 실옹은 허학과 실학의 전형적 인물형상뿐만 아니라 홍대용 그 자신은 물론 조선과 중국 학인들의 모습 등 이질적 성격이 서로 얽혀 있는 형상으로 매우 다양한 해석의 여지를 지닌 형상이라 할 수 있다.

　이상은 주로 허자와 실옹의 인물형상을 홍대용의 삶, 사회역사

---

*　　정인보가 「湛軒書序」에서 「의산문답」에 대해, "이에 대해 하나하나 눈앞에 보이는 사실을 들어 설명하고 증명하되, 흑백을 나누듯이 분명하게 해, 낡은 것에 고착된 사람들로 하여금 스스로 잘못된 바를 알도록 하였다."라 한 대목은 바로 이러한 맥락에서 더욱 선명하게 이해할 수 있다.

적 현실과 연관지은 해석이다. 한편, 텍스트 내적 구조의 유기적 관련성을 중심으로 살피고자 하면 실옹과 허자는 위와 같은 해석만으로는 온전히 해명하기 어렵다.* 특히 본격적으로 문답이 이루어지는 부분에서 발언하는 허자와 실옹에게서 또 다른 면이 보이기 때문이다. 우선 앞서 언급한 실옹의 모습을 가까이서 다시 보자.

> 드디어 석문으로 들어가니 한 거인(巨人)이 새집처럼 만든 증소(橧巢) 위에 홀로 앉았는데, 모습이 괴이하였으며 나무를 쪼개서 글씨 쓰기를 실옹지거(實翁之居)라 하였다.**

여기서 실옹을 비록 거인이라고 표현했으나, 커다란 둥지 위에 홀로 앉아 있는 거대한 괴물과 같은 형상이다. 허자의 눈에 의하면 실옹은 "나무와 흙이 뒤엉킨 거대한 형체를 지니며, 그의 목소리는 생황이나 종소리와 같이 깊은 울림이 있다."*** 고대 서사인 지괴나 오늘날 판타지 문학에 나오는 형상과 유사하다. 이렇듯 기괴한 형상을 한 실옹이 과연 사람일까?

> (가) 그대는 과연 사람이로다. 오륜과 오사는 사람의 예의다. 떼를 지어 다니며 서로 불러 먹이는 것은 금수의 예의고, 무리지어 더부룩이 자라면서도 평안하고 느긋한 것은 초목의 예의다. 사람의 눈으

---

* 물론 텍스트 내적 구조가 홍대용의 삶과 학문과 연관이 없다는 뜻이 아니다. 다만 여기서 좀 더 강조하고자 하는 의미는 텍스트 안에서 여러 요소와 상호작용하며 형성된 인물의 성격이라는 의미다.

** 「의산문답」, "遂入門, 有巨人獨坐于橧巢之上, 形容詭異, 斫木而書之曰實翁之居."

*** 「의산문답」, "土木之形, 笙鏞之音."

로 물을 보면 사람은 귀하고 물은 천하며, 물의 눈으로 사람을 보
면 물이 귀하고 사람은 천한 것이다. 하늘에서 바라보면 사람과 물
은 평등한 것이다.*

㈏ 심하도다. 사람을 깨우치기가 어렵다는 것이. 만물이 생김은 모
두 둥글고 네모진 것은 없는데, 하물며 땅에 있어서랴.**

㈐ 지구의 사람들은 지구가 돈다는 사실을 알지 못한다. 그런 까닭
에 하늘에 두 개의 극이 있다고 말하는 것이다. 그러나 사실은 하늘
의 극이 아니라 지구의 극인 것이다.***

㈑ 내가 땅의 경계를 보건대 사람의 수명은 백년을 넘지 못하고, 나
라의 역사에도 실제 그러한 사적이 전하지 않는다. 땅과 물의 변화
는 서서히 진행되는 것이지 갑작스럽게 이루어지는 것이 아니어서
사람이 깨달을 수가 없다.****

이는 모두 실옹의 말이다. 주로 인간을 대상화하여 언급하고 있
는 점이 주목된다. 특히 ㈎에서 실옹이 허자에게 '이성인야(爾誠人也)'
라고 한 말에서 실옹이 사람과 다른 존재임을 짐작케 한다. 뿐만 아
니라 '사람을 깨우치기가 어렵다'거나 '사람들은 지구가 돈다는 사실
을 알지 못한다' 등의 말에서 인간과 다른 존재가 인간을 대상화하
고 있음을 확인할 수 있다. 즉 인간과는 다른 존재가 인간에게 물(物)

---

* 「의산문답」, "爾誠人也, 五倫五事, 人之禮義也. 羣行呴哺, 禽獸之禮義也. 叢苞條暢, 草
 木之禮義也, 以人視物, 人貴而物賤, 以物視人, 物貴而人賤, 自天而視之, 人與物均也."

** 「의산문답」, "甚矣, 人之難曉也. 萬物之成形, 有圓而無方, 況於地乎."

*** 「의산문답」, "地界之人, 不之地轉, 故謂天有兩極, 其實非天之極也, 乃地之極也."

**** 「의산문답」, "余觀地界, 人壽不過百年, 國史未傳實蹟. 地水之變, 漸而不驟, 人能不覺
 也."

의 본질을 비롯한 삼라만상의 근본을 가르쳐주고 있는 장면이라 할 수 있다.

이렇게 보면 실옹은 비단 홍대용의 분신 등으로 해석될 뿐만 아니라 물(物)의 대변자라고 해석해도 될 듯하다. 곧 실옹은 물(物)을 대표하는 형상이고 허자는 사람으로, 물과 인의 문답이 이루어지며, 물인 실옹이 사람인 허자를 깨우치고 있다.

부자는 이 무슨 말씀이오. 나는 자질구레한 데 국한되어 큰 도를 듣지 못했기에 우물 안에 개구리가 하늘 엿보듯 종작없이 잘난 체했고, 여름벌레가 얼음을 이야기하듯이 무식하였던 것입니다. 이제 부자를 뵙고 마음이 환히 트이고 이목이 쾌청하여져서 마음을 기울이고 정성을 다하는 바이온데, 부자께서는 이 무슨 말씀입니까?*

허자가 실옹에게서 대도의 한 부분을 듣고 한 말이다. 이 대목을 앞서 살펴본 홍대용의 요야 체험과 비교하여 보면 '요야'와 '실옹'만 바뀌었을 뿐 문장은 거의 유사하다. 홍대용이 요야에 이르렀을 때 이때까지 우물 안에 개구리였음을 느꼈듯, 허자가 실옹을 만나고도 똑같은 느낌을 받았고, 마음이 트인 것도 같다. 곧 연행 중 요야에 이르러 생긴 느낌을 그대로 실옹을 만났을 때 느낌으로 대입해놓았다. 실옹은 요야처럼 광대무변의 물(物)을 대표하고, 허자는 그 속의 미물 즉 인간이라 해도 무리는 아니다.

이때부터 허자와 실옹은 오로지 대도를 묻고 답하는 일에만 집

---

* 「의산문답」, "夫子是何言也. 虛子局於譾僿, 未聞大道, 妄尊如井蛙窺天, 膚識如夏蟲談冰. 今見夫子, 心竅開豁, 耳目淸快, 輸情竭誠. 夫子是何言也."

중한다. 실옹은 처음 대면 할 당시에는 허자에게 대단히 냉소적이면서, 비타협적인 태도로 대하지만, 문답이 전개되면서 이러한 태도는 점차 사라지고 사뭇 우호적인 사이로 변한다. 마치 오랫동안 상호 신뢰를 쌓은 사제지간의 관계로 보이기도 한다. 이 과정을 거치며 실옹은 허자를 대도에 눈뜨게 한다. 후반부로 갈수록 이러한 관계는 더욱 두터워진다. 물은 스승이고 인은 문하생이다. 곧 『주해수용』에서 "천(天)이라는 것은 만물의 시조이며, 태양은 만물의 아버지이며 땅은 만물의 어머니이며 별이나 달은 만물의 여러 아버지"라며 천체를 가족계보에 빗댄 것과 닮았다. 만물가운데서도 사람 이외의 물은 사람의 스승이 된다고 그 관계를 규정하였다. 「의산문답」에 나오는 '자법어물(資法於物)'과 '성인사만물(聖人師萬物)'은 바로 이 허자와 실옹의 관계를 은연중 규정하는 구절로 보인다. 그렇게 본다면 단지 「의산문답」의 내용 속에서만 인물균의 논리가 드러나는 것일 뿐만 아니라, 글쓰기에서도 이러한 논리가 드러나도록 작동하고 있는 것이다. 허자와 실옹을 허학과 실학의 대립적 형상으로 보면 작품의 문답에서 전개되는 이 같은 합일의 과정, 평등 지향성을 제대로 포착하기 힘들다.

허자와 실옹의 성격에서 마지막으로 살필 수 있는 특징은 매우 추상적이고 개념적이라는 점이다. 본격적인 문답이 진행되면서 허자와 실옹은 매우 추상적이고 개념적인 형상으로 변한다. 전반부에서 비록 이질적이고 모호하기는 하나, 구체적인 모습으로 특정 계층을 대표하는 전형적 인물형상을 띤다. 그러나 문답이 전개되면서 이러한 형상이 조금씩 지워지고 매우 건조한 모습으로 바뀐다. 이 또한 허자와 실옹의 다면적 형상의 한 부분이다. 인물형상이 다면적이라

450

는 것은 전형성과 구체성이 결여되었다는 의미와 다르지 않다. 「의산
문답」에서 한 인물에 이질적인 여러 성격을 보여주기 위해서 행동과
심리를 최소한 단순하게 묘사하는데 이 결과로 인물이 추상성을 띤
다. 이는 아마도 「의산문답」이 다루고 있는 세계의 크기와 관련 있을
것으로 보인다. 「의산문답」에 담긴 세계는 실로 무한하여, 특정 계층
이나 유형을 대표하는 전형적인 인물이 이를 안고 이야기를 끌고 가
기에는 힘들다. 따라서 가급적 추상적이며 개념화된 인물로 형상화
하는 방법이 문답 전개에 적절하였을 것이다. 이런 면에서 본다면 텍
스트 인물의 명명법은 다분히 이를 고려한 측면이 큰 것으로 보인다.
허와 실이 합칠 경우 텍스트에서 다루고 있는 무한의 세계와 일치하
기 때문이다. 그렇다면 허자와 실옹에서 허와 실은 이 무한한 우주를
구성하는 두 개념과 다르지 않다.*

---

* 「의산문답」에서 인물의 명명에 관한 내용을 보면 다음과 같다. "내가 虛자로써 號를 한 까
닭은 장차 천하의 實을 살펴보고 싶어 한 것이며, 저가 實자로써 호한 것은 장차 천하의 虛를
타파하고자 함일 것이다. 허허실실은 妙道의 진리니, 내 장차 그의 이야기를 들어 보리라(我
號以虛, 將以稽天下之實, 彼號以實, 將以破天下之虛, 虛虛實實, 妙道之眞, 吾將聞其說)." 이
대목에서 유의해야 할 점은 우선 허와 실이 대립을 지향하는 것이 아니라 상호보완적인 관계
를 지향하고 있다는 점이다. 허자의 발언은 허와 실의 합일을 꾀하기 위해 허가 실을 찾은 것
으로 해석된다. 또 '허허실실'이라는 말이 주목된다. 이 말은 『손오병법』에 의한 것으로 보
이는데 "군대의 형체는 물을 형상하니, 물의 형체는 높은 곳을 피하고 낮은 곳으로 달려가고,
군대의 형체는 적의 실(實)한 곳을 피하고 허(虛)한 곳을 공격한다(夫兵形象水, 水之形, 避高
而趨下, 兵之形, 避實而擊虛)."라는 대목과 관련 있다. 곧 병법에서 군대는 모양이 없고 실제
처해진 상황에 따라 전략과 전술도 달라야 한다는 의미인데, 홍대용은 이 허허실실을 "묘도
의 진리"라고 하였다. 병법에서는 이말이 승리의 법칙이라는 의미지만, 「의산문답」에서는
'대도에 도달하는 법칙'이라 해석된다. 여기서 조심스럽게 추측한다면 『손오병법』에 나오는
이른바 '허실(虛實)'에서 착안하여 '허자'와 '실옹'이라는 이름을 명명한 것이 아닐까. 실제 홍
대용은 항주 선비와 문답에서 "동방은 서적이 귀하여 이런 방서를 널리 보지 못하였거니와
다만 고루한 소견을 일체 믿지 않고, 오직 『손오병법』은 유학자가 한번 보암직한 글이라 생
각합니다.(『주해 을병연행록』 2, 175쪽)"라며 이 책을 가치 있게 평하였다.

4. 마무리

「의산문답」은 삼라만상과 무한의 세계를 담고 있다. 나아가 그 논리 또한 파천황에 가깝다. 그에 비해 텍스트의 전개를 위한 여러 요소의 설정은 극히 단순하다. 의무려산이라는 장소, 허자와 실옹이라는 가공의 인물, 그리고 두 인물이 주고받는 문답이 거의 전부다. 그간 텍스트를 보는 관점이 대체로 이러하였다. 이를 내용과 형식의 부조화로만 볼 것인가. 오히려 거대한 세계를 담기 위해 그릇의 크기와 장치 또한 이에 맞추어 설정하려는 의도의 산물이 아닐까. 이러한 문제의식에서 텍스트는 광활한 세계를 어떻게 담고 있는지 살펴보기 위한 목적으로 우선 장소와 인물을 재론해보았다.

우선 '화이의 접경'이라는 의미를 지닌 의무려산과 함께 요야도 텍스트의 장소로 보아야 진정한 의미를 파악할 수 있다고 보았다. 요야는 의무려산과 잇닿은 들판으로 산에 오르면 육안으로 그 광활함을 실감할 수 있다. 텍스트에서 논하는 여러 논리, 특히 지원설, 무한우주설의 실제적 근거가 되는 배경이 되는 곳이기도 하다. 홍대용은 요야를 지나면서 체감한 지원설을 대거 「의산문답」에 반영하여, 화이의 경계일 뿐 아니라 광대무변의 장소로 삼았다.

인물형상은 매우 다면적이다. 허자는 연행을 하는 홍대용의 모습과 조선의 일반적 학자의 모습이 보인다. 실옹에게는 대도를 깨우친 홍대용의 만년의 모습이 투사되어 있는데, 실옹의 기괴한 모습에서 홍대용의 사회적 존재에 대한 자의식이 반영되어 있음을 유추할 수 있다. 성리학의 자장에서 벗어나 다양한 분야에 관심을 가지고 독서, 체험, 궁리하여 새로운 사상을 깨쳤으나 정작 자신에게 돌아오는 반응은 비난과 냉소뿐이라는 실존적 자의식이 실옹에 반영된 것으로 보인다. 그뿐 아니라 실옹에게는 중국에서 만난 세 선비의 형상이 부분적으로 투영되어 있기도 하다. 여기에는 그의 연행 경험에서 가장 비중이 큰 세 선비와의 만남이 지닌 진정한 의미를 보여주기 위한 의도가 담겨 있다고 보인다. 「의산문답」의 전반부에서 살필 수 있는 허자와 실옹의 모습은 대체로 이렇게 다면적이고 이질적이며 모호하다. 본격적인 문답에 들어서면 허자와 실옹은 매우 추상화된다. 인물균, 지원설, 지전설, 우주무한설 등으로 이어지는 대화에서 실옹은 물을 대변하는 존재로 그려지고, 허자는 인간을 대변하는 구실을 한다. 추상화된 인과 물의 대변자로서 허자와 실옹은 삼라만상을 토론할 수 있는 가장 적절한 인물형상으로 선택된 설정이라 할 수 있다.

요컨대 「의산문답」은 연행노정 가운데 대도를 논할 만한 최적의 장소에서 비록 다면적인 성격이 보이기는 하나, 최종적으로 세계의 두 부분을 대표하는 허자와 실옹이라는 형상을 문답의 주체로 설정하여 삼라만상의 모습과 기본 원리를 전개한 텍스트다.

후기

이 책은 필자가 학위논문을 제출한 이후 발표한 논문을 다듬어 엮은 것이다. 여기에 수록된 논문은 모두 15편이다. 책의 성격에 맞게 차례와 내용을 조정하면서 일부 글은 제목을 조금씩 바꾸었다. 기존의 연구성과를 서술한 서론이나 본론을 요약한 결론 부분은 뺀 곳이 많다. 시일이 좀 지난 글이 많아 이후 나온 연구성과를 반영하고자 했으나 아쉽게도 충분하지 못하다. 이 책에 수록된 글의 원제목과 출처는 아래와 같다.(수록순)

「원중거와 홍대용의 사행록을 통해 본 18세기 사행록의 향방」,『조선
     통신사연구』 7, 조선통신사학회, 2008.
「조선후기 사행록에 나타난 동아시아의 시각문화」,『한국문학논총』
     68, 한국문학회, 2014.
「조선후기 통신사행록 소재 견문록의 전개 양상」,『한국문학논총』
     50, 한국문학회, 2008.
「조선후기 일본지식의 생성과 통신사행록」,『동양한문학연구』 29,
     동양한문학회, 2009.
「사행록의 역사적 전개와 일동기유」,『열상고전연구』 26, 열상고전연
     구회, 2007.
「수신사행록과 근대전환기 일본지식의 재구성」,『한국문학논총』 56,
     한국문학회, 2010.
「修信使·朝士視察團 기록을 통해 본 高宗의 東道西器 정책과 그 한
     계」,『열상고전연구』 73, 열상고전연구회, 2021.

「『을병연행록』에 나타난 부끄러움에 대하여-북학의 감정적 기원에
　　관한 시론」, 『코기토』 72, 부산대인문학연구소, 2012.

「보기 담론을 통해 본 『열하일기』의 주제」, 『고전문학연구』 42, 한국
　　고전문학회, 2012.

「조선후기 燕行錄에 기록된 청대 風俗 인식의 추이」, 『한국문학논
　　총』 87, 한국문학회, 2021

「朴趾源의 古董書畫 인식과 鑑賞之學」, 『한국문화』 88, 서울대규장
　　각한국학연구원, 2019.

「조선후기 通信使行錄에 나타난 禮物受贈 갈등의 시대적 양상과 그
　　배경」, 『한국민족문화』 76, 부산대한국민족문화연구소, 2020.

「조선후기 일본론에서 대마도와 안용복」, 『역사와경계』 89, 부산경
　　남사학회, 2013.

「조선시대 대일사행과 울릉도·독도」, 『독도연구』 27, 영남대 독도연
　　구소, 2019.

「〈의산문답(醫山問答)〉의 장소와 인물 재론」, 『국문학연구』 36, 국문
　　학회, 2017.

참고문헌

자료

〈사행록〉

고운기 역주, 『桑韓星槎答響 · 桑韓星槎餘響』, 보고사, 2014.

국사편찬위원회, 『수신사기록』, 탐구당, 1974.

남옥 지음, 김보경 옮김, 『日觀記』, 소명출판, 2006.

박제가 지음, 안대회 옮김, 『북학의』, 돌베개, 2008.

박지원 지음, 김혈조 옮김, 『열하일기』 1 · 2 · 3, 돌베개, 2017.

성대중 지음, 홍학희 옮김, 『日本錄』, 소명출판, 2006.

『수신사 및 조사시찰단자료 DB』

오대령, 『溟使錄』, 국립중앙도서관 소장본.

『연행록선집』, 한국고전번역원 DB.

『燕彙』, 연세대 도서관 소장본.

원중거 지음, 김경숙 옮김, 『乘槎錄』, 소명출판, 2006.

원중거 지음, 박재금 옮김, 『화국지』, 소명출판, 2006.

『日觀要攷』, 국립중앙도서관소장본.

장희춘 지음, 성범중 옮김, 『역주 성재실기』, 태학사, 2020.

정후교, 『扶桑紀行』, 교토대도서관 소장본.

『해행총재』, 한국고전번역원 DB.

허은주 · 김정신 역주, 『수호공조선인증답집』, 보고사, 2013.

홍대용 지음, 정훈식 옮김, 『주해 을병연행록』 1 · 2, 경진, 2020.

辛基秀 · 仲尾宏 責任編輯, 『善隣と友好の歷史 大系朝鮮通信使』 1, 明石書
    店, 1997.

〈국내외 자료〉

『승정원일기』, 한국고전번역원DB.

『龍湖閒錄』, 국사편찬위원회 한국사총설DB.

『일성록』, 한국고전번역원DB.

『조선왕조실록』, 한국고전번역원DB.

『증보문헌비고』, 세종대왕기념사업회, 1994.

『증정교린지』, 한국고전번역원DB.

『춘관지』 상·하, 법제처, 1976.

『통문관지』 1~4, 세종대왕기념사업회, 1998.

『홍재전서』, 한국고전번역원DB.

김정희, 『완당전집』, 한국고전번역원 DB.

성대중, 『청성잡기』, 한국고전번역원 DB.

안정복, 『순암선생문집』, 한국고전번역원DB.

이곡, 『가정집』, 한국고전번역원DB.

이규경, 『오주연문장전산고』, 한국고전번역원 DB.

이덕무, 『청장관전서』, 한국고전번역원 DB.

이수광, 『지봉유설』, 한국고전번역원DB.

이유원, 『임하필기』, 한국고전번역원 DB.

이익, 『성호사설』, 한국고전번역원 DB.

정약용, 『다산시문집』, 한국고전번역원 DB.

허목, 『기언』, 한국고전번역원DB.

홍대용, 『담헌서』, 한국고전번역원 DB.

이항로, 『화서선생문집』, 한국고전번역원DB.

남용익, 『호곡집』, 한국고전번역원DB.

박지원 지음, 김명호 옮김, 『연암집』, 돌베개, 2007.

박지원 지음, 박희병 옮김, 『고추장 작은 단지를 보내니』, 돌베개, 2005.

박지원 지음, 박희병 외 옮김, 『연암산문정독: 역주·고이·집평』 1-2, 돌베개, 2009.

신헌 지음, 김종학 옮김, 『沁行日記』, 푸른역사, 2010.

조위봉·조석주 엮음, 정선용 옮김, 『용주연보』, 용주연구회, 2014.

진재교 편역,『알아주지 않은 삶』, 태학사, 2005.

『孟子』

『明史』

『墨子』

『三國志』

『宋書』

『荀子』

『新五代史』

『元史』

『資治通鑑』

『淸世祖實錄』

『孝經』

『宣和博古圖』

『博物要覽』

『宣德鼎彝譜』

曹昭,『格古要論』

陶宗儀,『南村輟耕錄』

趙希鵠,『洞天淸錄集』

高濂,『遵生八箋』

王士性,『廣志繹』

蕭廣普 編注,『閭山詩選』, 瀋陽: 遼寧人民出版社, 1987.

맹원로 지음, 김민호 옮김,『동경몽화록』, 소명출판, 2010.

응소 지음, 이민숙 · 김명신 · 정민경 · 이연희 옮김,『風俗通義』상, 소명출판,
    2015.

원굉도 지음, 심경호 외 옮김,『역주 원중랑집』5, 소명출판, 2004.

李漁 지음, 김의정 옮김,『쾌락의 정원(閑情偶寄)』, 글항아리, 2018.

寺島良安,『和漢三才圖會』上 · 下, 東京美術, 1970.

『俎徠集』, 早稻田大學圖書館所藏本.

Friedrich Max Müller, ed. The Sacred Books of the East, Volume XLIX: Buddhist
    Mahāyāna Texts. Oxford: Clarendon Press, 1894.

연구논저

〈단행본〉

강명관, 『조선시대 문학예술의 생성공간』, 소명출판, 1999.

강명관, 『공안파와 조선 후기 한문학』, 소명출판, 2007.

강명관, 『홍대용과 1766년』, 한국고전번역원, 2014.

강재언 지음 · 정창렬 옮김, 『韓國의 開化思想』, 비봉출판사, 1981.

강재언 지음 · 이규수 옮김, 『조선통신사의 일본견문록』, 한길사, 2005.

고미숙, 『열하일기, 웃음과 역설의 유쾌한 시공간』, 그린비, 2003.

구지현, 『계미통신사 사행문학 연구』, 보고사, 2006.

국사편찬위원회 편, 『한국문화사 12권 역사 속 외교 선물과 명품의 세계』, 두산
    동아, 2007.

권오엽, 『독도와 안용복』, 충남대출판부, 2009.

김경숙, 『일본으로 간 조선의 선비들』, 이순, 2014.

김명호, 『열하일기 연구』, 창작과비평사, 1990(수정증보판, 돌베개, 2022).

김명호, 『환재 박규수 연구』, 창비, 2008.

김명호, 『홍대용과 항주의 세 선비』, 돌베개, 2020.

김문용, 『홍대용의 실학과 18세기 북학사상』, 예문서원, 2005.

김승동 편저, 『불교인도사상사전』, 부산대학교출판부, 2001.

김용구, 『세계관 충돌과 한말 외교사』, 문학과지성사, 2001.

김우창, 『풍경과 마음』, 생각의 나무, 2002.

김영식 편, 『중국 전통문화와 과학』, 창작과비평사, 1986.

김정주, 『우리는 왜 선물을 주고받는가: 선물의 문화사회학』, 삼성경제연구소,
    2006.

김태준, 『홍대용 평전』, 민음사, 1981.

김태준, 『홍대용과 그의 시대』, 일지사, 1982.

김태준 외, 『문학지리·한국인의 심상공간』 상·중·하, 논형, 2005.

김현미, 『18세기 연행록의 전개와 특성』, 혜안, 2007.

노대환, 『동도서기론의 형성과정 연구』, 일지사, 2005.

민족문학사연구소 엮음, 『민족문학과 근대성』, 문학과지성사, 1995.

민두기, 『일본의 역사』, 지식산업사, 1976.

박기석 외, 『열하일기의 재발견』, 월인, 2006.

박찬기, 『조선통신사와 일본근세문학』, 보고사, 2001.

박희병, 『연암을 읽는다』, 돌베개, 2006.

박희병, 『한국의 생태사상』, 돌베개, 1999.

박희병·이효원 외, 『18세기 통신사 필담』 1, 서울대학교출판문화원, 2019.

박천홍, 『매혹의 질주, 근대의 횡단』, 산처럼, 2003.

방병선, 『중국도자사 연구』, 경인문화사, 2012.

소재영 외, 『연행노정, 그 고난과 깨달음의 길』, 박이정, 2004.

손승철, 『조선시대 한일관계사 연구』, 경인문화사, 2006.

신기욱·마이클 로빈슨 엮음, 도면회 옮김, 『한국의 식민지 근대성』, 삼인, 2006.

오수경, 『연암그룹 연구』, 한빛, 2003.

이우성, 『한국의 역사상』, 창작과비평사, 1982.

이원식, 『조선통신사』, 민음사, 1991.

이혜순, 『조선통신사의 문학』, 이화여대출판부, 1996.

이희관, 『皇帝와 瓷器-宋代官窯研究』, 경인문화사, 2016.

임기중, 『연행록 연구』, 일지사, 2002.

임형택, 『실사구시의 한국학』, 창작과비평사, 2000.

이태진, 『고종 시대의 재조명』, 태학사, 2000.

임형택 외, 『환재 박규수 연구』, 학자원, 2018.

유봉학, 『연암일파 북학사상 연구』, 일지사, 1995.

이은상, 『장강의 르네상스』, 민속원, 2009.

이종주, 『북학파의 인식과 문학』, 태학사, 2001.

이호영, 『부끄러움』, 청년의사, 2002.

이현식, 『박지원 산문의 논리와 미학』, 이회, 2002.

임장혁, 『조형의 부상일기 연구』, 집문당, 2000.

임형택·김명호·염정섭·리쉐탕·김용태, 『연암 박지원 연구』, 사람의무늬, 2012.

장영숙, 『고종의 정치사상과 정치개혁론』, 선인, 2010.

鄭光·藤本幸夫·金文京 공편, 『연행사와 통신사』, 박문사, 2014.

조규익, 『국문사행록의 미학』, 역락, 2004.

조동일, 『한국의 문학사와 철학사』, 지식산업사, 1996.

조동일, 『세계문학사의 전개』, 지식산업사, 2002.

조선통신사문화사업회 엮음, 『조선통신사 옛길을 따라서』, 한울, 2007.

정민, 『18세기 조선 지식인의 발견』, 휴머니스트, 2007.

정옥자, 『조선후기 조선중화사상연구』, 일지사, 1998.

주은우, 『시각과 현대성』, 한나래, 2003.

정은주, 『조선시대 사행기록화』, 사회평론, 2012.

정영미, 『일본은 어떻게 독도를 인식해 왔는가』, 한국학술정보, 2015.

조규익·이성훈·전일우·정영문 엮음, 『연행록연구총서』 1~10, 학고방, 2006.

조항래, 『한말 일제의 한국침략사연구』, 아세아문화사, 2006.

최소자·정혜중·송미령 엮음, 『18세기 연행록과 중국사회』, 혜안, 2007.

하우봉, 『조선시대 한국인의 일본인식』, 혜안, 2006.

하우봉·손승철·이훈·민덕기·정성일 지음, 『朝鮮과 琉球』, 아르케, 1999.

하우봉, 『원중거, 조선의 일본학을 열다』, 경인문화사, 2020.

한명기, 『정묘·병자호란과 동아시아』, 푸른역사, 2009.

황호덕, 『근대 네이션과 그 표상들』, 소명출판, 2005.

葛兆光, 『想象異域』, 中華書局, 2014(이연승 옮김, 『이역을 상상하다』, 그물, 2019).

高巍 외, 『燕京八景』, 學苑出版社, 2002.

方豪, 『中西交通史』, 臺北: 中國文化大學出版部, 1983.

徐慶興 主編, 德川木眞 監修, 『日本德川博物館藏品錄』Ⅰ~Ⅲ, 上海古籍出版社, 2014.

李約瑟(Joseph Needham) 著, 『中國科學技術史』第四卷, 中華書局(香港), 1978.

진필양·심경호 옮김, 『한문문체론』, 이회문화사, 2001.

가라타니 고진 지음, 송태욱 옮김, 『일본정신의 기원』, 이매진, 2006.

가와사키 쓰네유키·나리모토 다쓰야 지음, 김현숙·박경희 옮김, 『日本文化史』혜안, 1994.

나카오 히로시 지음, 유종현 옮김, 『조선통신사 이야기』, 한울, 2005.

노자키 세이킨 지음, 변영섭·안영길 옮김, 『중국미술상징사전』, 고려대학교출판문화원, 2011.

다시로 가즈이 지음, 정성일 옮김, 『왜관, 조선은 왜 일본사람들을 가두었을까?』, 논형, 2005.

마루야마 마사오 지음, 김석근 옮김, 『일본정치사상사연구』, 통나무, 1995.

마에다 쓰토무 지음, 조인희·김복순 옮김, 『에도의 독서회-회독의 사상사』, 소명출판, 2016.

모로 미야 지음, 허유영 옮김, 『에도 일본』, 일빛, 2006.

미야자키 이치시다 지음, 임대희·신성곤·전영섭 옮김, 『구품관인법연구』, 소나무, 2002.

미야케 히데토시, 김세민 외 옮김, 『조선통신사와 일본』, 지성의 샘, 1996.

미조구치 유조 지음, 서광덕·최정섭 옮김, 『방법으로서의 중국』, 산지니, 2016.

아사오 나오히로 외 엮음, 이계황 외 옮김, 『새로 쓴 일본사』, 창비, 2017.

오오니시 토시테루 지음, 권정 옮김, 『오오니시 토시테루의 독도개관』, 인문사, 2011.

이노구치 아츠시 지음, 심경호·한혜원 옮김, 『일본한문학사』, 소명, 2000.

이마와 준·오자와 도미오 편, 한국일본사상사학회 옮김, 『논쟁을 통해 본 일본사상』, 성균관대출판부, 2001.

三宅英利 지음, 손승철 옮김, 『근세 한일관계사 연구』, 이론과실천, 1991.

스테판 다나카 지음, 박영재 외 옮김, 『일본 동양학의 구조』, 문학과지성사,

2004.

쓰지모토 마사시 외 지음, 이기원·오성철 옮김, 『일본교육의 사회사』, 경인문화
　　사, 2011.

하네다 마사시 지음, 이수열·구지영 옮김, 『동인도회사와 아시아의 바다』, 선인,
　　2012.

하네다 마사시 엮음, 조영헌·정순일 옮김, 『바다에서 본 역사』, 민음사, 2018.

하야미 아키라 지음, 조성원·정원기 옮김, 『근세일본의 경제발전과 근면혁명』,
　　혜안, 2006.

후마 스스무 지음, 심경호 외 옮김, 『연행사와 통신사』, 신서원, 2008.

후마 스스무 지음, 신로사 외 옮김, 『조선연행사와 조선통신사』, 성균관대출판
　　부, 2019.

內田啓一, 『江戸の出版事情』, 靑幻舍, 2007.

大久保純, 『浮世繪出版論』, 吉川弘文館, 2013.

藤澤茜, 『浮世繪が創った江戸文化』, 笠間書院, 2013.

笛岡淸泉, 『水戸黃門言行録』, 東亞堂書房, 1916.

幸田成友, 『日歐通交史』, 巖波書店, 1942.

峽北隱士 著, 『水戸義公と烈公』, 富士書店, 1900.

荒野泰典 編, 『江戸幕府と東アジア』, 吉川弘文館, 2003.

니콜라스 미르조에프 지음, 임산 옮김, 『비주얼 컬처의 모든 것: 생각을 지배하
　　는 눈의 진실과 환상』, 홍시, 2009.

루스 베네딕트 지음, 이종인 옮김, 『국화와 칼』, 연암서가, 2019.

리처드 호웰스·호아킴 네그레이로스 지음, 조경희 옮김, 『시각문화』, 경성대학
　　교출판부, 2014.

마르셀 모스 지음, 이상률 옮김, 『증여론』, 한길사, 2002.

마크 C. 엘리엇 지음, 이훈·김선민 옮김, 『만주족의 청제국』, 푸른역사, 2009.

모리스 고들리에 지음, 오창현 옮김, 『증여의 수수께끼』, 문학동네, 2011.

바네사 R. 슈와르츠 지음, 노명우·박성일 옮김, 『구경꾼의 탄생』, 마티, 2006.

볼프강 쉬벨부쉬 지음, 박진희 옮김, 『철도여행의 역사』, 궁리, 1999.

안토니오 다마지오 지음, 임지원 옮김, 『스피노자의 뇌: 기쁨, 슬픔, 느낌의 뇌과
학』, 사이언스북스, 2007.

장 클로드 볼로뉴 지음, 전혜정 옮김, 『수치심의 역사』, 에디터, 2008.

존 버거 지음, 박범수 옮김, 『본다는 것의 의미』, 동문선, 2000.

존 헨더슨 지음, 문중양 옮김, 『중국의 우주론과 청대의 과학혁명』, 소명출판,
2003.

존 W 홀 지음, 박영재 옮김, 『일본사』, 역민사, 1986.

티모시 브룩 지음, 이정·강인황 옮김, 『쾌락의 혼돈-중국 명대의 상업과 문화』,
이산, 2005.

타이먼 스크리치 지음, 박경희 옮김, 『에도의 몸을 열다』, 그린비, 2008.

핼 포스터 지음, 최연희 옮김, 『시각과 시각성』, 경성대학교출판부, 2004.

〈논문〉

강동엽, 「80년대 이후 연암문학, 연구 경향과 그 전망」, 『한국한문학연구』 11, 한
국한문학회, 1988.

강동환, 「연암의 사유양식」, 『한국한문학연구』 11집, 한국한문학회, 1988.

강영심, 「17세기 서양 천문역법서적의 수입과 천문 역법인식의 변화」, 『17·18세
기 조선의 외국서적 수용과 독서문화』, 혜안, 2006.

강상규, 「박규수와 고종의 정치적 관계 연구」, 『한국동양정치사상사』 11-1, 한국
동양정치사상사학회, 2012.

구만옥, 「16~17세기 조선 지식인의 서양이해와 세계관의 변화」, 『동방학지』 122
집, 연세대 국학연구원, 2003.

구지현, 「일관요고의 형성과 일본전래의 의미」, 『열상고전연구』 44, 열상고전연
구회, 2015.

구지현, 「통신사(通信使)의 전통에서 본 수신사(修信使) 기록의 특성」, 『열상고
전연구』 59, 열상고전연구회, 2017.

구지현, 「1607년 일본 사행록 『해동기』 저자에 관한 시론」, 『열상고전연구』 75,
열상고전연구회, 2021.

길진숙, 「홍대용의 〈의산문답(毉山問答)〉읽기와 문학 교육적 성찰」, 『우리어문연구』 29, 우리어문학회, 2007.

김경숙, 「현천 원중거의 대마도인 인식과 그 의미」, 『국어국문학』 140, 국어국문학회, 2005.

김경숙, 「조선통신사의 일본 여성 인식 고찰」, 『조선통신사연구』 6, 2008.

김기동, 「國文學에 나타난 對外 感情」, 『국어국문학』 41, 국어국문학회, 1968.

김남이, 「연암이라는 고전의 형성과 그 기원(1)」, 『어문연구』 58, 어문연구학회, 2008.

김남이, 「20세기 초~중반 연암에 대한 탐구와 조선학의 지평-연암이라는 고전의 형성과 그 기원(2)」, 『한국실학연구』 21, 한국실학회, 2012.

김동건, 「의산문답의 창작배경 연구」, 『정신문화연구』 36-3, 한국학중앙연구원, 2013.

김동건, 「열하일기와 의산문답의 관계 재론」, 『대동문화연구』 85, 성균관대 대동문화연구원, 2014.

김동석, 「『열하일기』의 〈상기〉에 수용된 화이지분의 비유-「의산문답」을 통하여」, 『한문학보』 3, 우리한문학회, 2000.

김동석, 「열하일기의 서사적 구성과 그 특징」, 『한국실학연구』 9, 한국실학학회, 2005.

김동욱, 「〈유구국세자〉이야기의 유변양상」, 『한민족어문학』 44, 한민족어문학회, 2004.

김동철, 「통신사행과 부산 지역의 역할」, 『통신사, 한·일교류의 길을 가다』, 조선통신사문화사업추진회, 2003.

김명호, 「열하일기의 문체에 대하여-'호곡장론(好哭場論)'을 중심으로」, 김학성·최원식 외, 『한국근대문학사의 쟁점』, 창작과비평사, 1990.

김명호, 「『열하일기』와 『천주실의』」, 『한국한문학연구』 48, 한국한문학회, 2011.

김명호, 「燕巖의 우정론과 西學의 영향」, 『고전문학연구』 40, 한국고전문학회, 2011.

김명호, 「청조 문인과의 왕복서신을 통해 본 홍대용의 사상」, 『담헌홍대용에 관한 새로운 탐색』, 숭실대학교 한국기독교박물관, 2017.

김문용, 「북학파의 인물성동론」, 『人物性論』, 한길사, 1994.

김병우, 「일본이 기억한 안용복-『竹島紀事』와 『竹島考』를 중심으로」, 『일본문화학보』 66, 한국일본문화학회, 2015.

김보경, 「남옥의 일관기 연구」, 『한국고전연구』 14, 한국고전연구학회, 2006.

김상봉, 「감성의 홀로주체성」, 『기호학 연구』 14, 한국기호학회, 2003.

김성례, 「증여론과 증여의 윤리」, 『비교문화연구』 11-1, 서울대학교 비교문화연구소, 2005.

김성배, 「환재 박규수와 시무의 국제정치학-중국관과 한중관계 요인을 중심으로」, 『한국정치학회보』 46-2, 한국정치학회, 2012.

김성진, 「朝鮮後期 金海의 生活相에 미친 日本文物」, 『코기토』 52, 부산대인문학연구소, 1998.

김성혜, 「1873년 고종의 통치권 장악 과정에 대한 일고찰」, 『대동문화연구』 72, 성균관대 대동문화연구원, 2010.

김수현, 「『열하일기』의 음악대담 「망양록」 연구」, 『온지논총』 58, 온지학회, 2019.

김영재, 「중국과 우리나라 胸背에 관한 고찰」, 『韓服文化』 3-3, 한복문화학회, 2000.

김영진, 「金照의 燕行錄 『觀海錄』 연구」, 『韓國漢文學硏究』 59, 한국한문학회, 2015.

김양기, 「조선통신사 400주년의 경위와 이에야스의 평화외교」, 『조선통신사연구』 4, 조선통신사학회, 2007.

김용헌, 「서양 과학에 대한 洪大容의 이해와 그 철학적 기반」, 『철학』 43, 한국철학회, 1995.

김윤식, 「한국인의 일본관-일동기유를 중심으로」, 『일본학보』 2, 한국일본학회, 1976.

김지현, 「淸代 遼西 지역 民家에 대한 조선 지식인의 시각-조선 후기 使行錄을 중심으로」, 『한국문학이론과 비평』 85, 한국문학이론과비평학회, 2019.

김태준, 「熱河日記를 이루는 洪大容의 화제들」, 『동방학지』 44, 연세대국학연구원, 1984.

김태준, 「《일동기유》와《서유견문》-서두름과 지리함의 비교 문화론」, 『비교문학』 16, 한국비교문학회, 1991.

김현주, 「근대 초기 기행문의 전개 양상과 문학적 기행문의 "기원"-국토 기행을 중심으로」, 『현대문학의 연구』 16, 한국문학연구학회, 2001.

김호, 「朝鮮後期 通信使와 韓日 醫學 交流」, 『조선통신사연구』 6, 조선통신사학회, 2008.

김현미, 「18세기 한문 산문 연행록 속 '풍속' 요소의 인지와 범주」, 『한문고전연구』 33, 한국한문고전학회, 2016.

김혈조, 「『熱河日記』를 통해서 본 燕行 사신의 의식주 생활」, 『漢文學報』 20, 우리한문학회, 2009.

김혈조, 「연행 과정의 食生活」, 『한국실학연구』 20, 한국실학학회, 2010.

김혈조, 「연암 박지원의 사유양식과 산문문학」, 성균관대 박사논문, 1993.

노대환, 「18세기 후반~19세기 중반 노론 척사론의 전개」, 『조선시대사학보』 46, 조선시대사학회, 2008.

劉婧, 「洪大容所編《乾淨衕筆譚》異本研究」, 『열상고전연구』 66, 열상고전연구회, 2018.

류제홍, 「시각문화연구의 동향과 쟁점들」, 『문화과학』 33, 문화과학사, 2003.

문광균, 「朝鮮後期 慶尙道 財政運營 研究」, 충남대 박사논문, 2015.

문소정, 「위정척사운동에 관한 지식사회학적 연구-소의 내용분석을 중심으로」 상·하, 『한국학보』 10권 3·4, 일지사, 1984.

문순희, 「東遊艸로 보는 강위의 수신사 사행과 일본 인식」, 『열상고전연구』 67, 열상고전연구회, 2019.

민영규, 「17세기 이조학인들의 지동설」, 『동방학지』 16, 연세대국학연구원, 1975.

민덕기, 「조선후기 對日 通信使行이 기대한 반대급부-일본에서 받은 私禮單의 처리와 관련하여」, 『韓日關係史研究』 24, 한일관계사학회, 2008.

박경수, 「에도시대 三貨制度와 '본위화폐'」, 『동양사학연구』 128, 동양사학회, 2014.

박상휘, 「조선후기 일본에 대한 지식의 축적과 사고의 전환」, 서울대 박사논문, 2015.

박재금,「원중거의 화국지에 나타난 일본인식」,『한국고전연구』12, 한국고전연구학회, 2005.

박정호,「마르셀 모스의『증여론』: 증여의 사회학적 본질과 기능 그리고 호혜성의 원리에 대하여」,『문화와 사회』7, 한국문화사학회, 2009.

박찬기,「조선통신사와 도진고로시(唐人殺し)의 세계」,『조선통신사연구』1, 조선통신사학회, 2005.

박한민,「조선의 對日사절 파견과 대응양상의 변화(1876~1885)-흠차대신 파견을 중심으로」,『한국사학보』77, 고려사학회, 2019.

박현규,「광해군조 유구 세자 사건과 절명시 감상」,『동방한문학』20, 동방한문학회, 2001.

박형신,「영 J. 알렌의「萬國公報」에 관한 연구」,『한국기독교와 역사』49, 한국기독교역사연구소, 2018.

박희병,「淺見絅齋와 洪大容-中華的 華夷論의 解體樣相과 그 意味」,『대동문화연구』40, 성균관대 대동문화연구원, 2002.

박희병,「조선의 일본학 성립: 원중거와 이덕무」,『한국문화』61, 서울대규장각한국학연구원, 2013.

박희병·박희수,「조선시대 중국 파견 사신의 총칭 문제」,『한국문화』86, 서울대규장각한국학연구원, 2019.

배수찬,「김기수『일동기유』에 나타난 대외공간인식 연구」,『고전문학과 교육』14, 한국고전문학교육학회, 2007.

배항섭,「19세기 후반 민중운동과 公論」,『한국사연구』161, 한국사연구회, 2013.

배현진,「명말 도시문화 변화와 서화수장 취미 전개 양상」,『동양예술』제28호, 한국동양예술학회, 2015.

서광덕,「동북아해역 근대 지식의 형성과정에 대한 연구사 검토-서학의 수용과 한국 근대지의 형성을 중심으로」,『인문사회과학연구』, 20-3, 부경대 인문사회과학연구소, 2019.

서현경,「『열하일기』정본의 탐색과 서술 분석」, 연세대 박사논문, 2008.

小川晴久,「지동설에서 우주무힌론으로-김석문과 홍대용의 세계」,『동방학지』

21, 연세대 국학연구원, 1979.

손승철, 「해동제국기의 역사지리학적 연구-일본국기와 유구국기의 내조기사를 중심으로」, 『강원인문논총』 15, 강원대인문연구소, 2004.

손승철, 「안용복의 제2차 渡日 공술자료」, 『한일관계사연구』 24, 한일관계사학회, 2006.

손승철, 「17세기말, 안용복 사건을 통해 본 조일간의 해륙경계분쟁」, 『한일관계사연구』 42, 한일관계사학회, 2012.

손정희, 「洪敬謨의 「山居十供記」와 19세기 淸供의 문화적 함의」, 『한국문화』 61, 서울대규장각한국학연구원, 2013.

송민, 「일본수신사의 신문명어휘 접촉」, 『어문학논총』 7, 국민대학교 어문학연구소, 1988.

송병기, 「안용복의 활동과 울릉도쟁계」, 『역사학보』 192, 역사학회, 2006.

송영배, 「홍대용의 상대주의적 사유와 변혁의 논리」, 『한국학보』 20-1, 1994.

신기석, 「한일통교와 대마도」, 『국제정치논총』 26, 한국국제정치학회, 1986.

신로사, 「원중거의 화국지에 관한 연구」, 성균관대학교 석사학위 논문, 2005.

신로사, 「1643년 통신사행과 趙絅의 일본 인식에 관한 小考」, 『민족문화』 41, 한국고전번역원, 2013.

신익철, 『연사일록』의 서술방식과 청국의 혼란상 및 풍속에 대한 인식, 『한국문학연구』 43, 동국대학교 한국문학연구소, 2012.

심경호, 「연암 박지원의 논리적 사유 방법과 벽이단론 비판」, 『대동한문학』 23집, 대동한문학회, 2005.

심경호, 「한국 류서의 종류와 발달」, 『민족문화연구』 제47호, 고려대 민족문화연구원, 2007.

안대회, 「이수광의 지봉유설과 조선후기 명물고증학의 전통」, 『진단학보』 98, 진단학회, 2004.

안대회, 「조선후기 취미생활과 문화현상」, 『한국문화』 60, 서울대규장각한국학연구원, 2012.

안순태, 「南公轍 燕行錄 所載 幻術 기록에 대한 연구」, 『韓國漢文學研究』 74, 한국한문학회, 2019.

안외순, 「高宗의 初期(1864~1873) 對外認識 變化와 親政-遣淸回還使 召見을 중심으로」, 『한국정치학회보』 30-2, 한국정치학회, 1996.

양흥숙, 「17~18세기 역관의 대일무역」, 『지역과 역사』 5, 부산경남역사연구소, 1999.

엄묘섭, 「시각문화의 발전과 루키즘」, 『문화와 사회』 5, 한국문화사회학회, 2008.

王微笑, 「연행길의 玉田縣 枯樹鋪와 '胡無百年'설」, 『민족문화』 56, 한국고전번역원, 2020.

우승하, 「『성재실기』 「해동기」를 통한 회답겸쇄환사의 외교사적 의미에 관한 연구-장희춘의 시대정신을 중심으로」, 공주대 박사논문, 2021.

우지영, 「문답식산문의 창작전통에서 고찰한 홍대용의 의산문답」, 『동방한문학』 52, 동방한문학회, 2012.

윤주필, 「조선조 우언소설의 반문명성-「의산문답」의 허구적 장치를 중심으로」, 『도교문화연구』 12, 1998.

윤지혜, 「에도(江戶) 회화 속의 조선통신사」, 『통신사, 한일교류의 길을 가다』, 조선통신사문화사업추진위원회·경성대한국학연구소, 2003.

윤현숙, 「1881년 조사시찰단의 보고서 작성방식과 그 의미」, 『열상고전연구』 59, 열상고전연구회, 2017.

이경화, 「강세황의 청공도와 문방청완」, 『미술사학연구』 271·272, 한국미술사학회, 2011.

이승준, 「담헌 홍대용의 「의산문답」 연구-문학적 의미를 중심으로」, 『우리어문연구』 53, 우리어문학회, 2015.

이용진, 「宋代 工藝批評書들과 鑑識眼」, 『미술사학』 30, 한국미술사교육학회, 2015.

이용진, 「조선후기 고동기 수집과 감상」, 『동양미술사학』 제7호, 동양미술사학회, 2018.

이원식, 「洪大容의 入燕과 淸國學人: 「蓟南尺牘」을 中心으로」, 水邨 朴永錫 敎授 華甲紀念論叢 刊行委員, 『韓國史學論叢: 水邨 朴永錫敎授 華甲紀念』, 探求堂, 1992.

이은상, 『장강의 르네상스-16·17세기 중국 장강 이남의 예술과 문화』, 민속원,

2009.

이이화, 「19세기 전기의 민란연구」, 『한국학보』 10-2, 일지사, 1984.

이종묵, 「조선후기 연행과 화훼의 문화사」, 『한국문화』 62, 서울대규장각한국학연구원, 2013.

이종묵, 「조선시대 怪石 취향 연구-沈香石과 太湖石을 중심으로」, 『한국한문학연구』 70, 한국한문학회, 2018.

이종주, 「연암의 불교적 인식과 사유체계」, 『대동한문학』 23, 2005.

이주현, 「명청대 蘇州片 清明上河圖 연구: 구영 관 소주편을 중심으로」, 『미술사학』 26, 한국미술사교육학회, 2012.

이창훈, 「대마도와 한일외교관계」, 『정치외교사논총』 14, 한국정치외교사학회, 1996.

이철희, 「연행록에 기록된 만주족 황실의 堂子 숭배에 대한 풍문」, 『대동문화연구』 98, 성균관대 대동문화연구원, 2017.

이헌주, 「제2차 修信使의 활동과 『朝鮮策略』의 도입」, 『한국사학보』 25, 고려사학회, 2006.

이현식, 「『열하일기』의 「제일장관」, 청나라 중화론과 청나라 문화 수용론」, 『동방학지』 144, 연세대학교 국학연구원, 2008.

이현식, 「홍대용 의산문답 청나라론 단락의 구조와 의미」, 『태동고전연구』 28, 한림대학교 태동고전연구소, 2012.

이현식, 「홍대용 의산문답 인물론 단락의 구조와 의미」, 『태동고전연구』 35, 한림대학교 태동고전연구소, 2015.

이홍식, 「1763년 계미통신사의 일본 문화 인식-현천 원중거를 중심으로」, 『온지논총』 41, 온지학회, 2014.

이효원, 「『해유록』의 글쓰기 특징과 일본 인식」, 서울대 박사논문, 2015.

이효원, 「華夷와 禮樂-18세기 동아시아의 衣冠 담론과 문명의식」, 『한국학논집』 69, 계명대학교 한국학연구원, 2017.

이효정, 「1884년 조선 사절단의 메이지 일본 체험」, 『고전문학연구』 35, 한국고전문학회, 2009.

이효정, 「1881년 조사시찰단의 필담 기록에 보이는 한일 교류의 한 양상」, 『한국문학논총』56, 2010.

이효정,「수신사 및 조사시찰단 기록의 범주와 유형」,『동북아문화연구』45, 동 북아문화학회, 2015.

이효정·김누리,「수신사 및 조사시찰단 자료의 DB 구축 과정에 대한 일고찰」, 『열상고전 연구』62, 열상고전연구회, 2018.

이효정,「19세기 후반 조선 지식인의 독립 국가 지향-박영효의『사화기략(使和 記略)』을 중심으로」,『고전문학연구』52집, 한국고전문학회, 2017.

이훈,「비용으로 본 교린의례-1811년 신미통신사 파견시 예물 교환을 중심으 로」,『한일관계사연구』38, 한일관계사학회, 2011.

이훈,「조선후기 독도를 지킨 어부 안용복」,『역사비평』33, 역사문제연구소, 1996.

임준철,「연행록에 나타난 幻術認識의 변화와 박지원의「幻戲記」」,『민족문화 연구』53, 고려대학교 민족문화연구원, 2010.

임준철,「18세기 이후 연행록 환술기록의 형성배경과 특성」,『한국한문학연구』 47, 한국한문학회, 2011.

임준철,「박지원「幻戲記」의 幻術 考證과 분석」,『民族文化研究』57, 고려대학 교 민족문화연구원, 2012.

임준철,「연행록 幻術記事를 구성하는 세 가지 층위와 幻史」,『韓國漢文學研 究』51, 한국한문학회, 2013.

임형택,「조선사행의 해로 연행록-17세기 동북아의 역사전환과 실학」,『한국실 학연구』9, 한국실학학회, 2005.

임형택,「17~19세기 동아시아 상황과 연행, 연행록」,『한국실학연구』20, 한국실 학학회, 2010.

장경남,「숭실대 한국기독교박물관 소장 홍대용 연행 기록 연구」,『담헌홍대용 에 관한 새로운 탐색』, 숭실대학교 한국기독교박물관, 2017.

장순순,「조선시대 통신사 연구의 현황과 과제」,『통신사·왜관과 한일관계』, 경 인문화사, 2005.

장순순,「17세기 조일관계와 '울릉도 쟁계'」,『역사와 경계』84, 부산경남사학회, 2012.

장진성, 「조선 후기 고동서화 수집열기의 성격: 김홍도의 〈포의풍유도〉와 〈사인 초상〉에 대한 검토」, 『미술사와 시각문화』 3, 미술사와 시각문화학회, 2004.

장진엽, 「『東渡日史』를 통해 본 19세기 말 향촌 지식인의 동아시아 인식」, 『열상 고전연구』 59, 열상고전연구회, 2017.

전혜숙, 「『燕行日記』의 服飾觀을 통해 본 對淸認識-金昌業의 『연행일기』를 중심으로」, 『韓服文化』 8, 한복문화학회, 2004.

정민, 「18세기 지식인의 완물(玩物) 취미와 지적 경향-『발합경』과 『녹앵무경』을 중심으로」, 『고전문학연구』 23, 한국고전문학회, 2003.

정성일, 「조·일간 공무역-서계별폭(1614~99)의 분석」, 『사학연구』 58·59, 한국 사학회, 1999.

정성일, 「통신사를 통해 본 물적 교류-신미 통신사(1811년)의 예물교환을 중심 으로」, 『항도부산』 36, 부산시사편찬위원회, 2018.

정옥자, 「신사유람단고」, 『역사학보』 27, 역사학회, 1965.

정용환, 「맹자의 도덕 감정론에서 부끄러움의 의미」, 『철학논총』 66-4, 새한철학 회, 2011.

정응수, 「조선사절이 본 메이지 일본」, 『일본문화학보』 45, 2010.

정은영, 「조선후기 통신사행록의 글쓰기 방식과 일본담론 연구」, 부산대 박사논 문, 2014.

정은주, 「燕行에서 書畫 求得 및 聞見 사례 연구」, 『미술사학』 26, 한국미술사 교육학회, 2012.

정은주, 「燕行에서 中國 書畫 流入 경로」, 『명청사연구』 38, 명청사학회, 2012.

조성산, 「조선후기 西人·老論의 풍속인식과 그 기원」, 『사학연구』 102, 한국사 학회, 2011.

조성산, 「18세기 후반~19세기 중반 조선 세시풍속서 서술의 특징과 의의」, 『조 선시대사학보』 60, 조선시대사학회, 2012.

조항래, 「병자(1876)수신사행과 대일인식」, 『강좌 한일관계사』, 현음사, 1994.

진재교, 「동아시아에서의 서적의 유통과 지식의 생성」, 『한국한문학연구』 41, 한 국한문학회, 2008.

진재교, 「원중거의 안용복전 연구-안용복을 기억하는 방식」, 『진단학보』 108, 진단학회, 2009.

진재교,「17~19세기 사행(使行)과 지식·정보의 유통 방식-복수(複數)의 한문학, 하나인 동아시아」,『한문교육연구』40, 한국한문교육학회, 2013.

채송화,「홍대용 필담집『乾淨錄』연구」, 서울대 박사논문, 2024.

최강현,「사행가사를 비교하여 살핌-병인연행가와 일동장유가를 중심하여」,『여행과 체험의 문학·중국편』, 민족문화문고간행회, 1985.

최식,「熱河日記와 法古創新의 實體-三厄의 起源과 變貌樣相을 중심으로」,『한국실학연구』37, 한국실학학회, 2019.

최식,「淸心丸으로 읽은 燕行의 文化史」,『민족문화』55, 한국고전번역원, 2020.

하우봉,「원중거의 화국지에 대하여」,『전북사학』11·12, 전북대학교 사학과, 1989.

하우봉,「새로 발견된 일본사행록들」,『역사학보』112, 역사학회, 1986.

하우봉,「開港期 修信使行에 관한 一研究」,『한일관계사연구』10, 한일관계사학회, 1999.

하우봉,「조선전기 대외관계에 자아인식과 타자인식」,『한국사연구』123, 한국사연구회, 2003.

하우봉,「조선전기 부산과 대마도의 관계」,『역사와 경계』74, 부산경남사학회, 2010.

하우봉,「전근대시기 한국과 일본의 대마도 인식」,『동북아역사논총』41, 동북아역사재단, 2013.

한철호,「제1차 수신사(1876) 김기수의 견문활동과 그 의의」,『한국사상사학』27, 한국사상사학회, 2006.

한태문,「조선후기 통신사 사행문학 연구」, 부산대 박사논문, 1995.

한태문,「조선후기 통신사 사행문학의 특징과 문학사적 의의」,『동양한문학연구』10, 동양한문학회, 1996.

한태문,「甲子 通信使行記〈東槎錄〉研究」,『인문논총』50, 부산대, 1997.

한태문,「통신사 사행문학 연구의 회고와 전망」,『국제어문』27, 국제어문학회, 2003.

한태문,「통신사 왕래를 통한 한일 문화교류」,『한국문학논총』41, 한국문학회,

　　2005.

한태문, 「신유한의 해유록 연구」, 『동양한문학』 26, 동양한문학회, 2008.

한태문, 「通信使 왕래를 통한 한일 演戱 교류」, 『지역과 역사』 23, 부경역사연구
　　소, 2008.

한태문, 「釜山과 對馬島의 婚禮俗 비교 연구」, 『한국문학논총』 52, 한국문학회,
　　2009.

허동현, 「19세기 한·일양국의 근대 서구 문물 수용 양태 비교 연구-朝士視察
　　團과 이와쿠라(岩倉)사절단을 중심으로」, 『동양고전연구』 24, 동양고전학회,
　　2006.

허경진, 「통신사와 접반사의 창수양상 비교」, 『조선통신사연구』 2, 조선통신사
　　학회, 2006.

허경진, 「유길준과 서유견문」, 『어문연구』 32-1, 어문연구학회, 2004.

허경진, 「수로조천록과 통신사행록의 바다 체험 비교」, 『한국한문학연구』 43, 한
　　국한문학회, 2009.

허경진, 「수신사(修信使)에 대한 조선과 일본의 태도 차이」, 『열상고전연구』 53,
　　열상고전연구회, 2016.

홍선표, 「조선 후기 회화의 애호풍조와 감평활동」, 『조선시대 회화사론』, 문예출
　　판사, 1999.

홍선표, 「명청대 西學書의 視學지식과 조선후기 회화론의 변동」, 『미술사학연
　　구』 248, 한국미술사학회, 2005.

洪性南, 「燕行錄에 나타난 '幻術'과 '演劇'硏究」, 『동아시아고대학』 5, 동아시
　　아고대학회, 2002.

홍성덕, 「조선후기 한일외교체제와 대마도의 역할」, 『동북아역사논총』 41, 동북
　　아역사재단, 2013.

홍원식, 「동도서기론과 개화사상」, 『한국학논집』 62, 계명대 한국학연구원,
　　2016.

황소현, 「일본학(화학)의 성립과 북학의 전개: 신유한·원중거·박제가를 중심으
　　로」, 『동서비교문학저널』 51, 한국동서비교문학학회, 2020.

황정연, 「朝鮮後期 書畵收藏論 硏究」, 『藏書閣』 제24집, 한국학중앙연구원,

2010.

황호덕, 「타자로의 항해들, 사이에서 창안된 네이션」, 『한국사상과 문화』 34, 한
　국사상문화학회, 2006.

桂濤, 「論"胡無百年之運"-17, 18世紀朝鮮士人認識淸朝的基本框架及其瓦
　解」, 『史林』 2019年 1期, 上海社會科學院.

申佳霖, 「朝鮮後期知識人士的斥淸表現-以"胡無百年說"爲中心」, 『當代韓
　國』 2019年 4期, 中國社會科學院韓國研究中心.

王玉華, 「醫巫閭質疑」, 『中國地名』 總第111期, 2003.

陸萱, 「明代繪畫中的淸供圖像研究」, 『西北美術』 總122期, 2017年 1期.

吳明娣 · 戴婷婷, 「聖而凡 華而雅-淸供圖源流」, 『美術與設計』, 南京藝術學
　院, 2019.

趙麗紅, 「文房淸供與淸宮旧藏」, 『中國書法』 246期, 2013.

Cesilia S. Siegle, 「德川將軍と贈物」, Department of East Asian Languages and
　Civilizations, Paper10, University of Pennsylvania. 2016.

https://repository.upenn.edu/ealc/10

Ronald P. Toby, 박은순 역, 「조선통신사와 근세일본의 서민문화」, 『동양학』 18,
　단국대 동양학연구소, 1988.

제임스 루이스, 「문명의 가격?-17~19세기 조선의 일본으로의 사절의 역할과 비
　용」, 『대동문화연구』 68, 성균관대 대동문화연구원, 2009.

찾아보기

480